SUZANNE FORTIN

Das vergessene Leben des Arthur Pettinger

Über die Autorin:

Suzanne Fortin wurde in Hertfordshire geboren, hatte aber eine nomadische Kindheit und zog mit ihrer Familie oft um, bevor sie sich schließlich in West Sussex niederließ, wo sie heute mit ihrem Mann und ihrer Familie lebt. Sie schreibt Romane mit zwei Zeitebenen, und unter dem Namen Sue Fortin veröffentlicht sie Krimis und Thriller. Ihre Bücher wurden in mehrere Sprachen übersetzt und haben sich weltweit über eine Million Mal verkauft.

SUZANNE FORTIN

Das vergessene Leben des ARTHUR PETTINGER

Roman

lübbe

Dieser Titel ist auch als Hörbuch und E-Book erschienen.

Die Bastei Lübbe AG verfolgt eine nachhaltige Buchproduktion. Wir verwenden Papiere aus nachhaltiger Forstwirtschaft und verzichten darauf, Bücher einzeln in Folie zu verpacken. Wir stellen unsere Bücher in Deutschland und Europa (EU) her und arbeiten mit den Druckereien kontinuierlich an einer positiven Ökobilanz.

MIX
Papier | Fördert gute Waldnutzung
FSC® C014496

Vollständige Taschenbuchausgabe

Deutsche Erstausgabe

Titel der englischen Originalausgabe: »The Forgotten Life of Arthur Pettinger«
First published in the United Kingdom in 2021 by Aria,
an imprint of Head of Zeus Ltd

Textredaktion: Dr. Ulrike Strerath-Bolz, Friedberg
Umschlaggestaltung: Massimo Peter-Bille unter Verwendung von Illustrationen von © CollaborationJS | Trevillion Images und Olga Korneeva | shutterstock
Satz: hanseatenSatz-bremen, Bremen
Gesetzt aus der Adobe Jenson Pro
Druck und Verarbeitung: GGP Media GmbH, Pößneck
Printed in Germany
ISBN 978-3-404-18885-7

2 4 5 3 1

Sie finden uns im Internet unter:
luebbe.de
Bitte beachten Sie auch: lesejury.de

Meinem geliebten Vater
und unserem langen Abschied gewidmet.
xx

»Das Beste und Schönste auf der Welt
kann man nicht sehen, nicht einmal berühren.
Man muss es mit dem Herzen fühlen.«

Helen Keller

Teil 1

Prolog

An: Hazelnuttree
Von: Maddy1990
Re: Gramps
Datum: 7. Juli 2019

Ich komme. Ich werde dort sein.
Tut mir leid – und danke.
Alles Liebe
Maddy
x

Sie setzte zwei Küsse darunter. Löschte beide, zögerte und ersetzte sie durch einen einzigen. Maddy klickte auf »Senden«, und die E-Mail war unterwegs. So, sie hatte es getan. Eine Welle der Erleichterung überlief sie. Natürlich hätte sie das eher tun sollen. Sie war sich bewusst, dass sie zu sehr damit beschäftigt gewesen war, ihr Leben in Ordnung zu bringen. Sie hatte zwar ihre eigenen Probleme, doch ihr war klar, dass sie egoistisch gewesen war, ganz gleich, wie sie ihre Handlungen – oder deren Fehlen – beschönigte. Jetzt war es Zeit, es wiedergutzumachen, bevor es zu spät war.

Kapitel 1

Er wusste, dass er Arthur Pettinger hieß und sechsundneunzig Jahre alt war. Außerdem war ihm klar, dass er sich in seinem Zimmer befand, denn an der Tür klebte ein Bild von ihm, und darunter stand sein Name. Morgen würde er sich vielleicht an nichts davon erinnern. Erst gestern war er zwanzig gewesen und hatte Heuballen auf den Traktor seines Vaters geladen.

»Was machst du, Gramps?«, ließ sich die ungeduldige Stimme einer jungen Frau hören.

Heather? Hazel? Helen? Er war sich nicht sicher. Er glaubte, dass ihr Name mit »H« begann.

Da kam sie die Treppe heraufgestiefelt. Wenn sie in dieser Stimmung war, konnte er sie nicht besonders gut leiden. Sie war eine richtige Meckerziege. Das pflegte er ihr auch zu sagen, und dann wurde sie böse oder ignorierte ihn. Manchmal wusste er nicht, ob er die Worte laut aussprach oder nur im Kopf hatte. Er spürte seine Abneigung, hatte aber keine Ahnung, wie er sie zum Ausdruck bringen sollte. Die Worte gingen irgendwo zwischen Empfindung und Gedanken verloren.

»Du hast deine Hausschuhe am falschen Fuß an, Gramps.«

Jetzt stand die Meckerziege in seinem Zimmer, mit ihrem kleinen Hund im Schlepptau. Arthur mochte das Tier. Es setzte sich oft neben ihn und ließ sich streicheln. Er mochte es, wie sich das weiche schwarze Fell anfühlte. Es war, als streiche man über einen Seidenschal, ein entspannendes Gefühl.

Die Besitzerin des Hundes stand jetzt mit finsterer Miene vor ihm. »Setz dich«, schnaubte sie ungeduldig.

Setzen. Arthur dachte über das Wort nach. Er kannte es, konnte sich aber nicht auf seine Bedeutung besinnen. Angestrengt überlegte er. Setzen. Er blickte sich in seinem Zimmer um und sah dann wieder die Meckerziege an.

»Um Himmels willen«, murrte sie, nahm seinen Arm und führte ihn zum Bett. »Setz dich hierher!«

Endlich verstand Arthur die Worte. Es war, als kämen sie aus weiter Ferne. Worte, die er nur hören konnte, aber über deren Bedeutung er sich nicht ganz im Klaren war, obwohl er frustrierenderweise wusste, dass er sie verstehen *müsste*. Es dauerte einfach eine Weile, bis sie den Nebel in seinem Kopf durchdrangen. Die Worte mussten bestimmte Wege einschlagen, aber nicht alle waren noch frei, oder sie waren teilweise versperrt, und die Worte gelangten nicht immer hindurch oder gingen auf der Suche nach Bedeutung oder Zusammenhang verloren.

Dieses Mal fanden die Worte ihren Weg durch das Labyrinth in seinem Kopf, und Arthur setzte sich.

»Wenigstens hat das bald ein Ende«, murmelte Helen.

Oder hieß sie Hazel?

Ziemlich rabiat streifte sie ihm die Pantoffeln ab. Arthur sah hinunter, als sie sie ihm wieder anzog. Warum nahm sie sie ihm ab und zog sie ihm dann wieder an?

»Hausschuhe«, hörte er sich sagen.

»Ja, Hausschuhe, Gramps. Du hattest sie am falschen Fuß.« Mitleidig blickte sie zu ihm auf. »Ich würde lügen, wenn ich behaupten würde, dass du mir fehlen wirst.« Sie stand auf und schaute auf ihre Armbanduhr. »Jetzt mach dir nicht in die Hose, bevor sie kommt.«

Der Nebel begann sich zu lichten, und die Verbindungen in seinem Kopf klärten sich so weit, dass Arthur die Kälte in ihrer Stimme spürte wie einen unangenehmen Frost im Winter.

»Wer kommt?«

»Maddy. Maddy kommt. Deine andere Enkelin. Sie kommt, um sich jetzt um dich zu kümmern. Und sie bringt Esther mit.«

»Oh, Maddy. Das ist nett«, sagte Arthur.

Ein Bild seiner Enkelin trat deutlich vor sein inneres Auge. Er hatte Maddy lange nicht gesehen. Er mochte sie gut leiden, und sie lächelte oft.

Er schaute Hazel an und nahm betrübt ihre erschöpfte Miene wahr. »Warum machst du dir nicht eine Tasse Tee? Du siehst sehr müde aus.«

Hazel warf ihm einen Blick zu, den er nicht ganz deuten konnte. Die Bedeutung entzog sich ihm knapp.

»Armer alter Kerl«, murmelte sie, wandte sich ab und ließ ihn auf seinem Stuhl sitzen. »Fifi! Komm her, Mädchen. Willst du nach draußen?«

Der kleine schwarze Hund trottete hinter seinem Frauchen her aus dem Zimmer.

Arthur kramte in seiner Hosentasche nach seinem Taschentuch, um sich die tränenden Augen abzutupfen. Altwerden war nicht besonders lustig. Nach und nach fügten sein Körper und sein Verstand sich dem Unvermeidlichen. Er schlug sein Taschentuch auseinander und fuhr mit dem Daumen über den Buchstaben »A«, der in eine Ecke eingestickt war, und sein Herz machte einen Satz bei der alten Erinnerung, die das auslöste. Er musterte seine Hände, die nach jahrelanger Arbeit im Freien sonnengebräunt und mit Altersflecken übersät waren, seine hervortretenden Adern und knochigen Finger. Er erkannte diese Hände nicht wieder. Sie gehörten einem alten Mann.

Kapitel 2

Maddy sah die E-Mail noch einmal an. Sie war nervös und unsicher, wie ihre Halbschwester Hazel sie empfangen würde.

An: Maddy1990
Von: Hazelnuttree
Betreff: Es reicht! Ich habe genug!
Datum: 7. Juni 2019

Maddy, ich wollte damit anfangen, dass ich sage, es tut mir leid, aber eigentlich stimmt das nicht. Ich bin einfach müde und kann das nicht mehr. Gramps treibt mich in den Wahnsinn – buchstäblich. Ich brauche etwas Zeit für mich. Keine Ahnung, wie lange ich fortbleibe, aber Du musst kommen und Dich um ihn kümmern. Oder ihn zu Dir holen. Ist mir egal, was Du machst, aber Du musst für ihn sorgen. Ich weiß, dass Du selbst allerhand Probleme hast, aber so ist das Leben, und jetzt bist Du an der Reihe, Deinen Beitrag zu leisten. Es gibt sonst niemanden, den ich fragen könnte.
Jedenfalls reise ich in drei Wochen ab. Wenn Du nicht herkommen kannst, um ihn zu pflegen, musst Du etwas anderes organisieren. Ich habe eine Datei mit den Namen seiner Pflegekräfte, Sozialarbeiter, seines Arztes, seiner Bank usw. angehängt.
Hazel
PS: Lass das Hundefutter nicht draußen stehen, sonst isst Gramps es.

Maddy bog in die Einfahrt des freistehenden georgianischen Hauses ein – des alten Pfarrhauses von Hemmingford Grey, in das ihr Großvater gezogen war, nachdem er ein paar Jahre nach dem Krieg die Holly Tree Farm aufgegeben und sich seinen ehrgeizigen Wunsch erfüllt hatte, ein Kamerageschäft mit Fotostudio zu eröffnen. Ihr letzter Besuch war sechs Monate her, und das schlechte Gewissen, das seitdem auf ihrer Schulter hockte und ihr regelmäßig zusetzte, schlug jetzt erneut zu. Sie war so mit ihren eigenen Problemen beschäftigt gewesen, dass sie sich keine Zeit genommen hatte, Gramps zu besuchen. Stattdessen hatte sie sich damit beruhigt, dass Hazel alles unter Kontrolle hatte und die Verantwortung gern übernahm.

»Wir sind da!« Esthers aufgeregte Stimme unterbrach Maddys Gedankengang.

»Hurra!«, fiel Maddy in ihre Begeisterung ein.

Sie stiegen aus dem Wagen, und Maddy nahm sich einen Moment Zeit, zu dem imposanten roten Backsteinbau aus dem 18. Jahrhundert mit seiner schwarzen Haustür im Zentrum aufzusehen, deren Beschläge inzwischen angelaufen waren. Maddy liebte die Symmetrie des Hauses – zwei georgianische Sprossenfenster rechts und links der Haustür, drei auf der Vorderseite des ersten Stocks und vier Mansardenfenster unter dem Dach. In der linken Ecke wuchs Blauregen, und Maddy erinnerte sich, wie Gramps die Ranken jedes Jahr weiter am Gebäude entlanggeführt hatte, und an die herrlichen lila Blüten, die im Frühsommer herabhingen wie Tränen.

»Ich bin schon ewig nicht mehr hier gewesen«, sagte Esther, während sie auf die Tür zugingen.

»Ich weiß. Zu lange«, gab Maddy zurück, und ihr schlechtes Gewissen versetzte ihr einen Stich.

»Ich freu mich schon auf den Garten«, fuhr Esther fort. »Ob die Schaukel wohl noch da ist?«

»Ich denke schon.«

Als Maddy ungefähr sechs oder sieben war, hatte Gramps ihr eine hölzerne Schaukel gebaut, die er an einen Zweig der Eiche am Ende des Gartens gehängt hatte. Sie hatte ihm geholfen, das Schaukelbrett knallrot zu streichen.

»Stell dir vor, du hast jetzt den ganzen Garten zum Spielen. Etwas anderes als der Park bei unserer Wohnung.«

»Ich kann es kaum abwarten.«

»Du kannst draußen spielen, so viel du willst, und sogar zum Laden gehen.«

Sie standen jetzt auf der schwarz-weiß gefliesten Türschwelle.

»Ganz allein?«

»Ja, ganz allein. Es sind nur ein paar Minuten die Straße hinunter.«

»Cool.« Esthers Miene hellte sich noch weiter auf, und wieder fühlte sich Maddy darin bestätigt, dass der Umzug gut für ihre Tochter sein würde.

Esther würde im September die weiterführende Schule besuchen, und Maddy war sich bewusst, dass sie sie ein wenig zu stark behütet hatte. Aber da sie in einer Großstadt lebten, war Maddy nicht bereit gewesen, ihrer Tochter die Freiheit zu lassen, allein loszuziehen. Sie hoffte, das in einem Dorf auf dem Land wiedergutzumachen.

Maddy holte tief Luft, doch gerade als sie die Hand hob, um den weißen Klingelknopf zu drücken, der in einer runden Halterung aus Messing saß, wurde die Tür geöffnet.

»Du bist also gekommen?« Hazel stand in der Eingangshalle und musterte ihre Halbschwester von oben bis unten. Sie warf Esther einen Blick zu und lächelte kurz.

»Natürlich sind wir gekommen«, sagte Maddy. »So war es doch abgemacht.«

»Ihr solltet reinkommen. Trotz allem nett, euch zu sehen.«

Hazel riss die Tür weit auf und trat zurück, damit sie in die weitläufige Diele treten konnten, wo sie ihre Jacken aufhängten.

»Wie geht's dir, abgesehen vom Offensichtlichen?«, fragte Maddy. Sie hatte Hazel seit ein paar Jahren nicht gesehen. Als Kinder waren sie miteinander ausgekommen, obwohl sie charakterlich sehr unterschiedlich waren und sich für andere Dinge interessierten, aber sie hatten einander nie nahegestanden und hatten nie schwesterliche Bande entwickelt, wie Maddy es oft von ihren Freundinnen gehört hatte. Als sie jünger war, hatte ihr das nicht wirklich etwas ausgemacht, doch als sie älter wurde, hatte sie sich oft gewünscht, es könnte anders sein. Zugleich war sie realistisch genug gewesen, um zu erkennen, dass es längst passiert wäre, wenn es so hätte kommen sollen.

»Ganz gut. Und dir?« Hazel schloss die Tür hinter ihnen.

»Du weißt schon … Nicht so übel«, sagte Maddy genauso ausdruckslos wie Hazel.

In den letzten paar Jahren hatten sie über E-Mail Kontakt gehalten. Eher selten, in den letzten sechs Monaten häufiger, sodass sie ungefähr im Bilde darüber waren, wie es der anderen ging, doch sie waren nie ins Detail gegangen. So war ihre Beziehung – sie basierte eher auf höflichem Interesse als auf tiefer Verbundenheit.

»Um ehrlich zu sein, dachte ich, dass du dich vielleicht im letzten Moment drückst.« Hazel zog die Augenbrauen hoch.

Maddy entgingen ihre Miene und ihr leicht spöttischer Ton nicht. »Und wenn?«

Hazel zuckte mit den Schultern. »Wie gesagt, ich habe Pläne. Mir ist das zu viel.«

»Du hättest ihn wirklich im Stich gelassen?«

»Jetzt bist du ja da, also ist das egal.« Hazel wandte sich ab und trat durch die Haustür in den Flur.

Maddy und Esther folgten ihr. Die Diele wirkte eher wie eine Empfangshalle. Sie war quadratisch, mit Parkettboden, und in der Mitte stand ein Tisch mit einer Holzschale, die so aussah, als bewahre Hazel dort alle Schlüssel auf. Im hinteren Teil führte eine

Treppe in den ersten Stock. An ihrem Fuß stand ein großer Koffer, daneben ein kleinerer.

Lautes Tappen hallte durch den Flur, und ein kleiner, aber stämmiger Hund kam ihnen entgegengerannt. Sofort ging Esther in die Hocke und streichelte das Tier.

»Oh, ist der aber lieb!«, gurrte Esther und umarmte den Hund.

»Das ist Fifi. Sie ist eine französische Bulldogge, und von heute an gehört sie euch ganz allein.«

»Wirklich? Ich liebe sie! Oh, Mum, sieh doch! Ist sie nicht entzückend?«

»Der Hund? Ich dachte nicht, dass du ihn hierlassen würdest«, sagte Maddy zu Hazel. »Du hast ihn dir doch erst letztes Jahr angeschafft.«

»Ich kann sie ja wohl schlecht mitnehmen.«

Maddy seufzte, sah zu, wie Esther weiter mit dem Hund kuschelte, und wusste, dass sie schon verloren hatte. Sie trat zu Fifi, um sie zu tätscheln, doch der Hund drehte ihr den Rücken zu.

»Mach dir nichts draus, sie ist ein wenig wählerisch dabei, wen sie mag und wen nicht«, sagte Hazel.

»Wo ist Gramps?«, fragte Maddy, die entschieden hatte, dass der Hund jetzt gerade nicht das Wichtigste war.

»In seinem Zimmer, oben. Ich bringe euch gleich zu ihm.«

Wenigstens etwas, dachte Maddy. Hazel war offensichtlich abreisebereit und hatte keinerlei Absicht, noch ein paar Tage zu bleiben, damit Maddy sich einfinden konnte.

»Wie geht's ihm?«

Hazel schnaubte. »So, wie ich es dir seit Monaten erzähle. Er redet vernünftig, und in der nächsten Minute ist er wieder vollkommen neben der Spur.«

»Weiß er, dass du fortgehst?« Maddy folgte Hazel durch die Küche, die auf der Rückseite des Hauses lag.

»Ich hab's ihm erzählt, aber wer weiß, ob er sich daran erinnert. Also, ich habe diese Mappe mit allem, was mit ihm zu tun hat.« Hazel schlug ein blaues Ringbuch auf. »Tagesablauf. Wichtige Nummern wie Arzt, Essen auf Rädern, Fußpflege, all das … Hier stehen seine Medikamente. Kannst du glauben, dass er immer noch Tabletten für sein Gedächtnis bekommt? Lächerlich, wenn du mich fragst.«

»Hast du mit dem Arzt darüber gesprochen?« Maddy stand neben ihrer Halbschwester und sah in den Ordner, der auf dem Küchentisch lag.

»Zeitverschwendung, mit denen zu reden. Es interessiert sie eh nicht. Wenn deine sieben Minuten rum sind, setzen sie dich vor die Tür.«

»Warum kleben überall Schildchen?«, fragte Esther.

»Ach, das war eine Idee der Sozialarbeiterin. Alles zu beschriften, damit Gramps Sachen findet.«

»Klappt das denn?«, fragte Maddy und musterte die Etiketten – Teller, Tasse, Brot, Besteck, Tisch, Stuhl.

»Irgendwie schon, aber um ehrlich zu sein, mache ich die meisten Dinge selbst. Einfacher, als ihn dazu zu bewegen.«

»Aber er kann immer noch etwas tun, sich zum Beispiel eine Tasse Tee machen?«

»Keine Ahnung. Ich lasse ihn nicht.«

»Wenn Leute nichts ausprobieren dürfen, lernen sie auch nichts«, sagte Esther.

»Wer hat dich denn nach deiner Meinung gefragt?« Hazel verschränkte die Arme und musterte Esther von oben herab. »Du bist ziemlich vorlaut, was? Ich weiß noch, dass deine Mum genauso war.«

»Wie bitte?« Maddy war sich nicht sicher, was sie mehr verblüffte: dass Hazel auf Esther losging oder dass sie über sie selbst spottete.

»Ich glaube, ich kenne Gramps besser als Esther«, sagte Hazel. »Was versteht eine Elfjährige schon von jemandem, der sechsundneunzig und dement ist?«

Maddy sah, dass ihre Tochter etwas darauf erwidern wollte,

und kam ihr zuvor. »Zufällig ziemlich viel. Aber machen wir uns jetzt darüber keine Gedanken. Ich gehe nach oben, um Gramps zu begrüßen. Komm, Esther!«

Vor dem Zimmer ihres Großvaters blieb Maddy stehen und musterte das Bild an der Tür. Es war vor ein paar Jahren aufgenommen worden, als er mit ihrer Großmutter Joan zum Mittagessen ausgegangen war. Sie saß neben ihm am Tisch, und Maddy erinnerte sich, das Foto selbst aufgenommen zu haben. Es war ein wundervoller Nachmittag gewesen, aber zusammen mit dem Lächeln, das ihr das Bild ins Gesicht zauberte, kam auch die Traurigkeit darüber, was später in dieser Woche passiert war, als sie Schluss mit Joe gemacht hatte oder, besser gesagt, er mit ihr. Sie verscheuchte die Erinnerung, verärgert darüber, dass eine weitere gescheiterte Beziehung – die sie zu sammeln schien wie militärische Auszeichnungen – immer noch diese Wirkung auf sie ausübte.

»Gehen wir rein?« Mit einer Kopfbewegung wies Esther auf das Zimmer.

Maddy lächelte, klopfte an und öffnete dann die Tür. »Gramps? Bist du da? Ich bin's, Maddy.« Sie trat in den Raum.

Ihr Großvater lag mit geschlossenen Augen auf dem Bett. Er war vollständig angezogen und hatte einen Gehstock neben sich auf dem Bett abgelegt. Maddy hatte ihn zwar eine Weile nicht gesehen, aber so gebrechlich und … alt hatte sie ihn nicht in Erinnerung. Sie rief sich ins Gedächtnis, dass er über neunzig war, aber trotzdem …

Zuckend öffneten sich seine Augenlider. »Wer ist da?«

»Ich bin's, Maddy.« Sie trat an seine Bettkante, während Arthur sich aufsetzte und mit schiefer Schulter – eine alte Kriegsverletzung – auf dem Bett weiter nach oben rutschte. Maddy sah ihm lächelnd in die Augen. »Wie geht's dir, Gramps?«

»Maddy.« Er sah sie aus seinen einst leuchtend blauen Augen an, die jetzt blasser und ein wenig grau wirkten. »Maddy.« Er streckte eine Hand aus und nahm ihre.

Maddy meinte, bei ihm eine Andeutung von Wiedererkennen wahrzunehmen.

»Ja, ich bin's, Gramps.« Sie tätschelte seine Hand ein wenig. »Und das ist Esther. Du hast sie eine Weile nicht gesehen.«

»Genau gesagt, anderthalb Jahre. Als du letztes Mal hier warst, war ich nicht dabei«, warf Esther ein. »Hallo, Gramps.«

»Das ist ja reizend«, sagte Arthur. »Ich freue mich sehr, euch beide zu sehen.«

Maddy beugte sich vor, küsste ihren Großvater auf die Wange und drückte ihn kurz. »Wir werden eine Weile bei dir bleiben.«

»Prächtig. Das wird nett.« Er setzte sich weiter auf, wedelte mit der Hand in Esthers Richtung und winkte ihr, näher zu kommen. »Ja, so ist es besser. Du wirkst sehr ernst, junge Dame.« Arthur öffnete seine Nachttischschublade, kämpfte kurz mit der Blechdose darin, nahm dann den Deckel ab und hielt sie ihr hin.

Maddy sah zu, wie ihre Tochter vorsichtig ein rotes Fruchtbonbon in einer Zellophanhülle auswählte.

Gramps beugte sich vor und flüsterte ihr laut zu. »Wenn du eins willst, komm immer und nimm dir, aber …«, er tippte sich an die Nase, »sag den Erwachsenen nichts. Sie erzählen dir nur, dass es schlecht für die Zähne ist.« Mit diesen Worten reckte er das Kinn und schob seine falschen Zähne nach vorn.

Esther lachte schallend, und Gramps zwinkerte ihr zu, saugte sein Gebiss wieder ein und warf Maddy dann einen unschuldigen Blick zu. Maddy konnte sich eines Kicherns nicht erwehren. Sie erinnerte sich, wie ihr Großvater das immer getan hatte, als sie ein Kind gewesen war.

»Ich sehe schon, euch beide muss ich im Auge behalten.« Sie packte die Dose wieder in die Schublade. »Möchtest du eine Tasse Tee, Gramps?«

Er sah sie in paar Sekunden lang mit ausdrucksloser Miene an und antwortete erst dann. »Tee? Ja, das wäre nett.« Er runzelte die Stirn. »Mag ich Tee?«

Maddy spürte, wie ihr mit einem Mal etwas mulmig wurde. Sie hockte sich vor ihn. »Du liebst Tee. Du nimmst zwei Stück Zucker und einen Schuss Milch.«

»Tee. Zwei Stück Zucker. Schuss Milch.« Unruhig schlang er die Hände im Schoß zusammen. »Tee. Zwei Stück Zucker. Schuss Milch.«

Maddy legte ihm die Hand unter den Arm, ermunterte ihn zum Aufstehen und reichte ihm seinen Stock. »Komm. Gehen wir nach unten. Esther, du gehst auf Gramps' anderer Seite, um ihm zu helfen. Du brauchst ihn nur am Arm zu halten, um ihn zu stützen.«

Ihr Großvater musterte seinen linken Arm und schnalzte missfällig mit der Zunge. »Ist nicht mehr das, was er mal war.«

»Was denn?«, fragte Esther.

»Mein Arm.«

»Gramps ist im Krieg verwundet worden«, half Maddy aus, als es aussah, als falle es ihm schwer, entweder eine Erklärung zu finden oder die Frage zu verstehen.

Sie gingen hinunter ins Wohnzimmer, wo Maddy Gramps in den Ohrensessel am Erkerfenster setzte. Es verblüffte sie, wie sicher er auf den Beinen war, sobald er sein Gleichgewicht gefunden hatte.

Hazel drückte sich hinter ihnen herum. »Viel Glück«, sagte sie mit verschränkten Armen. »Jetzt kriegst du ihn nie wieder da heraus. Er wird die ganze Zeit versuchen, mit dem Telefon den Fernseher umzuschalten. Die Fernbedienung versteckt er gern in seiner Tasche.«

»Das macht er bestimmt nicht mit Absicht«, gab Maddy zurück und versuchte, ihre Gereiztheit zu verbergen.

Hazel schnaubte. »Du wirst das alles bald gründlich satthaben.«

Maddy beschloss, Hazel zu ignorieren, und versuchte, es ihrem Großvater in dem Sessel bequem zu machen. Sie schaltete den Fernseher ein und fand eine Sendung über das Leben auf dem Land.

»Gramps ist auf einer Farm aufgewachsen«, erklärte sie Esther. »Er hat den Traktor gefahren und Kühe gehütet.«

Esther setzte sich aufs Sofa und schaute auch zum Fernseher. »Seht euch nur all diese Kühe an«, sagte sie.

»Kühe. Früher hatte ich Kühe. Jede Menge. Sehr dumme Tiere. Und sie stinken.« Arthur warf Esther einen Blick zu, und die beiden grinsten sich an.

Maddy drehte sich zu Hazel um und bedeutete ihr, mit in die Diele zu kommen. »Ich wollte mich nur bedanken«, begann Maddy. »Und das ist mir wirklich ernst. Du hast dich die ganze Zeit um Gramps gekümmert, und ich weiß, dass ich keine große Hilfe war.«

»Gar keine«, verbesserte Hazel sie.

Maddy lächelte entschuldigend. »Ja, ich weiß. Tut mir leid.«

»Hör mal, Maddy, ich will mich nicht mit dir streiten oder so«, sagte Hazel, und zum ersten Mal, seit Maddy angekommen war, klang ihr Ton weicher. »Ich weiß, dass du viel um die Ohren hast, aber das habe ich auch, und ich dachte nicht, dass es so schwer sein würde, mich um Gramps zu kümmern. Ich bin nicht wirklich für so etwas geschaffen.« Sie erwiderte Maddys Lächeln. »Dazu bin ich Mum wahrscheinlich zu ähnlich.«

Das traf es genau. Sowohl Hazel als auch ihrer gemeinsamen Mutter Carol schien es an Empathie zu fehlen, oder vielleicht waren die beiden einfach weniger großzügig und egoistischer als der Durchschnitt. Bei ihrer Mutter konnte Maddy das bis zu einem gewissen Grad nachvollziehen, und obwohl es sie schmerzte, das zuzugeben, war es auch von ihr in den letzten sechs Monaten ziemlich selbstsüchtig gewesen, Hazel nicht zu unterstützen.

»Ich glaube, wir alle sind manchmal ein wenig egoistisch«, sagte Maddy.

»Ach, was ich noch sagen wollte«, sagte Hazel und warf sich ihre Tasche über die Schulter. Anscheinend war das Gespräch beendet. »Das WLAN-Passwort steht auf der Rückseite der blauen

Mappe in der Küche. Ich habe jede Menge Notizen gemacht und dir Erinnerungen geschrieben, damit du weißt, was du tun musst.«

»Wie ist denn das Netz hier?«, erkundigte sich Maddy, der bewusst war, dass sie gutes Internet brauchte, um von zu Hause aus zu arbeiten. »Ich arbeite nämlich größtenteils online.«

»Das ist ganz in Ordnung. Wenn du es für die Arbeit brauchst, solltest du dir vielleicht ein Upgrade besorgen. Machst du immer noch diese Zeichnungen?«

»Zeichnungen? Falls du Grafikdesign meinst, ja.«

Hazel lachte auf. »Du lässt dich immer noch so leicht auf die Palme bringen.«

»Ich kann davon leben«, sagte Maddy einfach, fragte sich aber, ob sie zu spitzfindig für Hazel war.

»Tja, dann bin ich mal weg«, sagte Hazel.

»Okay. Viel Spaß, wo immer du hinwillst«, sagte Maddy, der klar wurde, dass sie keine Ahnung hatte, was Hazel vorhatte.

»Ich fahre vierzehn Tage in Urlaub, und dann sehe ich mal, worauf ich anschließend Lust habe.« Hazel trat ins Zimmer. »Tschüss dann, Gramps.« Sie tippte ihm auf den Arm. »Ich bin weg. Maddy kümmert sich jetzt um dich.«

»Okay. Bye. Bis dann«, gab Arthur zurück.

Maddy hätte schwören können, dass ihr Großvater »aber nicht zu bald« murmelte, als sich Hazel zum Gehen wandte. Sie fing einen weiteren verschwörerischen Blick zwischen Esther und ihm auf.

Sie stand auf der Türschwelle und sah zu, wie Hazel in ihr Auto stieg und davonfuhr. Hazel hupte einmal, als sie durch das Tor verschwand.

»Leb wohl, Hazel«, sagte Maddy.

Sie war sich sicher, dass sie ihre Halbschwester längere Zeit nicht wiedersehen würde. Besonders viel machte ihr das nicht aus, denn sie beide führten schon lange ihr eigenes Leben. Sie wünschte Hazel aufrichtig alles Gute, gestand sich aber einen leisen Anflug von Traurigkeit ein, denn ihre Beziehung war nie richtig eng gewesen. Das Gefühl war Maddy nur allzu vertraut, und sie fühlte sich an die Dating-App erinnert, die sie auf Betreiben ihrer Freundin heruntergeladen hatte. Maddy hatte ihr den Gefallen getan, seitdem aber nichts damit angefangen. Angesichts ihrer Vorgeschichte mit Männern war es das Letzte, wonach ihr der Sinn stand. Außerdem hatte sie Esther und Gramps an die erste Stelle zu setzen, während sie sich alle der Herausforderung stellten, sich miteinander einzuleben.

Sie ging wieder hinein und sah, dass Gramps sich über das Radio beugte und an den Einstellungen drehte.

»Muss den richtigen Kanal finden. Wichtige Nachrichten.« Als sie herantrat, blickte er auf. »Hast du eine Ahnung, wie man dieses Teil bedient?«

»Ich versuche es mal«, gab Maddy zurück. Ihr fiel wieder ein, dass Gramps immer gern Radio gehört hatte, und sie brauchte nicht lange, um die Station mit der nostalgischen Musik zu finden. »Hier, ein paar schöne alte Songs für dich.«

Gramps ließ sich wieder in seinem Sessel nieder. »Danke, mein Schatz.«

Kapitel 3

September 1939

Neville Chamberlains ernste Stimme und das Knistern des Radios erfüllten das Wohnzimmer. »… und in der Folge steht dieses Land im Krieg mit Deutschland.«

»Verdammt und zugenäht!«, sagte Arthur. »Chamberlain hat es tatsächlich getan.«

»Gebrauch nicht solche Wörter, Arthur!«, schalt Helena Pettinger, deren französischer Akzent immer stärker durchklang, wenn sie verärgert war. Sie sah ihren Sohn an und zog vorwurfsvoll die Augenbrauen hoch.

»Ach, komm schon, Liebling, er wird nächsten Monat sechzehn«, sagte Reg.

»Ist mir egal, wie alt er ist, ich dulde solche Ausdrücke nicht in meinem Haus. Krieg oder nicht.« Helena warf ihrem Mann einen noch härteren Blick zu.

»Was passiert denn jetzt?«, fragte Arthur, um den Streit zu entschärfen. Niemand hegte den Wunsch, seine Mutter zu reizen. Sie hatte zwar mit achtzehn ihre französische Heimat verlassen, um in England zu leben und zu arbeiten, doch ihr gallisches Temperament hatte sie eindeutig mitgenommen. »Was ist mit John?«

Reg Pettinger polierte seinen Schuh. »Wahrscheinlich gar nichts. Das ist alles ein Bluff, ein gewagtes Spiel. Hört auf meine

Worte, nächste Woche um diese Zeit ist alles vorbei. John passiert schon nichts. Außerdem ist das sein Job.«

Die Einschätzung seines Vaters enttäuschte Arthur wider Willen ein wenig. Sein älterer Bruder John diente schon in der Armee, und nach dem zu urteilen, was John bei seinem letzten Heimaturlaub erzählt hatte, klang es, als würde daraus mehr als ein kleiner Konflikt werden. John hatte seinem jüngeren Bruder alles darüber berichtet, wie sein Regiment sich auf den Krieg vorbereitete und was sie erwartete.

Für Arthur klang das aufregend und viel besser, als auf der Farm festzusitzen, die Felder zu pflügen, Heuballen zu stapeln, die Kühe zu füttern, bla, bla, bla. Wie oft hatte er schon auf dem Traktor gesessen und sich gewünscht, es seinem Bruder nachzutun, und war verärgert darüber gewesen, dass er seinen Eltern auf dem Hof helfen musste? Er wollte kein Bauer werden, aber als Letztgeborenem auf der Holly Tree Farm war ihm diese zweifelhafte Ehre zugefallen. Wäre er nur der Älteste gewesen! Dann hätte er die schicke Uniform getragen, wäre mit seinem Regiment marschiert und hätte sich auf den Krieg vorbereitet. Auf aufregende Dinge.

»Ich kann es nicht abwarten, bis ich alt genug bin, um mich zu melden«, sagte Arthur. »Hast du gehört, dass Pip Nelson sich nicht melden will? Er verweigert den Kriegsdienst!«

»Der sollte sich was schämen«, sagte Reg. »Er kommt jedenfalls vor Gericht, und ich wette einen Wochenlohn darauf, dass er abgelehnt wird und trotzdem hinter Gittern landet.«

»Wenn natürlich medizinische Gründe dagegen sprächen …«, begann Helena.

Ihr Mann schnitt ihr das Wort ab. »Setz dem Jungen keine Flausen in den Kopf! Mit Arthur ist alles in Ordnung.«

Helena schlug den Blick nieder, und Arthur spürte, dass sie ihre Ängste unterdrückte. Er wusste, sie wollte nicht, dass er in den Krieg zog – das hatte sie selbst zugegeben. Sie hatte John angefleht, nicht zu gehen, doch dieser hatte sich bereits entschieden und sich gemeldet, obwohl es möglich war, dass der Krieg ausbrechen würde.

»Mach dir keine Sorgen, Mum«, sagte Arthur, um sie zu beruhigen. »Mir passiert schon nichts.«

Helena warf das Geschirrtuch, das sie in der Hand hielt, auf den Tisch. »Wie kannst du das sagen? Das weißt du doch nicht! Schlimm genug, einen Sohn da draußen zu haben. Ich will nicht, dass meine beiden Söhne fortgehen und niemand auf der Farm hilft.« Helena marschierte zurück an die Arbeitsplatte und knetete den Teig weiter, dieses Mal mit mehr Nachdruck als vorher.

Reg stand vom Tisch auf und schnappte sich seine Jacke, die über dem Stuhl hing. »Komm, Junge«, sagte er und wies zur Tür. »Wir haben zu arbeiten.«

Arthur folgte seinem Vater zur Tür hinaus und warf über die Schulter einen letzten Blick auf seine Mutter, doch die hielt den Kopf gesenkt und knetete und zog den Teig.

»Sie fängt sich schon wieder«, sagte Reg. »Sie braucht nur etwas Zeit, um das alles zu bewältigen.«

»Ich melde mich, sobald ich alt genug bin«, sagte Arthur.

Sein Vater legte ihm eine Hand auf die Schulter. »Ich weiß, Junge. Und ich werde stolz auf dich sein, und deine Mutter auch, ganz gleich, was sie sagt. Aber mit etwas Glück kommt es gar nicht so weit, und alles ist vorbei, bis du alt genug bist.«

Kapitel 4

Die Lage hatte sich überraschend verbessert. Die Meckerziege war fort, und die Frau, die oft lächelte, war geblieben. Maddy hieß sie, da war er sich sicher. Maddy. Arthur sprach sich den Namen mehrmals laut vor. Er wollte sich an sie erinnern.

Maddy Pettinger. Natürlich, die liebe, gute Maddy – seine Enkeltochter. Jetzt sah er sie als kleines Mädchen von vielleicht fünf oder sechs Jahren vor sich. Sie trug einen blauen Trägerrock und hatte blaue Bänder ins Haar gebunden. Wärme erfüllte sein Herz, als er den Mann erkannte, der Maddys Hand hielt. Sein Sohn Charles. Charles mit Ende zwanzig, ein erwachsener Mann und sehr stolz auf Maddy. Und das zu Recht, sie war so ein entzückendes Kind!

Da war eine Erinnerung, auch wenn er sie nicht deutlich erkennen konnte. Alles wirkte unscharf, so wie der Horizont über einer Straße im Hochsommer, wenn die Hitze alles verschwimmen ließ. Die Erinnerung war da, aber nicht deutlich. Stirnrunzelnd versuchte Arthur, die Hitzeschleier zu durchdringen. Langsam wurde das Bild vor seinem inneren Auge klarer, und Arthur fuhr ein scharfer Stich durchs Herz.

Charles, sein lieber Sohn – er weilte nicht mehr unter ihnen. Er war bei Joan. Er hätte noch nicht zu Joan gehen sollen. Dazu war Charles zu jung gewesen. Er schälte sich aus dem Nebel, war aber so weit entfernt, dass Arthur ihn nicht erreichen konnte.

Arthur erkannte sich selbst, wie er zu seinem Sohn hinübersah, und Maddy war bei ihm am Ende dieser langen Straße und schaute ebenfalls den Mann an, den sie beide so sehr liebten.

»Hallo?«

Eine Stimme, die von der Tür herkam, ließ Arthur aufblicken. Kurz dachte er, das sei Maddy, doch dann wurde ihm klar, dass es das kleine Mädchen war, das mit ihr gekommen war. Arthur lächelte. »Hallo, junge Dame.«

Sie erwiderte sein Lächeln nicht, sondern sah ihn an, musterte aus ihren großen braunen Augen seine Füße und schaute ihm dann wieder ins Gesicht. »Du hast die Hausschuhe am falschen Fuß an.«

Falscher Fuß. Falscher Fuß. Frustriert stieß Arthur den Atem aus. Am falschen Fuß? Was war mit seinen Füßen nicht in Ordnung? Er sah auf sie hinunter. Hausschuhe? »Hmm«, sagte er. »Falscher Fuß.«

Das Mädchen trat ganz ins Zimmer hinein und ging vor ihm in die Hocke. Sie griff nach seinem Fuß und legte die Hand um die Ferse. Dann hielt sie inne und blickte auf. Arthur war sich nicht ganz sicher, was sie von ihm wollte, doch er hob den Fuß und schaute zu, wie sie ihm den Pantoffel auszog. Sie wiederholte den Vorgang am anderen Fuß und zog ihm dann die Hausschuhe wieder an.

»So ist es besser«, sagte sie und stand auf.

Arthur nickte. »Danke.« Er wusste nicht ganz genau, wofür er sich da bedankte, aber es schien ihm die richtige Reaktion zu sein. Ihm fielen seine Süßigkeiten in der Schublade ein, und er streckte den Arm aus, nahm die Büchse heraus und bot sie der Kleinen an. »Möchtest du ein Bonbon … ähm … junge Dame?« Er wünschte, er könnte sich an ihren Namen erinnern.

Das Mädchen zögerte, kramte dann in der Dose herum, untersuchte die Süßigkeiten und entschied sich schließlich für ein rosa Bonbon. Sie wickelte es aus und steckte es in den Mund. »Esther. Ich heiße Esther.«

»Esther. Esther, Esther, Esther.« Arthur tippte sich an den Kopf, während er den Namen wiederholte. Er wollte ihn sich unbedingt merken. »Also dann, Esther, was hast du heute vor?«

»Ich habe ein YouTube-Video gedreht.«

Arthur war perplex. Er hatte keine Ahnung, was das bedeuten sollte, beides, aber es schien sie zu freuen. »Ist das so? Schön für dich.«

»Ich habe hundertfünfzig Abonnenten.«

Wieder wirkte sie außerordentlich stolz, aber leider hatte Arthur keinen Schimmer, wovon sie redete. Trotzdem nickte und lächelte er. »Hundertfünfzig, was? Klingt nach viel.«

Ihr Lächeln verflog, und sie zuckte mit den Schultern. »Nicht wirklich. Manche Leute haben Tausende.«

»Es kommt auf die Qualität an, nicht die Menge. Man sollte Glück nicht mit Mengenangaben messen.«

Sie warf ihm einen eigenartigen Blick zu und schaute sich dann im Zimmer um. »Du hast aber viele Bücher.« Sie schlenderte zu seinem Bücherregal hinüber.

»Bücher. Ich mag Bücher.« Arthur hievte sich von seinem Bett hoch, nahm seinen Stock, um besser die Balance zu halten, und schlurfte zu der Kleinen hinüber. An ihren Namen konnte er sich nicht erinnern. Er wusste, dass sie ihn gesagt hatte, aber er hatte keine Zeit gehabt, sich in seinem Kopf festzusetzen. Er schalt sich einen dummen alten Narren und wünschte, es wäre nicht so. Auf dem untersten Brett erspähte er ein dunkelgrünes, fest gebundenes Buch und tippte es mit dem Gummipfropfen seines Gehstocks an. »Mein Lieblingsbuch. Los, hol es mal raus.«

Esther kniete sich hin und zog den voluminösen Band heraus. Arthur trat zu dem Stuhl, der in der Ecke seines Zimmers stand, stützte sich auf die Armlehnen und ließ sich in die weichen Polsterkissen sinken. Das Mädchen brachte ihm das Buch, legte es in seinen Schoß und setzte sich dann neben ihn auf die Lehne.

»Worüber ist das Buch?«, fragte sie.

»Es ist mein eigenes Buch. Ich habe es gemacht.«

»Du hast ein Buch geschrieben? Bist du ein Autor?«

Arthur nickte und schlug es auf. Die Seiten waren cremeweiß und hatten eine Struktur wie Aquarellpapier. Das war das Buch seines Lebens. Er wusste, dass auf der ersten Seite sein Name stand.

Arthur Reginald Pettinger
Geburtsdatum: 5. Mai 1923
Geburtsort: Holly Tree Farm bei Hemmingford Grey
Eltern: Reginald und Helena Pettinger

In der Mitte klebte ein verblasstes sepiafarbenes Foto, das einen Jungen von ungefähr zwei Jahren zeigte. Er saß auf einem Kissen, trug einen handgestrickten Pullover, Shorts und Riemchenschuhe und schaute ernst in die Kamera.

»Bist du das?«

Arthur tippte auf das Bild. »Kleiner Strolch.«

Die Kleine schlug die nächste Seite auf, und da waren weitere Fotos desselben Jungen, der aber dieses Mal ein wenig älter wirkte. Auf einem Bild saß er mit einem älteren Mann, wahrscheinlich seinem Vater, auf einem Traktor. Die Sonne schien, sodass sie mit zusammengekniffenen Augen in die Kamera lächelten.

»Arthur und Reg. Holly Tree Farm, Sommer 1926.« Das Mädchen las die Worte vor, die unter dem Foto standen.

»Holly Tree Farm, das war meine Farm«, erklärte Arthur. »Da habe ich lange gewohnt.«

»Hast du gern auf der Farm gelebt?«

Arthur sah das Mädchen an, grübelte über seine Frage nach und achtete besonders auf die Worte »Holly Tree Farm«, die tief vergrabene Erinnerungen aufwühlten. »Es war langweilig, aber verrat niemandem, dass ich das gesagt habe.« Er vollführte eine Bewegung, als ziehe er einen Reißverschluss vor seinem Mund zu.

Plötzlich blitzte ein Bild vor seinem inneren Auge auf. Er sah seine Mutter auf der Türschwelle der Holly Tree Farm, wie sie sich große Mühe gab, nicht zu weinen. Er ging weg und winkte ihr zu. Er spürte die Traurigkeit, aber auch Aufregung mischte sich hinein, obwohl Arthur absolut keine Ahnung hatte, wofür sie stand. Noch eine Erinnerung, die sich unerreichbar verschlossen hatte. Sein Kopf sollte verdammt sein!

Kapitel 5

Juni 1941

Arthurs Mutter stand an der Tür und wischte sich die Hände mit dem Geschirrtuch ab. Sie lächelte, doch ihr Blick wirkte traurig, furchtbar traurig. Ihm wurde klar, dass sie sich mit dem Geschirrtuch gar nicht die Hände abtrocknete, sondern sie knetete, um ihre Nervosität zu überspielen.

Neben ihr stand sein Vater und lächelte ebenfalls, und in seinen Augen stand ein Ausdruck von Stolz. »Jetzt geht es also los, Junge«, sagte Reg Pettinger. »Zeit für dein großes Abenteuer.«

»Nenn das kein Abenteuer!«, schimpfte Helena. Sie wollte noch etwas sagen, doch Regs Blick brachte sie zum Schweigen.

»Nichts mehr davon, Liebling«, sagte er und führte sie sanft von der Tür weg. »Wir sollten Arthur ohne Sorgen verabschieden. Wir wollen nicht, dass er sich Gedanken um uns hier macht. Er braucht einen klaren Kopf, um sich auf seine Aufgabe zu konzentrieren.«

Helena nickte und lächelte breiter. »Natürlich.« Sie bezog Stellung vor Arthur und zog ihm unnötigerweise den Kragen seiner Jacke zurecht. »Du siehst sehr schneidig aus.« Sie wischte ihm Staub von den Schultern, der nicht da war. »Ich bin sehr stolz auf dich.« Am Ende versagte ihr die Stimme, und sie presste die Lippen fest zusammen, schluckte heftig und lächelte erneut gezwungen. »Sehr stolz.«

Arthur zog seine Mum in die Arme. »Alles wird gut, Mum, ich schwöre.«

Ihre Schultern bebten, und sie unterdrückte ein Schluchzen, das tief aus ihrer Kehle aufstieg. Dann nickte sie zustimmend, trat zurück und schlug die Augen nieder, während sie die Tränen wegblinzelte. »Sieh nur zu, dass du mir schreibst«, sagte sie, nachdem sie einen Teil ihrer Fassung zurückgewonnen hatte.

»Ja. Versprochen.«

»Natürlich nur, wenn du kannst, Junge«, warf Reg ein. »Jetzt komm, wir müssen ins Dorf. Der Bus ist bald da.«

Arthur musste zugeben, dass es ihm nicht so leichtfiel, seine Eltern zurückzulassen, wie er gedacht hatte. Er wusste, dass sie seinetwegen eine tapfere Miene aufsetzten, was seinem Vater besser gelang als seiner Mum. Doch als es wirklich so weit war und er sich von seinem Vater verabschiedete, umarmten sie einander innig. Lange nachdem der Bus sich in Bewegung gesetzt hatte, spürte Arthur das starke Gefühl noch im Herzen, und er hatte aus dem Rückfenster gesehen, wie sein Vater immer kleiner geworden war, bis der Bus um die Ecke bog und er ihn nicht mehr erkennen konnte.

Trotz all seines Geredes von Aufregung und Abenteuer begann ihm zu dämmern, dass es jetzt ernst wurde, dass er von zu Hause fortging, um für den Kampf gegen Hitler in die Armee einzutreten. Wirklich und wahrhaftig. Er musste sich eingestehen, dass er seine Eltern vielleicht nie wiedersehen würde. Die Vorstellung überwältigte ihn, ihm wurde klar, was seine Mutter empfand. Kaum vorstellbar, wie sich ein Elternteil bei dem Gedanken fühlen musste, seinen Sohn möglicherweise nie wiederzusehen.

Als sein zweiter Bus die Kaserne erreichte, hatte er den ernüchternden Gedanken daran, von zu Hause fortzugehen, abgeschüttelt. Er rief sich erneut all die Gründe ins Gedächtnis, aus denen er sich seit zwei Jahren zur Armee melden wollte. Arthur wusste, dass es nicht gut sein würde, sich mit dem zu beschäftigen, was jetzt sein »altes« Leben war. Wenn er gut darin sein wollte, Soldat zu sein, und eine Chance haben wollte, in einem Stück – oder überhaupt – zurückzukommen, musste er sich auf seine zukünftige Aufgabe konzentrieren.

Arthur konnte kaum glauben, wie viele Männer Schlange standen, um ihre Rekrutierungspapiere überprüfen und sich in die britische Armee aufnehmen zu lassen. Dieser Krieg, an dessen Ausbruch sein Vater so stark gezweifelt hatte, schien nicht nachlassen zu wollen. Vor erst zwei Monaten waren die Deutschen in Griechenland und Jugoslawien einmarschiert, auch wenn Arthur nicht hätte behaupten können, dass er gewusst hätte, wo Letzteres genau lag.

Er schlurfte in der Schlange vorwärts, bis er an der Reihe war.

Der Sergeant hinter dem Schreibtisch nahm seine Papiere, ohne aufzublicken, blätterte sie durch und hakte auf dem Papier, das vor ihm lag, Kästchen ab. Dann hielt er inne, betrachtete das Papier genauer und blickte zu Arthur auf. »Pettinger.«

»Ja, Sir.« Arthur sah geradeaus und richtete sich auf.

»Hier steht, Sie sprechen Französisch. Stimmt das?«

»Ja, Sir.«

»Fließend?«

»Ja, Sir. Meine Mutter ist Französin.« Arthur erlaubte sich, den Sergeanten direkt anzusehen.

»Noch andere Sprachen?«

»Ein wenig Italienisch und etwas Deutsch«, gab Arthur zurück. »Habe ich zu Hause gelernt. Dachte, das könnte praktisch sein.«

»In der Tat«, entgegnete der Sergeant. »In der Tat.« Er reichte Arthur seine Papiere zurück und wies dann auf die gegenüberliegende Seite des Raums, wohin der Großteil der Rekruten geschickt wurde. »Gehen Sie hinüber zu Sergeant Hadley. Er ist auf der Suche nach Sprachexperten.«

Aufregung stieg in Arthur auf. Er klopfte sich innerlich auf die Schulter, weil er die Initiative ergriffen und sich Italienisch und Deutsch beigebracht hatte. Sein Lateinlehrer an der Schule hatte ihn immer gelobt und behauptet, er sei sprachbegabt – wie sich herausstellte, hatte er recht gehabt. Zugegeben, das Italienische war ihm leichter gefallen – denn es stammte genau wie Französisch vom Lateinischen ab. Deutsch hatte sich als etwas anspruchsvoller erwiesen.

Er stellte sich in die Schlange vor Sergeant Hadleys Schreibtisch.

Der Mann vor ihm drehte sich um und nickte ihm zu. »Ham' se dich ausgesucht, weil du noch 'ne Sprache kannst?« Er redete mit einem breiten Cockney-Akzent.

»Ja. Französisch, Italienisch und ein wenig Deutsch.«

»Ui, drei Sprachen.«

»Und du?«, fragte Arthur.

»Französisch und Deutsch.«

Der Mann wirkte ein wenig älter als Arthur, er war vielleicht Anfang zwanzig.

»Bist du gerade eingezogen worden?«, erkundigte sich Arthur.

»Ich war eigentlich befreit. Bin Bäcker, aber inzwischen machen viele Frauen diese Arbeit. Meine Vera hat meinen Job übernommen, damit ich hier meinen Beitrag leisten kann.«

»Was immer das sein soll«, sagte Arthur. »Mein Bruder sitzt irgendwo in Nordafrika. Er hat mir geschrieben, er hätte nichts Besonderes gesehen oder getan.«

»Ich vermute ja mal, dass sie nach der Grundausbildung etwas mit uns vorhaben.« Mit einer Kopfbewegung wies er auf die Männer in der Schlage, die vor Sergeant Hadleys Schreibtisch anstand. »Bei welcher Abteilung bist du?«

»REME«, antwortete Arthur.

»Ich auch. Königliche Elektroingenieure und Mechaniker. Gott sei Dank gibt es die Abkürzung, sonst wäre es ellenlang«, sagte der Mann und grinste. Er streckte die Hand aus. »Freddie Travers.« Arthur schüttelte ihm die Hand und stellte sich vor. Freddie grinste ihn an. »Tja, Arthur Pettinger, sieht so aus, als würden wir uns demnächst öfter sehen.«

Kapitel 6

Der Tag war lang gewesen und ermüdender, als Maddy sich vorgestellt hatte. Gramps hatte trotz dem, was Hazel in ihr Heft geschrieben hatte, klaglos sein Essen zu sich genommen.

- *Mäkeliger Kerl. Braucht ewig zum Essen. Setz ihm keine Erbsen vor, die rollen über den ganzen Boden, und Du kannst sie auf allen vieren einsammeln.*

Tja, Maddy hatte Gramps Erbsen serviert, und ja, einige waren schon auf dem Teppich gelandet, aber er hatte sie erfolgreich zu sich genommen. Er hatte seinen Teller sogar leer gegessen. Sie hatte ihm eine Kinderportion serviert, genauso groß wie die, die sie Esther gegeben hatte. Sie hatten zu dritt am Tisch gesessen und gegessen, und Maddy hatte die Mahlzeit als Erfolg gewertet.

Ein Jammer, dass der Hund kein so einfacher Mitbewohner war. Jedes Mal, wenn Maddy sich der Bulldogge näherte, wandte das Tier ihr entweder den Rücken zu oder stand auf und verließ das Zimmer. Als Maddy ihr das Futter hingestellt hatte, hatte Fifi daran geschnüffelt, sich dann gesetzt und sich geweigert, Maddy oder dem Futter auch nur einen Blick zu gönnen. Schließlich hatte Esther den Napf genommen und ihn vor den Hund hingestellt, und nach ein wenig gutem Zureden hatte die Hündin das Futter gierig hinuntergeschlungen.

»Dich kann Fifi jedenfalls gut leiden«, sagte Maddy und seufzte.

»Wir sind schon die besten Freundinnen«, sagte Esther und streichelte der Hündin den Kopf.

Sie war neben Fifi sitzen geblieben, bis diese alles gefressen hatte, und dann waren die beiden in den Garten gegangen. Maddy hatte ihnen vom Küchenfenster aus zugeschaut. Es freute sie im Herzen, als sie sah, wie Esther lachte und vor Freude quietschte, während Fifi hinter einem Tennisball durch den Garten flitzte.

Jetzt saß Maddy allein am Küchentisch, blätterte das Handbuch durch, das Hazel ihr hinterlassen hatte, und griff zerstreut nach einem Stift, einem dicken schwarzen Filzstift. Perfekt! Mit einem gewissen Maß an Befriedigung strich Maddy Hazels Bemerkung durch, Gramps sei ein mäkeliger Esser. Sie steckte die Kappe wieder auf den Stift, lehnte sich zurück und bewunderte die dicke, kräftige Linie.

»Er ist *nicht* mäkelig beim Essen«, sagte sie laut.

Sie fragte sich, was sie in dem Heft noch zum Durchstreichen finden würde. Das meiste las sich wie eine Warnung davor, was Gramps für ein Chaos anrichten würde, wenn sie ihn nicht von allem Möglichen abhielt. Noch hatte Maddy in dem Ordner nichts besonders Positives entdeckt.

- *Pass im Garten auf Gramps auf, sonst fängt er an, mit den Händen zu graben. Dann kriegt er Erde unter die Nägel, und es ist schrecklich lästig, das sauberzumachen.*
- *Versteck die Plätzchen, sonst findet Gramps sie und isst sie alle auf einmal oder versteckt sie. Dann findest Du überall Kekskrümel. Er steckt sie gern in den Toaster oder hortet sie in seinen Schuhen.*
- *Lass Gramps nicht allein ins Bad gehen, oder sieh wenigstens hinterher nach. Er steckt den Stöpsel ein und lässt das Wasser laufen!*

Und so setzte die Liste sich fort. Maddy seufzte noch einmal und schlug den Ordner zu. War es wirklich so schlimm, wie Hazel es klingen ließ?

Der Rest des Tages verlief reibungslos, obwohl Maddy auffiel, dass Gramps gegen Abend ziemlich nervös wurde. Laut der Alzheimer-Website war das ganz normal, und Maddy erklärte geduldig unzählige Male, dass Esther und sie bei ihm übernachten würden, und ja, sie hatte richtig abgeschlossen, und nein, der Hund brauchte nicht noch mal ausgeführt zu werden.

Als Maddy an diesem Abend ins Bett stieg, dachte sie an die praktischen Dinge, die sie morgen zu erledigen hatte. Sie hatte sich die nächsten zwei Wochen bewusst freigehalten, um Zeit zu haben, sich einzuleben und Gramps' Pflege zu organisieren, bevor sie wieder arbeitete. Nachdem ihre Mutter Carol vor sechs Monaten erklärt hatte, sie wolle nichts mit Gramps' Pflege zu tun haben, und mit ihrem persönlichen Mr. Spanien – jedenfalls einem spanischen Restaurantbesitzer – nach Spanien gezogen war, hatte sie zusammen mit Hazel die Vollmacht, über seine Angelegenheiten zu entscheiden. Raúl war fast zwölf Jahre jünger als Carol, und weder Hazel noch Maddy waren sich ganz sicher gewesen, ob Raúl sich nur für den Sinn ihrer Mutter für Spaß interessiert hatte.

Als Maddy jetzt wieder an Gramps dachte, wünschte sie, sie hätte die Anzeichen seiner Demenz früher erkannt. Dann hätten sie vielleicht eine Behandlung für ihn finden können, die das Fortschreiten der Krankheit wenigstens verlangsamt hätte. Erneut hatte sie ein noch schlechteres Gewissen, weil sie nicht einmal in Betracht gezogen hatte, dass das ausgerechnet ihrem Großvater passieren könnte. Sie hatten seine Vergesslichkeit alle abgetan, sie als normal bezeichnet und keine Minute daran gedacht, sie könnte die Vorbotin von etwas Schlimmerem sein.

Traurigkeit stieg in ihr auf. Nicht um ihrer selbst willen – es machte ihr nichts aus, hier zu sein, sie wünschte sich sogar, sich um

Gramps zu kümmern –, sondern um seinetwillen. Nach und nach entglitt er ihnen. So langsam, dass es zuerst nur schwer wahrzunehmen war, aber jetzt nahm seine Reise an Tempo auf und bekümmerte sie alle.

Maddy musste irgendwann eingeschlummert sein, doch einige Zeit später schreckte sie eine Bewegung irgendwo im Haus auf. Sie lag still und lauschte dem Geräusch. Es klang wie ein Schleifen, das von einem rhythmischen Klopfen begleitet wurde.

Sie setzte sich im Bett auf. Jetzt war sie hellwach und hörte wieder auf das Geräusch, das lauter wurde, als passierte es ihre Tür. Dann verklang es und kehrte wieder zurück. Schließlich wurde ihr klar, was sie da hörte: schlurfende Schritte und das Aufsetzen von Gramps' Gehstock. Aus irgendeinem Grund ging er – soweit er dazu in der Lage war – auf dem Treppenabsatz auf und ab.

Maddy sprang aus dem Bett, zog ihren Morgenmantel über und trat an die Tür. Jetzt hörte sie, dass er vor sich hin murmelte. Sie verstand nicht, was er sagte, aber er klang bestürzt über etwas.

Sie wollte ihn nicht erschrecken, daher öffnete Maddy vorsichtig die Tür und rief leise seinen Namen. Er blickte auf und blieb stehen.

Maddy trat hinaus zu ihm. »Alles in Ordnung, Gramps?«

Er trug seine Pyjamahosen und Hausschuhe, aber seine obere Körperhälfte steckte in einem schief zugeknöpften Hemd. Darüber trug er seine Anzugjacke und eine Krawatte, die auf halber Brusthöhe zu einem kompliziert aussehenden Knoten geschlungen war.

Als sie auf ihn zutrat, runzelte er die Stirn. »Joan. Joan! Wo ist es? Hast du es weggeräumt? Ich kann es nirgendwo finden, und ich komme noch zu spät.«

Sein ungeduldiger Ton war ungewöhnlich, etwas, was Maddy nur schwer mit ihrem Großvater in Verbindung bringen konnte.

Sie lächelte ihm beruhigend zu. »Hi, Gramps. Ich bin's, Maddy.

Es ist sehr spät in der Nacht, weißt du? Sollen wir dich zurück ins Bett bringen?«

»Aber ich weiß nicht, wo es geblieben ist. Was hast du damit gemacht? Ich habe großen Hunger.« Er stampfte mit seinem Gehstock auf, als wollte er seine Frustration unterstreichen, wandte sich dann von ihr ab und schlurfte weiter über den Treppenabsatz davon.

»Hier geht's lang, Gramps. Lass uns nachsehen, ob es in deinem Zimmer ist.« Maddy hatte keine Ahnung, wonach Gramps wirklich auf der Suche war, aber sie fand, dass es wahrscheinlich nicht die beste Zeit war, um ihn ins Verhör zu nehmen. Was immer es sein mochte, im Moment war es sehr real für ihn, und wenn sie versuchte, ihm eine Erklärung abzuringen, würde ihn das vielleicht noch weiter frustrieren.

Als er den Rückweg antrat, hakte Maddy ihn unter und ermunterte ihn, in sein Zimmer zurückzukehren.

»Ich wünschte, sie würde es in Ruhe lassen. Immer räumt sie es herum.« Während er wieder zu seinem Zimmer ging, murmelte Gramps weiter vor sich hin. »Wenn das so weitergeht, komme ich noch zu spät zur Arbeit.«

»Wir sind unterwegs, Gramps. Zurück in dein Zimmer. Es ist Nacht, bringen wir dich wieder ins Bett.«

Erneut stampfte er mit seinem Stock auf den Boden. »Wo ist es?«, verlangte er zu wissen. »Wo ist es geblieben?«

Obwohl sie sich große Mühe gab, nicht zu laut zu sein, mussten sie Esther geweckt haben, die aus ihrer Zimmertür trat.

»Was ist los?«, fragte Esther und strich sich das Haar aus dem Gesicht.

»Hast du es?«, wollte Gramps wissen, bevor Maddy antworten konnte. »Hat sie es?«

»Was soll ich haben?«, fragte Esther.

Maddy schüttelte, an ihre Tochter gerichtet, den Kopf. »Mach dir darüber jetzt keine Gedanken. Gramps hat etwas verloren, aber wir suchen morgen früh danach.« Sie sah, dass Esther Gramps musterte und seine Aufmachung bemerkte. »Sag nichts«, kam Maddy der Frage ihrer Tochter zuvor. »Wir müssen Gramps einfach wieder ins Bett bringen.«

»Was hat er denn verloren?«, erkundigte sich Esther.

»Jetzt nicht«, sagte Maddy. Sie wollte der Frage aus dem Weg gehen, was Gramps wohl suchte, denn sie erinnerte sich, gelesen zu haben, dass das die Verwirrung von Demenzkranken noch verstärken konnte.

Esther trat um Maddy herum und zu Gramps. »Hast du einen Keks? Du weißt schon, von denen in deiner Schublade? Kann ich bitte einen haben?«

»Einen Keks? Ich glaube schon«, sagte Gramps, dessen Miene sich aufhellte.

Maddy sprach ein lautloses Dankgebet, weil Esther die Plätzchen eingefallen waren. »Was für eine gute Idee! Ich finde, wir sollten alle einen Keks essen.«

Schnell hatten sie Gramps wieder in sein Zimmer gebracht, wo er sich auf die Bettkante setzte und seine Kekspackung aus der Schublade holte.

Er schickte sich in Maddys Vorschlag, Jackett, Hemd und Krawatte auszuziehen und wieder in sein Schlafanzugoberteil zu schlüpfen. »Brauche ich das nicht?«, fragte er und hielt die Krawatte am schmalen Ende hoch. »Ich sollte sie für die Arbeit anziehen.«

»Jetzt brauchst du sie nicht«, sagte Maddy und knöpfte ihm die Schlafanzugjacke zu. »Du kannst sie morgen früh anziehen. So lange hänge ich sie wieder in den Kleiderschrank.«

»Aber ich brauche sie für die Arbeit.«

»Morgen früh, Gramps. Jetzt musst du weiterschlafen.«

»Ja?«

»Ja, genau.« Maddy half ihm, die Beine aufs Bett zu legen, und drückte ihn wieder in die Kissen.

»Hast du es gefunden? Frag Joan, wo es ist«, sagte er. »Ist es da drin?« Er zeigte auf den Nachttisch. »Oder dort drunter?« Gramps begann, unter seinem Kissen herumzuwühlen, und förderte mehrere Papiertaschentücher zutage.

Maddy stand auf, ging zur Frisierkommode, zog die oberste Schublade auf und nahm ein sauberes weißes Taschentuch heraus. Sie erinnerte sich, dass ihr Großvater immer richtige Stofftaschentücher gehabt hatte, keine aus Papier. Vielleicht hatte Hazel ja keine Lust mehr gehabt, sie zu waschen? »Hier, Gramps.«

Er nahm das Taschentuch, breitete es aus und inspizierte dabei jede Ecke. Er musste die ganze Stoffkante mindestens dreimal untersucht haben. »Es ist nicht da«, sagte er und begann, unter seinem Kissen herumzukramen.

Esther stand auf der anderen Seite des Betts, hob ihre Seite des Kissens hoch und zog ein Taschentuch aus Baumwollstoff hervor. »Ist es das?«

Gramps nahm es ihr ab und begann wie vorhin, die Ecken in Augenschein zu nehmen. Bei der dritten Ecke hielt er an und hielt den Stoff zwischen Daumen und Zeigefinger. Dort war der Buchstabe »A« eingestickt. »Du hast es gefunden!«

»Es lag unter deinem Kissen«, sagte Esther.

»*Elle me l'a donné. Merci. C'est très gentil. Maryse, merci beaucoup. Maryse. Maryse*«, sagte Gramps. »Sie hat es mir geschenkt. Danke, sehr freundlich. Vielen Dank, Maryse. Maryse. Maryse.« Er faltete das Taschentuch zweimal zusammen. »Ich habe es immer bei mir.« Er schlug es auseinander und faltete es dann wieder zusammen. »Muss es bei mir tragen.«

Esther warf ihrer Mutter einen Blick zu.

»Das war Französisch«, erklärte Maddy und spürte einen Anflug von Bedauern, weil sie die Sprache mit Esther nicht weiter vertieft hatte, nachdem diese in den Kindergarten gekommen war. Jedes Verständnis der Sprache, den Esther im zarten Alter von drei gehabt haben mochte, war rasch verloren gegangen. Sie wandte ihre

Aufmerksamkeit wieder Gramps zu. »Steck es in die Tasche, und dann kannst du dich hinlegen.« Einen Moment lang hatte Maddy den Eindruck, Gramps wollte wieder aus dem Bett klettern, doch sie legte ihm ganz sanft eine Hand auf die Schulter. »Lehn dich zurück, Gramps. Es ist schon spät. Du musst schlafen.«

»Es ist Nacht, nicht wahr?«

»Ja. Bleib jetzt im Bett, Gramps. Es ist sehr spät, und wir müssen alle schlafen«, sagte Esther, zog ihm die Bettdecke bis unters Kinn hoch und stopfte sie um ihn fest wie bei einem kleinen Kind. »Gute Nacht.«

Maddy spürte Stolz auf Esther in sich aufsteigen. Ihre Tochter war erst elf, aber sie begriff schon jetzt, wie sie Gramps ganz behutsam unterstützen konnte. Ihr Verständnis reichte wahrscheinlich tiefer, als Maddy ihr zugetraut hatte.

Beide huschten aus dem Zimmer, und Maddy hörte erleichtert, wie ihr Großvater regelmäßig atmete, bevor sie auch nur die Tür geschlossen hatte. Sie hoffte, dass er den Rest der Nacht durchschlafen würde.

»Danke«, sagte sie zu Esther, als diese wieder zurück in ihr Zimmer ging.

»Wofür?«, fragte Esther.

»Weil du bei Gramps so hilfsbereit und erwachsen warst.«

»Ich habe das nachgelesen, weißt du«, sagte Esther. »Ich habe es gegoogelt. Es heißt, nachts würde es schlimmer, und wenn jemand Demenz hat, findet er die Abende am schwierigsten. Es heißt ›Sundowning-Syndrom‹.«

Unwillkürlich warf Maddy Esther einen sehr beeindruckten Blick zu. »Stimmt. Ich hatte keine Ahnung, dass du das weißt.«

Esther zuckte mit den Schultern und legte sich auf ihr Bett. »Und wenn die Leute dann ärgerlich werden oder sich aufregen, liegt es daran, dass sie es nicht verstehen. Das wäre, als würde ich versuchen, dir einzureden, jetzt wäre heller Tag.«

»Für jemanden, der noch so jung ist, bist du sehr weise«, sagte

Maddy. »Und ich glaube, wir sollten öfter darüber reden. Das hilft uns sicher zu verstehen, was Gramps durchmacht. Nur nicht heute, denn es ist wirklich mitten in der Nacht.«

»Glaubst du, Gramps hat die ganze Zeit nach diesem Taschentuch gesucht?«, fragte Esther schläfrig.

»Keine Ahnung. Er hat etwas von Joan gesagt, meiner Großmutter, also war es vielleicht eine alte Erinnerung.«

»Er hat auch ›Mary‹ oder *maman* gesagt oder so ähnlich. Wer ist sie?«, fragte Esther und klang plötzlich munterer.

»Ich weiß es nicht. Vielleicht eine Freundin meiner Großmutter? Wahrscheinlich bringt er nur seine Erinnerungen durcheinander.« Maddy strich ihrer Tochter das Haar aus dem Gesicht. »Versuch jetzt weiterzuschlafen.«

»Es muss ein wenig so wie ein Knoten in einem Wollknäuel sein. Man zerrt an einer Erinnerung wie an einem Faden, aber der zieht noch andere mit, und das Ganze kommt so durcheinander, dass man es unmöglich entwirren kann.«

Das hatte Esther wahrscheinlich perfekt zusammengefasst. »Ja, so ist es wohl«, sagte Maddy und drückte ihre Tochter.

»Ich wünschte, wir könnten sie entwirren.«

»Ich auch.«

Kapitel 7

Arthur nippte an der Tasse Tee, die Maddy ihm gebracht hatte. Er war sich nicht ganz sicher, wie lange die Tasse schon auf dem Beistelltischchen neben seinem Sessel stand, aber inzwischen war der Tee lauwarm. Normalerweise trank er seinen Tee gern heiß, aber er wollte nicht anspruchsvoll sein oder lästig fallen. Das arme Mädchen hatte heute Morgen sehr müde ausgesehen.

Arthur sah aus dem Wohnzimmerfenster. Die Sonne schien, und es war ein klarer Tag. Solche Tage mochte er, dann fühlte er sich lebendig und war sich seiner Umgebung bewusst.

»Hallo, Gramps.«

Arthur wandte den Blick zur Tür, und das Mädchen stand dort. Er lächelte und streckte die Hand aus, um sie ins Zimmer zu winken. »Komm herein, Kleine.« Ihm fiel auf, dass sie etwas in der Hand hielt. Einen Teddybären vielleicht? »Was hast du da?«

Das Kind kam herüber und blieb vor ihm stehen. »Mein Schreibmäppchen. Darin sind meine Bleistifte, Gelschreiber und Schreibstifte.« Sie zog den Reißverschluss auf und klappte das Stoffetui auf.

Arthur betrachtete die Farbenpracht. »Ein ganzer Regenbogen«, sagte er.

Das Mädchen sagte nichts, warf ihm aber einen fragenden Blick zu.

Arthur entdeckte noch etwas in ihrer Hand und zeigte darauf. »Und was ist das?«

»Mein Tagebuch.«

»Ist es voller Geheimnisse?« Er lächelte, irgendwo in seinem Hinterkopf stieg eine Erinnerung auf.

Geheimnisse. Es hatte mit Geheimnissen zu tun. Er spürte, dass mit der Erinnerung sowohl Gefahr als auch Liebe verknüpft war, aber die Verbindung war nicht klar. Es war, als sehe man durch gewölbtes Glas. Seine Erinnerungen bestanden nur aus Umrissen und Silhouetten, undeutlichen Konturen, die miteinander verschwammen, und er konnte nichts klar erkennen. Doch die Gefühle waren da. Sein Herz machte einen Satz, und ein Adrenalinschub durchschoss ihn. Er wünschte, er könnte diese Erinnerungen festnageln. Dass sein Fenster in die Vergangenheit klar wäre.

»Ich schreibe eine Geschichte«, erklärte die Kleine.

Arthur sah sie an. »Eine Geschichte? Das ist gut. Was für eine? Darf ich sie lesen?«

Das Mädchen schlug das Notizbuch auf. Er gab sich große Mühe, sich an ihren Namen zu erinnern, aber sein Kopf machte gerade nicht mit. Verdammtes Teil! Ihm wurde klar, dass er die Stirn runzelte, und er bemühte sich bewusst, ein Lächeln aufzusetzen. Er wollte ihr keine Angst einjagen.

»Es geht um ein Mädchen, das in ein neues Zuhause zieht, aber noch keine Freunde hat«, erzählte die Kleine.

»Oh, das ist traurig«, sagte Arthur. »Warum hat sie keine Freunde? Was ist mit den anderen Kindern an ihrer neuen Schule?«

»Die Schule hat noch nicht angefangen, weil Sommerferien sind.«

Sie sah auf ihr Notizbuch hinunter, und Arthur spürte einen Stich im Herzen. Sie strahlte etwas Trauriges aus. Er wollte nicht, dass sie traurig war. Kinder sollten glücklich sein und ihre Kindheit genießen – die beste Zeit ihres Lebens.

»Hat sie denn niemanden?«, fragte er. »Keine Schwester? Keinen Bruder?«

Die Kleine schüttelte den Kopf. »Nein.«

»Wer lebt denn sonst noch in dem Haus?«

»Ihre Mutter und ihr Urgroßvater.«

In dem Zimmer trat ein kurzes Schweigen ein, während Arthur über die Geschichte des Mädchens nachdachte. Er wünschte, er könnte sich an ihren Namen erinnern, aber der war fort. Hatte er ihn je gewusst? Zum Teufel mit seinem Hirn. Er sah die Kleine an. Wo war sie hergekommen? Was machte sie hier? Er runzelte die Stirn und versuchte nachzudenken. Ach ja. Sie war mit ... nicht mit der Meckerziege ... gekommen, sondern ... mit ... Maddy. Er lächelte erfreut, weil ihm das eingefallen war. Maddy. Seine Enkelin. Das Kind war zusammen mit Maddy aufgetaucht. Sie war Maddys Tochter. Das musste heißen, dass sie auch zu ihm gehörte. Armes Kind. Ihr Blick wirkte traurig. Genau, wie er es in Maddys Augen gesehen hatte.

Arthur musterte die Wörter auf der Seite des Buchs in der Hand des Kindes. Einige davon konnte er entziffern, aber er war sich nicht bei allen sicher. Als er jünger gewesen war, hatte er viel gelesen, aber heutzutage hatte er weder die Sehkraft noch den Kopf dazu. Er tippte mit dem Finger auf die Seite. »Das Mädchen in dem Buch braucht einen Freund. Ich finde, der Urgroßvater könnte ihr Freund werden.« Er lächelte und zwinkerte dem Mädchen zu.

Sie erwiderte sein Lächeln, nahm das Notizbuch und ließ sich damit in seiner Nähe auf dem Sofaende nieder. Einige Zeit schrieb sie. Arthur hätte nicht sagen können, wie lange, vielleicht war er sogar ein Weilchen eingenickt, doch als er wieder hinübersah, schlug sie das Buch zu.

»Das Mädchen und der Urgroßvater sind Freunde. Jetzt erzählt er ihr Geschichten aus seiner Jugend.« Sie ließ den Stift zwischen den Zähnen klappern und sprach dann weiter. »Erzählst du mir jetzt eine Geschichte von dir? Aus deinem Album?«

»Hol es«, sagte Arthur.

Er wartete, während die Kleine das Zimmer verließ, nach oben ging und ein paar Minuten später mit dem grünen Buch zurückkehrte. Arthur nahm es und legte es in seinen Schoß. Er legte die Hände um die Seiten und nahm sich einen Moment Zeit, um das Buch zu bewundern und den Ledereinband zu spüren, indem er mit den Daumen darüberfuhr. Er konnte sich nicht genau an den Inhalt erinnern, aber das Album schenkte ihm ein Gefühl von Ruhe. Es kam ihm vertraut vor, etwas, was ihm heutzutage nicht oft passierte. Er fühlte sich mit diesem Buch verbunden. Es war ein Teil von ihm, das wusste er. Erklären konnte er das nicht, aber er spürte es. Er sah die Kleine an und schlug lächelnd den Einband auf.

»Welche Seite willst du anschauen?«, fragte sie und schmiegte sich an den Sessel, sodass sie das Buch zusammen mit ihm betrachten konnte.

»Hm, ich weiß nicht. Welche möchtest du denn ansehen?«

Sie beugte sich herüber und blätterte die Seiten um. »Bist du das?«, fragte sie und deutete auf ein Schwarz-Weiß-Foto.

Es zeigte einen Mann in Uniform, der strammstand.

Arthur kniff die Augen zusammen und musterte es. Mit dem Finger tippte er auf das Bild. »Das ist mein Regiment.«

»Aber bist du das?«

»Ich glaube schon«, sagte Arthur, während ihn ein Bild aus der Vergangenheit überfiel. Er versuchte, es festzuhalten. »Armee. Krieg. Ja, stimmt. Das bin ich. Kurz bevor ich nach Frankreich gegangen bin.« Mit einem Mal stiegen die Erinnerungen so klar und deutlich in ihm auf, wie er das schon länger nicht mehr erlebt hatte. »Wir mussten in einen Zug steigen. Wann, da bin ich mir nicht sicher, aber da waren jede Menge junger Männer in meinem Alter im Zug. Wir trugen alle Uniform und haben unsere Taschen in der Gepäckablage über uns verstaut. Die meisten von uns haben gelacht und gescherzt. Wir haben Zigaretten geraucht. Wir sahen alle aus, als würden wir Urlaub am Meer machen. Keiner von uns wusste, was vor uns lag. Hinter all der Prahlerei hatten wir Angst, aber keiner von uns mochte das zugeben. Wir waren Männer und zogen in den Krieg.«

»Wie lange wart ihr fort?«

Arthur runzelte die Stirn. Wie lange war er fort gewesen? Er konnte sich nicht erinnern. »Lange«, sagte er zur Antwort auf ihre Frage. »Zu lange.«

Die Kleine blätterte die Seite in dem Album um. Ein weiteres Bild, das mit Fotoecken – an jeder Ecke eine – befestigt war, tauchte auf. Es zeigte ein lang gestrecktes, von einer Steinmauer umgebenes Gebäude. »Ist das dein Haus?«

Arthurs Herz klopfte ein wenig stärker, als er das Bauernhaus betrachtete. Das Foto war schwarz-weiß, doch je länger er hinschaute, desto mehr Farbe nahm es an. Er erinnerte sich an den wunderschönen lila Blauregen, der quer über das Steingebäude rankte. An die Tür aus Eichenholz, die beim Öffnen knarrte. Die hölzernen, geschlitzten Fensterläden, die tiefrot waren und alle Fenster des Hauses flankierten.

Arthur streckte eine Hand aus und strich über das Foto. Er erinnerte sich daran, wie körnig sich der Stein unter seinen Fingerspitzen angefühlt hatte. Wie kühl er trotz der heißen französischen Sonne gewesen war.

»Dort haben sie gelebt«, murmelte er.

»Wer? Wer hat dort gewohnt?«

»Maryse. Die Kinder sind zum Spielen gekommen«, sagte er laut, und dabei polterte sein Herz in der Brust so heftig, dass er glaubte, es werde herausspringen. »Liebste Maryse.«

»War sie deine Freundin? Wie sieht sie aus?«

Arthur rieb sich die Schulter und zuckte zusammen. Tat sie noch weh, oder war das eine Reaktion auf die Erinnerung? Seine andere Hand lag noch auf der Buchseite. Er wusste nicht, warum, doch er stellte fest, dass er mit dem Finger am Rand des Bildes entlangfuhr und es leicht anhob. Dann zog er eine der Ecken aus der Befestigung. Er wiederholte das mit der gegenüberliegenden Ecke und nahm das Foto aus dem Buch. Wieder war Arthur sich keiner Entscheidung und keines Gedankens bewusst, doch er drehte das Bild um. Auf der Rückseite klebte ein kleineres Foto, das eine Frau zeigte.

Sie stand vor dem Haus. Die dunklen Locken waren auf ihrem Kopf hochgesteckt und wurden von einem Tuch gehalten. Sie trug ein hübsches, mit Blumen bedrucktes Kleid und hatte sich eine Schürze um die Taille gebunden. Die Frau strahlte in die Kamera, und ihre Schönheit war nicht nur oberflächlich. Sie leuchtete aus ihren Augen, strahlte von ihrem Mund aus und umgab sie wie ein Heiligenschein.

Er hob das Foto mit zitternden Händen an die Lippen. Liebste Maryse. Schöne Maryse. Tapfere Maryse. Wie sehr sie ihm fehlte! Er spürte es im Herzen, als wäre es gestern gewesen. Tränen schossen ihm in die Augen, und er ließ zu, dass sie sie erfüllten und dann davonrannen.

»Gramps«, vernahm er eine kleinlaute Stimme. »Willst du ein Taschentuch?« Jemand drückte ihm ein weißes Papiertaschentuch in die Hand. »Nicht weinen.«

Arthur drückte das Foto an sein Herz, und erneut erfüllten Bilder aus der Vergangenheit seinen Kopf. Ihre schwarzen Locken, die über ihre nackten Schultern fielen, ihre glatte Haut unter seinen Bartstoppeln, die Berührung ihrer Hand, mit der sie ihm durchs Haar fuhr. Er konnte sie sogar riechen. Ein zarter Duft wie von Rosen.

»Gramps?«

Arthur schlug die Augen auf und sah auf seine Hand hinunter, in die das Mädchen das Taschentuch gestopft hatte. Er wischte sich die Augen. »Tut mir leid.« Er sollte nicht so vor dem Kind weinen und es aufregen, aber er konnte nicht anders.

Sie zog noch ein Taschentuch hervor und tupfte ihm die Augen ab. »Nicht weinen, Gramps. Nicht weinen. Tut mir leid.«

»Das braucht es nicht«, sagte Arthur. Er sah das Foto an, das er immer noch in der Hand hielt. »Ich sollte mich entschuldigen. Alles ist so schiefgegangen. Von Anfang an. Schrecklich … Es war furchtbar.«

Kapitel 8

April 1944

»Dann ist alles klar, Pettinger?«, fragte General Smithers.

»Ja, Sir«, gab Arthur selbstbewusst zurück.

Insgeheim freute er sich auch, nachdem er über seine nächste Mission informiert worden war: Freddie Travers und er sollten Vorarbeit für die Invasion in der Normandie leisten. Eine entscheidende und gefährliche Aufgabe, hatte der General betont. Ganz zu schweigen davon, dass sie streng geheim war, daher hatte man sie ihnen streng vertraulich in einem Kommandozentrum mitgeteilt, das versteckt im ländlichen Cambridgeshire lag.

Arthur warf Freddie, der ebenfalls bekräftigte, verstanden zu haben, einen Seitenblick zu. Arthur hatte sich auch gefreut, als Travers letzte Woche im »Wartesaal« in Peterborough aufgekreuzt war, obwohl beide keine Ahnung hatten, was sie erwartete. Sie hatten einander ungefähr achtzehn Monate nicht gesehen, während beide bei unterschiedlichen Missionen hinter den feindlichen Linien im Einsatz waren.

Kurz nach seiner Einschreibung, als er Freddie kennengelernt und man sie beide wegen ihrer Zweisprachigkeit handverlesen hatte, waren sie von der Abteilung Spezialkommando unter die Fittiche genommen worden, und bisher hatten beide geheime Missionen in Südfrankreich durchgeführt. Dies würde ihrer erster gemeinsamer Einsatz werden.

»Schön. Bevor Sie gehen, muss ich noch mit Ihnen reden, Pettinger«, sagte General Smithers. Er nickte Freddie zu. »Das wäre alles, Travers. Viel Glück.«

»Danke, Sir.« Freddie stand auf, salutierte und marschierte im Eilschritt aus dem Büro.

Der General lehnte sich auf seinem Stuhl zurück, musterte den frisch ernannten Staff Sergeant und holte dann kurz, aber merkbar Luft. Arthur ließ die Hände auf den Knien liegen und hielt den Blickkontakt. Innerlich wappnete er sich für etwas, was dem General offensichtlich eine gewisse Sorge bereitete.

»Ich kann Ihnen das leider nicht schonend beibringen«, begann Smithers, »aber ich habe heute die Nachricht erhalten, dass Ihr Bruder John gefallen ist. Wahrscheinlich können Sie es ebenso gut jetzt erfahren, aber Ihr Bruder hat auch für das Sondereinsatzkommando gearbeitet, weil er natürlich ebenfalls fließend Französisch sprach.«

Arthurs Herz setzte mindestens zweimal aus, und er schluckte einen Kloß im Hals hinunter, der so groß wie ein Tennisball war. Seine Handflächen begannen zu schwitzen, er umklammerte die Knie seiner Uniformhosen. »Sir …«, brachte er irgendwie heraus, um die Nachricht zu quittieren. Er blinzelte die Tränen weg und nahm Zuflucht zu jedem Stück Training, das er erhalten hatte, um in diesem tiefschwarzen Moment Haltung zu bewahren.

»Er ist umgekommen, als er versucht hat, eine Telefonleitung zu sprengen. Erschossen. Er war sofort tot.«

Arthur nickte und kämpfte darum, die Nachricht zu verarbeiten. »Ist meine Mutter informiert?«

»Sie sollte es morgen erfahren«, sagte Smithers. »Ich verstehe, dass dies ein Schock und eine verheerende Nachricht ist, daher muss ich Sie fragen, ob Sie sich von der Mission zurückziehen wollen. Ganz brutal ausgedrückt: Wir brauchen Ihre Konzentration. Wenn Sie sich nicht hundertprozentig auf Ihre Aufgabe einlassen können, muss ich Sie abziehen.«

Arthur sprang auf und stand stramm. »Sie brauchen mich nicht zu ersetzen, Sir.« Er wollte nicht an seinen Bruder denken. Er durfte sich davon nicht beirren lassen. Er wusste einfach, dass er sich nicht damit auseinandersetzen konnte.

»Na schön. Wenn Sie sich sicher sind«, gab Smithers zurück.

»Ja, General. Absolut sicher.« Die Antwort schnürte ihm fast den Hals zu, aber sie kam ihm trotzdem deutlich über die Lippen.

Der General entließ ihn, und Arthur trat ab.

Draußen auf dem Gang spürte er, wie ihm die Knie weich wurden. Mit einem Mal empfand er einen überwältigenden Brechreiz. Er rannte in die Toilette am Ende des Korridors und erbrach sich in die Kloschüssel.

John war tot. Nein! Das konnte nicht wahr sein. Nicht sein Bruder. Herrgott! Er wusste, dass es stimmte. Arthur spuckte in die Schüssel, zog die Kette am Spülkasten und sackte dann in der Kabine zusammen. Er rammte sich die Handballen in die Augen. Wenn er die Tränen zurückhalten konnte, könnte er auch das Gefühl niederkämpfen.

Mehrere Minuten hockte er da und weigerte sich, den Tränen nachzugeben. Langsam und tief atmete er ein und aus. John hätte ihm befohlen, sich nicht wie ein Baby zu benehmen, sondern ein Mann zu sein. Bei seinem letzten Heimaturlaub hatte John erklärt, wie stolz er darauf sei, für sein Land zu kämpfen. Und Arthur würde ihn nicht enttäuschen. Seine Trauer schlug in Zorn um. Diese Bastarde, die John umgebracht hatten, würden dafür zahlen. Dafür würde Arthur schon sorgen.

Er stand auf. Sein Atem ging schwer, und er versuchte, die Beherrschung zurückzugewinnen. Draußen am Waschbecken spritzte er sich kaltes Wasser ins Gesicht und trocknete es mit einem Papiertuch ab. Arthur richtete sich zu seiner vollen Größe von eins achtzig auf und sah sich im Spiegel an.

Verdammt sollten die Deutschen sein. *Les boches*. Die Kartoffelfresser. Diese Plage, die über Frankreich gekommen war.

Mit frischem Zorn und neu erwachtem Zielbewusstsein blies Arthur die Brust auf. Er spürte Johns Anwesenheit. Arthur würde dafür sorgen, dass jede Sekunde zählte und seine Familie stolz auf ihn sein konnte.

An diesem Abend kehrte Arthur in den »Wartesaal« zu Freddie zurück. Er hatte zwar das Gefühl, dass Freddie den Eindruck hatte, etwas stimme nicht, doch sein Kamerad stellte ihm keine Fragen. Das machte man einfach nicht. Manches war so schlimm, dass man nicht darüber redete. Wenn Arthur vor Freddie die Fassung verlor, wäre das nicht gut für die Moral oder die anderen Männer.

Achtundvierzig Stunden später hockten sie auf den Notsitzen eines Flugzeugs, das tief über der bretonischen Landschaft dahinflog. Sie würden »blind« abspringen, was hieß, dass die Leute von der *Résistance* sie nicht mit Fackeln einwiesen und dass sie auch niemand in Empfang nehmen würde. Beide Männer waren wie einheimische Bretonen angezogen. Jedes Detail ihrer Ausstattung war sorgfältig ausgewählt und aus echter französischer Alltagskleidung zusammengestellt, damit sie wirkten, als wären sie im Département Morbihan geboren und groß geworden. Das bedeutete zugleich, dass sie für den Fall, dass sie aufgegriffen würden, weder Waffen noch Proviant oder große Geldsummen bei sich führten. Der Nachteil des Umstands, dass sie keine Uniform trugen, war allerdings auch, dass sie, wenn sie gefangengenommen und verhört wurden, mit Sicherheit als Spione hingerichtet würden.

Natürlich hatte man sie auch mit offiziellen Papieren ausgerüstet. Arthur hieß jetzt »Christophe Martin« und Freddie »Guy Chapelle«, und sie mussten einander ausnahmslos mit diesen Namen ansprechen.

»Fünf Minuten!«, schrie der Co-Pilot, um das Scheppern des Flugzeugs und das Dröhnen der Motoren zu übertönen.

Arthur sollte als Erster springen und schob sich auf die offene Seitentür des Flugzeugs zu, das unter der ungleichmäßigen, tiefen

Wolkendecke zu sinken begann, sodass gerade genug Mondschein einfiel.

»Wir gehen runter!«, rief der Co-Pilot.

Arthur sah hinunter, während die Baumkronen der bretonischen Landschaft scheinbar auf sie zugerast kamen und seine Füße im Nachthimmel baumelten. Er spürte, wie der Co-Pilot ihm auf die Schulter schlug.

»Los!«

Ohne zu zögern, sprang Arthur aus dem Flugzeug, und ein paar Sekunden später, nachdem er sich vergewissert hatte, dass er sich in sicherer Entfernung von der Maschine befand, öffnete sich sein Fallschirm. Er warf einen Blick nach oben, um festzustellen, ob der seidige Stoff sich aufblähte, und erhaschte einen Blick auf Freddie, der links von ihm mehrere Meter über ihm hing.

Das Flugzeug verschwand, und Arthur schwebte zum Boden hinunter. Dieser Moment zwischen dem Verlassen des Flugzeugs und dem Berühren des Bodens hatte immer etwas Surreales, aber Arthur horchte auch aufmerksam auf Schüsse für den Fall, dass sie von den Deutschen oder der örtlichen *milice* entdeckt worden waren. Bei Letzterer handelte es sich um eine von der Vichy-Regierung aufgestellte Miliz, die vor allem die Aufgabe hatte, die lokalen Widerstandsbewegungen zu verfolgen.

Sekunden später hatte Arthur den Boden erreicht und raffte seinen Fallschirm zusammen, während er gleichzeitig Freddies Landung im Auge behielt – tatsächlich im Feld nebenan. Arthur war auf einem Kartoffelacker gelandet. Er sah zu, wie ein Kanister, den der Co-Pilot Freddie noch nachgeworfen hatte, ebenfalls in dem anderen Feld aufschlug.

Arthur kämpfte mit seinem Fallschirm, rannte über den Kartoffelacker, sprang über den Graben und traf sich mit Freddie, der inzwischen seinen Fallschirm zusammengepackt hatte.

Als Nächstes holten sie den Kanister und hielten auf das Waldstück östlich von ihnen zu, über das man sie instruiert hatte. Sie brauchten noch einmal neunzig Minuten, um ihre Fallschirme und den Blechkanister zu vergraben. Später, wenn es sicher war zurückzukommen, würden sie sich den Proviant und die anderen Gegenstände holen, die sie brauchten.

»Wohin jetzt?«, fragte Freddie, als sie im Unterholz hockten. »Hier fühle ich mich nicht wohl. Kommt mir nicht richtig vor.«

Arthur hatte nicht das Gefühl, Einwände erheben zu können. Die Nacht war für seinen Geschmack viel zu ruhig. Sie waren in einem Stück Ackerland abgesprungen, das sich über mehr als vierzig Hektar erstreckte, und nicht einmal eine Eule hatte sich gerührt.

»Wir müssen uns in Richtung Sérent halten«, sagte Arthur und erinnerte sich an das kurze Treffen, bei dem man sie darüber instruiert hatte, wie sie vom Wald aus das Dorf Sérent erreichen würden, das etwa sieben Meilen entfernt lag.

Die Strecke durch den Wald war der einfache Teil, doch ihr Weg würde sie auch mehrere Meilen über die Straße führen. Glücklicherweise schienen die französischen Bauern ihre Straßengräben relativ sauber zu halten, und Arthur hatte sie bereits als mögliche Deckung vorgemerkt, falls Fahrzeuge vorbeikamen, denn sie waren während der Ausgangssperre unterwegs und würden erklären müssen, was sie trieben.

Sie erreichten gerade den Waldsaum, als plötzlich vier Männer aus dem Schatten der Bäume auftauchten und ihnen den Weg verstellten.

»Was haben wir denn hier?«, murmelte Freddie, während die beiden stehen blieben. »Das Empfangskomitee?«

»Hoffentlich«, gab Arthur zurück. Er hob zum Zeichen, dass sie sich ergaben, die Hände auf Schulterhöhe. Viel anderes blieb ihnen nicht übrig.

Drei der Männer waren mit etwas, das Arthur als Sten-Maschinengewehr erkannte, bewaffnet, der vierte mit einer Pistole. Sie trugen ganz ähnlich wie er selbst und Freddie praktische Zivilkleidung.

»Wer seid ihr?«, fragte der Franzose mit der Pistole.

Arthur musste sich seine Antwort gut überlegen. Sein erster Gedanke war, dass sie es mit der örtlichen *Résistance* zu tun hatten, aber ganz sicher konnte er sich nicht sein. Sie hätten auch die *milice* oder deren lokale Sympathisanten vor sich haben können, die nicht zögern würde, sie im Austausch gegen zusätzliche Rationen an die Deutschen auszuliefern. Lebensmittel wurden im besetzten Frankreich langsam zu einem Luxusartikel, und Arthur akzeptierte, dass die Menschen taten, was sie tun mussten, um zu überleben.

»Christophe Martin«, antwortete Arthur mit seinem besten französischen Akzent. »Wir sind auf dem Weg zu meinem Cousin in Sérent.«

Der Franzose, der der Anführer der Gruppe zu sein schien, nickte Freddie zu. »Und du?«

»Guy Chapelle. Ich bin auch unterwegs nach Sérent. Wir wollen auf dem Hof seines Cousins aushelfen.« Freddie hatte, während er ihre abgesprochene Tarngeschichte wiedergab, ebenfalls die Hände erhoben.

»Um diese Nachtzeit?«

»Wir sind in Malestroit aufgehalten wurden«, erklärte Arthur. »Weibliche Gastfreundschaft.« Er warf den Männern einen verschwörerischen Blick zu und hoffte, dass sie nicht aus Malestroit stammten und seine Andeutung nicht als beleidigend empfinden würden.

Der Franzose schnaubte kurz. »Ich hoffe, das war es wert.« Er gab den Männern hinter sich ein Zeichen, woraufhin zwei von ihnen zu Arthur und Freddie traten und sie durchsuchten – nach versteckten Waffen, wie Arthur annahm.

»Dann habt ihr nichts mit dem Flugzeug zu tun, das vorhin vorbeigeflogen ist?«, wollte der Anführer wissen.

Arthur zuckte mit den Schultern. »Was für ein Flugzeug?«

Er stellte sich absichtlich dumm. Es war sinnlos, zu früh zu enthüllen, wer Freddie und er waren, nur für alle Fälle.

Ebenso gut hätte die *milice* sie in falscher Sicherheit wiegen können.

»Wie heißt euer Cousin?«

»Hugo Dupont«, gab Arthur zurück, ohne zu zögern.

Bevor das Gespräch sich weiterentwickeln konnte, schallte irgendwo aus den Bäumen Gewehrfeuer, sodass die Gruppe im Unterholz und hinter Bäumen in Deckung ging.

Arthur ging davon aus, dass es deutsche Soldaten waren, denen es irgendwie gelungen war, sich unbemerkt an sie anzuschleichen.

»*Allez! Allez!* Los, los!«, schrie der Franzose ihnen zu und winkte sie hinter einen nahe gelegenen Baum.

Kurz überdachte Arthur ihre Optionen. Bleiben und versuchen, die Deutschen davon zu überzeugen, dass sie nichts mit der *Résistance* zu tun hatten, oder mit den Einheimischen gehen und hoffen, dass die einen guten Fluchtplan hatten.

Er wandte sich Freddie zu und sah schockiert, dass sein Freund sein Bein umklammerte und an der Wade Blut durch seine Hosen quoll.

»Geht ihr nur weiter«, sagte Freddie. »Ich halte euch nur auf.«

»Sei nicht albern«, gab Arthur zurück. »Meinst du, du schaffst es bis zu diesen Bäumen? Unser Kumpel dort will, dass wir mit ihm kommen.«

Freddie nickte und zuckte zusammen, als er auf dem Bauch auf den Franzosen zukroch und das verletzte Bein nachzog.

»*Vite! Vite!*«, schrie der andere Franzose. Schnell, schnell. In seiner Muttersprache ratterte er fast so schnell weiter, wie sein Maschinengewehr Kugeln spuckte.

Sie erreichten den Baum.

»Was denkst du?«, fragte Arthur, als er zu Atem kam und versuchte, die Lage einzuschätzen.

»Diese Truppe oder die andere?«, stieß Freddie hervor. »Ich glaube, viel Auswahl haben wir nicht.«

»Dachte ich auch. Auf geht's.« Er lud sich Freddie auf die

Schultern. »Ich entschuldige mich im Voraus, falls das alles den Bach runtergeht.«

»Entschuldigung schon jetzt angenommen«, sagte Freddie und stöhnte, als Arthur die Schulter unter seinen Bauch schob und dann in eine Art Laufschritt fiel und dem Franzosen folgte, während das französische Kontingent ihnen Feuerschutz gab.

Rennend schlängelten sie sich zwischen Bäumen hindurch, duckten sich um Büsche und ließen die Schüsse hinter sich. Arthur wurde nach und nach langsamer, als das Gewicht seines Kameraden seinen Zoll zu fordern begann.

»Wie weit noch?«, stieß er auf Französisch hervor.

»Gleich da vorn.« Der Franzose blieb stehen. »Gib ihn mir.«

Arthur zögerte und war sich nicht sicher.

»Keine Zeit für Diskussionen«, murmelte Freddie. »Lass uns einfach von hier verschwinden.«

Ohne Umschweife setzte Arthur Freddie ab und lud ihn dem Franzosen auf, dem es nicht schwerfiel, den leichteren Engländer zu tragen.

»Ich heiße Jacques«, sagte der Franzose.

Arthur deutete das als Zeichen der Kameradschaft zwischen ihnen.

»Umso besser, dass ich mir die Kugel eingefangen habe«, sagte Freddie. »Ich hätte mir das Kreuz gebrochen, wenn ich versucht hätte, dich hochzuheben. Ich glaube, dich hätte nicht mal der gute Jacques hier schleppen können.« Er lachte, und Arthur lächelte über seinen Galgenhumor.

Fünf Minuten später standen sie am Rand von etwas, das wie eine kleine Ortschaft wirkte.

Jacques trat auf das erste der Steinhäuser zu und ging ohne Umstände hinein, ohne anzuklopfen. »Wir haben heute Nacht zwei Gäste, *maman*«, sagte er.

Seine Mutter, die wie Mitte fünfzig wirkte, saß am Kamin, blickte auf und nickte ihrem Sohn zu, ohne mit der Wimper zu zucken. Sie stand von ihrem Stuhl auf. »Ich setze Wasser zum Kochen auf.«

Jacques setzte Freddie auf das Sofa.

Seine Mutter hielt inne und betrachtete sein blutdurchtränktes Hosenbein. Sie zog es hoch, worauf Freddie einen leisen Schmerzensschrei ausstieß. »Ich wasche die Wunde mit Salzwasser aus, aber er braucht ärztliche Behandlung.«

»Darum kümmern wir uns morgen. Sie werden fort sein, sobald es hell wird«, gab Jacques zurück.

»*Merci,* Madame«, sagte Arthur. Danke. Er war dankbar für die Gastfreundschaft. Freddies Bein gefiel ihm gar nicht. Die Kugel schien in seinem Wadenmuskel zu stecken. »Das wird schon, Kumpel. Wir bringen das in Ordnung.«

Freddie legte den Kopf zurück und schloss die Augen. »Ja, Mann. Ich weiß.«

Seufzend setzte sich Arthur. Er war sich vollständig bewusst, dass keiner von ihnen die Geschichte, die sie einander erzählten, so ganz glaubte.

Kapitel 9

Maddy lauschte der Unterhaltung zwischen Esther und Gramps, und das Gespräch zwischen den beiden war Balsam für ihr strapaziertes Herz. Sie erinnerte sich, wie sie als Kind gern mit Gramps zusammengesessen hatte und er ihr Geschichten aus einem dicken, fest gebundenen Buch vorlas – Märchen von Hans Christian Andersen hatten zu ihren Lieblingsgeschichten gehört. Der Gedanke rührte an eine andere lange, vergessene Erinnerung. Gramps besaß noch ein weiteres wunderschön gebundenes Buch. Sie hatte keine Ahnung, wie es hieß, doch sie sah es jetzt vor sich – dunkelbrauner Einband mit Goldrand und hübsche Feen auf dem vorderen Buchdeckel. Wenn sie jetzt darüber nachdachte, erinnerte es sie an altmodische Postkarten mit Hochglanzbildern in leuchtenden Farben. Das Buch war in einer fremden Sprache geschrieben gewesen, sodass sie es nie hatte lesen können, aber sie hatte die Bilder darin geliebt. Sie fragte sich, ob Gramps das Buch noch hatte. Vielleicht würde sie später im Regal danach suchen. Möglich, dass es sogar Erinnerungen bei ihm wecken würde.

Es schmerzte sie zu sehen, wie stark er in den letzten sechs Monaten abgebaut hatte. Der Gedächtnisverlust war jetzt deutlicher, er hatte zwar immer noch viele klare Momente, doch sie waren flüchtig und konnten von einer Sekunde zur anderen verfliegen.

Wie sehr wünschte sie sich, sie wäre früher gekommen! Ein teurer Fehler, doch sie hatte vor, ihn jetzt gutzumachen.

Maddy schaltete den Wasserkocher ein, machte Gramps eine

Tasse Tee und legte zwei Vollkornkekse auf einen Teller. Liebevoll erinnerte sie sich daran, dass er immer schon gern ein Plätzchen zu seinem Tee gegessen hatte.

Etwas Feuchtes tropfte auf ihren Fuß, und Maddy schaute nach unten. »Igitt! Du hast auf meinen Fuß gesabbert, Fifi.« Maddy schnappte sich ein Stück Küchentuch und wischte den Speichel ab. Ihr fiel auf, dass Fifi ihr ausnahmsweise nicht den Rücken zudrehte und sogar Blickkontakt suchte. »Du kannst keinen Keks haben, die sind nicht gut für dich.« Maddy kramte im Küchenschrank und entdeckte einen Karton mit Hundekuchen. »Hier«, sagte sie und ließ ein paar davon auf den Boden fallen.

Mit dem Tablett mit dem Tee und den Plätzchen ging Maddy ins Wohnzimmer. Fifi hatte ihre Leckerbissen sofort verschlungen und war ihr jetzt, offensichtlich in der Hoffnung auf weitere Gaben, dicht auf den Fersen.

»Oh, Kekse«, sagte Arthur.

»Vollkorn. Deine Lieblingssorte«, sagte Maddy, stellte das Tablett auf den Couchtisch und scheuchte Fifi weg. Sie hielt Gramps den Teller entgegen und sah, wie seine Augen aufleuchteten.

»Danke«, sagte er und kaute dann den Keks. Er nahm sich den zweiten und stopfte ihn sich mit unverhohlener Freude in den Mund.

Maddy fing Esthers Blick auf. Ihre Tochter beobachtete verblüfft, wie schnell Gramps das Plätzchen hinunterschlang, und rechnete zweifellos damit, dass Maddy eine Bemerkung über seine Tischmanieren machen würde, wie sie es getan hätte, wenn Esther sich so benommen hätte.

»Ich glaube, Gramps hatte schon eine Weile keine Kekse mehr«, sagte Maddy zur Erklärung.

»Lecker«, sagte Gramps und leckte sich einen Krümel von den Lippen. »Du darfst hierbleiben.«

»Was habt ihr beide euch angeschaut?«, fragte Maddy und nahm den Band von Gramps' Schoß, damit er keinen Tee darauf verkleckerte. Sie blätterte das Buch durch. »Oh, wow! Dein Fotoalbum. Das kenne ich noch aus meiner Kindheit.«

»Gramps hat mir das Haus in Frankreich gezeigt, in dem er im Krieg gelebt hat«, sagte Esther.

Maddy griff nach dem Foto, das Esther ihr reichte. »Ja, an dieses Bild erinnere ich mich«, sagte sie. »Ich fand es immer so hübsch mit den Blumen, die um die Haustür ranken. Irgendwo anders in dem Album ist noch ein Foto von der Familie, die dort wohnte. Mal sehen, ob ich es finde.« Maddy blätterte die nächsten paar Seiten um, und tatsächlich, da steckte wie in ihrer Erinnerung ein Foto desselben Hauses. Es war aus einem anderen Winkel aufgenommen, und davor standen nebeneinander aufgereiht vier Familienmitglieder.

Esther betrachtete das Bild neugierig. »Wie heißen sie?«, fragte sie Gramps.

Gramps betrachtete die Seite und fuhr mit einem Finger über das Schwarz-Weiß-Foto. »Ich … ähm … bin mir nicht sicher.« Sein Finger verharrte bei der jungen Frau. »Das … das ist …«

»Schon gut, Gramps, mach dir keine Gedanken wegen der Namen«, reagierte Maddy auf das Stirnrunzeln ihres Großvaters.

»Das ist Maryse!«, rief Esther aus.

Gramps' Finger fuhr zu dem Mann, der neben ihr stand, einem jungen Mann Anfang zwanzig. Seine Züge waren schwer zu erkennen, da das Bild alt und aus einiger Entfernung aufgenommen war, doch Maddy fand, dass sein Blick durchdringend und ernst wirkte und dazu passte, dass er nicht lächelte. Die junge Frau dagegen strahlte den unbekannten Fotografen an. Maddy fragte sich, ob Gramps das Bild aufgenommen hatte. Er war immer ein begeisterter Fotoamateur gewesen. »Sozialgeschichte dokumentieren« hatte er sein Hobby oft beschrieben.

Maddy sah die Frau an, die auf der anderen Seite stand und von der sie annahm, dass sie die Mutter war. Sie trug die gleiche ernste Miene wie der junge Mann.

»Hugo«, sagte Gramps leise. »Hugo«, sagte er dann noch einmal, lauter.

»Dieser Mann?«, fragte Maddy. »Das ist Hugo?« Es freute sie, dass Gramps sich wenigstens an einen der Namen erinnert hatte. Und sie fragte sich, ob er im Krieg mit Hugo befreundet gewesen war. Wahrscheinlich würde sie es nie erfahren, obwohl Gramps heute ziemlich klar wirkte. »Weißt du, wer das ist?« Sie zeigte auf die ältere Frau.

»Brot«, sagte Gramps. »Sie hat das allerleckerste Brot gebacken. Hat Zwiebeln mit hineingetan.«

»Klingt köstlich.« Maddy lächelte Gramps aufmunternd zu. »Und diese Frau, wer ist sie?«

»Das ist Maryse«, sagte Esther. »Die Frau heißt Maryse. Stimmt's, Gramps?«

Maddy sah Gramps an, aber die Verwirrung breitetet sich über seine Miene wie ein Schleier. Sie legte eine Hand auf Esthers Arm. »Frag Gramps doch kein Loch in den Bauch. Das ist lange her.«

»Aber er hat's mir erzählt«, beharrte Esther. »Er hat ein Foto von ihr. Ein anderes. Stimmt doch, oder, Gramps?« Sie blätterte zurück zu dem Foto des Hauses. »Es hat hier gesteckt, hinter diesem Bild.« Das Foto war in den Mittelknick des Albums gerutscht. Esther nahm es und drehte es um, doch es befand sich nichts dahinter. »Es war gerade noch hier. Gramps hat es mir gezeigt.«

»Bitte, Esther. Mach dir jetzt keine Gedanken darüber«, sagte Maddy und war sich bewusst, dass Gramps nervös mit den herabhängenden Händen an seiner Hosentasche zupfte. Sie sah, dass er unruhig wurde. »Wir suchen später nach dem Bild.« Sie schlug das Album zu und klemmte es sich unter den Arm. »Trink ruhig deinen Tee, Gramps, ich hole dir noch ein paar Plätzchen«, sagte sie und wies auf den Teller.

»Plätzchen?« Gramps blickte zu ihr auf. »Vollkorn? Meine Lieblingssorte? Du darfst hierbleiben.«

Maddy warf Esther einen warnenden Blick zu. Sie war sich sicher, dass ihre Tochter Gramps gleich daran erinnern würde, dass er eben genau die gleichen Worte gebraucht hatte. Falls Esther das anmerken wollte, erfüllte der Blick offensichtlich seinen Zweck, denn sie klappte den Mund zu und sah Maddy stattdessen finster an.

Maddy stellte das Album in das Fach unter dem Couchtisch, schaltete den Fernseher ein und suchte nach den Kanälen mit den Dokumentationen. Sie war dankbar dafür, dass Hazel inzwischen Satellitenempfang hatte installieren lassen, wenn auch nur, um ihre Gier nach Teleshopping zu befriedigen. Der Wandschrank in dem Zimmer mit dem Einzelbett, in dem Esther schlief, war vollgestopft mit Verpackungsmaterial von Versandfirmen.

Nachdem Maddy eine Doku über alte Eisenbahnen in Großbritannien gefunden hatte, von denen sie vermutete, dass sie Gramps vertraut vorkommen könnten, hatte sie sich gerade wieder mit ihrer Tasse Tee auf dem Sofa niedergelassen, als es an der Tür klopfte.

Die drei sahen einander an, und nach kurzem Zögern ging Maddy los, um die Tür aufzumachen.

Vor ihr stand eine Frau in einem langen, spektakulär purpurroten Kleid, das ihr bis auf die Knöchel reichte. Spaghettiträger hielten das Kleidungsstück und schmückten straffe, gebräunte Schultern. Ihre Fingernägel waren manikürt, und Maddy fiel unwillkürlich auf, dass sie zu den Zehennägeln der Frau passten. Wie alt die andere war, konnte sie nicht erkennen, denn ein großer, breitkrempiger Sonnenhut verdeckte den größten Teil des Gesichts.

»Hallo, Sie müssen Maddy sein«, sagte sie. Ihre etwas dünne Stimme war der einzige Hinweis auf ihr Alter.

Sie streckte Maddy eine Hand entgegen, die Maddy automatisch schüttelte, wobei die Armreifen der Besucherin klirrten. Dann hob sie den Kopf, sodass Maddy ihr ins Gesicht sehen konnte. Fuchsiafarbene Lippen beherrschten ihr Gesicht. Älter war sie eindeutig, schloss Maddy, aber wie alt genau, war schwer zu sagen.

»Ich bin Sheila«, stellte sie sich vor. »Eine Freundin von Arthur.

Früher haben wir Bridge gespielt. Jetzt natürlich nicht mehr – der liebe Mann hat nicht mehr den Kopf dazu, aber ich schaue trotzdem gern vorbei, um Hallo zu sagen.«

»Ach ja«, sagte Maddy leicht verblüfft. Sie konnte sich nicht erinnern, irgendwo in Hazels Notizen etwas über eine Freundin von Arthur gelesen zu haben. Doch rasch gewann sie die Fassung zurück. »Möchten Sie hereinkommen?« Sie war es nicht gewöhnt, vollkommen Fremde ins Haus zu bitten, aber nach einer schnellen Einschätzung war sich Maddy sicher, dass diese Frau keine Bedrohung darstellte.

»Ganz herzlichen Dank«, sagte Sheila und trat mit einem Selbstbewusstsein über die Schwelle, das darauf hinwies, dass sie schon oft hier gewesen war. »Er sitzt im Wohnzimmer, nicht wahr?« Mit einer schwungvollen Bewegung nahm sie ihren Sonnenhut ab und enthüllte schneeweißes Haar, das zu einem akkuraten französischen Zopf geflochten war. Als sie einen Blick über die Schulter warf, blitzten ihre grünen Augen, und ihre Miene wirkte freundlich. Sie registrierte Maddys Nicken und trat dann durch die Tür zu ihrer Linken. »Lieber Arthur! Ich bin's, Sheila. Wie geht's dir?«

Von der Tür aus schaute Maddy zu, wie Sheila Gramps auf beide Wangen küsste. Sie war sich nicht sicher, meinte aber, ein Aufflackern von Wiedererkennen in seiner Miene zu sehen.

»Hallo, Liebes«, sagte er, hielt Sheilas Hand und tätschelte sie mit der anderen. »Wie geht's dir?«

Möglich, dass er sie erkannte, vielleicht bluffte er auch, weil er viel zu höflich war, um zuzugeben, dass er nicht wusste, wer sie war, obwohl sie ihn offensichtlich kannte, dachte Maddy.

»Möchten Sie eine Tasse Tee?«, fragte sie, als Sheila sich auf den Stuhl neben Arthur setzte.

»Das wäre entzückend, danke, meine Liebe. Milch, kein Zucker«, lautete die Antwort. Dann bemerkte sie Esther. »Und wen haben wir hier?«

Esther warf Maddy einen kurzen, fragenden Blick zu, worauf diese lächelte und bestätigte, dass es in der Tat in Ordnung war, sich mit dieser ziemlich auffälligen Erscheinung zu unterhalten. »Esther.«

»Hallo! Ich bin Sheila.« Erneut streckte Sheila die Hand aus, und Esther nahm sie. »Sehr erfreut, dich kennenzulernen. Ich nehme an, Maddy ist deine Mummy?«

Esther nickte. »Ja.«

»Wunderbar.« Sie sah Gramps an. »Das ist also deine kleine Urenkelin, Arthur. Wie entzückend! Sie hat die gleiche Augenfarbe wie du.«

»Ja, so ist es«, gab Gramps zurück und strahlte sie an.

Maddy war nicht ganz überzeugt davon, dass Gramps genau wusste, wer seine Besucherin war, aber er wirkte in ihrer Gesellschaft glücklich und zufrieden, daher hatten die beiden wahrscheinlich eine gemeinsame Geschichte. Sie beschloss, dass es ein guter Hinweis auf seinen Zustand war, wenn sie auf seine Körpersprache und seinen Gesichtsausdruck achtete, besonders auf seine Augen.

Als sie mit einer Tasse Tee für ihren Gast wieder ins Zimmer trat, stellte sie erstaunt fest, dass Fifi sich unschuldig wie ein Engel vor Sheila niedergelassen hatte.

»Hallo, Fifi«, sagte Sheila und streckte die Hand aus, um die Hündin zu streicheln. »Wie geht's dir? Schön, dich zu sehen.«

Staunend registrierte Maddy, dass Fifi offensichtlich eine große Zuneigung zu Sheila hegte. Warum verhielt sich der Hund bei ihr nicht so? »Sie mag Sie«, sagte Maddy, als Fifi sich auf den Bauch legte, die Zunge herausstreckte und sich offensichtlich an dem Aufhebens erfreute, das um sie gemacht wurde.

»Sie ist so ein liebes Wesen«, sagte Sheila. »Ich hatte nicht damit gerechnet, sie zu sehen. Ich hatte angenommen, sie würde mit ihrem Frauchen abreisen.«

»Hazel hat gesagt, sie könne den Hund nicht mitnehmen«, erwiderte Maddy. »Anscheinend fährt sie ins Ausland. Also ist Fifi bei uns geblieben. Wie schaffen Sie es, dass sie das für Sie tut?«

»Ich hatte mein ganzes Leben lang Hunde, jedenfalls bis vor Kurzem«, sagte Sheila. »Die arme Daisy ist letztes Jahr gestorben, und ich hatte noch nicht das Herz, sie zu ersetzen. Außerdem werde ich nicht jünger, und Hunde brauchen viel Bewegung.«

»Hmm«, pflichtete Maddy ihr bei. »Das können Sie laut sagen.«

»Ich mag Fifi«, sagte Esther. »Ich wollte schon immer einen Hund, aber bis jetzt konnten wir nie einen haben …« Sie verstummte und schlug die Augen nieder.

Maddy trat unbehaglich von einem Fuß auf den anderen. Sie wollte nicht, dass Sheila anfing, peinliche Fragen zu stellen. Panisch zerbrach sie sich den Kopf auf der Suche nach etwas, was dem Gespräch ein Ende bereiten würde, doch sie kam um einen Sekundenbruchteil zu spät.

»Ach, wirklich? Warum?«, hakte Sheila nach. Sie sah zuerst Esther und dann Maddy an. »Mögen Sie keine Hunde?«

»Doch, schon. Das ist nicht der Grund. Wir hatten nur einfach keinen Garten«, erklärte Maddy. »Aber trinken Sie doch. Wir wollen doch nicht, dass der Tee kalt wird. Möchten Sie ein Plätzchen?« Sie wies auf den Teller und war erleichtert, als Sheila eins nahm und ihre Aufmerksamkeit dann wieder Gramps zuwandte.

»Also, Arthur«, begann sie. »Am Freitag ist Tanztee im Gemeindesaal. Ich hatte überlegt, ob du vielleicht mitkommen möchtest.«

»Tanztee?«, fragte Arthur. »Keine Ahnung, ob ich schon mal bei einem war.«

»Doch. Mit mir. Vera Lynn war auch dort. Nicht die echte Vera natürlich, verstehst du, aber eine Coversängerin oder wie sie sich heute nennen.« Leise stimmte Sheila *We'll Meet Again* an.

Maddy sah zu, wie Gramps den Kopf zur Seite neigte und sich anscheinend auf das Lied konzentrierte. Und dann fiel er ein, ziemlich unstet, aber es war eindeutig eine Abfolge von Tönen, die zu

Sheilas Gesang passte. Gramps nahm Sheilas Hand und wiegte sich im Takt zu den Worten ein wenig vor und zurück.

»Gut gemacht, Arthur«, sagte Sheila. »Also, begleitest du mich zu dem Tanz am Freitag?«

»Es wäre mir ein Vergnügen«, sagte Arthur. »Gehen wir jetzt?«

»Nicht heute. Er ist am Freitag«, gab Sheila zurück. Sie wandte sich an Maddy. »Normalerweise nehme ich ein Taxi. Es ist gleich im Dorf, aber trotzdem zum Laufen ein wenig zu weit für Ihren Großvater.«

»Ich kann Sie fahren«, sagte Maddy. »Wenn Sie mir Ihre Adresse geben, hole ich Sie sogar ab.«

»Oh, wie entzückend! Das ist nett von Ihnen. Hast du gehört, Arthur? Deine Enkelin fährt uns.«

»Sehr gut«, sagte Arthur. »Soll ich meinen Mantel holen?«

»Noch nicht, mein Lieber«, sagte Sheila. »Trink deinen Tee aus.« Sie reichte ihm die Tasse.

»Danke«, sagte Maddy lächelnd. »Sie sind sehr geduldig.«

»Natürlich. Arthur ist ein guter Freund von mir. Und danke fürs Mitnehmen. Wissen Sie, früher war ich Kraftfahrerin bei der Armee. Ein paar Jahre nach Kriegsende, aber wir waren immer noch damit beschäftigt, das Chaos in Ordnung zu bringen, das die Deutschen angerichtet hatten.«

»Wirklich? Was für … Autos? Als Chauffeurin?«

»Manchmal Autos, manchmal Laster, und einmal habe ich ein Motorrad gefahren. Der Wagen war kaputt und konnte nicht repariert werden, und der Sergeant musste zu einem wichtigen Meeting. Also sind wir auf die Triumph-Maschine gesprungen und durch die Straßen zum Bahnhof gebrettert. Zuerst wollte er sich nicht an mir festhalten, aber nach ein paar Schlaglöchern hat er sich an mich geklammert wie ans liebe Leben. Armer Kerl, ich glaube, am Ende war er mächtig erleichtert, absteigen zu können.«

»Sie können Motorrad fahren?«, fragte Esther und wirkte tief beeindruckt.

Sheila beugte sich zu Esther hinüber. »Unter uns gesagt, eigentlich nicht. Ich saß zum ersten Mal auf so einem verdammten Ding, und glücklicherweise war es auch das letzte Mal. Aber na ja, wir haben getan, was wir tun mussten.«

Maddy staunte über Sheilas Geschichte – das hieß ja, dass Sheila ungefähr so alt sein musste wie ihr Großvater. Maddy hatte die alte Dame für höchstens achtzig gehalten. »Tja, geschadet hat es Ihnen jedenfalls nicht«, sagte sie. »Sie sehen nicht einmal alt genug aus, um während des Kriegs gefahren zu sein.«

»Wie gesagt, es war ein paar Jahre nach Kriegsende, aber ich war in Hamburg stationiert, und die höheren Ränge mussten herumkutschiert werden.«

Maddy rechnete nach – dann musste Sheila Ende achtzig sein.

»Gramps war im Krieg«, sagte sie. »Wir hatten uns tatsächlich gerade sein Album angesehen. Stimmt's, Gramps?«

»Was? Oh, der Krieg … ja. Schlimme Zeiten. Traurig«, sagte Arthur. »Frankreich. Ich wollte nicht weggehen, sie nicht alleinlassen. Aber ich musste doch die Kinder fortbringen. Mir blieb nichts anderes übrig.« Er hob eine zittrige Hand an den Mund und blinzelte heftig.

»Ach, Gramps. Tut mir leid«, sagte Maddy besorgt. Hilfesuchend sah sie Sheila an. »Ist es normal, dass er sich aufregt?«

»Manchmal«, bestätigte Sheila. »Komm schon, Arthur. Nicht weinen.« Ihr Ton war bestimmt, aber freundlich, und sie rieb ihm den Arm. »Wie wär's mit noch einem Keks?«

»Wovon redet Gramps?«, fragte Esther.

»Keine Ahnung, aber wir sollten nicht mehr darüber sprechen, wenn es ihn bestürzt«, gab Maddy zurück, die immer noch alarmiert über Gramps' Reaktion war.

Vielleicht war alles zu viel für ihn gewesen und hatte viel zu viele Erinnerungen aufgerührt. Von der Alzheimer-Website, die sie gestern Abend angesehen hatte, wusste sie, dass manche Menschen umso emotionaler wurden, je weiter die Krankheit fortschritt. Sie spürte einen Anflug von schlechtem Gewissen. Sie hätte nicht so viel vom Krieg reden dürfen. Es war ihre Schuld. Sie hasste es, Gramps so verwirrt zu sehen. Maddy nahm sich vor, das Album gut zu verstecken, sobald sie konnte. Vielleicht im Schrank, damit Gramps oder Esther es nicht finden konnten, selbst wenn sie daran dachten. Sie wollte nicht, dass Gramps sich wieder aufregte.

Kapitel 10

April 1944

Arthur hatte in dieser Nacht ein wenig die Augen schließen können, wenn auch nicht viel. Körperlich war er müde, aber sein Kopf hatte andere Pläne. Außerdem machte er sich Sorgen um Freddie. Jacques' Mutter hatte die Wunde verbunden, aber sie waren sich alle einig darüber gewesen, dass er richtige ärztliche Behandlung brauchte, und das wäre anscheinend erst auf dem Hof der Duponts möglich.

Sie übernachteten in einem Lagerraum auf der Rückseite des Gebäudes und lagen auf provisorischen Strohsäcken mit einer Decke als Laken und einer weiteren rauen, kratzigen Zudecke. Ihre einzige Heizquelle war ihre eigene Körperwärme. In der Ecke hingen mehrere Zwiebel- und Knoblauchzöpfe zusammen mit Büscheln von getrocknetem Lavendel. Auf einer Seite waren Regale angebracht, in denen Holzkisten mit Kartoffeln und Wurzelgemüse standen. Arthur erspähte eine Kiste Äpfel und wollte schon nach einem greifen, zögerte aber. Es war nicht richtig, einfach etwas zu nehmen, ohne zu fragen oder es angeboten zu bekommen. Diese Menschen waren so freundlich und mutig gewesen, Freddie und ihn über Nacht aufzunehmen, und er war sich der Lebensmittelknappheit in Frankreich sehr wohl bewusst. Die Menschen hier brauchten die Nahrung dringender als er. Der Raum war kühl und fensterlos und besaß abgesehen von der Tür, die zurück in die Küche führte, eine weitere, die Jacques ihnen aufgeschlossen hatte, für den Fall, dass sie überstürzt fliehen mussten. Sie führte in den Garten hinter dem Haus, und von dort aus ging es direkt in die Felder und Waldgebiete, die sich daran anschlossen.

Als Arthur gedämpfte Schritte hörte, die von der Küche aus auf den Lagerraum zukamen, schlug er die Augen auf.

Der Riegel wurde gehoben, und Jacques stand auf Socken in der Tür. Er schaute auf Freddie hinunter. »Wie geht's ihm?«

Arthur, der sich aufgesetzt hatte, zuckte mit den Schultern und wechselte einen Blick mit dem Franzosen, der mehr sagte als alle Worte. »Er braucht einen Arzt«, sagte Arthur noch einmal, um die Dringlichkeit deutlich zu machen.

»Ich weiß. Bei den Duponts erwartet euch einer.«

Arthur nickte. »Gut.«

»Ihr müsst euch bereithalten, in dreißig Minuten verlegt zu werden, knapp vor Sonnenaufgang. André vom hiesigen Hof holt euch mit seinem Laster ab. Er hat eine Sondererlaubnis, Milch, Eier und Mehl auszufahren. Du kannst vorn bei André sitzen, aber dein Freund muss sich im hinteren Teil verstecken. Falls ihr angehalten werdet, könnt ihr die Schusswunde ja nicht erklären.«

»Verstanden«, sagte Arthur und war froh, dass Jacques logisch zu denken und einen Plan zu haben schien.

»Er kann sich hinten verstecken. Dort ist eine falsche Wand eingezogen. Dahinter ist es allerdings sehr eng, also wird er stehen müssen.« Er warf Freddie einen Blick zu. »Gut, dass er eher schmal gebaut ist.«

Arthur lächelte über Jacques' Versuch, witzig zu sein, und machte sich daran, sich selbst und Freddie vorzubereiten.

Eine halbe Stunde später brachten sie Freddie hinter der falschen Wand im hinteren Teil des Lasters unter, wo auch ein Besen und eine Mistgabel standen. Arthur vermutete, damit sie behaupten konnten, das Versteck sei eine Besenkammer, falls es je entdeckt wurde. Auf Schulterhöhe hingen zwei Seilschlaufen hinunter, in die Freddie seine Hände steckte, damit er nicht herumgeworfen wurde, wenn der Lieferwagen in Bewegung war.

»Wir sind in zwanzig Minuten da«, sagte André, als Arthur neben ihm einstieg. »Ich muss meine übliche Runde in der normalen Reihenfolge machen, um keinen Verdacht zu erregen. Ich fahre euch also zu den Duponts, nachdem ihr letzte Nacht bei einem Freund untergekommen seid. *Oui?*«

»*Oui. C'est ça*«, gab Arthur zurück. Ja, so ist es.

»*Bonne chance. À tout à l'heure.*« Viel Glück. Bis gleich. Jacques schloss die Tür des Lieferwagens und schlug ein paarmal mit der Faust dagegen, damit Freddie sich für die Abfahrt wappnen konnte.

Die Fahrt zu den Duponts verlief reibungslos. Es war noch sehr früh, und nur wenige Menschen waren unterwegs. Selbst als sie an einem Kontrollpunkt am Ortsrand von Sérent angehalten wurden, warfen die deutschen Soldaten nur einen oberflächlichen Blick auf die Papiere. Sie fragten nicht einmal, was Arthur im Führerhaus zu suchen hatte. Einer von ihnen warf einen schnellen Blick in den hinteren Teil, hatte aber offenbar keine Lust, einzusteigen und sich umzusehen. Die ganze Zeit über gab Arthur sich desinteressiert, als sei das alles ganz normal für ihn.

Als sie sich wieder in Bewegung setzten, sagte André ihm: »Gut zu sehen, dass du die Nerven behältst.«

»*Toi aussi*«, gab Arthur zurück. Gleichfalls.

Er war nicht für das Sondereinsatzkommando ausgewählt worden und hatte ein hartes Training durchlaufen, um beim ersten Anzeichen von Problemen zusammenzubrechen. Und er war auch nicht zum ersten Mal im französischen Untergrund unterwegs. Doch das brauchte André nicht zu wissen. Arthur war klar, dass die Einheimischen das Recht hatten, misstrauisch zu sein und Neuankömmlingen nicht ohne Weiteres zu trauen. Er würde sich ihr Vertrauen und ihren Respekt erst erwerben müssen.

Bald darauf verließen sie Sérent und fuhren gen Norden. Laut den Wegweisern lag Lizio nur ein paar Meilen vor ihnen, doch als sie den Hügel erklommen, bog André nach links in eine schmalere Straße ein, und nach einer weiteren halben Meile ging es auf einem Feldweg weiter.

Der Hof lag auf einem kleinen Hügel und war hufeisenförmig von Bäumen umgeben, die in den Wald dahinter übergingen. Hübsch und abgelegen, dachte Arthur bei sich, während sie in die Auffahrt einbogen, das Gutshaus aus Sandstein mit den bretonischen roten Fensterläden und der passenden Tür passierten, die im Lauf der Jahre in der Sonne ausgebleicht waren, und dann das Ende eines Feldwegs erreichten. Sie hielten vor einer Scheune, deren Dach wirkte, als hätte es schon bessere Zeiten gesehen.

»*Attendez*«, befahl André. Wartet. Sie sollten bleiben, wo sie waren.

Im Rückspiegel des Lieferwagens sah Arthur zu, wie der Fahrer aus der Kabine stieg und um den Wagen herumging, um mit zwei Männern zu reden, die aus dem Bauernhaus getreten waren. Einer wirkte, als wäre er in Arthurs Alter, der andere sah ein paar Jahre jünger aus. Er beobachtete ihr Gespräch, ab und zu warf der Ältere einen Blick zu dem Laster. Ein paar Minuten später kam er herüber und öffnete Arthurs Tür.

»Wir hatten euch nicht erwartet«, sagte er, offenbar wenig begeistert von der Situation.

»Wir wollten auch nicht, dass jemand mit uns rechnet«, gab Arthur zurück und kletterte aus dem Führerhaus. Er spürte die Feindseligkeit und den Argwohn, den der Mann ausstrahlte. »Ich habe gehört, deine Mutter brät eine Gans zum Abendessen.« Das war die Losung, die man ihm für die Begegnung mit dem einheimischen Widerstand beigebracht hatte.

»Keine Gans, heute Abend gibt es Schweinebraten«, lautete die erwartete Antwort.

»Schweinebraten mag ich nicht.« Der letzte Teil der festgelegten Losung.

Arthur sah, wie die Anspannung im Gesicht und Körper des Mannes nachließ.

Der Mann streckte die Hand aus. »Hugo Dupont.«

Arthur erwiderte den Gruß. »Christophe Martin, euer Freund aus Paris.« Er schüttelte dem jüngeren Mann, der sich einfach als Marcel, ein Freund der Duponts, vorstellte, die Hand. Arthur beließ es dabei. Es gehörte sich nicht, in anderer Leute Legende herumzuschnüffeln. Er wies auf den Laster. »Mein Freund aus Paris, Guy Chapelle, ist auch dabei. Er braucht einen Arzt.«

»Hab davon gehört. Er kommt um neun«, gab Hugo zurück. »In der Zwischenzeit könntet ihr euer Lager im ›Gästehaus‹ aufschlagen.« Er schnaubte ironisch, und Arthur wusste den schwarzen Humor zu schätzen.

Sie hievten Freddie aus dem Laster, und Arthur und Hugo bildeten mit ihren Armen einen Sitz, um ihn über den Hof und in die Scheune zu tragen. André folgte ihnen. Die Leiter zum Heuboden erwies sich als schwieriger, doch Freddie fand irgendwie die Kraft, sich hinaufzuziehen, bevor er auf einem Strohsack zusammensackte. Er war schweißüberströmt.

»Ich hole meine Schwester Maryse, damit sie die Wunde verbindet«, sagte Hugo und folgte Arthurs Blick zu Freddies inzwischen blutdurchtränktem Hosenbein. »Hier habt ihr Brot und einen Krug Wasser.«

»*Merci*«, antwortete Arthur. Danke. »Wir haben im Wald, wo wir gelandet sind, Vorräte vergraben. Ich muss sie heute holen.«

»Darum kümmert sich schon jemand«, informierte ihn Hugo. Er musste Arthurs verblüfften Blick bemerkt haben. »Meine Männer haben eure Landung beobachtet. Sie holen eure Sachen.«

Arthur fiel zweierlei auf: Erstens, dass Hugo die anderen *Résistance*-Mitglieder als »seine Männer« bezeichnete, und zweitens – ziemlich beunruhigend –, dass sie Arthur und Freddie vom Augenblick ihrer Landung an beobachtet hatten.

»Ihr habt uns gesehen? Es wäre besser gewesen, uns schneller zur Hilfe zu kommen. Dann hätte der gute Freddie hier sich vielleicht keine Kugel eingefangen.«

Hugo lächelte und zündete sich eine Zigarette an. »Sie mussten sichergehen, dass ihr auf unserer Seite steht. Sinnlos, der *milice* in die Hände zu spielen.« Er zog an seiner Zigarette. »Sie erhöhen den Druck und versuchen, die *Résistance* aufzuspüren und zu infiltrieren. Meine Leute hatten Befehl, kein Risiko einzugehen.«

Arthur unterdrückte seinen anfänglichen Zorn. Er wusste ja, dass Hugo recht hatte. »Verstehe«, sagte er. Sinnlos, jetzt darüber zu streiten, denn das würde nichts ändern, und Hugo hatte jedes Recht, vorsichtig zu sein.

»Ich komme wieder, sobald der Arzt da ist«, sagte Hugo.

Arthur bedankte sich bei André für die Fahrt, und nachdem die beiden Franzosen die Leiter vom Heuboden hinabgestiegen waren, trat er ans Giebelende und sah durch das kleine runde Fenster zu, wie die zwei Männer sich auf dem Hof kurz unterhielten und einander die Hände schüttelten. Dann stieg André ins Führerhaus, und der Laster zockelte über die Pflastersteine und durchquerte den Steinbogen, um weiter seine Waren auszuliefern.

»Hier, Kumpel«, sagte er zu Freddie und reichte ihm den Wasserkrug. »Trink das.«

Arthur war kein Arzt, aber Freddies graue, blasse Hautfarbe machte ihm Sorgen. Er stützte Freddie den Kopf und setzte ihm den Krug an die Lippen.

»Danke«, murmelte Freddie. Er trank ein paar Schlucke, aber schon diese kleine Anstrengung schien ihn zu ermüden.

»Iss etwas Brot«, befahl Arthur. »Du musst essen, um zu Kräften zu kommen. Dann können wir von hier verschwinden.«

Freddie antwortete nicht sofort, ein Schweigen trat ein. »Ich bewundere deinen Optimismus«, sagte er dann.

»So etwas will ich nicht hören. In ein paar Stunden ist der Doc hier«, sagte Arthur, doch sein Magen überschlug sich, und sein Herz klopfte heftig. »Natürlich schaffst du es. Zu Hause warten

Ivy und die bezaubernde kleine Vera auf dich. Du lässt dieses Bein behandeln und verschwindest dann von hier. Du kommst wieder nach Hause.«

»Ja. Klar. Ich komme nach Hause.« Freddie schloss die Augen, und sein Körper erschlaffte.

Kurz glaubte Arthur, Freddie sei tot. Auf dem Heuboden mit einem einzigen kleinen Fenster war das Licht schlecht. Er legte eine Hand auf Freddies Brust und hielt das Ohr an den Mund seines Kameraden. Freddies Atem ging schwach, aber Arthur hörte ihn, und seine Brust hob und senkte sich ein wenig. Gott sei Dank.

Arthur griff nach dem Brotkanten. Nie war er dankbarer für ein leicht abgelagertes Endstück von einem Laib gewesen. Das Wasser schmeckte erfrischend und rein. Er vermutete, dass es aus dem Brunnen auf dem Hof stammte. Er fand, dass es seinen Durst besser stillte als jedes Wasser, das er je gekostet hatte.

Als das Scheunentor geöffnet wurde und jemand die hölzerne Leiter zum Heuboden heraufkam, setzte er sich auf.

Ein dunkler Schopf tauchte in der Klappe auf, dann kletterte eine junge Frau auf den Heuboden. Als sie sich aufrichtete, wirkte sie ein wenig unsicher.

Arthur stand auf, als sie es tat, und klopfte sich ab.

Sie hielt inne, musterte seine Kleidung und verzog ihre Mundwinkel zu einem leisen Lächeln. »Sehr authentisch«, sagte sie.

»Na ja«, gab Arthur zurück und fühlte sich befangen. »Wir tun unser Bestes.«

Der Blick ihrer braunen Augen huschte zu Freddie und seinem verletzten Bein. »Das sieht nicht gut aus.« Sie trat zu Freddie, ging in die Hocke und rollte sein Hosenbein hoch, während sie auf seine Reaktion achtete. Als sie die Schusswunde sah, sog sie scharf die Luft ein. »*Merde!*« Mist! »Eine Kugel?« Sie blickte fragend zu Arthur auf.

Arthur kniete auf Freddies anderer Seite nieder. »Sie steckt noch in der Wunde. Die ist gestern Nacht gereinigt und verbunden worden, aber die Kugel steckt noch.«

Behutsam nahm Maryse den Verband ab. Freddie stöhnte ein paarmal im Schlaf, wachte jedoch nicht auf, bis Maryse die Wunde mit abgekochtem Wasser säuberte.

»Tut mir leid«, sagte sie, während Arthur Freddie beruhigte und ihn niederhielt.

Wenig später war die Wunde frisch verbunden, und Maryse stand wieder auf. »Der Arzt wird bald hier sein.«

»*Merci*«, sagte Arthur und erhob sich ebenfalls.

Zum ersten Mal fielen ihm ihre leuchtend grünen Augen auf.

Sie blickte sich um und sah den halb gegessenen Brotkanten. »Tut mir leid.«

»Keine Ursache. Wir wissen eure Freundlichkeit zu schätzen.«

»Gut. Wenn das so ist, habe ich noch eine freundliche Gabe für euch«, sagte sie und lächelte, dieses Mal offen. Sie zog etwas, was in ein kariertes Tuch gewickelt war, aus der Tasche. Arthur zögerte, doch sie schob ihm das Mitbringsel zu. »Bitte«, sagte sie auf Englisch.

Arthur nahm es. Es war so groß wie ein Zigarettenpäckchen, doch als er es auswickelte, sah er erstaunt, dass es ein Stück Käse war. »Für uns?«

Sie nickte und lächelte verhalten. »Das war mein Abendessen.«

»Oh nein, das kann ich unmöglich annehmen«, begann Arthur, obwohl ihm das Wasser im Mund zusammenlief. Undenkbar, dieser Frau ihr Essen wegzunehmen.

Sie verschränkte die Arme. »Es wäre unhöflich, das abzulehnen«, sagte sie und zog leicht die Augenbrauen hoch. »Schließlich seid ihr unsere Gäste.«

Sie wirkte unerbittlich, und er wollte sie nicht beleidigen. »Danke. *Merci. Merci beaucoup.*« Danke. Vielen Dank.

»Dein Französisch ist sehr gut«, bemerkte sie. »Besser als bei dem Letzten.«

Fragend zog Arthur eine Augenbraue hoch. »Der Letzte?«

»*Oui*. Uns ist ein abgeschossener Pilot über den Weg gelaufen.«

Ah, natürlich, die Route, die als »Pipeline« bekannt war – ein sicherer Weg, um alliierte Piloten über die normannische Küste zu repatriieren, wo sie auf ein Boot warteten, das sie auflas und zurück nach Großbritannien brachte. Der Hof der Duponts gehörte zu diesem Untergrundsystem, und anscheinend wusste Maryse ganz genau Bescheid.

»Meine Mutter ist Französin«, sagte Arthur, um zu erklären, warum er ihre Sprache so gut beherrschte. »Sie hat meinen Vater kurz nach dem Ersten Weltkrieg kennengelernt und ist zu ihm nach England gezogen. Zu mir hat sie immer gesagt, es würde sich einmal als nützlich erweisen, französisch zu sprechen, allerdings bin ich mir nicht sicher, dass sie sich dieses Szenario vorgestellt hat.«

»Eines Tages, wenn der Krieg vorbei ist, möchte ich England besuchen. Davon träume ich schon, seit ich ein kleines Mädchen war.«

Ehe Arthur noch etwas sagen konnte, drang eine Stimme, die nach Maryse rief, durch die Morgenluft.

Sie schnalzte missbilligend mit der Zunge und verdrehte die Augen. »Das ist mein Bruder. Er ist manchmal solch ein Tyrann. Ich muss wohl mal nachsehen, was er will.«

Arthur nickte. »Natürlich. Danke für den Käse. *Merci pour le fromage*.«

»Gern geschehen«, sagte sie, wieder auf Englisch. »Ich heiße Maryse.« Sie streckte ihm die Hand entgegen.

Arthur nahm sie. »Christophe«, gab er zurück.

Sie wandte sich ab und setzte einen Fuß auf die Leiter. »Ich weiß natürlich, dass das nicht dein richtiger Name ist, aber den kannst du mir verraten, wenn dieser Krieg vorbei ist.«

Arthur sah zu, wie sie über die Leiter verschwand, und war sich nicht ganz sicher, was er von Maryse Dupont halten sollte. Sie besaß ein stilles Selbstvertrauen, und er spürte, dass hinter ihrer nüchternen Fassade Humor und Witz steckten. Aber es gab da einen Widerspruch, denn er sah auch eine tiefe Trauer in ihrem Blick. Vielleicht ein Ergebnis des Lebens unter der deutschen Besatzung, aber Arthur war nicht überzeugt, dass es nur das war.

Kapitel 11

Sie wohnten jetzt schon ein paar Wochen bei Gramps, und Maddy begann, neue Gewohnheiten zu entwickeln. Morgens war Gramps normalerweise schon wach, wenn sie um sieben aufstand. Am meisten desorientiert wirkte er am frühen Abend, wenn es langsam dunkel wurde. Dann versuchte er sich häufig zu vergewissern, wo er sich befand, wie viel Uhr es war, ob er schon Tee getrunken hatte, und erwähnte gelegentlich seine Mutter. Maddy wusste inzwischen, dass das Phänomen als »Sundowning-Syndrom« bekannt und unter Demenzkranken sehr verbreitet war.

Sie gewöhnte sich auch daran, Gramps bei Nacht umherschlurfen zu hören. In den ersten paar Nächten war sie aufgestanden, um nachzusehen, ob es ihm gut ging, und ihn wieder ins Bett zu lotsen, doch bald wurde ihr klar, dass das sinnlos war. Gramps schlief nicht so viel, wie sie erwartet hatte, und ging in der Dämmerung oft in seinem Zimmer herum und räumte die Schublade in seiner Ankleidekommode auf. Manchmal nahm er auch Kleidungsstücke aus seinem Schrank und legte sie für den nächsten Morgen auf den Stuhl.

Aber er wirkte dabei nicht verstört, und Maddy hatte beschlossen, ihn in Ruhe zu lassen, solange er dabei nicht zu Schaden kam.

Fifi hielt Maddy immer noch auf Trab und zeigte sich nur kooperativ, wenn Maddy sie mit Futter bestechen konnte. Doch glücklicherweise hatte die Hündin einen Narren an Esther gefressen und folgte ihr gern durchs Haus. Oft traf Maddy Esther und den Hund gemütlich im Wohnzimmer bei Gramps an. Die drei bildeten ein herzerwärmendes Trüppchen. Es erinnerte sie an ihre Beziehung zu ihrem Großvater als Kind.

An diesem Vormittag hatte Maddy viel zu organisieren. Sie würde sich mit Esther die neue weiterführende Schule ansehen, die ihre Tochter ab September besuchen würde, und wollte sich mit der Direktorin unterhalten. Sheila hatte sich angeboten, Gramps Gesellschaft zu leisten, während sie unterwegs waren.

Als sie in Gramps' Zimmer kam, war sie regelrecht schockiert über den Anblick, der sich ihr bot – es sah aus wie auf einem Flohmarkt. Gramps hatte drei Hosen, zwei Hemden, fünf Krawatten und, wie es aussah, ein Dutzend Paar Socken aus seinem Kleiderschrank geholt.

»Ach, Gramps, ich glaube, das brauchst du nicht alles«, sagte sie, legte die überflüssigen Kleidungsstücke zusammen und räumte sie weg. »Hier, zieh das hier an. Brauchst du heute Hilfe?«

Gramps nahm die Hose von Maddy entgegen. Er schien den Bund zu untersuchen und zog ihn immer wieder zwischen Daumen und Zeigefinger hindurch. »Hose«, murmelte er vor sich hin. »Hose.« Er faltete sie zusammen und legte sie neben sich auf das Bett.

»Du musst sie anziehen, Gramps«, sagte Maddy.

Gramps nahm sie wieder in die Hand und fuhr erneut mit den Fingern am Bund entlang. Er blickte zu Maddy auf. »Hose. Ja. Hose.«

»Du musst zuerst den Schlafanzug ausziehen«, sagte Maddy. Sollte sie ihm helfen? Wollte er, dass seine Enkelin ihn beim Anziehen unterstützte? Sie trat auf ihn zu. »Komm, Gramps, lass dir ein bisschen helfen.«

»Danke, Schatz. Das ist sehr nett. Du bist ein liebes Mädchen.« Er tätschelte ihre Schulter, stemmte sich dann am Nachttisch hoch und schob langsam seine Pyjamahosen hinunter. Dann ließ er sich wieder auf die Matratze sinken.

»Warte einen Moment, Gramps, du brauchst noch Unterhosen«, sagte Maddy. Sie holte tief Luft und rief sich ins Gedächtnis, dass es hier nicht um sie ging, sondern um Gramps. Es würde ihm schrecklich peinlich sein, wenn sie diesen Aspekt seiner Pflege schwierig fand. Schließlich war es nicht seine Schuld, und sie musste sich eben überwinden. Schnell schnappte sie sich eine Unterhose aus der Schublade, zog ihm geschickt die Schlafanzughose aus, fädelte seine Füße in die Beinlöcher der Unterhose ein und zog sie so hoch, wie sie konnte. »Und jetzt steh auf, Gramps, dann ziehe ich sie dir an.«

Alles war innerhalb von Sekunden und so würdevoll wie möglich erledigt. Sie hasste den Gedanken, dass er womöglich einen klaren Moment haben und erkennen könnte, was sie für ihn tun musste.

Nicht lange, und Maddy hatte es geschafft, ihren Großvater anzukleiden. Sie reichte ihm den Waschlappen fürs Gesicht, setzte ihm das Gebiss ein und fuhr ihm rasch mit dem Elektrorasierer über die Wangen.

»So – alles erledigt«, sagte sie und lächelte ihm zu.

So dachte sie gern an ihren Großvater. Schick angezogen, mit gekämmtem Haar, glatt rasiert und gut duftend – na ja, er roch eben wie Gramps, nach Seife und Sauberkeit.

Aus ihrem Zimmer hörte Maddy ihr Handy klingeln. »Warte hier. Ich muss nur rasch ans Telefon.«

Es war Sheila. »Tut mir leid, Maddy, aber ich habe gerade im Radio gehört, dass es einen Unfall auf der Hauptstraße gegeben hat. Sie müssen von der anderen Seite aus in den Ort hineinfahren, da brauchen Sie eine Viertelstunde länger. Ich dachte, ich gebe Ihnen Bescheid.«

»Oh, danke.« Maddy sah auf ihre Armbanduhr. »Könnten Sie ein wenig früher kommen?«

»Ja, das wollte ich damit sagen, dass ich Ihnen genug Zeit lasse. Bis später. Oder früher, sollte ich sagen.«

Unwillkürlich dachte Maddy, dass sie sich sehr glücklich schätzen konnte, eine so rücksichtsvolle Freundin wie Sheila zu haben. Bei dem Gedanken, dass Sheila ihre Freundin war, hielt sie inne und lächelte in sich hinein. Ein netter Gedanke, allzu viele Freunde hatte sie ja nicht. Jede Menge Kollegen, aber nicht viele Freunde, seit ihr Leben einen anderen Weg eingeschlagen hatte als das ihrer alleinstehenden Freunde. Sie hielt den Kontakt über die sozialen Medien, aber ein Kind allein großzuziehen und sich eine Karriere in Grafik und Design aufzubauen ließ ihr nicht viel Zeit, um mit Gleichaltrigen in den Pub oder Nachtclub zu gehen.

Als sie zurück in Gramps' Zimmer kam, sah sie zu ihrem Entsetzen, dass er auf den Knien in der Tür zum Bad herumkroch, mit einem Duschhandtuch über den Boden wedelte und versuchte, das Wasser aufzuwischen, das aus dem Waschbecken überfloss.

»Oh, Gramps! Was ist passiert?« Sie eilte herbei, quetschte sich an ihm vorbei und schaffte es, den Kaltwasserhahn abzudrehen und den Stöpsel herauszuziehen. Sie wusste, sie hatte das Wasser nicht laufen lassen, und konnte nur davon ausgehen, dass Gramps das gewesen war.

Maddy half ihm auf, setzte ihn wieder auf den Stuhl im Schlafzimmer und sah, dass seine sauberen, frisch gebügelten Hosen vom Knie abwärts durchweicht waren. Seinen Socken und Pantoffeln war es auch nicht viel besser ergangen.

»Es ist überall«, sagte Gramps und zeigte mit einem knochigen Finger in Richtung Bad. »Ich glaube, wir haben einen Wasserrohrbruch.«

»Du hast den Hahn laufen lassen«, sagte Maddy, ohne nachzudenken. Dann sah sie den verwirrten Gesichtsausdruck ihres Großvaters und gleich darauf seine betrübte Miene.

»Ich? Oh … warum habe ich das getan?«

Maddy wünschte, sie hätte nichts gesagt, denn das machte die Situation nur noch komplizierter. »Macht nichts«, sagte sie fröhlich. »Ich ziehe dir eine trockene Hose an, und dann mache ich sauber. Ist nur ein bisschen Wasser.«

»Ich bin ein dummer alter Mann«, sagte Gramps und schlug sich mit dem Handballen an den Kopf. »Ein dummer alter Mann mit einem dummen alten Hirn.«

»Ach Gramps, das stimmt doch nicht«, sagte Maddy und umarmte ihn. »Ganz und gar nicht. Sag doch so was nicht. Komm, wir bringen das in Ordnung.«

Es dauerte nicht allzu lange, Gramps frisch anzuziehen, und dann wartete er geduldig auf seinem Stuhl, während sie sich schnell um das Bad kümmerte. Glücklicherweise war der Boden gefliest, und abgesehen davon, dass sie drei große Badetücher brauchte, um den Boden aufzuwischen und zu trocknen, dauerte es keine fünf Minuten, alles in Ordnung zu bringen. Maddy musterte den Stöpsel, der an allem schuld war. Er war einer dieser Verschlüsse, die sich öffneten, wenn man darauf drückte. Sie schraubte ihn ab und legte ihn oben auf den Badezimmerschrank. So wäre Gramps nicht in der Lage, das Waschbecken wieder zum Überlaufen zu bringen, aber sie wüsste in Zukunft, wo er zu finden war, wenn sie ihm beim Waschen und Rasieren half.

»Sind wir so weit?«, fragte Gramps, als Maddy mit den Handtüchern herauskam und sie in den Wäschekorb warf.

Sie würde sie später holen, sobald Gramps gefrühstückt hatte.

»Ja, alles fertig. Lass uns etwas essen.«

So viel zu ihrem Vorsatz, zeitig aufzubrechen. Wenn es so weiterging, würde sie zu spät kommen. Aber daran war nichts zu ändern, und wenn nötig musste sie einfach in der Schule anrufen und Bescheid geben.

Als sie bei weich gekochten Eiern und in Streifen geschnittenem Toast am Tisch saßen, dachte Maddy über den Tag nach, der vor ihr lag. Die Schule, die Esther normalerweise bis zum Ende des Schuljahres hätte besuchen sollen, war überbelegt, und da es nur noch wenige Wochen bis zu den Sommerferien waren, hatte Maddy bereits beschlossen, sie nicht hinzuschicken, sondern zu Hause zu unterrichten. Sie wollte, dass Esther sich an das Zusammenleben mit Gramps gewöhnte, bevor nach den Ferien die neue weiterführende Schule dazukam. Eins nach dem anderen, kleine Schritte. Aber immer in Bewegung bleiben. Sie ging all ihre kleinen Mantras durch. Sie musste sich auf das Positive konzentrieren. Das Negative ließen sie gerade hinter sich.

»Wann fahren wir zur Schule?«, wollte Esther wissen.

»Um elf«, gab Maddy zurück. »Gestern Abend habe ich Sheila angerufen, sie kommt vorbei und leistet Gramps so lange Gesellschaft. Freust du dich?«

Esther schaute auf ihre Toastscheibe hinunter und zuckte mit den Schultern. »Irgendwie schon.«

»Es wird nett werden, die Lehrer und die Klassenzimmer zu sehen«, sagte Maddy.

»Glaubst du, ich finde neue Freunde?«

»Natürlich, Schatz«, sagte Maddy und lächelte aufmunternd.

Esther schenkte Maddy eine abgeschwächte Version ihres Lächelns. »Sie werden alles über mich wissen wollen, stimmt's?«

Maddy war sich nicht ganz sicher, worauf Esther hinauswollte. »Na ja, das ist normal, aber du willst ja auch etwas über sie erfahren.«

»Ich wünschte, ich hätte einen Dad.« Esther richtete den Blick auf den Teller, der vor ihr stand.

»Aber du *hast* einen Vater«, sagte Maddy.

»Ich meine, einen, der mit uns zusammenlebt.«

»Ach, Liebling«, sagte Maddy und stand von ihrem Stuhl auf, um einen Arm um ihre Tochter zu legen. »Für uns wird alles gut, für mich, dich und Gramps.«

Sie sah zu Gramps auf, der seine Toastscheibe mit Marmelade zukleisterte. Sie musste selbst die Tränen hinunterschlucken. Esther hatte keinen Vater und keinen Großvater, und ihr Urgroßvater war nicht klar genug im Kopf, um die Rolle auszufüllen.

»Tut mir leid, ich war nicht gut darin, mir die richtigen Männer auszusuchen«, sagte Maddy.

»Joe war nett.« Esther versuchte nicht, ihren verdrossenen Tonfall zu verbergen, und Maddy konnte nicht wirklich etwas gegen Joe einwenden.

Maddy war sehr verliebt in Joe gewesen, ihre einzige ernste Beziehung, abgesehen von Esthers Vater, aber Joe hatte nicht viel von festen Bindungen gehalten. Und Esthers Vater hatte klar und deutlich gemacht, wo seine Prioritäten lagen. Eigentlich sollte er Esther jedes zweite Wochenende sehen, doch dazu kam es selten, und wenn, dann kümmerte er sich eher aus Pflichtgefühl denn aus Liebe. Die letzten paar Monate hatte er in Cornwall gearbeitet, sodass er Esther gar nicht getroffen hatte, und jetzt reiste er gerade durch Australien. Dass er davon redete, dorthin auszuwandern, bestätigte nur seine allzu lockere Einstellung zur Vaterschaft. Maddy hätte ebenso gut der Männerwelt abschwören können, denn offenbar suchte sie sich grundsätzlich lausige Exemplare aus.

Sie drückte ihrer Tochter einen Kuss auf den Kopf. »Ich werde immer für dich da sein. Ich weiß, dass es nicht dasselbe ist, aber ich werde immer hier sein.«

Als sie nach unten schaute, um festzustellen, ob Esther weinte, sah sie, wie Gramps die faltige Hand über den Tisch ausstreckte und sie auf ihre und Esthers Hand legte. »Und ich bin ja auch noch da, Schatz.«

Sheila kam wie angekündigt eine Viertelstunde früher, und Maddy hatte es irgendwie fertiggebracht, die Zeit wieder reinzuholen, sodass Esther und sie abfahrbereit waren. Wie üblich war Sheila geschminkt, als wollte sie groß ausgehen, und hatte das Haar zu dem französischen Zopf geflochten, von dem Maddy allmählich klar wurde, dass er ihr Markenzeichen war. Der breitkrempige Sonnenhut fehlte heute, da es ein wenig verhangen war, doch das hielt Sheila nicht davon ab, einen wunderschönen bunten Mantel und darunter ein langes Jeanskleid zu tragen.

»Hallo, Arthur«, sagte sie und küsste ihn auf beide Wangen. »Wie geht's uns denn heute?«

Sie warf Maddy einen Blick zu, die diskret die offene Hand hin- und herbewegte, um ihr zu bedeuten, dass es Gramps durchwachsen ging und sich die Sache so oder so entwickeln könnte.

»Gramps hat gefrühstückt und gerade ein Nickerchen gemacht«, sagte Maddy und lächelte ihrem Großvater zu. »Du hattest gerade gesagt, du hättest gerne eine Tasse Tee.«

»Ach, lassen Sie mich die machen«, sagte Sheila. »Fahren Sie nur.« Sie sah Esther an. »Alles in Ordnung, Liebes?«

Esther setzte zögernd ein Lächeln auf. »Ja, danke.«

»Freust du dich darauf, deine neue Schule zu sehen?«

»Hmm«, lautete die Antwort.

»Das klingt nicht besonders überzeugend«, sagte Sheila und zog die Augenbrauen hoch.

»Sie ist nur ein wenig nervös«, erklärte Maddy. »Das wird sicher alles gut, wenn wir erst dort sind.«

Maddy verabschiedete sich und scheuchte Esther aus der Tür, bevor sie beide mit weiteren Fragen eingedeckt wurden.

»Hetzen Sie sich mit der Rückfahrt nicht ab! Ihr Großvater ist bei mir gut aufgehoben«, rief Sheila von der Tür aus, wo sie gebückt stand, um Fifi am Halsband festzuhalten. »Fahren Sie nur, schauen Sie sich in der Stadt um und essen Sie ein Stück Torte oder so.«

Maddy konnte sich des Gedankens nicht erwehren, wie aufmerksam Sheila war. Sie hätte nicht gewusst, was sie ohne sie anfangen sollte. Sie waren erst so kurze Zeit in Hemmingford Grey, und schon verließ sie sich auf sie.

Sie fuhren in freundlichem Schweigen dahin, im Hintergrund spielte das Radio. Hemmingford Grey lag ungefähr fünf Meilen von der weiterführenden Schule entfernt, sodass sie nicht lange dorthin brauchten. Unterwegs kamen sie durch offene Felder und ein weiteres, kleineres Dorf und erreichten dann die Außenbezirke der Kleinstadt.

Die Direktorin begrüßte sie in ihrem Büro. »Schön, Sie beide kennenzulernen«, sagte sie. »Ich bin Mrs. Myers und leite St. Winifred's jetzt seit über zwölf Jahren. Nach nationalen Standards sind wir nur eine kleine Schule, und wie ich Ihnen am Telefon schon sagte, Miss Pettinger, sind wir stolz auf unsere freundliche, familiäre Atmosphäre. Ich bin stolz darauf, alle unsere fünfhundert Schüler wenigstens mit Namen zu kennen.«

»Das ist gut zu hören«, sagte Maddy. »Das war einer der Gründe, aus denen wir uns für St. Winifred's entschieden haben. Ich finde, eine kleinere Schule würde gut zu Esther passen.«

»Du wirst dann die siebte Klasse besuchen, Esther«, sagte Mrs. Myers. »Der Einzugsbereich der Schule ist relativ klein, und viele Schüler und Schülerinnen werden einander schon kennen, aber wenn du in der siebten Klasse anfängst, hast du die gleiche Ausgangsbasis wie alle. Die Schule wird ihnen genauso neu sein wie dir.«

»Natürlich ist Esther ein wenig besorgt«, sagte Maddy und sah ihre Tochter an, die auf ihrem Stuhl zusammenzuschrumpfen schien. Jedenfalls wirkte sie nicht wie jemand, der sich darauf freute, an der neuen Schule anzufangen.

Mrs. Myers erinnerte Maddy an die Direktorin aus einem der Internatsromane, die sie als Kind zu lesen pflegte – freundlich, vielleicht streng, wenn nötig, aber auf jeden Fall eine Frau, die ihre Schule und ihre Schülerinnen und Schüler liebte.

»Was hast du denn für Hobbys? Treibst du Sport?«, fragte die Direktorin.

»Ich schwimme gern«, sagte Esther und sprach zum ersten Mal. »Und ich bin bei YouTube.«

Mrs. Myers zog die Augenbrauen hoch. »YouTube?«

»Esther hat einen eigenen YouTube-Kanal«, erklärte Maddy. »Sie veröffentlicht Rezepte und so etwas. Sie kocht gern.«

»Wie interessant! Das muss ich mir ansehen.«

Mrs. Myers gelang es, Esther in ein Gespräch über ihren You-

Tube-Kanal zu verwickeln, und nach einem Rundgang durch die Schule hatte Maddy ein viel besseres Gefühl dabei, dass Esther sich hier einleben würde, als vorher. Esther wirkte ebenfalls begeistert. Das Interesse der Direktorin hatte ihr Auftrieb gegeben, genau wie die Erwähnung einer Medien-AG nach dem Unterricht, für die Esther sich vielleicht interessieren würde. Ein guter Anfang, dachte Maddy und lächelte in sich hinein.

Kapitel 12

Arthur freute sich über den Besuch seiner Freundin. Er wusste, oder besser gesagt, er spürte, dass sie befreundet waren. Wie er sie kennengelernt hatte, wusste er nicht mehr – und auch nicht, wie lange oder woher er sie kannte, aber er wusste, dass sie nett war. Sie lächelte viel und lachte, nicht über ihn, sondern mit ihm. Sie hatte ein freundliches Lachen, das irgendwie den Raum heller wirken ließ und ihm ein Glücksgefühl schenkte.

Arthur hörte die Musik, als sie am Gemeindezentrum vorfuhren. Er wusste, dass er gern herkam und mit seiner Freundin schon oft hier gewesen war. »Mir gefällt es hier«, sagte er.

»Ich weiß. Es ist das hiesige Tageszentrum für uns Oldies«, erklärte sie. »Wir kommen häufig her. Heute ist ein spezieller Demenz-Tag. Komm, wir wollen uns doch Tee, Kuchen und einen Tanz nicht entgehen lassen.«

Er konnte die Melodie oder die Sängerin nicht genau einordnen, doch er stellte fest, dass er mitsummte.

»Ach, das ist einer meiner Lieblingssongs«, sagte seine Freundin. »Früher habe ich ständig Doris Day gehört. Komm, Arthur, gehen wir hinein. Hier, nimm meinen Arm. Leg deinen schlimmen Arm in meinen und nimm mit der anderen Hand deinen Gehstock.«

Langsam betraten sie den Saal. Er war voll mit Männern und Frauen seines Alters, von denen einige in Paaren tanzten und andere an den Tischen saßen, die am Rand des Saales standen. Sie hatten Tassen mit Tee oder Kaffee vor sich, und es gab Sandwiches und Kuchen. Jemand hatte hübsche rot-weiß-blaue Wimpelketten quer durch den Saal gespannt. Auf der Bühne sang eine Frau in einem weißen Kleid mit roten Punkten und mit einem passenden roten Band im Haar in ein Mikrofon. Alle wirkten sehr fröhlich und schienen sich gut zu amüsieren.

Die Atmosphäre war vertraut, Arthur fühlte sich wohl, was eine tief verankerte Erinnerung in ihm anrührte.

»Hallo, Arthur.« Eine Frau in einem weißen Kittel und blauer Hose begrüßte die beiden an der Tür. »Hi, Sheila. Wie schön, euch beide zu sehen!«

Arthur lächelte ihr zu ... Ihren Namen wusste er nicht, aber sie trug eine Schwesternuniform oder jedenfalls etwas in der Art.

»Hallo«, gab er aus reiner Höflichkeit zurück.

Die Schwester führte die beiden zu einem Tisch, an dem schon andere Menschen saßen, und verabschiedete sich mit dem Versprechen, mit einer Tasse Tee wiederzukommen. Arthur hoffte, dass sie auch Kekse bringen würde – Vollkorn natürlich.

In dem Saal war es sehr angenehm, und als Arthur der Musik zuhörte und den Menschen beim Tanzen zusah, spürte er, wie eine große Ruhe über ihn kam. Während er zuschaute, war es, als wichen die Jahre zurück und alle wären wieder jung. Sie amüsierten sich im Gemeindesaal und taten, als wäre alles gut auf der Welt. Für kurze Zeit konnten sie die Realität außer Kraft setzen.

»Geht's dir gut, Arthur?« Das war seine Begleiterin – Sheila! Ja, so hieß sie, jetzt wusste er es wieder. Er strahlte, weil ihm ihr Name eingefallen war.

»Möchtest du tanzen, Sheila?«, fragte er.

»Sehr gern«, sagte sie und stand auf.

Arthur tat es ihr nach, und sie gingen zur Tanzfläche. Sheila legte ihm eine Hand auf die Schulter und die andere über seine, die den Gehstock hielt. Er schlang einen Arm um ihre Taille, und dann wiegten sie sich im Takt zur Musik.

»Ich fürchte, heutzutage sind meine Füße dem nicht gewachsen, Schatz. Sie wollen sich nicht mehr so bewegen wie früher.«

»Mach dir deswegen keine Gedanken. Ich unterhalte mich prachtvoll. Das ist vollkommen in Ordnung.«

Sie bewegten sich hin und her und schlurften ein wenig mit den Füßen, bis der Song endete und die Sängerin sich sofort in einen neuen stürzte. Arthur schloss die Augen und lehnte den Kopf an den von Sheila. Er fühlte sich glücklich. Warum, wusste er nicht genau, aber er war froh. Vor seinem inneren Auge stieg das Bild eines Mannes in Uniform auf, der die Arme um eine junge Frau legte. Die beiden waren bei einer Art Tanzveranstaltung, aber sie standen im Freien, und die Musik wehte aus der Entfernung zu ihnen herüber. Die Gesichter des Paares konnte er nicht erkennen, doch sie umarmten einander fest und befanden sich wie in ihrer eigenen Welt. Offensichtlich waren sie verliebt, dachte Arthur. Wie nett, verliebte Menschen zu sehen, und doch auch so schmerzhaft. Er war sich nicht sicher, woher der Schmerz kam, doch er schoss ihm durchs Herz. Jäh holte er Luft.

»Alles in Ordnung, Arthur? Vielleicht sollten wir uns setzen und noch etwas trinken und essen.« Sheila löste sich aus seinen Armen, legte eine Hand unter seinen Ellbogen und führte ihn über den Tanzboden zu einem der Tische, wo andere Gäste sie begrüßten.

Arthurs Gedanken hatten ihn verunsichert, und er versuchte, sie zu verdrängen und sich darauf zu konzentrieren, was die Frau sagte, die ihm gegenüber am Tisch saß. Er konnte die Worte nicht unterscheiden, denn sie sprach schnell, und sie schienen alle miteinander zu verschwimmen.

Er konzentrierte sich wieder auf die Musik. Er hörte der Sängerin gern zu.

Als es Zeit zum Gehen wurde, war er enttäuscht, aber die Musik war verstummt, und die Leute zogen ihre Jacken und Mäntel an. Er wünschte, er könnte sich an einige der Songs erinnern. Er kannte sie, konnte sich aber nicht mehr auf die Titel besinnen. Verdammt!

Zu Hause angekommen, sah er erfreut, dass Maddy und das Mädchen auch da waren. Sofort fühlte er sich besser. Die Kleine munterte ihn unwahrscheinlich auf, das konnte er nicht bestreiten. Er musste sich nach ihrem Namen erkundigen, doch er war sich sicher, dass er sie schon gefragt hatte. Oft. Hoffentlich war sie nicht beleidigt.

»Hallo, Gramps. Hast du dich gut amüsiert?«, fragte Maddy. Sie lächelte ihm zu und half ihm, sein Jackett auszuziehen.

»Ja, danke«, gab er zurück. Er warf seiner Begleiterin einen Blick zu – wie war noch ihr verfluchter Name? Ach, manchmal war er verdammt nutzlos. Es lag ihm auf der Zunge. Sheila! Da, er hatte es geschafft, ihn aus seiner Erinnerung zutage zu fördern. Schön für ihn. »Ich und …« Verflucht! Jetzt war der Name wieder weg. »Wir haben uns sehr gut unterhalten.« Doch während er das sagte, war er sich nicht sicher. Er wusste nicht einmal genau, wo sie gewesen waren, aber anscheinend wurde diese Antwort von ihm erwartet.

»Das ist schön«, sagte Maddy. »Habt ihr getanzt?«

»Oh ja, wir haben getanzt«, sagte seine Gefährtin. »Und es war sehr nett.«

»Was für eine Art Tanz?«, wollte die Kleine wissen. »So wie im Fernsehen?«

»Ich glaube nicht, dass Gramps über die Tanzfläche gefegt ist«, sagte Maddy, lächelte herzlich und streichelte dabei dem Mädchen den Kopf.

Tanzen. Das hatten sie getan. Ja. Jetzt erinnerte er sich. Er hatte getanzt.

»Doris Day hat gesungen«, sagte er.

»Wer ist das?«, fragte die Kleine.

»Eine Dame aus unserer Zeit«, sagte seine Tanzpartnerin.

»Wow! War sie dort?« Das Mädchen wirkte schwer beeindruckt.

»Ja«, sagte Gramps. Er wusste noch, dass sie auf der Bühne gestanden hatte. »Sie war da.«

»Gramps meint, dass eine Frau Songs von Doris Day gesungen hat. Nicht die echte Doris Day. Die ist tot.«

Die Kleine nickte, und Arthur runzelte die Stirn. Doris Day war tot? Wie war das möglich? Sie war doch dort gewesen und hatte gesungen. Er hatte sie gehört. Das wollte er auch sagen, doch Maddy redete schon weiter. Sie dankte der anderen Frau, weil sie auf ihn aufgepasst hatte.

»Wie ist es Ihnen heute in der Schule ergangen?«, fragte die Frau jetzt Maddy.

»Wir haben die Direktorin kennengelernt, und sie schien sehr nett zu sein, nicht wahr, Esther?«

Das Mädchen zuckte mit den Schultern. »Glaub schon.«

Arthur kam bei dem Gespräch nicht mit, aber es hatte etwas mit der Kleinen und Lehrern zu tun. »Mein Lehrer hat mich einmal draußen auf dem Schulhof stehen lassen«, sagte er zu ihr.

Sie sah zu ihm auf. »Warum? Und was ist ein Schulhof?«

»Gramps meint den Spielplatz«, erklärte Maddy.

Arthur nickte. »Ich wusste die Hauptstadt von Indien nicht.«

»Und deswegen musstest du draußen bleiben?«, fragte die Kleine.

»Ich durfte nicht wieder hereinkommen, bis es mir eingefallen war«, fuhr Arthur fort.

Jetzt sah er sich selbst ganz deutlich. Einen Jungen von ungefähr zehn Jahren in grauen kurzen Hosen, einem weißen Hemd und einem grauen Blazer mit einem roten Streifen, der um die Kanten verlief. Der Blazer hatte vorher seinem Bruder John gehört und war ihm zu groß, aber seine Mum hatte gemeint, er werde schon hineinwachsen, und sie hätte kein Geld, eine neue Schuluniform zu kaufen, solange Johns alte noch tragbar war.

»Wie lange hast du draußen gestanden?«, wollte die Kleine wissen.

»Bis zur Mittagszeit«, sagte Arthur. »Ich konnte mich nicht an die Hauptstadt von Indien erinnern, aber einer meiner Freunde kam vorbei und hat es mir zugeflüstert. Als der Lehrer herauskam und mich gefragt hat, konnte ich es ihm sofort sagen. Neu-Delhi. Ich kriegte eine Ohrfeige, weil es mir nicht eher eingefallen war, dann durfte ich hineingehen und essen.«

»Dein Lehrer hat dich geschlagen?« Das Mädchen riss die Augen auf.

»Jepp. Ich hatte Glück, dass ich es nicht mit dem Stock gekriegt habe.«

»Glücklicherweise dürfen Lehrer das heute nicht mehr«, sagte Maddy.

»Schade eigentlich«, murmelte die andere Frau. »Manchen würde eine Tracht Prügel ganz guttun.« Sie angelte ihre Geldbörse aus ihrer Tasche, nahm ein paar Münzen heraus und drückte sie der Kleinen in die Hand. »Hier, kauf dir etwas Süßes.«

»Oh nein, das ist doch nicht nötig!«, protestierte Maddy.

»Ich weiß, aber ich tue es gern, und darauf kommt es an«, lautete die Antwort.

»Was sagt man?«, fragte Maddy betont.

Die Kleine sah zu der Frau auf. »Danke.« Sie lächelte.

Arthur wünschte, sie würde öfter lächeln.

Später am selben Tag, als Arthur im Wohnzimmer saß und döste, hatte er plötzlich das Gefühl, beobachtet zu werden. Er öffnete das rechte Auge einen Spaltbreit, rührte aber keinen Muskel – alter Armeetrick. Auf dem Sofa saß das Mädchen. Er schlug beide Augen auf und lächelte ihr zu.

Sie erwiderte das Lächeln. »Hallo, Gramps.«

»Hallo, Schatz.« Arthur richtete sich im Sessel auf und zupfte an seinen Manschetten, um sicherzugehen, dass er präsentabel aussah – noch so eine alte Gewohnheit aus dem Militär. »Was hast du denn da?« Mit einer Kopfbewegung wies er auf den rechteckigen schwarzen Gegenstand in ihrem Schoß. Er hatte keine Ahnung, was das war.

»Das? Das ist mein Tablet.«

»Tablette? Sieht nicht aus wie eine Tablette, die ich kenne. Wie schluckt man die?«

Sie kicherte und warf sich auf dem Sofa zurück. »Nicht so eine Tablette!« Wieder lachte sie.

Er mochte es, wenn sie lachte.

»Das ist so etwas wie Mums Laptop.«

Gramps war sich immer noch unsicher. »Und was macht das?«

»Ich kann damit ins Internet gehen und meine Vlogs hochladen.«

Arthur hatte aufrichtig keine Ahnung, wovon sie redete. »Das musst du mir zeigen.«

Sie hantierte an dem Tablet herum – komischer Name dafür, aber wenn sie sagte, das sei ein Tablet, dann war es eins –, und dann tippte sie darauf, und es leuchtete auf. Sie drehte es so um, dass er es sehen konnte. Ein Fernseher! Ein kleiner zwar, aber eindeutig ein Fernseher, entschied Arthur.

»Schau, das ist mein YouTube-Kanal, und das bin ich.« Sie tippte mit einem Finger auf den Bildschirm, und eine Sendung begann.

Arthur versuchte zu verfolgen, was passierte, aber so einfach war das nicht. Er sah, dass das junge Mädchen in dem Video wirklich dasselbe war, das neben ihm saß. Sie befand sich in einer Küche und kochte etwas. Abgesehen davon wusste Arthur nicht ganz genau, was da passierte. Die Kleine schien sich allerdings zu amüsieren. Er warf ihr einen verstohlenen Blick zu, während sie den winzigen rechteckigen Bildschirm ansah. Sie lächelte. Arthur erwiderte das Lächeln.

»Dann kochst du gern?«, fragte er.

»Ja. Ich kann dir Cupcakes backen, wenn du willst.« Begeistert schaute sie ihn an. »Ich kann sie morgen machen.«

Arthur nickte. Er wusste nicht genau, was ein Cupcake war, aber sie schien darauf zu brennen. »Das wäre nett«, sagte er.

Sie wandte ihre Aufmerksamkeit wieder dem Bildschirm auf ihrem Schoß zu, tippte noch ein paarmal darauf und hielt das Tablet dann vor sie hin. »Lächeln«, sagte sie.

Arthur blickte zu dem Bildschirm auf. Er war eine Art Kamera. Er streckte die Zunge heraus. Sie lachte und tat es ihm dann nach. Er zog noch eine Grimasse und schielte dieses Mal. Sie kicherte. Er schnitt noch ein paar Grimassen, denn er brachte sie gern zum Lachen. Es wirkte ansteckend. Bald lachte er ebenfalls.

Nachher zeigte sie ihm auf dem Bildschirm die Fotos.

»Schau mal, unsere Selfies«, sagte sie.

Darüber lachten sie von Neuem. Die Kleine hatte so ein ansteckendes und vollkommen unschuldiges Lachen. Als sie sich beruhigten, tätschelte er ihr die Hand. Er liebte Kinderlachen, es hatte ihm immer schon solche Freude bereitet. Irgendwo tief in seinem Kopf regte sich eine Erinnerung, ein leises Rumpeln, das lauter wurde, bis es beinahe klapperte wie Absätze auf Kopfsteinpflaster. Und dann sah er die beiden, als würde auf einer Bühne ein Vorhang hochgezogen. Lachend und rennend jagten sie einander umher.

Kapitel 13

April 1944

Arthur hörte leises Kichern vom Hof aufsteigen. Eindeutig Kinder, dachte er und fragte sich, ob es jüngere Geschwister von Maryse waren. Langsam, um Freddie nicht zu stören, hievte er sich von dem Strohsack hoch. Der Arzt war gestern gekommen und hatte es mit einer ziemlich rabiaten Prozedur fertiggebracht, die Kugel zu entfernen. Doch das Loch, das zurückgeblieben war, sah nicht gut aus. Der Arzt hatte es zwar gesäubert, so gut er konnte, doch er war so besorgt gewesen, dass er sie gewarnt hatte, die Infektion könnte bereits eingesetzt haben. Er hatte Freddie ein paar Tabletten gegeben, die ihn völlig außer Gefecht gesetzt hatten, damit er ausruhen und sein Körper die Entzündung bekämpfen konnte.

Arthur trat an das Fenster am Giebelende und spähte in den Hof hinaus. Richtig, dort spielten zwei Kinder Fangen mit Maryse. Sie wirkte, als hätte sie genauso viel Spaß wie die beiden. Er sah ihnen ein paar Minuten zu und fragte sich, ob er hinuntergehen und mitmachen sollte, entschied sich jedoch dagegen. Je weniger Menschen, Kinder eingeschlossen, ihn sahen, desto besser. Er besaß zwar korrekte Papiere, aber trotzdem war es besser, bei den Kindern nicht aufzufallen. Kleine Plappermäulchen und so weiter.

Maryse musste seinen Blick gespürt haben, denn sie blickte zum Fenster auf. Sie nickte ihm unauffällig zu und richtete ihre Aufmerksamkeit dann wieder auf die Kinder. Sie versammelte sie um sich und redete mit ihnen, worauf sie vor ihr her zurück zum Haus sprangen. Sie warf einen letzten, verstohlenen Blick zum Fenster und führte die Kinder dann hinein.

Arthur sah sie erst später am Nachmittag wieder, als sie mit Hugo auf den Heuboden geklettert kam.

»Wir haben London mitgeteilt, dass ihr sicher angekommen seid«, sagte Hugo.

»Habt ihr ihnen das mit Guy erzählt?«, fragte Arthur, der sich daran erinnerte, Freddies Pseudonym zu gebrauchen.

»*Oui*. Du sollst die Befehle allein ausführen. Sie werden versuchen, dafür zu sorgen, dass dein Freund abgeholt wird«, gab Hugo zurück. »Ich habe mit meinem Kontakt in Malestroit geredet, und er will dich heute Nachmittag im Café in Sérent treffen.«

Arthur war beeindruckt davon, wie schnell das Netzwerk auf seine Anwesenheit reagierte. »Gut. Und wann?«

»In einer Stunde. Du fährst mit meiner Schwester und mir. Wir treffen uns im Café und essen zu Mittag. Ich werde dich als Bekannten aus Paris vorstellen, der aufs Land gekommen ist, um auf dem Hof zu helfen. Patrick, den du triffst, interessiert sich vielleicht dafür, dass du auch für ihn arbeitest. Verstanden?«

»Ja.« Bis jetzt begriff Arthur den Plan vollkommen und kannte seine falsche Lebensgeschichte wie seine eigene. »Und was dann?«

Eine halbe Stunde später waren sie unterwegs zum Dorf. Hugo lenkte den Pferdekarren, Maryse und Arthur saßen auf der Ladefläche und ließen die Beine baumeln, während die Räder über den Weg holperten.

»Wer waren die Kinder, mit denen du vorhin zusammen warst?«, fragte Arthur und hielt sich am Rand des Karrens fest, auf dem er auf einem besonders schlechten Stück Straße hin und her geschleudert wurde.

»Die Rochelle-Kinder«, sagte Maryse. »Ihr Vater ist der Vorsteher der Dorfschule. Ich helfe ihm, auf sie aufzupassen.«

»Wo ist ihre Mutter?«

»Die Gestapo hat sie letzte Woche abgeholt. Seitdem wurde sie nicht mehr gesehen.« Zorn und Besorgnis lagen in Maryses Stimme. »Sie ist Jüdin.«

»Das tut mir leid«, sagte Arthur. Er war sich der Einstellung der Gestapo zu Juden wohl bewusst und sprach ein stummes, wenn auch vermutlich sinnloses Gebet für die sichere Rückkehr der Frau. »Falls es dir ein Trost ist, es hat ausgesehen, als gelinge es dir sehr gut, sie aufzuheitern.«

»Sie brauchen die Wahrheit noch nicht zu erfahren«, sagte sie betrübt. »Hast du Kinder?«

Arthur lachte leise. »Nein. Irgendwann gern, aber noch nicht. Wenn ich älter und klüger bin und dieser verdammte Krieg vorbei ist, wäre das schön. Immer angenommen, jemand nimmt mich.«

»Du hast kein Mädchen, das zu Hause auf dich wartet?«

Arthur schüttelte den Kopf. »Nein, kann ich nicht behaupten. Und was ist mit dir?«

»Momentan habe ich wichtigere Sorgen, als mir Gedanken über die Liebe eines Mannes zu machen.« Sie wandte den Kopf ab und schaute über die Felder hinaus.

Damit war das Gespräch eindeutig beendet.

Als sie im Dorf Sérent ankamen und von der Ladefläche des Karrens sprangen, klopften Maryse und Arthur sich ab und nahmen sich kurz Zeit, um verstohlen den Platz zu mustern und festzustellen, wer hier unterwegs war.

L'église Saint-Pierre – die Kirche des heiligen Petrus – nahm die Mitte des Platzes ein und lag ein wenig höher als der Rest der Gebäude. Ihr Turm, der hoch über allem anderen aufragte, beherbergte im Inneren die Glocke und zeigte außen eine Uhr.

Auf der Nordseite des Platzes war ein kleiner Markt aufgebaut, auf dem Obst und Gemüse aus der Umgebung angeboten wurden, und dort liefen so viele Menschen umher, dass Arthur und Maryse nicht auffielen. Auf entgegengesetzten Seiten des Platzes lagen zwei Cafés, und an den Tischen vor dem einen saß eine kleine Gruppe deutscher Soldaten, die Kaffee tranken, sehr entspannt wirkten, rauchten und miteinander plauderten.

Arthur wurde der Hals trocken, während er sie unter seiner Hutkrempe her beobachtete.

»Bitte sag mir, dass wir nicht in dieses Café gehen«, bat er.

»Nein, wir gehen in das andere. Jean-François nimmt ihnen gern ihr Geld ab und unterhält sie. Er belauscht auch ihre Gespräche. Erstaunlich, was ihnen nach ein paar Cognacs so alles herausrutscht«, gab Maryse zurück, hakte ihn unter und steuerte ihn auf das schlichter wirkende der beiden Cafés zu.

Durch die Sonne blätterte die Farbe ab, und die Markise über dem Fenster zur Straße war verschossen und sah aus, als hätte sie schon bessere Zeiten gesehen.

»Komm.«

Als sie das Café betraten, war Arthur sich der Aufmerksamkeit, die er auf sich zog, sehr bewusst.

»*Bonjour, Yvette*«, sagte Maryse zu der Frau hinter dem Tresen. Sie setzten sich an einen Tisch am Fenster. »*Deux cafés, s'il vous plaît.*« Zwei Kaffee, bitte.

Das leise Stimmengewirr setzte erneut ein, und Arthur war erfreut, nicht mehr im Mittelpunkt zu sehen.

»Wo bleibt Hugo?«, fragte er.

»Er kommt gleich. Er lässt nur gerade noch Pferd und Wagen bei jemandem, den er kennt.«

»Habt ihr denn auch Kraftfahrzeuge?«

»*Oui.* Wir haben einen Laster, aber den benutzen wir nur, wenn es sein muss. Das Benzin ist inzwischen noch stärker rationiert. Vielleicht brauchen wir es ja noch für etwas Wichtigeres.«

Yvette brachte zwei Tassen Kaffee, der auf Arthur äußerst stark wirkte. Das war nicht gerade sein Lieblingsgetränk, er zog Tee bei Weitem vor, aber danach konnte er ja wohl kaum fragen, solange er sich als Franzose ausgab.

»*Merci*, Yvette«, sagte Maryse.

Die ältere Frau blieb am Tisch stehen und wartete offensichtlich darauf, dass sie ihn vorstellte.

»Das ist mein Freund Christophe aus Paris. Er ist gekommen, um auf dem Hof auszuhelfen, und vielleicht arbeitet er auch für Patrick Thomas.«

Arthur streckte die Hand aus. »*Enchanté, Madame.*« Sehr erfreut, Madame.

Sie schüttelte Arthur die Hand und hielt sie kurz fest, bevor sie sie losließ. »Der hat noch nie in der Landwirtschaft gearbeitet.«

»*Non, Madame. Ça fait longtemps. Je suis professeur, ou je l'étais.*« Nein, Madame. Das ist lange her. Ich bin Lehrer, oder jedenfalls war ich es.

Das war nicht wirklich gelogen. Er hatte lange nicht mehr auf dem Land gearbeitet. Die Behauptung, er sei Lehrer oder es zumindest vor der Besatzung gewesen, war komplett erfunden, doch die Cafébesitzerin hakte nicht nach, sondern nickte nur nachdenklich. Arthur fragte sich, ob sie auch dem Netzwerk der *Résistance* angehörte, was zumindest erklärt hätte, warum Maryse und er sich hier mit Patrick trafen.

Ein paar Minuten später gesellte sich Hugo zu ihnen, und kurz darauf setzte sich ein weiterer Mann dazu, Patrick, wie sich herausstellte. Das Gespräch verlief locker, und sie unterhielten sich über den Hof und das, was dort zu tun war. Die ganze Diskussion war reine Fiktion und dazu da, den Eindruck zu erwecken, dass sich vier Freunde zu einer Plauderei am Vormittag trafen, die keinerlei Aufmerksamkeit bei einheimischen Spitzeln, Gestapo in Zivil oder der *milice* erwecken würde.

Nach einer Stunde war die Scharade zu Ende, und alle vier verließen das Café, verabschiedeten sich sehr öffentlich auf der Straße und gingen dann ihrer Wege.

»Wohin jetzt?«, fragte Arthur noch einmal, als Maryse ihn unterhakte.

»Zuerst kaufen wir Obst auf dem Markt. Nur um sicherzugehen, dass keiner von uns unerwünschte Aufmerksamkeit auf sich gezogen hat.«

Maryse ließ sich Zeit, das Obst zu betrachten, und wählte schließlich eine Tüte Äpfel aus. Dann schlenderte sie weiter zum nächsten Stand, wo sie ein kleines Glas Honig kaufte.

»Alles in Ordnung?«, fragte Arthur.

»*Oui.* Hier entlang.« Sie überquerten den Platz und gingen direkt an den Deutschen vorbei, die vor dem anderen Café saßen.

Arthur passte auf, dass er keinen Blickkontakt aufnahm, und als sie die Ecke umrundeten und sicher außer Sichtweite der Soldaten waren, sprach er Maryse an. »War das nötig? Direkt an ihnen vorbeizumarschieren?«

»Nein«, gab sie zurück. »Aber ich mache das gern.«

»Was?«

»Sie halten sich für so großartig, wie sie selbstgefällig dort sitzen, trinken, rauchen und anderen wegnehmen, was sie wollen. Das schenkt mir ein Machtgefühl. Sie haben keine Ahnung, was ich hinter ihrem Rücken treibe.«

»Ich halte nichts davon, dass du mich ihnen nur wegen eines deiner Machtspielchen vorführst. Du könntest die ganze Operation gefährden. Ganz zu schweigen von meinem Leben.« Arthur spürte Zorn in sich aufsteigen. »Das ist leichtsinnig. Mach das lieber nicht noch einmal.«

Sie gingen weiter den Weg entlang, und er fühlte, wie Maryse die Finger in seinen Arm krallte. »Erzähl mir nicht, was ich tun kann und was nicht. Nicht, solange du nicht tagaus, tagein hier gelebt hast. Nicht, bis sie dir ein Leben gestohlen haben. Bevor du ohnmächtig zurückbleibst. Nicht, solange du nicht erlebt hast, wie geliebte Menschen getötet worden sind. Bis dahin hast du kein Recht, über mich zu urteilen. Du kannst das alles hinter dir lassen. Du gehst zurück nach England, wo du sicher bist. Wir haben diesen Luxus nicht.«

Arthur gab keine Antwort. Was hätte er auch sagen können? In gewisser Hinsicht hatte sie ja recht. Es war sehr gut möglich, dass er irgendwann nach England zurückkehren würde und dort ein relativ stressfreies Leben führen könnte. Aber wie sah das für die Franzosen aus? Er hatte sich nie vollkommen mit ihnen identifizieren können, aber er würde tun, was in seiner Macht stand, um sie zu unterstützen, das konnte er garantieren.

»Wir sind da.« Maryse nahm ihre Hand weg, blickte sich schnell nach rechts und links um und drückte dann einen Klingelknopf, der in eine Mauer eingelassen war.

Innerhalb von Sekunden öffnete sich die Tür, und Maryse begrüßte den älteren Mann, der sie hereinließ, überschwänglich.

Drinnen angekommen, trabten sie die Treppe hinauf und in ein Dachzimmer, in dem Hugo und Patrick warteten.

»Seid ihr verfolgt worden?«, fragte Patrick.

»Nein.«

»Sicher?«

»Sicher.«

Das gesamte konspirative Treffen, bei dem sie rasch ihre nächsten Schritte diskutierten, dauerte nur eine Viertelstunde. Arthur hatte den Auftrag, einen neuen Landestreifen auszukundschaften, auf dem alliierte Flugzeuge Versorgungsgüter abwerfen konnten. Sie hatten vor, im Hinblick auf die großen Ereignisse die Waffenlager der *Résistance* aufzustocken.

Bisher hatte der hiesige Widerstand sich relativ unauffällig verhalten und lediglich die Truppenbewegungen der Deutschen überwacht und weitergemeldet, die in die Region verlegt oder daraus abgezogen wurden. Die Bretagne wurde als eine Art Erholungsgebiet für die deutschen Soldaten sowie als Aufmarschgebiet betrachtet, aus dem wenn nötig Verstärkung in Richtung Osten verlegt werden konnte.

»Dann müssen wir in ein paar Wochen unsere Sabotageaktionen gegen die Eisenbahnlinien, die aus der Region hinausführen, intensivieren«, sagte Arthur. »Wir müssen verhindern, dass Verstärkungen die normannische Küste erreichen. Ich höre, ihr habt einen Kontakt am Bahnhof.«

Ein kurzes Schweigen trat im Raum ein, die Anspannung nahm zu. Arthur blickte zwischen den anderen hin und her.

»Ihr habt doch jemanden am Bahnhof?«, fragte er noch einmal und überlegte, ob sein Französisch sich so verschlechtert hatte, dass sie ihn nicht verstanden.

Maryse schaute zu Boden.

Hugo ergriff schließlich das Wort. »Nicht mehr. Er war verdächtig.«

Arthur musste die Information erst mal verdauen und fluchte lautlos. »Arbeitet er noch dort?«

»Nein.« Die Antwort klang steif.

»Kann er denn nicht wieder eingestellt werden? Das sind lebenswichtige Informationen! Wir brauchen sie, damit wir wissen, welche Züge wir angreifen sollen.« Arthur schüttelte den Kopf. Das war nicht die Nachricht, die er hören wollte.

»Nein, das geht nicht«, sagte Maryse unvermittelt und sah zu Arthur auf. Ihre Augen blitzten vor Zorn. »Er ist tot. Sie haben ihn verhaftet. Ihn verhört und hingerichtet. So, kapierst du es jetzt?«

In ihrer Stimme lag etwas Hartes, und ihre Blicke durchbohrten ihn wie ein Messer, sodass Arthur klar wurde, dass er einen Nerv getroffen hatte. Etwas, was noch sehr frisch und persönlich für Maryse war.

Kapitel 14

Heute war der Himmel von einem wunderschönen klaren Blau, die Sonne schien fast so warm wie am Mittelmeer, und es wehte nur eine ganz leichte Brise. Maddy war froh, dass sie Gramps überredet hatte, seinen Hut aufzusetzen. Sein schütteres Haar war kein Schutz für seine gealterte Kopfhaut. Esther trug eine Baseballkappe, und für sich selbst hatte Maddy im Schrank einen Sonnenhut aus Stroh gefunden. Er reichte nicht ganz an Sheilas Standards heran, aber er erfüllte seinen Zweck. Sie vermutete, dass Hazel ihn zurückgelassen hatte.

Von Hazel hatte Maddy seit ihrer Abreise kein Wort gehört. Ihr wurde klar, dass sie keine Ahnung hatte, wo Hazel sich aufhielt oder was sie trieb, und dass sie keine Möglichkeit hatte festzustellen, ob es ihr gut ging. Bisher hatte Hazel sich kein einziges Mal bei ihnen gemeldet, aber das war in Ordnung. Maddy hatte wirklich damit gerechnet, wieder von Hazel zu hören. Trotzdem war sie neugierig, wo sich ihre Halbschwester befand, und sie wäre sich gern sicher, dass es ihr gut ging. Später, beschloss Maddy, würde sie einen Blick auf Facebook werfen und nachsehen, ob Hazel dort etwas gepostet hatte. Maddy besaß zwar ein Facebook-Konto, doch sie benutzte es selten und vergaß meist, dass sie es überhaupt hatte. Hoffentlich konnte sie sich an ihr Passwort erinnern.

Sie schob den Rollstuhl in den Park und folgte dem Weg, der sich an Sträuchern und Büschen entlangschlängelte, zwischen den Bäumen hindurch und zum Ententeich.

»Siehst du die Enten, Gramps?«, fragte sie und ging neben dem Rollstuhl in die Hocke, sodass sie sich auf Augenhöhe mit ihm befand. Sie zeigte aufs Wasser. »Da drüben. Siehst du sie?«

»Oh ja, Schatz.«

Maddy fing Esthers Blick auf, und sie grinsten beide. Er war so lieb!

»Schau mal, Gramps«, sagte Esther, nahm eine Handvoll Brotkrumen und warf sie ins Wasser.

Dankbar quakend kamen die Enten herübergeschwommen.

»Enten. Ich mag Enten«, sagte Gramps. »Besonders mit Orangensauce.«

»Gramps!«, rief Maddy aus, musste aber lachen.

Seine Augen blitzten schelmisch. Manchmal war es, als würde er wieder zum Kind. Kein Wunder, dass Esther und er sich so gut verstanden.

An diesem Abend saß Maddy im Wohnzimmer. Gramps hatte sich in seinem Sessel niedergelassen, Esther neben sich, und die beiden schauten einen Dokumentarfilm über Löwen in Afrika. Es war ein herzerwärmender Anblick, wie sie sich miteinander so wohlfühlten. Es erinnerte Maddy daran, wie sie als Kind Gramps und Grandma besucht hatte. Glückliche Zeiten waren das gewesen. Sie erinnerte sich, wie Grandma vor dem Kamin mit einer sehr langen Gabel dicke Brotscheiben geröstet hatte. Gramps hatte den Toast dann dick mit Butter bestrichen, die schmolz, sodass man aufpassen musste, dass sie einem nicht auf den Schoß tropfte. Eine schöne Zeit.

»Hast du die Türen abgeschlossen?«, fragte Gramps, als die Sendung zu Ende war.

»Ja, alles erledigt«, sagte Maddy.

»Haustür und Hintertür?«, setzte Gramps sein Verhör fort.

Dieses Gespräch führten sie ziemlich regelmäßig, eigentlich an den meisten Abenden.

»Vorn und hinten.«

»Da kommt noch eine Sendung über Pinguine«, sagte Esther und zeigte mit der Fernbedienung auf den Fernseher.

»Pinguine. Die schmecken gut«, warf Gramps ein.

»Was? Pinguine kann man doch nicht essen!«, rief Esther aus.

»Er nimmt dich nur auf den Arm«, sagte Maddy und lächelte über die alarmierte Miene ihrer Tochter.

»Welche aus Schokoladenkeksen aber schon«, sagte Gramps und zwinkerte.

Esther stöhnte über seinen Witz. »Wahnsinnig komisch«, brummte sie und konzentrierte sich wieder auf den Fernseher.

»Hast du auch die Türen abgeschlossen?«, fragte Gramps.

Maddy unterdrückte ein Seufzen. Das würde einer der Abende werden, an denen Gramps einfach nicht zur Ruhe kam und immer wieder die gleiche Frage stellte. Sie wusste, dass es nicht seine Schuld war, aber manchmal, wenn sie müde war, fiel es ihr schwer, ihn immer wieder zu beruhigen.

»Alles abgeschlossen«, sagte sie und griff nach ihrem Laptop.

»Vorder- und Hintertür?«

»Ja, vorn und hinten. Schau zum Fernseher, Gramps. All die vielen Pinguine dort.«

Esther tippte ihm auf den Arm. »Sie drängen sich alle zusammen, um warm zu bleiben.«

Maddy war dankbar für Esthers Versuch, ihn abzulenken, und solange er sich auf den Tierfilm zu konzentrieren schien, nutzte sie die Gelegenheit, sich bei Facebook einzuloggen, was sie seit Wochen nicht getan hatte. Sie hatte zahlreiche Benachrichtigungen, doch sie ignorierte sie und tippte Hazels Namen in das Suchfeld ein.

Ihre Versuche, Hazel aufzuspüren, wurden vereitelt, als Gramps sich wieder nach dem Abschließen zu erkundigen begann. Doch dieses Mal stand er auf und bestand darauf, die Türen selbst zu überprüfen.

»Man kann nicht vorsichtig genug sein«, sagte er, während er von der Haustür durch die Diele und zum Esszimmer im hinteren Teil des Hauses ging, wo die Glastüren in den Garten hinausführten. Er probierte die Klinke aus. »Wo ist das … das Dingsda?«

»Der Schlüssel? Ich habe ihn weggeräumt, damit wir ihn nicht verlieren«, erklärte Maddy und folgte ihm in den Raum. »Warum gehst du nicht zurück und setzt dich wieder zu Esther? Der Pinguinfilm ist wirklich interessant.«

»Die Hintertür. Ist die Hintertür abgeschlossen?« Gramps verließ den Raum und wandte sich zur Küche. »Muss sichergehen.«

»Bitte, Gramps. Sie ist abgeschlossen. Soll ich dir eine Tasse heiße Malzmilch machen?«

»Ist sie abgeschlossen? Man muss doch über Nacht abschließen.«

»Gramps!«

»Ich muss an der Haustür nachsehen. Komm schon, du stehst im Weg.« Gramps fuchtelte mit seinem Gehstock, als wollte er eine Fliege verscheuchen. »Aus dem Weg.«

»Bitte, Gramps. Geh und setz dich hin.« Maddy hasste es, sich seinetwegen frustriert zu fühlen, aber an manchen Abenden fand sie diesen immer gleichen Ablauf schrecklich ermüdend.

»Aus dem Weg.« Gramps klang energischer.

Zögernd machte Maddy ihm Platz und sah von der Küchentür aus zu, wie ihr Großvater durch die Eingangshalle zur Haustür tappte. Sie beschloss, heute Abend keinen Kampf zu führen, den sie nur verlieren konnte, und fand sich damit ab, ihm zuzusehen und nur dafür zu sorgen, dass er in Sicherheit war. Sie hatten fast neun Uhr. Nur noch eine Stunde bis zu seiner Bettzeit.

Es dauerte dann sogar fast zwei Stunden, bis es Maddy gelang, ihren Großvater mit Esthers Hilfe zu beruhigen. Er hatte ganz klar einen seiner schwierigeren Abende, aber er hatte seine Abendmedizin genommen, ohne Theater zu machen, und kam jetzt zur Ruhe.

Maddy nahm sich vor, morgen mit dem Hausarzt ihres Großvaters zu reden und zu hören, ob sie ihm helfen konnten, abends und nachts weniger unruhig zu sein. Sie brauchten alle ihren Schlaf, und wenn sie sich richtig um ihn kümmern wollte – und das wünschte sie sich –, konnte sie nicht mit so wenig Schlaf leben. Es war, als hätte man wieder ein Neugeborenes, nur umgekehrt.

Der Gedanke machte sie traurig, und sie konnte sich nicht gegen das Gefühl wehren, ganz allein zu sein, während sie Esther gute Nacht sagte und nach unten ging, um alles auszuschalten und sich zu vergewissern, dass das Zimmer aufgeräumt war. Als sie die Wohnzimmertür schließen wollte, erspähte sie ihren Laptop, und ihr fiel ein, was sie vorhin vorgehabt hatte – Hazel aufspüren.

Maddy nahm den Laptop mit ins Bett. Normalerweise hielt sie nichts davon, aber nachdem sie jetzt angefangen hatte, an Hazel zu denken, wusste sie, dass sie keine Ruhe finden würde, bevor sie nicht nach ihr gesehen hatte. Sie fand ihre Halbschwester sofort, und ein rascher Blick auf Hazels Chronik beruhigte Maddy schnell und versicherte ihr, dass sie keinen Grund zur Sorge hatte. Sie war voller Fotos von Hazel in Spanien, auf denen sie mit ihrer Mutter Carol am Pool saß. Wenn sie nicht am Pool waren, dann am Strand, auf der Terrasse der Villa oder in einer Bar oder einem Restaurant. Hazel amüsierte sich wie nie im Leben. Widerwillig musste Maddy zugeben, dass Hazel die Auszeit verdient hatte. Es war zwar harte Arbeit, sich um Gramps zu kümmern, doch Maddy machte das sogar Spaß – aber sie war sich nicht sicher, ob Hazel je das Wort Spaß benutzt hätte, um ihre Erfahrung zu beschreiben. Na schön, wenigstens ging es Hazel gut. Und ihre Mutter sah auch gut aus.

Es war lange her, seit Maddy ihre Mutter vermisst hatte, und die neuesten Fotos änderten auch nichts an diesem Gefühl. Carol ging es gut, und sie war eben Carol.

Jedenfalls sagte sie sich das.

Aus dem Nichts heraus spürte sie plötzlich eine schmerzhafte Sehnsucht nach einer engen Beziehung zu ihrer Mutter, so, wie

Hazel sie hatte, und diese Erkenntnis traf Maddy schwer. Warum? Sie hatte nicht einmal geahnt, dass sie noch so empfand. Es hatte eine Zeit gegeben, da hatte sie sich nach der Liebe ihrer Mutter verzehrt. Sie konnte nicht behaupten, Carol liebe sie nicht. Es war nur so, dass Carol sie nicht genug liebte. Nicht so wie Hazel.

Maddy wusste, dass sie eines Sommers etwas Ähnliches zu ihrem Großvater gesagt hatte, und dieser hatte seine Gefühle sehr deutlich zum Ausdruck gebracht. Er hatte erklärt, Carol habe Maddys Vater so sehr geliebt, dass sie nach seinem Tod jeden persönlichen Gegenstand, der Charles gehört hatte, und alles, was sie an ihn erinnerte, vernichtet hatte. Es war zu schmerzhaft für sie gewesen. Und sie hatte nicht bei den Gegenständen aufgehört. Carol hatte jeden zurückgestoßen, der mit Charles befreundet gewesen war, ebenso wie seine Familie. Nur Maddy hatte sie das nicht antun können, jedenfalls nicht komplett. Daher war im Lauf der Jahre Maddy, die ihrem Vater so ähnlich sah, nur eine weitere schmerzhafte Erinnerung gewesen, die sie langsam, aber sicher verdrängt hatte. Schließlich hatte Maddy den größten Teil ihrer Schulferien bei Gramps und Grandma verbracht, während Carol sich mit Hazel ein Leben aufgebaut hatte, das mit Maddy nichts zu tun hatte.

Maddy war mit achtzehn aus dem Haus gegangen, hatte studiert und eine eigene Wohnung bezogen. Sie hatte Carol und Hazel zwar besucht, aber die Bindung zwischen Mutter und Tochter hatte sich gelockert, und Maddy hatte das akzeptiert.

Heute wurmte es sie, dass ihre Mutter nicht nur sie zurückwies, sondern auch Esther, ihre Enkeltochter. Maddy hatte gehofft, dass ein Baby sie ihrer Mutter näherbringen würde, doch auch dazu war es nicht gekommen.

Maddy hatte diesen Status quo schon lange akzeptiert. Das war ihre Familie und das, was sie zu dem Menschen gemacht hatte, der sie heute war. Meist konnte sie damit umgehen, doch ab und zu kehrten die schmerzhaften Erinnerungen an die Zurückweisung wieder. Sie erinnerte sich daran, wie weh das getan hatte, und der

Gedanke daran bereitete ihr heute eher Schmerz als die ursprüngliche Zurückweisung. Gott, sie wünschte, sie könnte das vollständig hinter sich lassen.

Sie musste aufhören, darüber nachzugrübeln. Manchmal fühlte es sich überwältigend an, und zusammengenommen mit ihrer Erschöpfung hatte sie nicht einmal die Kraft, unter die Decken zu schlüpfen. Als sie mit geschlossenen Augen dort lag, spürte sie, wie die Matratze nachgab. Esther schmiegte sich mit ihrem warmen Körper an sie und zog die Bettdecke über sie beide.

»Sei nicht traurig, Mum«, flüsterte Esther. »Ich hab dich lieb.«

Kapitel 15

Arthur saß wie immer in seinem Sessel im Wohnzimmer. Im Hintergrund spielte das Radio, und der Sonnenschein, der durch das Fenster fiel, fühlte sich warm auf seinem Gesicht an. Maddy hatte am Radio herumgefummelt und ein rundes, glänzendes Teil hineingeschoben. Sie hatte schon erklärt, was es war, aber er konnte sich nicht erinnern. Es war keine Schallplatte, aber so etwas in der Art. Egal, wie es hieß, jedenfalls spielte es einige seiner Lieblingsmelodien. Er legte den Kopf an die Rückenlehne und summte mit. An die Worte konnte er sich nicht wirklich erinnern, doch ein Summen, das eine gewisse Ähnlichkeit mit der Melodie hatte, reichte ihm aus. Lächelnd hörte er zu.

Die Musik bereitete ihm so viel Freude, dass er sich nicht sicher war, wie lange er schon hier saß, doch als sie schließlich zu Ende war, fühlte er sich sehr enttäuscht. Er hörte Geplauder von nebenan, stand mithilfe seines Gehstocks vorsichtig von seinem Sessel auf, um sein Gleichgewicht zu wahren, und ging in die Richtung, aus der die Stimmen kamen.

»Hallo, Gramps.« Es war Maddy, die dabei war, Töpfe und Pfannen aus den Schränken zu holen. »Alles gut bei dir?«

Er nickte. »Ja. Was ist hier los?« Er legte eine Hand auf die Arbeitsfläche und deutete mit seinem Stock eine Bewegung an, die den Raum umfasste.

»Ich drehe einen Vlog für meinen YouTube-Kanal«, erklärte das Mädchen.

Arthur zog die Augenbrauen hoch. Er hatte keine Ahnung, wovon sie redete. »Das ist gut«, sagte er, weil es das Richtige zu sein schien. Die Kleine wirkte zufrieden mit dem, was sie tat.

»Heute backe ich Mini-Käsekuchen«, fuhr sie fort.

»Schön, ich glaube, ich habe alles, was du brauchst«, sagte Maddy. »Bist du so weit?«

Die Kleine stand hinter der Küchentheke. Sie trug eine Schürze und hatte verschiedene Schüsseln mit Zutaten und Holzlöffel vor sich aufgebaut.

»Wir müssen leise sein, während Esther ihre Aufnahme macht«, sagte Maddy. »Soll ich dir schnell eine frische Tasse Tee aufgießen, bevor sie anfängt?«

»Tee. Das wäre nett. Und Kekse?«

»Natürlich.« Maddy lachte und tätschelte seinen Arm. »Warum setzt du dich nicht her, während ich ihn mache?«

Arthur sah sie an und erkannte, dass sie auf eine Reaktion von ihm wartete. Kurz darauf zog Maddy einen Esstischstuhl heran und legte behutsam eine Hand um seinen Ellbogen. »Soll ich mich darauf setzen?«, fragte er.

»Ja, setz dich her, Gramps. Ich mache dir eine Tasse Tee und ein Sandwich. Genau, so.«

Ein paar Minuten später wurden Tee und Sandwich vor ihn hingestellt.

»Ich gehe mit Gramps nach nebenan, damit du drehen kannst«, sagte Maddy. Sie blieb stehen und legte den Kopf schief. »Verflixt, ich glaube, das ist mein Handy. Es liegt oben.« Sie stellte Tee und Sandwich zusammen mit ein paar Keksen auf den Tisch. »Bin sofort wieder da.«

Arthur musterte die Plätzchen. Vollkorn, da konnte er nicht widerstehen. Er nahm eins und biss hinein. Dann wurde ihm klar, dass die Kleine ihn beobachtete. »Willst du auch eins?«

»Nein, danke.«

Sie stand immer noch hinter der Küchentheke, als hätte sie etwas vor. Arthur überlegte. Er musterte die Zutaten auf der Arbeitsplatte. Ja, sie wollte eindeutig etwas backen. »Brauchst du Hilfe?«, fragte er.

»Nein. Ja. Vielleicht.« Einen Moment lang wirkte sie nachdenklich und sprach dann weiter. »Ich wollte auf Mum warten, aber es hört sich an, als ob sie telefoniert. Ich fange jetzt an.«

Arthur schaute zu, wie sie den rechteckigen Bildschirm in seine Richtung drehte und eine Art Fernbedienung in die Hand nahm.

Dann trat sie zu ihm. »So, bereit?«

»Ja«, gab Arthur zurück, obwohl er sich nicht sicher war, wofür.

»Okay. Los geht's. Drei. Zwei. Eins ... Hi, Leute! Danke fürs Anklicken. Heute fange ich ein wenig anders an, denn ich brauche eure Hilfe. Hört zu! Vielleicht fällt euch ja auf, dass ich heute in einer anderen Küche stehe. Wir sind nämlich umgezogen! Ich wohne jetzt bei meinem Urgroßvater oder Gramps, wie wir ihn nennen.« Sie legte einen Arm um seine Schultern. »Das ist Gramps, und er hat eine tolle Geschichte über jemanden, den er im Krieg kennengelernt, aber aus den Augen verloren hat.« Sie trat von der Arbeitsfläche weg, nahm das Fernseh-Dingsda, setzte sich neben ihn und lehnte es auf dem Tisch an. Dann zog sie ein Foto aus der Tasche und hielt es in die Kamera. »Das ist Gramps' Freundin aus dem Krieg. Damals hat sie sich um ihn gekümmert. Sie heißt Maryse. Ich glaube, sie könnte zwei Kinder haben. Wenn jemand weiß, wo sie ist, könntet ihr bitte unten einen Kommentar hinterlassen? Ich will die beiden wieder zusammenbringen, weil das Gramps glücklich machen würde.« Sie sah Arthur an. »Oder, Gramps? Du würdest Maryse doch gern wiedersehen, oder?«

»Maryse«, wiederholte Arthur. Dieses Mal tat sein Herz einen Satz, und sein Magen überschlug sich. »Maryse. Oh ja. Meine wunderbare Maryse.«

»Also, wenn jemand weiß, wo wir sie finden können, hinterlasst bitte unten einen Kommentar. Das würde uns beiden sehr viel bedeuten.« Mit den Händen bildete sie so etwas wie ein Herz in Richtung des Bildschirm-Dingsdas.

Arthur kicherte. Er sah sich selbst und das Mädchen auf dem kleinen Fernsehbildschirm. Wie witzig! Er winkte seinem eigenen Bild zu.

Die Kleine drehte den Bildschirm um und bezog wieder hinter der Küchentheke Stellung. Sie drückte auf einen weiteren Knopf und begann wieder zu sprechen. »Also, das war Gramps, und jetzt ist es Zeit, diese köstlichen Mini-Käsekuchen zu backen.«

Arthur sah zu, wie sie auf den kleinen Fernsehbildschirm einredete und mit dem Backen loslegte. Sie wirkte dabei sehr glücklich, was wiederum Arthur froh machte. Er erinnerte sich vage daran, dass das Mädchen traurig gewesen war, aber er war sich nicht sicher, warum und wann das gewesen war. Es gefiel ihm nicht, wenn sie traurig war, weil sich das auf alle anderen übertrug.

Irgendwann kam Maddy in die Küche herunter. Sie sagte nichts, und als Arthur sprechen wollte, legte sie die Finger an die Lippen und wies auf die Kleine. Arthur klappte den Mund zu und schaute Maddy an. Ihre Augen waren rot, und ihr Hals war fleckig. Er griff nach ihrer Hand und drückte sie. Als sie auf ihn heruntersah, traten ihr Tränen in die Augen. Sie wischte sich mit den Fingerspitzen durchs Gesicht und lief hastig aus dem Zimmer. Oh, sie war traurig. Arthur spürte einen kleinen Stich im Herzen. Glücklich. Traurig. Was war bloß auf der Welt los? Was hatten diese zwei lieben Mädchen, die jetzt bei ihm wohnten?

Er rückte sich die Manschetten zurecht und fuhr mit einem Finger unter seinem Hemdkragen entlang. Er fühlte sich aufgewühlt. Unruhig, obwohl er nicht wusste, warum.

»Also, so backt man Mini-Käsekuchen«, sagte die Kleine gerade.

»Nochmals danke fürs Einschalten, Leute. Vergesst nicht zu liken und zu abonnieren. Bye!« Ernst winkte sie dem Bildschirm zu und schaltete ihn dann ab. »Gut gemacht, Gramps! Du hast gerade dein erstes YouTube-Video gedreht.«

»Ach ja? Gut.«

»Ich lasse es noch mal laufen und lade es dann hoch.«

Arthur saß da, während sie mit dem Bildschirm herumwerkelte, und nach einiger Zeit schien sie ganz zufrieden damit zu sein. »Sieht alles gut aus. Ich lade es jetzt hoch.«

Arthur stand auf. Er hatte seine Tasse Tee ausgetrunken und seine Kekse gegessen. Er hätte wirklich gern noch einen gehabt, wusste aber nicht, wo sie aufbewahrt wurden. Der Stuhl, auf dem er gesessen hatte, war unbequem, und er entschied, dass er gern in seinem gewohnten Sessel sitzen wollte. Daher schlurfte er zurück ins Nebenzimmer.

Die Sonne schien kräftig durch die Fenster, und als er sich auf seinen Platz setzte, spürte er ihre Wärme auf dem Bezug. Ja, das war eine schöne Stelle. Er ließ sich auf dem Sessel nieder und schloss die Augen. Jetzt wäre ein kleines Nickerchen willkommen.

Während er döste, wanderten seine Gedanken in der Zeit rückwärts und zeigten ihm Schnappschüsse aus seiner Vergangenheit und von Menschen, die er gekannt hatte. Ein schönes Gefühl. Er sah Joan – die liebe Joan. Sie knetete am Küchentisch Brot, und dann sah er seine Mutter bei derselben Tätigkeit. Beide Frauen lächelten ihm zu. Er erwiderte das Lächeln. Er spürte seine Liebe zu diesen beiden wichtigen Frauen in seinem Leben. Und dann stürmten Bilder von Waffen, lauten Geräuschen, Explosionen, Geschrei und Schluchzen auf ihn ein. Die Sonne brannte ihm heiß ins Gesicht. Ein Strom von Schweißperlen schlängelte sich unter seinem Helm hervor und zog eine Spur durch sein von Staub bedecktes Gesicht. Dann wurde es still. Unheimlich still. Über sich sah er die Bäume, den blauen Himmel, der durch die Äste zu erkennen war, und die Sonne, die alles in einen Schleier tauchte. Kinder rannten über den Hof und spielten lachend Fangen. Und dann sah er sie – Maryse. Sie lächelte ihm zu. Ihre großen braunen

Augen waren so von ... ja, von Liebe erfüllt. Er spürte diese Liebe ganz deutlich.

Irgendwo rechts von ihm bewegte sich etwas und störte ihn. Er versuchte, die Bilder seiner geliebten Menschen festzuhalten, aber sie verschmolzen wieder mit den Hitzeschleiern und wurden immer durchscheinender. Er wollte sie nicht loslassen. Sie sollten ihn nicht verlassen, aber er hatte keine Möglichkeit, sie zum Bleiben zu bewegen.

Wieder dieses Geräusch. Unwillkürlich zuckte er zusammen. Dann schlug er die Augen auf und sah hin.

»Hallo, Schatz«, sagte er und sah die Kleine an, die in der Tür stand. »Alles gut?«

»Ich bin mit meinem YouTube-Video fertig.« Sie hielt den Teller mit seinem Sandwich hoch. »Du hast dein Mittagessen vergessen.« Sie brachte den Teller herüber und drückte ihn in seine Hände.

Arthur sah auf das Sandwich hinunter und hob die oberste Scheibe hoch, um zu schauen, womit es belegt war. Schinken. Jedenfalls glaubte er das. Er mochte Schinken, da war er sich sicher. »Was machst du jetzt?«, fragte er und drückte das Brot wieder zusammen.

Sie zuckte mit den Schultern. »Keine Ahnung.« Sie ließ den Blick durchs Zimmer schweifen. »Mum ist oben in ihrem Zimmer. Sie hatte Kopfschmerzen und hat sich hingelegt.«

»Ach du meine Güte.«

»Können wir noch mal das Album ansehen?«

»Album? Hmm, keine Ahnung, wo es ist.« Arthur blickte sich um, obwohl er sich nicht sicher war, wonach genau er suchte. Eine Art Buch, aber es fiel ihm schwer, sich ein Bild davon zu machen.

»Ich weiß, wo es ist«, sagte die Kleine. »Mum hat es in den Schrank getan. Ich habe sie neulich abends beobachtet.« Sie trat an den Schrank neben dem Kamin und zog einen dicken grünen Band hervor.

»Oh ja. Ich sehe es«, sagte Arthur, der das Buch wiedererkannte. Darin waren all seine Bilder. Er legte sein halb gegessenes Sandwich zurück auf den Teller.

Das Mädchen setzte sich neben ihn und schlug das Buch auf. Es war die Seite mit dem Haus. Frankreich. Dort lag es. Kurz leuchtete eine Erinnerung in ihm auf. Das Bauernhaus stand in der Bretagne. Die Kleine schlug die Seite um, und darauf klebte ein weiteres Foto von einem jungen Mann in Uniform, der neben einer jungen Frau in einem geblümten Kleid stand. Er hatte einen Arm um ihre Schultern gelegt, und die beiden sahen einander lachend an. Er lächelte. Es vermittelte ihm ein gutes Gefühl.

»Das bist du«, sagte die Kleine.

Arthur kniff die Augen zusammen und musterte das Bild. Arthur Pettinger. Ja, das war er, ganz genau, er selbst. »789776, REME, zwölfte Division«.

»REME? Was ist das?«

»Königliche Elektroingenieure und Mechaniker.« Arthur stieß es ohne Zögern hervor und spürte den Stolz, der damit verbunden war.

»Wer ist die Frau?«

»*Ma chérie*. Meine Liebste. *Je t'aime de tout mon cœur*.« Ich liebe dich von ganzem Herzen.

Das Mädchen sah ihn mit aufgerissenen Augen an. »Wow! Was für eine Sprache war das?«

»Es tut mir leid, *ma chérie*. Es tut mir leid.« Eine Träne löste sich aus seinem Auge. »Du fehlst mir. Ich wünschte, ich könnte dich und die Kinder wiedersehen.«

Er spürte, wie die Kleine ihre Hand in seine legte. »Nicht weinen, Gramps«, sagte sie und warf einen Blick in Richtung Tür. »Lass dich von Mum nicht beim Heulen erwischen, sonst schimpft sie mich aus.«

Er kramte nach einem Taschentuch und tupfte sich die Augen ab. Dann drückte er die Hand der Kleinen. Er wollte nicht, dass sie sich Sorgen um ihn machte. Was war nur los mit ihm? Er war kein Mann, der weinte. Und bestimmt nicht vor anderen, schon gar nicht vor einem Kind. »Tut mir leid.« Er holte tief Luft. Und noch einmal. Schon besser. Er spürte, wie er wieder ruhig wurde.

»Keine Sorge, Gramps«, sagte Esther. »Ich habe einen Plan. Ich sorge dafür, dass alles besser wird. Jetzt iss dein Sandwich, bevor Mum herunterkommt.«

»Sandwich? Ach ja.« Er musterte den Teller auf seinem Schoß. Es wäre verkehrt, Nahrungsmittel verkommen zu lassen.

Kapitel 16

April 1944

Später an diesem Abend, nachdem Arthur die von Madame Dupont gekochte Mahlzeit verzehrt hatte, versuchte er ohne großen Erfolg, Freddie zum Essen zu animieren. Freddies Verletzung war gesäubert und frisch verbunden worden, nachdem sie dazu die Fallschirmseide zerrissen hatten, doch als Arthur heute Abend neben ihr gesessen hatte, war ihm der unverkennbare Geruch nach verwesendem Fleisch in die Nase gestiegen. Die Infektion setzte sich fest, und so gründlich die Wunde auch gesäubert wurde, sie sah nicht gut aus.

»Versuch's mit etwas Wasser«, schlug Arthur vor, als Freddie sich von dem Essen abwandte. »Trink wenigstens etwas.«

Freddies Lippen waren trocken und aufgesprungen. Mit Arthurs Hilfe hob er den Kopf, brachte ein paar Schlucke herunter und schlummerte dann wieder ein.

Arthur ging nach draußen. Heute Abend war es wärmer als in den Tagen zuvor – teils wegen der Wolkendecke, die heute Abend in die Gegend gezogen war und einen leichten Nieselregen mitgebracht hatte. Über den Hof hinweg sah Arthur zum Haus, wo ein kleiner Lichtschein unter einem Fensterladen hervordrang. Er wandte sich nach links und ging an der Scheune entlang zum Tor. Es führte auf ein Stück Land, das momentan als Gemüsegarten genutzt wurde, und weiter in einen kleinen Obstgarten mit Apfelbäumen, an den sich schließlich der Waldrand anschloss.

Arthur spazierte bis an die Grenze des Hofs, von wo aus er am Tag über Sérent hinausgesehen hatte, das im Tal lag. Heute Abend war es dort finster. Irgendwo in der Nähe hörte er ein sanftes Plätschern von Wasser, das über Felsen und Steine sprang.

Er zündete sich eine Zigarette an und dachte über seine Strategie für morgen nach. Zusammen mit Hugo sollte er eine neue Absprungstelle und möglicherweise eine Landebahn auskundschaften. Hugo wusste von einem Hof in ungefähr zehn Meilen Entfernung, der geeignet sein könnte, aber Arthur musste sich selbst ein Bild machen.

Er musste sich auch mit anderen Anführern der lokalen *Résistance* treffen, um Angriffe auf strategische Gebäude und Brücken in den nächsten Wochen zu planen. Verdammte Schande, dass der Kerl am Bahnhof geschnappt worden war. Damit standen ihnen entscheidende Informationen nicht mehr zur Verfügung.

Ein Geräusch hinter ihm ließ ihn herumfahren. Gott, er wünschte, er hätte eine Waffe!

»Tut mir leid, ich wollte dich nicht erschrecken.« Es war Maryse. Sie hielt eine Laterne in der Hand. Die kleine Kerzenflamme im Inneren war gerade stark genug, um ihre Züge zu erhellen, als sie sie ans Gesicht hob.

»Alles in Ordnung?«, fragte Arthur und überlegte, warum sie wohl zu ihm gekommen war.

»Ja. Und nein.«

»Was ist die gute Nachricht?«

»Eure Pläne. Alles in Ordnung mit deinem Grund, hier zu sein«, gab sie zurück. Sie stand immer noch einen oder zwei Meter entfernt von ihm.

»Und was ist die schlechte?«

»Mein Gewissen«, gab sie zurück. Sie wirkte nicht mehr wie die selbstbewusste, schroffe Frau, die sie vor wenigen Stunden gewesen war. Als sie weitersprach, nahm Arthur den düsteren Ton in ihrer Stimme wahr. »Ich muss mich bei dir entschuldigen.«

»Ach ja?« Arthur trat seine Zigarette aus und schob sie in das Gras am Wegrand. Echte französische Zigaretten waren ziemlich abscheulich.

»Dafür, wie ich dich heute Nachmittag in der Wohnung angefahren habe. Das war grob unhöflich von mir, und es tut mir sehr leid, aber ich hatte meine Gründe.«

»Entschuldigung angenommen.«

»Der Mann am Bahnhof …«, begann sie.

»Ehrlich, du bist mir keine Erklärung schuldig«, sagte Arthur.

»Ich will aber. Es ist nicht richtig, so zu tun, als wäre etwas nicht passiert, und nie wieder davon zu reden.«

»Okay. Ich höre.«

Arthur spürte, wie der leise Nieselregen wieder einsetzte, ignorierte ihn aber. Maryse hatte sich ein Umschlagtuch um die Schultern geschlungen und hielt es vor der Brust fest.

»Der Mann am Bahnhof, der uns mit Kopien der Aufstellungen aller kriegswichtigen Materialien und Männer versorgt hat, die per Zug nach Rennes, Le Mans und Paris verlegt werden … das war mein Bruder Louis.«

Arthur stöhnte innerlich auf, als ihm klar wurde, was diese winzige Information bedeutete. Kein Wunder, dass Maryse so reagiert hatte. »Das tut mir schrecklich leid«, sagte er leise. Er dachte an seinen eigenen Bruder John, und etwas, was er in sich nicht zugelassen hatte, seit er an jenem Abend die Todesnachricht bekommen hatte, stieg in ihm auf. Er schob das Gefühl beiseite, das ihn zu überwältigen drohte. Hier ging es nicht um ihn, sondern um Maryse und ihren Verlust. »Wie alt war er?« Arthur hatte keine Ahnung, warum er das wissen wollte, doch plötzlich schien es wichtig, mehr über diesen Mann zu erfahren, ihren Bruder, der sein Leben im Kampf für die Freiheit seines Landes geopfert hatte. Und damit Arthur die Aufgabe erfüllen konnte, für die er hergekommen war.

»Er war zwanzig, nur zwei Jahre älter als ich«, antwortete Maryse. »Er hatte die letzten zwölf Monate dort gearbeitet. Keine Ahnung, wie die Deutschen herausgefunden haben, was er tat. Wir haben versucht, ihn zu warnen, aber es war zu spät.« Ihr brach die Stimme, und sie ließ ihr Tuch los, um sich die Tränen vom Gesicht zu wischen, die im Licht der Kerze wie ein Bach im Mondschein glitzerten.

Spontan hätte Arthur sie am liebsten irgendwie getröstet, doch er gebot sich Einhalt, da er fürchtete, seine Geste könnte falsch aufgefasst werden. Unmöglich, die Familie, die Freddie und ihm Zuflucht gewährte, gegen sich aufzubringen.

»Wann war das?«, fragte er stattdessen.

»Letzten Monat haben wir endlich herausgefunden, was ihm zugestoßen war. Niemand wollte uns etwas sagen. Keiner konnte etwas herausfinden. Die Gestapo war hier. Sie haben uns alle befragt.«

Arthur fiel auf, dass sie »befragt« sagte, nicht »verhört«. »Geht ihr kein Risiko ein, indem ihr Guy und mich hier aufnehmt? Wird die Gestapo euch nicht alle genauer im Auge behalten?«

»Mach dir keine Gedanken. Ihr seid nicht in Gefahr.«

»Ich hatte weniger an mich selbst gedacht als an dich und deine Familie.«

»Wir wissen, was wir tun. Wir können nicht einfach die Hände in den Schoß legen und die Deutschen gewähren lassen. Wir brauchen wenigstens das Gefühl, dass wir etwas tun, um Widerstand zu leisten. Mein Bruder soll nicht umsonst gestorben sein.« Jetzt hatte sie zu weinen aufgehört, und ihre Stimme klang kräftiger. »Aber das verstehst du wahrscheinlich nicht.«

»Vielleicht besser, als du glaubst«, gab Arthur zurück. Er schluckte heftig, bevor er weitersprach. »Ich habe meinen Bruder auch verloren. Vor drei Tagen habe ich es erfahren.«

»Das wusste ich nicht. Tut mir leid.«

»Man hat mir angeboten, diese Mission abzusagen, aber genau wie du fand ich, dass mein Bruder nicht umsonst gestorben sein sollte. Er war in der Armee, und ich weiß ohne jeden Zweifel, er hätte gewollt, dass ich weitermache. Ich will auch unbedingt, dass sein Tod nicht vergebens war. Ich bereue nur, nicht bei meinen Eltern sein zu können, besonders bei meiner Mutter, die am Boden zerstört sein wird.«

Er hörte seine eigene aufgewühlte Stimme. Er war nicht so stoisch wie Maryse und nicht in der Lage, seinen Schmerz in Zorn umzuwandeln. Es tat weh, und zwar tief in seiner Seele.

Schweigend standen die beiden eine Weile da. Jeder war in die Gedanken an seine eigene Trauer und an das Opfer, das ihre Brüder gebracht hatten, versunken, an den Schmerz, den ihre Familien ertrugen, um das faschistische Naziregime zu besiegen.

»Wir haben mehr gemeinsam, als wir dachten«, sagte Maryse schließlich.

»Dieses Land mag nicht meine Heimat sein, aber es ist die meiner Mutter, und ich fühle eine tiefe Verbundenheit zu ihm und Loyalität gegenüber dem französischen Volk«, gab Arthur zurück. »Die Befreiung Frankreichs und Europas bedeutet mir viel mehr, als du ahnst.«

Maryse streckte eine Hand aus und legte sie auf Arthurs Brust. »Wenn deine Mutter dich hören könnte, wäre sie schrecklich stolz auf dich, da bin ich mir sicher.«

Arthur legte die Hand auf ihre. »Und unsere Brüder bestimmt auch.«

Arthur sah ihr in die Augen, und sie verstanden sich wortlos.

Maryse beendete den Schwebezustand, indem sie – zögernd, wie Arthur spürte – die Hand wegzog. »Danke fürs Zuhören.«

»Ich danke *dir*«, beharrte Arthur.

Dann stand er da und sah ihr nach. Der Kerzenschein aus ihrer Laterne wurde immer blasser, während sie zum Haus zurückeilte.

Teil 2

Kapitel 17

Joe aß den letzten Bissen von seinem Toast und spülte ihn mit einem Schluck Kaffee herunter, während er gleichzeitig mit einem Arm in seine Jacke fuhr und dann Tasse und Schneidebrett in die Spüle fallen ließ. Er sah grundsätzlich keinen Sinn darin, einen Teller zu benutzen, wenn das Brettchen es auch tat – seiner Meinung nach sparte das den Abwasch.

Er schnappte sich seine Tasche und ging gerade durch die Diele, als es klingelte. Durch die Glasscheibe erkannte er die Silhouette eines Mannes. Die Briefe, die auf der Fußmatte lagen, verrieten ihm, dass es nicht der Postbote war. Er hob die Post auf und öffnete die Tür. Überrascht sah er, dass sein Nachbar Matt dort stand. »Alles in Ordnung, Kumpel?«

»Ja. Tut mir leid, dass ich so früh auftauche«, begann Matt. »Aber Kay meinte, ich sollte eher früher als später vorbeischauen.«

Joe zog sein Jackett zurecht, schob seinen Krawattenknoten hoch und nestelte an seinem obersten Hemdknopf. »Okay … Das klingt beunruhigend.«

Matt drückte Joe einen Umschlag in die Hand. »Schau dir das an, wenn du heute irgendwann Zeit hast.«

Joe nahm den schon geöffneten Umschlag und musterte das zusammengefaltete Blatt Papier darin. »Was ist das?«

»Ein Brief von Esther. Esther Pettinger-Shaw.«

»Was?« Joe sah auf die beiden zusammengelegten Blätter hinunter und faltete das oberste auseinander.

»Das ist die Nachricht, die sie uns geschickt hat, damit wir die andere an dich weitergeben.«

Stirnrunzelnd las Joe die kurze Nachricht von Esther.

Liebe Kay, lieber Matt,
könntet ihr bitte den anderen Brief Joe von nebenan geben?
Oder wenn er umgezogen ist und ihr wisst, wo er jetzt wohnt, könnt ihr ihn an ihn weiterschicken?
Danke!
Esther Pettinger-Shaw (die Tochter von Maddy – Maddy, die früher mit eurem Nachbarn Joe Finch zusammen war)

Joe lächelte über Esthers Erklärung. Keiner von ihnen würde Maddy und Esther wohl je vergessen.

Dann schaute er das andere Blatt Papier an, das zweimal zusammengefaltet war. »Habt ihr es gelesen?«

Matt wirkte verlegen. »Tut mir leid, ja. Kay wollte es dir nicht einfach geben, für den Fall, dass es eine schlechte Nachricht enthält oder so.«

»Und, tut es das?«

»Nein. Eher faszinierend als alles andere. Lies es dir später durch, ja?«

»Dann nehme ich an, Maddy weiß nicht, dass Esther das geschickt hat.«

»Da bin ich mir ziemlich sicher«, bekräftigte Matt. »Sieh mal, Kay findet, es ist etwas Besonderes. Lies den Brief, und du wirst es verstehen. Erzähl mir später, was du meinst. Kay hat gesagt, du sollst heute Abend zum Essen kommen, um darüber zu reden.«

Kurz zögerte Joe. Es war Matt offenbar ernst. Er steckte den Brief in die Innentasche seiner Jacke. Lesen würde er ihn, sobald er allein war. Dann hätte er Zeit, über die ihm unbekannte Angelegenheit nachzudenken, bevor ihn Kay später ausfragte – was mit Sicherheit passieren würde.

»Was gibt's zu essen?«

»Hausgemachtes Chili.«

»Wie könnte ich da Nein sagen?«

»Das hat Kay auch gemeint.«

»Schön, ich schau mir den Brief später an. Tut mir leid, aber ich muss wirklich los.«

»Ja, klar. Bis heute Abend«, sagte Matt, drehte sich auf dem Absatz um und überquerte das offene Rasenstück, das zu seiner Haustür führte.

An diesem Vormittag war im Detektivbüro Sussex viel los, und Joe hatte heute Morgen schon zwei neue Fälle aufs Auge gedrückt bekommen. Bei einem ging es um eine ältere Dame, die ohne bekannte Verwandte verstorben war und bei der das Finanzamt das Erbe einstreichen wollte, falls keine lebenden Angehörigen gefunden wurden. Der zweite Fall war eher eine verdeckte Ermittlung, bei der eine Firma aus der Gegend wissen wollte, ob einer ihrer Angestellten so arbeitsunfähig war, wie er behauptete.

»Glück dabei gehabt, im Benson-Fall noch Verwandte zu finden?«, rief sein Chef, Peter Southerton, aus seiner Bürotür. »Bis jetzt haben wir zwei Brüder und einen Cousin zweiten Grades.«

Joe überprüfte seinen Computerbildschirm auf neue Informationen. »Nein, nichts. Wir versuchen immer noch, den anderen Bruder aufzuspüren. Anscheinend ist er nach Neuseeland ausgewandert. Ich warte noch auf eine Information von dort.«

»Wir haben nur noch bis Ende der Woche Zeit, und ich habe Gerüchte gehört, die Taylors könnten den Fall übernehmen, wenn wir nicht mit den Infos rüberkommen. Hast du noch andere Kontakte, die du aktivieren kannst?« Southerton stieß sich vom Türrahmen ab und trat an den Computerbildschirm. Zwischen den beiden hiesigen Detektivbüros herrschte eine scharfe Konkurrenz, die Peter persönlich nahm. »Kannst du nicht einen deiner Kumpane anrufen?«

»Vielleicht, falls ich denn in Neuseeland welche hätte«, sagte Joe. »Leider hat sich meine gesamte Polizeiarbeit auf heimatlichem Boden abgespielt.«

»Freunde von Freunden? Irgendjemand? Du musst doch jemanden kennen!«

Joe schüttelte den Kopf. »Nein, aber ich telefoniere noch mal herum.« Er hoffte, das würde ausreichen, damit sein Chef ihm nicht weiter im Nacken saß.

Meist war Southerton ein guter Vorgesetzter, aber er schien zu glauben, dass Joe überall Kontakte und Quellen hatte, weil er früher bei der Polizei gewesen war. Die Wahrheit war, dass seine Zeit in Uniform und später bei der Kriminalpolizei viel weniger spektakulär verlaufen war, als Southerton sich das vorstellte.

Erst als Joe sich später am Vormittag einen Kaffee machte, kam er dazu, einen Blick auf Esthers Brief zu werfen.

Als er ihn aus der Tasche zog, summte sein Handy, und eine Textnachricht kam herein. Sie stammte von Kay.

Hi, Joe! Matt hat gesagt, er hätte Dir Esthers Brief gegeben. Tut mir leid, dass ich ihn gelesen habe, aber ich wollte sichergehen, dass es nichts Schlimmes oder Besorgniserregendes ist. Keine Ahnung, warum, aber ich will ihr wirklich helfen. Bitte sag, dass Du auch etwas tun kannst. Ich wäre Dir ewig dankbar. Ich gebe extra Chiliflocken in Deine Portion und sage Matt nichts davon. Wir sehen uns um sechs. xx

Er lächelte über Kays Nachricht. Sie war so eine Liebe.

Er schickte eine Antwort.

Die Chiliflocken haben den Ausschlag gegeben. Bis später.

Er ging mit seinem Kaffee zurück an seinen Schreibtisch, setzte sich und faltete den Brief auseinander.

Lieber Joe,

tut mir leid, mein Versprechen zu ~~brächen~~ brechen, keinen Kontakt zu Dir aufzunehmen, aber es ist wichtig. Ich brauche Deine Hilfe. Mum und ich sind zu Gramps gezogen, weil es ihm nicht besonders gut geht und Hazel sich nicht mehr um ihn kümmern kann. Gramps hat mir sein Fotoalbum gezeigt, und darin war ein Bild von einer Frau, die Gramps wiedersehen möchte. Er regt sich auf, wenn er von ihr spricht, und sagt, es täte ihm leid. Ich glaube, es würde ihn glücklich machen, wenn er sie wiedersehen und ihr sagen könnte, wie sehr sie ihm fehlt und dass es ihm leidtut. Sie heißt Maryse, und er hat sie kennengelernt, als er im Krieg in Frankreich war. Sie ist Französin, aber er hat ein Bild von ihr, und auf der Rückseite steht eine Adresse in Peterborough. Ich glaube, das muss ihre Adresse sein. ~~Kannst du herausfinden~~ Könntest Du bitte herausfinden, ob sie dort lebt oder wo sie jetzt ist? Gramps hat auch von zwei Kindern geredet, und ich glaube, Maryse ist ihre Mum.

Esther Pettinger-Shaw

PS: Mum weiß nicht, dass ich das hier geschrieben habe.

Joe las den Brief ein zweites Mal. Das war eine liebe Idee von Esther, aber ernsthaft, ihr Urgroßvater musste weit über neunzig sein, und obwohl es theoretisch möglich war, standen die Chancen schlecht, dass Maryse noch lebte. Ihr Name war französisch, und Esther sprach von Frankreich, daher war es ein wenig verwirrend, warum da eine englische Adresse stand.

Er legte den Brief zusammen und steckte ihn wieder in den Umschlag. Joe war sich nicht sicher, warum Kay deswegen so aufgeregt war. Offensichtlich glaubte sie, er sei in der Lage, diese Frau zu finden, doch Joe konnte nicht die gleiche Begeisterung aufbringen.

Das alles war momentan allerdings seine geringste Sorge. Er konnte nicht ignorieren, dass Maddys Tochter Kontakt zu ihm aufgenommen hatte. Das warf eine Reihe von Problemen auf, nicht zuletzt die Frage, wie er damit umgehen sollte.

Innerlich zuckte er bei dem Gedanken zusammen, was Maddy sagen würde, wenn sie herausfand, dass Esther sie hintergangen hatte, und ihm wurde noch einmal ganz anders, als ihm klar wurde, dass er Esthers Vertrauen missbrauchen würde, wenn er Maddy von dem Brief erzählte. Dabei konnte er nur verlieren. Die Sache hatte sogar das Potenzial, sie äußerst wütend zu machen. Schon der bloße Gedanke an Maddy rührte einen ganzen Sumpf an Emotionen auf – Gefühle, von denen er geglaubt hatte, sie vollkommen verdrängt zu haben. Er kniff sich in den Nasenrücken und schloss die Augen. Nein, das konnte er nicht machen. Er konnte Esther unmöglich helfen. Er musste Kay überreden, es ihr zu sagen, so brauchte er selbst keinen Kontakt zu Esther oder Maddy aufzunehmen. Während er die Briefe wieder zusammenlegte und in seine Innentasche steckte, ignorierte er sein Unterbewusstsein, das ihm spöttisch vorwarf, er sei ein Feigling und versuche, sich zu drücken.

»Was meinst du mit ›Stecknadel im Heuhaufen‹?«, rief Kay aus, als sie Joe an diesem Abend sein Chili con Carne servierte. »Ich dachte, damit verdienst du deinen Lebensunterhalt – das Unmögliche zu finden.«

Falls Joe gedacht hatte, auf moralische Unterstützung von Matt hoffen zu können, hatte er sich geirrt. Matt zuckte mit den Schultern, so wie immer, wenn er wusste, dass seine Frau die Oberhand hatte.

»Ich bin nur realistisch«, sagte Joe. »Was haben wir denn für

Anhaltspunkte? Einen Brief einer Elfjährigen über eine Person, die ihr Großvater im Krieg kannte und die in England leben könnte oder auch nicht.«

»Urgroßvater. Er ist ihr Urgroßvater.«

»Okay, aber das ändert nichts an den Tatsachen.«

»Und es ist nicht irgendeine Elfjährige, sondern Esther, und es ist ihr Urgroßvater und Maddys Großvater«, setzte Kay noch eins drauf. »Du weißt schon, Maddy, mit der du … lass mal überlegen … über zwei Jahre eine Langzeitbeziehung hattest.«

»Das ist irrelevant«, konterte Joe. »Inakzeptabel.«

»Inakzeptabel? Du machst Witze, nicht wahr?« Kay warf Matt einen Blick zu.

Matt zuckte, an Joe gerichtet, wieder entschuldigend mit den Schultern. »Überstimmt. Es ist total akzeptabel.«

»Auf wessen Seite stehst du eigentlich?« Kopfschüttelnd wandte Joe sich wieder an Kay. »Hör mal, Maddy hat bei unserer Trennung vollkommen klargemacht, dass sie nichts mehr mit mir zu tun haben will. Sie hat Esther sogar verboten, je wieder Kontakt zu mir aufzunehmen, nachdem sie mir diesen Brief geschickt hatte, in dem sie schrieb, dass sie mich vermisst. Das ist über drei Jahre her, um Himmels willen! Ich kann ihr nicht in den Rücken fallen.«

»Du hast Angst, stimmt's?«, fragte Kay, legte das Besteck weg und trank einen Schluck Wein.

»Hab ich nicht!«

»Doch.«

»Wovor genau soll ich mich denn fürchten?«, wollte Joe wissen.

»Vor Maddy. Also, nicht vor ihr selbst, sondern vor deinen Gefühlen, wenn du sie wiedersiehst.« Mit zufriedener Miene lehnte Kay sich auf ihrem Platz zurück.

»Moment mal, ihr greift da ganz schön vor«, sagte Joe. »Ich habe überhaupt nicht vor, Kontakt zu Maddy aufzunehmen, aber das hat nichts damit zu tun, dass ich Angst vor meiner eigenen Reaktion hätte …«

»Vielleicht davor, wie *sie* reagieren würde?«, warf Matt ein.

»Sie hasst mich«, sagte Joe.

»Nein.« Kay hatte sichtlich nicht vor, klein beizugeben.

Joe seufzte und hielt kurz inne, damit die steigende Spannung sich etwas lösen konnte. »Schau mal, Kay, ich kann das nicht für Esther tun. Sie ist ein entzückendes Kind und alles, aber Maddy würde mich kreuzigen, wenn ich sie hintergehe. Und wenn ich direkt auf Maddy zugehe, dann reite ich a) Esther mit rein, und b) will Maddy nichts mit mir zu tun haben. Sie hat sich neu orientiert. Sie hat sich einen neuen Partner gesucht und will nicht, dass ich Unruhe in ihr Leben bringe.«

»Und genau an diesem Punkt zieht dein Argument nicht«, sagte Kay. »Maddy wird so oder so herausfinden, dass Esther dir geschrieben hat – ob von mir, von Matt oder von dir, spielt da keine Rolle. Und was Maddy angeht: Sie ist Single. Sie ist nicht mit diesem Typen zusammen – wie hieß er noch?«

»Braden«, sagte Joe und hätte sich gleich anschließend am liebsten selbst getreten.

»Aha, du weißt also, wie er heißt. Offensichtlich hast du Maddy im Auge behalten«, sagte Kay. »Was mir verrät, dass du immer noch an sie denkst. Deswegen hattest du auch seit der Trennung von ihr keine ernsthafte Beziehung mehr.«

Joe beschloss, diese Zusammenfassung zu ignorieren. »Sie hat Schluss mit ihm gemacht?«

»Ich bin immer noch auf Facebook mit ihr befreundet. Wir haben gemeinsame Freunde. Manchmal liken wir gegenseitig unsere Posts«, erklärte Kay. »Ich habe weiter verfolgt, was sie tut.«

»Ich finde das immer noch keine gute Idee. Vielleicht kann ich ihnen jemand anderen empfehlen, der ihnen helfen kann.«

»Ach, komm schon, Joe, du ziehst dich bloß aus der Affäre. Esther hat dich direkt darum gebeten. Du kannst sie doch nicht enttäuschen.«

Nach dieser Bemerkung trat ein peinliches Schweigen ein, und

Joe war sich sicher, dass sie alle innerlich »schon wieder« an das Ende des letzten Satzes angehängt hatten.

»Ich weiß nicht«, sagte er schließlich.

Kay rutschte eifrig nach vorn. »Maddys Urgroßvater weint, wenn er an diese Frau denkt. Er sagt, es tut ihm leid. Esther will ihn glücklich machen. Sie macht sich Sorgen, weil sie gegen Maddys Wunsch Kontakt zu dir aufnimmt. Das muss doch sogar durch die Stahlwand dringen, die du um dein Herz aufgebaut hast.« Sie sah ihn aus großen Hundeaugen an.

Joe schüttelte den Kopf und konnte ein Lächeln nicht unterdrücken. »Du bist eine Romantikerin.«

»Hast du denn überhaupt nachgeforscht?«, fragte Kay. »Ich habe den Namen gegoogelt, aber selbst nichts gefunden. Natürlich kennst du andere Mittel und Wege. Aber ich habe das hier auf Esthers YouTube-Kanal entdeckt.« Sie griff nach ihrem Tablet, das neben ihr lag, und drehte es zu Joe um.

Zögernd nahm Joe das Tablet, das Kay ihm unter die Nase hielt, und tippte auf den Bildschirm. Er sah, wie Esther auf dem Bildschirm erschien. Sie war ganz schön gewachsen, seit er sie mit acht zuletzt gesehen hatte, mit Rattenschwänzen und einer Zahnlücke, wo ihr ein Milchzahn ausgefallen war. Er sah zu, wie sie von ihrem Urgroßvater erzählte und ihn dann ins Bild holte. Joe war Arthur früher mehrmals begegnet und war angenehm überrascht darüber, dass er trotz seines Alters noch so gut aussah. Geduldig schaute er das Video bis zum Ende und rechnete halb damit – oder hoffte er es? –, dass Maddy auch noch auftauchen würde. Er gestand sich ein, dass er enttäuscht war, weil er keine Chance gehabt hatte zu sehen, wie sie inzwischen aussah.

»Das ist ja alles sehr nett«, sagte er und gab das Tablet zurück. »Aber ich bin immer noch nicht überzeugt davon, dass sich das lohnt.«

»Du bist so herzlos«, jammerte Kay. »Wo ist dein Mitgefühl geblieben?« Sie zog einen Schmollmund und klopfte Matt auf den

Arm. »Sag du 's ihm, Matt. Erklär ihm, warum er Esther helfen sollte.«

Der plötzliche Appell, das Anliegen seiner Frau zu unterstützen, schien Matt ein wenig zu verblüffen. Er setzte sich aufrecht hin, blickte zwischen den beiden hin und her und hielt die offenen Hände hoch. »Damit Kay aufhört, mir die Ohren vollzureden. Um einem Freund unter die Arme zu greifen.«

»Lasst mich da raus, aber was ist mit Esther und mit Arthur? Du könntest ihnen wirklich helfen. Hast du gesehen, wie viele Likes das Video hat?« Kay hielt Joe das Tablet entgegen. »Schau mal, dreihundertzehn inzwischen.«

»Ich bin mir sicher, dass jemand von denen ihr helfen kann«, sagte Joe.

»Anbieten werden sich bestimmt Leute«, sagte Kay, die anscheinend unbedingt ihren Willen durchsetzen musste. »Aber denk nur, wie viele Betrüger da draußen herumlaufen, die ihre Notlage ausnutzen würden. Und du hast einen vollkommen legitimen Grund, ihr zu helfen – du hast den Brief. Du bist im Vorteil. Das ist dein Revier. Es ist dein Job, Leute zu finden.«

»Ach, Kay, es ist wirklich lieb, dass du ihr helfen willst – besser gesagt, dass du willst, dass ich ihr helfe. Aber ich weiß nicht, was ich tun kann. Ich habe auf der Arbeit im Moment wirklich viel zu tun.«

»Du könntest das abends und an den Wochenenden erledigen. Und erzähl mir nicht, dass du da beschäftigt bist. In den letzten sechs Monaten hast du bloß Trübsal geblasen. Du gehst kaum aus. An den meisten Abenden sitzt du zu Hause und schaust Netflix, und an den Wochenenden wäschst du vielleicht dein Auto oder mähst den Rasen, aber etwas Aufregenderes unternimmst du höchstens, wenn wir dich einladen.« Sie musterte ihn streng und forderte ihn heraus, ihr zu widersprechen.

Die Wahrheit war, er konnte es nicht. Sie hatte es genau getroffen. Er spürte keinen Drang, etwas anderes zu tun, als abends ein paar Bier zu trinken und sich zu vergraben. Nicht einmal bei einem neuen Date war er mehr aufgeregt, und ihm wurde langsam klar, dass er solche Verabredungen nur hinter sich brachte, ohne jede Absicht, diesen einen besonderen Menschen zu finden.

Joe sah zu Matt auf. »Hilf mir.«

»Schau nicht mich an«, gab sein Freund zurück. »Kay wird nicht aufgeben, und um ehrlich zu sein, finde ich, es würde dir guttun.«

»Du auch?«

»Denk einfach darüber nach«, sagte Kay. »Bitte.«

Joe gab nach. Das war jedenfalls einfacher, als sich zu streiten. »Okay. Ich denke darüber nach, aber versprechen kann ich nichts.«

»Ausgezeichnet!«, sagte Kay. »Dann ist das abgemacht. Ich weiß einfach, dass du ihr helfen kannst.«

»Ich habe überhaupt noch nicht zugesagt!«, erinnerte Joe sie.

»Nein. Aber das wirst du schon noch.« Kay erklärte das mit solcher Gewissheit, dass Joe sich schon fragte, ob er einfach hier und jetzt nachgeben sollte.

Kapitel 18

Später am Abend, nachdem Joe sich bei Matt und Kay fürs Essen bedankt hatte und zurück nach Hause gegangen war, stellte er fest, dass er nicht aufhören konnte, an den Brief zu denken. Kay hatte darauf bestanden, dass er ihn behielt, um ihn später noch einmal anzusehen. Er war sich nicht sicher, ob es da noch etwas zu entdecken gab, doch er hatte Mitleid mit Matt gehabt und sich einverstanden erklärt, weiter darüber nachzudenken.

Es war erst zehn, was für Joe viel zu früh war, um ins Bett zu gehen. Er war schon immer so etwas wie eine Nachteule gewesen, und das Alleinleben machte es einem leicht, lange aufzubleiben und fernzusehen oder manchmal Arbeit mit nach Hause zu nehmen. Auf seinem heimatlichen Laptop konnte er einigermaßen gut Nachforschungen anstellen, und es war besser, als nichts zu tun.

Er machte sich nicht die Mühe, in der Küche das Licht einzuschalten, nahm ein Bier aus dem Kühlschrank und öffnete es. Dann ging er durchs Haus ins Wohnzimmer.

Es war eine bescheidene Doppelhaushälfte mit drei Zimmern, die er, da sie einiges an Renovierung gebrauchen konnte, zu einem Spottpreis erworben hatte. Das avocadogrün gekachelte Bad war ein Relikt aus der Zeit, als es in den 1960ern zuletzt erneuert worden war. Joe war so weit gekommen, dass er die alte Küche herausgerissen und eine neue eingebaut hatte, aber seine Begeisterung fürs Heimwerken war geschwunden, und jetzt hatte sein avocadogrünes Bad gute Chancen, durch den aktuellen Retrotrend wieder in Mode zu kommen.

Er trank einen Schluck von seinem Bier, ließ sich aufs Sofa fallen und griff nach der Fernbedienung, um in der Hoffnung, etwas zu finden, was ihn interessierte, durch die Kanäle zu zappen.

Schließlich entschied er sich für einen Dokumentarfilm über die *Résistance* und den Zweiten Weltkrieg. Geschichte war immer eines seiner Lieblingsthemen gewesen, und das war die Hälfte des Grundes, aus dem er einen Teil seines Jobs so interessant fand. Er liebte es, in die Vergangenheit einzutauchen, in Familiengeschichten zu stöbern und lange vergessene oder verlorene Teile eines Puzzles zusammenzusetzen. Besonders gern mochte er es, wenn seine Erkenntnisse Familien zusammenbrachten, die einander entfremdet gewesen waren, gegenseitig nicht von ihrer Existenz wussten oder Lücken in ihrer Familiengeschichte hatten. Er liebte das Gefühl, die Vergangenheit wieder zusammenzusetzen, damit zukünftige Generationen mehr hatten als einen zerrissenen Flickenteppich. Am meisten hasste er es, wenn Menschen ohne lebende Verwandte starben. Er empfand eine unleugbare und echte Trauer darüber, dass zusammen mit dieser Person auch all ihre Erinnerungen und ihre Vergangenheit gestorben waren. Verschwunden. Einfach so. Niemand redete mehr von ihnen. Niemand war da, um sich an sie zu erinnern. Dieser Teil der Geschichte würde nie wieder erzählt werden.

Er trank sein Bier aus und ging mit sich zu Rate, ob er sich noch eins holen sollte. Dabei verfolgte er den Dokumentarfilm nur mit einem Auge, als plötzlich alte Schwarz-Weiß-Sequenzen ein junges Mädchen von ungefähr zwölf oder dreizehn Jahren zeigten, die zusammen mit einem Mann, den Joe für ihren Großvater hielt, auf dem Feld arbeitete. Sie ernteten Weizen, und das Mädchen handhabte die Heugabel bemerkenswert geschickt. Ihm ging auf, dass ihr Vater und ihre Brüder wahrscheinlich im Krieg kämpften.

Er konnte nicht umhin, die Verbindung zu dem YouTube-Kanal herzustellen, auf dem er vorhin Esther und ihren Urgroßvater gesehen hatte. Verschiedene Generationen, die zusammenarbeiteten und gegenseitig ihre Gesellschaft genossen.

Joe seufzte und fluchte halblaut vor sich hin. Sinnlos, sich weiter vorzumachen, dass Esthers Brief nicht den ganzen Tag seine Gedanken beherrscht hatte. Und er hatte nicht nur an Esther, sondern auch an Maddy gedacht. Er konnte die beiden unmöglich ignorieren.

Joe griff nach seinem Tablet und suchte im Internet nach dem Clip von Esther, den Kay ihm gezeigt hatte. Gramps schien nicht ganz zu begreifen, was los war, doch das schien Esther nicht zu stören. Zwischen den beiden bestand eine unsichtbare Verbindung.

Joe sah das Video noch einmal an und zog dann den Brief aus der Tasche. Er hasste den Gedanken, Esther im Stich zu lassen, und stellte sich vor, wie enttäuscht sie sein würde, wenn er ihr nicht helfen, ihr Problem nicht lösen konnte. Das hatte er ihr schon einmal angetan und sich deswegen die letzten drei Jahre wie ein kompletter Halunke gefühlt.

Ach, zum Teufel! Was sollte er nur tun? Er musste zugeben, dass diese Maryse und die Frage, wie sie mit Arthur Pettinger verbunden war, ihn faszinierte.

Joe loggte sich in das Portal seiner Agentur ein, über das er Zugang zu anderen Ressourcen hatte. Für den Anfang konnte er leicht im Wählerverzeichnis nachschlagen. Er wollte feststellen, ob jemand mit diesem Namen an der von Esther genannten Adresse gelebt hatte. Ein Familienname hätte das einfacher gemacht, aber dafür war der Vorname ziemlich ungewöhnlich. Leider landete er mit dem Namen keinen Treffer. Die Vorbesitzer hatten zwanzig Jahre in dem Haus gelebt, und deren Vorgänger hatten es bewohnt, seit es in den 1930er-Jahren erbaut worden war.

Aus ihrer gemeinsamen Zeit wusste er ein wenig über Maddys Familiengeschichte, wollte sich aber ein klares Bild von Namen und Daten machen. Er tippte Arthur Pettingers Namen ein, überprüfte

Geburts- und Heiratsurkunden und Totenscheine und fand mit ein wenig Nachforschen heraus, dass Arthur 1951 eine gewisse Joan Newman geheiratet hatte. Zwei Jahre später hatten die beiden einen Sohn bekommen, Charles, von dem er wusste, dass er Maddys Vater gewesen war. Nirgends wurde eine Maryse erwähnt, woraus Joe nur schlussfolgern konnte, dass Arthur seine angebliche große Liebe nie geheiratet hatte. Eine Liebesgeschichte im Krieg? Durchaus möglich. So etwas war häufig vorgekommen, wahrscheinlich öfter, als man allgemein zugeben mochte.

Joe holte das Notizbuch aus seiner Tasche und notierte auf einer freien Seite sehr knapp Arthur Pettingers Familiengeschichte. Oberflächlich betrachtet hatte der Mann ein ziemlich typisches und wenig bemerkenswertes Leben geführt. Joe hatte über den Zugangscode seiner Agentur auf die Aufzeichnungen aus dem Krieg zugreifen können und herausgefunden, dass Arthur bei den REMEs gedient hatte und erst in Nordafrika, dann kurz in Italien stationiert gewesen war, bevor man ihn für eine Mission in Frankreich ausgewählt hatte. Darüber wurden kaum Einzelheiten angegeben, sodass sich Joe fragte, ob das eine Art Geheimeinsatz gewesen war. Hatte wahrscheinlich mit dem Sondereinsatzkommando, abgekürzt SOE, zu tun und, wichtiger noch, dessen französischem Zweig, dem SOE(F). Vor Kriegsende war Arthur wieder im Innendienst in England zurück und in East Anglia stationiert, wahrscheinlich, um den D-Day vorzubereiten und die Deutschen abzulenken. Joe machte sich noch mehr Notizen auf seinem Schreibblock.

Doch noch hatte Joe nicht herausgefunden, wie Maryse in die Geschichte passte, dabei war sie die Frau, die Esther für so bedeutend hielt, dass sie ihren Urgroßvater glücklich machen würde. Sie hatte auch von zwei Kindern gesprochen, doch sie schien wenig bis gar nichts darüber zu wissen, wer sie waren, nicht einmal ihre Namen, daher würde er sich ihretwegen einstweilen keine Gedanken machen. Wenn sie die Frau fanden, würde das vielleicht auch zu den Kindern führen.

An diesem Punkt ließ Joe den Stift auf den Block fallen und stieß einen langgezogenen Seufzer aus. Das klang inzwischen für seinen Geschmack alles ein wenig zu weit hergeholt und romantisch. Diese Maryse hätte jede Frau sein können, überall.

Er ließ sich wieder aufs Sofa sinken und versuchte, sich erneut auf den Fernseher zu konzentrieren. Die Uhr auf dem Kaminsims zeigte, dass es auf Mitternacht zuging. Die zwei Stunden waren wirklich schnell vergangen.

Für Joe war es noch zu früh, um ans Schlafengehen zu denken. Sein Kopf mochte einfach nicht zur Ruhe kommen, und er stellte fest, dass er immer mehr an Maryse und Arthur Pettinger dachte.

Irgendwann musste er eingeschlafen sein, wo er saß, denn er wachte gegen fünf Uhr morgens auf dem Sofa ausgestreckt auf. Er stöhnte. Jetzt lohnte es sich auch nicht mehr, ins Bett zu gehen, da er in einer Stunde ohnehin aufstehen musste. Egal, vier bis fünf Stunden Schlaf waren für ihn Durchschnitt. Er war gut darin, auch mit leeren Batterien zu funktionieren – ein Überbleibsel aus seinen Zeiten im Polizeidienst.

Doch es war ein unruhiger Schlaf gewesen, in dem ständig Bilder von Esther und Gramps aufgetaucht waren, mit Maddy zwischen sich. Beliebige Szenen, die – typisch für einen Traum – keinen Sinn ergaben und an deren Einzelheiten er sich nicht erinnerte. Doch das unverkennbare, dominierende Gefühl von Traurigkeit begleitete ihn weiter und folgte ihm aus seinem Unterbewusstsein in den Wachzustand.

Er hob das Notizbuch auf, das auf dem Boden lag, wo es irgendwann während der Nacht vom Sofa gefallen sein musste, blätterte es durch, um seine Erkenntnisse Revue passieren zu lassen, und schob jeden Gedanken an Maddy beiseite. Er war noch nicht ganz bereit, sich solchen Gedanken zu stellen. Die große Frage war Maryses Identität. Er brauchte auf jeden Fall mehr Informationen.

Joe spürte die Begeisterung, die ihn oft erfüllte, wenn er eine neue Recherche übernahm. Das hatte er lange nicht mehr erlebt, aber heute war das Gefühl da und schwelte im Hintergrund vor sich hin. War das ein Zeichen? Er glaubte nicht an Schicksal und all das, aber es verblüffte ihn, dass dieser Fall das alte Gefühl in ihm wachrief, das er seit … mal überlegen … gut einem halben Jahr nicht mehr gehabt hatte. Wenig erstaunlich, dass das mit seiner Trennung von Lisa zusammentraf, seiner letzten Freundin. Sie hätte ihn mit dem Wort »Partnerin« verbessert, aber für Joe klang das zu sehr nach Langzeitbeziehung. Drei Monate hätte er kaum als lange Zeit bezeichnet, wenn das auch, um fair zu sein, die längste Beziehung gewesen war, die er seit Maddy zustande gebracht hatte. Mist! Jetzt dachte er doch wieder an Maddy.

Er klappte sein Notizbuch zu und schob es zusammen mit Esthers Brief in seine Tasche. Jetzt musste er wirklich zur Arbeit.

Als er aus der Haustür trat, sah er aus dem Augenwinkel, dass sich nebenan die Jalousie bewegte. Kay war auf dem Beobachtungsposten. Und richtig, nachdem er sich davon überzeugt hatte, dass seine Tür abgeschlossen war, trat sie auf ihren Weg.

»Morgen!«, rief sie. »Also, wie lautet deine Antwort?«

Langsam drehte Joe sich auf dem Absatz zu ihr um. »Bist du heute Nacht überhaupt im Bett gewesen? Sag mir nicht, dass du die ganze Nacht am Fenster gestanden hast, um mich nur ja nicht zu verpassen.«

Matt trat in die Tür. »Mach keine Witze!«, rief er und hob eine Hand zum Gruß. »Du hast ja keine Ahnung, wie nahe du der Wahrheit bist.«

Kay, die in ihrer Krankenschwesteruniform dastand, sah ihn erwartungsvoll an, legte die Hände zusammen wie zum Gebet und setzte eine erwartungsvolle Miene auf.

Joe stieß einen langen Atemzug aus. Ach, zum Teufel! »Okay, ich mache es.«

»Juhu! Ich wusste es!«, rief Kay aus.

»Mach dir aber keine allzu großen Hoffnungen«, sagte Joe und warf Matt einen Blick zu. »Das muss alles gründlich angegangen werden, und ich muss zuerst mit Maddy reden, um zu hören, ob sie das überhaupt will. Und natürlich mit ihrem Großvater. In so einem Fall kann ich nicht einfach loslegen.«

»Das ist so aufregend!«, sagte Kay, anscheinend unbeirrt von Joes Vorsicht. »Was hast du vor? Willst du sie anrufen? Wir sollten dabei sein, wenn du mit ihr telefonierst. Oder wäre das zu viel verlangt?«

»Siehst du, was du da losgetreten hast?« Matt verdrehte die Augen.

»Ich glaube, du hast damit angefangen, Kumpel«, sagte Joe und drückte die Fernbedienung, um sein Auto zu öffnen. »Ich komme heute Abend vorbei, und dann können wir eine Strategie entwerfen.«

»Danke, Joe! Du bist der Beste«, rief Kay und blies ihm Luftküsse zu, während er rückwärts aus seiner Einfahrt setzte und die Straße entlangfuhr.

Mist. Was hatte er sich da eingebrockt? Doch der Gedanke verflog, als sich Fragen darüber, wer Maryse war und wie er sie finden sollte, in den Vordergrund schoben.

Kapitel 19

April 1944

Arthur und Freddie versteckten sich jetzt schon seit über einer Woche auf dem Bauernhof auf dem Hügel. Arthur war mit Hugo und Patrick auf Erkundung gegangen und hatte einen Streifen Ackerland ausfindig gemacht, der sich als neue Absprungzone sowie als Landebahn eignete. Der Landbesitzer gehörte der *Résistance*-Gruppe an, die Patrick kommandierte, und hatte nur zu gern kooperiert. Ihm gehörten über achtzig Hektar Ackerland und Wald. Das Feld lag zwischen Bäumen und war von der Straße aus nicht direkt erreichbar. Es war perfekt. Arthur hatte gestern Abend eine Nachricht mit den Koordinaten nach London geschickt.

Maryse hatte er in den letzten paar Tagen kaum gesehen, nur abends, wenn sie ihnen Essen brachte und Freddies Verband wechselte.

An diesem Tag kam sie wie üblich am frühen Abend, kurz nach der Dämmerung, doch statt eilig davonzugehen, blieb sie ein wenig länger und spazierte mit ihm zur Grenze des Hofs.

»Es ist nett, einmal andere Gesellschaft zu haben«, sagte sie. »Und so angenehme.«

Sie standen in der Dunkelheit beieinander und redeten über Maryses Arbeit an der Schule, wo sie über Tag den Direktor beim Unterricht unterstützte und die Kinder ganz allgemein von den harten Realitäten des Lebens unter der Besatzung ablenkte.

»Etwas Neues von der Frau des Schuldirektors?«, erkundigte sich Arthur.

»Nein. Ich bin mir sicher, dass wir sie nie wiedersehen werden. Die Kinder haben schon aufgehört, nach ihr zu fragen. Es bricht einem das Herz, aber es ist auch eine Realität, der wir uns stellen müssen.« Sie seufzte tief. »Monsieur Rochelle macht sich Sorgen um seine Kinder.«

»In welcher Hinsicht?«

»Da ihre Mutter Jüdin ist, könnten die Deutschen die Kinder auch als Juden betrachten.«

»Und was ist mit Monsieur Rochelle? Ist er Jude?«

»Nein. Aber er schwebt ebenfalls in Gefahr. Sympathisanten von Juden sind nicht besonders gern gesehen. Heute hat er mir erklärt, dass er glaubt, unter Beobachtung zu stehen.«

»Durch die Gestapo?«

»Möglich. Aber eher durch die *milice*. In Zivil.«

»Kann er nicht fortgehen?«

»Er will die anderen Kinder in der Schule nicht im Stich lassen. Für ein paar kostbare Stunden am Tag sind wir ihr einziger Ausgleich.«

»Was ist mit dir? Bist du sicher?« Unerwartet spürte Arthur das Bedürfnis, Maryse zu beschützen.

»So sicher wie alle anderen«, gab sie zurück. »Genau weiß man das immer erst, wenn es schon zu spät ist.«

Arthur war klar, dass sie an ihren Bruder dachte. Instinktiv legte er einen Arm um ihre Schultern und drückte sie kurz an sich. Er wollte die Hand wegnehmen, doch sie hielt sie fest und lehnte sich an seine Schulter. Arthur schlang den anderen Arm um sie und zog sie an seine Brust. Er legte das Kinn auf ihren Kopf, spürte ihre weichen Haarwellen an seiner Haut und sog den süßen Rosenduft ihres Haares ein, der so gar nicht zu der schweren Last der Trauer und Verantwortung passen wollte, die sie trug. Er konnte ihren Mut und ihr Mitgefühl nur bewundern. Sie tat, was sie konnte, um diese Kinder zu behüten und zu unterstützen, aber kümmerte sich auch jemand um sie?

Der Moment wurde unterbrochen, als in der Ferne der Himmel rot aufglühte. Eine gedämpfte Detonation folgte.

Sie lösten sich aus ihrer Umarmung, um das Leuchten anzusehen, das von Rot zu Orange und dann zu Gelb umschlug.

»Die Bahnlinie«, sagte Maryse.

»Hoffentlich«, sagte Arthur.

Erst gestern Abend hatte er Patrick angewiesen, mit den Angriffen gegen die Eisenbahngleise zu beginnen. Die Leistung des Widerstands beeindruckte ihn.

Als er an diesem Abend zu Bett ging, fiel ihm das Einschlafen schwer, denn er dachte immer wieder zurück an Maryse und daran, wie es sich angefühlt hatte, sie in den Armen zu halten. Als er schließlich einschlummerte, schlich sie sich sogar in seine Träume.

Am nächsten Morgen wachte Arthur früh auf und ging zur Grenze des Hofs, die schnell zu seinem üblichen Ziel geworden war. Er schaute gern über das Tal hinaus und nahm sich einen Moment Zeit, um den Blick zu genießen und sich einzubilden, die Landschaft sei nicht von deutschen Soldaten heimgesucht.

Die Sonne war schon aufgegangen und heizte die Luft auf, sodass er sich die Stirn mit dem Ärmel wischte. Es wäre zweifellos gut, sich mal anständig zu waschen. Die frische Luft erinnerte ihn nur daran, wie abgestanden es in der Scheune roch, die er mit Freddie teilte. Er warf einen Blick zu dem kleinen Fluss, dessen Plätschern er in jener ersten Nacht gehört hatte, als er hergekommen war. Er wirkte so einladend! Ach, zum Teufel, er würde jetzt hineinspringen.

Innerhalb von Sekunden hatte er sich ausgezogen und legte seine Kleider ins Gras. Das Wasser war kälter, als er erwartet hatte. Er tauchte unter, wozu es gerade tief genug war. Als er wieder an die Oberfläche kam, schüttelte er den Kopf wie ein nasser Hund, sodass die Tropfen stoben. Gott, fühlte sich das gut an! In einer anderen Zeit, einem anderen Leben, wäre er hier glücklich gewesen, dachte er, rieb sich die Augen mit den Fingerspitzen und stand auf, sodass das Wasser ihm gerade bis unter den Nabel reichte. In diesem Moment hörte er ein Kichern. Das weiche Lachen einer Frauenstimme. Er nahm die Hände herunter und musterte das Ufer, wobei er sich komplett im Kreis drehte.

Da entdeckte er sie ein wenig flussaufwärts. Sie stand unter den Ästen einer Weide. Auf der Hüfte schleppte sie einen großen Korb und hielt mit jeder Hand einen der Henkel fest. Sie trug ein weißes, im Nacken zurückgebundenes Kopftuch, das ihr üppiges braunes Haar im Zaum hielt.

Er hob eine Hand und schaute sich nach seinen Kleidern um, doch sie lagen nicht mehr im Gras. Dann sah er wieder Maryse an, deren Grinsen sich über ihr ganzes Gesicht ausbreitete.

»Ich wasche sie«, erklärte sie auf Englisch.

Arthur entging das schelmische Glitzern in ihren Augen nicht.

»Hier drin kann ich aber nicht bleiben!«, protestierte er. »Und herauskommen kann ich auch nicht.« Er hätte es wahrscheinlich gekonnt, dachte er, aber das wäre bestimmt unklug gewesen.

Maryse nahm ein paar Kleidungsstücke aus dem Korb. »Die hier sind sauber. Es ist auch etwas für deinen Freund dabei.«

»*Merci*«, sagte er und dankte ihr mit einem leichten Nicken.

Sie kam zu ihm herunter und legte die Kleidungsstücke ins Gras, zusammen mit einem halben Stück Seife. »Das ist meine, aber du kannst diese Hälfte behalten.«

»Rieche ich denn so schlecht?«

Sie lachte. »Ich dachte schon, Hugo hätte einen Eber gefangen und eingesperrt.« Sie griff nach der Seife. »Wahrscheinlich soll ich dir die jetzt zuwerfen?«

Arthur zuckte mit den Schultern. »Ich könnte sie mir auch holen.« Angesichts ihrer entsetzten Miene warf er den Kopf in den

Nacken und lachte laut heraus. Er bewegte sich im Wasser, als wollte er auf der Stelle splitterfasernackt herausspringen.

Maryse fuhr zurück, quietschte und wandte das Gesicht ab, nur um den Kopf langsam wieder zurückzudrehen.

Arthur wurde klar, dass er zum ersten Mal seit langer Zeit gelacht hatte. Und dann stieg sofort das schlechte Gewissen in ihm auf. Er steckte mitten in einem verdammten Krieg. Saß in Frankreich fest, und sein Kamerad war dem Tod nahe.

Diese Erkenntnis wischte ihm schlagartig das Lächeln aus dem Gesicht, und exakt in diesem Moment tauchte Hugo auf der Hügelkuppe auf und brüllte nach Maryse.

Auch ihr Lächeln verflog, und sie wandte sich ab, um den Hügel hinaufzugehen. Nach ein paar Schritten blieb sie stehen, drehte sich um und warf ihm die Seife zu. Dann eilte sie hoch zu ihrem wütend wirkenden Bruder. Die beiden wechselten ein paar Worte – zornige, soweit Arthur erkennen konnte, obwohl er nicht verstehen konnte, was sie sagten. Sie schaute nicht zurück, sondern hastete davon, bis sie nicht mehr zu sehen war. Hugo warf Arthur einen langen, durchdringenden Blick zu, der keine Worte brauchte.

Kapitel 20

»So, Gramps«, sagte Maddy, die ihn unter einem Arm gefasst hatte, und bugsierte ihn in den Sessel. »Soll ich dir Musik auflegen? Sobald ich die Einkäufe ausgepackt habe, mache ich eine Tasse Tee.«

»Tee? Das wäre nett«, sagte Gramps, zupfte an den Ärmeln seiner Wolljacke und rückte sich immer wieder die Aufschläge zurecht.

»Sei ein Schatz, und nimm Gramps die Schuhe ab, Esther. Seine Pantoffeln stehen dort. Zieh sie ihm an.« Maddy lächelte ihrer Tochter zu. Sie war so eine große Hilfe bei den Kleinigkeiten, die das Leben mit Gramps ein wenig leichter machten.

Während Maddy hinausging, um die Einkäufe aus dem Auto zu holen, hörte sie, wie Esther Gramps bat, den Fuß zu heben. Es machte sie sowohl stolz als auch traurig. Das Alter raubte einem dermaßen die Würde. Die Hausschuhe waren dabei nur die Spitze des Eisbergs. Gestern hatte Maddy Gramps aus der Dusche helfen müssen. Wenigstens war ihm die Demütigung erspart worden, dass eine Elfjährige auf seine Hilferufe hin herbeieilte, nachdem es ihm nicht gelungen war, die Tür der Duschkabine zu öffnen. Maddy hatte es fertiggebracht, das Bad ein paar Sekunden vor Esther zu erreichen.

Maddy öffnete die hintere Tür des Wagens, wo sie schließlich die Einkaufstüten verstaut hatte. Ihr war nicht klar gewesen, wie viel Platz Gramps' Rollstuhl im Kofferraum einnehmen würde, sodass kein Platz mehr für den Wocheneinkauf gewesen war.

Die Einkaufsexpedition hatte den gesamten Vormittag verschlungen, um einiges länger als die Stunde, die Maddy normalerweise brauchte. Und es war nicht so einfach gewesen, wie sie sich vorgestellt hatte, einen Rollstuhl und einen Einkaufswagen durch den Supermarkt zu schieben.

Maddy nahm zwei der Taschen heraus und schleppte sie die Einfahrt hinauf durchs Haus und in die Küche. Erstaunlich, wie viel sie hatte einkaufen müssen. Nicht nur Lebensmittel, sondern auch Haushaltswaren, denn wie sich herausstellte, hatte Hazel keinen Nachschub besorgt, sondern die Vorräte angegriffen. Der arme alte Gramps hatte praktisch komplett neue Toilettenartikel gebraucht, ganz zu schweigen von neuen Socken und Unterhosen. Bis jetzt war es Maddy nicht gelungen, auch nur ein vollständiges Paar Socken zu finden und schon gar keins, das keine Löcher hatte. Maddy räumte ein, dass das Banalitäten waren. Obwohl das alles nicht unerlässlich für Gramps' Grundbedürfnisse war, fand sie, dass er bei ihrer Ankunft vernachlässigt gewirkt hatte. Ungepflegt hatte er ausgesehen, dachte sie – so ganz anders als der makellos gekleidete und akkurate Mann, an den sie sich aus ihrer Kindheit erinnerte.

Nachdem Fifi bereits Gramps und Esther zu Hause begrüßt hatte und in den Garten gelassen worden war, schlenderte sie in die Küche. Maddy musterte die Hündin und versuchte zu erraten, in welcher Stimmung sie sein mochte. Schwer zu sagen. Fifi blieb stehen, tappte zu den Einkaufstüten, schnüffelte ein wenig daran und setzte sich dann zu Maddys Füßen.

»Hallo, Fifi«, sagte Maddy. Sie zog eine Tüte mit Hundesnacks aus einer der Taschen. »Jetzt kennst du mich auf einmal, nachdem du die Leckerlis gerochen hast, stimmt's?« Sie riss die Packung auf. »Ist mir egal, ich halte viel von Bestechung.« Fifis Ohren zuckten, und die Hündin neigte den Kopf zur Seite, als verstehe sie Maddy genau. Sie mochte noch nicht riskieren, Fifi aus ihrer Hand fressen zu lassen, daher ließ sie nur einen Brocken auf den Boden fallen.

Fifi vergeudete keine Zeit und inhalierte die Gabe. Dann setzte sie sich wieder vor Maddy hin und sah zu ihr auf. »Ach, so ist das, ja? Du bist ja so was von käuflich!« Maddy nahm noch einen Snack und ließ ihn wieder auf den Boden fallen. Dieses Mal war Fifi noch schneller. Maddy riskierte es, der Hündin über den Kopf zu streichen, doch das Tier drehte ihr den Rücken zu und trabte aus der Küche. »Dieser Hund zeigt mir die kalte Schulter«, murrte Maddy und räumte die Hundesnacks in den Schrank.

Schließlich hatte sie die beiden Tüten ausgepackt und holte die letzte aus dem Auto. Sie entschied, dass sie in Zukunft am besten zurechtkommen würde, wenn sie online einkaufte und alles liefern ließ. Das wäre einfacher, und statt sich im Supermarkt mit Gramps und Esther abzumühen, könnte sie diese Zeit angenehmer verwenden, zum Beispiel mit Gramps im Park spazieren gehen, wo Esther auf den Spielplatz könnte. Sie könnten sogar Fifi mitnehmen.

Ihr Handy klingelte, und sie angelte es vom Boden ihrer Handtasche. Da die Nummer unterdrückt war, ging sie kurz mit sich zu Rate, ob sie rangehen sollte. Doch dann überlegte sie, dass es die Gemeinde oder der Sozialdienst sein könnte, wegen der Formulare, die sie neulich für Gramps ausgefüllt hatte, und nahm den Anruf an.

»Könnte ich bitte mit Mr. Arthur Pettinger sprechen?«, fragte eine Männerstimme, die Maddy nicht kannte.

»Wer ist da?«

»Conor Jones vom *Puff Daily*. Bitte, ist Mr. Pettinger da?«

Maddy zerbrach sich den Kopf. *Puff Daily* kam ihr bekannt vor, aber sie konnte den Namen nicht ganz einordnen. Etwas machte sie übervorsichtig. »Ich fürchte, er kann nicht an den Apparat kommen. Ich bin seine Enkelin, kann ich Ihnen irgendwie behilflich sein?«

»Wäre es möglich, dass er mich zurückruft?«

»Worum geht es denn bitte?« Maddy wollte noch ein paar Einzelheiten erfahren, bevor sie womöglich persönliche Auskünfte über Gramps' Gesundheit gab.

Conor Jones räusperte sich und senkte die Stimme. »Es ist eine private Angelegenheit, über die ich unbedingt mit Mr. Pettinger selbst sprechen muss.«

Maddy hatte plötzlich das Gefühl, Gramps beschützen zu müssen. Dieser Conor Jones klang ein wenig zu ausweichend, und das gefiel ihr gar nicht. »Tja, wie ich schon sagte, Mr. Pettinger kann nicht ans Telefon kommen, daher müssen Sie mir schon Ihre Nummer und ein paar Informationen geben, damit ich weiß, worum es geht.«

Ein kurzes Schweigen folgte, dann sprach Conor Jones weiter. »Wissen Sie, wer die Frau ist, die Mr. Pettinger zu finden versucht?«

»Was?« Hatte sie etwas verpasst?

»Maryse. Wissen Sie, wer sie ist?«

»Tut mir leid, aber ich habe keine Ahnung, wovon Sie reden.« Maddy legte auf. Unerklärlicherweise verspürte sie eine Abneigung gegen den Mann, und all ihre Instinkte forderten sie auf, Gramps vor ihm zu beschützen. Sie hatte keine Ahnung, wovon er redete, und konnte nur davon ausgehen, dass der Anrufer sie irgendwie verwechselte.

Maddy machte sich daran, den Tee zu kochen, den sie ihrem Großvater versprochen hatte, doch obwohl sie es versuchte, bekam sie den Anruf nicht aus dem Kopf. Keine Ahnung, warum, aber er beunruhigte sie.

»Eine schöne Tasse Tee für dich, Gramps«, sagte sie, als sie seine Tasse ins Wohnzimmer brachte. »Fruchtschorle für dich, Esther.« Sie stellte die Getränke ab. »Alles klar bei euch?«

»Ich zeige Gramps gerade meinen YouTube-Kanal«, erzählte Esther. »Ich habe über siebenhundert Likes.« Sie klang sehr aufgeregt, und Maddy war beeindruckt. Esther arbeitete jetzt schon über ein Jahr an ihrem Kanal.

»Worum ging es in deinem letzten Upload?«, fragte Maddy.

Bevor Esther antwortete, warf sie Gramps einen Blick zu. »Ich habe Käsekuchen gebacken.«

»Wow! Und alles zusammen siebenhundert Likes. Dein Kanal entwickelt sich wirklich gut.«

»Nicht insgesamt«, sagte Esther. »Siebenhundert für den Käsekuchen-Vlog.«

»Nur für das eine Video?«, fragte Maddy, um das aufzuklären. Sie war nicht ganz auf dem Laufenden darüber, was eine gute Anzahl von »gereckten Daumen« war, aber sogar sie wusste, dass über siebenhundert für ein einziges Video bei Esther ziemlich erstaunlich war – und erst recht für eines über Käsekuchen. »Kann ich es ansehen?« Sie hatte es sich vorher anschauen wollen, denn sie versuchte, den Kanal immer unauffällig auf Inhalt und Kommentare zu überprüfen. Das war eine der Bedingungen gewesen, unter denen sie Esther erlaubt hatte, ihre Videos zu drehen.

»Ach, ich habe es gerade geschlossen«, sagte Esther. »Ich zeig's dir später.«

Als das Festnetztelefon läutete, fuhren alle im Raum zusammen. Maddy musterte die eingehende Rufnummer. Eine Handynummer, aber abgesehen davon hatte sie keine Ahnung, wer auf dem Festnetz anrufen würde. »Hallo?«

»Oh, hi! Ich versuche, Arthur Pettinger oder seine Enkelin Esther zu erreichen. Habe ich die richtige Nummer?«

Sofort war Maddy auf der Hut. Das klang viel zu ähnlich wie der vorherige Anruf, und diese Frau erkundigte sich sogar namentlich nach Esther. »Ich bin Mr. Pettingers Enkelin«, erklärte sie und verließ das Wohnzimmer. »Wer ist da, bitte? Ich bin Esthers Mutter. Meine Tochter ist minderjährig. Wenn Sie mir also nicht sofort sagen, worum es geht, lege ich auf und melde Sie der Polizei.« Sie hoffte, dass sie selbstbewusster klang, als sie sich fühlte.

»Tut mir leid, legen Sie bitte nicht auf. Ich bin Chrissy Thomas von der *County News*. Wir haben das YouTube-Video ihrer Tochter gesehen und möchten wirklich gern helfen. Vielleicht könnten wir vorbeikommen? Wir finden die Geschichte sehr interessant, und da sie einen lokalen Aspekt hat, könnten wir mehr Bewusstsein dafür schaffen. Natürlich unter der Bedingung, dass Sie uns ein Exklusivinterview geben und die Geschichte niemand anderem erzählen. Ich habe …«

»Moment mal! Hören Sie sofort auf!«, sagte Maddy und unterbrach die Frau, während sie gleichzeitig versuchte, alles, was sie gerade gehört hatte, zu verarbeiten. »Ich verstehe wirklich nicht, warum Sie sich so für ein Käsekuchen-Video interessieren, und was das alles mit meinem Großvater zu tun haben soll, erschließt sich mir erst recht nicht.«

»Mrs. … Maddy … bitte! Ich habe es vor mir auf dem Bildschirm. Es hat über siebenhundert Likes und ist über fünfzehntausend Mal angesehen worden. Es wird in den sozialen Medien geteilt. Twitter überschlägt sich deswegen.«

»Aber … wegen eines Videos über Käsekuchen?«

»Sie haben es nicht gesehen, oder?«

»Also … nein, noch nicht. Ich hatte viel zu tun.« Mit einem Mal fühlte sich Maddy wie die schlechteste Mutter der Welt.

»Sie müssen es sich anschauen. Das Anliegen Ihres Großvaters hat Tausende Herzen berührt. Die Sache zieht mit jeder Sekunde weitere Kreise. Wenn Sie mir jetzt mündlich zusichern, mit niemand anderem zu reden, kann ich bis heute Abend um sechs bei Ihnen sein.«

»Ich bin mir nicht sicher. Ich muss mir das zuerst ansehen.«

»Ich will Ihnen wirklich keinen Druck machen, aber ich muss Bescheid wissen. Sie müssen mir jetzt zusagen.«

»Tut mir leid«, sagte Maddy, obwohl sie es nicht im Geringsten bedauerte. Sie merkte, wenn sie bedrängt wurde, und Chrissy wollte sich eindeutig nicht abschütteln lassen. »Ich muss mir zuerst den Beitrag ansehen.«

»Okay, wie Sie wollen, aber ich sage Ihnen etwas«, beharrte Chrissy, als tue sie Maddy einen großen Gefallen. »Denken Sie gut darüber nach! Unterschreiben Sie bei niemandem, bevor Sie mich nicht getroffen haben! Ich komme trotzdem wie geplant vorbei, und dann können wir die Einzelheiten bereden.«

Chrissy legte auf, bevor Maddy weitere Einwände erheben konnte. Sie hatte das deutliche Gefühl, gerade ausmanövriert worden zu sein. Dass hier jemand auftauchte, war das Letzte, was sie wollte. Sie musste sich diesen Vlog ansehen und feststellen, was es mit dem ganzen Theater auf sich hatte.

Sie war nur bis zum Ende der Diele gekommen, als ihr Handy klingelte. Beim Blick auf die eingehende Nummer blieb ihr fast das Herz stehen. Auf dem Bildschirm war »Joe Finch« zu lesen.

Maddy stand wie angewurzelt da, starrte auf das Handy und konnte sich nicht rühren. Sie war nie dazu gekommen, seine Nummer aus ihren Kontakten zu löschen, und anscheinend hatte er auch ihre nie gelöscht. Sie hätte ihre Nummer ändern sollen, das wäre das Vernünftigste gewesen. Es hörte auf zu klingeln, und der Anruf ging auf die Mailbox. Fast sofort läutete es wieder. Maddy starrte immer noch mit offenem Mund auf den Bildschirm. Der Schock ließ nach, doch jetzt war sie unentschlossen.

Als es zu klingeln aufhörte, ging sofort eine Textnachricht ein. Sie stammte von Joe.

> *Hi, Maddy! Ich habe ein paarmal angerufen, aber nur die Mailbox erreicht. Tut mir leid, wenn ich Dich überrumple, aber ich muss unbedingt mit Dir reden. Ich würde Dich nicht behelligen, wenn es nicht wichtig wäre. Es geht um Esther und Gramps. Danke, Joe.*

Maddy stand in der Diele und las die Nachricht mehrmals. Es konnte kein Zufall sein, dass Joe wegen Esther und Gramps anrief, nachdem sie gerade hintereinander zwei Anrufe deswegen bekommen hatte. Mit Joe zu reden stand allerdings nicht weit oben auf ihrer Wunschliste.

Während sie die Textnachricht ein weiteres Mal las, wurde

ihr klar, dass Joe eine Lesebestätigung auf seinem Handy haben musste, die anzeigte, dass sie seine Nachricht geöffnet hatte. Verdammt! Jetzt konnte sie nicht mehr so tun, als hätte sie sie nicht gesehen.

Als ihr Handy wieder klingelte, wusste sie, ohne hinzusehen, dass es Joe war. Was immer los war, es musste wichtig sein.

Sie schaute durch die Tür zum Wohnzimmer, wo Esther und Gramps saßen und ihr Zusammensein genossen, während im Hintergrund Musik spielte. Eine Welle von Liebe und dem Bedürfnis, die beiden zu beschützen, überrollte sie, und ehe sie wusste, wie ihr geschah, nahm sie den Anruf an.

»Hallo.«

»Hi, Maddy. Ich bin's ... Joe.« Seine Stimme klang sanft und ein wenig unsicher.

»Ich weiß«, gab sie zurück und versuchte, wie er zu klingen, doch sie spürte, wie sich ihr Magen überschlug, und hörte, dass ihre Stimme leicht zitterte. Sie ging wieder die Diele entlang und in die Küche, wo sie vom Wohnzimmer aus nicht zu hören war.

»Tut mir leid, dich so zu überfallen«, sagte Joe. Eine Pause trat ein. »Alles in Ordnung bei dir?«

Sie schluckte heftig, bevor sie antwortete. »Wenn du ganz allgemein fragst, ja. Wenn du meinst, wie es mir jetzt gerade geht, bin ich mir nicht so sicher.«

»Tut mir leid, aber es ist wichtig und zu viel, um es in einer Textnachricht zu erklären.«

»Dann hast du meine Nummer noch?«, fragte sie und hätte sich treten können.

»Du meine doch auch«, antwortete er, und seine Stimme klang einen Hauch amüsiert.

Das hatte sie sich selbst eingebrockt.

Maddy holte tief Luft und sorgte dafür, geschäftsmäßiger zu klingen. »Du hast gesagt, es wäre wichtig. Und dass es um Esther und Gramps geht.«

»Ja, klar. Richtig.«

Maddy stellte sich vor, wie Joe auf ihre spröde Antwort reagierte, und versuchte, sich zusammenzunehmen.

»Ich habe Esthers YouTube-Vlog gesehen.«

»Weiter«, sagte Maddy und brachte es fertig, ihre Verblüffung zu beherrschen und nicht *Was zum Teufel?* durchs Telefon zu brüllen.

»Ich dachte, vielleicht könnte ich euch helfen, die Frau zu finden, nach der dein Großvater sucht.«

»Gramps ist nicht wirklich auf der Suche nach jemandem«, hörte sie sich sagen. »Esther hat da etwas missverstanden. Es gibt keine Frau, die man finden könnte.«

»So klang das für mich aber nicht.«

»Was weißt du schon? Du warst die letzten paar Jahre nicht dabei, falls dir das entfallen ist.« Sie wusste, dass sie ziemlich scharf klang, aber sie konnte nicht anders, weil die Erinnerung daran, wie er sie zurückgewiesen hatte, in ihr hochschoss wie ein isländischer Geysir.

»Autsch«, sagte Joe. »Ich sehe, dass der alte Spruch, dass die Zeit alle Wunden heilt, hier nicht zutrifft.«

An seinem behutsamen Ton hörte Maddy, dass er nicht versuchte, mit ihr zu streiten. Das war einfach Joes Art, eine Konfrontation zu entschärfen. Humor war oft seine beste Verteidigung gewesen, aber der Zorn, den sie gerade empfand, ließ sie den dargebotenen Olivenzweig ignorieren.

»Hör mal, Joe, ich würde ja sagen, dass ich deine Sorge zu schätzen weiß, aber ich habe keine Ahnung, ob ich das tue. Belassen wir es einfach dabei, dass ich deine Hilfe weder brauche noch will.«

»Bitte, Maddy, sei doch nicht so.«

»Ich bin überhaupt nicht irgendwie. Ich versuche nur, meine Familie zu schützen.«

»Okay, verstehe. Aber ich bin hier, falls du mich brauchst.«

Oh, diese Ironie!

»Dich brauchen?«, fragte sie und schaffte es dann, ihre Bemerkung nicht weiter auszuführen. »Danke, aber bei uns ist alles gut. Leb wohl, Joe.«

Als sie auflegte, hoffte sie auf ein gewisses Maß an Befriedigung, doch es stellte sich nicht ein. Stattdessen empfand sie eine überwältigende Traurigkeit. *Verdammt sollst du sein, Joe Finch.*

Kapitel 21

»Sie hat mir ordentlich die Meinung gesagt«, sagte Joe, nachdem er das Gespräch wiedergegeben hatte, das er vorhin in der Privatsphäre seines Autos mit Maddy geführt hatte.

Er trank einen Schluck von seinem Bier und blickte sich langsam in dem Pub um, statt Kay und Matt in die Augen zu sehen, die ihm gegenübersaßen. Wie immer am Freitag um die Mittagszeit war es belebt, und sie hatten Glück gehabt, nach dem Hereinkommen fast sofort einen Tisch zu finden.

»Hör mal, ich will ehrlich zu dir sein«, sagte Kay. »Du musst das tun, ebenso sehr für dich selbst wie für Maddy.«

Fragend zog Joe die Augenbrauen hoch. Kay warf ihrem Mann, der resigniert seufzte, einen Blick zu. Die beiden tauschten sich wortlos aus.

»Was Kay meint …«, begann Matt, wurde jedoch von einem Rippenstoß seiner Frau unterbrochen. »Was *wir* meinen, ist, dass du … na ja … in letzter Zeit viel zu oft Trübsal geblasen hast. Du brauchst eine Aufgabe, um geistig auf Trab zu bleiben. Etwas, was diesen Funken zurückholt.«

»Was wir eigentlich meinen …«, sagte Kay. »Wir machen uns Sorgen um dich. Eine ganze Weile schon. Es ist Zeit, dass du aufhörst, dich in Selbstmitleid zu wälzen. Vergiss Lisa, sie ist weg. Geschichte. Sie kommt nicht wieder. Du musst dich neu orientieren.«

»Wer hat euch denn zu meinen Therapeuten ernannt?«, fragte

Joe. Er war leicht verärgert über seine Freunde, obwohl er wusste, dass sie es gut meinten.

»Jetzt schmoll mal nicht gleich«, fuhr Kay fort. »Nur weil wir einen wunden Punkt getroffen haben. Wir können keine Trauerklöße gebrauchen.«

Joe verschluckte sich fast an seinem Bier. Er wischte sich den Mund mit dem Handrücken ab. »Trauerkloß?«

»Wenn du dir den Schuh anziehen willst ...«, gab Kay zurück.

»Ganz unrecht hat sie nicht«, sagte Matt.

»Danke für die Unterstützung.« Joe warf seinem Freund einen Blick zu.

»Es ist nur, weil wir dich mögen, Kumpel.«

Kay fing wieder an. »Was hast du denn Besseres mit deiner Zeit anzufangen? Du gehst zur Arbeit, kommst wieder nach Hause, stellst ein Fertiggericht in die Mikrowelle, hängst die halbe Nacht vor dem Fernseher und siehst irgendeine miese Serie, trinkst Bier und schiebst irgendwann deinen Hintern ins Bett.«

»Herrgott! Das ist ja, als würde man Tür an Tür mit dem Geheimdienst leben«, brummte Joe.

»Dünne Wände«, sagte Matt und zuckte die Schultern.

»Es ist nur, weil wir dich liebhaben«, sagte Kay.

»Immer langsam«, warf Matt ein. »Wer hat etwas von Liebe gesagt? Mögen ist okay. Also, ich mag dich sehr.« Er klopfte Joe auf den Rücken. »Von Mann zu Mann natürlich.«

»Natürlich«, gab Joe seufzend zurück.

Kay war noch nicht fertig. »Jedenfalls, das ist so was von dein Ding! Ich begreife nicht, wieso du nicht mit den Hufen scharrst, dich da einzumischen.«

Joe seufzte noch einmal. Das schien er in letzter Zeit oft zu tun. »Weil es um Maddy geht, und die will nichts mit mir zu tun haben.«

»Erst recht ein Grund, sich einzuschalten, würde ich sagen«, erwiderte Kay. »Das Problem ist, dass Maddy das auch noch nicht gemerkt hat.«

»Hört mal, ich will ehrlich sein. Gestern Nacht habe ich ein wenig recherchiert, und ja, es hat mich interessiert, aber Maddy steht dem Ganzen äußerst feindselig gegenüber, einschließlich meiner Person. Ich wäre nicht überrascht, wenn sie die geheimnisvolle Maryse nicht wirklich finden will.«

»Wie kannst du das wissen? Du hast doch kaum mit ihr geredet«, wollte Kay wissen.

»Vergesst mal einen Moment, dass Maddy und ich eine gemeinsame Geschichte haben.« Kay und Matt zuckten zustimmend mit den Schultern, und Joe fuhr fort. »Das ist nur die romantische Idee einer Elfjährigen, dass ihr Urgroßvater eine Frau wiedersehen will, die er während des Kriegs in Frankreich einmal getroffen hat. Esther macht sich irgendeine verrückte Vorstellung von einem Happy End, das nie eintreten wird.«

»Das weißt du doch nicht!«, beharrte Kay und tippte auf den Bildschirm ihres iPads. »Schau mal, das Video kriegt Hunderte und Aberhunderte Likes.«

»›Gefällt mir‹-Bewertungen«, verbesserte Joe, obwohl ihm klar war, dass er jetzt pedantisch wurde. »Likes gibt es auf Facebook.«

»Egal«, sagte Kay und ignorierte ihn. »Es geht viral. Die beiden brauchen jemanden an ihrer Seite, der ehrlich ist und ihnen helfen kann.«

»Ich bin nicht der Lone Ranger oder sonst ein Cyber-Rächer. Und nur fürs Protokoll, ich bin längst über Lisa hinweg«, sagte Joe. Inzwischen war er das Gespräch leid. Sosehr er Kay mochte, wünschte er doch, sie würde das Thema fallen lassen. »Wie auch immer, ich hasse es, die Party zu beenden, aber ich muss wieder an die Arbeit.«

»Noch gebe ich nicht auf«, sagte Kay, als das Kleeblatt den Pub verließ und auf dem Gehweg stehen blieb, um sich zu verabschieden. »Bitte ruf Maddy noch mal an, Joe. Ehrlich, du musst ihr helfen, bevor jemand die drei ausnutzt.«

Zurück im Büro spürte Joe einen Anflug von schlechtem Gewissen, weil er Esthers Bitte so rasch abgetan hatte. Wenn er ehrlich zu sich selbst war, hatten Kays Worte ihn geschmerzt. Sie hatten ins Schwarze getroffen. Er wusste, dass sie recht hatte, was sein Verhalten anging, aber es war leicht, sich in Selbstmitleid zu aalen. Nicht dass er um das Ende seiner Beziehung zu Lisa trauerte, nein, die hatte ein natürliches Ende genommen. Aber er war es leid gewesen, nie so ganz zufrieden mit den Beziehungen zu sein, die er angefangen hatte. *Seit Maddy*, setzte eine leise Stimme hinzu, doch er wusste, dass das nicht ganz stimmte. Bei Maddy war es anders gewesen. Nicht dass er sich gelangweilt oder sie nicht gemocht hätte – eigentlich war es das Gegenteil gewesen. Und genau das hatte ihm Angst gemacht. Er hatte mit eigenen Augen gesehen, dass man sich auch nach fünfundzwanzig Jahren Ehe und zwei Kindern nicht darauf verlassen konnte, dass etwas von Dauer war. Nachdem die Ehe seiner Eltern zerbrochen war, vertrat er die Ansicht, dass in Herzensangelegenheiten Vorsicht besser als Nachsicht war. Er schüttelte den Kopf über sich selbst – natürlich hatte er damals alles ziemlich schwarz-weiß gesehen. Ein Jammer, dass er ein bisschen zu spät gelernt hatte, auch die Grautöne zu erkennen.

Um Kays und Matts Kommentare und seine ziemlich deprimierende Selbstanalyse beiseitezuschieben, wandte er seine Gedanken Arthur Pettinger und seiner angeblich so verzweifelten Suche nach Maryse zu.

Die Wahrheit war, dass die Geschichte ihn faszinierte und er immer noch genauso darauf brannte herauszufinden, wer die Frau auf dem Foto war, wie noch gestern Abend.

Als er die Agentur betrat, nahm Joe die Aufregung wahr, die in der Luft schwang. Es war die freudige Erwartung, die normalerweise die Ankündigung eines neuen Falls begleitete.

»Hey, was ist los?«, fragte er Caz, die auf ihrer Tastatur tippte. Sie hielt eine Hand noch. »Über zwanzigtausend Views, und ich habe es gerade auf Twitter gesehen!«, rief sie dem Chef zu. Sie sah Joe an. »Irgendein Kid im Internet versucht, eine Verwandte ihres Urgroßvaters aufzuspüren. Hat etwas damit zu tun, wo er im Krieg war. Die Liebesgeschichte des Jahres, wenn wir sie finden.«

»Echt jetzt?«, fragte Joe und versuchte zu verbergen, dass er Bescheid wusste und mit der Geschichte zu tun hatte. Er fühlte sich ein wenig angefressen, weil seine Agentur die Sache bereits aufgegriffen hatte. »Machen wir es?«, fragte er und hoffte, ebenso viel Interesse wie Desinteresse zu demonstrieren.

»Kommt auf den Chef an, aber alles hängt daran, ob Geld dabei herausspringt.«

»Dann ist er tot? Der Alte?«, fragte Joe und stellte sich weiter unwissend.

»Nein, aber er ist sechsundneunzig, also könnte er es sein, wenn alle diese Aufregung zu ihm dringt.«

»Charmant.« Joe verkniff sich den Drang, die geschmacklose Bemerkung weiter zu kommentieren.

»Du weißt ja, wie das ist«, sagte Caz. »Jedenfalls ist Detektivarbeit gefragt. Wir können Geld verdienen, wenn wir die Frau aufspüren.«

»Angenommen natürlich, die Leute können uns bezahlen, falls sie uns denn wollen.« Joe fühlte sich zunehmend unwohl mit Caz' Herangehensweise.

»Habt ihr schon eine Nummer?«, rief der Chef.

»Bin dran«, schrie Caz zurück.

Joe setzte sich an seinen Schreibtisch und behielt seine Kollegin im Auge, während er so tat, als öffnete er Dateien auf seinem Computer. Er stellte fest, dass er hoffte, Caz werde die gleiche Abfuhr erhalten wie er. Mit einem Mal war es ihm wichtig, dass sie Maddy nicht überredete, die Agentur zu engagieren. Die würde nämlich nicht in Maddys oder Arthurs Interesse handeln, dazu war sie viel zu gewinnorientiert und hatte immer das Geld im Blick. Es war allerdings hilfreich, wenn man Spaß daran hatte, Menschen aufzuspüren, was auf Joe zutraf. Er hatte individuelle Lebensgeschichten schon immer faszinierend gefunden.

Er hörte zu, wie Caz zu reden begann. Sie hatte sich kaum vorgestellt, als sie schon unterbrochen wurde. Joes Hoffnung wuchs noch stärker, als seine Kollegin offensichtlich Kontra bekam und versuchte, Maddy für sich einzunehmen, die aber nichts hören wollte. »Bitte, Miss Pettinger …«, sagte Caz gerade. Dann verstummte sie abrupt, und ihr Mund blieb offen stehen. Sie blickte zum Chef auf. »Die blöde Kuh hat einfach aufgelegt!«

Joe versteckte ein Grinsen hinter der Hand und vermied es, Caz oder den Chef anzusehen.

»Rufen Sie noch mal an«, beharrte Southerton.

Caz wirkte nicht allzu glücklich, wählte aber trotzdem die Nummer. »Es klingelt durch. Sie geht nicht ran.«

»Versuchen Sie es später noch mal«, befahl Southerton und ging zurück in sein Büro.

Caz drehte ihren Stuhl so, dass sie Joe ansah. »Da kann er lange warten. Ich ruf sie nicht noch mal an. Eingebildete Ziege.« Sie stand auf und trat an die Kaffeemaschine.

Joe zog sein Handy hervor und tippte in ihrem Gruppenchat eine schnelle Nachricht an Kay und Matt.

»Okay, ihr habt gewonnen. Trefft mich nach der Arbeit. Halb sechs auf dem Parkplatz. Wir machen einen Hausbesuch.«

Kapitel 22

Arthur trank seine Tasse Tee aus und sah sich im Wohnzimmer um. Er fühlte sich ein wenig unruhig, wusste aber nicht, warum. Die Kleine saß auf dem Sofa und teilte sich einen Keks mit dem Hund.

»Ich hoffe, du gibst dem Hund nicht von meinen Lieblingskeksen«, sagte er, und als das Mädchen erschrocken aufblickte, zwinkerte er ihr zu.

Die Kleine lächelte. »Fifi liebt Vollkornkekse. Sie frisst sie am liebsten, aber sag Mum nichts davon.« Sie legte einen Finger an die Lippen.

»Kein Wort«, sagte Arthur und nickte verschwörerisch.

»Erzähl es ihr nicht.«

»Nein. Wir verraten es der Chefin nicht«, sagte er. Ihm fiel auf, dass die Kleine in ein Buch sah. »Was liest du da?«

Sie hielt das fest gebundene Buch hoch, auf dessen Einband botanische Zeichnungen von Blumen abgebildet waren. Arthur kniff die Augen zusammen, um den Titel zu lesen, doch die Worte ergaben keinen Sinn. Was in aller Welt stand da?

»Mum hat gesagt, ich könnte ein kleines Stück Garten haben, um etwas zu pflanzen und wachsen zu lassen.«

»Gärtnern?« Das war das Wort, das er zu lesen versucht hatte. Ja, jetzt war ihm das klar. »Ich habe früher Sachen angebaut. Auf einem großen Feld. Ich hatte einen Traktor.«

»Auf deiner Farm?«

»Richtig. Ich hätte am liebsten Blumen gepflanzt, aber meine Mum hat gesagt, ich müsste Sachen zum Essen anbauen. Bohnen. Kartoffeln. Kohl. Erbsen.«

»Ich habe Paprika und eine Tomate, die ich einpflanzen will. Willst du mir helfen?« Die Kleine sah ihn eifrig an.

»Dir helfen? Das wäre sehr schön«, sagte Arthur. Er wollte ihr gern helfen. Er versuchte, sich daran zu erinnern, wann er zuletzt im Garten gearbeitet hatte, konnte sich aber nicht darauf besinnen. Stirnrunzelnd versuchte er, die Erinnerung festzumachen, aber alles, was er sah, war ein Weizenfeld, das darauf wartete, abgeerntet zu werden.

»Jetzt?« Das Mädchen war aufgesprungen und stand neben ihm.

»Ja, warum nicht?«

Mit ein wenig Mühe und mithilfe seines Gehstocks stand Arthur auf. Das verflixte Teil an seinem Arm, dachte er und schwankte ein wenig. Er hätte nicht übel Lust gehabt, es abzunehmen. Was hatte es überhaupt dort zu suchen?

»Oh, pass auf, Gramps!« Seine Enkelin – die Nette – kam aus der Küche.

Er hatte keine Ahnung, wo die Meckerziege abgeblieben war. Jedenfalls war sie nicht mehr da, und das freute ihn.

»Wir wollen in den Garten«, sagte die Kleine. »Gramps hilft mir, die Paprika zu pflanzen.«

»Oh, das wird nett. Hier, Gramps, lass dir nach draußen helfen. Sei vorsichtig, ja? Auf geht's.«

Draußen im Garten war es schön. Arthur holte tief Luft und sah sich um. Rechts lag sein Gartenschuppen, und ein mit Ziegeln gepflasterter Weg schlängelte sich sanft am Rand der Wiese entlang. Mitten auf der Wiese, die von breiten Blumenbeeten umgeben war, standen ein Pflaumen- und ein Apfelbaum. Joan hatte ihre Blumen geliebt. Mit einem Mal sah er sie vor sich, wie sie auf einem Kissen kniend die Blumenbeete jätete. Sie trug ein blaues Hemdblusenkleid und eine Schürze, um ihre Sachen zu schützen. Sie zog nie Handschuhe an, fiel ihm wieder ein. Sagte, dass sie gern die Erde fühlte.

»Wir gehen ans Ende des Gartens, zum Gemüsebeet.« Die Kleine übernahm die Führung.

Der Hund trottete hinter ihr her die Stufen hinunter. Mit Hilfe seiner Enkelin bewältigte Arthur die drei Stufen, die von der Terrasse auf den Weg führten.

»Danke, Schatz«, sagte er.

»Ich komme mit.«

»Nein, nein. Absolut nicht nötig. Alles gut. Ich gehe bloß zum Gemüsebeet.« Das konnte er allein, das wusste er. Solange er es langsam angehen ließ, würde alles gut gehen. Aber verdammt sollten seine tattrigen alten Beine sein. Wenn er es recht bedachte, sein ganzer tattriger Körper.

Mit kleinen Schritten folgte er dem Weg, vorbei an dicht bewachsenen Beeten mit Schmucklilien, Lupinen und Fingerhut. Er erinnerte sich nicht an alle Namen, aber er wusste, dass Joan die bunten Farben der planlos gepflanzten Sommerblumen geliebt hatte. Am Ende der Blumenbeete bog der Weg nach links ab, verlief quer durch den Garten und führte dann nach rechts zum Gemüsebeet und zur Wäscheleine. Ganz hinten lag ein alter Anderson-Unterstand. Der kleine Wellblechbunker war aus dem Krieg übrig geblieben und diente jetzt als Geräteschuppen. Daneben stand ein verkohlter Müllverbrennungsofen, und dahinter befand sich ein Komposthaufen.

Die Kleine kniete auf der Erde und grub ein Loch für die Pflanzen. Sie hatte ein halbes Dutzend Paprika, die ungefähr zehn Zentimeter hoch waren.

»Mach die Löcher ein wenig größer«, sagte Gramps. »Und gib einen Tropfen Wasser hinein, bevor du die Pflanzen einsetzt.«

»Da drüben steht ein Stuhl«, sagte das Mädchen und sprang auf. »Ich bringe ihn dir, dann kannst du dich setzen.«

»Danke.« Ihre Rücksichtnahme rührte ihn, und er war auch dankbar, sitzen zu können. Es war unangenehm, sich mit seinem ganzen Gewicht auf seinen gesunden Arm zu stützen. Verdammt sollte der schlechte sein!

Er ließ sich auf den mit Segeltuch bezogenen Stuhl sinken und schaute zu, wie die Kleine die Löcher ein wenig tiefer grub und dann ans Wasserfass trat und die grüne Gießkanne füllte. Die Kanne sah ziemlich schwer für sie aus. Er wünschte, er hätte ihr helfen können.

»Willst du eine einpflanzen?«, fragte die Kleine.

»Würde ich gern, aber ich weiß nicht, ob ich herankomme.«

Sie brachte ihm das Tablett mit den Pflanzen. »Du kannst sie mir aus den Töpfen nehmen.«

Arthur nahm das erste Töpfchen und musterte es. Er drehte es in der Hand und betrachtete es aus allen Blickwinkeln, was mit nur einer Hand nicht einfach war. Mit den Fingerspitzen seines verletzten Arms stützte er den Topf. Er wusste nicht, warum, doch dann spürte er das Bedürfnis, den Topf leicht zu drücken. Die Erde darin löste sich von den Wänden. Genau, so ging das. Er wiederholte es mehrmals und kippte dann, ohne darüber nachzudenken, den Topf, sodass der kleine schwarze Behälter sich lockerte. Er ließ ihn zu Boden fallen und umfasste den Wurzelballen, worauf der feuchte Kompost durch seine Finger rieselte und ihm in den Schoß fiel.

»Danke, Gramps«, sagte die Kleine, trat zu ihm und streckte die Hand aus.

Er betrachte noch einmal die Pflanze in seiner Hand und gab sie ihr dann zögernd.

Lächelnd trug sie sie zu dem Loch, das sie gegraben hatte, setzte sie in den Boden und bedeckte die Wurzeln mit Erde.

»Drück sie mit der Hand an«, sagte er. »So. Gut gemacht, Schatz.«

Er griff nach einem weiteren Pflanztopf und wiederholte den

Vorgang. Seine Hände schienen genau zu wissen, was sie zu tun hatten, obwohl er nicht ganz begriff, woher dieses Wissen kam oder was sie da überhaupt anstellten. Ihm fiel auf, dass der Rand seiner Armschlinge schmutzig war, und als er versuchte, ihn abzuwischen, schien er es nur noch schlimmer zu machen.

Arthur rieb sich mit dem Daumen über die Fingerspitzen und spürte, wie die kalte, feuchte Erde auf seiner Haut Klümpchen bildete. Er hob die Hände ans Gesicht und schnüffelte daran.

Sein Magen flatterte, und sein Herz schlug ein wenig schneller. Noch einmal sog er den Duft ein, dieses Mal tiefer und länger. Er erinnerte ihn an eine andere Zeit, einen anderen Ort und ein anderes Leben, und während er die Erde zwischen den Händen rieb, wurde diese Erinnerung mit jeder Sekunde deutlicher. Eine Träne lief ihm über die Wange.

Kapitel 23

Mai 1944

Arthur wischte sich die Träne vom Gesicht. Weinen war sinnlos. Es würde nichts nützen und Freddie nicht wieder lebendig machen.

Vor ein paar Tagen war ihm klar geworden, dass Freddie es nicht schaffen würde. Der Geruch hatte es ihm verraten. Durch seine Verletzung hatte in seinem Fuß Wundbrand eingesetzt, und darauf war rasch die Blutvergiftung gefolgt. Das einzig Gute war, dass Freddie sehr wenig davon mitbekommen hatte. Er war zu schwach gewesen, um lange bei Bewusstsein zu bleiben, und wenn, dann war sein Fieber so stark gewesen, dass er nicht registriert hatte, was mit ihm los war.

Betroffen war Arthur nur kurz vor dem Ende gewesen, als Freddie nach seiner Mutter gerufen hatte. Arthur hatte gehört, dass erwachsene Männer auf dem Totenbett nach ihren Müttern jammerten, und war skeptisch gewesen – doch jetzt wusste er, dass es stimmte.

Hugo hatte den Dorfpriester geholt, der aktives Mitglied der *Résistance* war. Dieser hatte Freddie die Letzte Ölung gegeben. Arthur hatte keine Ahnung gehabt, ob Freddie religiös war oder welcher Konfession er angehörte, aber das war ihm gleichgültig. Wie Arthurs Mutter gern sagte, konnte es jedenfalls nicht schaden, auch wenn es nichts nutzte.

Jetzt drückte ihn sein schlechtes Gewissen nieder. Er hätte

Freddie bei Nacht ins Dorf tragen und dort um Hilfe bitten sollen. So hätte niemand geahnt, dass die Duponts sie aufgenommen hatten. Sein Verstand wusste, dass das ebenfalls gefährlich gewesen wäre. Er hatte gehört, dass die Faschisten ganze Dörfer unter Druck setzten, bis jemand gestand, wer die britischen Soldaten versteckt hatte. Die Duponts wären trotzdem zur Verantwortung gezogen worden. Einen Toten auf dem Gewissen zu haben war schlimm genug, aber eine ganze Familie – Maryse eingeschlossen? Nein, das wäre mehr gewesen, als ein einzelner Mensch ertragen konnte.

Arthur hielt seine Mütze in den Händen und sah auf das frisch ausgehobene Grab hinunter. Hugo hatte das übernehmen wollen, aber Arthur war über das Gelände bis zum anderen Ende des Feldes marschiert, wo man über das Tal und das Dorf Sérent hinausblickte, und hatte dem Franzosen die Schaufel aus den Händen gerissen und ihn angebrüllt, er solle gehen. Schreiend hatte er dem anderen Mann befohlen, ihm nicht zu helfen.

Die beiden Franzosen waren zurückgewichen und hatten mehrere Minuten zugesehen, wie Arthur hektisch und wütend auf den Boden eingedroschen hatte. Seine Trauer hatte ihm Kraft gegeben, die er eigentlich nicht hatte, um sich durch den harten Boden zu wühlen wie ein Bulldozer.

Dann hatte Hugo wortlos eine Spitzhacke genommen, sie in den Boden geschlagen und die Oberfläche aufgebrochen. Der andere Mann hatte sich ebenfalls beteiligt, und Arthur hatte keine Einwände mehr erhoben. Es hatte fast eine Stunde gedauert, aber schließlich hatten sie ein Grab ausgehoben, das tief genug für Freddie war.

Maryse und ihre Mutter hatten ihn in ein Laken geschlagen und es mit Bindfaden verschnürt, und dann hatten die drei Männer zusammen mit dem Dorfpriester Freddie auf dem französischen Hügel im Schatten einer Kiefer zur Ruhe gebettet.

Die überschüssige Erde hatten sie im Gemüsebeet verteilt, und die Stelle, an der Freddie beerdigt war, hatten sie flachgetreten und mit Zweigen und Laubwerk bedeckt, sodass sie sich nicht von ihrer Umgebung unterschied. Jemand, der vorbeikam, hätte kaum erkennen können, dass hier vor Kurzem gegraben worden war.

Die Duponts und der Geistliche waren schon vor einiger Zeit gegangen und hatten Arthur allein an dem Grab zurückgelassen. Er setzte sich auf den Boden, schlang die Arme um die angezogenen Knie und senkte den Kopf.

Er hörte sie nicht näher kommen, doch er spürte sie schon, bevor sie sich neben ihn setzte.

»Es tut mir sehr leid«, flüsterte Maryse.

Sie legte einen Arm um Arthurs Schultern, und er erlaubte sich, sich bei ihr anzulehnen, so wie sie neulich abends, als sie bekümmert gewesen war. Unter normalen Umständen zeigte er nicht gern Gefühle, aber das hier waren keine normalen Zeiten, und überhaupt, zum Teufel mit der berühmten britischen Unerschütterlichkeit!

Maryse strich ihm übers Haar und legte ihre Wange an seine. Das war tröstlich. Ihm fehlte die menschliche Berührung. Zu Hause hatte er keine Freundin. Mit einem der Mädchen aus dem Dorf hatte er sich ganz gut verstanden, aber bis auf einen keuschen Gutenachtkuss am Abend vor seiner Abreise war nichts daraus geworden. Während seiner Ausbildung hatte er ein paar Mädchen kennengelernt, aber sie waren nicht von der Art gewesen, die man nach Hause mitnahm und seiner Mutter vorstellte. Sie schienen sogar noch mehr darauf aus zu sein, sich zu amüsieren, als einige der Jungs. Daher waren die Wärme und das Mitgefühl einer Frau für ihn ziemlich neu, obwohl Arthur Maryse kaum kannte. So blieb er lange sitzen und wartete darauf, dass die Welle der Trauer, der Zorn, der ihn zerfraß, und die quälende Frustration verebbten.

Er richtete sich auf, sah Maryse an und legte eine Hand an ihr Gesicht. »Danke. *Merci*«, sagte er.

Sie drehte den Kopf. »Du brauchst mir nicht zu danken«, flüsterte sie in seine Handfläche hinein. »Ich mag es nicht, dich so traurig zu sehen.«

»Du hast dazu beigetragen, mir einen Teil des Schmerzes zu nehmen«, gab er aufrichtig zurück.

Wenn dieser Krieg ihn eines gelehrt hatte, dann, das Beste aus jedem Tag, jeder Stunde und jeder Minute zu machen, und dafür war Arthur dankbar.

Maryse lächelte und zog sich von ihm zurück. »Tut mir leid«, sagte sie, stand auf und klopfte sich den Rock ab.

Arthur sprang auf. Er wollte nicht, dass sie ging, doch ihm wurde klar, dass er sie vielleicht verschreckt hatte. »Tut mir leid. Bitte geh nicht. Ich wollte nicht ...« Er suchte nach den französischen Worten, fand aber keine. Er reckte die Handflächen nach oben und seufzte.

»*C'est bon*. Ist gut«, gab sie zurück, wandte sich dann ab und eilte zurück zum Haus.

Arthur sah zunehmend enttäuscht zu, wie sie im hinteren Teil des Gebäudes verschwand. Verärgert, weil er sich von seinen Emotionen hatte überwältigen lassen, zündete er sich eine Zigarette an. Er steckte mitten in einem Krieg, er hatte gerade seinen Kameraden begraben, und doch hatte er sich hier auf einem kleinen ruhigen Fleck erlaubt, sich durch törichte, romantische Fantasien von der Realität ablenken zu lassen.

Kapitel 24

Als Sheila am späten Nachmittag auftauchte, hatte Maddy ihr Handy permanent abgeschaltet und den Stecker des Festnetztelefons gezogen, nachdem sie noch mehrere Anrufe wegen Esthers YouTube-Video erhalten hatte.

»Ich hatte ja keine Ahnung«, gestand Maddy, als sie zusammen mit Sheila Esthers Video ansah. »Was meinen Sie?«

»Ich kann nicht behaupten, dass ich diese ganze Technik, auf die die Kids heute stehen, wirklich begreife«, sagte Sheila, »aber ein wenig kenne ich mich aus.«

»Ich meine, was Ihre Meinung über den Inhalt ist.«

Sheila tätschelte Maddys Hand. »Ich weiß, meine Liebe.« Sie hielt inne und warf Maddy einen mitfühlenden Blick zu. Dann sah sie zu Esther, die auf dem Schemel vor Gramps' Sessel saß und auf das Urteil der Erwachsenen warte. »Ich finde ...«, begann Sheila. »Ich finde das sehr nett und rührend. Es war alles aus der richtigen Absicht heraus, aus Liebe.«

Maddy zog die Augenbrauen ein wenig hoch. Sheilas Reaktion verblüffte sie. Aus irgendeinem Grund war sie davon ausgegangen, dass Sheila Esthers Verhalten missbilligen würde, ganz ähnlich wie sie selbst.

»Halten Sie es nicht für ein wenig unverantwortlich angesichts der Auswirkungen?«

Sheila neigte den Kopf zur Seite. »Hmm. Aber hat es wirklich geschadet?«

Maddy wollte schon protestieren, nahm sich aber einen Moment Zeit, um über Sheilas Worte nachzudenken. Was hatte es für einen Schaden angerichtet? Eigentlich keinen, abgesehen davon, dass Maddy beim Abwehren von Anrufen die Wände hochgegangen war und natürlich, dass Joe versucht hatte, sich einzumischen.

»Ich glaube, ich war nicht auf diesen Aufruhr vorbereitet«, sagte Maddy. Sie schaute ihre Tochter an. »Ich hätte gern davon gewusst, bevor du das gepostet hast.«

»Ich habe nicht darüber nachgedacht«, gab Esther zurück. »Das war nicht geplant, es ist einfach passiert. Ich hatte keine Ahnung, dass sie dich alle anrufen würden.«

»Nein. Um ehrlich zu sein, hätte ich das auch nicht gedacht.«

»Sehen Sie, es ist nicht wirklich ein Schaden entstanden.« Sheila legte Maddy eine Hand aufs Knie. »Man kann keinen alten Kopf auf junge Schultern verpflanzen. Junge Leute betrachten halt nicht alles so rational wie wir zynischen Erwachsenen.«

Maddy lächelte verhalten. Da hatte Sheila nicht unrecht.

»Ich finde trotzdem, wir sollten das Video herunternehmen«, sagte sie und beschloss, Esthers Bemerkung zu übergehen. »Damit mich nicht noch mehr Leute anrufen.«

Esther sprang auf. »Nein! Nicht. Bitte nicht. Das ist mein bestes Video. Schau dir doch die Kommentare an. Die Leute sind interessiert. Sie lieben es und wollen helfen.«

»Aber ich will nicht ständig angerufen werden. Ich habe nicht mal eine Ahnung, woher alle meine Telefonnummer haben.«

»Die kann man im Internet rausfinden«, erklärte Esther.

»Ich finde trotzdem, wir sollten es herunternehmen.«

»Aber was, wenn jemand weiß, wer die Frau ist? Woher soll diese Person wissen, dass wir nach ihr suchen?«

»Aber das tun wir gar nicht, Liebling«, sagte Maddy. Sie warf Gramps einen Blick zu, dem es irgendwie gelungen war, trotz der ganzen Diskussion einzunicken. Sie senkte die Stimme. »Hat Gramps dich gebeten, diese Frau zu finden? Ich meine, wer ist sie überhaupt? Wir wissen nichts über sie oder die Umstände, unter denen die beiden sich begegnet sind.«

Esther verdrehte ihre Finger wie immer, wenn sie nervös war. »Gramps liebt sie. Er will ihr sagen, dass es ihm leidtut. Er hat von ihren Kindern geredet. Wir müssen sie finden.«

»Was meinst du damit? Woher weißt du das?«

»Er hat es mir erzählt. Oder so ähnlich. Als er das Bild angeschaut hat, da hat er gesagt, es tue ihm leid. Er hat auch etwas auf Französisch gesagt.«

»Auf Französisch?«

»Er hat gesagt, er liebt sie von ganzem Herzen«, sagte Esther.

»Woher weißt du das?« Esther verstand ein wenig Französisch, weil Maddy es sie gelehrt hatte, aber fließend sprach ihre Tochter es definitv nicht.

»Ich habe eine App auf dem Tablet benutzt«, sagte Esther. »Man spricht hinein, und sie übersetzt es.«

»Meine Güte. Also so etwas!«, sagte Sheila.

»Gramps hat sich aufgeregt. Er hat geweint«, sagte Esther leise. »Ich wollte ihm helfen.« Tränen schossen ihr in die Augen.

»Ach, Liebes«, sagte Maddy, trat zu ihrer Tochter und schloss sie in die Arme. »Das ist schrecklich lieb von dir, aber ich finde, du hättest zuerst mit mir reden sollen. Die Sache ist die, dass Gramps sich nicht immer an alles erinnert und manchmal durcheinanderkommt. Wir können uns nicht einfach in etwas hineinstürzen, ohne vorher die Fakten zu kennen.«

»Tut mir leid«, sagte Esther.

»Schon gut.« Maddy zog ihre Tochter zum Sofa und setzte sich neben sie. »Ich weiß, du hast das aus Liebe und Zuneigung getan, aber ich bin mir nicht sicher, ob es das Richtige war, und ich bin immer noch der Meinung, wir sollten das Video herunternehmen.«

Noch einmal sprang Esther auf. »Nein! Das kannst du nicht machen!« Dieses Mal klang ihre Stimme scharf und laut. »Wir müssen diese Frau finden.« Mit diesen Worten schnappte sie sich das Tablet, das Maddy auf die Sofalehne gelegt hatte, und rannte aus dem Zimmer. Sie polterte die Treppe hinauf und knallte ihre Zimmertür hinter sich zu.

»Das lasse ich mir nicht gefallen«, sagte Maddy und fuhr hoch.

Sheila stand auf und legte eine Hand auf Maddys Arm. »Sie ist noch ein Kind. Wenn man elf ist, ist alles ganz einfach.«

Sie sagte das ohne jede Bosheit, und sofort schämte sich Maddy für ihre Reaktion. Die klugen Worte der Älteren bremsten ihren Ausbruch sofort, und sie seufzte.

»Sie haben recht. Es ist nur ... also, ich weiß nicht, was Esther da angestellt hat. Sie könnte in ein Wespennest gestochen haben. Ich habe nicht einmal eine Ahnung, wer die Frau ist, die sie finden will. Meine Großmutter ist es jedenfalls nicht – die Frau, die Gramps geheiratet hat. Also, wer ist sie? Und was, wenn sie gar nicht gefunden werden will? Was, wenn Gramps' Erinnerungen so gar nicht stimmen?«

»Das weiß ich natürlich. Und Sie wissen es auch, aber wir haben auch beide ein paar Jahre mehr Erfahrung«, sagte Sheila. »Hören Sie, ich setze den Wasserkessel auf. Gehen Sie und reden Sie mit Esther.«

Maddy war dankbar für Sheilas beruhigende Art, und als sie an Esthers Tür klopfte, fühlte sie sich schon viel gefasster.

»Kann ich reinkommen?«, fragte sie leise.

Kurz blieb es still, bevor Esther antwortete. »Wenn du willst.«

Maddy lächelte Esther zu. »Alles gut bei dir?«

Esther zuckte mit den Schultern. »Weiß nicht.«

Maddy setzte sich neben ihre Tochter aufs Bett und legte die Arme um ihre Schultern. Esther erstarrte, doch Maddy ignorierte ihre Abwehr. »Tut mir leid, dass wir uns gestritten haben«, begann sie. »Vielleicht habe ich ja überreagiert. Ich hatte nur so die Nase voll von den Anrufen heute, und dann noch das Video, von dem ich nichts wusste. Das hat mich alles überrumpelt.«

»Tut mir auch leid«, sagte Esther. »Dass ich dich angeschrien habe, meine ich.«

Maddy fiel auf, dass Esther sich nicht für das entschuldigte, was sie getan hatte. Offensichtlich lag ihr viel daran, und sie fand, dass sie nichts Verkehrtes getan hatte. Und wenn Maddy einen Schritt zurücktrat und sich einen Moment Zeit nahm, alles logisch zu sehen und sich zu fragen, was genau sie so aufgeregt hatte, dann musste sie ehrlich zugeben, dass sie eher ärgerlich über die Anrufe und besonders den von Joe war. So betrachtet, war ihr ihre Reaktion ziemlich peinlich.

Sie küsste Esther auf den Scheitel. »Lass uns runtergehen und vernünftig darüber reden. Du kannst mir das Foto zeigen, und wir können uns Gramps' Album anschauen. Vielleicht hören, ob Gramps uns etwas darüber erzählen kann. Wir besprechen alles und entscheiden, wie wir am besten vorgehen. Wie klingt das?«

»Aber willst du das Video immer noch herunternehmen?« So leicht ließ Esther sich nicht besänftigen.

»Wie wäre es, wenn wir es einstweilen privat stellen … nur solange wir darüber reden, und wenn wir es dann immer noch für eine gute Idee halten, machen wir es wieder öffentlich?«

»Und das sagst du nicht nur so?«

»Nein. Versprochen. Wir fragen auch Sheila, was sie dazu meint.«

»Okay«, sagte Esther. Sie verschränkte ihre Finger im Schoß. »Da ist aber noch etwas.«

»Was?« Maddy gelang es, ihre Besorgnis zu bremsen.

»Ich habe einen Brief …«

Bevor Maddy reagieren konnte, erklang von unten ein heftiges Krachen, gefolgt von einem lauten Stöhnen.

Maddy sprang auf und stürzte die Treppe hinunter. Sie schwang sich beinahe um den Treppenpfosten und stürmte ins Wohnzimmer. Sheila kniete neben Gramps, der der Länge nach auf den Teppich geschlagen war.

»Mist!«, schrie Maddy und eilte ihrem Großvater zur Hilfe.

»Keine Ahnung, was passiert ist«, sagte Sheila. »Ich wollte gerade den Tee hineinbringen, als ich den Knall hörte.« Sie streckte die Hand aus und hob einen von Gramps' Schuhen hoch. »Ich glaube, er wollte aufstehen, und vielleicht ist er über das hier gestolpert.«

»Geht's ihm auch gut?«, ließ sich hinter ihnen Esthers Stimme hören.

Maddy warf einen Blick über die Schulter und sah ihre Tochter, die nervös die Finger miteinander verknotete, in der Tür stehen. »Warte dort«, sagte sie.

»Es ist meine Schuld«, sagte Esther, der das Blut aus dem Gesicht wich. »Ich habe seine Schuhe nicht weggeräumt, als ich ihm die Pantoffeln angezogen habe.«

»Es ist *nicht* deine Schuld«, beruhigte Maddy sie. Sie wollte Esther trösten, aber Gramps war gerade ihre Priorität. »Nicht weinen, Schatz. Lauf nach oben, und hol Gramps eine Decke.« Es war das Erste, was ihr einfiel, um Esther sowohl zu beschäftigen als sie auch einen Moment lang aus dem Raum zu bringen. Maddy wandte ihre Aufmerksamkeit wieder Gramps zu. Er war bei Bewusstsein – immer ein gutes Zeichen. Sie konnte nirgendwo Blut erkennen – noch ein gutes Zeichen. »Tut dir etwas weh?«, fragte sie ein wenig langsamer und lauter als sonst, um sich verständlich zu machen.

Sie wünschte, sie würde sich mit Erster Hilfe auskennen.

Gramps gab ein kurzes Brummen von sich. Wenigstens stöhnte er nicht vor Schmerzen.

»Hast du Kopfschmerzen, Arthur?«, fragte Sheila und berührte behutsam seinen Kopf. »Was ist mit deinen Armen? Deinen Beinen?« Dabei berührte sie die entsprechenden Körperteile.

Gramps seufzte leise. Dieses Mal war es eindeutig ein Stöhnen, und er tippte auf seinen Arm. »Ohh, das tut weh«, sagte er.

In diesem Moment kam Esther mit der Decke wieder. Ihr Gesicht wirkte jetzt rosig, und ihre Augen waren feucht. »Kommt Gramps wieder in Ordnung?«

Maddy nahm die Decke. »Er hat sich vielleicht den Arm verletzt«, sagte sie. »Ich finde, er sollte sich untersuchen lassen.« Sie wollte schon die Decke über Gramps legen, als dieser seine Haltung veränderte und versuchte, sich aufzusetzen. »Nicht bewegen!«, sagte Maddy. »Bleib, wo du bist. Du könntest dich noch weiter verletzen.«

Doch Gramps hörte entweder nicht zu oder verstand sie nicht, denn er versuchte weiter, sich in eine sitzende Haltung zu bringen.

Inzwischen war Fifi, die der ganze Aufruhr aufgeschreckt hatte, aus ihrem Korb gesprungen und versuchte, sich zwischen Maddy und Gramps zu quetschen.

In diesem Moment summte die Türklingel und ließ alle im Zimmer zusammenfahren.

Gleichzeitig stieß Gramps einen leisen Schmerzensschrei aus. Maddy war sich bewusst, dass Esther den Raum verließ und dass an der Tür Stimmen zu hören waren, doch sie machte sich solche Sorgen um Gramps und versuchte, trotz seines Stöhnens und Ächzens zu verstehen, was er sagte, dass sie kurz abgelenkt war.

Als Maddy hörte, dass Esther wieder ins Zimmer kam, warf sie einen Blick über die Schulter. Einen Sekundenbruchteil lang glaubte sie, einen Sanitäter zu sehen, und fragte sich, wie er herkam, ohne gerufen worden zu sein, doch sie erkannte ihren Fehler sofort. Erstens trug er nicht den üblichen grünen Overall, sondern einen Anzug. Und zweitens ... Sie fuhr zusammen und geriet vor Schreck fast ins Taumeln. Da stand Joe! Er sah nicht anders aus als vor drei Jahren, als sie ihn zuletzt gesehen hatte. Immer noch dasselbe dunkelblonde Haar, vielleicht etwas kürzer geschnitten als in ihrer Erinnerung. Sein Gesicht wirkte leicht gebräunt und zeigte die Spur eines Bartschattens am Kinn.

Joe warf einen einzigen Blick auf die Szene vor sich und kniete sofort neben Maddy nieder.

Sheila trat aus dem Weg, legte einen Arm um Esther und wich zurück, um dem Mann Platz zu machen.

»Ich bin ausgebildeter Rettungssanitäter«, rief Joe Maddy ins Gedächtnis. »Was ist passiert?«

»Er ist gefallen. Über den Schuh dort gestolpert«, sagte Maddy. Sie war immer noch schockiert, Joe zu sehen, und fühlte sich benommen und erleichtert zugleich. In Notfällen hatte Joe sich schon immer bewährt. Er war stets in der Lage, einen klaren Kopf zu wahren, wenn andere in Panik gerieten. »Ich kann weder Blut noch eine Schnittwunde sehen, aber er hat gesagt, dass ihm der Arm wehtut.«

»Hallo, Arthur. Ich bin's, Joe Finch. Ich will Sie nur untersuchen.«

Maddy lehnte sich zurück und schaute zu, wie Joe vorsichtig die Hände um Gramps' Kopf legte und seinen gesamten Schädel abtastete, während er Blickkontakt zu ihm hielt. Sie gab sich nicht damit ab zu erwähnen, dass Gramps sich wahrscheinlich nicht an Joe erinnerte, doch darauf kam es nicht an. Ihr Großvater wirkte ruhig und reagierte auf Joe, als vertraute er ihm schon jetzt.

»Soll ich einen Krankenwagen rufen?«, fragte sie, als Joe mit den Händen an Gramps' Gliedmaßen entlangfuhr.

Als Joe seinen Unterarm berührte, zuckte Gramps zusammen.

»Ich würde es tun, um sicherzugehen. Sieht aus, als würde sein Arm schmerzen. Tut es noch anderswo weh, Arthur?«

»Er ist ein wenig verwirrt«, sagte Maddy, als Gramps keine Antwort gab. »Er versteht nicht immer, was man zu ihm sagt.«

Maddy tätigte in der Diele den Anruf, während Joe weiter mit Gramps redete.

»Sie haben gesagt, es dauert mindestens eine Stunde«, sagte sie, als sie wieder ins Zimmer trat.

»Eine Stunde!«, rief Sheila aus. »Das ist ja schrecklich!«

»Anscheinend haben sie sehr viel zu tun. Auf der Autobahn ist ein Unfall passiert, und sie haben viele Notrufe. Gramps schwebt ja nicht unmittelbar in Lebensgefahr.« Sie schloss die Augen und stieß den Atem aus.

Joe stand auf. »Hast du ein Auto?«

»Ja.«

»Du könntest ihn ins Krankenhaus fahren. Wenn er es schafft einzusteigen, geht das wahrscheinlich schneller, als auf den Rettungswagen zu warten.«

Maddy zögerte. »Ich weiß nicht, ob ich allein mit ihm zurechtkomme. Am besten warten wir.«

»Aber Sie haben selbst gesagt, es könnte über eine Stunde dauern«, sagte Sheila. »Ich bleibe hier und passe auf Esther und Fifi auf.«

»Ich könnte euch fahren«, bot Joe an. »Du könntest mit ihm hinten sitzen.«

Maddy fühlte sich hin- und hergerissen. Sollte sie auf die Sanitäter warten oder Gramps mit dem Auto ins Krankenhaus fahren? »Ich weiß nicht.«

»Ich würde ja sagen, dass wir auf Kay und Matt warten«, sagte Joe. »Kay ist Krankenschwester, sie könnte uns vielleicht besser raten.«

»Kay und Matt?« Ungläubig schüttelte Maddy den Kopf. »Wieso sind die beiden unterwegs hierher?«

»Mach dir darüber jetzt keine Gedanken«, sagte Joe. »Keine Ahnung, wie lange sie brauchen werden. Wenn ein Unfall passiert ist, sitzen sie vielleicht deswegen fest.«

»Fahren Sie einfach«, sagte Sheila.

Zögernd willigte Maddy ein. »Du fährst, und ich setze mich mit Gramps auf die Rückbank. Wir haben ein Krankenhaus mit einer kleinen Ambulanz in der Nähe. Die schließt um sieben. Wenn wir uns beeilen, kommen wir noch hin und brauchen nicht in die große Klinik zu fahren, wo viel los sein könnte.«

»Hast du ein T-Shirt, aus dem wir eine provisorische Armschlinge machen könnten, um seinen Arm während der Fahrt zu halten?«, fragte Joe.

Maddy wandte sich an Esther. »Oberste Schublade in meinem Zimmer. Darin liegt ein weißes T-Shirt. Hol das schnell, Schatz.«

Esther rannte davon und kam fast sofort mit dem Kleidungsstück zurück.

Ganz vorsichtig manövrierte Joe Gramps' Arm in die Schlinge, die er aus dem T-Shirt geknotet hatte. Gramps zuckte zusammen. »Tut mir leid, Arthur. So haben Sie es ein wenig bequemer.«

»Es ist sein schlimmer Arm«, erklärte Maddy. »Er hat ihn sich im Krieg verletzt und konnte ihn nie wieder richtig bewegen.«

»Ich weiß«, sagte Joe.

Natürlich wusste er Bescheid. Er kannte Gramps schließlich.

»Tut mir leid«, sagte Maddy.

»Ich bin besonders vorsichtig.«

Gemeinsam halfen sie Gramps beim Aufstehen. Er protestierte nicht dagegen, bewegt zu werden, doch als er stand und zum Auto schlurfte, fuhr er zusammen und stöhnte vor Schmerzen leise auf.

»Ich glaube nicht, dass etwas gebrochen ist«, sagte Joe.

»Ich bin immer noch nicht überzeugt, dass das eine gute Idee ist«, sagte Maddy.

»Deine Entscheidung«, sagte Joe. »Wenn du noch warten willst, können wir das tun.«

Maddy sah Gramps an. Er wirkte ziemlich aufgeregt, und wenn er unter Schmerzen ausharren musste, würde das nur noch mehr derartige Emotionen bei ihm auflösen. Wer wusste schon, wie lange der Krankenwagen hierher brauchen würde?

»Okay. Wir bringen ihn hin«, sagte sie und hoffte, die richtige Entscheidung getroffen zu haben.

Mit einiger Mühe und viel Geduld gelang es ihnen, Gramps ins Auto zu bugsieren. Maddy setzte sich neben ihn und legte ihm die Decke über die Knie.

Fifi war ihnen nach draußen gefolgt, weigerte sich zurückzugehen, als Esther nach ihr rief, und sprang prompt ins Auto, wo sie sich zwischen Gramps und Maddy quetschte.

»Raus mit dir«, befahl Maddy, doch Fifi weigerte sich stur, sich vom Fleck zu rühren.

»Sieht aus, als hätten wir einen blinden Passagier«, sagte Joe, während er auf den Fahrersitz glitt.

»Solange sie nicht glaubt, sie käme mit ins Krankenhaus«, erwiderte Maddy.

Joe streckte einen Arm nach hinten und streichelte den Hund hinter den Ohren. »Sie ist entzückend. Los, Mädchen. Komm hierher, nach vorn.« Er klopfte auf den Sitz neben sich, und die Hündin sprang über die Mittelkonsole und ließ sich auf den Platz fallen.

»Verräterin«, murmelte Maddy, als Fifi es sich bequem machte und sich auf dem Sitz zusammenrollte.

Sheila führte Esther ins Haus und lenkte sie mit dem Versprechen ab, für Gramps' Rückkehr Teekuchen mit Rosinen zu backen. Maddy war mit einem Mal sehr dankbar für Sheila.

Joe setzte rückwärts aus der Einfahrt und fuhr auf die Straße. »Wo entlang? Nach rechts oder links?«

»Ähm … nach rechts und bis zum Ende der Straße«, antwortete Maddy.

Sie lehnte sich neben Gramps zurück und fragte sich, ob es noch surrealer werden konnte. Hier saß sie auf der Rückbank ihres Autos, das von Joe Finch gesteuert wurde, während eine französische Bulldogge sich auf dem Beifahrersitz breitmachte.

Als Joe in die nächste Straße einbog, musste er einen Bogen machen, um einem entgegenkommenden Wagen auszuweichen, dessen Fahrer der Meinung war, es sei eine gute Idee, in einer Kurve zu überholen. »Verdammter Idiot«, brummte Joe, als er das Steuer herumriss.

Dabei rutschte die Tasche auf dem Rücksitz nach vorn, sodass sich ein Teil des Inhalts über den Boden ergoss. Maddy beugte sich vor und begann, die herausgefallenen Gegenstände aufzusammeln – ein Notizbuch, ein paar Stifte und einen Umschlag. Als sie die Sachen aufhob, hielt sie mit dem nach oben gedrehten Umschlag in der Hand inne. Auf der Vorderseite prangte unverkennbar die Handschrift ihrer Tochter, und der Rechtschreibfehler, den sie schon so oft in Esthers Handschrift gesehen hatte, bestätigte das.

Privat und vertraullich
An Joe Finch

Sie setzte sich auf und begegnete im Rückspiegel Joes Blick.

»Ich kann das erklären«, sagte er, sah auf die Straße und dann wieder zu ihr.

»Das hoffe ich, verdammt.«

Kapitel 25

»Esther hat mir geschrieben.«

»Das sehe ich.«

»Mach den Brief auf. Los, lies ihn schon.«

Joe verfluchte sich lautlos dafür, den Brief nicht eher erwähnt zu haben, aber er hatte Esthers Vertrauen nicht missbrauchen wollen. Eigentlich durfte sie überhaupt keinen Kontakt zu ihm aufnehmen. Das Ende seiner Beziehung zu Maddy war holprig gewesen, und Esther war nicht bereit gewesen, die Verbindung so einfach abzubrechen wie die Erwachsenen. Mehrmals hatte Esther übers Festnetz bei Joe angerufen und ihm sogar eine Geburtstagskarte geschickt, obwohl ihre Mutter ihr das verboten hatte. Schließlich hatte Maddy Joe das Versprechen abgenommen, auf keine Kontaktaufnahme durch Esther zu reagieren. Das war ihm zwar schwergefallen, doch irgendwann hatte es gewirkt, und Esther hatte aufgehört, sich bei ihm zu melden. Obwohl er wusste, dass es das Beste war, hatte Joe immer ein mieses Gefühl dabei gehabt, Esther zu ignorieren.

Während Maddy den Brief las, warf er noch einen Blick in den Spiegel.

»War das vor oder nach deinem Anruf?«, wollte sie wissen.

»Vorher. Der Brief ist neulich gekommen. Ich wollte dir heute Abend davon erzählen. Das war einer der Gründe, wegen denen ich vorbeigekommen bin.«

»Ich muss noch einmal mit Esther reden. Tut mir leid, dass sie dich kontaktiert hat.«

»Keine große Sache.«

»Doch! Und das weißt du genau.«

Mist. Er machte das alles falsch.

»Ich weiß, du hast am Telefon gesagt, dass du nicht daran interessiert bist, diese Frau zu finden, aber seitdem hat es ein paar neue Entwicklungen gegeben.«

»Wenn ich nicht meinen Großvater ins Krankenhaus bringen müsste, würde ich dich anhalten lassen und dir sagen, dass du verschwinden sollst.« Maddy starrte ihn nur noch wütender an.

»Rein technisch gesehen könnte ich das nicht. Das ist nämlich nicht mein Auto«, gab Joe zurück. Er suchte nach einem Lächeln, doch Maddy wollte nichts davon wissen. Sie fuhren auf eine weitere Kreuzung zu. »Rechts oder links?«

Maddy schnalzte missbilligend mit der Zunge. »Links. Mist. Jetzt bin ich mir nicht sicher. Ich erinnere mich nicht. Lass mich auf meinem Handy nachsehen.«

Joe bremste, während sie auf ihrem Handy tippte. »Ich biege einfach nach links ab und warte, bis du dich orientiert hast.«

»Okay. Ich hab mir das Navi aufs Telefon geholt.«

»Folgen Sie der Great North Road. Am Kreisverkehr nehmen Sie die zweite Ausfahrt auf den St. Cuthman's Way«, wies die Roboterstimme sie an.

»Also, was sind das für neue Entwicklungen?«, fragte Maddy und hielt das Handy zwischen die Vordersitze.

»Das YouTube-Video, das Esther gepostet hat, ist viral gegangen, und du wirst es mit allen möglichen Leuten zu tun bekommen, die dich anrufen oder vor deiner Tür auftauchen und dir Hilfe anbieten. Einige werden ehrlich sein, andere nicht.«

»Und du bist zweifellos ehrlich«, sagte Maddy, ohne auch nur den Versuch zu unternehmen, ihre Geringschätzung zu verbergen.

»Allerdings«, sagte Joe, ziemlich empört über ihre Art. »Nicht nur, weil ihr es seid, du und Esther, und ich euch helfen will. Du weißt doch, dass ich Historiker bin. Ich habe Geschichte studiert.

Und zugegeben, ich hielt das zunächst nicht für eine gute Idee, aber meine Agentur ist voll darauf eingestiegen und will, dass du sie engagierst.«

»Wirklich?« Maddy klang sarkastisch. »Bestimmt willst du ein Honorar. Ich meine, wer macht so etwas aus reiner Herzensgüte?«

»Huch! Stellst du dich jetzt nicht ein wenig an?« Joe konnte sich nicht bremsen.

»Und du bist ganz schön anmaßend!«, fauchte sie zurück.

Ein peinliches Schweigen trat ein, in dem nur die Anweisungen des Navis zu hören waren. »In fünfzig Metern auf den Centurion Way abbiegen. Ihr Ziel befindet sich links von Ihnen.«

Joe setzte den Wagen in eine Parklücke. Maddy sprang schon fast heraus, bevor sie richtig standen, so eilig hatte sie es, ihren Großvater untersuchen zu lassen.

»Ich schaffe das schon«, sagte sie und stellte sich zwischen ihren Großvater und Joe. »Komm, Gramps! Wir sind da. Gut aufpassen jetzt!«

Als Joe sah, wie schwer es ihr fiel, Arthur beim Aufstehen zu helfen, griff er ein. »Lass mich helfen. Bitte.«

Sie hielt inne, und kurz dachte er, sie werde sein Angebot ablehnen, doch dann trat sie beiseite.

Joe beugte sich ins Auto, hakte den linken Ellbogen unter Arthurs linke Armbeuge und zog Arthur hoch, indem er die Tür als Hebel benutzte. »Versuch, seinen rechten Arm nicht zu bewegen«, sagte Joe. Die provisorische Schlinge war zu dehnbar. »Das war's auch schon, Arthur. Jetzt setzen wir Sie in den Rollstuhl.«

Arthur brauchte einiges an gutem Zureden. Er schien nicht zu begreifen, was von ihm erwartet wurde. »Was ist das? Ein Kinderwagen? Ich kann laufen, wisst ihr«, sagte er.

»So ist es einfacher. Wenn du dich in den Rollstuhl setzt, kommen wir schneller voran«, versuchte Maddy ihn zu überreden.

Sobald er sicher saß, übernahm Joe die Griffe. »Ich schiebe. Ich bin mir sicher, dass du das auch kannst, aber ich bin größer, daher fällt es mir wahrscheinlich leichter. Hat nichts damit zu tun, dass du eine Frau bist.«

»Ich dachte keinen Moment lang, dass du das meinst«, sagte sie, immer noch von oben herab. Doch sie waren erst ein paar Schritte gegangen, als sie stehen blieb und einen langen Seufzer ausstieß. Sie drehte sich zu Joe um. »Tut mir leid, ich bin eine undankbare Ziege. Eigentlich bin ich aber ziemlich froh darüber, dass du schiebst. Ich finde es schwierig, diese Teile zu steuern. Sie sind schlimmer als Einkaufswagen.«

Er erwiderte ihr Lächeln und war erleichtert, dass die Spannung verflogen war und zwischen ihnen Waffenstillstand zu herrschen schien.

»Soll ich bei euch bleiben?«, fragte Joe, während er die Bremsen des Rollstuhls einlegte. »Wenn es dir lieber ist, kann ich auch draußen warten.«

»Bleib, wenn es dir nichts ausmacht. Außerdem bin ich noch nicht fertig mit meinen Fragen.«

»Sei nicht zu hart zu mir. Ich bin nur ein einfacher Historiker.«

»Wir wissen beide, dass das eine heftige Untertreibung ist.« Sie grinste ihm zu. »Alles gut, Gramps? Hoffentlich brauchen wir nicht allzu lange zu warten.«

»Wo sind wir? Lieber wäre ich zu Hause.«

»Ich weiß. Wir sind nur im Krankenhaus. Die Schwestern schauen sich gleich deinen Arm an. Du bist gefallen. Im Wohnzimmer. Erinnerst du dich?«

Arthur wirkte verwirrt. Er zupfte an dem T-Shirt an seinem Arm. »Was ist das? Ich mag das nicht.«

»Lass den Arm so lange darin, Gramps. Du hast dir den Arm verletzt, und jemand muss das untersuchen.«

»Arthur«, sagte Joe und versuchte, den Mann von der Quelle seiner Aufregung abzulenken. Er nahm sein Handy aus der Tasche, öffnete seine Foto-App, fand den Ordner, den er suchte, und zeigte ihn Arthur. »Schauen Sie, das sind ein paar Bilder aus meinem Archiv von Kriegsfotos.« Er strich mit einem Finger über den Bildschirm. »Hier sind marschierende Soldaten.«

Arthur sah auf den Bildschirm. »Oh ja. Mein Regiment.«

»Vielleicht«, sagte Joe und ging weiter zum nächsten Foto. »Hier ist noch eins.«

Mit zusammengekniffenen Augen musterte Arthur das Handy. Er nickte. »Ja. Richtig.«

Während sie die Bilder durchsahen, ließ Arthurs Ungeduld mit der Schlinge nach, und er konzentrierte sich auf die Fotos, die Joe ihm zeigte.

Joe wechselte einen Blick mit Maddy, die ihm ein »Danke« zuflüsterte.

Schließlich trat eine Schwester ins Wartezimmer und bat Arthur herein. Maddy stand auf.

Joe tat es ihr nach. »Soll ich ihn hineinschieben? Dann gehe ich wieder raus und warte, bis ihr fertig seid.«

Kurz zögerte Maddy. »Wenn es dir nichts ausmacht. Und vielleicht könntest du bleiben. Ich mache mir Sorgen, Gramps könnte wieder ein wenig nervös werden.«

»Klar«, sagte Joe und lächelte mitfühlend »Okay, Arthur, Zeit, dass Sie mit dieser reizenden Schwester gehen, die auf Sie wartet.«

Er schob Arthur ins Untersuchungszimmer, wo die Schwester sich zunächst alles ansah und ein paar Notizen in ihre Akte machte.

»Ich versuche, Ihren Großvater so schnell wie möglich untersuchen zu lassen«, sagte sie.

Sie wurden in einen weiteren Raum geführt, wo es, wie die Schwester sagte, ruhiger war, sodass Arthur vielleicht gelassener bleiben würde. Joe sah die Erleichterung auf Maddys Miene.

»Du siehst müde aus«, bemerkte er, als sie sich setzten.

»Es war ein harter Tag«, räumte sie ein. »Vorhin war ich mit Gramps und Esther einkaufen. Mir war gar nicht klar, wie schwierig es ist, einen Rollstuhl zu schieben und gleichzeitig einer Elfjährigen zu helfen, einen Einkaufswagen zu beherrschen. Ich glaube, von jetzt an kaufe ich online ein. Und dann ist heute Nachmittag diese ganze Sache mit dem Vlog explodiert.« Sie stöhnte auf. »Oh nein! Ich habe vergessen, die Privateinstellung für den Vlog zu ändern.«

»Warum wolltest du das?«

»Ehrlich, die Menge von Anrufen, die ich bekommen habe …« Sie verstummte.

»Ach ja. Und ich gehörte zu denen, die noch zu deinem Elend beigetragen haben.« Jetzt war er tatsächlich ein wenig verlegen. »Tut mir leid. Ich wollte dich nicht belästigen.«

Sie wedelte mit der Hand, als verscheuche sie eine Fliege. »Vergiss es. Um ehrlich zu sein, ist das momentan die geringste meiner Sorgen. Ich habe den Vlog nicht gesehen, bevor er live gegangen ist. Ich hatte keine Zeit. Normalerweise schaue ich mir alles an, was Esther hochlädt, du weißt schon, um sicherzugehen, dass alles in Ordnung ist. Und jetzt habe ich es einmal vergessen – und gleich bricht die Hölle los.« Sie sah ihren Großvater an und legte eine Hand auf seine.

Arthur war eingenickt und wirkte friedlich.

»Willst du dich auf euren YouTube-Kanal einloggen und die Privateinstellungen jetzt ändern?« Er hielt ihr sein Handy entgegen.

»Ich kann mich nicht ans Passwort erinnern. Ich weiß, ich sollte, aber auf dem Tablet wird man automatisch eingeloggt.«

»Könntest du Esther anrufen und sie darum bitten?«

»Um ehrlich zu sein, ich glaube, der Schaden – wenn man es denn so nennen will – ist schon geschehen. Das Video ist überall auf den sozialen Medien geteilt worden, und ich glaube, das kann ich nicht mehr aufhalten.«

»Es gibt immer Mittel und Wege«, sagte Joe.

»Vielleicht kümmere ich mich morgen darum.«

»Gib mir Bescheid, wenn du Hilfe brauchst.«

»Danke.«

Sie saßen schweigend da. Joe fühlte sich erleichtert. Er war kein Mensch, der die Konfrontation suchte, schon gar nicht mit Menschen, die ihm etwas bedeuteten. Fast sofort wies er den Gedanken in seine Schranken. Natürlich mochte er die beiden immer noch, aber nicht mehr als seine anderen Freunde.

Bevor er sich noch länger damit beschäftigen konnte, sein Unterbewusstsein zu analysieren, kam die Schwester mit einer Ärztin zurück. Äußerst vorsichtig untersuchte sie Gramps' Arm und sagte, sie glaube nicht, dass etwas gebrochen sei, würde ihn aber trotzdem gern röntgen.

Glücklicherweise herrschte um diese Tageszeit in dem kleinen Krankenhaus nicht viel Betrieb, sodass Arthur innerhalb einer halben Stunde nach unten geholt und wieder heraufgebracht wurde.

»Ich habe mir gerade die Röntgenaufnahme angesehen«, sagte die Ärztin und trat wieder in den Raum. »Freut mich zu sagen, dass nichts gebrochen ist.«

»Gott sei Dank«, sagte Maddy. »Ich rufe nur schnell Esther an und gebe ihr Bescheid. Sie wird sich Gedanken machen.« Der Anruf dauerte nur eine Minute, und Joe sah, dass die Sorge auch von Maddy abgefallen war. Ihre düstere, besorgte Miene hatte sich aufgehellt. »Ich weiß nicht, was ich getan hätte, wenn er sich den Arm gebrochen hätte«, sagte sie. »Wahrscheinlich hätte ich jetzt den Sozialdienst am Hals, der sich fragen würde, ob ich nicht richtig auf ihn aufgepasst habe.«

»Hör auf, dir Gedanken zu machen«, sagte Joe lächelnd. »So etwas passiert. Gib mir eine Minute, ich will nur Kay und Matt anrufen.«

»Oh Gott, die beiden hatte ich ganz vergessen.«

»Sie sind schließlich nach Hause gefahren. Der Verkehr war immer noch zäh, und da wir in der Ambulanz waren, hatte es keinen Sinn für sie, zu dir zu kommen.«

»Aber wieso wollten sie überhaupt zu mir?«

»Moralische Unterstützung.«

»Für dich, nehme ich an. Um mich breitzuschlagen.« Sie zog die Augenbrauen hoch.

»So etwas in der Art, aber das ist jetzt alles graue Theorie. Bis gleich.«

Er trat nach draußen, um den Anruf zu tätigen, und beschloss, lieber Matt anzurufen statt Kay.

»Alles klar bei dir, Kumpel?«, fragte Matt.

»Ja, alles gut. Wir verlassen gleich das Krankenhaus. Nichts gebrochen.«

»Toll. Was hast du jetzt vor?«

»Ich fahre Maddy und ihren Großvater heim und überzeuge mich davon, dass alles ruhig ist. Und dann fahre ich selbst nach Hause.«

»Klingt sehr gemütlich.« Matts Stimme klang leicht amüsiert.

»Halt doch die Klappe«, sagte Joe, lächelte aber dabei.

»Warte, Kay will wissen, ob du dabei helfen wirst, die vermisste Frau zu finden, nachdem du dich jetzt wieder so gut mit Maddy verstehst.«

»Weiß ich noch nicht. Ich habe sie nicht gefragt.«

»Was?!«

Er lachte über Kays ungläubigen Ausruf und legte auf, bevor sie ihn weiter ins Verhör nehmen konnte.

Auf dem Rückweg ins Krankenhaus dachte er selbst über die Frage nach. Wollte er bei der Suche nach dieser geheimnisvollen Frau helfen? Faszinierend fand er die Geschichte auf jeden Fall, und die Herausforderung lockte ihn, doch es steckte noch etwas anderes dahinter. Das Wiedersehen mit Maddy hatte Gefühle aufleben lassen, von denen er geglaubt hatte, endgültig mit ihnen abgeschlossen zu haben.

Der letzte Gedanke ließ ihn erstarren. Er schob die Idee beiseite. Damit wollte er sich gar nicht beschäftigen.

Kapitel 26

Mai 1944

In den Tagen nach Freddies Tod besuchte Maryse Arthur öfter, und sie gewöhnten sich an, am Fluss spazieren zu gehen.

Sie hatte mit ihm ein wenig offener über ihren Bruder geredet und ihm Geschichten aus ihrer Kindheit erzählt und davon, wie sie immer aufeinander aufgepasst hatten. Damit konnte sich Arthur identifizieren, und er stellte fest, dass er sich mit seinen Abenteuern mit John revanchierte, bevor sein Bruder sich zur Armee gemeldet hatte.

Auf eine Art, die er bisher nicht erlebt hatte, schenkte es ihm Trost, von John zu erzählen. Arthur ließ sich nicht über Johns Tod aus – das war noch zu frisch. Aber von ihrer gemeinsamen Kindheit und glücklicheren Zeiten zu sprechen war eine gute Art, mit seiner Trauer fertigzuwerden. Er spürte, dass Maryse das gleiche erlösende Gefühl empfand, und es tröstete sie beide gleichermaßen.

»Hier, ich habe etwas für dich«, sagte Maryse, als sie an diesem Abend zum Fluss hinuntergingen. Sie zog etwas aus der Tasche, was in braunes Papier gewickelt war, und hielt es ihm hin, wobei sie ihn warnte, es nicht zu zerdrücken.

Arthur nahm das Päckchen und wickelte es behutsam aus. »Kuchen!«, rief er aus. »Also, das ist mal ein Luxus.«

»Ein besonderes Rezept, das sich meine Mutter ausgedacht hat, weil wir keine Eier dafür übrig haben. Es sind ein paar Trockenfrüchte darin. Ich hoffe, es schmeckt dir«, sagte Maryse.

»Und was habe ich getan, um das zu verdienen?« Arthur bewunderte den Früchtekuchen.

»Ich habe Geburtstag.«

»Heute? Dann sollte ich dir etwas schenken, nicht umgekehrt.«

»Das Vergnügen ist auf meiner Seite«, versicherte Maryse ihm. »Bitte, iss den Kuchen und sag mir, was du davon hältst.«

Arthur biss hinein. Der Kuchen hatte eine biskuitähnliche Textur, fester als die mit Marmelade gefüllten Victoria-Schnitten, die seine Mutter zu Hause buk, war aber genauso schmackhaft. »Er ist köstlich.« Das war Arthur ernst. Er konnte sich nicht erinnern, wann er zuletzt etwas so Süßes gegessen hatte. Er bot ihr einen Bissen von dem Kuchen an, doch sie schüttelte den Kopf und sah zu, wie er ihn verputzte. »Tausend Dank«, sagte Arthur. »Das war sehr nett von dir. Ich hoffe, ich kann dir deine Freundlichkeit eines Tages vergelten.«

»Das merke ich mir«, gab sie leise zurück.

Maryse war ihm so nahe, dass er sich nur ein paar Zentimeter nach vorn zu beugen bräuchte und … er holte tief Luft, um sich zu beruhigen. Jeder Instinkt in seinem Körper drängte ihn, sie zu küssen. Sie roch nach Rosenwasser – ein Duft, der so süß und betörend war wie Maryse selbst.

Er nahm ihre Hand und strich mit dem Daumen über ihre Knöchel. Er spürte den Druck, mit dem sie die Finger um seine schloss, und hörte, dass ihr Atem schneller ging. Bevor er Zeit hatte, darüber nachzudenken, trat Arthur einen halben Schritt an sie heran, beugte den Kopf und küsste sie behutsam. Eigentlich strich er nur kurz und flüchtig mit den Lippen über ihre.

»Danke, und alles Gute zum Geburtstag«, murmelte er und war sich nicht ganz sicher, ob er ihr für den Kuchen oder den Kuss dankte.

»Immer gern geschehen«, antwortete sie ein wenig atemlos.

Hugos dröhnende Stimme, die durch die Abendluft drang und nach Maryse rief, brach den Zauber zwischen ihnen. Arthur fuhr zurück, als hätte er einen elektrischen Schlag bekommen, und dann stolperte er prompt rückwärts über eine Baumwurzel und landete auf dem Hinterteil.

Maryse platzte vor Lachen heraus und schlug die Hand vor den Mund, um ihr Kichern zu ersticken. »Alles in Ordnung bei dir? Bist du verletzt?«

»Nur mein Stolz«, murrte Arthur.

Die Stimme Hugos, der wieder nach Maryse brüllte, wurde lauter.

Sie warf einen Blick über die Schulter. »Ich sollte gehen.«

»Ja, mach das nur. Lass mich ruhig mit meiner Verlegenheit allein.«

Maryse zögerte, ging dann neben Arthur auf die Knie und drückte ihm zu seiner Verblüffung einen Kuss auf die Lippen. Sie hielt inne und sah ihm fest in die Augen. Dann stand sie auf, warf ihm noch einen letzten Blick über die Schulter zu und verschwand.

Arthur saß auf dem Boden. Diese neue Entwicklung entzückte und erschreckte ihn gleichermaßen. Maryse hatte ihm gegenüber keinen Zweifel an ihren Gefühlen für ihn gelassen, doch er musste sich ins Gedächtnis rufen, dass es nicht wirklich professionell war, sich mit einer hiesigen Bauerstochter einzulassen. Das entsprach definitiv nicht seinen Instruktionen.

Kapitel 27

»Vielen, vielen Dank für alles«, sagte Maddy. Sie war aufrichtig dankbar für Joes Hilfe. Er hatte die beiden nach Hause gefahren und sich dann noch die Zeit genommen, Gramps ins Haus und nach oben auf sein Zimmer zu bringen. Joe hatte ihr sogar geholfen, den alten Herrn auszuziehen und in seinen Pyjama zu stecken.

Der arme Gramps war vollkommen erledigt und fast sofort eingeschlafen, aber vorher hatte sich Esther noch aus ihrem Zimmer geschlichen, um Gramps einen Gutenachtkuss zu geben und ihn zu drücken.

»Jetzt aber wieder ins Bett, Schatz«, sagte Maddy. »Ich schaue gleich noch mal nach dir.«

Auf dem Treppenabsatz hatte Esther gezögert und Joe dann kurz umarmt. »Nacht, Joe«, sagte sie und huschte dann in ihr Zimmer.

Am Fuß der Treppe knöpfte Sheila gerade ihren Mantel zu.

»Soll ich Sie nach Hause fahren?«, fragte Joe. »Es ist ziemlich spät geworden. Ich kann Ihnen auch ein Taxi rufen.«

»Danke, sehr nett, aber ich habe mir schon ein Taxi besorgt. Es wartet vor der Tür«, erwiderte Sheila.

Joes Aufmerksamkeit rührte Maddy. Sie umarmte Sheila zum Abschied und versprach, sie morgen anzurufen und ihr zu erzählen, wie es Gramps ging. Erst da wurde ihr klar, dass sie mit Joe allein in einem Haus war.

»Ich mache mich auch auf den Weg«, sagte Joe, während er von der Tür aus zusah, wie Sheila in ihr Taxi stieg und winkte, als es sich in Bewegung setzte.

»Nochmals danke für alles, was du heute Abend getan hast«, hörte Maddy sich sagen.

So allein mit Joe fühlte sie sich sehr befangen und war sich nicht sicher, ob es ihr gefiel, wie das auf sie wirkte.

»Kein Problem. Vergiss nicht, dich um diesen Vlog zu kümmern. Ändere wenigstens die Einstellungen.«

»Oh ja. Das mache ich gleich.«

»Hör mal, ich weiß, es ist der falsche Zeitpunkt, um davon anzufangen … aber wenn du möchtest, dass ich euch helfe, Maryse zu finden, würde ich wirklich gern tun, was ich kann. Aufrichtiges Angebot. Keine Bedingungen. Nur um … einer alten Freundin unter die Arme zu greifen.«

Sie ignorierte das Etikett der »alten Freundschaft«, das er ihrer Beziehung aufdrückte. Sie war zu müde, um eine sinnlose Diskussion zu führen.

»Ich bin mir nicht sicher«, gab sie zurück und zwang sich, wieder an Gramps zu denken. »Ein Teil von mir ist sehr interessiert, aber ich bin auch misstrauisch. Ich weiß nicht wirklich, worauf wir uns damit einlassen.«

»Stimmt. Aber wenn du dich irgendwann mit der Suche nicht wohlfühlst, können wir sie abbrechen.«

»Ich brauche Zeit zum Nachdenken.«

»Aber vielleicht hast du nicht allzu lange. Nicht bei all dem Interesse, das die Geschichte findet.«

»Wenn ich einfach allen eine Abfuhr erteile, wird den Leuten langweilig, und sie lassen mich in Ruhe«, sagte Maddy.

»Oder du könntest behaupten, du hättest schon jemanden mit der Suche beauftragt. Damit wirst du irgendwelche Spürhunde besser los. Wenn kein Geld für sie dabei herausspringt, verschwinden sie definitiv. Und die Medien werden sich einfach beruhigen und in ein, zwei Tagen eine neue Geschichte finden.«

»Das überfordert mich alles«, gestand Maddy. »Ich kümmere mich erst seit ein paar Wochen um Gramps. Ich bin hergezogen und musste vieles an meinem Leben verändern, und jetzt fliegt mir alles um die Ohren.« Sie hatte einen Kloß im Hals.

»Hey, es ist gut«, sagte Joe. Er wollte auf sie zutreten, blieb dann aber ein wenig verlegen stehen. »Es war ein langer Tag. Ruh dich aus. Vielleicht kann ich dich morgen anrufen? Schlaf erst mal eine Nacht darüber. Wenn du dann willst, dass ich dir irgendwie helfe, kann ich das tun. Und ich meine nicht nur bei der Suche nach dieser Frau. Wenn du Hilfe dabei brauchst, unerwünschte Anrufer und die Medien abzuwehren, bin ich dir sehr gern behilflich.«

»Danke«, sagte Maddy und holte tief Luft. Sie fing seinen Blick auf und schaute ihn nachdenklich an. »Warum willst du mir eigentlich helfen?«

Er sah verlegen drein und zuckte mit den Schultern. »Es kommt mir so vor, als könntest du Hilfe gebrauchen.«

»Ich bin kein Burgfräulein in Nöten«, gab sie zurück. Sie wollte ihm unbedingt klarmachen, dass sie ihr Leben im Griff hatte. »Ich bin nur gerade erschöpft und emotional.«

»Ich weiß. Ich wollte nicht überheblich klingen.« Joe stieß lange den Atem aus. »Kay findet, ich soll mein Leben auf die Reihe kriegen. Sie ist auf einer Art Mission. Aber ich brauche nicht gerettet zu werden.«

»Nicht?«

»Nein.«

»Gut, dass du Freunde hast, die sich um dich sorgen«, antwortete Maddy und sah ihm immer noch in die Augen. »Du solltest auf sie hören.«

»Was ist mit dir und deinen Freunden?«

»Sie haben mit ihrem eigenen Leben zu tun. Keiner von ihnen lebt hier in der Gegend.« Es hätte sie zu sehr geschmerzt zuzugeben, dass sie nicht viele Freunde im engeren Sinn des Wortes hatte. Einen oder zwei, die anderen waren größtenteils Arbeitskollegen.

»Jedenfalls«, sagte sie, munterer jetzt. »Jetzt bin ich hier. Ein Neuanfang und so weiter.« Sie zwang sich zu einem strahlenden Lächeln und betete lautlos, dass Joe sie nicht über die Gründe, aus denen sie hier war, ins Verhör nehmen würde.

»Ja. Ein Neuanfang, was?«, sagte er zu ihrer großen Erleichterung, obwohl in seinen Augen ein mitfühlender Ausdruck stand, der ihr vorher nicht aufgefallen war.

Noch ein Schweigen trat ein, und dann sprach Maddy weiter. »Tut mir leid, ich will dich nicht rauswerfen … aber …«

»Oh Gott, tut mir leid. Nein. Meine Schuld. Ich stehe hier herum, obwohl ich fahren sollte. Und ja, doch, du willst mich loswerden. Du solltest mich absolut hinauswerfen.«

Sie lachten beide, vielleicht ein wenig herzhafter, als es der Anlass verlangte. Doch es löste die Anspannung.

Maddy hielt ihm die Tür auf. »Nochmals danke für heute Abend.«

»Kein Problem. Soll ich dich morgen anrufen?«

»Ja, mach das. Das wäre nett.«

Am nächsten Morgen fuhr Maddy ruckartig aus dem Schlaf hoch. Gramps stand am Fuß ihres Bettes. Er war während der Nacht sehr unruhig gewesen, mehrmals aufgestanden und unzusammenhängend murmelnd durchs Haus getappt. Jedes Mal war Maddy aufgestanden und hatte ihn überredet, wieder zu Bett zu gehen. Sein Arm schmerzte bei jeder Berührung, und ab und zu zuckte er zusammen. Der Krankenhausbesuch hatte ihn offensichtlich mitgenommen, er wirkte noch verwirrter als sonst. Sie warf einen Blick zum Wecker auf dem Nachttisch. Erst halb sieben.

Gramps zupfte an den Ärmelaufschlägen seines Schlafanzugs. »Ich kann sie nicht finden. Wo ist sie?«

»Wer ist wo?« Maddy zog ihren Morgenmantel an.

»Sie ist nicht hier. Ich habe überall nachgesehen. Sie liegt nicht in ihrem Bett.«

Maddy Herz tat einen kleinen, ängstlichen Satz. Ihr rationaler Teil wandte ein, dass Gramps nur verwirrt war, doch das verhinderte nicht die kurze Panik, Esther könnte der Gegenstand seiner Besorgnis sein. Sie huschte eilig auf den Treppenabsatz und öffnete Esthers Zimmertür. Als sie ihre Tochter friedlich in ihrem Bett schlummern sah, stieß sie einen leisen Seufzer der Erleichterung aus.

Sie schloss die Tür und fiel fast in Ohnmacht, als Gramps direkt hinter ihr stand.

»Ist sie hier?« Er wirkte besorgt.

»Sollen wir nach unten gehen und eine Tasse Tee trinken?«, schlug Maddy vor und nahm Zuflucht zu einem der wenigen Dinge, die ihren Großvater besänftigten. »Dann kannst du mir erzählen, wen du suchst.«

Sie bugsierte Gramps hinunter in die Küche. Dort setzte sie ihn an den Tisch, schaltete das Radio ein und stellte den Kanal mit der nostalgischen Musik ein. Sheila hatte ihr von dieser Station erzählt, die Musik und Songs aus den 1940er- und 1950er-Jahren sendete. Auf der Alzheimer-Website hatte Maddy gelesen, Musik sei sehr gut für Menschen mit Gedächtnisverlust, da sie eine Art Verbindung in ihrem Gehirn aktiviere.

In der Küche spielte leise das Glenn Miller Orchestra, und als sie Gramps' Tee machte, sah sie, dass er sich ein wenig zu entspannen begann. Er hörte auf, am Ärmelaufschlag seines Pyjamas herumzunesteln, und summte hin und wieder ein wenig mit, als würde er die Melodie erkennen.

Sie stellte ihm die Tasse Tee hin.

»Danke, Schatz«, sagte Gramps und wirkte einen Moment lang friedlich. Doch ein paar Minuten später machte er sich wieder Sorgen. »Hast du eine Ahnung, wo sie ist? Ich sollte sie treffen. Meinst du, es geht ihnen allen gut?«

Maddy legte ihm eine Hand auf den Arm. »Wen sollst du treffen? Nach wem suchst du?«, fragte sie leise.

»Maryse und die Kinder«, gab er zurück. Er schniefte, und Maddy sah erschrocken, dass ihm Tränen in die Augen traten. »Ich soll mich mit ihnen treffen.«

Aus der Brusttasche seines Schlafanzugs mit dem Paisley-Muster zog Gramps ein inzwischen ziemlich verknittertes Foto. Maddy erkannte es aus dem Album wieder. Es zeigte Gramps und Maryse, die vor einem abgelegen wirkenden Bauernhaus standen. Gramps trug seine Uniform.

»Das ist ein schönes Foto«, sagte Maddy.

»*Je suis désolé. Je t'aime de tout mon cœur.*« Gramps schüttelte den Kopf und sah Maddy an. Er sagte, es tue ihm leid und er liebe sie von ganzem Herzen. Maddy drückte seine Hand, doch er fuhr fort und wechselte wieder ins Englische. »Ich muss sie finden. Sie wartet auf mich.«

Kapitel 28

Mai 1944

In der letzten Woche hatte Arthur jeden Tag viel zu tun gehabt. Er hatte mit Hugo auf den Feldern gearbeitet und André bei seinen Lieferungen geholfen, während er dabei ständig Informationen über die Bewegungen der deutschen Truppen gesammelt und über Patrick Anweisungen an den örtlichen Untergrund weitergegeben hatte. Es schenkte ihm ein gewisses Maß an Befriedigung, das alles direkt vor der Nase der Deutschen zu tun.

Er hätte nicht behaupten können, inzwischen am Kontrollpunkt selbstsicher zu sein – so viel Selbstgefälligkeit konnte er sich nicht leisten –, doch inzwischen kannten die deutschen Soldaten dort sein Gesicht, und unterstützt durch eine gelegentliche Flasche Wein, die André ihnen zukommen ließ, fiel es ihm dadurch viel leichter, sich in der Gegend zu bewegen.

Heute hatte er mit Hugo einen besonders harten Tag im Wald verbracht: Sie hatten Bäume und Büsche ausgedünnt, Stämme und Äste zu Feuerholz verarbeitet und es auf der Ladefläche des Karrens verstaut. Am nächsten Tag mussten sie Waffen transportieren, die sie unter einem Holzhaufen auf dem Karren verstecken würden. Arthur hielt nicht besonders viel von dieser Idee, doch Hugo versicherte ihm, das sei eine gute Methode, um Waffenlager durch die Umgegend zu bewegen.

Jetzt war Arthur zurück auf dem Hof und ging zum Fluss hinunter. Staub und Schmutz aus dem Wald hatten sich mit dem Schweiß an seine Haut geklebt. Da war es eine Erleichterung, das Hemd auszuziehen und Luft an seinen Körper zu lassen. Schmutz war unter seine Fingernägel eingedrungen, und er war sich sicher, dass sich unter seinen Blasen neue Blasen entwickelt hatten, als er die Bandsäge benutzt hatte.

Jeder Knochen und Muskel in seinem Körper protestierte gegen die harte Arbeit, die er geleistet hatte. Arthur drückte die Schultern nach hinten und ließ sie kreisen. Er rollte den Kopf über die Brust, um seinen verrenkten Nacken zu beruhigen und die Muskeln zu lösen, die in Gefahr waren, sich zu verkrampfen.

Als er jemanden hinter sich spürte, fuhr er herum und erblickte Maryse, die ein Fahrrad heranschob und heute besonders hübsch aussah. Die Nachmittagssonne hob ihre definierten Wangenknochen hervor und schien Rottöne in ihrem dunkelbraunen Haar aufleuchten zu lassen, die ihm vorher nicht aufgefallen waren. Sie trug ein schönes, geblümtes Hemdblusenkleid mit Kragen und kurzen Ärmeln.

»*Salut*«, sagte er. Hallo.

Er merkte, dass er grinste wie ein Honigkuchenpferd. Was für ein Idiot er war! Er beherrschte sein Lächeln, und dann fiel ihm ein, dass er mit freiem Oberkörper dastand. Ihm entging nicht, wie ihr Blick diskret über seinen Körper huschte. Sie bemerkte, dass er sie ansah, zuckte aber nicht zurück.

Erst da sah er den Korb am Fahrradlenker, der mit Eiern, Brot und etwas, das er für in Wachspapier eingeschlagenen Käse hielt, beladen war.

»Was hast du da?«

»Genau das, wonach es aussieht«, entgegnete sie und rückte das Abdecktuch zurück.

Arthur warf ihr einen fragenden Blick zu. »Wohin willst du?«

»Ich erledige etwas für meine Mutter.«

Arthur zog sein Hemd an und stellte sich vor sie. Er wollte das

Tuch anheben, doch sie hielt seine Hand fest. Er war so stark, dass sie seine Hand nicht von dem Korb lösen konnte, doch er wollte nicht gegen sie ankämpfen, sondern ihr nur zu verstehen geben, dass er die Hand erst wegnehmen würde, wenn er den Inhalt untersucht hatte. Er wollte wissen, was sie vorhatte. Unerwartet versetzte ihm die Angst, sie könne sich in Gefahr bringen, einen Stich in die Magengrube.

Maryse sah ihm fest in die Augen, seufzte aber schließlich, und die Anspannung in ihren Armen ließ nach, als sie ihre Hand von seiner nahm.

»*Merci*«, sagte Arthur.

Arthur räumte die Lebensmittel aus, denn ihm war klar, dass der Korb etwas Gefährlicheres barg als nur Eier, Brot und Käse. Ein rotweiß kariertes Tuch am Boden verbarg das Metall, doch als Arthur den Stoff hob, spiegelte sich das Sonnenlicht auf dem stählernen Lauf einer Waffe. Drei Pistolen lagen auf dem Boden des Korbs, daneben mehrere Pakete Munition. Er war nicht sicher, was er zu finden erwartet hatte – vielleicht eine Nachricht oder Karte, etwas zur Unterstützung der *Résistance* –, aber ganz bestimmt keine Waffen.

»Wo bringst du die hin?« Hastig rückte Arthur den Lappen wieder zurecht, um die gefährliche Fracht zu verbergen. »Wie kommt's, dass ich nichts davon weiß?«

»Es ist nichts, was du zu wissen brauchst.«

»Doch!« Das ungute Gefühl in seinem Magen wuchs.

»Nur etwas, worum einer der Männer gebeten hat. Hugo hat gesagt, wir sollen dich nicht damit behelligen, du hättest andere Sorgen.«

Ganz falsch lag Hugo da nicht, aber Arthur gefiel gar nicht, dass Maryse Waffen transportierte. Wenn sie erwischt wurde, würde man sie … Er mochte gar nicht daran denken, wie das ausgehen könnte.

»Ich komme mit«, sagte er.

»Nein!« Sie schrie es beinahe, nahm sich dann aber zusammen und warf verstohlene Blicke um sich. »Ich muss allein gehen.«

»Das gefällt mir nicht.«

»Das ist doch gar nichts. Das Mindeste, was ich tun kann, um gegen die deutschen Bastarde zu kämpfen. Andere sind viel mutiger als ich und haben weit Schlimmeres ertragen.«

Arthur hielt ihrem Blick stand. Nicht nötig, dass sie das weiter ausführte. Er hatte die Berichte gelesen und aus erster Hand erfahren, wie teuer andere für ihren Kampf gegen die deutsche Besatzung bezahlt hatten.

Ohne nachzudenken, zog er sie an sich und hielt sie in den Armen. Kurz verspannte sie sich und stand steif da, doch dann wurde ihr Körper weicher, und sie schlang den freien Arm um ihn. Er drückte sie fester an sich und versuchte, seine Ängste zu ersticken, und schließlich drückte er ihr einen Kuss auf den Scheitel.

»Ich begleite dich«, sagte er leise und ignorierte ihre Proteste. »Wir können in einem Café etwas trinken. Nichts Verkehrtes daran und vollkommen normal.«

Sie schnaubte und stieß ihn mit der freien Hand sanft von sich. »In der Scheune liegt ein Fahrrad. *Dépêche-toi!* Beeil dich.«

Arthur hatte seit seiner Kindheit nicht mehr auf einem Rad gesessen, und trotz der gefährlichen Situation erlaubte er sich ein paar Minuten Spaß, während sie im Freilauf den Weg zur Hauptstraße hinunterrollten.

Am Kontrollpunkt ließ man sie problemlos durch, denn Maryse flirtete harmlos mit dem jungen Soldaten, den sie anscheinend namentlich kannte, und lenkte ihn mit einem Kichern und Wimpernklimpern ab, als sie ein kleines Loch in ihrem Strumpf inspizierte, das ein wenig höher an ihrem Bein saß. Der Anblick ihres Strumpfsaums brachte den Soldaten sichtlich aus dem Konzept, sodass er die beiden durchwinkte. Arthur verdrehte die Augen, als verzweifle er an seiner Freundin, während der Wachposten seine Papiere prüfte, einschließlich der vom SOE-Hauptquartier gefälschten Radfahr-Erlaubnis.

Als sie den Kontrollpunkt sicher hinter sich gelassen hatten, lenkte er sein Rad neben sie. »Kommt mir so vor, als hättest du das schon früher getan.«

Sie zog eine finstere Miene. »Bei ihrem Anblick läuft es mir kalt über den Rücken.«

»Du solltest vorsichtig sein.«

»Ich weiß, was ich tue. Verglichen mit den Taten anderer ist das ein kleines Opfer.«

»Und wo ziehst du die Grenze?«, hörte Arthur sich fragen, während er überlegte, wie weit Maryse wohl gehen würde, um ihre kleinen persönlichen Kämpfe zu gewinnen.

Sie hielt ihr Fahrrad an und stellte die Füße fest auf den Boden. »Beim Tod.« Das war schlicht und klar. »Genau wie du.« Nach diesen Worten strampelte sie wieder los, sodass Arthur sich anstrengen musste, sie einzuholen.

Nachdem sie den Dorfplatz überquert hatten und nach links abgebogen waren, hielt Maryse an einem Stadthaus gegenüber der *mairie*, dem Rathaus, das neben einem kleinen, jetzt von General Weber beschlagnahmtem Hotel lag. Arthur fühlte sich mit der ganzen Situation unwohl. Er war vollkommen dafür, sich unter die Einheimischen und die Dorfbevölkerung zu mischen, aber das hier war dreist. Tollkühn sogar.

Er blieb auf seinem Rad sitzen, nahm Maryse ihres ab, lehnte es an sein Bein und zündete sich so lässig wie möglich eine Zigarette an. Dabei behielt er unter seiner Hutkrempe hervor ständig die Straße im Blick.

Maryse trat bereits mit ihrem Korb voller Lebensmittel ins Haus und kam erst mehrere anstrengende, schweißtreibende Minuten später heraus. Fröhlich rief sie einem älteren Mann, der in der Tür stand, ein Abschiedswort zu und sprang auf ihr Rad.

Doch dann sah sie die Straße hinunter und erstarrte mit entsetzter Miene.

Arthur war sofort alarmiert und folgte ihrem Blick. »Was ist?«, fragte er leise.

Maryse schien sich zusammenzunehmen, stieg auf ihr Rad und strampelte die Straße entlang. Wieder blieb Arthur nichts anderes übrig, als ihr zu folgen. Als sie das Schulhaus passierten, wurde Arthur klar, was das Problem war.

Eine schwarze, viertürige Citroën-Limousine, das Markenzeichen der hiesigen Gestapo, parkte vor der Schule – ein ebenso bekannter wie bedrohlicher Anblick. Am Tor standen zwei Soldaten in Uniform mit Gewehren in der Hand. In diesem Moment trat Monsieur Rochelle, auf beiden Seiten von Männern in Zivil flankiert, durch die Eingangstür. Einer der Männer drückte dem Schuldirektor den Lauf seiner Pistole in die Rippen. Monsieur Rochelles Miene wirkte entsetzt, ein schmales Blutrinnsal tropfte von einer Augenbraue.

Maryse keuchte leise auf und blieb wie angewurzelt stehen.

»Denk nicht mal dran«, zischte Arthur, der schon ahnte, was sie vorhatte. Er packte sie am Arm und hielt sie fest.

»Aber die Kinder!« Maryse schlug eine Hand vor den Mund. »Wo sind die Kinder?«

»Warte ab«, sagte Arthur.

Sie blieben in sicherer Entfernung auf der anderen Straßenseite stehen und sahen zu, wie die schwarze Limousine mit ihrem Opfer davonfuhr. Sofort stürzte Maryse über die Straße, schleuderte ihr Fahrrad praktisch gegen die Steinmauer, rannte ins Haus und rief nach den Kindern.

Arthur wartete draußen und hielt Ausschau nach Soldaten, die vielleicht zurückkommen oder sich dafür interessieren würden, was im Schulhaus los war.

Fünf Minuten später kam Maryse heraus. »Ich nehme die Kinder mit auf den Hof. Allein können sie nicht hierbleiben, und ihre Köchin hat genug hungrige Mäuler zu stopfen, um sie bei sich zu Hause durchzufüttern. Sie kann keine zwei weiteren gebrauchen.«

»Wie willst du das machen?«, fragte Arthur.

»Yvette kann auf der Querstange deines Rades sitzen, und der

Junge ist noch klein. Er kann auf meinem Gepäckträger mitfahren.«

Bevor Arthur einwenden konnte, er halte das nicht für eine gute Idee, war Maryse schon wieder fort und verschwand im Haus. Er seufzte angesichts ihrer impulsiven Reaktion, und gleichzeitig bewunderte er das Mitgefühl, das sie einmal mehr gezeigt hatte. Sie war wirklich eine außerordentliche junge Frau.

Kapitel 29

Maddy überprüfte ihr Spiegelbild und strich sich das Haar glatt. Sie neigte den Kopf hin und her und überlegte, ob sie ihren altrosa Lippenstift auflegen sollte, schalt sich dann jedoch für ihre Eitelkeit. Wann hatte sie zum letzten Mal Lippenstift getragen? Als sie für einen Mann gut aussehen wollte. Diese Zeiten waren lange vorbei. Wollte sie sich für Joe hübsch machen? Ihr gefiel die Vorstellung nicht, dass seine Meinung eine Rolle für sie spielte. Herrgott, er hatte sie gestern gesehen, als sie völlig mit den Nerven am Ende war – warum machte ihr das also jetzt etwas aus? Bewusst ließ sie den Lippenstift wieder in ihr Make-up-Täschchen fallen.

Joe hatte sie früher am Morgen angerufen und war erfreut darüber gewesen, dass Maddy seine Hilfe bei der Suche nach Maryse angenommen hatte. Sie fühlte sich nicht ganz wohl dabei, aber Gramps bekümmerter Zustand hatte den Ausschlag gegeben. Der Umstand, dass ausgerechnet Joe ihr behilflich sein würde, war beruhigend und aufreibend zugleich. Sie wusste, dass sie in guten Händen war, wenn es darum ging, Vermisste aufzuspüren, und falls überhaupt jemand herausfinden konnte, was aus Maryse geworden war, dann war er der Richtige. Doch es brachte sie auch ein wenig aus dem Konzept, Joe um sich zu haben, während sie versuchte, den widerstreitenden Gefühlen über ihr Wiedersehen auszuweichen.

»Wann kommt Joe?«, fragte Esther von ihrer Zimmertür aus.

»In ungefähr einer halben Stunde.«

»Du siehst hübsch aus.«

Maddy errötete ein wenig. Es war töricht, aber sie hatte das Gefühl, dass ihre Tochter sie ertappt hatte. Dabei, wie sie sich für Joe herausputzte. Ehrlich, das war nicht besser als der Gedanke, ihren Lippenstift aufzutragen. Sie musterte das geblümte Kleid, das sie trug. »Ist das zu übertrieben? Sollte ich meine Jeans anziehen?«

»Nein! Du siehst nett aus. Ich mag es, wenn du Kleider trägst. Es erinnert mich ...« Esther verstummte.

»Woran erinnert es dich?«

»Nichts. Egal. Mir gefällt das Kleid. Als wir in der Wohnung gelebt haben, hast du immer Jeans getragen.« Esther lächelte nervös und verschwand über die Treppe nach unten.

Maddy nahm sich kurz Zeit, um über die Bemerkung ihrer Tochter nachzudenken. Ein Psychologe hätte dazu bestimmt allerhand zu sagen gehabt. Sie schaute noch einmal in den Spiegel und schwenkte den Rock hin und her. Ihr gefiel, was sie sah. Was machte es schon, ob sie es für Joe tat oder nicht, dachte sie, während sie nach unten trabte. Es machte sie glücklich, und war sie das in letzter Zeit nicht selten genug gewesen?

»Alles gut bei euch?«, fragte sie und trat ins Wohnzimmer. »Was macht dein Arm, Gramps?«

Gramps wirkte immer noch ein wenig verwirrt, erwiderte aber ihren Blick und nickte. »Sehr gut, danke.« Er zupfte ein wenig an der Schlinge. »Mag das Ding nicht.«

»Du brauchst sie ja nur ein paar Tage zu tragen«, erklärte Maddy und hielt behutsam seine Hand fest, damit er nicht an dem Stoff ziehen konnte. »Du bist gestern gefallen. Du hast ein paar Beulen und Prellungen, deswegen musst du ausruhen. Und dein Arm braucht ebenfalls Ruhe.«

Gramps warf ihr einen skeptischen Blick zu. »Gefallen? Hmm. Ich weiß nicht.«

»Keine Sorge, Gramps. Wir kümmern uns schon um dich«, sagte Esther und gab ihm einen Keks.

»Oh, Vollkorn. Meine Lieblingssorte. Danke.«

Während er seinen geliebten Keks verputzte, wechselten Maddy und Esther ein Lächeln. Maddy war gerührt von der geschickten Art ihrer Tochter und beeindruckt, weil sie diesen kleinen Trick schon herausbekommen hatte.

Als es an der Tür läutete, zuckten Maddy und Esther zusammen. »Das wird Joe sein, aber ich sehe trotzdem nach.« Maddy stand auf, warf einen Blick durchs Fenster und sah erfreut, dass er es war.

Heute Morgen hatte ihr schon eine Journalistin vom lokalen Fernsehsender an der Tür aufgelauert, doch sobald Maddy ihr erklärt hatte, sie habe einen Vertrag mit einem Privatermittler, war die Reporterin gegangen. Technisch gesehen stimmte das nicht ganz, doch es tat seine Wirkung, und darüber war Maddy froh.

»Hi«, sagte sie und fühlte sich in ihrem Kleid plötzlich gehemmt, zumal Joe seinen erstaunten Blick nicht verbergen konnte.

»Guten Tag«, sagte er und lächelte strahlend. »Also, ich muss sagen, dass du heute viel weniger besorgt wirkst als gestern Abend.«

Sie hielt ihm die Tür auf, um ihn einzulassen. »Tut mir leid, wenn ich gestern ein wenig gestresst war, aber es ist alles auf einmal passiert. Ich bin kaum noch mitgekommen.«

»Noch mehr lästige Anrufe?«

»Ein paar, aber ich habe nicht abgenommen, sondern sie auf die Mailbox oder den Anrufbeantworter gehen lassen und dann die Nummern blockiert.«

»Mir gefällt dein Stil.« Joe ließ erneut Maddys Erscheinung auf sich wirken, aber sie war sich nicht sicher, was genau er gemeint hatte.

»Gramps ist im Wohnzimmer«, sagte sie und zeigte auf die Tür, wobei ihr gleich darauf wieder einfiel, dass Joe natürlich wusste, wo der Raum lag. »Kann ich dir etwas zu trinken bringen? Tee? Kaffee?«

»Ähm, ja. Tee wäre gut, danke.«

Während Maddy Tee für alle kochte, hörte sie Joe mit Gramps reden. Ihr gefiel, wie er mit ihm sprach: sehr respektvoll, freundlich und überhaupt nicht bevormundend. Er schien Gramps wirklich als ebenbürtig zu behandeln, obwohl dieser seine Fragen nicht immer richtig beantwortete. Doch Gramps wirkte aufmerksam, und Maddy konnte sich der Frage nicht erwehren, ob das daran lag, dass Joe ein Mann war und Gramps sich daher leichter mit ihm identifizieren konnte.

Joe plauderte so ungezwungen, dass sie sich beinahe sicher war, dass Gramps seinen Anteil zur Unterhaltung beisteuerte. Sie nahm sich vor, mehr über hiesige Gruppen für Senioren herauszufinden – zusätzlich zu der im Gemeindesaal, zu der Sheila ihn gelegentlich mitnahm. Vielleicht könnte sie mit Gramps eine Gruppe besuchen, in der er Kontakt zu anderen Menschen, vielleicht auch anderen Männern, pflegen konnte. Schließlich war er bei der Armee gewesen, daher waren Gruppen von Männern vielleicht etwas, was er mochte und wo er sich wohlfühlte. Vielleicht – sie erlaubte sich den nachsichtigen Gedanken – erinnerte sich Gramps ja auch an Joe, oder er kam ihm wenigstens bekannt vor.

Während sie sich mit den Getränken beschäftigte, wurde ihr klar, dass diese Vorstellung, dass Gramps sich einer Verbindung zu Joe bewusst war, tröstlich wirkte, und sie räumte ein, dass das wahrscheinlich ihre unbewusste Art war, sich zu erlauben, Joe wieder in ihr Leben einzulassen, wenn auch für kurze Zeit.

Als sie mit Getränken für alle ins Wohnzimmer zurückkehrte, blätterte Joe in Gramps' Album, das Maddy auf dem Tisch hatte liegen lassen.

»Oh, ich hoffe, das macht dir nichts aus«, sagte er. »Ich habe es mir nur angeschaut.«

»Vollkommen in Ordnung«, gab Maddy zurück. »Dazu hatte ich es ja rausgelegt.«

»Ich will es nur durchsehen, um zu schauen, ob ich noch auf etwas anderes stoße, und dann habe ich wahrscheinlich ein paar Fragen.«

»Klar.«

»Das ist immer noch in Ordnung für dich, oder?«

»Natürlich. Jedenfalls fühlt es sich nicht verkehrt an. Ich muss zugeben, dass es mich ein wenig nervös macht, was du vielleicht herausfindest, aber wenn es Gramps guttut, habe ich absolut nichts dagegen.«

»Und würden Sie sich denn freuen, wenn ich versuche, Maryse zu finden, Arthur?«

Maddy gefiel, dass er ihren Großvater nach seiner Meinung fragte und ihn ins Gespräch einbezog. Ihn nicht einfach ignorierte, obwohl beiden bewusst war, dass Gramps das Ganze nur eingeschränkt begriff.

»Maryse«, sagte Gramps und runzelte die Stirn. »Liebe, süße Maryse.«

»Wir wollen sehen, ob wir herausfinden können, was aus ihr geworden ist, Arthur. Aber das ist alles lange her, daher bin ich mir nicht sicher, was am Ende zum Vorschein kommt.«

Gramps streckte seine Hand aus, die ein wenig zitterte. Maddy war sich nicht sicher, was er wollte, doch dann wurde ihr klar, dass er auf das Album zeigte. Joe hielt es ihm hin, und ihr Großvater blätterte mit leicht bebenden Händen darin. Er schien nach einer bestimmten Seite zu suchen.

»Was versuchst du zu finden?«, fragte Maddy und machte Anstalten, von ihrem Stuhl ihm gegenüber aufzustehen.

Doch Joe gebot ihr mit einer Bewegung Einhalt, und sie setzte sich wieder.

»Lassen wir ihm einen Moment Zeit.«

Schließlich entschied sich Gramps für eine Seite, und alle sahen gespannt darauf. Er zeigte auf ein Bild des Bauernhauses, hinter dem sich die französische Landschaft erstreckte.

Maddy wechselte einen Blick mit Joe, der sich ebenso unsicher über die Bedeutung zu sein schien.

Gramps seufzte. »Er ist nicht mit zurückgekommen. Konnte nicht.«

Maddy legte die Hand auf die ihres Großvaters und hielt sanft seine knochigen gebräunten Finger. »Warum konnte er nicht mit dir zurückkehren?«

Gramps starrte das Foto an. Er schniefte leise, und eine Träne tropfte von seinem Gesicht auf Maddys Hand. Joe reichte ihr ein Papiertaschentuch, und sie wischte ihrem Großvater das Gesicht ab.

»Ist schon gut, Gramps. Was immer passiert ist, das ist lange her.«

Er sah mit verwirrter Miene zu ihr auf. »Lange her?« Er schaute wieder auf das Foto. »Keine Ahnung. Ich weiß nicht mehr, wann das war.«

»Das war im Krieg, Arthur«, sagte Joe. »Als Sie ein junger Mann waren.«

Gramps nickte. »Wahrscheinlich habt ihr recht.« Er zog ein Stofftaschentuch aus seiner Tasche, tupfte sich das Gesicht ab und putzte seine Nase. »Ich bin ein dummer alter Mann.«

»Bist du nicht!«, rief Maddy aus und umarmte ihn. »Das stimmt gar nicht. Du bist ein wunderbarer, kluger Mann.«

»Ich bin nicht mehr der Alte.«

»Das sind wir alle nicht«, sagte Joe und nahm Gramps das Album vom Schoß.

Gramps lehnte sich in seinem Sessel zurück, stieß einen langen Atemzug aus und schloss dabei die Augen.

»Freddie war mein Freund«, sagte er in das entstandene Schweigen hinein.

»Freddie?«, fragte Maddy und zuckte zur Antwort auf Joes fragenden Blick mit den Schultern. »Warst du bei der Armee mit ihm befreundet?«

»Genau. Er war mein Freund. Freddie … ähm … Freddie Travers. Ja, richtig.« Sein Kiefer verkrampfte sich, und kurz presste er die Lippen zusammen. »Wir haben getan, was wir konnten. Haben versucht, sein Bein zu heilen. Verdammtes Ding.« Gramps schlug die Augen auf und deutete auf das Album, das Joe auf dem Schoß hielt. »Musste ihn dort zurücklassen. Er liegt immer noch dort. Mit Aussicht über das Tal.« Noch einmal tupfte er sich das Gesicht mit dem Taschentuch ab.

»Ach, Gramps«, sagte Maddy, die jetzt begriff, was ihr Großvater ihr da erzählte. »Das tut mir sehr leid.« Maddy warf einen Blick zu Esther, die sehr still gewesen war.

Sie saß auf dem Stuhl neben Gramps, und Fifi hatte sich auf dem neben ihr niedergelassen. Normalerweise hätte Maddy dem Hund befohlen, von den Möbeln herunterzukommen, doch es sah aus, als hätte Fifi eine beruhigende Wirkung auf Esther. Sie würde später mit Esther reden und sich vergewissern, dass sie alles richtig verstand und es sie nicht beunruhigte.

Joe kritzelte ein paar Notizen auf seinen Schreibblock. »Ich werde sehen, was ich herausfinden kann«, sagte er leise zu Maddy. »Wahrscheinlich habt ihr keine Ahnung, wo in Frankreich das gewesen sein könnte?«

»Sorry, keine Vorstellung. Du könntest versuchen, Gramps danach zu fragen.«

Joe warf Gramps einen prüfenden Blick zu. »Vielleicht nicht jetzt.« Er schlug das Album auf und sah das Foto noch einmal an. »Ich weiß, dass die britische Armee vor den D-Day-Landungen in der Bretagne und der Normandie aktiv war, um Kontakt zur französischen *Résistance* aufzunehmen und die Angriffe zu koordinieren. Vielleicht kann ich das noch weiter eingrenzen. Ich werde alle Fotos durchgehen und sehen, ob ich Hinweise finde. Aber ich würde mir keine allzu großen Hoffnungen machen. Wo auch immer das war, es wirkt ziemlich abgelegen.«

»Lizio«, sagte Gramps.

Maddy und Joe sahen Gramps an.

»Kannst du das noch mal sagen?«, fragte Maddy.

»Lizio«, wiederholte Gramps. »Auf der anderen Seite des Tals. Holen mich in der Nacht ab. Zweiundzwanzig Uhr. Beim nächsten Vollmond.« Gramps murmelte etwas Unverständliches.

»Hast du das gehört?«, fragte Maddy Joe.

Er tippte mit dem Stift auf die Seite. »Jep. Das ist eine große Hilfe, Arthur«, sagte er. »Wirklich großartig. Danke.«

Gramps nickte Joe kurz zu, und dann kehrte diese Miene zurück, als sei er in Gedanken weit fort. »Ich habe sie beide zurückgelassen. Aber ich hatte versprochen, dass ich zurückkomme.«

»Reg dich nicht auf, Gramps«, sagte Maddy. »Vielleicht war das ja genug für einen Tag. Sollen wir ein bisschen spazieren gehen? Frische Luft würde uns sicher allen guttun.« Die Hündin jaulte auf, als hätte sie verstanden. »Und du kommst wohl besser auch mit.« Maddy streckte die Hand aus, um Fifi zu streicheln, aber die französische Bulldogge sprang vom Stuhl und trabte in die Diele hinaus. »Dieser Hund hasst mich zutiefst.«

»Sie hasst dich nicht«, sagte Esther und brach damit endlich ihr Schweigen. »Sie weiß einfach, dass du keine Hunde magst.«

»Ich versuche es, aber sie macht es mir nicht gerade einfach.«

Die frische Luft war in der Tat genau das, was alle brauchten. Maddy spürte, wie die Anspannung sich löste. Joe hatte galant darauf bestanden, den Rollstuhl zu schieben, wofür Maddy ihm dankbar war. Esther rannte voraus, und Fifi lief neben ihr her, anscheinend glücklich darüber, die Leine los zu sein, aber offenbar ohne das Bedürfnis davonzulaufen, wie Maddy befürchtet hatte.

»Ist dir warm genug, Gramps?«, fragte Maddy und zog die Decke zurecht, die über seinen Knien lag.

»Ja. Doch, sehr warm, danke.«

»Und dein Arm schmerzt nicht allzu sehr?«

Glücklicherweise war der Weg, der um den Park führte, asphaltiert und glatt. Ideal für Rollstühle, Fahrräder und Kinderwagen. Sie wurden von ein paar Joggern überholt, die ebenfalls die frische Luft genossen.

Auf ihre Frage hin zog Gramps eine Grimasse. »Ich mag dieses Ding nicht.« Er zeigte auf die Schlinge.

»Nur noch ein paar Tage«, sagte Maddy geduldig, wie heute schon mehrmals.

»Konnten sie die Kugel herauskriegen?«, fragte Gramps.

»Die Kugel?«, erkundigte sich Joe.

»Ja, verfluchtes Ding.«

Mit einem Mal begriff Maddy, was ihr Großvater meinte. »Ja, die Kugel ist draußen, Gramps.«

»Dann hast du also vor, auf Dauer herzuziehen?«, fragte Joe, als sie weitergingen.

Seine Stimme klang beiläufig, doch seine Augen verrieten, dass seine Lässigkeit nur gespielt war. Etwas, was Maddy immer schon durchschaut hatte. Sie war sich sicher, dass Joe an ihre gemeinsame Zeit gedacht hatte und genau wie sie versuchte, der Erinnerung möglichst wenig Raum zu geben. Wie ironisch, dass sie ihren Erinnerungen auszuweichen versuchten, während Gramps versuchte, seine festzuhalten.

»Ich glaube schon«, sagte sie. »Ich möchte Gramps' Pflege niemand anderem überlassen. Wahrscheinlich kommt irgendwann der Moment, dass ich allein oder zu Hause nicht mehr mit ihm zurechtkomme, aber damit beschäftige ich mich, wenn es so weit ist. Ich möchte so viel Zeit wie möglich mit ihm verbringen.«

»Wer hat sich vorher um ihn gekümmert?«

»Hazel. Sie hat die letzten sechs Monate bei ihm gewohnt, aber jetzt hatte sie genug.«

»Das war anständig von ihr. Dass sie zu ihm gezogen ist. Ich meine, sie ist ja nicht wirklich verwandt mit ihm.«

»Und von mir nicht, da ich blutsverwandt mit ihm bin.«

»Das habe ich nicht gesagt.«

»Aber gedacht.«

»Jetzt hör aber auf, Maddy«, sagte Joe und runzelte am Ende des Satzes die Stirn.

Maddy hätte am liebsten beleidigt getan, doch sie wusste, es lag nur daran, dass Joe einen wunden Punkt getroffen hatte. »Tut mir leid. Schwieriges Thema«, räumte sie ein. »Und ein weites Feld, daher will ich dich nicht mit den Einzelheiten langweilen.«

»So leicht wird mir nicht langweilig.«

Maddy warf einen Blick zu Esther, die einen Ball für Fifi warf. Die Hündin lieferte eine ausgezeichnete Imitation eines Retrievers, jagte den Ball und brachte ihn schnurstracks zurück zu Esther, damit sie den Vorgang wiederholte.

Sie sah zurück zu Joe, der aufmunternd lächelte. »Sag nicht, ich hätte dich nicht gewarnt.«

»Ich habe die Vorwarnung gehört.«

»Hazel ist nicht blutsverwandt mit Gramps, sondern stammt aus der zweiten Ehe meiner Mutter. Das weißt du, oder?«

»Ja, klar. Ich habe sie allerdings nie als deine Halbschwester betrachtet.«

»Nein, und ehrlich gesagt, glaube ich, das tut niemand. Wir sind immer gleich behandelt worden. Gramps hat jedenfalls keinen Unterschied zwischen uns gemacht.«

»Er ist ein sehr anständiger Mann«, bemerkte Joe.

»Ja. Und Hazel mag Gramps natürlich gern, und es passte ihr damals gut, zu ihm zu ziehen. Und mir auch, um ganz ehrlich zu sein. Mum hatte endlich ihr Haus in Großbritannien verkauft, also wurde Hazel, die da ja noch mit ihr zusammengelebt hat, sozusagen obdachlos. Mum hat dann vorgeschlagen, dass sie zu Gramps zieht und ihn pflegt. Hazel hat dafür ein kleines Gehalt bekommen – was nur gerecht war.«

»Aha. Mir war nicht klar, dass das offiziell war.«

»Wie gesagt, das Ganze hat Mum und Hazel gut gepasst. Doch wie sich herausstellte, brauchte Gramps mehr Pflege, als Hazel gedacht hatte, und es wurde ihr zu viel.«

»Sie hat praktisch gekündigt.«

»Sozusagen. Ich glaube, sie dachte, das sei ein einfacher Job, aber jetzt ist es nicht mehr das Richtige für sie, und das ist auch vollkommen in Ordnung. Gramps ist mein Großvater, und ich sollte mich um ihn kümmern. Ich bin Hazel aufrichtig dankbar dafür, dass sie in die Bresche gesprungen ist, als ich nicht dazu in der Lage war.«

»Und warum war das so?«

Maddy schaute über den Park hinaus, wo Menschen ihre Hunde ausführten, Fußball mit ihren Kindern spielten und mit anderen Eltern plauderten – alle genossen die einfachen Freuden des Familienlebens. Eine Brise kitzelte sie im Nacken, und sie schob sich eine Haarsträhne hinters Ohr. »Ich muss mein Leben überdenken. Ich habe in einer Art Sackgasse gesteckt. Meine Wohnung war in Ordnung, aber die Umgebung war nicht besonders toll, um Esther dort großzuziehen. Nicht, als sie älter wurde und sich mehr Freiheiten wünschte. Und ich hatte auch gerade eine Beziehung hinter mir, die nicht gut für mich war.« Sie bemerkte Joes alarmierte Miene. »Oh, nicht was du denkst. Er war ein ganz netter Kerl, aber sein Lebensstil passte nicht wirklich zu meinem als Mutter einer Elfjährigen. Er hatte einen guten Job – Anwalt mit einem ordentlichen Gehalt –, ein schönes Apartment, wohlgemerkt, keine Wohnung.« Sie versuchte, die Stimmung aufzulockern.

»Es ist in Ordnung, Grundbedürfnisse zu haben. Du weißt schon, die erste Stufe von Maslows Bedürfnispyramide. Aber man braucht alle Komponenten, damit die Pyramide vollständig wird.«

Maddy schnaubte amüsiert. »Sehr tiefsinnig.«

»Ich kann tiefsinnig sein, wenn ich muss.«

»Manchmal frage ich mich, ob ich zu viel will. Vielleicht sollte ich mich mit jemandem zufriedengeben, der einfach nur beständig und verlässlich ist.«

»Du solltest dich nicht mit zu wenig abfinden«, sagte Joe bestimmt. »Bleib in keiner Beziehung, die nicht die richtige für dich ist.«

Verdammt, diese Bemerkung schmerzte, und dass sie von Joe kam, tat doppelt weh! »Wolltest du deswegen nicht, dass Esther und ich zu dir ziehen?« Sie konnte nicht anders. Die Worte waren heraus, und sie klangen verbittert. Abrupt blieb Maddy stehen, und

Joe tat es ihr nach. Sie blickte zu ihm auf und nahm seine wie von Donner gerührte Miene wahr. Sofort kam sie sich wie eine Ziege vor. »Tut mir leid. Das war blöd, ich hätte das nicht sagen sollen.«

»Du hast jedes Recht zu sagen, was du willst. Weißt du, Maddy, Menschen ändern sich. Sie werden erwachsen. Niemand bleibt sein ganzes Leben lang ein totaler Schwachkopf.«

Maddy musterte ihn eindringlich und wusste nicht, was sie von dieser Aussage halten sollte. War das ein Eingeständnis? Eine Beichte? Eine Entschuldigung? »Schließt du dich da selbst ein?«

»Das würde ich gern glauben.«

Sie setzten ihren Spaziergang fort. Wieder verloren sich beide in ihren Gedanken.

Joe brach schließlich das Schweigen. »Sieht Esther ihren Dad immer noch?«

»Wenn es ihm passt. Offiziell heißt es, an jedem zweiten Wochenende, aber du weißt ja, wie er ist. Momentan reist er einen Monat durch Australien. Er überlegt, dorthin auszuwandern.«

»Das wäre hart für Esther.«

»Kann sein. Wenn ich ehrlich bin, scheint es ihr nicht viel auszumachen. Er ist derjenige, der die großen Erlebnisse verpasst, die es mit sich bringt, ein Dad zu sein. Manche Menschen bleiben eben doch für immer Idioten.« Sie lachte leise über das Klischee.

»Manche Menschen wissen gar nicht, was für ein Glück sie haben.«

Maddy warf Joe noch einen Blick zu – etwas, was sie momentan oft zu tun schien. Sie suchte nach Anzeichen dafür, dass er scherzte, doch er schien das ernst zu meinen.

»Du hast recht, und bevor ich hergekommen bin, habe ich wahrscheinlich auch dazugehört. Für mich war Gramps einfach immer eine Konstante, und jetzt bin ich dabei, ihn zu verlieren, und muss die Zeit, die ich noch habe, so gut wie möglich nutzen.«

»Das Leben hat so eine Art, uns vom Wesentlichen abzulenken«, sagte Joe.

»Ich muss zu meiner Schande gestehen, dass ich zu sehr mit meinem eigenen Leben beschäftigt war, als dass ich eine gute Enkeltochter hätte sein können. Durch Hazels E-Mail, sie könne sich nicht mehr um Gramps kümmern, musste ich das alles gründlich infrage stellen. Ich wusste, wo ich hingehörte. Hierher, zu Gramps und Esther.« Maddy zwang sich, den Blick abzuwenden, und konzentrierte sich auf Esther, die gerade wieder den Ball für Fifi warf. »Und einer französischen Bulldogge, die mich hasst.«

»Ach, der Hund hasst dich nicht, er will dich nur ärgern«, erklärte Joe leutselig. »Wahrscheinlich spürt er deine Anspannung.«

»Ich bin nicht angespannt.« Sie stieß ein kurzes, selbstironisches Lachen aus. »Vielleicht ein wenig, aber ich arbeite immer noch daran, nicht so verbissen zu sein, und diese YouTube-Geschichte war dabei nicht besonders hilfreich.«

»Nein, wahrscheinlich nicht, aber hoffentlich beruhigt sich das alles jetzt. Du hast doch die Einstellungen geändert, oder?«

»Ja, das habe ich gleich erledigt. Allerdings habe ich keine Kontrolle darüber, was davor mit dem Inhalt passiert ist. Ich weiß schon, dass ich darauf keinen wirklichen Einfluss mehr habe, aber mit etwas Glück ist kein wirklicher Schaden entstanden.«

Sie setzten ihre Runde durch den Park fort, und das Gespräch wandte sich unverfänglicheren Themen wie dem Wetter oder Urlaubszielen zu. Maddy fühlte sich versucht, Joe nach seinem Privatleben zu fragen, doch die Gelegenheit ergab sich nicht, und als sie wieder zu Hause war, beschloss sie, das einstweilen zu verschieben. Sie rang immer noch mit sich, weil sie Joe gegenüber so offen gewesen war. Ganz zu schweigen davon, dass Joe behauptet hatte, er bereue sein Verhalten und die Art, wie ihre Beziehung zu Ende gegangen war. Oder interpretierte sie zu viel hinein? War es wirklich möglich, dass er sich geändert hatte?

Kapitel 30

Joe betrachtete seine Notizen. Er musste zugeben, dass er inzwischen mehr als fasziniert war. Er war neugierig auf Arthurs Geschichte. Und rein als Historiker gedacht: Was für eine Geschichte das sein könnte! Er rief sich ins Gedächtnis, dass Maddy wahrscheinlich nichts davon halten würde, das Privatleben ihres Großvaters öffentlich zu machen, aber fesselnd klang es trotzdem.

»Das ist so aufregend!«, sagte Kay, während Joe sein Bier trank.

Er saß in Kays und Matts Garten und sah zu, wie Matt die Burger wendete.

»Ja, das ist es wohl«, gab er zurück.

»Du hättest Maddy zum Grillen mitbringen sollen«, sagte Matt.

»Ja, das wäre nett gewesen – wie in alten Zeiten.« Kay nippte an ihrem Pimm's-Likör.

»Daran gedacht habe ich schon, aber ich war mir nicht sicher, ob ich sie damit nicht verschrecken würde.«

»Ohooo, du willst sie nicht verschrecken. Also, hinter dieser Aussage steckt viel mehr, als du zugibst«, sagte Kay. »Komm schon, Joe! Spuck es aus! Was läuft da zwischen euch beiden?«

Joe zuckte mit den Schultern. »Da gibt es nichts zu erzählen. Wir sind bloß Freunde, nichts weiter.«

»Nicht schon wieder diese alte Leier …« Kay wedelte wegwerfend mit der Hand.

»Das heißt, dass es alles ist, was wir vermuten«, sagte Matt, der die Würstchen wendete. »Und noch mehr!«

»Ihr zwei seid grauenhaft«, sagte Joe und täuschte Empörung vor.

Er würde wenigstens versuchen, den Anschein zu wahren, dass er Maddy nur als Freundin betrachtete. Er war sich durchaus bewusst, dass er, was Maddy anging, mit sich selbst uneins war, und das ärgerte ihn. Das hatte er schon einmal durchgemacht, und er hatte nicht vor, es zu wiederholen. Er war nicht der Typ für eine Langzeitbeziehung, wie Maddy sie sich wünschte – das hatte er sich im Lauf der Jahre immer wieder gesagt. Es war sogar zu einer Art Mantra geworden, und als er Maddys Vorschlag, sie sollten zusammenziehen, praktisch abgelehnt hatte, da war das in dem vollen Bewusstsein geschehen, dass er damit das Ende ihrer Beziehung einläutete. Das Problem war, er hatte innerhalb weniger Monate nach der Trennung gewusst, dass es ein Fehler gewesen war, doch Stolz und Furcht hatten ihn daran gehindert, etwas zu unternehmen. Während er sein Bier trank, wog er die beiden Gefühle gegeneinander ab. Er war alt genug, um seinen Stolz zu überwinden, aber war er auch klug genug, um über seine Angst hinwegzukommen?

»Egal. Braucht ihr irgendwelche Hilfe?«, fragte Joe, dem der Magen knurrte.

»Nein, alles unter Kontrolle«, antwortete Matt und lehnte sich auf seinem Stuhl zurück. Seine Augen waren hinter seiner Sonnenbrille verborgen.

»Soll ich ein paar Burger wenden?«, schlug Joe vor.

»Gleich«, sagte Kay und warf einen Blick auf ihr Handy.

Joe musterte seine Gastgeber. »Okay, was ist los? Noch nie musste ich so lange auf einen Burger warten, wenn ich zum Grillen hier war. Und du, Kay, siehst alle fünf Minuten auf dein Handy.« Als ihm der Gedanke kam, stöhnte er auf. »Sagt mir nicht, dass ihr ein Blind Date für mich arrangiert habt!«

Aha! Darauf reagierten seine Freunde. Die beiden sahen einander an, wobei Matt über den Rand seiner Sonnenbrille spähte, um Blickkontakt zu seiner Frau aufzunehmen.

»Du solltest es ihm sagen.«

»Ich wusste es!« Joe trank einen Schluck Bier. »Was führst du im Schilde, Kay?«

Kay seufzte. »Es ist kein Blind Date.«

Matt hustete dramatisch.

»Nicht wirklich. Nicht im eigentlichen Sinne des Wortes.«

»Kannst du es einfach ausspucken?« Joe beugte sich vor und stellte seine Bierflasche auf den Tisch.

»Ich habe Maddy eingeladen.« Kay zog die Augenbrauen hoch, als wollte sie Joe davor warnen, sie herauszufordern.

»Maddy? Zum Teufel noch mal, warum? Und wieso habt ihr mir nichts davon gesagt? Kommt sie?« Joe durchlief einen ganzen Haufen Emotionen. Er hielt nichts von Überraschungen, konnte jedoch nicht abstreiten, dass er sich auf Maddy freute.

»Wow! Beruhige dich!«, sagte Kay amüsiert. »Ich habe sie gefragt, weil ich dachte, es wäre nett zu hören, wie es ihr geht. Und auch, weil ich dachte, ihr beide hättet wegen ihres Großvaters viel zu besprechen. Und falls einer von euch noch unentschlossen wäre, hättet ihr eine gute Gelegenheit, das auszudiskutieren und euch einig darüber zu werden, dass es gut wäre, wenn du Maddy hilfst, Maryse zu finden.«

»Tut mir leid, Kumpel«, murmelte Matt in eine Bierflasche hinein. »Ich weiß auch erst seit heute Morgen davon.«

»Ehrlich, Kay, du bist unmöglich!« Joe seufzte.

Kay stand auf und knickste vor ihm. »Danke, der Herr.«

Die Türklingel ging.

»Perfektes Timing. Das wird Maddy sein. So, du hast ungefähr zehn Sekunden, um dich am Riemen zu reißen.« Mit diesen Worten ging sie ihrem Gast entgegen.

Sie begrüßten einander ein wenig verlegen, und Joe hatte das deutliche Gefühl, dass Maddy ebenfalls unter falschen Voraussetzungen hergelockt worden war.

»Nicht meine Idee«, sagte er halblaut, als er sie höflich auf die Wange küsste.

»Meine auch nicht«, gab sie ebenso leise zurück.

Kay übernahm sofort die Rolle der perfekten Gastgeberin und plauderte unverdrossen über ihre Arbeit, die Veränderungen, die sie in letzter Zeit am Haus vorgenommen hatte, und das Neueste aus dem Garten, bis die Anspannung nachließ und Joe sah, dass Maddy endlich lockerer wurde – und er selbst natürlich auch.

Er stellte fest, dass sein Blick öfter zu Maddy schweifte, als wahrscheinlich nötig war, und als sie über einen Witz von Matt lachte, merkte Joe, dass er lächelte. Nicht über den Scherz, sondern über Maddys glückliche Miene. Sie hatte schon immer solch ein ansteckendes Lachen gehabt, und es war gut, es wieder zu hören.

Nachdem sie gegessen hatten, fand Joe sich mit Maddy allein im Garten wieder, nachdem Matt und Kay darauf bestanden hatten, abzuräumen und die Küche in Ordnung zu bringen.

»Ich haben den Eindruck, das haben die beiden so geplant«, sagte Maddy und trank den Orangensaft in ihrem Glas aus.

»Jep. Ich neige dazu, dir zuzustimmen.« Joe trommelte mit den Fingern auf die Lehne des Gartenstuhls aus Rattangeflecht. »Trinkst du immer noch Orangensaft?«

»Und du immer noch Alkohol?«

»Eins zu null für dich!« Geschlagen hob Joe seine Bierflasche. Er warf einen Blick zurück zum Haus und war sich sicher, gesehen zu haben, wie Kay vom Fenster zurückwich. Er drehte sich wieder zu Maddy um. »Mit dem Fischteich hat Matt gute Arbeit geleistet. Ich habe ihm geholfen, ihn auszuheben. Er ist eher so etwas wie ein Wildbiotop. Komm, schau ihn dir an.« Er stand auf und deutete mit einer Kopfbewegung in die Richtung. Dann ging er über den Rasen und trat durch einen Spalierbogen an den Teich. Er war erfreut, als Maddy neben ihm auftauchte.

»Wow! Das ist ja wie ein geheimer Garten«, sagte sie und sah sich um.

»Das ist ihr Naturgarten. Du weißt ja, dass Matt auf so was steht. Ich glaube, für ihn ist das eine Art Rückzugsort, so wie für andere Männer ihr Bastelschuppen.«

Eine Brise brachte die hölzernen Windspiele zum Klingen, die an einem Ahorn in der Ecke hingen. Dort stand auch eine Holzbank.

»Fühlt sich sehr friedlich an«, sagte Maddy. »Anders als der andere Teil des Gartens, der moderner und abgezirkelter ist, und trotzdem scheint es, als gehörten die beiden zusammen.«

»Ein wenig wie Matt und Kay. Unterschiedlich, aber trotzdem harmonisch.«

Joe betrachtete ihr Spiegelbild im Wasser des Teichs und fühlte sich an ein ganz ähnliches Foto erinnert, das Maddy von ihnen auf einer Brücke über einen Wasserlauf in Cornwall gemacht hatte, als sie dort ihren Urlaub verbracht hatten. Nicht irgendeinen Urlaub, sondern den letzten gemeinsamen vor ihrer Trennung.

»Die beiden haben großes Glück. Nicht jedem gelingt es, diese Balance zu finden«, sagte Maddy.

»Uns zum Beispiel?«

Sie nickte. »Ja, schätze schon.«

Joe sah, dass sie ebenfalls ihr Spiegelbild anschaute. Er hatte das Gefühl, dass er gleich etwas sagen würde, was ihm vielleicht später leidtun würde, doch gleichzeitig wusste er, dass er es aussprechen musste. Gut möglich, dass die Chance nie wiederkommen würde.

»Wegen dem, was passiert ist, Maddy …«

Sie hob eine Hand, damit er schwieg. »Nicht. Was hat es für einen Sinn, das alles noch einmal durchzukauen?«

»Es ergibt vollkommen Sinn. Hör mich bitte an!«

»Damit du dein Gewissen reinwaschen kannst?«

»Nein. Also, ich kann alles erklären. Manches habe ich damals nicht begriffen, aber heute verstehe ich es. Ich wünschte, ich hätte damals gewusst, was ich heute weiß.«

»Geht uns das nicht allen so?« Sie trat vom Wasser weg und schlenderte zu der Bank. »Ehrlich, Joe, es nützt niemandem, all diese schmerzlichen Erinnerungen wieder aufzurühren.«

Sie war wütend, und wer hätte ihr das verübeln können?

»Du weißt ja nicht, was ich zu sagen habe. Gib mir nur eine Minute! Eine Minute, nicht länger.«

Sie zuckte mit den Schultern und warf einen Blick auf ihre Uhr. »Die Zeit läuft.«

Was in aller Welt hatte er sich da eingebrockt? Mit einem Mal fehlten ihm die Worte. Er stieß den Atem aus und zwang sich zu sprechen. »Damals war ich ein Idiot. Ich war unreif. Ich bin das vollkommen falsch angegangen.«

»Ganz ähnlich wie jetzt.«

Autsch. Das war hart.

»Ja, ganz ähnlich wie jetzt. Was ich sagen will, ist, dass es mir leidtut, dir wehgetan zu haben. Ich bereue, dass ich nicht bereit für eine feste Beziehung war. Es tut mir leid, dass ich das alles verbockt habe.«

Sie sah ihn an. »War's das?«

Joe zuckte mit den Schultern. »Glaube schon. Nein. Vielleicht. Weiß nicht.«

»Wenn du willst, dass ich dir verzeihe, dann geh einfach davon aus, dass dir vergeben ist.« Ihre Verzeihung klang nicht besonders großmütig.

»Können wir einen Waffenstillstand schließen?«

»Ich war mir nicht bewusst, dass wir gegeneinander kämpfen.«

»Wieso bist du so?«

Sie stand auf. Ihre Pupillen waren geweitet, und ihre Miene wirkte zornig. »Wie bin ich denn? Weil ich die Wahrheit sage? Du hast davon angefangen, Joe, nicht ich.«

»Warum erzählst du mir dann nicht, was du fühlst, statt so kalt und unnahbar zu sein?« Wow, das hatte er nicht laut sagen wollen, aber jetzt war es zu spät, um das zurückzunehmen. Er bemerkte ihren verblüfften Gesichtsausdruck.

Sie klopfte sich mit einem Finger an die Unterlippe – eine Geste, die Joe nur zu gut kannte und die bedeutete, dass Maddy ihren Ärger beherrschte. »Lass mich mal die Tatsachen auffrischen.« Sie trat einen Schritt auf ihn zu. »Ich habe dich geliebt, Joe. Ich dachte, du liebst mich auch. Meine Tochter hat dich geliebt. Ich habe dich in unser Leben eingelassen. Etwas, was ich nicht leichtfertig tue. Wir waren über drei Jahre zusammen. Ich dachte, das zwischen uns ist von Dauer. Es war also nicht ganz ohne Grundlage, dass ich dir vorgeschlagen habe, zu uns zu ziehen, als dein Mietvertrag ausgelaufen ist. Die Frage kam nicht überraschend. Sie war der logische nächste Schritt in einer festen Beziehung.«

»Ich weiß«, sagte er leise und erinnerte sich an den Abend, an dem sie auf dem Sofa gekuschelt und Musik gehört hatten und das Gespräch sich seiner Wohnsituation zugewandt hatte.

»Du wusstest das, und trotzdem hast du innerhalb eines Monats unsere Beziehung beendet. Ach, sorry, reine Formsache – *ich* habe sie beendet. Ich habe Schluss gemacht, weil es so offensichtlich war, dass es nicht das war, was du wolltest. Mit einem einzigen Satz hattest du alles verändert. Du bist distanziert, sogar feindselig geworden. Hast angefangen, alle möglichen Ausflüchte zu suchen, um mich nicht zu sehen. Es war ziemlich offensichtlich, was in deinem Kopf vorging, und als ich gegangen bin, hast du kein einziges Mal versucht, mich davon abzubringen.«

»Es tut mir leid, Maddy. Ich war ein Idiot.«

Sie schloss kurz die Augen. »Du brauchst dich nicht zu entschuldigen. Ich bin darüber hinweg. Die Erfahrung war nicht gerade neu für mich. Keine Ahnung, woran das liegt, aber ich bin offensichtlich nicht für Beziehungen geeignet. Wenn man dich ansieht, meine Mum, Hazel, Freundschaften und ein paar andere gescheiterte Beziehungen hier und da, dann habe ich in dieser Hinsicht keine Erfolgsgeschichte vorzuweisen. Der einzige Unterschied bei dir war, dass ich wirklich dachte, ich hätte den Fluch abgeschüttelt. Doch offensichtlich war dem nicht so.«

Joe wusste nicht, was er sagen sollte. Maddys Ehrlichkeit bestürzte ihn, aber er war absolut nicht einverstanden mit ihrer Selbstanalyse.

»Es hat nichts mit dir zu tun«, sagte er. »Gar nichts. Es liegt an den anderen.«

Maddy lachte kurz auf. »Das Es-liegt-nicht-an-dir-sondern-an-mir-Syndrom.«

»Ich kann nicht für deine Mum oder deine Schwester sprechen, sondern nur für mich, und es lag eindeutig nicht an dir. Ich übernehme die volle Verantwortung. *Ich* habe es vermasselt. *Ich* war der Idiot.«

Sie taxierte ihn. Mit ihren grünen Augen schaute sie in seine, als könne sie in seine Seele blicken. Das Schweigen zwischen ihnen zog sich in die Länge, doch Joe hatte nicht vor, es als Erster zu brechen. Er wollte, dass sie ihm glaubte, obwohl er wusste, dass er kein Recht auf Vergebung hatte.

»Hör mal, vergiss es einfach«, sagte sie schließlich. »Wir sollten dieses Gespräch gar nicht führen. Es ist jetzt drei Jahre her, wir sollten es einfach auf sich beruhen lassen. Das ist alles Schnee von gestern und so.«

»Gut, aber lass mich noch eins sagen. Du bist nicht schlecht in Beziehungen. Ich habe dich mit Esther und deinem Großvater erlebt, und du hast eine wunderbare, großartige Bindung zu beiden. Ich erkenne da keine Brüche.«

Sie deutete ein Lächeln an. »Wir sollten lieber zurückgehen. Matt und Kay haben das Geschirr bestimmt in Grund und Boden gespült. Wahrscheinlich hat es inzwischen kein Muster mehr.«

Als Joe am nächsten Tag zur Arbeit fuhr, entging ihm nicht, dass seine Laune sich leicht verbessert hatte. Er meinte, dass es am Wetter lag – er hatte ein schönes, sonniges Wochenende mit seinen Nachbarn verbracht. Das versuchte er sich jedenfalls einzureden, obwohl eine lästige kleine Stimme ihm sagte, dass es nicht am Grillen und dem kalten Bier gelegen hatte, sondern daran, dass er mit Maddy den halben Abend in der Ambulanz gesessen hatte.

Okay, sie hatten nicht wirklich reinen Tisch gemacht, aber er spürte, dass sie ebenso sehr wie er bereit war, einen Schlussstrich unter das zu ziehen, was zwischen ihnen passiert war. Wer hätte das gedacht?

Doch sobald er durch die Tür der Detektei trat, spürte er, wie seine Stimmung sich verdüsterte. Die Atmosphäre im Büro war angespannt. Caz sah über ihren Computerbildschirm hinweg zu ihm auf, zog die Augenbrauen hoch und ließ den Blick zum Büro des Chefs schweifen. Dann senkte sie den Kopf wieder. Joe sah seinen anderen Kollegen, Dean, an, der einen Finger quer über seinen Hals zog. Genau wie Caz sagte er kein Wort.

Joe stieß einen langen Atemzug aus. Offensichtlich hatte er sich beim Chef irgendwie unbeliebt gemacht, und er zweifelte nicht daran, dass er gleich herausfinden würde, womit. Peter Southerton stand schon in seiner Bürotür.

»Finch! Hier herein, sofort.« Er marschierte zurück, ohne Joe Zeit zum Antworten zu lassen.

»Auf in den Kampf, liebe Freunde, auf in den Kampf«, murmelte Joe und ließ die Tasche auf seinen Stuhl fallen.

Peter Southerton saß an seinem Schreibtisch und tippte in die Tastatur seines Computers. Joe klopfte an den Türrahmen, betrat den Raum und schloss die Tür hinter sich.

Peter blickte auf. »Lassen Sie die Tür offen.«

Joes schlechtes Vorgefühl wuchs um ein paar Grad. Er würde offensichtlich irgendeine Rüge einstecken, aber statt ihm seine Abreibung hinter geschlossenen Türen zu verpassen, wollte Peter ihn so sehr wie möglich demütigen, indem er das ganze Büro mithören ließ. Er ging zurück und öffnete die Tür.

»Sie wollten mich sehen?«, fragte Joe überflüssigerweise, aber er wollte die Situation einfach hinter sich bringen.

»Verdammt richtig!«, sagte Peter. »Was lese ich da auf Twitter?

Dass die Pettinger erklärt, sie hätte bei einem Privatermittler unterschrieben?«

Der Tweet war Joe neu, er hatte jedenfalls nichts damit zu tun.

»Keine Ahnung. Ich habe das nicht gesehen. Wer hat es gepostet?«

»Ein neuer Account namens ...« Peter warf einen Blick auf seinen Bildschirm. »@ParisLover.«

Joe zuckte mit den Schultern. »Ich weiß trotzdem nicht, wer das ist.«

»Die Person hat nur den einen Tweet abgesetzt, und das war's.«

»Könnte vielleicht die Tochter sein«, sagte Joe.

Sein Stirnrunzeln galt sowohl sich selbst als auch seinem Chef, denn er konnte sich nicht vorstellen, dass Maddy auf Twitter gehen würde, um der unerwünschten Aufmerksamkeit, die sie erhielt, einen Riegel vorzuschieben. Arthur war auf keinen Fall in der Lage dazu. Er fragte sich, ob Kay oder Matt dahintersteckten. Sie wussten Bescheid, aber sie würden bestimmt nicht so unbesonnen sein oder etwas unternehmen, ohne ihn einzubeziehen.

»Sie wissen, dass Caz versucht hat, sie für uns zu gewinnen?« Peter beugte sich über seinen Schreibtisch und brüllte ins Büro hinaus. »NICHT WAHR, CAZ? SIE HABEN DOCH VERSUCHT, MIT MADDY PETTINGER ZU REDEN!«

Zögernd antwortete Caz. »Ja ... Stimmt. Aber sie war nicht interessiert.«

»SIE HABEN SIE GESTERN ABEND SPÄT NOCH MAL ANGERUFEN UND HEUTE MORGEN FRÜH, ODER?«, schrie Peter weiter. »NEIN, STEHEN SIE NICHT AUF. WIR KÖNNEN SIE HÖREN. WAS HAT SIE HEUTE MORGEN GESAGT?«

»Dass sie bei jemand anderem unterschrieben hat – einer Privatperson.«

Innerlich zuckte Joe bei Caz' Antwort zusammen. Dieses Gespräch konnte nur in eine Richtung gehen, und er würde es bis zum Schluss durchstehen müssen. Er tappte hier im Dunkeln. Er wusste nicht genau, was Maddy gesagt hatte, aber er war sich sicher, dass Peter irgendwie wusste, dass es um ihn ging.

»UND ALS SIE GEFRAGT HABEN, BEI WEM, WOLLTE SIE ES NICHT SAGEN, STIMMT'S?«

»Ja.«

»ES WAR, ALS WOLLE SIE DIE IDENTITÄT DIESER PERSON SCHÜTZEN, NICHT WAHR?«

Joe rutschte auf seinem Platz herum und beugte sich zur Seite, sodass er Caz sehen konnte. Sie wirkte noch unbehaglicher, als Joe sich fühlte. Er warf ihr ein mitfühlendes Lächeln zu.

Peter ging wieder auf Joe los. »Die Sache ist die: Ein kleines Vögelchen hat mir geflüstert, dass Sie Maddy Pettingers Haus betreten haben. Ich habe der Person gesagt, dass sie sich irren muss. Sie waren nicht mit dem Pettinger-Fall betraut, Sie hatten andere Fälle zu bearbeiten.« Peter legte eine theatralische Pause ein. Joe wahrte sein Schweigen und hoffte, dass sein Pokerface ihm etwas nützen würde. Southerton fuhr fort. »Das ist jetzt der Punkt, an dem Sie es abstreiten und mir kategorisch erklären, nicht dort gewesen zu sein und dass Sie nicht die Privatperson sind, die den Pettingers hilft.« Er reckte die offenen Hände in Joe Richtung und schien ihn zu einer Antwort animieren zu wollen.

Joe veränderte seine Sitzhaltung. »Ich war bei den Pettingers, aber sie behaupten standhaft, dass sie bei niemandem unterschreiben wollen.«

»Sie drücken sich um eine klare Antwort«, fauchte Southerton und schlug jetzt mit der flachen Hand auf die Schreibtischplatte. »Haben sie Sie als Privatermittler engagiert?«

»Nein. Absolut nicht«, antwortete Joe nachdrücklich und sah seinem Chef dabei geradewegs in die Augen.

Southerton lehnte sich auf seinem Stuhl zurück und musterte seinen Angestellten. »Also«, sagte er schließlich. »Dann sind Sie nicht der Privatermittler. Wer dann?«

»Keine Ahnung. Ich weiß nicht mal, wer das getwittert hat.«

Southerton legte die Finger zusammen und trommelte die Spitzen gegeneinander. »Nehmen Sie mich lieber nicht auf den Arm, sonst können Sie ebenso gut gleich Ihre Sachen zusammenpacken und verschwinden. Grobes Fehlverhalten und so weiter.«

Während Joe zurück zu seinem Schreibtisch ging, überlegte er, ob er seinen Job sofort hinwerfen sollte. Streng genommen hatte er nicht gelogen, aber er hatte seinen Chef absichtlich in die Irre geführt. Doch er hatte das Bedürfnis, Maddy vor der Detektivagentur und ihresgleichen zu schützen. Maddy und er hatten keinen Vertrag unterzeichnet, es war eine mündliche Abmachung. Sie bezahlte ihn nicht, sondern er bot ihr seine Dienste gratis an. Herrgott, was stimmte nicht mit ihm? Das war alles Kays und Matts Schuld, verdammt! Wenn sie nicht mit dem Brief angekommen und ihn praktisch gezwungen hätten, den Pettingers zu helfen, würde er wahrscheinlich nicht in dieser misslichen Lage stecken. Und nicht nur das. Wenn Southerton das je herausfand, würde er ihn buchstäblich in der Luft zerreißen!

Kapitel 31

Mai 1944

Die Rochelle-Kinder lebten jetzt seit zwei Tagen auf dem Hof, und jeden Tag hatte Maryse sie mit zur Schule genommen, wo sie den Direktor vertrat, der immer noch im örtlichen Polizei-Hauptquartier verhört wurde.

Arthur konnte nichts tun, um ihre Sorge zu lindern, die mit jedem Tag wuchs. Zum ersten Mal in seinem Leben fühlte er sich vollkommen hilflos. Er hasste es, sich so verdammt nutzlos vorzukommen. Zum ersten Mal begriff er auch wirklich, wie es war, in Frankreich unter der Knute der Besatzung zu leben.

»Ich wünschte, ich könnte etwas tun«, sagte er am zweiten Abend zu Maryse, als sie ihn zurück zur Scheune begleitete.

Seit Freddies Tod war er auf Maryses Nachdruck hin und mit Madame Duponts Segen eingeladen, mit der Familie im Haus zu essen. Eine Geste, die er durchaus zu schätzen wusste, als kleines Zeichen dafür, dass seine Gastgeber ihn akzeptierten.

»Ich weiß. Aber das tust du doch, wenn auch indirekt«, gab sie zurück und hakte ihn unter, als wäre es das Selbstverständlichste auf der Welt.

Sie waren schon Arm in Arm gegangen, um den Deutschen etwas vorzumachen, doch heute Abend fühlte es sich viel bedeutsamer an.

»Manchmal muss ein Einzelner ein Opfer für die Allgemeinheit bringen, und ich weiß, dass Monsieur Rochelle so empfindet, aber ich muss ständig an die Kinder denken. Jean-Paul weint sich jeden Abend in den Schlaf, und Yvette hat bisher kaum ein Wort gesprochen. Einige der anderen Kinder in der Schule haben Dinge zu dem Jungen gesagt. Ihn gefragt, was sein Vater getan hat. Einer hat Jean-Paul sogar einen Judenbengel genannt. Stell dir vor – in dem Alter!«

»Das stammt offensichtlich nicht von dem Kind selbst. Jemand zu Hause muss das gesagt haben«, gab Arthur zurück.

»Man kann niemandem trauen. Alle haben schreckliche Angst. Die Leute sind bereit, ihre Nachbarn zu denunzieren, um sich selbst zu retten.«

»Eines Tages, wenn das alles vorüber ist – falls wir es schaffen –, werden wir alle Rechenschaft ablegen und mit dem leben müssen, was wir getan haben.« Arthur wandte sich Maryse zu. »Ich will nichts bereuen müssen.«

Sie sah ihm ebenfalls tief in die Augen, und er hörte, wie ihr Atem tiefer wurde. »Ich auch nicht.«

Er strich mit den Fingerspitzen über ihre Wange und legte dann die Hände um ihr Gesicht. Er fühlte sich zu ihr hingezogen, und er war sich sicher, dass sie es ebenfalls spürte. Eine leise Stimme in seinem Hinterkopf meldete sich zu Wort. Das war keine gute Idee. Er konnte es sich nicht leisten, sich mit Maryse einzulassen. Wie konnten sie so etwas tun, obwohl ihre Leben jeden Moment auseinandergerissen werden könnten? Aber konnte er es nicht tun? Wie könnte er auf diesen Moment verzichten und es dann den Rest seines Lebens bedauern?

»Wir wollen nichts bereuen«, flüsterte er.

»Nichts bereuen«, wiederholte sie.

Das Knarren der Bodendielen ließ Arthur aus dem Schlaf hochfahren. Er setzte sich kerzengerade auf und stieß sich fast den Kopf an dem Holzbalken. Im Mondschein, der durch das runde Fenster einfiel, konnte er Maryse erkennen, die auf der obersten Stufe der Leiter stand.

»Ich wollte dich nicht wecken«, sagte sie. »Ich muss gehen. Meine Mutter wird mir nicht erlauben, die ganze Nacht wegzubleiben.«

Arthur kletterte zu ihr hinüber. »Bist du sicher, dass du nur deswegen gehst?«

Sie beugte sich vor und küsste ihn. »Mit meiner Mutter legt man sich besser nicht an.« Sie lächelte. »Wir haben Sonntag, ich muss sie zur Kirche begleiten.«

»Sprich ein Gebet für mich.«

»Wenn ich glauben würde, das nützte etwas, würde ich es tun«, erwiderte Maryse und begann ihren Abstieg über die Leiter. »Wenn es einen Gott gäbe, der Gebete erhört, würden wir diese Unterhaltung nicht führen.«

Dagegen konnte Arthur nichts einwenden, und nachdem er vom Fenster aus zugesehen hatte, wie sie über den Hof wieder ins Haus huschte, versuchte er, wieder einzuschlafen. Doch im Kopf war er jetzt wach. Normalerweise hieß das, dass er Operationstaktiken und Befehle aus London durchging, doch heute Nacht konnte er nur an Maryse denken.

Natürlich hatte er, als er am nächsten Morgen erwachte, das Gefühl, verkatert zu sein. Lächelnd spritzte er sich kaltes Wasser ins Gesicht und dachte wieder an Maryse – das war es natürlich alles wert gewesen.

Arthur verbrachte den Vormittag in den Wäldern hinter dem Bauernhof und sortierte das gehackte Feuerholz für den Winter zu Stapeln. Er hatte zwar Bedenken gehabt, Waffen auf der Ladefläche des Karrens zu transportieren, doch es hatte sich in der Tat als gute Methode erwiesen, um Waffen zu bewegen.

Sobald er mit seiner Arbeit fertig war, machte er sich durch den Wald auf den Rückweg zum Hof. Als er sich dem Fluss näherte, hörte er Stimmen, und auf dem Ufer, das zum Hof hin lag, sah er

Maryse und die Rochelle-Kinder. Jean-Paul saß hoch oben im Apfelbaum und schüttelte die Zweige, während Maryse und Yvette den fallenden Früchten auswichen und dann herbeieilten, um ihre Beute in ihrem Korb zu sammeln.

Er blieb, wo er war, und sah ihnen eine Weile zu. Es freute ihn, die Kinder zur Abwechslung einmal lächeln zu sehen.

Maryse schaute hoch, fing seinen Blick auf und winkte ihm vom anderen Ufer des Flusses aus zu. »Wir backen *tarte aux pommes*!« Apfelkuchen.

Arthur hörte den Motor einen Sekundenbruchteil früher als Maryse. Für sein geübtes Ohr war das nicht das tiefe Grollen eines Armeelasters. Er war sich ziemlich sicher, dass es sich um zwei kleinere Fahrzeuge handelte, ein Auto und vielleicht einen Jeep. Maryse und er wechselten einen besorgten Blick. Waren die Deutschen hinter den Kindern her oder suchte man ihn?

»Bleib dort«, zischte sie ihm über das Wasser zu und befahl Jean-Paul, vom Baum zu steigen.

Dann wies sie die Geschwister an, außer Sicht zu bleiben. Arthur wusste, dass sie nicht den Eindruck erwecken wollte, die Kinder zu verstecken. Das würde sie nur verdächtig machen, wenn sie entdeckt würden – falls sie wirklich das Ziel waren. Sie setzte sie ans Ufer und gab jedem einen Apfel in die Hand. Dann nahm sie den Korb und ging eilig zurück zum Hof.

Arthur hockte sich hinter einen Busch, beobachtete die Kinder und behielt den Weg im Blick, der zurück zum Bauernhof führte. Er wollte unbedingt wissen, was los war, doch er wusste, dass er bleiben musste, wo er war.

Ein paar Minuten später stand Jean-Paul auf und schlenderte näher ans Ufer heran. Nervös sah Arthur zu. In den letzten paar Tagen hatte es viel geregnet, und der Wasserlauf war zu einem breiten Strom angeschwollen, der an das durchweichte Ufer schlug. Er sah, wie Jean-Paul immer näher an den Rand heranging.

Er ging ein Risiko ein, kam hinter dem Busch hervor und rief dem Jungen leise zu, er solle vom Ufer wegbleiben. Sekunden später wünschte er, er hätte es nicht getan. Verblüfft darüber, Arthur zu sehen, verlor der Junge das Gleichgewicht, glitt auf dem nassen Gras aus und rutschte ins Wasser.

Yvette sprang auf. »*Au secours! Il ne sait pas nager!*« Sie schrie um Hilfe und rief, ihr Bruder könne nicht schwimmen.

»Mist.«

Arthur sah, wie Jean-Paul unter der Wasseroberfläche verschwand und dann ein paar Meter flussabwärts wieder auftauchte. Seine Schreie wurden vom Wasser erstickt, als die Unterströmung ihn wieder herunterzog.

Arthur hatte keine Zeit zum Überlegen. Er rannte am Ufer entlang, ein Stück weiter als dort, wo er den Jungen vermutete. Dann riss er sich die Stiefel herunter und sprang ins Wasser. Für seine eins achtzig war es nicht besonders tief, aber der Junge konnte hier unmöglich stehen.

Der Schlamm, den der Regen ins Wasser gespült hatte, machte es trüb, sodass Arthur nichts sehen konnte. Er streckte in der Hoffnung, den Jungen zu packen, die Arme aus, erhaschte einen Blick auf ihn, und wie durch ein Wunder entdeckte er Jean-Paul direkt vor sich. Arthur versuchte, mit den Füßen Halt zu finden und gleichzeitig den Kopf über Wasser zu halten, und stemmte sich gegen die Strömung. Der Körper des kleinen Jungen prallte gegen ihn und warf ihn um, doch Arthur hatte nicht vor, ihn loszulassen. Seine Füße fanden wieder Halt, er bekam den Jungen besser in den Griff, fasste ihn unter den Armen und hob ihn hoch, sodass sein Kopf über Wasser war. Glücklicherweise war Jean-Paul am Ufer entlanggezogen worden, und Arthur konnte ihn mit einer letzten Anstrengung aufs Gras stoßen, wo seine Schwester, die inzwischen fast hysterisch war, ihn in die Arme schloss.

Arthur war sich bewusst, dass andere Menschen auf sie zurannten und um den Jungen herumstanden. Als er selbst aus dem Fluss kletterte, wurde ihm eine Hand entgegengestreckt. Er nahm sie und wurde mit einem Ruck aus dem Wasser gezogen. Auf allen vieren kniend, hustete er und spuckte das Flusswasser aus, das er geschluckt hatte. Immer noch außer Atem hob er den Kopf, um seinem Retter zu danken, doch der Anblick von Armeestiefeln und einem Gewehrlauf, der direkt zwischen seine Augen zielte, verriet ihm alles, was er wissen musste.

Er wandte den Kopf zu dem Jungen und sah erleichtert, dass er inzwischen das Wasser aushustete und Maryse an seiner Seite war. Er hielt Ausschau nach Hugo, doch der war nirgends zu entdecken.

Zwei Offiziere beobachteten das Ganze, während der Soldat Arthur befahl aufzustehen. Einer der Offiziere trat auf ihn zu.

»Papiere.« Das war keine Bitte, sondern ein Befehl. Der Mann streckte die Hand aus.

Arthur wies auf seine Hosentasche und bewegte langsam die Hand, um seinen durchweichten Ausweis hervorzuziehen. Mist. Er würde Duplikate aus London anfordern müssen. Falls er dieses Schlamassel überlebte.

Der Offizier musterte das feuchte Papierbündel in Arthurs Hand. »Name?«

»Christophe Martin.«

»Sie wohnen hier?«

»Ich bin Landarbeiter.«

Der Offizier nickte, wies dann auf die Kinder und sprach Maryse an. »Ihre Kinder?«

»Nein. Ich bin ihre Lehrerin. Wir wollten Äpfel pflücken«, antwortete sie und zeigte auf den Obstkorb.

»Warum war ein Landarbeiter hier bei den Kindern?«

»Das war Zufall«, warf Arthur ein. »Ich war gerade mit dem Holzsammeln fertig. Sehen Sie, mein Karren steht dort drüben.«

Als alle über den Fluss sahen, tauchte Hugo aus dem Wald auf. Arthur hatte keine Ahnung gehabt, dass er dort war, doch der Franzose nickte der Gruppe zu.

»Wir sind gerade mit der Arbeit fertig«, rief er herüber und begann, das Pferd über die schmale Holzbrücke zu führen. Hinter ihm polterte der Karren über die Bretter.

Hugo blieb stehen und platzierte Pferd und Wagen strategisch zwischen Maryse und den deutschen Offizieren.

»Stimmt das?«, fragte der Offizier.

»*Oui*«, gab Arthur zurück, der sich nicht sicher war, ob der Offizier ihnen die Geschichte abkaufte.

»Haben Sie im Wald jemanden gesehen?« Der Deutsche fuhr mit seinen Fragen fort. »Jemanden, der sich dort versteckt?« Er klang jetzt misstrauisch.

»Niemanden«, gab Arthur zurück und demonstrierte sein bestes gallisches Schulterzucken.

»Diese Kinder, wie heißen sie?« Der Offizier wechselte das Thema seines Verhörs und hoffte offensichtlich, sie bei etwas zu ertappen.

Maryse stand auf. »Sie sind aus dem Dorf. Aus Sérent«, gab sie zurück und trat näher an das Pferd heran.

»Ich habe nicht gefragt, wo sie herkommen«, schnauzte der Deutsche. »Ich will wissen, wie sie heißen. Wo sind ihre Papiere?«

Bevor jemand etwas sagen konnte, bäumte sich das normalerweise lammfromme Pferd auf, wieherte erschrocken und schlug mit den Beinen durch die Luft. Alle traten einen Schritt zurück. Hugo, der es am Zaumzeug festhielt, wurde fast der Arm aus dem Gelenk gerissen, doch irgendwie gelang es ihm, das Tier festzuhalten. Dann versuchte das Pferd durchzugehen, obwohl Hugo versuchte, es zu beruhigen.

Chaos brach aus, als der deutsche Soldat, der sein Gewehr auf Arthur gerichtet hatte, aus dem Weg springen musste, genau wie die beiden Offiziere.

Alle schienen durcheinanderzuschreien, während Hugo versuchte, das Pferd zu beruhigen, das zuerst zu reagieren schien und dann plötzlich wieder ausschlug.

In diesem Moment wurde Arthur klar, dass Maryse dem Tier mit einem Stock in die Rippen stach.

Die Ablenkung wirkte. Der eine Offizier, sichtlich nicht an Pferde gewöhnt, befahl Hugo, das Tier unter Kontrolle zu bringen und einzusperren, wenn sie sie noch einmal aufsuchten, denn sonst würde er das Vieh persönlich erschießen.

Während die Deutschen zurück zu ihren Fahrzeugen marschierten, folgte Hugo ihnen mit dem Pferd, von dem Arthur sich sicher war, dass es sich beruhigt hatte, doch Hugo tat weiter so, als müsste er es beherrschen.

Erst als die Wagen den Hof verlassen hatten, blieb er stehen, um das Pferd zu tätscheln und ihm zu seinem Auftritt zu gratulieren.

»Das war knapp«, sagte Arthur, während er Jean-Paul aufhalf. »*Ça va?*« Geht es?

Der kleine Junge nickte.

»Danke«, sagte Maryse und umarmte Arthur. »Danke für das, was du getan hast.«

»Nein, ich danke dir«, sagte Arthur. »Ich glaube, du hast uns allen gerade das Leben gerettet.«

Kapitel 32

Im Lauf der nächsten paar Tage war Maddy erleichtert darüber, dass die Aufmerksamkeit der sozialen Medien nachzulassen schien. Sie war Sheila dankbar für ihren diskreten Tweet, in dem sie erklärt hatte, sie habe einen Ermittler engagiert, um Gramps' Geschichte zu erforschen. Dankbar war sie auch dafür, dass Esther in ihrem Vlog ebenfalls keine Details genannt hatte. Maddy schauderte bei dem Gedanken, jemand könnte das Foto mit der Adresse auf der Rückseite in die Finger bekommen.

Während sie sich im Garten zu schaffen machte und das Gras mähte, dachte sie wieder an das Bild. Esther und Gramps saßen derweil auf der Terrasse und aßen einen Happen. Die Adresse auf der Rückseite des Fotos schien der Schlüssel zu sein, aber sie kam nicht darauf, warum oder wie. Joe hatte sie angerufen und erklärt, er wolle im Wählerverzeichnis nach der Adresse suchen, um festzustellen, wer dort während des Kriegs gelebt hatte.

In den letzten vier Tagen hatte Joe sie jeden Abend angerufen, um sie über seine Bemühungen auf dem Laufenden zu halten. Nötig war das nicht, das wusste Maddy, trotzdem begann sie sich auf seine Anrufe zu freuen. Gestern Abend waren sie vom Thema Gramps abgekommen und hatten sich schließlich lange über unterschiedliche Dinge unterhalten – angefangen damit, welche Musik sie gerade gern hörten, über Filme, die sie gesehen hatten, bis hin zu Urlaubszielen, für die sie sich interessierten –, alles aus den letzten zwei Jahren seit ihrer Trennung. Maddy hatte nicht erwartet, dass es tröstlich sein würde, dass ihre Geschmäcker einander immer noch stark ähnelten. Das Wissen, dass sie immer noch so viel gemeinsam hatten, fühlte sich irgendwie beruhigend und sogar einen Hauch aufregend an. Es war, als ziehe man einen ausgebeulten alten Lieblingspullover an oder rolle sich auf einem bequemen Sofa zusammen, in eine Decke gewickelt und mit einem Becher heißer Schokolade in der einen und einem Buch in der anderen Hand.

Bis jetzt hatten sie es vermieden, weiter über ihre vergangene oder gegenwärtige Beziehung zu reden, oder über die Umstände ihrer Trennung. Maddy war sich nicht sicher, ob sie – oder Joe – bereit war, sich diesen kalten, unversöhnlichen, emotionalen Fragen zu stellen.

Sie genoss es nicht nur, sich – wenn auch auf oberflächlicher Ebene – mit Joe zu unterhalten, sie musste auch zugeben, dass sie sich ein wenig einsam fühlte, seit sie zu Gramps gezogen war. Wegen der Alzheimererkrankung ihres Großvaters war es schwierig, Gespräche mit ihm zu führen. Sie war dankbar dafür, Esther zu haben, aber das war ja trotz allem keine Unterhaltung unter Erwachsenen. Sheila war wahnsinnig nett und kam regelmäßig vorbei, aber abgesehen davon war Maddy ziemlich auf sich allein gestellt. Sie mochte Sheila nicht allzu sehr mit den Problemen belasten, die sie mit Gramps hatte.

Die Entscheidung hierherzukommen, bereute sie nicht. Während sie den Rasenmäher für die letzte Tour über die Wiese wendete, rief sie sich ins Gedächtnis, dass sie das Richtige getan hatte, aus den richtigen Beweggründen. Sie war ziemlich beeindruckt von ihren eigenen Mähkünsten und erinnerte sich daran, wie Gramps früher das Gras in geraden Linien gemäht und dann oben auf der Treppe gestanden hatte, um die abwechselnd hell- und dunkelgrünen Streifen im Gras zu bewundern.

Sie mähte das letzte Stück, schaltete dann den Rasenmäher ab und räumte ihn in den Schuppen. Dann ging sie zu Gramps und

Esther auf die Terrasse, wo die beiden mit einem Kartenspiel beschäftigt waren.

»Wir legen eine Patience«, erklärte Esther.

»Oh, das haben wir ständig gespielt, wenn ich Gramps in den Ferien besucht habe.«

»Wie lange bist du dann immer geblieben?«, fragte Esther, drehte eine Karte um und legte sie an die richtige Stelle.

»Zwei Wochen zu Ostern, eine Woche zu Weihnachten und drei Wochen im Sommer«, antwortete Maddy. »Oft allein, als ich älter wurde, da Hazel lieber bei Carol geblieben oder zu ihrem Dad gefahren ist.«

»Carol hat gesagt, ich könnte sie in Spanien besuchen«, sagte Esther. Sie gebrauchte den Vornamen ihrer Großmutter, wie sie es vom ersten Tag an gelernt hatte. Als Maddy von ihrer Schwangerschaft erfahren hatte, war Carols unmittelbare Reaktion gewesen, sie sei zu jung, um Großmutter zu werden. Von Esthers Geburt an hatte Carol darauf bestanden, mit ihrem Vornamen angesprochen zu werden. »Meinst du, ich könnte irgendwann mal hinfahren?«

Maddy zögerte mit ihrer Antwort. Würde die Wahrheit zu brutal klingen? Sie war sich sicher, dass ihre Mutter das nur so dahingesagt hatte. Carol war schon immer gut darin gewesen, Versprechungen abzugeben, um sich aus einer peinlichen Lage zu befreien, löste sie aber nie ein. Ähnliches hatte sie auch schon zu Maddy gesagt, aber aus der Einladung war nie etwas geworden. »Ich bin mir nicht sicher. Ich glaube, Carol hat dort unten ziemlich viel zu tun. Sie hat einen neuen Freund, und ich glaube nicht, dass sie viel Platz in ihrem Haus hat.«

Esther schien über Maddys Antwort nachzudenken. »Es wäre ein bisschen komisch, wenn ich Carol allein besuchen würde«, sagte sie schließlich. »Du würdest mir fehlen. Außerdem bin ich gern hier.«

»Ich habe es immer gehasst, nach meinen Besuchen wieder nach Hause zu fahren«, sagte Maddy und lenkte das Gespräch von ihrer abwesenden Mutter weg, die genauso zufrieden damit zu sein schien, die Beziehung zu ihrer Enkelin schleifen zu lassen wie die zu ihrer eigenen Tochter. Maddy konnte sich nicht vorstellen, Esther jemals so zu behandeln. »Weißt du noch, Gramps, wie ich immer geheult habe, wenn ich euch nach den Ferien verlassen musste?«

»Nicht weinen«, sagte Gramps. »Wir können keine Tränen gebrauchen.«

»Nicht jetzt. Ich meine, als ich klein war und euch allein gelassen habe, um nach Hause zu fahren.«

»Du gehst doch nicht weg, oder? Kannst du nicht noch ein wenig bleiben?« Ein besorgter Ausdruck trat auf Gramps' Gesicht.

»Oh, wir fahren nicht weg«, beruhigte Maddy ihn. »Versprochen. Wir bleiben hier bei dir.« Sie streckte die andere Hand aus und legte sie ihrem Großvater auf den Arm. »Wir drei sind wie die Musketiere.«

»Einer für alle ...«, begann Esther.

»Und alle für einen«, schloss Gramps und sah lächelnd zu ihnen auf.

»Oh, hat jemand von Musketieren gesprochen?«, ertönte eine Stimme vor dem Gartentor. Die Klinke klapperte, und Sheila kam herein. »Kann ich der vierte Musketier sein? D'Artagnan?«

»Das können Sie allerdings«, sagte Maddy lächelnd, als Sheila in den Garten trat, und stand auf, um den anderen Gartenstuhl zu holen.

Fifi reckte sich, stand auf und begrüßte Sheila begeistert. Maddy war sich sicher, dass die Hündin fand, sie solle an ihrer Stelle den vierten Musketier verkörpern.

»Also, wer muss zum Duell gefordert werden?«, fragte Sheila und setzte sich.

»Niemand«, sagte Maddy. »Ich habe Gramps nur versichert, dass wir nicht nach London zurückfahren. Wir lieben es hier.«

»Oh, das ist eine gute Nachricht«, sagte Sheila. »Wenn Sie

beschließen würden, Esther fortzubringen, müsste ich sie kidnappen.«

»Keine Entführung nötig«, bekräftigte Maddy.

»Was ist das? Patience?«, fragte Sheila und wandte den Kopf, um die Karten zu betrachten, die vor Gramps lagen. »Das habe ich als Kind immer gespielt. Also, Arthur, mal sehen … Wie wäre es, wenn wir die Königin hierherlegen?«

Maddy lehnte sich zurück und sah zu, wie die ältere Generation zusammen mit Esther das Kartenspiel begutachtete. Der Anblick war herzerwärmend, und sie spürte ein Glücksgefühl in ihrer Brust aufsteigen. Es war lange her, dass sie so etwas empfunden hatte, und sie konnte sich nur vorstellen, dass es einem Adrenalinstoß ähnelte. Sie legte den Kopf zurück, schloss die Augen und genoss den warmen Sonnenschein, der auf ihr Gesicht fiel.

Kapitel 33

»Hi, Gramps.« Das Mädchen trat mit dem kleinen Hund im Schlepptau ins Zimmer. Sie setzte sich neben seinen Sessel aufs Sofa.

»Hallo, Schatz«, gab er zurück. Ihm fiel auf, dass sie das rechteckige Fernseh-Dingsda in den Händen hielt. Sie trug es ziemlich oft mit sich herum. »Was hast du heute damit vor?«

»Ich dachte, ich mache noch einen Vlog«, antwortete sie. »Willst du mir helfen?«

Arthur war sich nicht sicher. Er hatte das Gefühl, dass sie damals in der Küche für ein wenig Aufregung gesorgt hatten. An die Einzelheiten erinnerte er sich nicht wirklich, doch er musterte das Gerät misstrauisch. »Was sagt denn deine Mum dazu?«, fragte er.

Die Kleine zuckte mit den Schultern. »Ich darf ihn erst hochladen, wenn sie ihn genehmigt hat.«

Arthur war sich nicht sicher, ob er die Antwort verstand, aber ihre mürrische Miene war entmutigend. Er schaute sich im Raum nach einer Ablenkung um und entdeckte sein Album. »Wie wäre es, wenn wir mein Buch ansehen?«

Sie wirkte nicht besonders enthusiastisch, aber trat ans Bücherregal und holte es. Arthur blätterte die Seiten um und betrachtete die Fotos. Zusammen mit den vorbeiziehenden Bildern schwankten seine Gefühle zwischen Glück und Traurigkeit und wieder zurück. Er wünschte, er hätte eine dieser Erinnerungen richtig festhalten können – das war so frustrierend! Das konnte er niemandem erklären, er war sich nicht einmal sicher, ob er seine eigenen Reaktionen oder seine eigenen Gedanken verstand. Alles zog einfach so schnell an ihm vorbei, dass er es nicht festmachen konnte. Es war, als versuchte man den Wind mit den Händen einzufangen, und er pfeife durch jeden Spalt zwischen den Fingern hindurch.

»Wer ist das?«, fragte die Kleine gerade.

Arthur wandte seine Aufmerksamkeit wieder dem Album zu. Ein Foto zeigte ein Mädchen und einen Jungen, die an einem Lagerfeuer saßen. Er kannte die beiden, doch ihre Namen entzogen sich ihm, genau wie der Zusammenhang. Sie schmiegten sich unter einer Decke, die um ihre Schultern lag, aneinander, und ihr Blick wirkte benebelt, verwirrt und verängstigt. Ein Gefühl von Trauer überkam Arthur, obwohl er nicht wusste, warum.

»Rochelle«, hörte er sich sagen. »Rochelle.« Er wiederholte es.

»Heißt das Mädchen so?«, fragte die Kleine.

»Ja. Rochelle.«

»Und wie heißt der Junge? Ist er ihr Bruder?«

Arthur betrachtete das Bild aufmerksam, und ferne Erinnerungen begannen sich durch den Nebel in seinem Kopf zu schieben. »Rochelle. Richtig, Rochelle.«

Das Mädchen wirkte zweifelnd. »Sie heißen beide Rochelle?«

»Sie haben in England gelebt«, sagte Arthur. »Allein.«

»Wir haben in der Schule von den Evakuierungen gehört«, sagte die Kleine. »In der Grundschule. Wir mussten alte Sachen anziehen und eine Schachtel für eine Gasmaske basteln. Hattest du eine Gasmaske?«

Arthur schloss ein paar Sekunden lang die Augen. So viele Bilder und Gedanken wirbelten durch seinen Kopf. Sie bewegten sich so schnell und ließen ihm keine Zeit, sich auf eine Sache zu konzentrieren.

Er schlug die Augen auf. »Gasmasken?«, fragte er und konzentrierte sich auf das Gesicht des Mädchens. »Stinkige Teile. Konnte sie nicht leiden.«

Die Kleine betrachtete erneut das Foto. »Mussten sie ihr Zuhause verlassen?«

Aus dem Nichts heraus stieg Traurigkeit in Arthurs Brust auf, überwältige ihn und vertrieb alle anderen Gedanken und Gefühle. »Ja«, stotterte er und tastete in seiner Tasche nach seinem Taschentuch. Seine Augen tränten, und er tupfte sie ab, bis der Baumwollstoff die Tränen aufsaugte. »Ja, sie mussten ihren Vater zurücklassen. Armer Mann. Maryse war so traurig. Sie haben ihn geholt, verstehst du.« Wieder wischte er sich das Gesicht. »Sie waren brutal.«

»Alles in Ordnung?« Die Stimme seiner Enkelin. »Ach, Gramps, was ist los?« Maddy trat zu ihm.

Sie wollte ihm das Album wegnehmen, aber Arthur mochte es nicht loslassen. Er hielt es an der Seite fest.

»Ich wollte ihn nicht aufregen«, sagte die Kleine. Sie wirkte besorgt.

»Ist schon gut«, sagte Maddy. »Ich weiß, dass das keine Absicht war. Manchmal erinnert sich Gramps an Dinge, die ihn bestürzen.« Vorsichtig versuchte sie noch einmal, ihm das Buch zu entziehen, aber Arthur umklammerte es immer noch.

»Sie waren noch so jung«, sagte er. Er wollte ihnen das mit den Kindern erklären, aber die Worte kamen nicht richtig heraus. Im Kopf wusste er, was er sagen wollte, doch er fand einfach nicht die richtigen Worte.

»Weißt du, wer sie sind?«, fragte Maddy.

»Gramps hat gesagt, das Mädchen heißt Rochelle«, gab die Kleine zurück. »Das hat er aber von dem Jungen auch behauptet, daher weiß ich es nicht wirklich.« Sie streckte die Hand aus, nahm Arthur das Taschentuch ab und trocknete ihm die Augen. »Nicht weinen, Gramps.«

Arthur war schockiert. Er weinte, und dieses arme Kind wischte ihm die Augen. Als er sie ansah, glaubte er einen Moment lang, sie sei das Mädchen von dem Bild. Er war verwirrt, denn er wusste, dass das nicht sein konnte. Es war unmöglich. Wie könnte sie hier sein? »Yvette?« In seinem Kopf und vor seinen Augen war alles verschwommen. Er blinzelte heftig. »Yvette?«, fragte er noch einmal.

»Nein, ich bin Esther«, sagte das Mädchen. »Ich bin's, Esther.«

»Wo ist Jean-Paul?« Arthur runzelte die Stirn. Etwas stimmte hier nicht, aber er wusste nicht, was. Er war unruhig. Er fühlte sich verängstigt. Er musste wissen, ob es den Kindern gut ging. »Wo sind sie? Sagt es mir. Wo sind sie?«

»Gramps. Gramps! Alles ist in Ordnung«, sagte Maddy.

Er spürte, wie sie ihm behutsam das Album aus den Händen nahm, doch jetzt war es ihm gleichgültig. Er wollte nur wissen, was aus den Kindern geworden war. Er schaute die Kleine vor sich an. War sie mit den Kindern befreundet? Er ergriff ihre Hand. »*Gardez les enfants! Où sont-ils?*« Passt auf die Kinder auf! Wo sind sie?

»Hör auf, Gramps. Du machst Esther Angst.« Maddy zog seine Hand aus der des Mädchens. »Das ist Esther. Sie weiß nicht, wo sie sind. *C'est Esther. Elle ne sait pas où ils sont.*«

Arthur blickte von der Kleinen zu seiner Enkelin und wieder zurück. Sie wirkte ängstlich. Er sah auf seine Hand hinunter, die ihre umklammerte. Was war los? Was stimmte nicht mit ihm? Er löste seine Finger und tätschelte ihre mit seiner anderen Hand. »Schon gut, Schatz. Tut mir leid.« Er war sich nicht ganz sicher, was er falsch gemacht hatte, aber er hatte Aufregung gestiftet, und jetzt sahen die beiden besorgt aus. Noch einmal klopfte er auf ihre Hand.

Die Kleine lächelte verhalten, aber unsicher, und schaute ihre Mutter an, damit diese sie beruhigte.

»Gramps war gerade ein wenig verwirrt. Jetzt geht's dir aber wieder gut, oder, Gramps?«

»Ja. Ja doch.« Arthur zwang sich zu einem Lächeln, um seine Verlegenheit und Frustration zu überspielen. »Achtet gar nicht auf mich. Ich bin bloß ein dummer alter Mann.«

Kapitel 34

Mai 1944

Arthur, der inzwischen frische, saubere Sachen trug, saß auf der umgedrehten Kiste, die ihm auf dem Heuboden als Stuhl diente, und dachte über die ereignisreiche vergangene Stunde nach. Der Besuch der Deutschen beunruhigte ihn. Er war sich sicher, sie nicht zum letzten Mal gesehen zu haben. Es war nur eine Frage der Zeit, bis sie genug Beweise hatten, um ihn zu verhaften. Andererseits überlegte er, dass sie schon zugeschlagen hätten, wenn sie Hinweise darauf hätten, dass auf dem Hof etwas nicht stimmte. Doch er war sich sicher, dass ihr Besuch einen Hintergrund hatte – vielleicht wollten sie die Duponts einschüchtern.

Angesichts dessen war er zu dem Schluss gekommen, den Hof zu verlassen. Er durfte die Duponts nicht weiter in Gefahr bringen, vor allem Maryse nicht. Der Gedanke, ihr könnte etwas zustoßen, war ihm unerträglich. Trotz ihrer Versicherung, sie sei bereit, für die Sache zu sterben, würde er das nicht zulassen und alles tun, was zu ihrer Sicherheit nötig war.

Es würde verdammt schmerzhaft sein, sie nicht mehr jeden Tag zu sehen. Er freute sich immer auf ihre Besuche, und die Zeit, die sie zusammen verbrachten, war etwas Besonderes. Wenn bei diesem ganzen verfluchten Krieg etwas Gutes für ihn herausgekommen war, dann Maryse.

Er wandte seine Überlegungen wieder seinen Bemühungen

zu, für ihre Sicherheit und die ihrer Familie zu sorgen. Er würde Hugo bitten, ein Treffen mit Patrick zu arrangieren, damit er einen Weg fand, Arthur in den Wald in der Umgegend von Saint-Marcel zu verlegen, wo sich momentan ungefähr eintausendachthundert Männer und Frauen versteckt hielten, um sich auf die Rückkehr der alliierten Truppen vorzubereiten.

Arthur hatte den Wald während der letzten paar Wochen mehrmals besucht, um mit Patrick und den anderen Kommandeuren über Taktik und Operationen zu diskutieren, damit diese wiederum die Zerstörung von Telefonleitungen sowie die Sprengung von Brücken und Eisenbahnlinien organisieren konnten, um bereit für das große Ereignis im nächsten Monat zu sein.

Arthur hatte nicht alle Einzelheiten der »Operation Overlord« weitergeben können, denn die kannte er nicht einmal selbst. Das Prinzip des Ganzen war, dass jeder nur erfuhr, was er wissen musste, und seine Aufgabe war es, die *Résistance* auf die Invasion vorzubereiten.

Während er darüber nachdachte, was er tun musste, hörte er, wie der Riegel des Scheunentors gehoben wurde, und dann die inzwischen vertrauten Schritte Maryses, die das Gebäude betrat und die Leiter heraufkletterte. Heute Abend lächelte sie nicht, als sie die Leiter hinter sich ließ und auf den Boden trat. Sie stürzte auf ihn zu und umarmte ihn fest.

Als er sie in den Armen hielt und an sich zog, wusste Arthur, dass sie bereits zum selben Schluss gekommen war wie er.

Sie hob den Kopf und schaute ihn an. »Ich kann nicht mit dir gehen«, sagte sie. »Ich kann die Kinder nicht allein lassen.«

»Ich weiß, *ma chérie*, ich weiß«, tröstete Arthur sie. Er fuhr ihr mit der Hand durchs Haar und zog das Band heraus, sodass ihre Locken ihr über den Rücken fielen.

»Es sind ja nicht nur die Rochelle-Kinder«, fuhr sie mit bebender Stimme fort. »Es sind all die anderen Kinder in der Schule. Ich muss auf sie aufpassen. Es tut mir leid. So leid.«

»Ist schon okay. *C'est bien. C'est bien.*«

Er küsste sie, zärtlich zuerst, doch dann löschte das von Liebe und Kummer angefachte Begehren bei ihnen jeden bewussten Gedanken aus.

In dieser Nacht ging Maryse nicht zurück ins Haus, sondern lag die ganze Nacht in seinen Armen. Arthur hielt sie fest, als hinge sein Leben davon ab. Wie sollte er ohne sie existieren? Er wusste, dass es nicht mehr lange bis zur Landung der Alliierten dauern würde, und wer wusste, was danach geschehen würde. Würden sie es beide überstehen? Die Zukunft war so unsicher, und sosehr er sich auch wünschte, er könnte Maryse versprechen, dass alles gut werden würde, dass sie nach dem Krieg für immer zusammen sein würden, wusste er doch, dass das nicht realistisch war.

Als es endlich hell wurde, musste Maryse ins Gutshaus zurück, um die Kinder für die Schule und sich zur Arbeit fertig zu machen. Sie küsste ihn heftig. »Geh nicht, bevor ich zurück bin.«

»Ich warte auf dich«, sagte Arthur.

»Versprochen?«

»Versprochen.« Er küsste sie noch einmal und umarmte sie ein letztes Mal. Ihm war klar, dass sie nie wieder so allein miteinander sein würden, jedenfalls nicht, solange er im Wald lebte.

An diesem Vormittag half Arthur auf dem Hof, während Hugo Kontakt zu Patrick aufnahm und Vorkehrungen dafür traf, dass Arthur so bald wie möglich in den Wald umsiedeln konnte.

Als Hugo an diesem Nachmittag endlich zurückkehrte, war seine Miene finster.

»Was ist los?«, fragte Arthur und wischte seine Hände an einem Lumpen ab. Er hatte am Motor von Andrés Laster herumgeschraubt, der die ganze Woche nicht gut gelaufen war.

»Es gibt gute und schlechte Nachrichten«, sagte Hugo.

»Zuerst die guten.«

»Sie haben Monsieur Rochelle freigelassen. Er wurde heute Morgen an der Schule abgesetzt.«

»Das sind großartige Neuigkeiten«, sagte Arthur. Er wusste, dass Maryse glücklich über die Rückkehr des Schuldirektors sein würde. »Wie geht's ihm?«

»Sie haben ihn ziemlich zusammengeschlagen, aber er wird es überleben.« Hugo tupfte sich die Stirn mit einem Tuch ab, das er aus der Tasche zog.

»Und die schlechte Nachricht?«, hakte Arthur nach.

»Du kannst heute Abend nicht in den Wald«, sagte Hugo. »Patrick ist verschwunden. Wir können ihn nicht finden, und niemand weiß, wo er geblieben ist. Die Männer im Wald sind besorgt. Sie wollen dich nicht dort haben, noch nicht. Wenn sich alles beruhigt hat und wir wissen, was mit Patrick ist, können wir dich verlegen, aber einstweilen musst du hierbleiben.«

Arthur wog die Nachrichten ab. »Was glaubst du, was Patrick zugestoßen ist?«

»Ich weiß es nicht, und ich will auch nicht spekulieren. Momentan halten wir die Füße still.«

»Hältst du das für klug?«

»Was bleibt uns anders übrig?« Hugo fluchte an niemand Speziellen gerichtet. »Mist! Wenn der Junge nur nicht ins Wasser gefallen wäre! Wärst du bloß nicht hineingesprungen, um ihn zu retten!«

»Ach, komm schon, das ist doch wohl nicht dein Ernst?!«, gab Arthur verblüfft zurück. »Findest du, ich hätte den Jungen ertrinken lassen sollen?«

»Das habe ich nicht gesagt.« Hugo starrte ihn aufgebracht an. »Du hättest bleiben sollen, wo du warst, und einen von uns hinterherspringen lassen sollen.«

»Tja, es war aber niemand da!«, fauchte Arthur zurück und machte sich wieder daran, den Motor von Andrés Laster zu inspizieren.

Er hatte keine besondere Lust, sich mit Hugo zu streiten. Es war sinnlos. Es war nun einmal passiert. Sie mussten damit umgehen. Ein größerer Grund zur Sorge war Patricks Verschwinden. Er hoffte, dass er nicht verhaftet worden war. Patrick war der Schlüssel für ihre Verbindung zur *Résistance*, die im Großen und Ganzen nicht begeistert davon war, Befehle von einem Engländer anzunehmen, auch wenn der Halbfranzose war. Was anscheinend nicht zählte.

»Lass dich von ihm nicht verunsichern«, sagte Maryse an diesem Abend zu ihm, als er ihr das Gespräch wiedergab.

Sie saßen auf dem Heuboden, nachdem sie sich geliebt hatten. Maryse hatte eine Decke mitgebracht, unter der sie sich nackt aneinanderschmiegten.

»Ich weiß, es ist gefährlich, dass du hier bist, aber ich kann nur dankbar sein. Nicht nur, weil Monsieur Rochelle wieder zu Hause ist, sondern auch, weil wir noch ein paar Tage zusammen haben.«

»Dagegen kann ich nichts einwenden«, sagte Arthur und küsste sie.

Ihm war sehr bewusst, dass sie sich ziemlich tollkühn verhielten. Sie wussten beide, in welcher Gefahr nicht nur er schwebte, sondern die ganze Familie Dupont, sollte die Gestapo irgendwie herausfinden, wer er wirklich war.

Doch jetzt gerade war Arthur zufrieden damit, der Fantasievorstellung nachzuhängen, dass Maryse und er irgendwann, wenn dieser Krieg zu Ende war, den Rest ihres Lebens gemeinsam verbringen würden. Diese Vorstellung war weit besser als die Realität.

Kapitel 35

Joe war seit einer Stunde zu Hause und hatte sich so darin vertieft, mehr über Maryse herauszufinden, dass ihm erst später auffiel, dass er sich nicht einmal ein Bier aufgemacht hatte. Er ging zum Kühlschrank, öffnete die Tür, griff nach einer kalten Bierflasche und hielt inne. Warum, da war er sich nicht sicher, doch aus irgendeinem Grund hinterfragte er, was er tat. Wollte er dieses Bier wirklich? Sein Blick huschte zum Wasserkocher. Kaffee. Ja, er würde stattdessen einen Kaffee trinken.

Er bereitete sein Getränk zu, ging wieder an den Computer und aktualisierte die Seite mit dem Zugang zum Wählerverzeichnis. Streng gesprochen war das nur für die Arbeit zugelassen. Seine Agentur hatte wie viele andere Detekteien Zugriff auf gewisse Aufzeichnungen, die für die Allgemeinheit nicht unbedingt direkt zugänglich waren.

Er loggte sich ein und hoffte, dass Southerton seinen digitalen Fußabdruck nicht verfolgen würde. In der Vergangenheit war es schon vorgekommen, dass er seine Angestellten überprüfte, um festzustellen, was sie trieben. Doch Joe glaubte nicht, dass Southerton das regelmäßig tat. Er war bereit, das Risiko einzugehen, und außerdem könnte er sich mit einer Spur in einem anderen Fall rechtfertigen. Niemand auf der Arbeit wusste etwas von Esthers Brief. Niemand hatte eine Ahnung, dass die Adresse eine Verbindung zwischen Arthur und Maryse darstellte.

Er musste tief graben und brauchte zwei Tassen Kaffee, doch

schließlich zahlte sich Joes Beharrlichkeit aus. Unter dieser Adresse hatte zwischen 1934 und 1948 eine Pension firmiert, die von einer Mrs. Amélie Cohen, der Besitzerin, betrieben wurde. Das viktorianische Vierzimmerhaus wäre ideal dafür gewesen. Er suchte nach einer Mrs. Cohen, doch niemand mit diesem Namen tauchte in den Listen auf. Joe ließ den Stift gegen seine Zähne klappern.

Was für eine Verbindung könnte zwischen einer Französin und Amélie Cohen bestehen? Der Vorname könnte französisch sein, und der Familienname … vielleicht jüdisch? War es möglich, dass Amélie Cohen ursprünglich aus Frankreich stammte und vor oder kurz nach der deutschen Besetzung nach England gegangen war? Hatte sie die systematischen Razzien und den Massenmord an der jüdischen Bevölkerung vorhergesehen? Denkbar war das.

Er loggte sich, wieder über sein Arbeitsportal, in die französischen Aufzeichnungen ein und suchte nach Amélie Cohen. Erwartungsgemäß fand er eine ganze Anzahl Amélie Cohens. Er hätte wirklich spezifische Angaben gebraucht, um eine richtige, ergebnisreiche Untersuchung anzustellen. Trotzdem begann er, methodisch die Namen durchzugehen, und schloss die aus, die sich auf andere Regionen als die Bretagne und die Normandie bezogen. Am Ende blieben fünf Namen übrig.

Eine dieser fünf war 1934 fünfzehn Jahre alt gewesen, daher strich er den Namen, da sie zu jung gewesen wäre. Die anderen vier verteilten sich gleichmäßig auf die Bretagne und die Normandie. Er beschloss, zuerst die bretonischen Frauen nachzuschlagen.

Amélie Cohen, damals vierundvierzig, und Amélie Cohen, zu der Zeit zweiunddreißig Jahre alt. Beide hätten leicht heiraten und nach England fliehen können.

In den nächsten paar Stunden versuchte Joe, mehr über diese beiden Frauen herauszufinden. Hatte eine von ihnen zuvor schon eine Verbindung zu England gehabt? Gab es nach 1934 in Frankreich Aufzeichnungen über sie? Das würde eine lange Nacht werden.

Er warf einen Blick auf die Uhr und sah erstaunt, dass es schon acht Uhr war. Er war so in seine Recherchen versunken gewesen, dass er nicht daran gedacht hatte, Maddy anzurufen. Er griff nach seinem Handy und stellte fest, dass er eine Textnachricht von ihr und einen entgangenen Anruf hatte.

»Mist«, fluchte er laut, als ihm klar wurde, dass sein Handy nach der Arbeit immer noch auf lautlos gestellt war. Er öffnete die Textnachricht.

Hi. Kannst Du mich anrufen, wenn Du einen Moment Zeit hast? Ist nicht dringend. Danke. x

Er bemerkte den Kuss am Ende der Nachricht, und ihm wurde klar, dass er lächelte. Doch er spürte hinter der Nachricht ein Unbehagen, das ihn so besorgt machte, dass er sofort zurückrief.

Sie ging beim zweiten Klingeln heran, und sie sprach leise, als versuchte sie, niemanden zu stören. »Oh, danke für den Anruf«, sagte sie. »Tut mir leid, dich zu belästigen.«

»Du störst überhaupt nicht. Was ist los?«

»Ich mache mir ein wenig Sorgen um Gramps und wegen dem, was wir tun.«

»Okay«, sagte Joe bedächtig und versuchte einzuschätzen, wie besorgt genau sie klang. »Ich bin ganz Ohr.«

»Es geht mir schon den ganzen Abend im Kopf herum«, begann Maddy. »Gestern hat sich Gramps schrecklich über ein Foto aus seinem Album aufgeregt, das Esther und er angesehen haben. Er war vollkommen verwirrt. Irgendwann dachte er, Esther sei das Mädchen auf dem Bild.«

»Der arme Mann«, sagte Joe und überlegte nicht zum ersten Mal, wie schnell die Krankheit in den letzten zwei Jahren Besitz von Arthur ergriffen hatte. Er war ein anderer Mann als der, den Joe früher gekannt hatte, und obwohl er nicht die Erfahrung machte, nach und nach seinen Großvater zu verlieren wie Maddy, betrübte es ihn trotzdem schwer. »Was für ein Foto?«, fragte er und versuchte, nicht allzu sehr an die herzzerreißende Situation zu denken.

»Ein Foto von einem Mann und zwei Kindern, die ungefähr in Esthers Alter waren. Keine Ahnung, wer sie sind. Sieht so aus, als wäre es in Frankreich aufgenommen, obwohl Gramps Esther anscheinend erzählt hat, sie seien evakuiert worden.«

»Wahrscheinlich können wir uns nicht vollständig darauf verlassen, was dein Großvater erzählt«, warf Joe vorsichtig ein, da er Maddy nicht beunruhigen wollte.

»Das weiß ich.«

Ihre Stimme klang gepresst, und Joe zuckte bei dem Gedanken zusammen, ihr Kummer zu bereiten. »Tut mir leid.«

Er hörte, wie Maddy tief Luft holte und langsam den Atem wieder ausstieß. »Nein, mir tut es leid. Es liegt an mir. Ich bin gereizt, und du bist einer der Letzten, an denen ich das auslassen sollte. Ich hasse es nur, dabei zuzusehen, was mit Gramps passiert.«

»Ich wünschte, ich könnte etwas sagen oder tun, um zu helfen«, sagte Joe aufrichtig zerknirscht.

»Es ist schrecklich, wie er einem entgleitet«, gab Maddy mit brechender Stimme zurück. »Es ist, als trauere man um ihn, obwohl er noch lebt. Ich habe das Gefühl, ihn zu verlieren, und das ist eine besondere Qual, weil er noch da ist.«

»Hey, komm schon, Maddy, Liebes. Dein Großvater ist doch wirklich noch da. Vielleicht bekommt er nicht mehr alles mit, aber ab und zu ist er immer noch klar. Halt diese Momente fest und genieße sie, und denk daran, was immer er sagt, ob er sich erinnert oder nicht, er weiß, dass du ihn liebst, und er liebt dich. Ich habe es in seinem Blick gesehen, wenn er dich anschaut. Er *weiß*, dass du ihn liebst. Er kann das vielleicht nicht ganz so verarbeiten wie wir, aber er *fühlt* diese Liebe. Glaub mir, er weiß, dass du ihn liebst, und er liebt dich. Halt dich daran fest.«

Maddy schluchzte auf, und Joe hörte, dass sie leise weinte. Er murmelte beruhigende Worte, von denen er hoffte, dass sie am anderen Ende der Leitung tröstlich wirken würden. Maddy war eine starke, belastbare Frau, aber sie stand auch in Kontakt zu ihren Emotionen und fürchtete sich nicht davor, sich auf Menschen zu stützen, denen sie vertraute. Er hoffte, dass sie einen Teil des Vertrauens, das einmal zwischen ihnen geherrscht hatte, mobilisieren und sich trösten lassen konnte.

Nach ein paar Minuten hörte sie auf zu weinen. »Oh Gott, es tut mir leid, Joe. Ich wollte dir nichts vorheulen.« Sie schniefte und putzte sich die Nase.

»Du brauchst dich nicht zu entschuldigen«, gab Joe zurück. »Geht's dir jetzt besser? Wenn du mich brauchst, kann ich vorbeikommen. Ich könnte in etwas über einer Stunde bei dir sein.«

»Danke. Das ist sehr nett, aber jetzt bin ich in Ordnung. Ehrlich.« Sie klang gefasster. »Manchmal muss ich alles herauslassen. Es fällt schwer, immer tapfer zu bleiben.«

»Du weißt ja, wo ich bin, falls du eine Schulter zum Ausweinen brauchst. Jederzeit gern.«

»Danke, Joe. Ich weiß das zu schätzen.«

»Also, zurück zur Sache«, sagte Joe und hoffte, ihre Moral zu heben. »Ich habe vielleicht Neuigkeiten.«

»Etwas Neues? Wirklich?«

»Sei nicht allzu gespannt. Vielleicht bedeutet es ja nichts, und wenn du nicht weitersuchen willst, kann ich das alles sofort vergessen.«

»Achte gar nicht auf mich. Ich bin bloß müde und traurig«, gestand Maddy. »Ich will Gramps ja helfen, ich hasse es nur, ihn so bestürzt zu sehen.«

»Ich erzähle dir, was ich herausgefunden habe, und dann kannst du überlegen, was du tun willst. Vielleicht fühlst du dich besser, wenn du einmal gut geschlafen hast.«

»Oh, mach es nicht so spannend! Was ist es?«

Joe war froh zu hören, dass sie jetzt munterer klang. »Ich habe vielleicht etwas Neues von Maryse. Es ist schwer, etwas Definitives aufzuspüren, aber ich arbeite daran.«

»Was genau hast du herausbekommen?«

»Ich bin mir noch nicht sicher.« Joe sah auf den Computerbildschirm. »Um es kurz zusammenzufassen, die Adresse auf der Rückseite des Fotos war früher eine Pension, die einer Frau namens Amélie Cohen gehörte. Es ist nur eine Ahnung, aber vielleicht stammt sie aus Frankreich, daher habe ich ein, zwei Namen von Frauen aufgespürt, bei denen es sich um sie handeln könnte. Natürlich würden sie nicht mehr am Leben sein, aber beide hatten Kinder, die uns vielleicht mehr erzählen können.«

»Wow, du warst ja echt fleißig! Stell dir vor, wir könnten Maryse finden! Glaubst du, sie lebt noch? Das wäre großartig.«

»Vielleicht führt das auch alles zu nichts. Ich arbeite mit reiner Spekulation, was nicht immer das Beste ist. Aber hoffentlich kann ich dir morgen mehr sagen.«

»Jetzt fühle ich mich deswegen ganz aufgeregt«, sagte Maddy.

»Ja, diese Wirkung kann so etwas haben.«

»Heute ist es schon zu spät, aber vielleicht könnte ich Sheila bitten, morgen eine Stunde bei Gramps und Esther zu bleiben, und wir könnten im Pub reden.«

»Lädst du mich etwa auf ein Date ein?«, fragte Joe, dessen breites Grinsen sich hörbar in seiner Stimme niederschlug. Also, das war eine Wende, und er freute sich darüber, dass die guten Nachrichten ihre Zweifel besänftigt hatten.

»Nein! Also, ich meine, kein Date wie in *Verabredung*«, sagte Maddy. »Ich meine einen Drink … du weißt schon … nur einen Drink, kein Date.«

»Oh, du weißt wirklich, wie man einen Mann niederschmettert«, gab Joe zurück und versuchte, deprimiert zu klingen.

»Nicht dass ich etwas dagegen hätte, es ist nur … Ach, hör auf! Du weißt genau, was ich meine.« Maddy lachte.

»Also ein Date«, witzelte Joe. »Ist schon gut, du brauchst es nicht abzustreiten. Wir sagen auch niemandem etwas davon.«

»Ehrlich, du bist unverbesserlich«, sagte Maddy.

»Dann sehen wir uns morgen um halb sieben zu unserem Date, das keins ist.«

Er beendete den Anruf und lehnte sich auf dem Sofa zurück. Sein Grinsen war breiter, als er für möglich gehalten hätte, und unglaublich schwer zu kontrollieren. Er freute sich darauf, Maddy morgen zu sehen, und es erinnerte ihn daran, wie er sich früher gefühlt hatte, wenn sie miteinander ausgegangen waren. Es diente ihm auch als Erinnerung daran, dass er seit ihrer Trennung bei niemandem mehr diese prickelnde Vorfreude empfunden hatte.

Dann runzelte er die Stirn und nahm sich zusammen. Es war kein Date. Kein richtiges. Er hatte ein wenig mit Maddy herumgeplänkelt, wenn auch mehr wie bei einem Flirt, aber sie würden sich einfach auf einen Drink treffen, um über ihren Großvater zu reden. Er musste sich ins Gedächtnis rufen, dass es ums Geschäft ging und nicht ums Vergnügen.

Am nächsten Tag stand Joe um Punkt halb sieben vor Maddys Haus. Er hatte es geschafft, das Büro früher zu verlassen, indem er einen Hausbesuch bei einem Klienten vorschob. Er hatte nur ein paar Details mit der Benson-Familie klären müssen und hätte das telefonisch erledigen können, aber der Besuch bei ihnen war eine gute Ausrede. Er wollte noch nach Hause, um sich zu waschen und umzuziehen, bevor er zu Maddy fuhr.

Matt war zur selben Zeit gerade von der Arbeit gekommen, und Joe hatte seinem Freund das Neueste erzählt.

»Kay wird mir nicht verzeihen, wenn ich sie nicht auf dem Laufenden halte«, sagte Matt. »Sie ist so aufgeregt über all das. Es ist wie eine kleine Reality-Show, die sie selbst erschaffen hat, und jetzt ist sie voll im *Big-Brother*-Modus und will alles genau wissen.«

Joe lachte über seine Beschreibung. »Sie bringt mich zum Lachen«, sagte er gutmütig. »Aber um ehrlich zu sein – und sag Kay das nicht –, habe ich ziemlich Spaß daran. Ich fahre gleich hin. Maddy und ich treffen uns auf einen Drink, damit ich ihr das Neueste berichten kann.«

»Auf einen Drink, was?«

»Nur ein Drink. Wie …« Joe suchte nach dem Wort, das ihm nicht einfallen wollte.

»Unter Freunden?« Matt warf ihm einen Blick zu, der eindeutig besagte, dass er ihm nicht glaubte. »Als Nächstes erzählst du mir, ihr wärt nur gute Freunde.«

»Du bist genauso schlimm wie deine Frau!«, rief Joe, während er zum Auto ging.

»Ich bin nur ein guter Beobachter!«, schallte es zurück.

Joe stellte fest, dass er zu früh bei Maddy war, und er verbrachte mindestens zehn Minuten damit, im Rückspiegel immer wieder zu überprüfen, wie er aussah. Gott, wieso war er so nervös? Das hier war kein Date. Maddy hatte das deutlich zum Ausdruck gebracht, und trotzdem stellte er sich an wie ein Teenager, der heute Abend das heißeste Mädchen der Schule ausführt.

Endlich war es halb sieben, und Joe sprang aus dem Auto und klingelte. Er hörte laute Stimmen im Haus, die aufeinander einredeten, und dann öffnete Sheila die Tür.

»Ah, Joe. Kommen Sie herein«, sagte sie und riss die Tür weit auf. »Maddy kommt gleich. Krise vor dem Kleiderschrank.« Die letzten Worte flüsterte sie.

»Wie geht es Ihnen?«, fragte Joe, während er Sheila ins Wohnzimmer folgte. »Hallo, Arthur.«

Arthur blickte auf und quittierte Joes Anwesenheit mit einem Nicken. Dann wandte er den Blick wieder dem Fernseher zu, wo eine Art populäres Sommerkonzert lief.

»Wir schauen nur eine DVD, die ich diese Woche im Second-

Hand-Laden gefunden habe«, sagte Sheila. »Wir mögen all die alten Songs, nicht wahr, Arthur?«

»Oh ja«, pflichtete Arthur ihr bei, begann die Musik mitzusummen und trommelte mit den Fingern auf die Sessellehne.

Joe war nicht ganz überzeugt davon, dass Arthur die gleiche Melodie summte, die auf der DVD gespielt wurde, aber der alte Herr amüsierte sich trotzdem gut.

»Mum ist gleich da«, ließ sich Esther von der Tür aus hören. »Sie zieht nur noch einen anderen Rock an.«

»Gibt es in diesem Haus denn keine Geheimnisse?« Maddy tauchte hinter ihrer Tochter auf. »Hallo, Joe. Tut mir leid, dass du warten musstest.« Sie lächelte und strich sich das Haar glatt.

»Schön, dann zieht los, ihr zwei jungen Hüpfer«, sagte Sheila. »Und machen Sie sich unseretwegen keine Gedanken, uns geht es hier prächtig, stimmt's?«

»So ist es«, atimmte Arthur zu.

»Oh, das ist einer meiner Lieblingssongs«, sagte Sheila. Sie setzte sich aufs Sofa neben Arthurs Sessel, und Esther nahm auf ihrer anderen Seite Platz. Sheila nahm beider Hände und wiegte sich im Takt zur Musik.

Maddy und Joe verließen das Haus zu ihrem Singen und Summen und waren sich einig, dass das ungleiche Trio in seinem Element war.

Im Pub war nicht viel los, und da es noch früh war, bekamen sie leicht einen Tisch.

»Hast du schon gegessen?«, fragte Maddy und griff nach einer Speisekarte.

»Nein, ehrlich gesagt nicht. Ich hatte nicht wirklich Zeit.«

»Gut. Dann sind wir schon zu zweit. Sollen wir was essen?«

»Aber ist es dann nicht ein Date – du weißt schon, ein romantisches Essen zu zweit?«, fragte Joe und nahm sich das Exemplar der Karte vom Nebentisch.

»Nein«, erwiderte Maddy bestimmt, ohne zu ihm aufzublicken.

»Ach, na ja, einen Versuch war es wert«, sagte Joe.

Sie bestellten, und während sie auf ihr Essen warteten, entschuldigte sich Maddy noch einmal dafür, gestern Abend so emotional gewesen zu sein.

»Wirklich, Maddy, du musst aufhören, dich zu entschuldigen. Es ist in Ordnung, sich ab und zu aufzuregen. Das ist kein Zeichen von Schwäche.«

Sie lächelte, kramte in ihrer Tasche und sah auf ihr Handy. Joe hatte das Gefühl, dass sie vor allem nach etwas zu tun suchte. Er konnte es nicht ganz festmachen, aber Maddy wirkte heute Abend ein wenig zerstreut. Er fragte sich, ob es immer noch mit Gramps zu tun hatte. »Ist alles in Ordnung?«

»Nur eine Benachrichtigung von einer blöden Dating-App, bei der ich kurz darüber nachgedacht hatte, mich zu registrieren.«

»Eine Dating-Website?« Er schaffte es gerade noch, sein Bier zu schlucken und nicht quer über den Tisch zu spucken. Dann bemerkte er den ziemlich abwehrenden Blick, den sie in seine Richtung warf. Als forderte sie ihn auf, bloß nicht zu lachen. So mutig war er auch nicht. »Okay. Klar. Eine Dating-App.« Er versuchte, beiläufig zu klingen, obwohl sich bei dem Gedanken alles in ihm zusammenzog.

»Ich habe mich nicht mal angemeldet. Ich hatte nur darüber nachgedacht.« Sie sagte es langsam und sah ihn jetzt durchdringend an.

»Hey, du brauchst dich mir gegenüber nicht zu rechtfertigen«, gab Joe zurück, was natürlich das Gegenteil von dem war, wie er das Ganze sah. Kurz räumte er ein, dass dieses Gefühl in der Tat einen Namen hatte. Eifersucht. Aber er hatte kein Recht, eifersüchtig zu sein. Er hatte Maddy abgewiesen, und er hatte sie und Esther enttäuscht. Und außerdem, was zum Teufel dachte er sich dabei?

»Es ist eher eine App für Treffen unter Singles. Nicht zum Daten, sondern nur wegen der Gesellschaft.«

»Cool«, sagte Joe. Cool? Was zum Teufel? Er sagte nie »cool«. Er versuchte anscheinend verzweifelt, seine Eifersucht zu kompensieren.

Maddy zog die Augenbrauen hoch. »Cool?«, wiederholte sie. »Wann hast du angefangen, dieses Wort zu gebrauchen?«

»Vor ungefähr zwei Sekunden.« Joe blickte zu ihr auf, und sie brachen beide in Gelächter aus.

»Du trägst wie immer das Herz auf der Zunge«, sagte Maddy, sobald sie sich beruhigt hatten.

»Schuldig im Sinne der Anklage.«

»Ich glaube nicht, dass ich mich jetzt mit der App abgeben werde. Dazu habe ich zu viel damit zu tun, mich in Hemmingford Grey einzuleben. Aber man weiß nie, vielleicht lerne ich ja einen ortsansässigen Junggesellen kennen, wenn ich am wenigsten damit rechne, und lebe mit ihm glücklich für alle Zeiten. Hör mal, ich will nicht wieder mit Braden zusammenkommen«, sagte Maddy, ernster jetzt. »Er hat noch ein paar Sachen von mir, die er mir zurückgeben muss, und will mich zum Essen treffen. Ich würde lieber nicht gehen, daher werde ich höchstens einen Drink vorschlagen, damit ich mir holen kann, was er noch hat, und dann einen Schlussstrich unter alles ziehen kann.«

»Ein Drink, aber kein Date?«

»Kein Date. Ganz bestimmt kein Date.«

Der Umstand, dass Maddy eine Dating-App – oder was zum Teufel das war – nutzen könnte, heiterte Joe auf, aber mit ihrem Ehrgeiz, einen hiesigen Junggesellen kennenzulernen, war er nicht ganz einverstanden. Er kippte sein Bier hinunter.

»Noch eins?« Er neigte die leere Flasche in ihre Richtung.

»Klar, und dann kannst du mir erzählen, was du über Maryse herausgefunden hast.«

Joe kehrte mit ihren Drinks an den Tisch zurück, als die Kellnerin ihr Essen brachte. »Perfektes Timing«, sagte er, setzte sich und hob sein Glas. »Prost!«

»Prost. Also, was hast du heute herausgefunden?«, fragte Maddy und stieß mit ihm an.

Dieses Mal ging Joe mehr ins Detail und berichtete, was er über die Pension herausgefunden hatte und wie er seine Suche auf die zwei wahrscheinlichsten Kandidatinnen unter den Amélie Cohens eingeengt hatte. »Es ist ziemlich weit hergeholt, aber wenn eine davon die Amélie Cohen aus Peterborough war, könnte sie Maryse oder deinen Großvater gegenüber ihrer Familie erwähnt oder von ihnen erzählt haben. Wenn sie uns die fehlenden Informationen liefern, wissen wir vielleicht, wo wir anfangen können, nach Maryse zu suchen.«

»Hast du denn Telefonnummern von den Familien?«

»Bis jetzt noch nicht, aber das würde ohnehin schwierig werden. Ich spreche kein Französisch, oder höchstens Schuljungen-Sätze. *Je m'appelle Joe. Je joue au football. J'habite en Angleterre.*« Ich heiße Joe. Ich spiele Fußball. Ich lebe in England.

Maddy kicherte über seinen entschieden fragwürdigen Akzent. »Nicht wirklich nützlich«, schlussfolgerte sie.

»Nein. Ein persönliches Gespräch wäre einfacher. Aber selbst dann ist nur alles gut, solange man vorbereitet, was man sagen will – Probleme gibt es dann, wenn die Leute antworten.« Joe sah zu Maddy auf, die ein wenig selbstzufrieden lächelte. »Was?«, fragte er.

»Was du brauchst«, sagte sie langsam, »ist jemand, der Französisch fließend oder fließend genug spricht.«

»Ja, das dachte ich auch.« Er grinste ihr zu. »Jemand, dessen Großvater Französisch konnte und seinem Sohn und seiner Enkelin die Sprache beigebracht hat, wäre nützlich.«

»Ich habe es aber seit Ewigkeiten nicht gesprochen«, räumte Maddy ein. »Wenn man es nicht gebraucht, vergisst man es.«

»Ich bin mir sicher, dass noch alles hier drin ist«, sagte Joe und tippte behutsam an ihren Kopf. »Du könntest mitkommen. Du solltest mit diesen Familien reden. Das wäre perfekt.«

»Ich soll mit dir nach Frankreich fahren?«

»Ja. Was dachtest du denn, wen ich meine?«

Maddy wirkte nicht besonders begeistert. »Ich kann nicht nach Frankreich fahren. Dann müsste ich ja Gramps und Esther allein lassen. Das geht nicht.«

Kapitel 36

»Bist du dir sicher, dass du nicht mitkommen kannst? Es wäre ideal. Du könntest alles übersetzen. Wir könnten so viel mehr ausrichten.«

»Ich kann Gramps und Esther nicht über Nacht allein lassen. Das ist einfach nicht möglich. Esther könnte ich mitnehmen, aber ich weiß nicht, ob es eine gute Idee wäre, wenn Gramps mitkommt«, gab Maddy zurück.

Sie hatte nichts dagegen, wenn ihre Tochter oder ihr Großvater mitkämen, aber sie dachte pragmatisch. Es wäre schwierig, die Reise mit Gramps zu machen, seinen Rollstuhl zu verfrachten und eine passende Unterkunft zu finden. Und nicht nur das: Wenn er einen schlechten Tag hatte, würde ihn die fremde Umgebung verwirren.

»Könntest du nicht Sheila bitten, über Nacht zu bleiben?«, schlug Joe vor.

Sie dachte einen Moment darüber nach und schüttelte den Kopf. »Ideal ist das nicht. Was, wenn in der Nacht etwas passiert? Entweder Gramps oder Esther? Ich glaube nicht, dass es fair wäre, wenn Sheila mit einem Notfall zurechtkommen müsste. Sie hat kein Auto«, sagte sie. »Weißt du, dass sie über achtzig ist?«

»Wirklich? Wow, dann sieht sie aber gut für ihr Alter aus. Mir war klar, dass sie kein junger Hüpfer ist, aber ich hätte gedacht, sie sei irgendwo in den Siebzigern.«

»Sie war nach der Befreiung Fahrerin bei der Armee«, fuhr Maddy fort.

Kurz verfielen sie in Schweigen, und eine Weile hingen beide ihren Gedanken nach.

Joe ergriff als Erster wieder das Wort. »Ich habe eine Idee.«

»Ich bin ganz Ohr.«

»Warum bitten wir nicht Kay, herüberzukommen und nach ihnen zu sehen? Sie ist schließlich ausgebildete Krankenschwester. Inzwischen ist sie sogar Stationsschwester – aber das weißt du wahrscheinlich schon.«

Der Vorschlag verblüffte Maddy ziemlich. Spontan hätte sie am liebsten Nein gesagt, aber aus irgendeinem Grund stellte sie fest, dass sie die Worte herunterschluckte. »Ich bin mir nicht sicher«, sagte sie stattdessen.

»Nicht sicher ist gut«, sagte Joe. »Das heißt, dass ich dich vielleicht noch überreden kann.«

»Du weißt ja nicht mal, ob Kay einverstanden wäre.«

»Oh, das wäre sie. Außerdem ist sie diejenige, die mich überhaupt dazu gebracht hat, zu dir zu fahren. Wäre sie nicht so beharrlich gewesen, hätte ich es wahrscheinlich nicht getan.«

»Ja, aber das ist trotzdem etwas anderes. Es wäre viel von ihr verlangt, sich um einen Sechsundneunzigjährigen und eine Elfjährige zu kümmern. Und überhaupt – von welchem Zeitraum reden wir eigentlich? Ich würde die beiden nicht gern sehr lange allein lassen.«

»Wir könnten in zwei Tagen hinfliegen und wieder zurückkommen. Oder wenn du ein langes Wochenende daraus machst, könnten wir die Fähre nehmen, was wahrscheinlich billiger ist.« Joe schob sein Glas beiseite, legte die Unterarme auf den Tisch und beugte sich zu ihr hinüber.

»So, wie du das sagst, klingt es so einfach.« Maddy dachte über seine Pläne nach. Wenn es so einfach war, würde sie sich vielleicht – aber wirklich nur vielleicht – überreden lassen. »Ich schließe es nicht aus, aber ich weiß nicht, ob es Gramps gegenüber fair wäre, eine Fremde ins Haus zu holen. Das könnte ihn verwirren oder sogar ängstigen.«

Joe wirkte niedergeschmettert. »Ja, ich verstehe, was du meinst. Daran hatte ich nicht gedacht. Tut mir leid, ich war einen Moment lang wohl zu begeistert.«

Wieder trat Schweigen ein, während die beiden die schwierige Lage noch einmal abwogen.

»Warte! Ich habe eine Idee«, sagte Maddy plötzlich. »Ich könnte Sheila fragen, ob sie auch herüberkommt. So wäre jemand dabei, den Gramps kennt, und sie ist ja auch ein Profi. Ich wäre viel beruhigter, wenn beide dort wären. Und ich würde Kay bezahlen. Ich würde nicht wollen, dass sie das umsonst tut.«

»Ich bin mir sicher, dass sie kein Geld annimmt«, sagte Joe. »Und um ehrlich zu sein, könnte das die Sache sogar komplizierter machen. Du weißt schon, es ist so ähnlich, als würdest du dein Kind von jemandem betreuen lassen, ohne dass die Person registrierte Tagesmutter ist.«

Maddy war von seinem Wissen auf diesem Gebiet beeindruckt. »Daran hatte ich gar nicht gedacht.«

»Das weiß ich nur, weil meine Ex Erzieherin war«, erklärte Joe.

Maddy fiel auf, dass er ihr dabei nicht in die Augen sah, und fragte sich, ob ihn die Sache noch stärker schmerzte, als er zugab. Sie konnte sich angesichts der Vorstellung einer leichten Niedergeschlagenheit nicht erwehren, doch dann schüttelte sie sich innerlich, um nicht allzu viel darüber nachzudenken.

»Okay, wenn ich sie nicht offiziell bezahlen kann, dann würde ich gern später etwas Besonderes für sie tun. Offiziell könnte Kay mir einfach einen Gefallen tun.«

»Klingt gut. Ich schicke ihr schnell eine Nachricht. Wahrscheinlich ist sie bei der Arbeit. Ich glaube, ihre Schicht ist erst um acht zu Ende, aber ich bitte sie, mich anzurufen, und dann kann ich richtig mit ihr reden«, sagte Joe. Rasch tippte er die Nachricht und steckte das Handy dann wieder in die Jackentasche. Er blickte auf, lächelte und gab sich wieder fröhlich. »Jetzt brauchen wir nur noch Sheila zu fragen, die Flüge zu buchen, eine Unterkunft zu reservieren, die beiden Frauen zu finden und zu hoffen, dass sie bereit sind, mit uns zu reden.«

Maddy lachte. »Ja, weiter nichts. Glaubst du, wir sollten vorher anrufen, damit die Amélies wissen, dass wir unterwegs sind?«, fragte Maddy.

»Ich werde sehen, ob ich die Telefonnummern der Damen herausfinden kann, aber anrufen musst du. Es ist ja sinnlos, wenn ich versuche, mit ihnen zu reden, und sie kein Wort verstehen.«

Maddy nickte zustimmend. Sie war begeistert und nervös zugleich. So ganz sicher war sie sich nicht, worauf sie sich einließ und ob ihre Aufregung allein dem Umstand geschuldet war, dass sie vielleicht jemanden treffen würden, der sie Maryse näher bringen konnte. Oder ob es daran lag, dass sie Zeit mit Joe verbringen würde.

»Du hast gerade ausgesehen, als wärst du in Gedanken meilenweit entfernt«, bemerkte Joe.

»Alles gut. Ich hab nur über die Reise und alles andere nachgedacht. Ich hoffe wirklich, dass eine dieser Amélies die richtige ist. Was meinst du, ist die Amélie Cohen, die wir suchen, ganz bestimmt nach Frankreich zurückgekehrt?«

»Ganz genau weiß ich es nicht, aber da nach diesem Datum nirgendwo mehr Aufzeichnungen über sie existieren, vermute ich, dass sie zurückgegangen ist. Ich sehe morgen nach, ob es über ihren Mann und seinen Militärdienst irgendwelche Aufzeichnungen gibt. Wenn er im Krieg gefallen ist, wäre das möglich. Falls ja, hätte sie keinen Grund gehabt, in Großbritannien zu bleiben. Ich werde auch nach Kindern Ausschau halten. Wenn ich einen Sohn, eine Tochter oder sogar ein Enkelkind finden kann, dann könnten sie vielleicht Licht in die Geschichte bringen. Vielleicht wissen sie ja, was die Verbindung zu Maryse war.«

»Kann ich unterdessen etwas tun?«, fragte Maddy. »Ich komme mir so überflüssig vor.«

»Ich glaube nicht. Du hast sowieso genug um die Ohren.«

Das Gespräch wandte sich allgemeineren Themen zu. Joe erzählte ihr mehr von seinem Job, in dem er seit achtzehn Monaten arbeitete.

»Privatermittler klingt sehr aufregend«, sagte Maddy.

»Nicht wirklich. Meist hat es damit zu tun, jemandes Ehepartner auszuspähen, um festzustellen, ob er oder sie untreu ist. Oder Schulden bei jemandem einzutreiben oder für Anwälte Klienten ausfindig zu machen. Die Bezahlung ist nicht besonders toll, und die Arbeitszeiten sind unchristlich. Meine Ex hat meinen Job gehasst.«

Wieder die Ex, fiel Maddy auf. Jetzt oder nie, beschloss sie, wenn sie herausfinden wollte, wie vergangen die Ex wirklich war. »Ist sie deswegen jetzt deine Ex?«

»Das ist einer der Gründe«, gab Joe gleichmütig zurück.

»Und die anderen?«

»Wir waren vollkommen unterschiedlich. Keine Ahnung, warum wir überhaupt so lange zusammengeblieben sind.«

»Wie lange war das genau?« Bitte, mach, dass es nicht lange war, betete Maddy lautlos.

»Sechs Monate. Ein Rekord.«

»Bereust du die Trennung?«, hörte sie sich laut fragen.

»Nein. Die Beziehung führte für uns beide nirgendwohin.«

Maddy spürte einen Anflug von Erleichterung darüber, dass Joes Beziehung nicht nur kurz gewesen war, sondern er ihr Ende absolut nicht zu bedauern schien. »Dann bist du nicht so geschädigt, dass du allen Beziehungen abgeschworen hast?«, hörte sie sich fragen. Was zum Teufel war bloß in sie gefahren? Sie hatte das nicht laut aussprechen wollen. Sie spürte, wie sie rot wurde. »Tut mir leid. Das war zu neugierig. Ich hätte nicht fragen sollen.«

Er lachte leise. »Mir gefällt, dass du gefragt hast.«

Sie konnte ihn nicht ansehen und zuckte innerlich über ihren Mangel an Takt und Reife zusammen. »Bitte, vergiss, dass ich etwas gesagt habe«, murmelte sie.

Er beugte sich über den Tisch und musterte sie. »Ich habe ganz bestimmt den Beziehungen nicht abgeschworen«, sagte er. »Man macht nicht immer beim ersten Mal alles richtig. Wir sind alle Menschen und machen Fehler.«

Maddys Herz hämmerte. Seine Anspielung war ihr nicht entgangen. Sie holte tief Luft und zwang sich, seinem Blick standzuhalten.

»Willkommen im Club«, sagte sie leise.

Joe öffnete den Mund, um etwas zu sagen, wurde aber von der Kellnerin unterbrochen, die an ihrem Tisch auftauchte und die Teller abräumte.

»Vergiss das nur nicht wieder«, sagte Joe.

»Ich sollte nach Hause gehen«, sagte Maddy und sah auf ihre Uhr. »Ich habe gar nicht gemerkt, dass es schon fast acht ist. Sheila will bestimmt heim.«

»Ich fahre sie«, sagte Joe und stand auf.

Innerhalb von zehn Minuten waren sie wieder bei Maddy, und als Joe Sheila ins Auto half, konnte Maddy sich der Enttäuschung nicht erwehren, dass ihr gemeinsamer Abend schon vorüber war.

»Gib mir Bescheid, was du morgen herausfindest«, sagte sie überflüssigerweise.

»Ich rufe dich an, sobald ich etwas weiß«, gab Joe zurück. Er schloss die Tür hinter Sheila und trat auf die Fahrerseite, wo Maddy stand. »Mir hat dieser Abend gut gefallen.«

»Mir auch.«

Er beugte sich vor und küsste sie flüchtig auf die Wange. »Das, was wir vorhin über Fehler und zweite Chancen gesagt haben …«

»Ja«, sagte sie und holte tief Luft, um ruhig zu bleiben.

»Wir sollten das irgendwann fortsetzen. Das heißt, wenn du magst.«

»Gern. Sehr gern«, sagte sie mit einer Zuversicht, die ihn beruhigte.

Er lächelte strahlend, stieg in seinen Wagen, startete den Motor und fuhr das Fenster herunter. »Gute Nacht, Maddy«, sagte er, legte den Gang ein und fuhr davon.

Gerade als Maddy sich abwandte, um hineinzugehen, kam Esther an die Tür.

Maddy legte ihr einen Arm um die Schultern und ging mit ihr zurück ins Wohnzimmer. »Ich muss etwas mit dir besprechen. Etwas Wichtiges.«

Kapitel 37

Mai 1944

Arthur hörte sie schon, bevor er sie sah. Maryse schrie seinen Namen und polterte auf ihrem Fahrrad auf den Hof. Arthur ließ den Besen fallen und stürzte zu ihr.

»Was ist los, Maryse?«

»Schnell! Versteck dich. Du musst dich verstecken. Komm mit!«

»Was?«

»Tu, was ich dir sage. Die Gestapo weiß über dich Bescheid!«

Jetzt kam auch Hugo auf den Hof gerannt. Er wechselte einen Blick mit seiner Schwester. »Wie ist das passiert?«

»Jean-Paul. Es war keine Absicht. Er hat gesehen, wie sie seinen Vater zugerichtet haben. Er hatte Angst. Heute Morgen war die Gestapo in der Schule. Sie haben mit den Kindern geredet. Sie mit Tricks zum Sprechen gebracht. Monsieur Rochelle hat mich gewarnt.« Sie zog Arthur über den Hof. »Sie kommen. Wir müssen sofort verschwinden.«

»Und meine Sachen?«

»Darum kümmert sich Hugo. Lauf weg! Sofort!«

Hugo rannte los zur Scheune und rief den beiden über die Schulter zu, er werde ihnen Arthurs Tasche hinunterwerfen. Arthur hatte stets dafür gesorgt, dass die Tasche mit seinen Habseligkeiten gepackt war, damit er einen schnellen Abgang hinlegen konnte.

Er fing die Tasche auf, die Hugo vom Heuboden warf, verfiel dann ohne Zögern in einen Laufschritt und folgte Maryse, die den Hof auf der Rückseite verließ und zum Fluss, über die Brücke und in den Wald dahinter lief. Rasch legte er die Entfernung zurück und holte sie ein. Sinnlos, sie zu fragen, wohin sie gingen, er hatte ohnehin keine Ahnung. Er würde ihr einfach vertrauen müssen.

Einer unsichtbaren Route folgend rannten sie tiefer in die Wälder hinein und schlängelten sich zwischen den Bäumen hindurch, die das Licht und die Hitze des Tages aussperrten. Der Boden fühlte sich unter seinen Füßen schwammig an, der Farn reichte ihm fast bis zu den Oberschenkeln.

Schließlich wurde Maryse langsamer, bis sie nur noch ging. Schwer atmend zeigte sie nach vorn auf eine kleine Holzhütte, nicht größer als ein Gartenschuppen. »Da«, sagte sie. »Dort können wir unterkriechen. Hugo benutzt sie, wenn er nachts auf die Jagd geht.« Sie zog die Holztür auf, die knarrend protestierte.

Im Inneren verlief an den Seitenwänden entlang je eine Holzbank, und auf einem Bord darüber standen ein paar Blechtassen und -teller mit zwei Messern, zwei Gabeln und zwei Löffeln und daneben ein schwerer Topf mit einer Schöpfkelle. Abgesehen davon war die Behausung leer.

»Ich hoffe, deiner Mutter passiert nichts«, sagte Arthur, der sich fragte, was wohl gerade auf dem Hof los war.

»Meine Mutter ist stark«, gab Maryse zurück.

»Genau wie du.«

»Mir bleibt auch nichts anderes übrig. Als Frau schon gar nicht.«

Als Arthur über Maryses Worte nachdachte, spürte er Zorn in seiner Brust aufsteigen. »Es tut mir leid …« begann er, doch sie hob die Hand und unterbrach ihn mitten im Satz.

»Dir braucht nichts leidzutun. Eines Tages müssen diese Soldaten nach Hause zurückkehren und ihren Frauen, ihren Freundinnen, ihren Schwestern und ihren Müttern ins Gesicht sehen. Und dann müssen sie damit leben, was sie anderen Frauen, Freundinnen, Schwestern und Müttern angetan haben. Sie werden das Wissen mit ins Grab nehmen müssen.«

»Und du?«, fragte Arthur behutsam und hoffte inständig, dass er sich irrte. »Hast du so etwas schon durchgemacht?«

Sie lächelte verhalten. »Nein. Nein, aber das heißt nicht, dass ich es nicht tun würde. Wir alle müssen vieles hinnehmen, um am Leben zu bleiben. Für manche ist es eine Frage des nackten Überlebens.« Maryse setzte sich auf die Bank. »Aber erzähl Hugo nichts davon. Er begreift das nicht und bezeichnet alle Frauen als dreckige Huren, die das Land verraten.«

Empörung im Namen der Frauen stieg in Arthur auf. Er billigte ihr Verhalten nicht, doch er konnte den Hass, den Hugo offensichtlich nährte, nicht aufbringen. »Jeder muss tun, was er muss, um zu überleben«, sagte er. »Wir dürfen uns darüber kein Urteil erlauben.«

»Ganz meine Meinung. Manchmal fürchte ich mich davor, meine Ansichten auf die Probe stellen zu müssen«, gab Maryse zurück.

Arthur empfand ein überwältigendes Bedürfnis, sie zu beschützen. Er legte einen Arm um ihre Schultern und zog sie an sich. »Ich verspreche, dass ich, solange ich hier bin und lebe und atme, alles tun werde, um dich zu schützen.«

Kapitel 38

Auf dem Beifahrersitz von Joes Auto warf Maddy einen letzten Blick über die Schulter, während sie rückwärts aus der Einfahrt und auf die Straße setzten. Esther, Sheila und Gramps standen alle auf dem Weg und winkten ihnen nach wie Hochzeitsgäste. Hochzeit? Wie kam sie denn jetzt darauf? Sie warf Joe einen Seitenblick zu und war sich beinahe sicher, dass er ihre Verlegenheit bemerken würde und irgendwie ihre Gedanken lesen konnte.

»Sie werden das ausgezeichnet machen«, beruhigte Joe sie. »Kay ist brillant. Sie wird ganz in ihrem Element sein.«

»Ich weiß, aber ich kann nicht anders, als mir trotzdem Sorgen zu machen«, gab Maddy zurück und war erleichtert darüber, dass er keine Ahnung hatte, was sie gerade gedacht hatte. »Kay hat gesagt, sie würde nur im Notfall anrufen.«

»Kay ist einer der fähigsten Menschen, die ich kenne.«

Das stimmte, Kay war großartig in ihrem Job und ein hoch geschätztes Mitglied des Teams im Krankenhaus. Seit Maddy sie um Hilfe gebeten hatte, war Kay in den letzten drei Tagen jeden Abend gekommen, um Esther und Gramps kennenzulernen und sich mit den Abläufen im Haus vertraut zu machen. Kay war tüchtig und professionell, aber vor allem charmant und jemand, den man schnell gernhatte. Maddy erinnerte sich, dass Kay genauso gewesen war, als Joe die beiden damals vorgestellt hatte. Kay und Matt hatten sie beide sehr nett aufgenommen, und Maddy war zwar in Verbindung zu ihnen geblieben, aber nicht besonders intensiv. Jetzt wurde ihr klar, wie sehr ihr Kay als Freundin gefehlt hatte.

»Sieh mal, wir sind ja in ein paar Tagen zurück. Wenn ein Notfall passiert, wird Kay damit fertig und gibt uns Bescheid, und ich setze dich in den ersten Flieger nach Hause.«

Joe beruhigte sie zum hundertsten Mal, und Maddy wusste seine Geduld zu schätzen. Sie hatte die bewusste Entscheidung getroffen, dass sie versuchen würde, nicht an zu Hause zu denken, solange sie fort war.

Joe war ein angenehmer Reisegefährte. Er war sehr entspannt und hatte außerdem alles gut organisiert. Maddy hatte ganz vergessen, wie methodisch er vorging, aber das kam von seiner Erfahrung als Polizist und seinem aktuellen Job. Er unterhielt sie mit Geschichten über seine Tätigkeit als Privatdetektiv: wie er herumreiste und sich mit Klienten traf, Menschen beschattete, säumige Schuldner oder Versicherungsbetrüger aufspürte, verdeckte Überwachungen durchführte – oder spionierte, wie Maddy es genannt hatte –, aber auch an seinem Schreibtisch saß, Recherchen durchführte und Bürokram erledigte.

»Logistisch ist das ziemlich anstrengend«, sagte Joe. »Aber ich mag Herausforderungen. Und ich hasse es, den ganzen Tag hinter einem Schreibtisch festzusitzen, also vereint mein Job das Beste aus beiden Welten.«

Ein paar Stunden später erreichten sie den Fährhafen. Bald waren sie an Bord und stiegen die Metalltreppe hinauf, die vom Autodeck zum Passagierdeck des Schiffs führte.

»Oben gibt es ein schickes Restaurant, wenn du magst«, schlug Joe vor, als sie auf dem Hauptdeck ankamen.

»Ich bin zufrieden mit einem billigen, fröhlichen Selbstbedienungscafé«, gab Maddy zurück und schaute auf ihre Jeans hinunter, die wenig passend für einen Besuch in einem edlen Restaurant waren.

»Ein Mädchen nach meinem Herzen.« Joe legte eine Hand unter ihren Ellbogen und bugsierte sie zwischen den Passagieren hindurch, die im großen Rezeptionsbereich warteten. »Lass uns den Menschenmassen entrinnen.«

Als sie eine Stunde später aus dem Café schlenderten, konnte Maddy sich der Erinnerung an vergangene Zeiten nicht erwehren, als Joe und sie solche Dinge als Paar getan hatten. Lächelnd dachte sie an den Kurzurlaub zurück, den sie in Cornwall verbracht hatten.

»Weshalb lächelst du?«, fragte Joe, hängte sich seine Reisetasche über die Schulter und nahm ihre.

»Ach, ich habe mich nur an unseren romantischen Urlaub in Cornwall erinnert.«

»Du musstest unbedingt davon anfangen, nicht wahr?«, fragte Joe und schüttelte in gespielter Verzweiflung den Kopf.

»Ich habe mich nie richtig davon erholt.«

»So schlimm war es doch bestimmt nicht, oder?«

»Der romantische Kurzurlaub, der sich als Wochenende in einem Wohnwagen auf einer Klippe herausstellte.«

»Die Aussicht war wunderschön«, konterte Joe.

»Ja, aber nicht, wenn es in Strömen regnete und stürmte.«

»Für das Wetter konnte ich nichts.«

»Und das Restaurant, in dem du reserviert hattest?«

»So ein Fehler kann einem leicht unterlaufen … Polruan und Polperro klingen sehr ähnlich.« Joe hielt ihr die Tür auf, und sie traten aufs Deck.

Der Mond schien von einem wolkenlosen Nachthimmel und spiegelte sich im Meer wie eine Discokugel. Maddy griff in ihr Haar und legte es über die Schulter, damit die Brise es ihr nicht ständig ins Gesicht wehte.

»Und wir sind nirgendwo mehr hineingekommen, weil wir zu lange gewartet hatten und in Fowey irgendein Buchfestival stattfand.«

»Aber du hast keinen Hunger gelitten, oder? Lammköfte mit Blick auf einen Hafen im Mondschein.«

»Ein Kebab auf einer Bank vor den öffentlichen Toiletten«, verbesserte Maddy ihn.

»Du kannst nicht behaupten, das sei kein denkwürdiger Abend gewesen.«

Maddy lachte, und ihre Miene wurde weicher. »Unvergesslich«, sagte sie zärtlicher, als sie vorgehabt hatte.

Sie nahmen ein paar Drinks an der Bar und sahen der bordeigenen Unterhaltungsgruppe zu. Das Gespräch zwischen ihnen verlief nicht mehr so ungezwungen wie vorhin. Maddy fragte sich, ob nur sie sich seiner schmerzhaft bewusst und verwirrt von der Mischung aus Emotionen war, die dabei aufstiegen. Sie rief sich ins Gedächtnis, dass sie Abstand wahren sollte. Vor drei Jahren hatte Joe sie zurückgewiesen, und sie konnte es sich nicht leisten, dass die Geschichte sich wiederholte. Das wäre viel zu demütigend.

»Ich lege mich jetzt hin«, sagte Maddy und trank aus. An diesem Punkt wurde ihr klar, dass sie nicht über die Einzelheiten ihrer Übernachtung gesprochen hatten.

»Ich auch«, gab Joe zurück. Er warf ihr noch einen seiner typischen Blicke zu, als müsste er überlegen, was er sagen sollte. »Wir haben dieselbe Kabine, aber es sind natürlich nur Schlafkojen. Geh doch schon mal vor und mach dich bettfertig, und ich komme in zehn Minuten nach, wenn du so weit bist. Okay?«

Maddy ging in die Kabine, erleichtert darüber, dass Joe nicht einmal auf die Idee gekommen war, etwas anderes als getrennte Kojen vorzuschlagen.

»In ungefähr drei Stunden sollten wir in Sérent sein. Kommt auf den Verkehr an«, sagte Joe, während sie durch die kleine Passkontrolle gingen. »Was ist dir lieber … Sollen wir anhalten und in einem Café zu Mittag essen oder uns in einer Autobahnraststätte ein Sandwich besorgen und unterwegs essen?«

»Unterwegs ist für mich in Ordnung«, antwortete Maddy. »Da sparen wir Zeit, und außerdem sind wir ja nicht zu einer Vergnügungstour hier.«

Innerhalb von dreißig Minuten bretterten sie über die Autobahn. Das Navi war auf ein kleines Dorf eingestellt, das ungefähr eine Stunde entfernt lag.

Maddy schaute in die Akte, die Joe über Gramps' Geschichte zusammengestellt hatte. Die erste Amélie Cohen, die er im französischen System gefunden hatte, hatte nach dem Tod ihres Mannes vor ungefähr zwanzig Jahren in einem Altersheim gelebt, und Amélie selbst war fünf Jahre später verstorben. Sie hatten eine Tochter und zwei Söhne. Der Name »Colette Beaufort« war unterstrichen, gefolgt von einer Adresse und einer Telefonnummer.

»Wie gehen wir das an?«, fragte Maddy.

Das Vorgehen überließ sie Joe, da er so etwas tagaus, tagein tat. Er wusste am besten, wie er Menschen dazu brachte, mit ihm zu reden.

»Also, ich dachte, wir fahren in das Dorf, in dem Colette lebt, und dann könntest du sie anrufen. Ich kann mit dir durchgehen, was du sagen sollst. Hoffentlich spricht sie entweder am Telefon mit uns oder persönlich – besonders, wenn wir erklären, dass wir schon vor Ort sind.«

»Du klingst in dieser Hinsicht sehr optimistisch.«

»So arbeite ich normalerweise.«

Sie nickte. »Hoffen wir, dass ich es schaffe, so charmant und überzeugend zu klingen wie du.«

»Dann gibst du zu, dass ich charmant bin?«, fragte er und warf ihr einen Seitenblick zu.

»Nur ein wenig. Lass es dir aber nicht zu Kopf steigen.«

Noch eine weitere Stunde, und sie fanden sich in dem kleinen Dorf Sérent wieder. Auf dem zentralen Platz fand ein Markt statt. Darüber ragte eine beeindruckende Kirche auf, deren Turm höher reichte als alle anderen Gebäude des Dorfs, das mit seinen Schindeldächern und Fensterläden ganz typisch für die Bretagne war. An den Marktständen wurden Lebensmittel, Gemüse, Fisch und Obst verkauft, andere boten Crêpes an. Daneben befand sich ein Grill mit mehreren Spießen voll bratender Hähnchen, und bei dem Duft nach Zwiebeln und Bratensaft knurrte Maddy der Magen.

»Willst du hier essen?«, fragte Joe, während er ein weiteres Mal um den Parkplatz kreiste.

»Zuerst sollten wir Colette anrufen«, gab Maddy zurück. »Gut möglich, dass sie zu Hause ist und zu Mittag isst und wir sie überreden können, uns später zu treffen.«

»Okay, ich parke hier, und wir rufen sie an. Wenn ich ›wir‹ sage, meine ich natürlich dich.«

»*Bien sûr*«, gab Maddy zurück. Klar.

Ihr Magen flatterte nervös. Es war lange her, seit sie ihr Französisch hatte gebrauchen müssen, und wie sie Joe erklärt hatte, war es ein wenig eingerostet. Sie hatte in den letzten paar Tagen versucht, es etwas aufzufrischen, um mehr Selbstvertrauen zu bekommen.

Joe parkte den Wagen. Er hatte das Glück, einen Platz unter einem Baum zu ergattern, den ein anderes Auto gerade räumte. Es war Ende Juli, und obwohl die Temperaturen nur um ein paar Grad höher lagen als in Großbritannien, war es so heiß, dass sie beide schwitzten.

»Fertig?«, fragte er, während er die Telefonnummer eintippte, das Handy auf laut stellte und den Finger über dem Anrufbutton schweben ließ.

»Leg los«, sagte sie selbstbewusster, als sie sich fühlte.

Sofort nahm jemand ab. »*Oui, allô*«, ließ sich die Stimme einer Frau mittleren Alters hören.

»*Madame Beaufort?*«, fragte Maddy.

»*Oui.*« Die Antwort klang vorsichtiger.

Maddy hatte das Skript, das Joe ihr gegeben hatte, und begann mit ihrer Einleitung. Sie war froh, dass sie Gelegenheit gehabt hatte, das zu proben. »Ich bin Maddy Pettinger aus England und versuche, für meinen Großvater jemanden zu finden. Er ist über neunzig und würde sich sehr freuen, wieder in Kontakt zu treten. Soweit wir wissen, könnte Ihre Mutter, Amélie Cohen, diese Person kennen. Wir hatten uns gefragt, ob wir Sie aufsuchen und mit Ihnen reden könnten. Wir sind gerade in Sérent.«

»Meine Mutter ist vor einigen Jahren verstorben. Tut mir leid, Ihnen nicht helfen zu können.«

»Bitte, Madame Beaufort, es dauert auch nicht lange. Wir wollen Ihnen nur ein paar Fragen stellen.«

Ein langes Schweigen trat ein, und kurz dachte Maddy schon, die Verbindung sei abgerissen, doch schließlich fuhr die Französin fort.

»Es ist für Ihren Großvater, sagen Sie?«

»Ja, er war während des Krieges hier in Frankreich, aber wir glauben, dass Ihre Mutter die Verbindung zwischen ihm und dieser anderen Person war, während sie in England gelebt hat.«

»Ich weiß wirklich nicht viel über diese Zeit. Meine Mutter hat nicht oft über den Krieg gesprochen.«

»Nein, das verstehe ich schon. Aber vielleicht könnten wir uns treffen, und dann könnten wir Ihnen einfach ein paar Fragen stellen. Bitte?«

»Ich bin mir nicht sicher. Da muss ich zuerst mit meinem Sohn sprechen.«

»Geht das heute noch? Wir sind gerade im Dorf und können nicht warten.«

»Wenn überhaupt, dann heute Abend. Um sieben im Restaurant *St. Pierre* gegenüber der Kirche.«

»Vielen, vielen Dank. Hoffentlich sehen wir uns dann«, sagte Maddy. »*Merci beaucoup, Madame.*« Vielen Dank, Madame.

»Keine Ahnung, warum ich überhaupt zugehört habe«, sagte Joe. »Ich habe kein Wort verstanden. Gute Nachrichten?«

»Sie will zuerst mit ihrem Sohn reden. Klingt aber so, als könnten wir uns Hoffnungen machen, und wir sollen heute Abend in einem Restaurant gegenüber der Kirche warten und das Beste hoffen. Vielleicht kommt sie ja.«

»Okay, sie hat nicht sofort Nein gesagt, das ist schon mal gut«, sagte Joe. »Wie wäre es, wenn wir Kontakt zu der anderen Familie Cohen aufnehmen und sehen, ob wir für heute Nachmittag ein Treffen vereinbaren können?«

»Schön. Wie weit entfernt leben sie?«

»Nach der Karte zu urteilen, ungefähr eine Autostunde. Wenn sie uns heute noch treffen wollen, haben wir genug Zeit.«

»Dann rufe ich jetzt dort an«, sagte Maddy, blätterte zu der Seite mit der nächsten Familie Cohen und gab sorgfältig die Nummer ein.

Dieses Mal fiel die Reaktion weniger argwöhnisch aus. Die Familie klang sogar sehr interessiert an der Vorgeschichte, die zu Maddys und Joes Besuch geführt hatte.

»Aber bitte, kommen Sie doch vorbei«, sagte die Frau, Madame Petit. »Ich lebe mit meiner Schwester zusammen. Wir würden gern mehr über unsere Mutter herausfinden.«

Sie einigten sich auf eine Zeit, und Maddy beendete das Gespräch.

»Ich kann das vielleicht nicht verstehen, aber es klang positiv«, sagte Joe und startete den Motor.

»Sie wollen, dass wir vorbeikommen. Es sind zwei Schwestern, die Töchter von Amélie Cohen.«

»Großartig. Um wie viel Uhr?«

»Halb vier.«

»Noch besser. Dann haben wir Zeit, richtig zu Mittag zu essen.«

»Ehrlich, Joe, ich wäre mit einem Sandwich oder einem Baguette zufrieden«, sagte Maddy.

»Ich lade dich ein. Und ich bestehe darauf.«

Joe klang fest entschlossen und so, als würde er ein Nein nicht akzeptieren, daher gab Maddy es auf, Einwände zu erheben. »Wo?«, fragte sie.

»Meinen Recherchen zufolge liegt hier gleich um die Ecke eine Crêperie«, sagte Joe und lenkte den Wagen eine schmale Gasse entlang.

Dort standen alte Steinhäuser mit hölzernen Türen und Fensterläden, und praktisch jedes zweite Haus schien einen Blumenkasten mit roten Geranien zu besitzen.

»Alles sieht vollkommen tot aus«, merkte Joe an und sah sich unter den geschlossenen Fensterläden um.

»Hält im Sommer die Hitze ab«, erklärte Maddy. »Und angeblich vertreiben die Geranien die Fliegen. Und ja, ich stecke voll nutzloser Informationen.«

»Nicht nutzlos, falls ich ein Haus in Frankreich kaufen wollte«, sagte Joe. Er hielt vor der Crêperie. »Spürst du denn eine Verbindung zu Frankreich? Ich meine, du sprichst die Sprache und du weißt alles über Fensterläden und Geranien.«

»Pass bloß auf, sonst erzähle ich dir alles darüber, wie oft man jemanden küsst, abhängig davon, wie gut man die Person kennt, und auf welcher Seite man anfängt, um diese peinlichen Nasenstüber zu vermeiden«, sagte Maddy lachend und stieg aus.

»Also, das klingt jetzt viel interessanter!«

Maddy lachte noch einmal und war sich unsicher, was sie darauf antworten sollte.

Die Crêperie war belebt, was, wie Maddy fand, für eine Kleinstadt ein gutes Zeichen war. Es hieß, dass die Einheimischen gern hier aßen, also musste das Essen gut sein. Man setzte sie an einen Fensterplatz und reichte ihnen die Speisekarten, während die Kellnerin davonging, um ihre Getränke zu holen.

»Also, spürst du eine Verbindung zu Frankreich, nachdem du jetzt hier bist?«, fragte Joe noch einmal, sobald sie bestellt hatten.

»Ich weiß nicht. Die romantische Antwort wäre wahrscheinlich Ja, aber ehrlich, ich spüre keine Verbindung. Ich fühle mich hier wohl, aber das liegt wahrscheinlich daran, dass wir oft Urlaub in Frankreich gemacht haben, als wir Kinder klein waren, und weil ich die Sprache spreche, fühlt es sich weniger fremd an.« Maddy wurde klar, dass sie beide noch nie darüber gesprochen hatten.

»Aber es liegt dir nicht im Blut?«

»Eher nicht, weil das ja wirklich nicht der Fall ist – im Unterschied zu dir. Du bist in Irland geboren und hast ein paar Jahre dort gelebt, aber ich kann mich nicht erinnern, dass du dich je besonders irisch gefühlt hättest.«

»Stimmt«, räumte Joe ein. »Ich habe einen irischen Pass, aber ich bin mir nicht sicher, ob ich mich deswegen als Ire fühle. Ich habe nicht dieses deutliche Gefühl, dort verwurzelt zu sein oder Anteil an der Kultur zu haben, und um fair zu sein, war ich zuletzt mit ungefähr sechzehn dort, als meine Tante Marie geheiratet hat.«

»Aber was sagt dir dein Gefühl? Fühlst du dich denn englisch?«

»Ich habe ein Gefühl von Zugehörigkeit, und doch gehöre ich weder nach England noch nach Irland. Es liegt irgendwo dazwischen.«

»Macht dir das etwas aus?«

»Nicht wirklich.«

Eine Weile sah Maddy Joe nachdenklich an. Sie hatte das Gefühl, dass hinter dieser Aussage mehr steckte, als er zugab. Sie hakte nach. »Also, du sagst, dass das Fehlen von Wurzeln oder Zugehörigkeit dich nicht stört, aber hat es schon mal jemand anderem etwas ausgemacht?«

»Wie kommst du darauf?«

»Reine Neugier.«

»Du weißt doch, was man sagt, oder? Neugier ist der Katze Tod.«

»Dann habe ich also recht? Es war schon einmal ein Problem für jemanden.«

Joe nahm einen tiefen Zug von seinem Bier und schaute auf den Platz hinaus. Dann stellte er sein Glas ab und veränderte seine Sitzhaltung. »Okay, meine Ex-Freundin fand, es mache mich rastlos. Dass ich keine Wurzeln hätte und deswegen emotional distanziert wäre. Bei einer besonders hitzigen Diskussion hat sie mich anscheinend analysiert und mir erklärt, deswegen sei ich zur Polizei gegangen – weil ich irgendwo hingehören wollte. Und deswegen, so meinte sie, mache ich auch den Job als Detektiv – weil ich Anteil an etwas haben will, was ich selbst nicht habe. Du weißt schon, familiäre Wurzeln und Geschichte. So etwas.«

»Wow. Das klingt alles sehr tiefsinnig, aber ich kann verstehen, was sie meinte.« Alarmglocken gingen in Maddys Kopf los und warnten sie, dass sie sich auf gefährliches Terrain begab, doch sie konnte sich nicht stoppen. Die Ex-Freundin hatte Joe absolut treffend charakterisiert. »Dein Dad hat dich und deine Mum verlassen, als du sieben warst, stimmt's? Dann hat deine Mum wieder geheiratet, und du musstest praktisch auf eigenen Füßen stehen und allein mit dem Leben fertigwerden.«

Ein Muskel an Joes Kiefer zuckte, und seine Schultern verspannten sich.

Maddy hatte einen wunden Punkt getroffen, und es tat ihr bereits leid. Sie hatte kein Recht, Joe das anzutun. Es ärgerte sie, dass sie offensichtlich nicht über seine Zurückweisung hinweggekommen war, und sie hasste sich, weil sie nicht in der Lage war, das hinter sich zu lassen.

Die Kellnerin brachte ihr Essen. Sie hatten beide Pizza bestellt, aber keiner von ihnen machte Anstalten, damit anzufangen.

Joe trommelte mit dem Daumen auf die Tischkante. Schließlich ergriff er das Wort. »Das ist meine Ausrede. Und was ist deine?«

Autsch! Das tat weh, und sie hatte es verdient. Joe verdiente eine ehrliche Antwort. »Du weißt, warum ich nicht mit Esthers Dad zusammengeblieben bin – es war nicht viel mehr als ein One-Night-Stand. Drei Nächte, wenn wir pedantisch sein wollen. Seitdem habe ich niemand anderen geliebt als ...« Sie unterbrach sich, um den Satz nicht mit *dich* zu beenden, wandte den Blick ab und konzentrierte sich auf den großen Farn im Topf, der fast einen Meter hoch sein musste.

Sie spürte, wie er die Hand auf ihre legte und sie behutsam drückte. »Hey, Mads«, sagte er leise. »Es ist in Ordnung, ehrlich zu sein. Das sind nicht alle, und sie bereuen es in der Regel. Glaub mir, das weiß ich aus persönlicher Erfahrung.«

Sie hatte keine Ahnung, was er meinte, und wagte nicht, darüber nachzudenken. Wenn er versuchte, ihr etwas zu sagen, dann sollte er es laut und deutlich aussprechen. Hatte er bereut, ihr nicht eher gesagt zu haben, dass ihre Beziehung ihm nicht besonders viel bedeutet hatte, dass er sie als ein wenig Spaß sah oder dass er nicht auf der Suche nach einer langfristigen Bindung oder überhaupt einer Bindung war?

Sie zog die Hand weg. Das Gefühl von Zurückweisung schmerzte sie zuerst und ärgerte sie dann. Sie hasste es, so zu empfinden. Eigentlich sollte sie daran gewöhnt sein. Schließlich war er nicht der Erste, der sie verschmäht hatte. In dieser Beziehung konnte er sich hinter ihrer Mutter anstellen.

»Können wir das Thema wechseln?«, fragte sie, setzte sich gerader auf und reckte das Kinn.

Joe musterte sie kurz. »Klar.« Er stieß den Atem aus. »Stürzen wir uns aufs Essen. Es sieht köstlich aus.«

»Ja, nicht wahr? Ich bin am Verhungern.« Maddy griff nach ihrem Besteck und machte sich übertrieben enthusiastisch über ihr Mittagessen her.

Kapitel 39

Mai 1944

Sie hatten sich noch zwei Stunden in der Hütte versteckt, bis Hugo kam und ihnen sagte, die Luft sei rein, doch Arthur hatte das nicht das Geringste ausgemacht.

Er hatte sie die ganze Zeit über in den Armen gehalten und es genossen, ihren Körper so nah an seinem zu spüren und gemeinsam im Trost einer menschlichen Berührung zu schwelgen, die weder mit Ängsten noch mit Forderungen verbunden war. Diese wenigen Stunden waren eine Oase der Ruhe und der Erleichterung, während um sie herum in Europa der Krieg tobte.

»Geht es allen gut?«, fragte Arthur, der wusste, dass Maryse sich Sorgen um ihre Mutter gemacht hatte.

»Sie haben den Hof ordentlich auf den Kopf gestellt«, erzählte Hugo. »Aber natürlich haben sie nichts gefunden. Sie haben uns auch hartnäckig befragt, aber nichts aus uns herausbekommen. Die Deutschen haben keine Beweise, nur das Wort eines kleinen Jungen, der solche Angst um seinen Vater hatte, dass er bereit war, sich alle möglichen Geschichten auszudenken.«

»Und das glauben sie?«, fragte Maryse.

Hugo zuckte mit den Schultern. »Wer weiß schon, was sie wirklich denken? Sie spielen mit uns wie eine Katze mit einer Maus. Sie sorgen dafür, dass wir in Angst und Schrecken leben. Es amüsiert sie. Wir können nur hoffen, dass sie noch eine Weile so ahnungslos bleiben. Ich habe Nachricht von Patrick. Er hält sich bedeckt, bis die Aufregung verflogen ist.« Hugo wies auf Arthur. »Je schneller wir dich hier herausholen können, desto besser. Du lenkst zu viel Aufmerksamkeit auf uns.«

»Soll mir recht sein«, sagte Arthur. »Ich will auch gar nicht hierbleiben. Je schneller ich wegkomme, desto besser.«

Hugo taxierte ihn und schob ihm dann etwas zu. Es war eine in grauen Stoff gewickelte Waffe. »Die solltest du bei dir führen«, sagte er, wandte sich dann ab und ging durch den Wald in Richtung Gutshaus davon.

Arthur wog die Pistole in der Hand, überprüfte den Lauf und sah erfreut, dass sie geladen war. Er vergewisserte sich, dass sie gesichert war, und steckte sie dann in die Jackentasche.

Wieder an der Scheune angekommen, drehte Maryse sich zu ihm um. Ihre Miene wirkte verletzt und ärgerlich. »War das dein Ernst, was du gesagt hast? Dass du nicht hierbleiben willst?«

Arthur stöhnte auf. Auf der einen Seite hatte er das tatsächlich so gemeint, andererseits auch wieder nicht. Er streckte die Hand nach Maryse aus, doch sie schüttelte ihn ab. »Bitte, Maryse …«, begann er.

»Lass mich in Ruhe!«, fauchte sie und stieß noch einmal seine Hand weg. Dann rannte sie davon. Arthur sah zu, wie sie um die Ecke des Hofs verschwand.

»Verdammt«, sagte er und seufzte. Dann wurde ihm klar, dass er an Freddies Grab stand. »Das lief nicht gut, was?«, sagte er zu seinem toten Freund.

Arthur trottete zurück zur Scheune, wo inzwischen wieder seine Decke lag und eine Flasche mit frischem Wasser stand. Es wurmte ihn, dass er Maryse so aufgebracht hatte, denn das war das Letzte, was er sich wünschte. Doch es sah ihr nicht ähnlich, so überzureagieren, normalerweise war sie sehr rational. Er schob es auf die angespannte Lage und hoffte, bald mit ihr reden und das Missverständnis ausräumen zu können.

Da er nicht zur Ruhe kam und die Gedanken an Maryse auch nicht vertreiben konnte, unternahm er einen Spaziergang über den Hof. Er schlenderte aus der Scheune und über die Pflastersteine.

Es war einer dieser stillen Abende, an denen alle Geräusche lauter wirkten und weit trugen. Seine Stiefelschritte hallten auf dem Hof wider und wurden von den Steingebäuden zurückgeworfen, und irgendwo unten am Hügel bellte ein Hund. Die Luft war feucht, und obwohl der Tag hell und warm gewesen war, bemerkte er den Wetterumschwung. Als er zum Fluss hinunterging, sah er, dass die Wolken am Horizont begannen, sich auf den Hof zuzubewegen. Heute Nacht würde es regnen. So sicher wie das Amen in der Kirche, hätte sein Vater gesagt.

Er erreichte das Flussufer und wollte schon eine Zigarette hervorziehen und anzünden, als er hinter sich eine Bewegung wahrnahm. Ohne eine Ahnung, wer oder was ihn erwartete, fuhr er herum, zog dabei die Waffe und hielt sie schussbereit vor sich.

Maryse schrie erschrocken auf und riss die Hände noch. »Nicht schießen! Ich bin's doch!«

»Mist!« Arthur stieß den Atem aus und ließ die Waffe sinken. Er vergewisserte sich, dass der Sicherungshebel eingelegt war, und schob die Pistole in seinen Gürtel. »Schleich dich nie wieder so an!« Er wollte nicht verärgert klingen und bereute es sofort, als er sah, wie sie enttäuscht das Gesicht verzog. »Tut mir leid, du hast mich erschreckt, nichts weiter.«

»Ich wollte sagen, wie leid es mir tut, dass ich dir vorhin böse war. Ich habe kein Recht, mich so zu benehmen.«

Auch Arthur entschuldigte sich erneut. »Ich habe nicht über meine Worte nachgedacht«, versuchte er zu erklären.

»Ist schon gut. Ich will nur nicht, dass du fortgehst«, gestand Maryse. »Dabei weiß ich ja, dass du gehen solltest. Ich habe überreagiert.« Maryse zog etwas aus der Tasche und hielt es Arthur hin. »Für dich.«

Es war ein weißes Taschentuch. Als Arthur das Geschenk entgegennahm, sah er, dass in eine Ecke der Buchstabe »A« eingestickt war. Er fuhr mit dem Daumen über den roten Faden. »Hast du das gemacht?«

»Ja, heute Nachmittag.«

»Es ist wunderschön«, sagte Arthur. Er hob das Taschentuch an die Nase und sog den weichen Duft nach Rosenwasser ein.

»Als Erinnerung an mich«, sagte Maryse.

»Vielen, vielen Dank!« Er trat einen Schritt vor.

Sie wartete nicht, bis er die Hände nach ihr ausstreckte, sondern flog auf ihn zu. Er schloss sie in die Arme, ihre Lippen suchten hungrig den Mund des anderen.

Kapitel 40

Arthur fühlte sich unruhig und erschöpft zugleich. Er mochte die Krankenschwester gern, die sich um ihn kümmerte, und sie war nett zu ihm und auch zu der Kleinen. An ihren Namen konnte er sich nicht erinnern, aber es schien ihr nichts auszumachen, dass er sie »Schwester« nannte. Sie sagte, er sei in der Nacht oft wachgeworden und umhergelaufen, und deswegen sei er müde. Er hatte gehört, wie sie zu seiner Freundin Sheila sagte, er sei wahrscheinlich desorientiert, weil Maddy nicht da war. Er vermisste Maddy und hatte es gern, wenn sie hier war. Dann fühlte er sich sicher.

Die Kleine saß neben ihm und schaute in das kleine Fernseh-Dingsda, das sie immer mit sich herumtrug. Jetzt sah sie gerade etwas, was sie ab und zu laut auflachen ließ. Er hörte sie gern lachen und genoss ihre Gesellschaft, auch wenn sie nicht viel redeten. Er mochte es einfach, wenn sie da war.

»Sollen wir sehen, was im Fernsehen läuft?«, fragte Sheila, die ins Zimmer trat. »Ich glaube, jetzt kommt diese Sendung, in der sie lange vermisste Verwandte wiederfinden. Das gefällt mir. Bringt mich immer zum Heulen, aber auf eine gute Art.«

»Oh, du solltest aber nicht weinen«, sagte Arthur.

»Es sind Freudentränen«, erklärte Sheila. »Es ist so schön, wenn sie nach so vielen Jahren jemanden finden, nach dem sie gesucht haben.«

Die Kleine legte ihr Fernseh-Dings ab. Sheilas Worte hatten

ihre Aufmerksamkeit auf sich gezogen. »*Long Lost Family?*«, fragte sie. »Das ist genau das, was Joe macht. Er findet Leute.«

»Stimmt«, sagte Sheila und warf Arthur einen Blick zu. »Hoffentlich hat er gute Nachrichten, wenn er mit deiner Mutter aus Frankreich zurückkommt.«

Arthur schaute zusammen mit Sheila und dem Mädchen die Sendung, obwohl er nicht ganz sicher war, was da los war. Aber eine allgemeine Vorstellung machte er sich. Und ja, darin weinten Menschen, aber weil sie glücklich waren, einander wiederzusehen.

»Oh, sieh dir das an, Gramps«, sagte die Kleine und klopfte ihm auf den Arm. Vielleicht war er eingenickt, da war er sich nicht sicher, aber jetzt hatte die Kleine seine Aufmerksamkeit. »Sie suchen nach jemandem, der im Krieg evakuiert war.«

Er spähte auf den Fernseher und konzentrierte sich stark auf das, was der Moderator erzählte, aber er kam nicht mit. Er müsste langsamer reden, damit er mehr Zeit hätte, darüber nachzudenken, was er sagte, und den Worten mehr Bedeutung zu geben. Er bekam Brocken des Gesprächs mit, und ja, die Kleine hatte recht. Sie redeten in der Tat über die Evakuierungen.

Er beugte sich auf seinem Sessel nach vorn, um aufmerksam zuzuhören. »Reden die da gerade von Yvette?«, fragte er.

»Nein, Arthur, das ist jemand anderes«, sagte Sheila. »Ein Junge, der im Krieg nach Kent evakuiert wurde. Diese Frau hier …« Sie wies auf den Bildschirm. »Das ist seine Schwester. Die beiden sind im Krieg getrennt worden, und ihre Mutter ist umgekommen, daher mussten sie adoptiert werden.«

Arthur schaute das Kind an. »Das ist nicht Yvette?«

»Nein, Gramps. Weißt du, wohin Yvette evakuiert wurde?«

»Komm schon, Esther«, unterbrach Sheila. »Frag Gramps jetzt doch kein Loch in den Bauch. Denk daran, was deine Mum gesagt hat.«

Jetzt hatte Arthur wirklich den Faden verloren. Was sollte seine

Mutter gesagt haben? Er sah wieder das Mädchen an. »Ich will nur wissen, ob sie in Sicherheit ist.«

»Ja, das ist sie.« Sheila streckte die Hand aus und tätschelte seinen Arm. »Sollen wir nicht lieber was anderes schauen?«

»Aber vielleicht hilft es Gramps, sich zu erinnern!«, protestierte die Kleine. »Bitte, Sheila!«

Sheila neigte den Kopf zur Seite und seufzte. »Ja, schon gut. Das ist eine meiner Lieblingssendungen.« Sie lehnte sich auf ihrem Stuhl zurück und konzentrierte sich wieder auf den Fernseher.

Das Mädchen lächelte Arthur zu, und er drückte seine Hand. Sie war eine gute Verbündete.

Den Rest der Sendung verbrachte Arthur damit, sich einen Reim darauf zu machen, was da vor sich ging, und die Kleine zu beobachten, die ab und zu etwas in das Fernseh-Dingsda auf ihrem Schoß tippte.

»Oh, schau doch, Gramps! Sie haben den evakuierten Jungen gefunden!«, rief sie aus.

Arthur schaute auf den Bildschirm und erwartete, einen kleinen Jungen zu sehen, doch er war erstaunt, dass es ein alter Mann war. »Wer ist das?«

»Der Junge. Also, jetzt ist er kein Junge mehr, er ist neunundsiebzig, aber er ist als Kind evakuiert worden. Sieh doch, seine Schwester freut sich so, ihn zu sehen.«

Arthur trommelte mit den Fingern auf seine Sessellehne. Er war verwirrt und wusste, dass das nicht richtig war. Er spürte, wie eine Welle des Zorns in ihm aufstieg. Er hasste es, so zu sein. Hasste es! Und dann war das Gefühl verflogen und wich einer Traurigkeit, die sich seit dem Beginn der Sendung in ihm angestaut hatte. Es hatte mit Yvette zu tun, der Kleinen und der Fernsehsendung, aber in seinem Kopf war das alles verworren wie ein Berg Spaghetti, und er hatte keine Ahnung, wo jeder Gedankengang begann. Alles war ein Wirrwarr aus Worten und Bildern, Erinnerungsfragmenten und Gedankenfetzen – und alle miteinander verknäuelt.

Er legte den Kopf zurück an die Sessellehne und schloss die Augen. Der Versuch, seine Gedanken zu entwirren, erschöpfte ihn. Er wollte nur noch schlafen. Er spürte die kleine Kinderhand, die sich auf seine legte und sich sanft über seinen Knöcheln schloss. Ihre Hände waren glatt und weich – ganz anders als seine knochigen mit der runzligen alten Haut.

Dann nahm sie die Hand weg, und obwohl seine Lider schwer waren, öffnete er sie mühsam und sah zu, wie die Kleine die Decke vom Fußschemel nahm, auseinanderfaltete und ihm dann über die Knie legte. Seine Lider senkten sich wieder. Arthur fühlte sich zufrieden und ruhig und erlaubte sich, der Müdigkeit nachzugeben.

»Gramps, Gramps, bist du wach?«

Arthur regte sich nach seinem Nickerchen schon, als die Stimme der Kleinen in seinen halb bewussten Zustand drang. Er blinzelte ein paarmal und kniff die Augen zusammen, um klar zu sehen. »Hallo, Schatz. Wo brennt's?« Er ließ den Blick durch den Raum schweifen, aber es war niemand sonst da.

»Es brennt nicht«, gab das Mädchen ernst zurück und senkte dann die Stimme. »Ich muss dir was erzählen, bevor Sheila zurückkommt.«

Arthur rutschte auf seinem Sessel nach hinten und sah die Kleine aufmerksam an. »Was ist?«

»Ich weiß, wie wir Yvette finden.« Sie wirkte äußerst zufrieden mit sich. »Wenn wir Yvette aufspüren, finden wir vielleicht auch Maryse.«

Arthur setzte sich noch weiter auf. Yvette! Die Kleine wusste, wie sie Yvette finden konnten. Das war wirklich eine gute Nachricht. »Wie?«

»Du darfst aber niemandem davon erzählen, nicht mal Sheila.«

Arthurs Besorgnis wuchs. Er war sich nicht sicher, ob es ihm gefiel, Geheimnisse zu haben, doch er nickte trotzdem. »Pfadfinderehrenwort«, sagte er und tippte sich mit den Fingern an die Stirn.

»Du hast einmal etwas von Hickory Farm gesagt.« Sie hielt inne.

»Hickory Farm. Ja, richtig.« Eine deutliche Erinnerung begann in ihm aufzusteigen. »Yvette. Hickory Farm. Sie hat auf der Hickory Farm gelebt. Der Lehrer hat sie hingebracht, zusammen mit vielen anderen Kindern. Der Lehrer hat gesagt, sie würden in Cambridgeshire einquartiert. Ich habe sie nie wiedergesehen.« Die Traurigkeit machte sich wieder in seinem Herzen breit. »Ich muss wissen, ob sie in Sicherheit ist.«

Das Mädchen grinste ihn an. »Ich weiß, wie wir es herausfinden können.« Sie hielt das Dingsda hoch, das sie in der Hand trug – den kleinen Fernsehbildschirm, der Arthurs Begriffsvermögen überstieg. »Als vorhin die Sendung lief, habe ich mir Notizen gemacht, wie man einen Evakuierten findet. Ich habe die Hickory Farm gegoogelt und weiß jetzt, wo sie liegt. Ich habe gegoogelt, wie weit weg sie ist, und es sind nur fünfundzwanzig Meilen.«

Gegoogelt? Arthur hatte keine Ahnung, wovon die Kleine redete, aber sie war aufgeregt und behauptete zu wissen, wo die Hickory Farm lag. »Ist Yvette noch dort?«

Die Miene des Mädchens verdüsterte sich ein wenig. »Ich glaube nicht, Gramps, weil sie inzwischen sehr alt sein wird, aber …« Sie unterbrach sich, und ihre Aufregung kehrte zurück. »Aber wir können hinfahren. Du und ich. Wir können hinfahren und herausfinden, was aus ihr geworden ist. Ich habe die Website des Dorfs angesehen, und da steht etwas über Geschichte und die Evakuierten. Es heißt, der Pfarrer hätte Aufzeichnungen gemacht. Wir können hinfahren und ihn fragen … oder wer immer da inzwischen zuständig ist.«

Arthur brauchte eine Weile, um alles zu verarbeiten, was die Kleine erzählte, und sie musste einiges wiederholen, aber an diesem Nachmittag feuerte sein Hirn aus allen Rohren, und Junge, Junge, war das eine Erleichterung! Wenn es je einen Zeitpunkt gegeben hatte, an dem er klar denken musste, dann jetzt. »Rufen wir dort an?«, fragte er.

»Wir machen etwas viel Besseres. Wir fahren hin. Du und ich. Das wird unsere geheime Mission, genau wie bei dir damals im Krieg.«

Arthur strahlte die Kleine an. Eine geheime Mission, ja, dafür war er zu haben. Er salutierte vor dem Mädchen – manches vergaß man eben nie –, nahm die Schultern zurück und reckte das Kinn. »Ja, Sir.« Das war eine unerwartete Wendung, aber ein guter Soldat war in der Lage, sich mit Leichtigkeit auf neue Befehle einzustellen.

Kapitel 41

Mai 1944

In dieser Nacht blieb Maryse bei Arthur und erklärte, sie habe die Absicht, ihre verbleibende Zeit mit ihm so gut wie möglich zu nutzen. Und Arthur hatte nicht vor, Einwände dagegen zu erheben.

Als sie die Scheune verließen, ließen gellende Rufe und Schritte, die über den Hof des Bauernhauses polterten, Arthur und Maryse herumfahren.

»Das ist Claude!« Maryse keuchte, als ein kleiner Junge von ungefähr zehn Jahren auf sie zurannte.

Er hielt erst an, als Arthur ihn in den Armen auffing. »*Calme-toi. Calme-toi*«, sagte Arthur und ließ den Jungen los. Beruhige dich.

»Was ist los, Claude?«, fragte Maryse und kniete vor dem Kleinen nieder, dessen Gesicht rot angelaufen war.

Der Junge stieß einen Wortschwall aus, bei dem Arthur sich nicht sicher war, ob er ihn richtig erfasst hatte. Es fiel ihm schwer, den lokalen Dialekt zu verstehen. Doch Maryses Miene verriet ihm, dass es keine gute Nachricht war.

Sie blickte zu Arthur auf. »Das Haus der Rochelles ist von den Deutschen beschlagnahmt worden. Sie haben zwei Stunden, um es zu räumen. Alles Personal muss ebenfalls gehen. Monsieur Rochelle hat Angst, dass sie ihn wieder mitnehmen.«

»Was können wir tun?«, fragte Arthur eindringlich.

Inzwischen war Hugo zu ihnen getreten, der den Aufruhr im

Haus gehört hatte. »Wir können gar nichts tun«, antwortete er ernst.

Maryse sah auf den Kleinen hinunter und drückte ihn an sich. »Ich werde nicht zulassen, dass die Deutschen die Kinder verschleppen.«

»Bist du verrückt geworden?«, fragte Hugo.

Das war wahrscheinlich eine der wenigen Gelegenheiten, bei denen Arthur einer Meinung mit Hugo war, doch zugleich wusste er, dass er nicht zusehen konnte, wie die Kinder deportiert wurden. Er hatte furchtbare Geschichten darüber gehört, was die Deutschen den Juden antaten.

Er trat neben Maryse und legte dem Jungen eine Hand auf die Schulter. »Wir müssen etwas unternehmen.«

»Ich werde nicht tatenlos zusehen, wie diese Kinder weggebracht werden«, erklärte Maryse so entschlossen, wie Arthur sie noch nie erlebt hatte.

»Du handelst dir Ärger ein. Was willst du mit zwei jüdischen Kindern anfangen?«, fragte Hugo.

»Sie verstecken. Dafür sorgen, dass sie in Sicherheit sind«, erwiderte sie.

Bruder und Schwester starrten einander ein paar Sekunden wütend an.

Dann schnaubte Hugo und schüttelte den Kopf. »Na schön, aber dann musst du jetzt aufbrechen.« Er sah Arthur an. »Und du bleibst hier.«

»Moment mal«, sagte Arthur. »Ich werde nicht hier sitzen, während Maryse allein loszieht!«

»Nein, Arthur, mein Bruder hat recht«, unterbrach ihn Maryse. »Du kannst nicht mitkommen, das wäre zu gefährlich. Wenn man uns anhält, werden wir beide …« Sie unterbrach sich und sah auf Claude hinunter. »Na ja, du weißt schon. Allein bin ich sicherer und falle weniger auf.«

»Du kannst nicht einfach da ins Haus marschieren, die Kinder holen und davonschlendern, als machtet ihr einen Spaziergang«, konterte Arthur. »Sobald die Deutschen merken, dass die Kinder weg sind, werden sie nach ihnen und nach dir suchen. Was, wenn das Personal ihnen etwas verrät? Nein, ich begleite dich. Ich gehe hinein, hole die Kinder und bringe sie zu dir. So wird niemand ahnen, bei wem sie sind.«

»Los jetzt!« Hugo stimmte ihm zu. »Wir haben keine Zeit zum Diskutieren. Du hast recht. Besser, du bringst dich in Gefahr als meine Schwester. Haltet euch von den Straßen fern. Und jetzt geht!«, blaffte Hugo.

Maryse übernahm die Führung und schlängelte sich zwischen den Bäumen durch, die für Arthur so ziemlich alle gleich aussahen. In all den Wochen hier hatte er den Hof nur selten verlassen. Dort war es, als lebte man in einer anderen, abgeschlossenen Welt. Er musste etwas tun, einen Beitrag leisten. Er war nicht hinter den feindlichen Linien aus einem Flugzeug abgesprungen, um den ganzen Tag Holz zu hacken.

Wäre das Land nicht von den Deutschen besetzt gewesen, hätte Arthur sich an jedem normalen Tag Zeit genommen, um die Bäume, die Büsche und die Landschaft, die ihn umgaben, zu bewundern. Das Licht fiel durch die Baumkronen wie glitzernder Mondschein auf einen Teich und tanzte und schimmerte, während sie den gewundenen Pfad entlangliefen. Doch er konnte sich nicht an der spektakulären Natur erfreuen, sondern musste seinen Verstand zusammenhalten. Sie konnten jeden Moment in Schwierigkeiten geraten.

Er hielt sich nur ein paar Schritte hinter Maryse, und nach ungefähr zwanzig Minuten erreichten sie den Waldrand, wo das Gelände zu einem großen, imposanten Haus hin abfiel.

»Das Haus der Rochelles«, sagte Maryse. »Dort sind die zwei Kinder, Yvette und Jean-Paul. Aber ich kenne den Grundriss des Hauses nicht.«

»Keine Sorge, ich finde sie schon.«

»Ich komme mit«, sagte Maryse. »Mir vertrauen sie und werden ruhig mitkommen.«

»Aber …«, begann Arthur, doch dann wurde ihm klar, dass es nichts nützen würde, mit Maryse zu streiten, und er klappte den Mund wieder zu. Außerdem hatte sie recht. Er hatte nur inzwischen das Gefühl, besonders verantwortlich für Maryses Sicherheit zu sein. Er war sich nicht sicher, was London von seinem kleinen Abenteuer halten würde, doch er hatte keine Zeit, darüber nachzudenken. »Okay, jetzt gehe ich voran. Bleib dicht hinter mir und tu, was ich sage und wenn ich es sage. Verstanden?«

»*Oui*.«

Geduckt liefen sie den Hügel hinunter und schlichen sich zur Rückseite des Hauses. Die Terrassentüren, die in den Garten hinter dem Gebäude hinausführten, standen offen, und nachdem sie sich vergewissert hatten, dass niemand sie sah, huschten sie ins Wohnzimmer.

Die Tür auf der anderen Seite war nur angelehnt und ließ die aufgeregten Stimmen und hastigen Schritte des Hauspersonals ein, das hektisch umherlief und zweifellos persönliche Gegenstände der Familie zusammentrug, sichtete und versteckte.

Als Arthur sich in dem Raum umsah, fielen ihm an der Wand eine leere Stelle und ein Haken auf, wo ein Bild abgehängt worden war. Ein kleines Tischchen war bis auf eine kleine Lampe leer – die Art von Tisch, auf dem man normalerweise stolz Familienbilder ausstellte. Es sah aus, als sei dieses Zimmer schon geräumt worden.

Vorsichtig gingen sie über den Holzboden zur Tür.

Arthur wartete, bis die Schritte sich entfernten, lief dann vorbei und streckte den Kopf hinaus. »Komm«, flüsterte er, und sie verließen eilig das Zimmer und liefen die große Treppe hinauf.

Auf dem Treppenabsatz angekommen, glaubte Arthur schon, das Glück habe sie verlassen. Aus einem Raum trat ein hoch gewachsener Mann mit Schnurrbart und grauem Haar, der Hemd und Hosen trug. Bei Arthurs Anblick fuhr er zusammen, und Schreck und Sorge malten sich auf seinem Gesicht ab.

Maryse trat vor Arthur. »Alles gut, Monsieur Rochelle«, sagte sie gedämpft.

»Oh, Maryse! Ich habe gebetet, dass du kommen würdest«, sagte er. »Ich habe dir Claude geschickt. Dann hat er es geschafft?«

»Ja. Er ist jetzt bei meinem Bruder. Hugo bringt ihn nach Hause. Wir sind gekommen, um Yvette und Jean-Paul zu holen.«

»Ja, hier entlang. Sie sind in Yvettes Zimmer.«

Sie folgten dem Mann über den Gang und blieben vor einer Tür am Ende des Korridors stehen.

Monsieur Rochelle legte die Hand auf den Türgriff und hielt dann inne. Ernst sah er Maryse und Arthur an. »Sie wissen, dass ich wahrscheinlich nicht zurückkehre?«

Maryse berührte den Älteren leicht am Arm. »Ich verspreche, dass ich tun werde, was ich kann, damit Ihre Kinder in Sicherheit sind, und um sie vor den Schrecken des Krieges zu beschützen.«

Monsieur Rochelle tätschelte ihren Arm, und Tränen traten ihm in die Augen. »Das wird das Einzige sein, was mich am Leben hält. Zu wissen, dass sie sicher sind und dass ich sie eines Tages …« Ihm brach die Stimme, und er schluckte heftig. »Dass ich sie eines Tages vielleicht wiedersehe.«

Das war ein emotionaler Moment, doch Arthur wollte auf keinen Fall länger als notwendig bleiben. »Bitte, Monsieur«, sagte er leise. »Wir müssen die Kinder so bald wie möglich in Sicherheit bringen.«

Monsieur Rochelle holte tief Luft und richtete sich dann mit hoch erhobenem Kopf auf. »Selbstverständlich.« Er öffnete die Tür, und Arthur und Maryse schlüpften hinter ihm hinein.

Die Kinder freuten sich, ihre Lehrerin zu sehen, und stürzten heran, um sie zu umarmen. Arthur blieb an der Tür stehen und gab ihnen Freiraum. Er wollte sie nicht ängstigen, doch zugleich trieb er sie innerlich zur Eile an.

»Also, Kinder«, sagte Monsieur Rochelle. »Maryse hier nimmt euch mit auf ihren Hof, wo sie auf euch aufpasst, bis ich von meiner Geschäftsreise nach Paris zurück bin.«

»Hurra! Wie wohnen bei dir«, trällerte das Mädchen.

Arthur fiel auf, dass ihr kleiner Bruder ihre Begeisterung nicht zu teilen schien. Er erinnerte sich, dass Maryse erzählt hatte, der Junge sei in letzter Zeit bedrückt, und dass er viel mehr von dem mitzubekommen schien, was wirklich passierte, als seine Schwester.

Monsieur Rochelle umarmte und küsste seine Kinder mit der Heftigkeit eines Vaters, der wusste, dass er seine Kinder wahrscheinlich nie wiedersehen würde. Stoisch brachte er es fertig, die Tränen zu unterdrücken, und seine Stimme klang unbeschwert, als er ihnen erklärte, wie sehr er sie liebe und dass sie bei Maryse brav sein sollten, solange er fort war.

Der kleine Junge klammerte sich an seinen Vater. Er konnte das Schluchzen, das aus seiner Kehle hervorbrach, nicht ersticken und vergrub den Kopf an der Schulter seines Vaters.

Arthur spürte, dass er ebenfalls einen Kloß im Hals hatte. Das war hart. Von der ganzen Ungerechtigkeit drehte sich ihm der Kopf. Diese Unmenschlichkeit war unfassbar. Niemand sollte sich unter solchen Umständen von seinen Kindern verabschieden müssen.

Das Knirschen von Autoreifen auf der kiesbestreuten Auffahrt und laute Stimmen von draußen unterbrachen die Abschiedsumarmungen.

Maryse stürzte ans Fenster. Sie drückte sich mit dem Rücken an die Wand und riskierte einen Blick nach draußen. »Sie sind da!«

Sie stürmte wieder durchs Zimmer, während Monsieur Rochelle seine Kinder zum letzten Mal in den Armen hielt und ihnen noch einmal sagte, dass er sie liebe und sie bei Maryse brav sein sollten.

»Gibt es noch einen anderen Weg aus dem Haus?«, fragte Arthur. Er hatte bereits die Tür geöffnet und sah im Flur auf und ab.

»Eine Hintertreppe«, antwortete Monsieur Rochelle. »Sie wird kaum benutzt. Hier entlang.«

Er folgte dem Franzosen über den Gang und in ein weiteres Zimmer. »Hier ist es. Über die Treppe haben die Dienstboten früher die Nachttöpfe hinausgebracht, um damit nicht durchs Haus zu gehen. Sie ist seit vielen Jahren nicht benutzt worden. Helfen Sie mir, die Tür aufzustoßen!«

Arthur stürzte hinüber und lehnte sich gegen etwas, was wie eine Wandvertäfelung aussah. Er hörte, wie die deutschen Soldaten Befehle brüllten und unten an die Haustür hämmerten. Stöhnend stemmte er sich gegen die Geheimtür, und der Schmerz in seiner Schulter schoss ihm bis in den Hals hinauf. Noch eine Kraftanstrengung, und er spürte, wie die Tür nachgab und dann endlich aufflog, sodass Arthur durch den Schwung ins Taumeln kam. »Wo endet sie?«, fragte er.

»Im hinteren Teil der Küche. Dort liegt heute ein Lagerraum«, erklärte Monsieur Rochelle. »Die Tür führt in den Garten hinter dem Haus. Auf diesem Weg können Sie flüchten.« Er wandte sich an seine Kinder. »Ihr müsst jetzt sehr leise und sehr tapfer sein.«

»Aber Papa, ich will dich nicht alleinlassen!«, sagte Jean-Paul.

Sogar Yvette wirkte jetzt besorgt. »Warum kannst du nicht mitkommen, Papa?«

»Ich komme, sobald ich kann. Versprochen.«

»Tut mir leid, aber wir müssen jetzt gehen«, sagte Arthur. Die Stimmen der Soldaten hallten bereits im großen Treppenhaus. Er vermutete, dass sie nur noch Sekunden hatten, um zu fliehen. »Monsieur, Sie müssen hinuntergehen und Ihre Gäste empfangen«, sagte er. »Versuchen Sie, so ruhig wie möglich zu bleiben. Wenn Sie können, halten Sie sie davon ab, nach oben zu kommen und nach den Kindern zu suchen. Wir brauchen so viel Zeit wie möglich.«

Monsieur Rochelle reichte Arthur eine Kerze und zündete sie mit einem Feuerzeug aus seiner Tasche an. Dann streckte er Arthur die Hand entgegen. »Danke. Möge Gott mit Ihnen sein!«

Arthur schüttelte dem Mann die Hand. Er glaubte nicht an Gott, doch er verstand, dass man auf ein göttliches Wesen hoffte, wenn man keinen anderen Ausweg mehr sah. Er sah den Lehrer an, und eine unausgesprochene Übereinkunft kam zwischen ihnen zustande.

Dann konzentrierte sich Arthur und ging als Erster die schmale Wendeltreppe hinunter, die durch einen ans Haus anschließenden Turm hinunterführte. Als sie um die erste Wendung bogen, wurde es noch dunkler, da sich die Zimmertür hinter ihnen geschlossen hatte. Während sie vorsichtig hinuntergingen, hörte er noch mehr Schritte und Geschrei aus dem Inneren des Hauses.

»Vorsichtig!«, sagte er aufmunternd. »Wir sind fast da.«

Am Fuß der Treppe hielt Arthur inne und legte einen Finger vor den Mund. Dann drückte er das Ohr an die Holztür und lauschte. Der Raum hinter der Tür schien menschenleer zu sein. Er hob den Riegel und richtete sich darauf ein, sich gegen die Tür stemmen zu müssen, spürte aber zu seiner großen Erleichterung, dass sie sich nach all der Zeit öffnete, ohne sich mit einem einzigen Knarren zu beschweren.

Der Lagerraum war leer, und er winkte die Kinder und Maryse heraus.

Die Hintertür lag gegenüber. Er schloss sie auf, nachdem er sich ein weiteres Mal davon überzeugt hatte, dass keine Deutschen in der Nähe waren. Dann scheuchte er seine Schutzbefohlenen in die frische Luft hinaus.

Mit einem Mal erscholl im Haus ein Schrei, und als Arthur sich umdrehte, sah er einen deutschen Soldaten, der das Gewehr auf sie anlegte. »Halt!«, brüllte der Soldat noch einmal.

Kapitel 42

Sie hielten vor einem traditionellen bretonischen Steinhaus, das mit seinem grauen Schieferdach und seinen verputzten Außenwänden, die rund um die Türen und Fenster das Mauerwerk zeigten, so malerisch wirkte, dass es auf einer Postkarte aus einem Andenkenladen hätte abgebildet sein können. An einer Stange auf halber Fensterhöhe hingen Gardinen, die Hühner zeigten. Das war alles zuckersüß, und Maddy hatte das Gefühl, in die Vergangenheit zurückgereist zu sein.

Unwillkürlich dachte sie an Gramps und fragte sich, ob er das Dorf im Krieg auch so erlebt hatte. Joe hatte ihr erzählt, dieser Teil der Bretagne sei während des Kriegs nicht stark bombardiert worden, da die Landungen in der Normandie an der Küste und weiter im Osten im Binnenland stattgefunden hatten.

»Alles in Ordnung?«, fragte Joe und riss sie aus den Gedanken.

Maddy nickte. »Ja, tut mir leid. Ich habe nur gerade an Gramps gedacht und mich gefragt, ob ich in seine Fußstapfen trete – buchstäblich genau dort entlanggehe, wo er einmal war.« Unwillkürlich lächelte sie. »Weit hergeholt, ich weiß.«

Joe erwiderte ihr Lächeln sanft und mitfühlend. »Sollen wir?«, fragte er ein wenig später.

»Ja, legen wir los«, sagte Maddy und mobilisierte so viel Begeisterung, wie sie konnte.

Bevor sie die Tür erreichten, wurde sie geöffnet, und eine alte Dame, die Maddy auf Anfang siebzig schätzte, begrüßte sie.

»*Bonjour*«, sagte sie. »*Vous êtes Madeline Pettinger?*« Guten Tag. Sind Sie Madeline Pettinger?

Sie sprach Maddys Familiennamen langsam aus, bewältigte jedoch erfolgreich die fremdartige Aussprache.

»*Oui. Bonjour, Madame Petit.*« Maddy trat vor und streckte die Hand aus. »*Ici mon ami, Joseph.*« Das ist mein Freund Joseph.

Sie benutzte Joes vollen Namen und stellte ihn als ihren Freund vor, da sie dachte, das würde für die ältere Frau vertrauter klingen, genauso wie Madeline statt Maddy.

»Arlette.« Sie schüttelte Maddy die Hand und winkte die beiden dann herein.

Sie folgten Arlette ins Haus, wo es wegen der geschlossenen Fensterläden dunkler war, als Maddy es erwartet hatte. Doch es war kühl und ein erfrischender Gegensatz zu dem sich immer weiter aufheizenden Nachmittag. Das wusste sie noch aus ihren Urlauben: Oft schien es nachmittags heißer zu werden, obwohl der Tag bereits zu Ende ging.

»*Ma sœur, Cybille*«, sagte Arlette, als sie ihr ins Wohnzimmer folgten. Meine Schwester Cybille.

Cybille saß in einem Sessel am Kamin und hatte eine Häkeldecke über ihre Knie gelegt. Es roch leicht nach Zigarettenrauch, und Maddy fielen die Stummel selbst gedrehter Zigaretten in der Feuerstelle auf. An die Sessellehne war ein Gehstock gelehnt.

Cybille hob eine knochige Hand in Richtung der beiden und nickte. »*Bonjour*«, sagte sie. Ihre heisere Stimme war die einer langjährigen Raucherin.

Sie begrüßten sie, und Maddy stellte noch einmal Joe vor, der sich den älteren Damen gegenüber angemessen respektvoll verhielt. Sie fühlte sich daran erinnert, dass er immer in der Lage war, Menschen ein gutes Gefühl zu geben und sie für sich einzunehmen, selbst wenn er kaum ein Wort sagte.

Arlette bot ihnen Kaffee an, den sowohl Maddy als auch Joe eher aus Höflichkeit denn aus Durst annahmen, aber Maddy wollte ihre Gastgeberinnen nicht beleidigen. Zwanzig Minuten vergingen, bis sie sich alle mit ihren Getränken gesetzt hatten und die Schwestern ihre Gäste erwartungsvoll anschauten.

Maddy erklärte, was es mit Gramps und seiner Stationierung in Frankreich während eines Teils des Kriegs auf sich hatte, und erzählte, dass sie versuchten, eine Frau aufzuspüren, die Gramps sehr nahegestanden hatte. Leider sei dann der Kontakt zu ihr verloren gegangen.

»Ah, wie so häufig im Krieg und in der Nachkriegszeit«, sagte Arlette.

»Und Sie glauben, dass unsere Mutter diese Frau war?«, wollte Cybille wissen.

Maddy entging die leise Empörung in ihrer Stimme nicht. »Nein, das war sie nicht. Aber wir glauben, dass Maryse, die Frau, nach der wir suchen, möglicherweise in einer englischen Pension in Peterborough, die Ihrer Mutter gehörte oder die sie geführt hat, entweder gewohnt hat oder einen Aufenthalt dort plante.«

»Unsere Mutter hatte keine Pension«, gab Cybille zurück. Sie wechselte einen Blick mit ihrer jüngeren Schwester. »Weißt du etwas davon, Arlette?«

»Doch, wir haben von einer Pension geredet«, beharrte Arlette. »Mutter hat oft davon erzählt.«

Cybille schnalzte ungeduldig mit der Zunge. »Ja, aber die hat ihr nicht gehört. Sie ist einmal mit *mémé* – unserer Großmutter – im Urlaub in England gewesen, aber das war in den Fünfzigerjahren. Wir waren auch dabei.«

Maddy folgte dem Gespräch und sah Arlettes verwirrte Miene, als sie versuchte, alle Fakten miteinander in Übereinstimmung zu bringen. Joe wirkte ebenfalls konfus, da er nicht verstand, was die beiden sagten, aber zweifellos mitbekam, dass sie sich uneinig waren. Er sah Maddy Rat suchend an, doch sie schüttelte leicht den Kopf und versuchte, der Unterhaltung der Schwestern zu folgen. Sie waren in den bretonischen Dialekt verfallen, und sie schnappte nur hier und da ein paar Wörter auf, wenn auch genug, um das Wesentliche mitzubekommen.

Cybille endete mit einem Schnauben, legte, wie um zu signalisieren, dass dies ihr letztes Wort war, die Hände im Schoß zusammen und warf ihrer Schwester einen strengen Blick zu. Ein unbehagliches Schweigen trat ein, bis Arlette sich wieder an Maddy wandte.

»Anscheinend ist nicht ganz eindeutig, ob Sie nach unserer Mutter suchen oder nicht«, sagte sie. »Meine Schwester ist zwar älter als ich, aber sie hat ein sehr gutes Gedächtnis, und vielleicht hätte ich mich zuerst bei ihr rückversichern sollen. Aber die Pension, von der ich dachte, meine Mutter wäre die Besitzerin, gehörte in Wirklichkeit einer Freundin der Familie. Einer Engländerin.«

Maddy durchblätterte die Akte, die Joe zusammengestellt hatte. »Hieß Ihre Mutter Amélie Cohen?«

»Ja«, bestätigte Cybille.

»Und Ihr Vater Jack?«

»Richtig.«

»War er Engländer?«

Arlette schüttelte den Kopf, und Cybille zog entnervt die Augenbrauen hoch, als hätte sie die ganze Zeit gewusst, dass die Sache schlecht enden würde.

Arlette ergriff das Wort. »Unser Vater war Franzose. Kein Engländer.«

»Jack Cohen?«, wiederholte Maddy um der Klarheit willen.

»Ja. Das ist richtig«, gab Arlette zurück. Erneut ratterte sie auf Bretonisch los, und Cybille stand auf und holte aus dem Schrank eine Schachtel mit offiziell wirkenden Papieren, die an den Rändern leicht vergilbt waren. Sie blätterte sie durch und zog einen Umschlag hervor, aus dem sie ein Stück Papier nahm. »Hier ist seine Geburtsurkunde.«

Maddy klappte die Urkunde auf, überprüfte die Information und reichte sie dann schweigend an Joe weiter, während ihr die Erkenntnis dämmerte. Sie wartete darauf, dass er den Inhalt verdaute.

»Mist«, murmelte er halblaut.

Beide Damen sahen Maddy erwartungsvoll an. »Tut mir sehr leid, Sie belästigt zu haben«, sagte diese. »Es hat eine Verwechslung gegeben. Wir suchen nach einer Amélie Cohen, die mit Jack Cohen verheiratet war, buchstabiert J A C K. Der Name Ihres Vaters klingt genauso, wird auf Französisch aber J A C Q U E S geschrieben.«

Arlette legte eine Hand aufs Herz. »Der gleiche Name. Und beide waren mit einer Amélie verheiratet? Wie ist das möglich?«

»Ein erstaunlicher Zufall.« Maddy sah Joe an. »Ist es denkbar, dass es sich um denselben Mann handelt? Dass er, je nachdem, in welchem Land er sich aufhielt, seinen Namen unterschiedlich buchstabiert hat?«

»Möglich ist das schon.« Er musterte das Dokument noch einmal. »Frag sie, wann ihr Vater geheiratet hat und wann er gestorben ist.«

Maddy gab die Frage an Arlette weiter und übersetzte Joe die Antwort. »Er ist am 10. Juni 1944 gestorben, kurz nach der Landung in der Normandie.«

»Und unser Jack Cohen am 15. Juli 1944«, sagte Joe.

»Oh nein!«, stöhnte Maddy. Die Erkenntnis traf sie wie ein Schlag in die Magengrube. Hatte sie, als sie am Telefon die Details bestätigt hatte, Juni mit Juli verwechselt? Mist! »Tut mir schrecklich leid.« Sie sah zuerst Joe und dann die Schwestern an. »Es tut uns wirklich leid, aber die Sterbedaten sind sich ähnlich. Mein Fehler. Tut mir sehr leid, dass wir Sie belästigt haben.«

Ein paar Minuten später und nach weiteren zerknirschten Entschuldigungen ging Maddy hinter Joe zurück zum Auto. Das Schweigen darin war schwer und drückend.

»Es tut mir wirklich leid«, sagte sie zum x-ten Mal.

»Ist schon gut. So etwas passiert ständig.«

»Aber ich habe den Nachmittag verschwendet. Ich weiß nicht mehr genau, was ich gesagt habe, aber ich kann mir nur erklären, dass ich die Monate verwechselt habe. Und ich glaube, ich habe nur den Monat und nicht das exakte Datum ihres Todes erwähnt.«

»Ehrlich, Maddy, es ist kein Problem. Es war auch nicht hilfreich, dass alle anderen Fakten zusammengepasst haben. Ich hätte das in den französischen Datenbanken überprüfen sollen. Dann hätte ich gesehen, dass die Namen unterschiedlich buchstabiert werden, und ich hätte alles andere noch einmal überprüft. Dann hätte ich auch herausgefunden, dass die Sterbedaten unterschiedlich sind.«

»Du bist sehr nachsichtig«, sagte Maddy.

»Ich bin realistisch.«

»Und sehr entspannt.«

»Sinnlos, sich über so einen kleinen Fehler aufzuregen.«

Joe tippte Sérent ins Navi ein, und sie fuhren zurück zu ihrem zweiten Termin an diesem Tag.

Irgendwann unterwegs musste Maddy eingenickt sein, denn sie wachte davon auf, dass Joe ihren Namen rief und ihr auf den Unterarm klopfte.

»Hey, Schlafmütze«, sagte er. »Wir sind da.«

Maddy blinzelte und setzte sich ruckartig auf. »Ich bin eine lausige Reisebegleiterin, nicht wahr?«

»Mir ist es recht.«

»Ich hoffe bloß, ich habe weder geschnarcht noch gesabbert.« Sie überprüfte ihr Gesicht in dem kleinen Make-up-Spiegel in der Sonnenblende.

»Tja, das kann ich weder bestätigen noch dementieren«, sagte Joe und grinste, als sie ihn entsetzt anstarrte. »Sabber ist mir nicht aufgefallen, und ich hatte das Radio laut gestellt.«

»Du machst Witze! Bitte sag, dass das ein Scherz ist!«

Er stieg aus, ohne zu antworten, und Maddy folgte ihm leicht besorgt, er könnte vielleicht doch nicht scherzen. Na, wunderbar!

Das Restaurant, in dem sie sich mit Amélie Cohens Tochter treffen sollten, wirkte deutlich traditioneller als die Crêperie, in der sie früher am Tag gegessen hatten. Die schweren dunklen Holzmöbel waren typisch für den bretonischen Stil. Von den ungefähr zehn Tischen war nur etwa die Hälfte besetzt. Durch die Steinwände und den gefliesten Boden war es nach der Hitze des Tages in dem Raum erfrischend kühl.

Sie wurden zu einem Tisch am Fenster geführt, und ihnen wurden Wasser und Brot gebracht, während sie in der Speisekarte stöberten.

Maddys Magen knurrte hörbar. Sie legte die Hand auf den Bauch und sah Joe über den Rand ihrer Karte hinweg an. Toll, sie wusste wirklich, wie man jemanden beeindruckte!

»Hast du das gehört?«, fragte Joe, den Blick immer noch auf die Karte gerichtet. »Klang wie Donnergrollen.«

»Nein. Tut mir leid. Ich dachte nicht, dass ich hungrig wäre, bis ich die Auswahl gesehen habe.«

Er warf ihr ein Lächeln zu. »Könnte schlimmer sein.«

Maddy spürte, wie sie rot wurde, und schüttelte den Kopf. »Das reicht«, sagte sie. »Zurück zur Karte. Such dir aus, was du essen willst, ich lade dich ein.«

»Darüber können wir später streiten«, erwiderte Joe. Maddy wollte protestieren, doch Joe gab ihr keine Chance. »Du wirst sowieso für mich übersetzen müssen, denn das ist alles auf Französisch. Ich habe gerade noch Schinken und Pizza erkannt, aber damit hat es sich schon.«

»Worauf hast du denn Lust?« Als er keine Antwort gab, blickte sie zu ihm auf, und angesichts seines leisen Lächelns und seiner hochgezogenen Augenbrauen errötete sie, verbarg ihr Gesicht hinter der Speisekarte und las ihm ein paar Optionen vor.

»Ich sag dir was«, sagte Joe, als sie fertig war. »Such du etwas aus. Überrasch mich.«

»Was? Vielleicht schmeckt es dir ja nicht.«

»Lass das meine Sorge sein.«

»Gib mir wenigstens einen Anhaltspunkt.«

»Folge einfach deinem Instinkt.« Er schlug die Speisekarte zu, legte sie auf den Tisch und lehnte sich zurück.

Maddy sah ihn einen Moment lang an. »Bist du dir sicher?«

»Absolut.«

»Du willst wirklich, dass ich für dich bestelle?«

»Hundertprozentig.«

»Okay, wenn du dir sicher bist.«

»Absolut.«

Die Kellnerin kam herüber, und Maddy gab auf Französisch ihre Bestellungen auf. »So, das wäre erledigt. Ich werde dir nicht verraten, was ich bestellt habe. Es wird eine Überraschung. Du kannst raten, was es ist.«

»Ich frage mich plötzlich, ob das eine gute Idee war. Du hast so ein schelmisches Glitzern im Blick«, sagte Joe und brach sich ein Stück Brot ab.

»Es war deine Idee«, gab Maddy zurück.

Die Kellnerin brachte ein kaltes Bier für Joe.

»Oh, damit hatte ich nicht gerechnet. Volle Punktzahl.« Er nahm einen tiefen Zug.

»Ich dachte, das hast du vielleicht verdient, nachdem du heute so lange am Steuer gesessen hast. Ich weiß, dass du vorhin Wasser bestellt hast, und ich vermute, das war meinetwegen.«

»Teilweise. Ich trinke bestimmt gern ein Bier, aber ich komme auch ohne aus.«

»Du brauchst mir nichts zu beweisen.«

»Ich weiß. Und du mir umgekehrt auch nicht.«

Sie musterte ihn ein, zwei Sekunden lang. Sein Blick wirkte ehrlich und seine Miene aufrichtig. Sie entschied, dass er nicht herablassend war. Er war ehrlich, und das wusste sie zu schätzen.

»Ich bin nicht engstirnig. Ich habe nichts gegen Alkohol oder so, ich habe mich nur persönlich dagegen entschieden.«

»Das weiß ich ebenfalls. Noch mal, du brauchst mir nichts zu beweisen.«

Glücklicherweise trat die Kellnerin mit ihren Gerichten an den Tisch, und Maddy war dankbar dafür, dass etwas die Anspannung lockerte.

»Madame«, sagte die Kellnerin und stellte einen Salat mit Lachs vor Maddy hin. Und dann kam sie zu Joe. »Monsieur, darf ich servieren?«

»Ich weiß nicht ...«, sagte Joe und musterte Maddy. Er blickte sich im Restaurant um. »Warum sehen uns alle an?«

»Ich glaube, die Leute interessieren sich nur dafür, was du wohl zu Abend isst.«

Joe sah Maddy flehend an. »Was hast du bestellt?«

»*Langue de bœuf*«, brachte Maddy schließlich heraus. »Rinderzunge.«

»Was? Tut mir leid, aber das geht gar nicht. Das ist abscheulich. Ich kann das nicht essen.« Er sah die Bedienung flehend an.

»Feigling«, sagte Maddy und lachte immer noch.

»Alles, nur nicht das«, gab Joe zurück.

»Dann hast du nicht vor, das zu essen?«, fragte Maddy. Grinsend blickte sie zu der Kellnerin auf und sah dann wieder Joe an. »Umso besser, dass ich dir eine Lasagne bestellt habe.«

Die Kellnerin grinste inzwischen auch. Sie wandte sich ab, nahm den Teller von einem Beistelltisch und präsentierte ihn Joe.

»Danke, lieber Gott«, sagte Joe, faltete die Hände wie zum Gebet und sah zur Decke auf. »Danke.«

»Tut mir leid, ich konnte einfach nicht widerstehen«, sagte Maddy, sobald sie ihr Kichern unter Kontrolle hatte. »Ehrlich, dein Gesicht ...«

Joe schüttelte den Kopf. »Dir ist aber schon klar, dass ich mich dafür revanchieren werde, oder?«

»Oh, ich sehe, dass ich auf der Hut sein muss!«

Sie plauderten beim Essen, wobei sie sich auf unverfängliche

Themen beschränkten und größtenteils über Erfahrungen in Restaurants sprachen. Keiner von ihnen berührte sensiblere Themen wie vergangene Beziehungen, weder die zu anderen noch die zwischen ihnen. Nachdem Maddy sich vorhin so aufgeregt hatte, wollte Joe das offensichtlich ebenso vermeiden wie sie. Maddys nüchterne Herangehensweise hatte zwar nicht lange vorgehalten, aber sie war mehr als dankbar dafür, dass das Gespräch oberflächlich blieb. Ein tiefer, bedeutungsschwerer Austausch hätte schwierig für sie beide werden können.

Ab und zu warf einer von ihnen einen Blick zur Tür oder aus dem Fenster, um festzustellen, ob Madame Beaufort gekommen war. Doch da es inzwischen zehn nach sieben war, bezweifelte Maddy, dass die Frau überhaupt auftauchen würde.

»Keine Spur von Madame Beaufort. Glaubst du, sie kommt noch?«

In diesem Moment betrat ein Mann, der lässig in ein Hemd mit offenem Kragen und Jeans gekleidet war, das Restaurant. Sein Blick huschte über die Tische und blieb bei Maddy und Joe hängen.

Er trat zu ihnen. »Sind Sie die Frau, die meine Mutter heute Morgen angerufen hat?«, fragte er auf Englisch mit starkem Akzent.

»Ähm, ja. Madame Beaufort«, antwortete Maddy.

»Ich bin ihr Sohn. Meine Mutter kommt nicht. Sie will nicht mit Ihnen reden. Bitte nehmen Sie nicht wieder Kontakt zu ihr auf.« Sein Auftreten wirkte schroff und bestimmt, als sei er ärgerlich über sie.

»Sie kommt nicht?« Maddy wechselte ins Französische, um jedes Missverständnis zu vermeiden.

»Nein.«

»Aber wieso? Warum hat sie es sich anders überlegt? Hat sie Ihnen erzählt, warum wir mit ihr sprechen wollten? Es ist sehr wichtig – es geht um meinen Großvater.«

Der Mann hielt eine Hand hoch. »Nein. Es reicht«, gab er zurück, ebenfalls auf Französisch. »Bitte verfolgen Sie diese Sache nicht weiter, sonst rufe ich die Polizei. Das ist Belästigung. Ich verbiete Ihnen, noch einmal mit ihr zu reden.«

»Bitte, Monsieur, wenn ich Ihnen das erklären dürfte …«, bat Maddy.

»Ich habe Nein gesagt.« Der Mann sprach laut weiter.

In dem Restaurant wurde es still.

Joe stand auf. »Bitte reden Sie nicht in diesem Ton mit Miss Pettinger, Monsieur. Ich habe keine Ahnung, worum es ging, aber was immer das war, Sie kommen mir sehr aggressiv vor.«

Joes Ton war ruhig, doch seine Worte klangen bestimmt.

Maddy sprang auf. »Ist schon in Ordnung, Joe, ich habe das im Griff.«

»Sieht nicht so aus«, sagte Joe und starrte den Mann immer noch an.

»Joe. Ich werde damit fertig«, beharrte sie.

»Es gibt nichts zu diskutieren«, sagte der Mann auf Englisch. »Die Sache ist erledigt. Behelligen Sie meine Mutter nicht wieder.« Mit einem knappen Nicken zu den anderen Gästen wandte er sich ab, marschierte aus dem Restaurant und knallte die Tür hinter sich zu.

Maddy, der bewusst wurde, dass sie inzwischen die Attraktion des Abends waren, griff nach ihrer Handtasche, nahm ihre Geldbörse heraus und zog ein Bündel Scheine hervor. Sie legte mehr als genug für die Mahlzeit auf den Tisch.

»Na, vielen Dank auch!«, sagte sie und sah Joe aufgebracht an.

»Was habe ich denn getan?«

»Dich eingemischt, obwohl ich gut damit umgehen konnte. Vielleicht hätte ich ihn ja dazu gebracht, seine Meinung zu ändern.«

»Sah aber nicht so aus, als hättest du viel Erfolg dabei«, entgegnete Joe. Er nahm ihr Geld, schob es Maddy wieder zu und legte sein eigenes hin.

Maddy warf ihr Geld wieder auf den Tisch. »Ich brauche dich auch nicht, um für mich zu zahlen. Ich bin mir nicht einmal sicher, warum ich mich auf dieses lächerliche Unternehmen eingelassen habe. Ich hätte dir einfach von Anfang an sagen sollen, dass du das Ganze vergessen sollst.«

Sie stürmte aus dem Restaurant und ignorierte Joe, der ihren Namen hinter ihr herrief.

Kapitel 43

Mai 1944

Arthur stürzte über den Hof. »Lauf! Nimm die Kinder und renn davon!«

Maryse warf kurz einen Blick zurück, zögerte aber nicht, sondern nahm die Kinder an den Händen und sprintete über die Terrasse auf den Rasen dahinter, um Schutz am Waldrand zu suchen.

Arthur sprang, die gezogene Pistole an die Brust gedrückt, hinter eine Säule. Bewusst verlangsamte er seinen Atem und lauschte auf die Schritte des Soldaten auf der Terrasse. Jetzt musste er die Nerven behalten, Timing war der Schlüssel. Sein Instinkt drängte ihn hinauszustürmen, doch er widerstand dem Bedürfnis, und dann, als die Schritte ihn erreichten und der Soldat vorbeilief, schlug Arthur dem Deutschen den Griff seiner Pistole in den Nacken.

Der Soldat ging zu Boden wie ein Stein, sein Gewehr polterte auf die Terrasse. Arthur hatte keine Zeit zu überprüfen, ob der Deutsche noch lebte. Jede Sekunde würde das Gelände von anderen Soldaten überschwemmt werden. Er zerrte den leblosen Körper an den Rand der Terrasse und wälzte ihn unter die Büsche. Wenigstens würde der Mann eine Weile außer Sicht sein, und vielleicht erkaufte er sich damit genug Zeit, um Maryse und die Kinder in Sicherheit zu bringen. Das Gewehr allerdings hob er auf und nahm es auf seiner Flucht von dem Grundstück mit.

Bestürzt sah er, dass Maryse hinter der Anhöhe wartete und sich mit den Kindern an einem Baum zusammenkauerte. »Warum seid ihr nicht weitergelaufen?«

»Du weißt doch den Weg nicht!«, protestierte sie, sichtlich verärgert über seine Frage.

»Ich hätte den Hof schon wiedergefunden«, gab er zurück und versuchte, seine Verstimmung zu beherrschen. Sie hätten nicht stehen bleiben dürfen. Die Kinder konnten die Strecke nicht so schnell zurücklegen wie er und hätten den Vorsprung gebrauchen können. Er stieß den Atem aus. Sinnlos, jetzt darüber zu streiten. »Na schön. Dann los!«

Maryse lief voran, zwischen den Bäumen hindurch. Sie hielt Yvettes Hand, während Arthur die von Jean-Paul nahm. In der Ferne hörten sie noch mehr Geschrei vom Haus her.

Maryse drehte sich zu Arthur um, doch er schüttelte den Kopf, damit sie schwieg. Er wollte den Kindern nicht noch mehr Angst einjagen, als sie ohnehin schon hatten. Kinderschluchzen hätte irgendwelche Soldaten, die sich hier draußen herumtrieben, auf sie aufmerksam machen können.

Maryse schien die unausgesprochene Anweisung zu verstehen, erhöhte ihr Tempo und flüchtete weiter.

Als Yvette sich über ihre schmerzenden Beine beklagte, nahm Arthur sie huckepack. »Wir müssen in Bewegung bleiben«, sagte er. Er nahm die Hand des Jungen und gab sie Maryse. »Pass auf, dass Maryse mitkommt«, sagte er und sah den Zehnjährigen ernst an.

Jean-Paul nickte. Schwer zu sagen, ob ihm klar war, dass Arthur ihm Befehle erteilte, doch er tat, wie ihm geheißen. Vielleicht, um seine eigene Angst zu verbergen, dachte Arthur.

Mit jedem Schritt, den die Flüchtenden taten, wurden die Stimmen aus dem Haus leiser, doch erst nachdem sie eine Viertelstunde gelaufen waren, begann sich Arthur zu entspannen und konnte glauben, dass sie wirklich entkommen waren.

Da hörte er das leise, unverkennbare Grollen eines Motors. Zu tief, um von einem Auto zu stammen, wahrscheinlich war es eher ein kleiner Laster. Einer, in dem Soldaten transportiert wurden. Das Geräusch wurde lauter, kam näher und bewegte sich auf der Straße, die parallel zu den Wäldern verlief, durch die sie sich bewegten.

»Stopp«, sagte Arthur leise. Er musste sich wiederholen, damit Maryse ihn hörte.

Sie drehte sich um, und jetzt lag echte Angst in ihrem Blick. »Wir sind nur zehn Minuten vom Hof entfernt«, flüsterte sie. »Können wir nicht einfach weitergehen?«

»Noch nicht.«

Der Laster kam die Straße entlang, er konnte von seinem Standort zwischen den Bäumen den dunkelgrauen Umriss des Fahrzeugs erkennen. Es rumpelte an ihnen vorbei, hielt dann aber ungefähr fünfzig Meter weiter an. Umgehend sprangen deutsche Soldaten von der Ladefläche. Arthur zählte sechs, die sich auf der Straße aufstellten. Ein Unteroffizier begann, Befehle zu erteilen. Arthur fluchte unterdrückt.

»Ob sie nach uns suchen?«, fragte Yvette mit zitternder Stimme.

»Ich glaube schon«, gab Arthur zurück. »Aber keine Sorge, wir verschwinden von hier, bevor sie uns finden.« Er wechselte einen Blick mit Maryse, sagte aber nichts. Er war sich sicher, dass sie sich der extremen Gefahr bewusst war, in der sie schwebten. »So, ich möchte, dass ihr Folgendes tut«, sagte Arthur und drehte sich zu den verängstigten Geschwistern um. »Ich will, dass ihr mit Maryse geht. Sie bringt euch in Sicherheit, und ich bleibe hier und sorge dafür, dass sie euch nicht folgen.«

»Nein!«, zischte Maryse. »Du darfst nicht hierbleiben. Du musst mit uns kommen.«

»Allein komme ich besser zurecht. Ich kann mich schneller bewegen, besser verstecken und auf mich aufpassen, wenn ich mir keine Sorgen zu machen brauche, wo ihr drei seid.« Er klopfte auf Maryses Umhängetasche, in der, da war er sich sicher, ihr Revolver steckte. »Ihr müsst euch auch selbst schützen.«

Maryse musterte ihn einen Moment lang, und er dachte schon, sie würde Einwände erheben, doch sie beugte sich vor und küsste ihn. »Sieh zu, dass du zurückkommst«, flüsterte sie.

Bevor sie sich zum Gehen wenden konnte, knackten hinter ihnen Zweige unter Schritten, und Arthur fuhr herum, legte das Gewehr an und löste gleichzeitig den Sicherungshebel.

»*Merde!*« Mist. »Was machst du da?« Es war Hugo.

»Was zum Teufel treibst du da?«, gab Arthur zurück und ließ die Waffe sinken. »Ich hätte dir fast den verdammten Kopf weggeschossen!«

Hugo warf ihm einen skeptischen Blick zu. »Und ich dir beinahe die Kehle durchgeschnitten.«

Die beiden Männer starrten einander wütend an.

Erst Maryses Eingreifen löste die Anspannung. »Da unten sind deutsche Soldaten. Sie sind auf der Suche nach uns.«

Hugo nickte. »Kommt, schnell.«

Erst als sie sich in geduckter Haltung weiter in den Wald zurückzogen, bemerkte Arthur, dass Hugo von mehreren Männern begleitet wurde. Einen kannte er vom Hof, und bei den anderen nahm er an, dass sie der hiesigen *Résistance* angehörten. Unwillkürlich fühlte er sich sowohl erleichtert, weil sie jetzt Rückendeckung hatten, als auch verärgert, weil Hugo offenbar der Meinung war, er sei nicht in der Lage, ein paar Kinder zu evakuieren. Sein Ego war ein wenig angeschlagen, doch er wusste, dass dies absolut nicht der richtige Zeitpunkt war, um sich Gedanken über seinen männlichen Stolz zu machen.

Arthur hielt sich nahe an Maryse und den Kindern und war jeden Moment bereit, sie zu schützen. Er behielt alles genau im Auge. Wieder drangen Befehle und dröhnende Stiefelschritte von der Straße zu ihnen durch. Arthur befürchtete, dass sie gleich Probleme bekommen würden.

»Sollten wir nicht weiter in den Wald hineingehen?«, fragte er Hugo leise, was ihm aber nur eine finstere Miene eintrug.

Ein paar Minuten später erklang vor ihnen ein Schrei.

Die Soldaten!

»Halt! *ARRETEZ-VOUS!*«, ließ sich eine Stimme mit schwerem deutschem Akzent hören. Stehen bleiben!

Arthur stieß Maryse und die Kinder hinter einen dicken umgestürzten Baum, schirmte sie mit seinem Körper ab und spähte über den Stamm. Maryse tauchte neben ihm auf. Er wollte ihr schon befehlen, sich zu ducken, überlegte es sich aber anders. Das wäre sinnlos – er sah den entschlossenen Ausdruck in ihren Augen. Sie hatte nicht vor, sich zu verstecken.

Ein Schuss knallte. Er kam von einem der *Résistance*-Kämpfer. Sofort erwiderten die Deutschen das Feuer und gaben eine Folge von Schüssen ab, sodass Arthur und Maryse hinter dem Baum in Deckung gingen.

Als Yvette wimmerte, legte Maryse ihr einen Arm um die Schultern. »Ruhig bleiben«, wies sie sie an. »Halte dich bereit zu rennen, wenn ich es dir sage. Tu genau, was ich dir befehle. Verstanden?«

»*Oui*«, lautete die zaghafte Antwort.

Die beiden Gruppen wechselten weitere Schüsse, wobei Arthur sich des Gewehrs bediente, das er dem Soldaten am Haus der Rochelles entwendet hatte. Es zog nach rechts, und Arthur brauchte mehrere Schüsse, um sich darauf einzustellen. Die nächsten Minuten verschwammen in einem Kugelhagel, beide Seiten erlitten Verluste.

»Wir müssen von hier verschwinden!«, schrie Arthur Hugo zu, der mehrere Meter von ihm entfernt stand und sich mit dem Rücken an den Stamm einer dicken Pinie drückte, um Deckung zu finden.

Widerwillig gab Hugo nach und befahl seinen Männern, sich zu Maryse und den Kindern zurückzuziehen. Er ließ ihnen Feuerschutz geben, damit sie fliehen konnten. »Geh mit ihnen«, wies er Arthur an. »Beeil dich!«

Arthurs Herz hämmerte und pumpte Adrenalin durch seinen

Körper. Er spürte keine Angst, hatte keine Zeit, etwas anderes zu fühlen als feste Entschlossenheit. Koste es, was es wolle, er würde sein Leben geben, damit Maryse und die Kinder unversehrt flüchten konnten.

Als sie geduckt zwischen den Bäumen weiterrannten, wurde immer noch geschossen. Er spürte, wie etwas an seiner Schulter vorbeizischte, und dann explodierte vor ihm die Rinde eines Baums, als eine Kugel in das Holz einschlug.

»Schneller!«, brüllte er.

Noch ein Schuss zog vorbei.

Yvette schrie auf und hielt sich die Ohren zu. Sie kniff die Augen fest zusammen und fiel auf die Knie.

Arthur zog sie hoch. »Lauf!«, rief er. »Renn weiter. *Allez! Allez!*« Los! Los!

Sie hatten keine Zeit, langsamer zu werden. Die Deutschen waren furchtbar nah. Sie mussten Hugo und seine Männer irgendwie umgangen haben, obwohl Arthur keine Ahnung hatte, wie ihnen das gelungen war. Doch er hatte keine Zeit, die Lage zu analysieren. Er konzentrierte sich wieder darauf, Maryse und die Kinder in Sicherheit zu bringen.

Plötzlich standen sie an einer Anhöhe, und Maryse, die vorauslief, blieb wie angewurzelt stehen. Schwer atmend musterte sie den steilen Abhang, der vor ihr lag. Arthur schätzte, dass es sechs Meter tief hinunterging. Felsbrocken schienen nicht im Weg zu sein, es war nur ein verwilderter, mit Moos und Gras bewachsener Hang.

»Ist das der kürzeste Weg?«, fragte er.

»Wenn wir unten sind, können wir den Bach überqueren und dann an einem Entwässerungsgraben entlangrennen. Von hier oben sind wir dann nicht mehr zu sehen.« Sie musterte das abschüssige Gelände. »Es ist sehr steil.«

»Uns bleibt nichts anderes übrig«, gab Arthur zurück. »So, Kind, ich möchte, dass ihr euch auf den Bauch legt und mit den Füßen zuerst den Hang hinunterrutscht.«

Yvette schüttelte den Kopf. »Ich hab Angst.«

»Es wird gut gehen. Versprochen«, sagte Arthur.

»Ich gehe zuerst«, erklärte Maryse. »Ich warte unten, um euch aufzufangen. Ich mache es euch vor.«

»Ich will nicht!« Yvette begann zu weinen.

»Du musst!«, sagte Jean-Paul. »Papa hat gesagt, du musst tapfer sein. Hör auf zu heulen!«

Arthur klopfte Jean-Paul leicht auf die Schulter. Der Junge mochte erst acht sein, aber er war ein kluges Köpfchen.

»Los, Yvette, keine Widerworte!«, sagte Maryse, deren Stimme jetzt einen gebieterischen Ton annahm. Ihre Lehrerinnenstimme, vermutete Arthur. Sie schien zu wirken, denn Yvette blickte leicht verblüfft zu ihrer Lehrerin auf, aber sie schniefte und unterdrückte ein neues Schluchzen. »Sehr gut«, fuhr Maryse fort. »Also, ich gehe als Erste. Dann du und danach Jean-Paul. Arthur folgt uns. Habt ihr verstanden?«

»*Oui, Madame*«, antwortete Yvette.

Sofort legte Maryse sich auf den Bauch und ließ sich mit ausgestreckten Händen und Füßen den Hang hinuntergleiten. Falls Steine oder kleine Felsbrocken im Weg waren und sie auf ihrem Weg nach unten kratzten, ließ ihre Miene nichts davon ahnen. Sie sah Yvette weiter fest in die Augen. Staub, Erde und Blätter stoben auf Maryses Fahrt nach unten hoch, und Arthur wurde klar, dass die Deutschen diese Spur leicht erkennen würden, falls sie herkamen. Aber Geschwindigkeit war jetzt das Wichtigste.

»Schön! Rutscht doch einfach nebeneinander hinunter, Yvette und Jean-Paul? Dann könnt ihr aufeinander aufpassen«, sagte er.

Sein Vorschlag schien Yvette ein wenig aufzumuntern, und Sekunden später sah Arthur, nachdem er Yvette das Versprechen abgenommen hatte, nicht zu schreien, zu, wie die beiden Kinder den Hang hinunterrutschten. Als Maryse sie auffing, war er erleichtert.

Er drehte sich um und sah etwas Graues durch den Wald huschen. Ein Gewehrlauf blitzte auf, und als Nächstes spürte er einen glühenden Schmerz, der durch seine Schulter fuhr. Der Schuss ließ ihn herumwirbeln, und er stürzte ins Leere. Ihm wurde die Luft aus der Lunge gepresst, als er auf den Boden knallte. Ohne dass er etwas tun konnte, um seinen Sturz abzubremsen, rollte er hilflos zum Fuß des Hangs hinunter. Vage registrierte er einen schrillen Aufschrei, doch dann wurde es schwarz um ihn.

Kapitel 44

Joe murmelte, an die anderen Gäste gerichtet, eine hastige Entschuldigung, wenn auch auf Englisch, warf ein paar *pardons* in seinem besten Französisch nach und endete mit einem *au revoir* – auf Wiedersehen. Dann stürzte er hinter Maddy hinaus.

Das hatte sich schnell hochgeschaukelt, und er war sich nicht sicher, wie es dazu gekommen war. Er versuchte immer noch zu ergründen, was genau er falsch gemacht hatte.

Auf der Straße sah sich Joe nach rechts und links um. Er erhaschte gerade noch einen Blick auf sie, wie sie um die Ecke der Kirche verschwand, die sich in der Mitte des Platzes erhob.

»Maddy! Warte!«, rief er und fiel in einen Laufschritt.

»Hau ab!« Sie drehte sich nicht um, doch ihre Worte waren gut zu verstehen und hallten von den Mauern der umgebenden Gebäude wider.

»Bitte, Maddy!« Jetzt hatte er sie eingeholt. Er lief rückwärts vor ihr, damit sie nicht gegen ihn prallte. »Es tut mir leid«, sagte er. »Können wir einfach darüber reden? Bitte, Maddy?«

Sie blieb stehen, sodass er einen scharfen Seufzer der Erleichterung ausstieß, doch dann bog sie in einem scharfen Neunzig-Grad-Winkel ab und marschierte erneut davon.

»Ich will nicht mit dir reden!«

Wieder stellte Joe sich ihr in den Weg. »Du kannst nicht einfach so davonlaufen. Das ist nicht fair. Ich weiß nicht, was ich angestellt habe – ich kann es vermuten und mich entschuldigen, aber ich will darüber reden wie unter Erwachsenen. Und du benimmst dich wie ein verstockter Teenager.«

Bei dem Zorn, der über Maddys Gesicht huschte, zuckte Joe innerlich zusammen. Da hatte er wohl nicht das Richtige gesagt.

»Verstockter Teenager? Wie bitte?«

»Na ja, besonders erwachsen benimmst du dich gerade nicht.« Na schön, dann richtig.

Dieses Mal blieb sie stehen. Sie verschränkte die Arme vor der Brust, presste die Lippen zusammen und runzelte die Stirn. »Wenn du es unbedingt wissen willst«, begann sie. »Ich kann durchaus gut auf mich selbst aufpassen. Ich brauche weder dich noch sonstwen, der sich einmischt wie dieser Typ aus *Bodyguard*.«

Joe hob ergeben die Hände. »Okay, okay. Ich habe die Lage falsch eingeschätzt. Ich wollte nur behilflich sein. Ich entschuldige mich.«

»Ich hätte ihn überreden können. Auf deine Einmischung konnte ich verzichten. Jetzt werden wir Maryse nie finden. Andere Spuren haben wir nicht mehr.«

»Ich entschuldige mich noch mal«, sagte Joe. So langsam bekam er eine bessere Vorstellung davon, warum Maddy so aufgebracht war, und das lag nicht unbedingt nur an ihm. Ihre Hoffnung, Maryse zu finden, hatte einen Rückschlag erlitten, und diese Verzweiflung drückte sich in Wut auf ihn aus, weil er … na ja, was getan hatte? Für sie eingestanden war? Warum hatte er das getan? »Hör mal, Maddy, ich habe nicht richtig nachgedacht. Das war ein Reflex. Ich hätte das Gleiche für Kay, Matt oder einen meiner Freunde getan. Das war keine Demonstration machohaften Besitzstrebens oder ein Versuch, den Helden zu spielen und deine weibliche Ehre zu verteidigen. Ich wollte deine Fähigkeit, für dich selbst einzustehen, weder schmälern noch beleidigen, ich habe mich nur für eine Freundin eingesetzt.«

Sie stieß einen langen Atemzug aus. Ihre Schultern sackten nach vorn, und sie wandte den Blick ab. Der Zorn schien aus ihr zu weichen und zu versickern. Sie sah ihn an und schaute dann auf ihre Füße. »Vielleicht habe ich ja ein wenig überreagiert«, gestand sie schließlich. Sie hob den Blick zu ihm und verzog das Gesicht. »Sehr sogar. Tut mir leid.«

»Entschuldigung angenommen.« Joe steckte die Hände in die Jeanstaschen. Er spürte den Drang, sie in die Arme zu schließen und ihr zu versichern, alles sei gut. Doch er war sich nicht sicher, wie sie das aufnehmen würde.

»Das ist mir wirklich ernst«, sagte sie.

»Ich weiß. Mir auch.«

Ein kurzes Schweigen. »Dann … ist alles wieder gut zwischen uns?«

»Für mich schon, wenn es für dich in Ordnung ist.«

»Du bist viel zu locker!«

»Trotz dieser kleinen Demonstration männlichen Imponiergehabes da drinnen stehe ich nicht wirklich auf Konfrontation.«

»Erst in diesem Moment, als mir klar wurde, dass uns die Gelegenheit durch die Finger rann, Maryse zu finden, das Rätsel zu lösen und vielleicht Gramps auf eine Art damit abschließen zu lassen, habe ich erkannt, wie sehr ich mir das gewünscht hatte. Und jetzt …« Niedergeschlagen schüttelte sie den Kopf. »Jetzt hat sich unsere einzige Spur in Luft aufgelöst. Ich fühle mich am Boden zerstört.«

»Das ist noch nicht das Ende. Es ist enttäuschend, ich weiß, aber es gibt noch andere Mittel und Wege.«

»Legale?«

»Frag lieber nicht. Aber ich verspreche dir, Maddy, dass ich tun werde, was ich kann, jeden Gefallen einfordern, den mir jemand schuldet, und mich dabei selbst einigen anderen verpflichten, um Maryse zu finden.« Er senkte den Kopf und spähte unter ihren Pony. »Soll ich dich mal in den Arm nehmen?«

Sie trat auf ihn zu, umschlang seine Mitte und legte den Kopf an seine Brust. Er war überrascht, dass sie das Angebot angenommen hatte, doch er wusste, dass sie, obwohl sie äußerlich die starke, unabhängige Frau gab, auch ein zärtliches Wesen und daran gewöhnt war, dass Umarmungen meist von ihr ausgehen mussten. Er schloss die Arme um ihren Rücken und legte das Kinn auf ihren Kopf. Dann beugte er, wahrscheinlich ebenso zu Maddys Überraschung wie zu seiner eigenen, den Kopf und drückte ihr einen Kuss auf den Scheitel.

Sie zog sich nur gerade weit genug zurück, um aufzusehen.

Joe erwiderte ihren Blick. Tausend Gedanken schwirrten ihm durch den Kopf. In diesem Moment hätte die Sache in die eine oder die andere Richtung losgehen können. Wieder verblüffte er sich selbst damit, dass er sich ein bestimmtes Ergebnis wünschte.

»*Monsieur! Madame!*« Eine Stimme von der anderen Straßenseite zerstörte die Stimmung, und Joes und Maddys Aufmerksamkeit richtete sich abrupt auf die Restaurantbesitzerin, die über die Straße auf sie zugerannt kam. Sie wedelte mit ein paar Euroscheinen.

Joe stöhnte über die Störung. »Dein Wechselgeld«, sagte er zu Maddy. »*Merci, Madame.*« Er lächelte der älteren Dame zu.

Sie erwiderte sein Lächeln nicht, sondern runzelte die Stirn. Dann redete sie schnell auf Maddy ein, drückte ihr den Zehneuroschein in die Hand und war so plötzlich verschwunden, wie sie aufgetaucht war.

»Worum ging's?« Joe hatte kein einziges Wort verstanden.

Maddys Miene wirkte wie vom Donner gerührt. »Kaum zu glauben.«

Joe war sich nicht sicher, ob sie mit ihm redete oder mit sich selbst. »Was hat sie gesagt? Was kannst du nicht glauben?«

Kapitel 45

»Noch ist nicht alles verloren«, sagte Maddy und drehte sich zu Joe um. Sie sah ganz aufgeregt aus. »Die Frau aus dem Restaurant hat gerade einen Anruf von Amélie Cohens Tochter bekommen.«

»Was? Von der, die uns nicht sehen will?«

Maddy packte Joes Arm. »Das ist es ja gerade, sie selbst will uns schon treffen. Ihr Sohn wollte das nicht. Sie konnte ihn nicht davon abbringen, aber sie will sich morgen mit uns verabreden.«

»Wow! Das ist ja großartig!« Ihre Freude wirkte ansteckend, und er merkte, dass er wie ein Irrer übers ganze Gesicht grinste. »Hat sie gesagt, wann?«

»Wir sollen hier während der Messe warten, und sie schleicht sich aus der Kirche, um mit uns zu reden.«

»Das klingt alles wie aus einem Spionagethriller«, sagte Joe. »Du weißt, was das bedeuten muss?« Er legte eine Pause ein und wartete, bis Maddys Gedankengang seinen eingeholt hatte.

»Sie muss uns etwas zu erzählen haben. Irgendein Geheimnis oder so. Oh Gott, Joe, wäre es nicht wunderbar, wenn wir Maryse finden könnten?« Lachend umarmte sie ihn.

Instinktiv hob Joe sie hoch und wirbelte sie im Kreis. »Juhuuu!« Er schloss sich ihrem kleinen Freudenfest an und drehte sie noch einmal, bevor er sie wieder auf festen Boden setzte. »Das würde auch erklären, warum ihr Sohn so dagegen war, dass wir mit ihr sprechen. Es muss eine Verbindung bestehen, und er will nicht, dass wir sie finden, selbst nach so langer Zeit.«

Sie hielten einander immer noch umarmt, und offenbar mochte sich keiner vom anderen lösen.

»Keine Ahnung, was das sein könnte. Sogar als Gramps noch jünger war und, du weißt schon, sein Gedächtnis besser, hat er nie in Einzelheiten vom Krieg erzählt.«

»Das haben die Leute einfach nicht getan. Daran hat sich immer noch nichts geändert. Das war alles grauenhaft und schwer erträglich, und ich glaube, die, die an der Front waren, die Soldaten, haben Schlimmes erlebt. Aber damals hatten sie, anders als heute, keine Unterstützung. Posttraumatische Belastungsstörungen waren noch nicht anerkannt. Man hat damit gelebt und nicht darüber geredet.«

Maddy wirkte nachdenklich. »Ich hoffe, Gramps hat nicht all die Jahre im Stillen gelitten.«

»Sei deswegen nicht deprimiert«, sagte Joe. »Du kannst nichts an dem ändern, was passiert ist. Dein Großvater war liebevoll und freundlich – ist es immer noch –, und ich könnte wetten, dass es ihm gut ging. Das Einzige, was ihn anscheinend umgetrieben hat, ist Maryse.«

»Genau. Deswegen ist es ja so wichtig, dass wir herausfinden, was passiert ist.«

»Und ich werde alles tun, was in meiner Macht steht, um dafür zu sorgen.« Joe wusste nicht, wann er das letzte Mal etwas so ernst gemeint hatte.

»Weißt du was, Joe Finch?«

Er zog die Augenbrauen hoch. »Was?«

»Ich bin froh, dass du mich so hartnäckig davon überzeugt hast, dass das eine gute Idee wäre. Und ich kann dir nicht genug für deine Hilfe danken, obwohl ich nicht mehr beitragen kann, als für deine Ausgaben aufzukommen. Ich weiß das wirklich zu schätzen.« Eine tiefe Aufrichtigkeit lag nicht nur in ihren Worten, sondern auch in ihrem Blick – den großen braunen Augen, von denen er den Blick nicht losreißen konnte, weil ihre Eindringlichkeit ihn faszinierte.

»Ich freue mich auch sehr«, sagte er. Eine Pause trat ein, in der beide um Worte verlegen sein zu schienen. Dann schüttelte Joe sich innerlich und brach als Erster das Schweigen. »Hast du etwas von zu Hause gehört?«

»Nein, aber deine Frage ist eine willkommene Erinnerung daran, dort anzurufen.« Maddy wirkte ein wenig erhitzt, als sie in ihrer Tasche nach ihrem Handy kramte.

Der Abend war noch warm, und als sie am Flussufer entlangschlenderten, linderte die ruhige, heitere Stimmung langsam die Spannung zwischen ihnen. Ein Motorboot zog mit sanftem Brummen an ihnen vorbei, und in der Ferne schlug die Kirchenglocke die volle Stunde.

Maddy sprach zuerst mit Kay und dann mit Esther. Nach dem zu urteilen, was Joe von ihrer Seite der Unterhaltung mitbekam, ging es allen gut, und sie hatten einen schönen Tag gehabt.

»Sie waren zusammen im Park und haben die Enten gefüttert«, erzählte Maddy, als sie das Handy wieder in die Tasche steckte. »Esther und Sheila haben Rosinenkekse gebacken, und jetzt spielen sie Scrabble. Kay und Gramps gegen Esther und Sheila.«

»Perfekt«, sagte Joe, auch weil er das Gefühl hatte, dass zwischen ihnen wieder alles im Lot war. »Ich habe dir ja gesagt, Kay ist großartig. Dann kannst du ja jetzt aufhören, dir Sorgen zu machen.«

»Sieht so aus. Obwohl Gramps viel über die Kinder auf dem Foto geredet hat.«

»Wirklich? Was hat er erzählt?«

»Immer das Gleiche. Er hat Esther gefragt, ob sie das kleine Mädchen kennt. Ob sie Freundinnen seien und ob sie wisse, was aus ihr geworden ist.«

Joe verzog das Gesicht. »Was immer die Verbindung zwischen ihnen ist, offensichtlich beschäftigt es ihn.«

»Genau, wie er sich Gedanken um Maryse macht.«

»Esther hat ihm Gesellschaft geleistet, was lieb ist, aber ich hoffe doch, dass sie ein paar Freunde findet, wenn sie im September an ihrer neuen Schule anfängt. Momentan kennt sie halt keine Gleichaltrigen.«

»Ich bin mir sicher, das ist für sie in Ordnung. Sie ist ein entzückendes Kind. Sehr kontaktfreudig.«

»Danke. Du weißt, dass sie große Stücke auf dich gehalten hat. Wie es aussieht, tut sie das immer noch.«

»Bin mir nicht sicher, ob ich so viel Anhänglichkeit verdiene«, sagte Joe ehrlich. In der Vergangenheit hatte er nicht nur Maddy verletzt, sondern auch Esther hatte viel einstecken müssen. Damit hatte er sich nie wirklich versöhnen können.

»Ich will nicht, dass ihr wieder wehgetan wird, Joe.« Abrupt blieb Maddy stehen und blickte mit verschränkten Armen über den Fluss hinaus.

»Das ist das Letzte, was ich will.«

»Sie ist noch ein Kind. Sie hat keine Bewältigungsstrategien. Ihr fehlt die Erfahrung, um zu wissen, wann sie ihr Herz schützen muss.«

»Im Gegensatz zu dir. Ist es das, was du meinst?« Joe bohrte die Hände in die Hosentaschen. Es schien die sicherste Verwendung dafür zu sein. Sie um Maddy zu legen stand gerade nicht zur Debatte.

»Ja. Anders als mir«, gab Maddy mit betrübtem Unterton zurück. »Obwohl manches leichter gesagt als getan ist.«

Verflixt! Am liebsten hätte er ihr erklärt, vor ihm brauche sie sich nicht zu schützen, doch er wusste, so einfach war das nicht. Er musste geduldig sein und das hier langsam angehen lassen, sonst würde er alles vermasseln.

»Ich bin immer ehrlich zu dir gewesen«, sagte er. »Und daran wird sich auch nichts ändern. Versprochen.«

»Komm, lass uns zurückgehen. Keine Ahnung, wie es dir geht, aber ich bin vollkommen erledigt, und wir müssen morgen früh aufbrechen. Und Joe, mach keine Versprechungen, die du nicht halten kannst.«

»Das ist jetzt schon das zweite Versprechen«, rief er ihr nach und rannte dann los, um sie einzuholen.

Kapitel 46

Arthur saß mit der Kleinen und dem Hund im Garten. Sie sahen zu, wie die Vögel aus den Büschen geschossen kamen, ein paar Sekunden lang auf dem Futterspender landeten und an den Körnern pickten, die das Mädchen hineingeschüttet hatte. Dann zischten sie wieder zurück ins sichere Blattwerk.

»Das ist ein Rotkehlchen«, erklärte Arthur. »Es ist ein kleiner Tyrann. Verscheucht gern die anderen Vögel.«

Die Kleine hatte ein Buch über Gartenvögel aufgeschlagen im Schoß liegen und hielt sich ein kleines Fernglas vor die Augen. »Da ist noch ein anderer Vogel mit schwarzem Kopf.« Sie senkte das Fernglas und schlug in dem Buch nach. »Ich glaube, das ist eine Kohlmeise.«

»Sehr gut«, sagte Arthur und folgte dem Flug des Rotkehlchens, das inzwischen im Apfelbaum saß und das rege Treiben beobachtete. Er fühlte sich an ein Lied erinnert, obwohl er sich nicht ganz sicher war, woher der Gedanke kam, doch er begann die Worte zu singen. »*Alouette, gentille alouette, je te plumerai …*«

»Das Lied kenne ich«, sagte das Mädchen und fiel ein.

Am Ende der Strophe applaudierte jemand, und Arthur und die Kleine drehten sich um. Es war die Krankenschwester.

»Bravo!«, rief sie. »Damit würdet ihr bei einer dieser Talentshows im Fernsehen gewinnen. Ihr würdet alle Herzen zum Schmelzen bringen.«

»Wir könnten es für meinen Vlog aufnehmen«, schlug die

Kleine begeistert vor. »Dagegen kann Mum ja nun wirklich nichts haben.«

»Du solltest trotzdem zuerst mit ihr darüber reden«, warnte die Schwester und sprach dann Arthur an. »Sheila kommt gleich vorbei, um euch eine halbe Stunde Gesellschaft zu leisten. Ich muss zur Apotheke und ein Rezept für Sie einlösen. Ich habe gerade die Medikamente überprüft, und eines fehlt uns.«

»Sheila kommt jetzt vorbei?«, fragte die Kleine.

»Ja. Sie ist in ungefähr fünf Minuten da.«

»Wir würden auch allein zurechtkommen«, gab das Mädchen zurück.

»Mir ist wohler, wenn jemand bei euch ist.«

»Ich mag Sheila«, sagte Arthur. »Sie bringt mir immer Kekse.«

Die Kleine sah aus, als wollte sie wieder protestieren, doch Arthur zwinkerte ihr zu, was ihr ein Lächeln entlockte. »Okay«, sagte sie. »Können wir jetzt reingehen? Gramps hat gesagt, ihm ist ein wenig kalt.«

Die Schwester schaute fragend drein. »Kalt? Es ist ein wunderschöner Tag.«

»Vielleicht sollten wir Gramps seinen Mantel holen«, schlug die Kleine vor. Mit diesen Worten sprang sie auf und lief ins Haus.

Arthur war sich nicht sicher, ob er etwas Derartiges gesagt hatte, und er glaubte auch nicht, dass ihm wirklich kalt war, aber die Kleine schien fest entschlossen zu sein, und da war sie schon wieder mit seinem dicken Mantel.

»Ich weiß nicht, ob Gramps wirklich seinen Wintermantel braucht«, bemerkte die Schwester.

»Es ist sein Lieblingsmantel«, beharrte das Mädchen und streifte Arthur schon den Ärmel über. Er spielte mit und war bald in eine weitere Schicht Kleidung gepackt. Es war ein wenig sperrig, aber Arthur mochte diesen Mantel wirklich. Ihm fiel auf, dass die Kleine eine Tasche unter ihren Stuhl schob und jetzt selbst eine Jacke anzog.

»Ist dir auch zu kalt?«, fragte die Schwester. »Vielleicht solltet ihr beide reingehen.«

»Nein, wir wollen ja die Vögel beobachten, nicht wahr, Gramps?«

Arthur nickte. Das schien ihm die richtige Reaktion zu sein.

Ein paar Minuten später kam Sheila durchs Gartentor. »Hallo zusammen!«, sagte sie, trat zu Arthur und küsste ihn auf die Wange. »Wie geht's dir heute?«

»Sehr gut, danke«, gab er zurück.

»Oooh, friert ihr etwa? Ich dachte nicht, dass wir schon Mantelwetter hätten.«

»Ich auch nicht«, sagte die Schwester. »Aber was weiß ich schon?« Sie lächelte dabei. »Schön, ich breche jetzt auf. Es sollte nicht länger als dreißig bis vierzig Minuten dauern. Wenn ihr mich braucht, ruft mich auf dem Handy an.« Sie reichte Sheila das Festnetztelefon. »Meine Nummer ist auf Kurzwahl. Sie drücken nur auf den ›Ein‹-Knopf hier, dann die Zwei, und schon erreichen Sie mich.«

»Perfekt«, sagte Sheila.

Sobald die Schwester fort war, kam Sheila zurück in den Garten.

»Sheila«, begann das Mädchen. »Ich glaube, Gramps und ich gehen jetzt rein. Wir könnten von dem Kuchen essen, den ich heute Morgen gebacken habe.«

»Oh, das wäre sehr nett.«

Die Kleine half Arthur, von seinem Stuhl aufzustehen, und sie gingen ins Haus.

»Soll ich meinen Mantel ausziehen?«, fragte Arthur und nestelte an runden schwarzen Knöpfen herum.

»Nein, lass ihn erst mal an«, wies die Kleine ihn an.

Arthur kam es merkwürdig vor, dass er seinen Mantel im Haus anbehalten sollte, doch er fragte nicht, weil sie es so wollte.

Bald saßen sie im Wohnzimmer. Das Mädchen schaltete den kleinen Heizlüfter ein, bevor Sheila mit Tee und Kuchen zurückkam.

»Oh, hier ist es aber kuschelig«, sagte Sheila und ließ sich im Sessel nieder.

»Ich mache Musik an«, sagte die Kleine, trat ans Radio und schaltete es ein. Dann setzte sie sich wieder neben Gramps aufs Sofa, und der Hund machte es sich auf einem Läufer beim Heizlüfter gemütlich.

Arthur musste eingenickt sein, denn als Nächstes wurde ihm bewusst, dass das Mädchen behutsam seinen Arm schüttelte und ihn im Flüsterton zum Aufwachen aufforderte. Er wollte etwas sagen, doch sie legte einen Finger an die Lippen. »Sheila ist eingeschlafen. Komm, wir ziehen ins Abenteuer!«

Arthur hatte nicht vor, Einwände zu erheben. Die Aussicht auf ein Abenteuer gefiel ihm, und die Kleine riss aufgeregt die Augen auf. Er überlegte, ob sie Sheila wecken und mitnehmen sollten, doch die Kleine zog ihn schon aus dem Zimmer, durch die Diele und durch die Haustür nach draußen.

»Bleib, Fifi«, sagte sie zu der Hündin und gab ihr einen Keks. »Braves Mädchen.«

»Wohin jetzt?«, fragte Gramps.

»Ins Taxi«, gab die Kleine zurück. Sie führte ihn den Weg entlang und öffnete die Tür einer wartenden Limousine.

Arthur stieg mühsam ein, und die Kleine kletterte neben ihm hinein.

»Nach Little Paxton, bitte.«

»Nur ihr beide?«, fragte der Fahrer.

»Ja. Mein Vater wartet in Little Paxton auf uns.«

»Wenn Sie sich sicher sind.« Der Fahrer sah Arthur im Rückspiegel an.

»Ja, sind wir«, sagte Arthur.

Der Fahrer warf einen Blick zum Haus und schaute dann wieder Arthur an. »Okay. Nach Little Paxton also.«

Arthur lehnte sich zurück. Der Gurt war zwar unbequem, da er auf seine wehe Schulter drückte, doch er tat sein Bestes, um es zu ignorieren. Zu seiner Zeit hatte er schon Schlimmeres erlebt, dachte er und sah aus dem Fenster.

Kapitel 47

Mai 1944

Der Schmerz brannte in seiner Schulter. Er schrie laut auf. Versuchte, sich zu bewegen. Hände hielten ihn nieder und zwangen ihn wieder hinunter auf die harte Oberfläche. Überall um ihn herum Stimmen, die er nicht kannte. Er verstand nicht, was sie sagten. Dann wieder Schmerz. Die Hände packten dieses Mal noch fester zu, sodass er sich nicht rühren konnte. Er schrie. Jemand stopfte ihm etwas Hartes in den Mund, und als er darauf biss, schmeckte er Holz.

Ruckartig öffneten sich Arthurs Augen, und er sah in verschwommene Gesichter, die über ihm schwebten. Wer waren diese Männer? Was taten sie ihm an?

Jemand nahm ihm den Knebel heraus. Dann spürte er, wie der gläserne Hals einer Flasche an seinen Mund gesetzt wurde und dann die Flüssigkeit in seine Kehle schwappte. Reflexartig schluckte er. Whisky.

Gierig trank er.

Hustete.

Spuckte.

Und ließ sich dann wieder in die Dunkelheit zurücksinken.

Bis zum nächsten stechenden Schmerz.

Dieser Kreislauf wiederholte sich noch mehrmals, doch als Arthur das nächste Mal zu vollem Bewusstsein kam, fiel ihm als

Erstes auf, wie still es um ihn herum war. Der stechende, brennende Schmerz war fort, und er spürte nur noch ein stetiges Pochen.

Vorsichtig öffnete er die Augen. Er brauchte einen Moment, um klar sehen zu können, aber als er wieder etwas erkennen konnte, wurde er mit Maryses Anblick belohnt. Sie schlief auf einem Stuhl auf der anderen Seite des Raums und wirkte ganz friedlich und zufrieden. Einen Sekundenbruchteil lang fragte sich Arthur, ob sie tot war. Er konnte nicht sehen, ob ihre Brust sich hob und senkte, und ihre dunklen Wimpern vor dem Hintergrund ihrer blassen Haut bewegten sich auch nicht.

Er versuchte, sich aufzusetzen, doch dabei schoss ihm ein so heftiger Schmerz durch die Schulter, dass er aufstöhnte.

Maryse schlug abrupt die Augen auf und war schon aufgesprungen. Zwei Schritte, und sie war an seiner Seite. »Arthur! Geht's dir gut? Schau mich an, Arthur! Alles in Ordnung?«

»Prächtig«, gab er ein wenig sarkastisch zurück. »Bin putzmunter. Einfach putzmunter.«

Er ließ sich auf seine Unterlage zurückfallen, was zum Teufel das auch war. Er tastete an den Kanten der Oberfläche entlang und spürte dicke, schwere Eiche. Dann drehte er den Kopf, um den Rest des Raums in Augenschein zu nehmen, und ihm wurde klar, dass er sich im Esszimmer von Maryses Haus befand. Bei der Erkenntnis zog er die Augenbrauen hoch. Offenbar war er befördert worden. Nicht mehr in die Scheune verbannt.

Dann standen ihm mit einem Mal die letzten paar Stunden wieder vor Augen. Er blickte auf seine Schulter hinunter, hob die andere Hand, um die Wunde zu betasten, und zuckte zusammen.

»Nicht anfassen«, befahl Maryse, beugte sich über ihn und nahm seine Hand weg. »Ich habe sie verbunden, aber ich will nicht, dass sie sich entzündet. Wir müssen die Wunde so steril wie möglich halten.«

»Was ist passiert? Mit den Kindern alles in Ordnung?«, fragte

Arthur. Jetzt fiel ihm wieder ein, wie die beiden den Hang hinuntergerutscht waren, zu Maryse, die auf sie wartete.

Stirnrunzelnd versuchte er, sich daran zu erinnern, was dann passiert war. Hatte er es auch nach unten geschafft? Hatte er sich so die Verletzung zugezogen, als er an etwas hängengeblieben war?

»Den Kindern geht es gut«, beruhigte Maryse ihn. »Sie sind oben und spielen leise.«

»Und alle anderen?«

»Hugo ist in Sicherheit. Wir haben einen Mann verloren – Jacques. Und zwei Verletzte, ein anderer und du.«

»Tut mir leid«, sagte er.

Sie neigte den Kopf. »Danke, aber er ist im Kampf für sein Land gestorben. Das wird ihm niemand je vergessen.«

Erinnerungsfragmente, die wie Standbilder wirkten, begannen sich in Arthurs Gedanken zu schieben. Er erinnerte sich an die deutschen Soldaten und daran, wie die Kinder die Böschung hinuntergerutscht waren. Wohin hatten sie noch gewollt? Oh, richtig, Maryse hatte von einem Entwässerungsgraben gesprochen. Dann sah er Hugo und ein paar der anderen *Résistance*-Kämpfer, die mit Waffen in den Händen aus dem Wald kamen. Die Deutschen mussten ihnen dicht auf den Fersen gewesen sein. Er erinnerte sich an das Aufblitzen aus einem der Gewehre. Er wusste noch, dass er sich um seine eigene Achse gedreht hatte und gestürzt war. Danach war alles dunkel.

»Wie bin ich hergekommen?«

»Mein Bruder und ein paar der Männer haben dich getragen.«

Arthur stieß ein hohl klingendes Lachen aus. »Ich wette, das hat ihm nicht gepasst.«

Maryse warf ihm einen vorwurfsvollen Blick zu, doch der Hauch eines Lächelns umspielte ihre Mundwinkel.

»Darf nicht vergessen, mich bei ihm zu bedanken«, schloss Arthur.

»Das solltest du vielleicht lassen. Er war tatsächlich nicht begeistert davon, dich schleppen zu müssen.« Maryse beugte sich tiefer über ihn und streifte seinen Mund mit den Lippen. »Ich bin aber froh, dass er und die anderen es getan haben.«

»Muss mich öfter anschießen lassen«, murmelte Arthur, als sie sich einen Moment lang aus ihrer Umarmung lösten. »Aber darauf achten, dass es nur ein Streifschuss ist. Nichts Tödliches, wäre sonst sinnlos.«

»Hör auf«, sagte Maryse. »Du hast mir große Angst eingejagt.«

Die betäubende Wirkung des Alkohols ließ langsam nach, und der umissverständliche tiefe Schmerz – und ja, es war entschieden eher ein Schmerz als ein Ziehen – wurde stärker. »Wie schlimm ist es?«, fragte Arthur.

»Ich bin keine Krankenschwester«, sagte Maryse und wich seinem Blick aus.

»Nur deine Meinung … Wie schlimm? Ist es so verdammt übel, wie es sich anfühlt?«

Dieses Mal stiegen ihr fast Tränen in die Augen, doch sie blinzelte rasch. »Der Arzt, der gekommen ist … Er hat gesagt …«

»Sprich es einfach aus.«

Maryse holte tief Luft. »Er meinte, du könntest von Glück reden, deinen Arm noch zu haben …«

»Und weiter?«

Sie wollte protestieren, brachte aber kein Wort heraus, sondern ließ den Blick durchs Zimmer schweifen, bevor sie ihn wieder ansah. »Du wirst den Arm kaum noch oder gar nicht mehr gebrauchen können.«

Arthur stieß einen leisen Pfiff aus. Aus keinem besonderen Grund, nur, damit er angesichts dieser Prognose nicht schrie oder tobte. Was war das überhaupt für ein Arzt? Was verstand er schon von solchen Verletzungen? »Ich hole mir bei der Armee eine richtige medizinische Meinung ein.«

Dieses Mal ließ Maryse die Tränen fließen und lehnte den Kopf an seine gesunde Schulter. »Ach, Arthur. Es tut mir so leid. So leid!«

Er streichelte ihr Haar und küsste sie auf den Kopf. »Hey, bemitleide mich nicht. Es hätte schlimmer kommen können.« Seine Worte klangen leer, und vermutlich waren sie das auch. Er hätte sich nie vorstellen können, zum Kriegsopfer zu werden. Wozu zum Teufel war er jetzt noch nütze?

»Sie reden davon, dich beim nächsten Vollmond auszufliegen«, sagte Maryse. Dieses Mal schluchzte sie heftiger, und da erkannte Arthur die ganze Tragweite ihrer Worte.

»Sie schicken mich nach Hause?«

»*Oui*. Zurück nach England. Und ich sehe dich nie wieder.«

»Ach Maryse, meine liebste Maryse! Das ist nicht wahr! Wir werden einander wiedersehen, versprochen. Ich komme dich holen. Ich werde dich finden. Nie werde ich aufhören, nach dir zu suchen. Du brauchst nur den Krieg zu überstehen, und ich finde dich!«

»Ich warte auf dich.« Maryse küsste ihn, und ihre Tränen tropften auf sein Gesicht. »Ich werde dich ewig lieben!«

Kapitel 48

Die Taxifahrt war recht angenehm. Arthur lehnte sich auf seinem Platz zurück und sah genüsslich zu, wie Häuser und Straßen langsam zurückwichen, als sie das Dorf verließen und über eine Autobahn fuhren – auf dem Weg zu einem Ort, der die Kleine in große Aufregung zu versetzen schien. Er versuchte, einen Blick auf die Wegweiser zu erhaschen, die in stetigem Tempo vorbeizogen, doch er hatte einfach nicht genug Zeit, die Buchstaben zu entziffern, die ihm wie ein Code vorkamen.

»Und, was habt ihr in Little Paxton vor?«, erkundigte sich der Taxifahrer.

»Wir besuchen einen Freund von Gramps«, gab die Kleine zurück.

»Ja, einen Freund«, bekräftigte Arthur, obwohl er, wenn er ehrlich war, nicht so genau wusste, wer das sein sollte. »Er wird uns sagen, wo Yvette ist.«

»Ah, richtig. Ihre Tochter?«

»Ja«, schaltete sich das Mädchen ein, bevor Arthur antworten konnte.

War Yvette seine Tochter? Er glaubte nicht, aber er hätte sich auch irren können. Die Kleine tippte jetzt auf seinen Arm und riss ihn aus seinen Gedanken. Sie zeigte ihm etwas auf diesem Fernseh-Dingsda, das sie oft mit sich herumschleppte. Oh, auf dem Bildschirm waren ihre Gesichter zu sehen. Es war wie eine Kamera.

»Wir machen nur ein Selfie«, erklärte sie. »Lächeln, Gramps!«

Arthur war sich nicht sicher, wie lange sie schon in dem Auto saßen, doch jetzt fuhren sie von der belebten Straße auf eine kleinere, ruhigere ab.

»Wohin im Dorf soll es denn gehen?«, fragte der Fahrer.

»Zur Kirche«, gab die Kleine zurück. Sie überprüfte etwas auf ihrem Dingsda. »Die St.-James-Kirche.«

Ein paar Minuten später hielt das Taxi vor einer Kirche, die Arthur an die erinnerte, die er als Junge besucht hatte. Es war ein sandfarbenes Steingebäude mit einem Glockenturm am einen Ende. Auf dem Turm bewegte sich eine Wetterfahne in der Brise.

Jetzt redete der Fahrer auf ihn ein und verlangte Geld. Arthur war sich nicht sicher, wie viel er wollte, doch die Kleine sah in ihre Geldbörse. Sie zog einen Schein hervor und reichte ihn dem Fahrer.

»Wechselgeld?«, fragte dieser.

Das Mädchen schüttelte den Kopf, sprang aus dem Auto und kam auf Arthurs Seite herüber, um ihm beim Aussteigen zu helfen.

»Bin froh, dass wir nicht mehr im Auto sitzen«, sagte Arthur, als die weiße Limousine davonfuhr. »Es war zu eng. Also, wohin jetzt? Wen besuchen wir? Gehen wir in die Kirche?«

»Ja. Wir treffen uns mit Reverend Jenny Jones«, antwortete die Kleine. »Sie ist die Pfarrerin. In zehn Minuten müsste sie aus dem Gottesdienst kommen. Wir können hier auf der Bank warten.«

»Jenny? Ist das der Pfarrer?«, fragte Arthur. Er war sich nicht sicher, das richtig verstanden zu haben. »Das ist eine Frau.«

Das Mädchen grinste ihm zu. »Richtig, Gramps. Die Pfarrerin ist eine Frau.«

Arthur zog die Augenbrauen hoch. »Also ehrlich.« Er hatte keine Ahnung, seit wann es so etwas gab, aber er hatte noch nie davon gehört. Ach, na ja, sie war bestimmt nett. Jedenfalls klang ihr Name so.

Sie setzten sich auf die Bank an dem Weg, der sich durch den Kirchhof schlängelte. Der Friedhof wirkte nicht besonders groß, und Arthur fragte sich, wo sie heutzutage die Leute ließen. Jetzt war er froh über seinen Mantel, denn die Sonne schien zwar, doch der Wind war ein wenig kühl. Die Kleine setzte sich neben ihn auf die Bank und richtete den Blick auf die hölzerne Kirchentür.

»Ist Sheila eigentlich mitgekommen?«, fragte Arthur und schaute sich um. Er konnte seine Freundin nirgendwo entdecken, obwohl er sich sicher war, dass sie vorhin mit ihnen zusammen gewesen war.

Das Mädchen rutschte auf der Bank hin und her. »Ähm, nein. Sheila ist zu Hause geblieben, um auf Fifi aufzupassen«, sagte sie schließlich und wich seinem Blick aus.

Die Kleine gab Arthur Rätsel auf. Er hätte nicht sagen können, was genau es war, doch er hatte das Gefühl, dass sie sich irgendwie unbehaglich fühlte.

Die Kirchenglocke schlug die volle Stunde, und kurz darauf kam die Gemeinde zum Vorschein, die sich an diesem Sonntagvormittag versammelt hatte. Arthur sah zu, wie die Menschen herausströmten. Die meisten machten sich eilig auf den Heimweg, doch einige blieben in kleinen Gruppen stehen, unterhielten sich und knöpften ihre Mäntel zu, um sich vor der Kälte zu schützen, die jetzt in der Luft lag, nachdem die Sonne sich hinter eine Wolke zurückgezogen hatte.

Die Kleine stand auf und versuchte, über die Köpfe der Dorfbewohner hinwegzuspähen. An ihrer Miene konnte er ablesen, dass sie jemanden oder etwas Interessantes entdeckt hatte. Aufgeregt wandte sie sich an ihn. »Aufstehen, Gramps, da ist die Pfarrerin. Lass uns gehen und mit ihr reden.«

»Der Pfarrer? Ja, gehen wir«, sagte Arthur zustimmend und stand mithilfe seines Gehstocks auf. Er folgte der Kleinen den Weg entlang, und sie warteten geduldig darauf, dass die letzte Gruppe sich auflöste.

Eine freundlich wirkende Frau drehte sich um und lächelte ihnen zu. »Hallo! Ich glaube, wir kennen uns noch nicht«, sagte sie und streckte die Hand aus.

Die Kleine schüttelte sie, und Arthur tat es ihr nach und bemerkte dann den steifen weißen Kragen, den die Frau um den Hals trug. Sie war tatsächlich eine Pfarrerin! Er runzelte die Stirn. Hatte man ihm das vorher gesagt? Ganz überraschend fühlte sich das nicht an.

»Ich bin Esther Pettinger-Shaw, und das ist mein Urgroßvater Arthur Pettinger.«

»Freut mich sehr, Sie kennenzulernen«, gab die Pfarrerin zurück. »Haben Sie Verwandte im Dorf? Sind Sie zu Besuch?«

Die Pfarrerin sah Arthur an, doch das Mädchen führte das Gespräch.

»Nein«, gab sie zurück. »Wir versuchen, etwas über Evakuierte aus dem Krieg herauszufinden, die hier waren, und haben auf der Website nachgesehen, und da hieß es, die Kirche hätte Aufzeichnungen darüber.«

»So ist es.« Die Pfarrerin lächelte weiter. »Sie werden allerdings nicht hier in der Kirche aufbewahrt, sondern im Pfarrhaus.«

»Können wir sie sehen?«, fragte die Kleine. »Wir sind nur zu einem Tagesausflug hier.«

Die Pfarrerin dachte über die Bitte nach und sah auf ihre Uhr. »Sicher«, sagte sie schließlich. »Ich habe einen Hausbesuch zu machen, aber erst in ein paar Stunden.«

»Danke!«, rief das Mädchen aus. »Gramps, wir können ins Haus der Pfarrerin gehen und die Aufzeichnungen ansehen.«

»Oh, das ist gut«, gab Gramps zurück.

»Nur ihr beide?«, fragte die Pfarrerin, während sie die Kirche abschloss.

»Ja. Nur Gramps und ich.«

Die Pfarrerin schlug den Weg ein, der über den Kirchhof zum hinteren Teil des Geländes führte, wo sich ein kleines hölzernes Tor befand. »Einfach hier hindurch.« Sie hielt Arthur das Tor auf, als er dem Mädchen folgte. »Hatten Sie es weit?«

»Wir kommen aus Hemmingford Grey. Wir haben uns ein Taxi genommen«, antwortete die Kleine.

Das Tor führte in einen Bauerngarten, der Arthur an seinen eigenen Garten zu Hause erinnerte. Mit einem Mal hatte er Heimweh, und ein Anflug von Panik stieg in ihm auf. Er war nicht zu Hause. Was hatte er hier zu suchen? Wo war er? Wo steckte Maddy?

»Geht's Ihnen auch gut, Mr. Pettinger?«, erkundigte sich die Pfarrerin, als sie das Haus erreichten. »Sie sehen ein wenig blass aus. Kommen Sie doch herein, und setzen Sie sich!« Sie wandte sich an die Kleine. »Meinst du, wir sollten jemanden anrufen? Deine Mutter oder deinen Vater vielleicht?«

»Gramps ist in Ordnung«, sagte das Mädchen. »Er muss sich bloß etwas hinsetzen.«

Die Pfarrerin sah Arthur lange an und schürzte die Lippen. »Schön, ich will dir mal glauben. Gehen wir ins Wohnzimmer, da haben Sie es bequemer.«

Arthur fühlte sich tatsächlich wohler, sobald er in dem Ohrensessel am Kamin saß. Er ähnelte seinem eigenen Sessel zu Hause sehr. Idealerweise hätte er gern den Mantel ausgezogen, doch dazu hätte er wieder aufstehen müssen, und er war sich nicht sicher, ob er gerade die Kraft dazu hatte.

»Können wir die Aufzeichnungen über die Evakuierten sehen?«, fragte die Kleine, sobald sie sich gesetzt hatten.

»Ja, natürlich. Ich koche Mr. Pettinger eine Tasse Tee und bringe sie dann mit.«

Es schien lange zu dauern, bis die Pfarrerin zurückkam, doch Arthur war hocherfreut über die Tasse heißen Tee und den Teller Kekse. Nicht seine Lieblingssorte, aber Buttergebäck war auch gut.

Die Pfarrerin schlug das Buch mit den Aufzeichnungen auf. »Also, nach wem sucht ihr, und in welchem Zeitrahmen genau?«

»Mit dem Datum sind wir uns nicht sicher, aber es war wahrscheinlich ungefähr 1942, und der Name ist Yvette Rochelle. Sie müsste damals etwa zehn gewesen sein.« Die Kleine sah die Pfarrerin, die zu einer Namensliste blätterte, zuversichtlich an.

Mit dem Zeigefinger fuhr die Frau daran entlang und hielt nach ungefähr drei Viertel der Seite an. »Da haben wir es ja. Wir haben großes Glück, dass der damalige Pfarrer, ein gewisser Howard Milton, ausgezeichnet Buch über die Evakuierten geführt hat. Er hat während der Kriegsjahre auch ein Tagebuch verfasst. Wir haben es nicht hier, es liegt im Heimatmuseum, aber es ist eine faszinierende Lektüre.«

»Haben Sie Yvette Rochelle gefunden?«, fragte das Mädchen.

Bevor die Pfarrerin antworten konnte, unterbrach das Telefon, das in der Diele klingelte, das Gespräch.

Die Pfarrerin legte das Buch auf den Couchtisch. »Ich nehme nur schnell ab.«

Sie verließ das Zimmer und zog die Tür hinter sich zu. Arthur hörte sie reden, aber die Worte verstand er nicht.

Die Kleine stand auf, schlich zur Tür und lauschte an dem Türspalt. Sie runzelte die Stirn und rannte zurück zu ihrem Platz. »Sie redet mit jemandem über uns«, flüsterte sie. Sie wirkte nervös und umklammerte ihre Tasche.

»Über uns? Wieso?«

»Psst«, flüsterte die Kleine. Sie zog das Bildschirm-Dingsda aus ihrer Tasche und nestelte kurz daran herum, nachdem sie einen schnellen Blick über die Schulter geworfen hatte. Dann kniete sie sich neben den Couchtisch und schlug das in Leder gebundene Buch auf, das die Pfarrerin gerade angesehen hatte.

Arthur sah zu, wie das Mädchen die Seiten durchblätterte und ab und zu zur Tür blickte. Er spürte die Anspannung, doch es war auch Aufregung dabei. Er fühlte die Gefahr in der Luft knistern wie einen Schuss aus einem Schnellfeuergewehr. Die Kleine fand die Seite, nach der sie suchte, und machte mit ihrem Gerät mehrere Fotos davon.

Flüchtige, zusammenhanglose Bilder traten vor Arthurs inneres Auge. Schnappschüsse von Ereignissen, von denen er sich nicht sicher war, ob er daran beteiligt gewesen war oder sie nur in seiner

Zeit bei der Armee mitbekommen hatte. Die Erinnerungen stiegen auf und wichen dann zurück, um neuen Platz zu machen. Wenn er nur Zeit hätte, sie genauer zu betrachten ... Doch sobald sie auftauchten, waren sie schon wieder verschwunden. Nur das Gefühl blieb – Angst, Aufregung, Gefahr und Erleichterung durchliefen ihn nacheinander.

Die Pfarrerin trat jetzt wieder ins Zimmer.

Die Kleine saß inzwischen wieder auf dem Sofa und hatte die Hände über die Tasche gelegt, die auf ihren Knien stand. Das Buch auf dem Couchtisch war wieder zugeschlagen.

Die Pfarrerin räusperte sich leise. »Das war eine Dame namens Kay. Ich glaube, sie passt über das Wochenende auf euch auf. Ihr beiden Ausreißer habt anscheinend für ganz schön viel Aufregung gesorgt.«

Kapitel 49

Mai 1944

Nachdem die Wirkung des Alkohols nachgelassen hatte, war der Schmerz in Arthurs Schulter, wo die Kugel entfernt worden war, beträchtlich schlimmer geworden. So übel, dass Arthur nicht richtig schlafen konnte. Nach einer hitzigen Diskussion zwischen Hugo und Maryse hatte er im Haus bleiben dürfen, und Maryse hatte ihn aufs Sofa umgebettet. Arthur hatte die beiden in der Küche streiten gehört. Maryse hatte sich dafür eingesetzt, dass er es bequem haben musste, nachdem er angeschossen worden war, und Hugo konterte, dass es nicht sicher für ihn sei, sich im Haus aufzuhalten. Um ehrlich zu sein, fand Arthur, dass Hugo nicht ganz unrecht hatte, und wollte schon aufstehen, um das zu sagen, als Hugo schließlich einlenkte. Doch selbst wenn Arthur angeboten hätte, wieder in die Scheune zu ziehen, hätte Maryse nichts davon hören wollen. Außerdem hatte sie vor, die ganze Nacht im Sessel neben ihm zu verbringen, um sicher zu sein, dass es ihm gut ging.

»Du tätest viel besser daran, in deinem eigenen Bett zu schlafen«, sagte Arthur, als Maryse hereinkam und ein paar Decken über den Sessel warf.

»Die Kinder sind in meinem Zimmer«, gab sie zurück.

»Was hast du mit ihnen vor? Die Deutschen werden nach ihnen suchen.«

»Ich weiß.« Sie zögerte, und er sah, dass ihr etwas Sorgen bereitete.

»Was ist?«

»Sie suchen auch nach dir. General Weber ist nicht besonders glücklich über ihr Verschwinden. Er hat den Verdacht, dass du sie fortgebracht hast.«

»Tja, so ganz verkehrt liegt er damit nicht, oder? Besser, er glaubt das.«

»Er ist sich auch sicher, dass jemand dich und die Kinder versteckt.« Angst und Sorge malten sich auf ihren Zügen.

Arthur streckte seine gesunde Hand aus. »Komm her. Du weißt, was das heißt, nicht wahr?«

Sie nickte. »Es geht nur so schnell.«

»Was hattest du erwartet?«

»Keine Ahnung. Ich wusste nur, dass ich die Kinder retten musste.«

Er streichelte ihr übers Haar. »Du hast das Richtige getan. Lass dir von niemandem etwas anderes einreden! Wer könnte so herzlos sein, diesen Kleinen nicht zu helfen?«

»Aber ich habe dich in Gefahr gebracht, und ...« Sie schluchzte noch einmal. »Und wir könnten Repressalien zu spüren bekommen.«

Dagegen konnte Arthur nicht viel einwenden. Es stimmte, die Deutschen könnten Rache an den Einheimischen nehmen, aber es war passiert, und jetzt konnten sie nichts mehr daran ändern. »Sieh mal, wir haben das jetzt nicht mehr in der Hand«, sagte er. »General Weber ist nicht so übel wie manch andere. Wir müssen hoffen, dass er nicht so viel Aufhebens um das Verschwinden von zwei Kindern macht, weil es die Aufmerksamkeit darauf lenken würde, dass er übertölpelt worden ist.«

»Aber der Preis für dich ... Das ist es schon wert, Aufhebens darum zu machen«, sagte Maryse und hob den Kopf, um ihm in die Augen zu sehen.

Arthur legte die Hand um ihr Gesicht und wischte ihr mit dem Daumen die Tränen weg. »Ich kann nicht hierbleiben«, sagte er schließlich. »Das ist zu gefährlich für euch alle und die Kinder. In zwei Tagen ist Vollmond, dann muss ich fort.«

»Und die Kinder?«

»Ach Maryse, meine Liebste, ich weiß, worum du bittest, aber dazu müsste ich mir eine Genehmigung holen.«

»Kannst du sie nicht einfach mitnehmen?«

»Man würde sie nicht mit mir ins Flugzeug lassen.«

»Aber wenn sie da wären, bei dir ... und du sie einfach ins Flugzeug setzt ... Dann könnten die Piloten nicht Nein sagen, oder?«

Arthur ließ sich ihren Vorschlag durch den Kopf gehen. Wohl wahr – wenn die Kinder dort wären, im Flugzeug, was könnten sie dagegen tun? Hinauswerfen würden sie sie nicht. »London würde mich in der Luft zerreißen«, sagte er schließlich.

»Besser, als zwei hilflose jüdische Kinder ihrem Schicksal zu überlassen.«

Mit einem Mal hatte Arthur eine Idee. Mühsam und unter Schmerzen schob er sich in eine aufrechtere Haltung. »Hör zu, Maryse, das klingt jetzt vielleicht verrückt ... aber ich sage es trotzdem.«

Sie sah ihn fragend an und wartete darauf, dass er weitersprach.

»Komm mit mir nach England! Bleib nicht hier, steig mit mir ins Flugzeug. Wenn ich mir schon wegen zwei Kindern einen Rüffel hole, dann kann ich mir ebenso gut deinetwegen richtig Ärger einhandeln.«

Aufgeregt leuchtete ihre Miene auf. »Ich? Ich soll mit dir nach England kommen? Und was dann?«

Arthur lachte auf. »Meine Frau werden, natürlich!« Er runzelte die Stirn. »Verdammt! Das war kein besonders romantischer Heiratsantrag. Verflucht, ich kann ja nicht mal niederknien! Ich hätte sagen sollen ...« Doch er verstummte, als Maryse ihn küsste und fest umarmte. Arthur stieß einen Schmerzensschrei aus, und Maryse fuhr zurück und entschuldigte sich ein ums andere Mal.

»Es tut mir schrecklich leid. Ich war nur so glücklich«, sagte sie und strahlte übers ganze Gesicht.

»Dann nehme ich an, das ist ein Ja?«

»*Bien sûr! Oui! Oui! Oui! Oui!*« Natürlich! Ja!

»Dann komm mit mir nach England. Übermorgen Nacht.«

»Aber was ist mit meiner Familie? Hugo … wird nicht gerade erfreut sein.«

»Sag ihnen nichts.« Arthur wusste, dass er viel verlangte, aber wie er schon oft gedacht hatte, waren das keine normalen Zeiten, und die üblichen Regeln galten hier nicht. »Wenn der Krieg vorbei ist, besuchen wir sie und erklären ihnen alles.«

Wenigstens wäre Maryse so in Sicherheit, sagte sich Arthur. In England wäre sie – abgesehen von möglichen Bombenangriffen – viel sicherer als hier. Aber wenn sie auf dem Land lebte und nicht in der Stadt, würde ihr bestimmt nichts zustoßen. Er wollte sie nur außer Gefahr wissen. Wenn er nach Hause ging und sie hier zurückließ, würde er vor Sorge umkommen. Er würde jeden wachen Moment damit verbringen, sich um ihre Sicherheit zu sorgen. Das wäre unerträglich.

In den nächsten paar Tagen konnte Arthur nicht viel mehr tun, als herumzusitzen und zu hoffen, dass seine Schulter bald heilen würde. Er konnte sie bewegen, aber den Arm konnte er nur begrenzt gebrauchen. Maryse hatte ihm aus einer alten Tischdecke, die sie hinten im Wäscheschrank gefunden hatte, eine Schlinge gefertigt.

»Ich hoffe, es macht deiner Mutter nichts aus«, sagte Arthur, als sie sie in seinem Nacken verknotete.

»Sie ist sogar ganz froh, sie los zu sein«, erwiderte Maryse. »Sie hat gesagt, sie sei hässlich, aber wenigstens erfülle sie jetzt noch einen guten Zweck.«

Arthur lachte. Ihm war aufgefallen, dass Maryses Mutter eine stille Frau war, die sehr wenig mit ihrer Familie redete, und mit ihm gar nicht. Aber sie war freundlich, und er war dankbar für ihre Gastfreundschaft.

»Warum ist deine Mutter eigentlich so ruhig?«, fragte er an diesem Abend, als Maryse und er hinausgegangen waren, um am Bach zu sitzen.

»So war sie schon immer. Mein Onkel sagt, sie sei nie richtig über den Tod meines Vaters hinweggekommen. Er ist sehr jung gestorben.«

»Das tut mir leid. Kannst du dich an deinen Vater erinnern?«

»Nein. Als er gestorben ist, war ich erst zwei Monate alt.«

Arthur legte ihr einen Arm um die Schultern.

Sie schwiegen, doch dann hörten sie Hugo, der ihre Namen rief.

Mit Maryses Hilfe stand Arthur auf und lief eilig zum Haus hinauf. Inzwischen dämmerte es, doch er konnte die Umrisse mehrerer anderer Männer erkennen, die hinter Hugo standen.

»Was ist los?«, fragte Arthur. Er spürte die Anspannung bei Hugo, und die anderen wirkten ebenfalls besorgt.

»Wir müssen sofort aufbrechen«, antwortete Hugo. »Es ist zu gefährlich, wenn du hierbleibst. Für dich, aber auch für uns.«

»Was meinst du?«, wollte Maryse wissen. »Wo soll er denn hin?«

»Du wirst dich heute Nacht mit den Männern im Wald verstecken müssen«, fuhr Hugo fort und ignorierte seine Schwester. »Die Deutschen suchen nach dir. Sie durchkämmen systematisch die Häuser der Dorfbewohner. Es gibt Gerüchte …«

»Was für Gerüchte?«

Arthur spürte, wie Maryse näher an ihn heranrückte und zum ersten Mal vor anderen seine Hand nahm. Er wusste ihre Solidarität zu schätzen, doch zugleich brach sie ihm das Herz. Wenn die Deutschen nach ihm suchten und sich dafür an den Dorfbewohnern rächten, bereitete ihm das nicht nur enorme Schuldgefühle. Er wusste, dass Hugo recht hatte.

»Leute, die den Mund nicht halten können«, gab Hugo zurück. »Personal aus dem Haus. Jemand hat dich gesehen. Zum Glück für dich und uns hast du diesen Soldaten nicht umgebracht. Aber ich glaube, General Weber hat sich fest vorgenommen, dich zu finden.«

»Was ist mit den Leuten aus dem Dorf?«, fragte Maryse. »Sind sie sicher?«

»Er schickt seine Männer nur, um den Menschen Angst einzujagen. Bis jetzt hat er noch kein Exempel statuiert«, antwortete Hugo.

Arthur war dankbar dafür, dass wenigstens als Vergeltung für das, was sie gestern getan hatten, keine unschuldigen Dorfbewohner vor einem Erschießungskommando standen.

»Glaubst du, sie werden herkommen?«, fragte Maryse.

»Da bin ich mir sicher«, sagte Hugo. »Und zwar noch heute.«

»Wenn er geht, gehe ich mit. Und die Kinder auch«, sagte Maryse. Ein entschlossener Ausdruck legte sich über ihr Gesicht.

Arthurs erste Reaktion war, darauf zu bestehen, dass Maryse auf dem Hof blieb, doch er kannte sie gut genug, um zu wissen, dass sie tat, wozu sie entschlossen war. Sie war eine sehr resolute Frau, so viel war sicher. Er sah zu, wie Bruder und Schwester einander musterten und lautlos ihre Kräfte maßen.

Schließlich gab Hugo nach. »Na schön. Das Flugzeug kommt morgen Nacht, um unseren Freund abzuholen.«

Arthur entging die Betonung nicht, die er auf die letzten Worte legte. Er hegte keinerlei Zweifel daran, dass er für Hugo alles andere als ein Freund war. Arthur nahm an, dass seine Beziehung zu Maryse der Grund war, doch dagegen konnte er nichts tun, also würde Hugo sich damit abfinden müssen. Er gestattete sich das Vergnügen, sich Hugos Miene vorzustellen, wenn er herausfinden würde, dass Maryse und er verheiratet wären und er sein Schwager wäre.

»Was ist so komisch?« Hugos Stimme riss Arthur aus seinen Gedanken.

Er hustete und hielt sich die Hand vors Gesicht, während er darum rang, sein Grinsen zu einem Pokerface zu dämpfen. »Ähm, nichts«, sagte Arthur. »Ich dachte nur gerade daran, wie es sein wird, wieder in England zu sein.«

Hugo trat einen Schritt auf Arthur zu. »Für dich ist das einfach. Du kannst nach Hause fliegen und all das hinter dir lassen. Wir müssen jeden Tag damit leben. Du würdest nicht grinsen, wenn wir dich zurückgelassen hätten, damit die Deutschen dich finden, oder?«

»Hugo!« Das war Maryse. »Hör auf.«

»Dein Bruder hat nicht ganz unrecht«, sagte Arthur. Er sah Hugo an. »Du hast recht, und ich entschuldige mich, falls ich euch irgendwie beleidigt habe. Ich bin natürlich sehr dankbar für alles, was ihr für mich getan habt.« Das entsprach nicht ganz Arthurs Empfinden, doch sein Bedürfnis, die Situation zu entschärfen, war stärker als sein Drang, Hugo auf die Nase zu schlagen und ihm den Mund zu verbieten. Arthur hatte es sich nicht ausgesucht, hier zu sein. Und ja, er war aufrichtig dankbar, dass Hugos Kämpfer und nicht die Deutschen ihn gefunden hatten – aber zum Teufel, sie standen alle auf derselben Seite und kämpften gegen denselben Feind! Die britische Armee und die Airforce hatten schon mehr als genug Verluste gehabt, das Opfer war nicht einseitig.

Hugo brummte etwas Versöhnliches und wandte sich dann an seine Schwester. »Du hast eine Stunde Zeit, um euch und die Kinder fertig zu machen, und dann müsst ihr aufbrechen. Beeil dich!«

Die nächsten etwa zwanzig Minuten verbrachte Arthur damit, seine Habseligkeiten zusammenzusuchen. Es war wirklich nicht viel, aber da er nur einen Arm gebrauchen konnte, fiel es ihm nicht besonders leicht. Immer wieder zuckte er zusammen, wenn seine Schulter sein Hirn mit einem stechenden Schmerz an seine Verletzung erinnerte. Er hatte den Verband noch nicht wechseln können und zögerte, die Wunde anzurühren, bis sie wieder in England waren und ein Militärarzt sie sich ansehen konnte. Er war sich nicht ganz sicher, was der hiesige Quacksalber mit ihm angestellt hatte. Er hatte ihm das Leben gerettet, kein Zweifel, aber zu welchem Preis in Bezug auf seine langfristige Genesung und den Gebrauch seines Arms? Er schob den Gedanken beiseite. Dazu würde er zu Hause noch genug Zeit haben.

Er ging hinunter ans Ende des Felds, wo Freddie begraben war. Der kleine Hügel war mit bloßem Auge nicht zu erkennen, denn das Gras war schon wieder nachgewachsen. Hätte Arthur sich die Stelle nicht genau gemerkt, dann hätte er Freddies Grab nicht wiedergefunden.

Er kniete im Schatten der Pinie nieder und widerstand dem Impuls, ein paar zu Boden gefallene Nadeln wegzuwischen. Er wollte keine Spuren hinterlassen, die die Deutschen aufmerksam machen würden, wenn sie kamen. Sie würden nach jedem Hinweis darauf suchen, dass er sich hier versteckt hatte.

»Tja, alter Knabe«, sagte Arthur leise. »Zeit für mich. Mein Taxi holt mich morgen ab. Die Nacht kann ich aber in einer superschicken Unterkunft verbringen.« Er unterbrach sich und stieß einen langen Atemzug aus. »Ich sage Ivy, wo du bist.« Er schaute über das Tal hinaus. »Du hast hier eine tolle Aussicht. Ich werde ihr auf jeden Fall davon erzählen und ihr sagen, dass du sie liebst.« Arthur stand auf und warf einen letzten Blick auf Freddies Ruhestätte. »Und ich trinke im *The Feathers* einen auf dich. Mach's gut, Kumpel!« Kurz schloss er die Augen und wandte sich dann zum Haus. Als er hochsah, stand Maryse mit den beiden Kindern an der Hintertür. Arme kleine Würmchen. Sie wirkten verängstigt. Er lächelte gezwungen und ging zu ihnen. »Alles klar? Habt ihr erledigt, was ihr noch zu tun hattet?«

Maryse nickte. »Lass uns gehen. Wir haben nicht viel Zeit. Hugos Männer warten auf uns.«

Jetzt stand ein Pferdekarren auf dem Hof, um sie schneller zum Wald zu bringen. Man stattete sie mir vier Äpfeln und zwei Stücken Brot aus. »Proviant für den Wald«, sagte Hugo. »Viel ist es nicht, aber damit übersteht ihr die Zeit bis morgen Nacht. *Bonne chance.*« Er zog seine Kappe vor Arthur. Viel Glück.

»Danke, gleichfalls«, gab Arthur zurück.

Er kletterte auf die Ladefläche des Karrens und setzte sich neben Maryse, während die Kinder ihnen gegenübersaßen.

Der Bauer, den Maryse zu kennen schien, obwohl Hugo es nicht für nötig gehalten hatte, ihn Arthur vorzustellen, schnalzte mit der Zunge und ließ die Zügel knallen. Das graue Pferd setzte sich in Bewegung. Es erinnerte Arthur an seine heimatliche Farm, und er dachte zum ersten Mal seit langer Zeit an seine Eltern und spürte einen Anflug von Vorfreude, weil er sie bald wiedersehen würde.

Kapitel 50

Maddy erwachte am nächsten Morgen und war aufgeregt wegen der Aussicht, am Vormittag Madame Beaufort zu treffen. Die konspirative Art ihrer Zusammenkunft ließ ihren Adrenalinspiegel nur noch steigen. Sie hatte sich gerade das Haar geföhnt und zog sich an, als es an die Tür klopfte.

»Maddy? Bist du fertig?«

Sie öffnete Joe die Tür. »Gestiefelt und gespornt.« Sie salutierte ironisch und lächelte strahlend, um ihre Gedanken zu verbergen.

»Ausgezeichnet. Rücken wir aus. Im Eilschritt, marsch!«

Sie bezogen Stellung auf einer Steinbank gegenüber dem Portal der bretonischen Kirche. Heute Morgen war es kühler als gestern, und Maddy zog ihre Steppweste enger um den Körper. Der Himmel war von einem frischen, klaren Blau, obwohl die Sonne hinter einem Dunstschleier lag.

Sie sahen zu, wie die Einheimischen, die zur Messe kamen, auf dem Platz parkten und durch das Nordportal eintraten. Maddy und Joe hielten Ausschau nach Colette Beaufort. Doch als die Kirchenglocke zehn schlug, war immer noch keine Spur von ihr zu sehen.

»Vielleicht hat sie es sich ja anders überlegt«, sagte Maddy. Sie biss sich auf die Unterlippe und musterte den Platz mit seinem Kopfsteinpflaster.

Dann kam eine zierliche Gestalt um eine Ecke: Das musste

Colette Beaufort sein. Sie warf Maddy einen Blick zu und hastete dann in die Kirche.

»Das Spiel läuft«, sagte Joe. »Wir können nur stillhalten und warten.«

»Ich habe mich immer für einen geduldigen Menschen gehalten, aber das hier stellt die Theorie wirklich auf die Probe«, bemerkte Maddy, schaute noch einmal auf ihre Uhr und stellte niedergeschlagen fest, dass erst zehn Minuten vergangen waren. »Schätze, du bist eher an diese Warterei gewöhnt.«

»Gehört zum Job«, gab Joe zurück.

Maddy konnte nicht übersehen, wie anziehend er jetzt aussah, als er entspannt auf der Bank saß. Er hatte die Ellbogen auf die Sprosse hinter sich gestützt, ein Bein so übergeschlagen, dass sein Knöchel auf dem anderen Knie lag, und wandte das Gesicht der Sonne zu. Am Rand seiner Sonnenbrille vorbei konnte sie sehen, dass er die Augen geschlossen hatte.

Er schlug sie auf, als spürte er, dass sie ihn anschaute, und warf ihr einen Seitenblick zu. »Ich hatte gedacht …«, begann er.

»Damit solltest du vorsichtig sein«, sagte Maddy, die sich verunsichert fühlte, weil er sie dabei erwischt hatte, wie sie ihn ansah.

»Ha, ha.« Joe rutschte nach vorn, nahm sein Bein herunter und stützte die Ellbogen auf die Knie. »Ich habe mir Gedanken wegen deiner Großmutter gemacht. Wo ihr Platz in dem Ganzen ist.«

»Das ist mir auch ein- oder zweimal durch den Kopf gegangen«, gestand Maddy. »Ich habe keinen Zweifel, dass Gramps sie geliebt hat. Soweit ich mich erinnere, schienen sie sich immer gut zu verstehen, aber nach dem, was meine Mutter früher gesagt hat, und einigen Dingen, an die ich mich von meinem Dad erinnere, gehörten sie der Generation an, die an ihrer Ehe festhielt. Als Mum und Dad sich getrennt haben, hat Nan ihnen anscheinend erklärt, sie hätten nun einmal Ja gesagt und müssten sich einig werden, und wenn nicht, dann müssten sie einen Kompromiss finden. Sie meinte, es sei zu einfach, sich scheiden zu lassen, und hielt nichts davon.«

»Meinst du, sie hat aus Erfahrung gesprochen?«

»Klingt so. Sie war ein guter Mensch, aber sie war nicht eine dieser kuscheligen Großmütter. Sie hat uns nicht besonders verhätschelt und war ziemlich streng mit uns. Ganz im Gegensatz zu Gramps.«

»Was glaubst du, warum die beiden überhaupt geheiratet haben?«

»Meine Großmutter war Witwe, als Gramps und sie geheiratet haben. Sie kannten sich seit ihrer Kindheit, und er war auch mit ihrem ersten Mann befreundet gewesen. Ich glaube, er hieß Ted, aber er ist im Krieg umgekommen«, sagte Maddy. »Ich weiß noch, wie ich Nan einmal gefragt habe, wie Gramps und sie einander kennengelernt haben und zusammengekommen sind, und das war eine dieser Gelegenheiten, bei denen sie ihre weiche Seite gezeigt hat. Sie hat gesagt, Gramps sei für sie da gewesen, als sie Witwe wurde. Sie waren beide verlorene Seelen und haben einander getröstet.«

»Und wann haben sie geheiratet?«

»So aus dem Kopf weiß ich das gar nicht, aber ich glaube, ein paar Jahre nach dem Krieg.«

»Nach Maryse«, sagte Joe.

»Ja, ich denke schon. Ich glaube, Nan und Gramps haben einander gefunden, als sie nach dem Krieg versucht haben, ihr Leben wieder in den Griff zu bekommen.«

»Und vielleicht, nachdem beide einen geliebten Menschen verloren hatten?«

Maddy dachte über das Szenario nach und fragte sich, warum sie noch nie viel Gedanken darauf verwendet hatte. »Ich bin froh, dass sie füreinander da waren, als sie beide jemanden brauchten«, sagte sie schließlich. »Es war vielleicht keine glühende erste Liebe, aber ich glaube, eine sehr beständige zweite.«

Joe fuhr sich durchs Haar. »Welche hältst du für die bessere? Die erste oder die zweite Liebe?«

Maddy versuchte sich an einem lässigen Schulterzucken. »Vielleicht ist die erste Liebe nur ein Probelauf.« Sie hielt den Blick auf die Kirche auf der anderen Straßenseite gerichtet. »Was ist mit dir?«

»Keine davon«, antwortete er ohne Zögern.

Maddy schluckte gegen einen Kloß an, den sie plötzlich im Hals an spürte. »Keine? Glaubst du überhaupt nicht an die Liebe?«

»Das habe ich nicht gesagt.«

»Was meinst du dann?« Jetzt sah sie ihn an. Seine Antwort verärgerte sie, denn sie unterstrich nur, wie sehr sie sich bezüglich des Stands ihrer Beziehung geirrt hatte.

»Warte mal … Achtung!«, sagte er und wies mit einer Kopfbewegung in Richtung Kirche. »Da kommt Colette Beaufort.«

Maddy sah Colette die Kirchentreppe herunterkommen. Dann überquerte sie den Platz und hielt auf einen kleinen Fußweg zu, der auf der anderen Seite zwischen den Häusern verlief.

Joe stand auf, und Maddy tat es ihm nach. »Wir sollten ihr wohl folgen.«

Als sie den Platz überquerten, half Joe Maddy über das Kopfsteinpflaster, indem er eine Hand um ihren Ellbogen legte.

Colette war inzwischen in der Gasse verschwunden.

Auf der anderen Seite angekommen, neigte Joe den Kopf, sodass sein Mund Maddys Ohr beinahe berührte. »Wahre Liebe«, sagte er.

Maddy warf ihm einen fragenden Blick zu und versuchte gleichzeitig, einen Weg durch die Blumenbeete zu suchen, die den Platz umgaben. »Was?«

»Ich glaube an die *wahre* Liebe«, gab Joe zurück.

Der Fußweg führte gemächlich abwärts und endete an einem grasbewachsenen Ufer über dem Dorfteich, wo Colette unter den herabhängenden Zweigen einer Weide wartete. Die stille Luft und der sanfte Nebel, der vom Wasser aufstieg, verliehen dem Ort eine schaurige Atmosphäre.

»*Bonjour, Madame*«, sagte Maddy, streckte die Hand aus und versuchte, Joes Bemerkung zu vergessen. »Danke, dass Sie bereit waren, sich mit uns zu treffen!«

Colette schüttelte zuerst Maddy und dann Joe die Hand. Letzterer brachte eine durchaus passable französische Begrüßung zustande.

»Ich kann nicht besonders lange bleiben«, sagte Colette. »Tut mir leid, falls mein Sohn gestern Abend unhöflich war. Er ist nicht gerade begeistert, dass all das wieder aufgerührt wird. Er gehört der Generation an, die findet, man solle die Vergangenheit ruhen lassen.« Sie sprach leise, als fürchte sie, jemand könne mithören, und schnell.

Maddy musste sich konzentrieren, um mitzukommen.

»Wir wissen das sehr zu schätzen«, sagte Maddy.

»Wenn es einfacher ist, können wir auch Englisch sprechen«, sagte Colette mit einem Blick auf Joe. »Ich glaube, sonst versteht Ihr Freund uns nicht.«

Maddy war überrascht darüber, wie gut Colettes Englisch war, und dankbar dafür, dass Joe dem Gespräch folgen konnte, ohne dass sie zu übersetzen brauchte.

»Danke, Madame, das wäre sehr hilfreich«, sagte Joe.

»Colette. Sie brauchen mich nicht Madame zu nennen.« Sie wandte sich wieder an Maddy. »Und jetzt erzählen Sie mir, warum Sie mit mir sprechen wollen!«

Colette lauschte aufmerksam, während Maddy die Geschichte ihres Großvaters erzählte und ihre Suche nach der geheimnisvollen Maryse schilderte. »Wir versuchen also sozusagen, für meinen Großvater den Kreis zu schließen. Jedenfalls, soweit wir können, denn sein Gedächtnis ist nicht mehr gut, und es ist nicht immer einfach, ihm die richtigen Informationen zu entlocken.«

»Das ist sehr schwierig. Mein Vater hatte das gleiche Problem«, sagte Colette. Ihre Miene wurde weicher, als sie Maddy ansah. »Meine Mutter hat während des Krieges in der Tat eine Pension in England betrieben. Sie und mein Vater – er war Engländer, weshalb ich auch die Sprache fließend beherrsche – hatten Verbindungen zum Kriegsministerium ... zum SOE. Was das ist, wissen Sie, oder?«

»Spezialkommando«, sagte Joe.

»So ist es«, fuhr Colette fort. »Die Pension war ein konspirativer Treffpunkt. Sie diente auch als toter Briefkasten, wo man Nachrichten hinterlassen oder Treffen vereinbaren konnte – dort wurde über ganz geheime Dinge gesprochen.«

Maddy spürte, wie sie große Augen bekam. »Wow! Und Ihre Eltern wussten über all das Bescheid?«

»*Bien sûr.* Sie haben die Operation dort ja geleitet. Ich war noch ein Kind – ein Teenager. Ich durfte zwar nichts davon wissen, aber mir war das klar. Meine Mutter hat mich Verschwiegenheit schwören lassen. Sie hat mir erklärt, Leben seien in Gefahr, und mein Vater und sie täten, was sie konnten, um die Kriegsanstrengungen zu unterstützen und Frankreich von der Besatzung zu befreien.« Colette richtete sich beim Sprechen ein wenig auf. Stolz stand in ihren Augen, die bei der Erinnerung blitzten.

»Und hatte mein Großvater eine Verbindung zu der Pension?«

»Ich bin mir nicht sicher, ob es die bereits während des Kriegs gab«, antwortete Colette. »Aber danach schon. Und Maryse auch.«

»Wirklich?« Maddy versuchte, ihre Aufregung zu dämpfen. Das war ihre erste eindeutige Spur! »Waren sie gleichzeitig dort?« Sie holte tief Luft, um ruhiger zu werden.

»Sechsundvierzig, ein Jahr nach der Befreiung Frankreichs, kam eine junge Französin in die Pension. Ich erinnere mich, weil ich sie selbst in Empfang genommen habe. Sie sagte, sie sei auf der Suche nach einem englischen Soldaten, den sie während des Kriegs in Frankreich kennengelernt hatte. Er hieß Arthur und lebte auf einer Farm, aber sie hatte keine Adresse, sondern wusste nur, dass sie in Cambridgeshire lag. Außerdem kannte sie seinen Familiennamen nicht.«

»Das muss mein Großvater gewesen sein«, sagte Maddy. Sie zog das Foto von Maryse hervor und zeigte es Colette. »Ich weiß, es ist lange her, aber war es diese Frau?«

Colette zog ihre Brille aus der Tasche und musterte das Schwarz-Weiß-Foto von Maryse, die vor einem kleinen Haus stand. »Schwer zu sagen, aber schon möglich«, sagte sie schließlich.

»Wissen Sie, ob die Frau, die bei Ihnen abgestiegen ist, den Mann, den sie suchte, je gefunden hat?«, fragte Joe.

Colette schüttelte den Kopf, und ein betrübter Ausdruck trat in ihre Augen. »Ich glaube nicht. Sie ist zwei Wochen bei uns geblieben und ist jeden Tag ausgegangen, und jeden Abend kam sie zurück und wirkte täglich erschöpfter und bedrückter.«

»Oh nein!«, sagte Maddy und spürte eine überwältigende Traurigkeit. »Und was ist nach diesen zwei Wochen passiert?«

»Sie hat gesagt, sie müsse zurück nach Frankreich. Sie wusste nicht, wo sie noch suchen sollte. Ein Kontakt bei der Armee hatte ihr die Adresse der Pension gegeben. Keine Ahnung, wer, aber diese Person wusste offensichtlich auch nichts über den Mann, den sie suchte. Ich glaube, das Gästehaus wurde inzwischen bekannter. Doch bevor sie nach Frankreich zurückfuhr, gab sie meiner Mutter einen Umschlag. Damals wusste ich nichts davon. Meine Mutter hat erst ein paar Jahre vor ihrem Tod überhaupt davon gesprochen. Sie hat mir gesagt, ich solle ihn verwahren – für den Fall, dass Arthur kommen und danach suchen würde.«

»Und haben Sie den Umschlag noch?«, erkundigte sich Joe. »Wissen Sie, was drin war?«

Colette öffnete ihre Handtasche und zog einen gepolsterten Umschlag in A4-Größe hervor, der zugeklebt war. Kurz hielt sie ihn in den Händen, als müsse sie entscheiden, ob sie das Richtige tat, dann schob sie ihn Maddy zu. »Ich finde, es ist Zeit, dass Arthurs Familie ihn bekommt.«

Mit zitternden Händen nahm Maddy den braunen Umschlag entgegen. Seine Ecken waren verknittert, aber er war noch ungeöffnet. Sie betrachtete die Handschrift auf der Vorderseite. »Arthur« stand da in blauer Füllertinte. Sie war inzwischen verblasst, aber noch leserlich, und die Buchstaben neigten sich elegant nach rechts. Sie drehte ihn um, doch es stand nichts anderes darauf. Der Inhalt war schwer zu erraten, doch beim Abtasten fühlte der Umschlag sich an, als steckten darin mehrere unterschiedliche Gegenstände und nicht nur Papier, was auf einen Brief hingewiesen hätte.

»Sie haben ihn nie geöffnet?«

Colette schüttelte den Kopf. »Meine Mutter hat respektiert, dass der Inhalt privat war, und so habe ich es auch gehalten. Ich glaube, meine Mutter wollte vielleicht gar nicht wissen, was drin war. Sie dürfen nicht vergessen, dass sie in schwierigen Zeiten lebte, und ich, nun ja, ich dachte, es geht mich nichts an. Mein Sohn findet, das sollte auch so bleiben und dass ich vielleicht Probleme aufrühre, doch ich hatte immer das Gefühl, dass in diesem Umschlag ebenso viel Liebe wie vielleicht Traurigkeit steckt. Es muss einen Grund dafür gegeben haben, dass eine junge Frau nach England gereist ist und zwei Wochen nach einem Mann gesucht hat. Das kann nur Liebe gewesen sein.«

Maddy spürte, wie Tränen in ihren Augen brannten. »Danke«, flüsterte sie. »Vielen, vielen Dank.«

»Ich bin froh, dass Sie gekommen sind«, sagte Colette. Sie streckte eine Hand aus und tätschelte Maddys Arm. »Ich hoffe, er bringt Ihnen, was Sie suchen. Und jetzt muss ich zurück, bevor man mich vermisst.«

»Danke«, sagte Joe ernst.

»Ja, nochmals danke«, sagte Maddy und drückte den Umschlag an sich.

Sie blieben unter der Weide stehen, während Colette über den Weg zurück um Dorfplatz ging.

»Wow«, sagte Joe. »Keine Ahnung, was ich erwartet hatte, aber bestimmt kein Paket, das über siebzig Jahre lang sicher und intakt geblieben ist.«

Maddy sah auf den dicken Umschlag hinunter und fuhr mit der Hand über den Namen ihres Großvaters. »Es fühlt sich verkehrt an, ihn zu öffnen, obwohl er offensichtlich für Gramps bestimmt ist. Aber gleichzeitig muss ich wissen, was er enthält. Ich will ihn nicht bestürzen. Wer weiß, was für Erinnerungen das aufwühlt und wie er reagiert.«

»Ich finde, das ist eine kluge Entscheidung. Lass uns zurück zum Auto gehen. Dann kannst du dir überlegen, wo und wann du den Umschlag öffnest.«

Kapitel 51

Mai 1944

Die Nacht, die sie auf dem Waldboden verbracht hatten, war verdammt unangenehm gewesen, und Arthur war dankbar gewesen, als es zwischen den Bäumen heller geworden war. Sie waren am Abend zuvor im Schutz der Dunkelheit eingetroffen, und man hatte sie hastig in einen Teil des Walds geführt, wo man sie in eine Art provisorischen Unterstand gesteckt hatte. Das war nicht gerade die Fünfsterneunterkunft, über die er bei Freddie gescherzt hatte, aber es war trocken. Ein zusätzlicher Vorteil war, dass Maryse sich nachts, nachdem die Kinder eingeschlafen waren, an ihn kuscheln konnte. Arthur war mit Maryse in einem Arm und jemandem oder etwas, das sich an seine Beine schmiegte, aufgewacht. Es war der kleine Jean-Paul. Yvette hatte über Nacht Trost an Maryses anderer Seite gesucht. Nicht zum ersten Mal floss sein Herz vor Mitleid mit diesen armen Kindern über.

Jetzt konnte Arthur die Stöcke und Äste erkennen, aus denen der Unterstand errichtet war, der dann mit getrocknetem Schlamm wetterfest gemacht worden war. Er war ziemlich beeindruckt von der Erfindungsgabe und Raffinesse, die in den Bau der Hütte geflossen waren.

Als man ihm Frühstück angeboten und er sich nach draußen gewagt hatte, hatte ihn die Anlage des Camps nicht weniger beeindruckt. Es wirkte wie ein kleines Dorf für sich. In der Mitte brannte ein Feuer, über dem Frauen Frühstück machten, Brot buken und Proviantnachschub annahmen, der, wie er vermutete, aus den umliegenden Ortschaften stammte. In einem großen Kreis um das Lagerfeuer standen mehrere Hütten, ganz ähnlich der, in der sie übernachtet hatten.

»Kann ich irgendwie helfen?«, fragte Arthur einen der Männer, die sich neben ihn gesetzt hatten.

Der Mann zuckte mit den Schultern. »Da musst du Jean-François fragen. Er ist da drüben.«

Arthur folgte seinem Nicken mit dem Blick und sah einen Mann, der ein wenig ordentlicher gekleidet war als die meisten anderen Leute im Lager. Er trug eine Tweedjacke, die auffälligerweise nicht geflickt war oder Löcher aufwies, wie das typisch für die anderen Männer war. Seine Hosen waren sauber, und nichts daran wies darauf hin, dass er auf dem Waldboden gesessen oder gelegen hatte.

Jean-François drehte sich um und nahm das Lager in Augenschein, und als er Arthur sah, nickte er ihm zu. Er wandte sich wieder zu dem Mann um, mit dem er geredet hatte, und zu der Karte, die sie anscheinend studierten.

Arthur schluckte den Rest des starken Kaffees hinunter, den man ihm gegeben hatte, ging zu Jean-François hinüber und stellte sich vor.

»Ich weiß, wer du bist«, sagte der Mann.

»Etwas Neues vom Hof? Sind die Deutschen gestern Nacht dort gewesen?«, fragte Arthur, der sich bewusst war, dass Maryse sich um ihre Familie sorgte.

»Sie sind gekommen. Haben nichts gefunden. Nichts passiert«, erwiderte Jean-François.

»Gut«, schien eine angemessene Antwort zu sein. Jean-François war anscheinend kein Mann vieler Worte. »Was soll ich heute tun?«

Jean-François warf einen betonten Blick auf Arthurs Schulter. »Nichts. Du ruhst dich aus. Um zehn Uhr heute Abend wirst du abgeholt. Sieh zu, dass du ab neun aufbruchbereit bist.«

Arthur stapfte zurück zum Unterstand, wo Maryse und die Kinder inzwischen aufgewacht waren und sich zusammendrängten. Die Kinder hielten Tassen mit warmer Milch in den Händen, Maryse einen Kaffee. Arthur musste zugeben, dass sie einen kläglichen Anblick boten, während sie das Brot aßen, das Maryse mitgebracht hatte.

»Wir müssen uns heute einfach ruhig verhalten«, sagte Arthur.

Viel anderes blieb ihm auch nicht übrig, und wenn er ganz ehrlich war, freute er sich darauf, den Ärmelkanal zu überqueren, im Militärkrankenhaus zusammengeflickt zu werden und dann wieder in den Krieg zu ziehen. Er vermutete, dass er ungefähr sechs bis acht Wochen außer Gefecht sein würde, und das kam ihm gerade recht, denn so hätte er Gelegenheit, dafür zu sorgen, dass die Kinder gut untergebracht waren, und Zeit, Maryse seiner Familie vorzustellen, damit sie sich im Haus bei seinen Eltern einleben konnte, bevor er wieder zurückgerufen würde. Er lächelte bei der Vorstellung, wie Maryse in der Küche neben seiner Mutter Brot buk und Essen kochte. Verstohlen warf er Maryse einen Blick zu, doch sie erwischte ihn und lächelte ihm leise zu. Traurigkeit lag darin, und er fragte sich, ob sie auch darum trauerte, ihre eigene Mutter zurückzulassen. Der Gedanke zog einen Teil des rosa Schleiers weg, der über seiner Fantasievorstellung lag. Ihm wurde klar, dass er von Maryse verlangte, unter schwierigsten Umständen sehr viel hinter sich zu lassen. War es fair von ihm gewesen, ihr einen Heiratsantrag zu machen? War das egoistisch von ihm gewesen?

Er wollte sich auf den Stuhl am Tisch setzen und nahm Maryses Mantel weg. Ihm fiel sein Gewicht auf. Er war auf einer Seite schwerer, und er wusste, das lag an der Pistole, die ihr Bruder ihr gegeben hatte.

»*Ça va?*«, fragte Maryse. Alles gut?

Er zögerte. »*Oui. Ça va*«, antwortete er dann. Das stimmte nicht, ihm ging es alles andere als gut.

Maryse, die waffenschwingende, patriotische *Résistance*-Kämpferin – wie in aller Welt sollte sie sich im ländlichen England niederlassen und sich damit zufriedengeben, Brot zu backen, während ihr Land belagert wurde?

»Tut dir die Schulter weh?« Sie stellte ihre leere Kaffeetasse auf den Tisch, stand auf und kam herum, um seine Schulter zu inspizieren. Sie knöpfte sein Hemd auf und schob den Stoff an seinem Arm hinunter. Die Bandage saß noch, aber frisches Blut war hindurchgesickert. »Du brauchst einen neuen Verband.«

Arthur legte die Hand auf ihre. »Einstweilen geht es noch. Ich lasse die Wunde untersuchen, sobald ich wieder in England bin.« Er sah sie an – war ihr aufgefallen, dass er »ich« gesagt hatte, in der Einzahl?

Maryse hob seine Hand an die Lippen und küsste sie sanft. Dann zog sie seinen Hemdärmel wieder hoch und über seine Schulter. »Das musst du als Erstes tun.« Ihre Stimme brach fast, und sie warf den Kindern einen Blick zu.

Sie hatten das Bett verlassen und standen in der Türöffnung des Unterstands. Die vielfach gestopfte Decke war zurückgeschlagen, sodass ein Lichtbündel hereinfiel.

»Versprichst du mir das?«

»Versprochen«, gab Arthur zurück. Er sah ihr in die Augen und versuchte, die Worte zu deuten. »Du weißt doch, dass du bei mir in England sicher bist?«

Sie zögerte, und das machte ihm Angst. »Aber …«, begann sie.

»Nein. Bitte sag nichts, Maryse. Es ist zu gefährlich für dich hierzubleiben.« Er war sich nicht sicher, ob er sich deutlich genug ausdrückte. Er spürte, wie Panik in ihm aufstieg. Ihm war klar, dass es egoistisch von ihm war, von ihr zu verlangen, ihre Familie zu verlassen. Aber er war sich nicht sicher, ob er den Gedanken ertragen konnte, dass sie ohne ihn blieb. »Ich lasse dich hier nicht allein zurück.«

»Ich weiß«, sagte sie und legte ihm die Handfläche ans Gesicht.

Den Rest des Tages wichen sie einander nicht von der Seite. Sie nutzten die Gelegenheit, vor fremden Blicken geschützt im Unterstand zu schlummern und sich aneinanderzuschmiegen – nicht wegen der Wärme, sondern um Trost zu suchen. Eine der Frauen aus dem Lager hatte die Kinder unter ihre Fittiche genommen, und Arthur hörte zu, wie der Tag verging und die Bewohner ihren Beschäftigungen nachgingen: Feuerholz sammelten, Mahlzeiten zubereiteten und Pläne für den nächsten Anschlag gegen die Deutschen schmiedeten.

Schließlich verflogen die Stunden, und es wurde neun.

Zusammen mit den Kindern folgten sie dem Willkommenskomitee, dessen Aufgabe es war, das britische Flugzeug zu einem nahe gelegenen Feld zu leiten. Eine quälende, gefahrvolle Stunde verging damit, die provisorische Landebahn vorzubereiten, indem sie Laternen in Stellung brachten und sich dann bis zehn Uhr im Schutz der Wälder versteckten. Das Wetter war auf ihrer Seite – die Nacht war wolkenlos, und der Vollmond erhellte das offene Gelände.

Das ferne Grollen eines Flugzeugtriebwerks alarmierte sie, und hektische Aktivität brach aus, als die Laternen am Landestreifen angezündet wurden, damit die Maschine sicher landen konnte. Sie polterte über das grasbewachsene Feld, bremste ab und kam am Ende des Feldes unmittelbar vor Arthur zum Stehen. Die Tür flog auf, und drei Metallstufen wurden aus der Luke herabgelassen.

»Sergeant Pettinger?«, fragte der Airforce-Pilot.

»Schön, Sie zu sehen«, sagte Arthur. Er zog Yvette und Jean-Paul nach vorn. »Zusätzliche Passagiere.«

»Wir haben keinerlei Anweisungen, weitere Passagiere mitzunehmen«, sagte der Co-Pilot. »Tut mir leid, nicht möglich.«

»Sorry«, sagte Arthur, hob Yvette hoch und setzte sie ins Flugzeug. »Ich kann sie nicht hierlassen.« Er drehte sich um und wiederholte das Gleiche mit dem Jungen. »Jüdische Waisenkinder«, erklärte er dann dem Co-Piloten. »Ich lasse sie nicht zurück.«

Aus dem Cockpit des Flugzeugs schrie jemand, sie sollten voranmachen. »Hier wimmelt es gleich von Jerrys!«, brüllte der Pilot.

Arthur drehte sich zu Maryse um und sah sie eindringlich an.

Sie stürzte sich in seine Arme, küsste ihn auf die Wange und dann auf den Mund. »Komm zu mir zurück!«

»Nein!«, schrie er über das Dröhnen der Motoren hinweg. »Ich kann dich nicht zurücklassen!«

»Und ich kann nicht fort. Ich kann mein Land nicht im Stich lassen.« Sie versuchte, sich von ihm zu lösen, doch Arthur hielt sie fest.

»Komm mit, bitte!« Ihm war egal, dass er sie jetzt anflehte.

»Komm zurück zu mir!«

Jemand knallte ihm die Hand auf die Schulter. Der Co-Pilot brüllte ihm ins Ohr, sie müssten starten, und zwar sofort.

»Oh, meine Liebste! Das werde ich! Ich schwöre!« Arthur hielt sie fest und wollte sie nicht loslassen. Seine liebe, wunderschöne, tapfere und loyale Maryse. »Ich finde dich! Du wirst immer in meinem Herzen sein!«

Kapitel 52

»Wollen wir nicht nach Lizio fahren? Da gibt es eine hübsche Stelle am See, wo du dir in Ruhe den Inhalt des Umschlags ansehen könntest«, schlug Joe vor.

Er war sich nicht sicher, wie Maddy auf das, was der Umschlag barg, reagieren würde. Vielleicht brauchte sie etwas Privatsphäre, und dazu war die Mitte eines französischen Dorfplatzes nicht gerade ideal.

Am See war es friedlich. In einer Ecke stand eine Picknickbank, die im Schatten der umgebenden Bäume lag. Ein Weg war für Mountainbikes und ein anderer für Spaziergänger ausgeschildert. Kleine Ruderwanzen huschten über die Wasseroberfläche, und ab und zu schoss eine Libelle aus dem Schilf oder wieder hinein.

Joe reichte Maddy eine Wasserflasche. »Hör mal, ich spaziere ein wenig am Ufer entlang und lasse dich den Inhalt allein anschauen.« Er wollte ihr Freiraum geben, obwohl er es selbst kaum abwarten konnte zu erfahren, was all die Jahre in diesem Umschlag versiegelt gewesen war. Einen solchen Gegenstand als Erster zu öffnen, das war der Wahrheit gewordene Traum eines Historikers. Doch das stand nicht ihm zu, sondern Maddy.

»Joe! Warte!«

Er drehte sich wieder zu der Bank um.

»Geh nicht«, bat sie. »Mach ihn zusammen mit mir auf. Bitte.«

»Bist du dir sicher?«

»Natürlich. Wenn du nicht gewesen wärst, würde ich ihn ja nicht mal in Händen halten.«

Joe nahm ihr gegenüber Platz und sah zu, wie sie den Daumen unter die zugeklebte Lasche schob und damit vorsichtig den Rand des Papiers löste.

Er streckte die Hand aus und legte sie auf ihre. »Denk doch nur«, sagte er. »Seit über siebzig Jahren hat niemand das, was darin ist, gesehen. Niemand außer Maryse weiß, was der Umschlag enthält. Stell dir das vor! Du berührst gleich etwas, was Maryse selbst in der Hand hatte.«

»Ich weiß. Und ich bin ziemlich aufgeregt«, gab Maddy zurück. »Ich hoffe, es war das Warten wert.«

Geduldig schaute Joe zu, wie Maddy in die Tiefen des Umschlags spähte und dann vorsichtig den Inhalt auf die hölzerne Platte des Picknicktischs gleiten ließ.

Sie nahmen die Gegenstände einen nach dem anderen in die Hand – mehrere Busfahrkarten, alles Tickets für Fahrten ab Peterborough und wieder zurück, eine Karte von Cambridgeshire, auf der zahlreiche Dörfer rot eingekreist waren, noch eine Fahrkarte, dieses Mal für die Fähre von Dover nach Calais, eine Zugfahrkarte von Paris nach Calais und eine weitere von Ploërmel nach Paris.

»Was hat es mit all diesen Fahrkarten auf sich?«, fragte Maddy.

»Ich glaube, das ist eine Spur. Maryse hat deinem Großvater eine Spur hinterlassen. Aus irgendeinem Grund wollte sie keine genauen Informationen liefern, doch sie wusste, dass sie ihm etwas bedeuten würden.«

»Dann können wir ihre Reise rekonstruieren?«

»Ja, um deinem Großvater mitzuteilen, dass sie in England gewesen ist und versucht hat, ihn zu finden. Vielleicht wusste sie ja nicht genau, wo er lebte. Sie hat an fast jedem Tag den Bus genommen und ist an unterschiedliche Orte gefahren.«

»Aber sie hat ihn nicht gefunden. Oh, das ist so traurig.«

»Sie hat diesen Umschlag in der Pension zurückgelassen, weil das ihre einzige gemeinsame Adresse war, oder zumindest eine, von der sie dachte, dass er dort vielleicht hinkommen würde.«

»Ich kann nicht anders, ich bin ein wenig enttäuscht«, sagte Maddy. »Ich hatte auf einen Brief oder ein Foto gehofft. Etwas, ich weiß nicht, etwas Persönlicheres wahrscheinlich.«

Joe musste zugeben, dass er sich ebenfalls ernüchtert fühlte. Er hatte gehofft, der Inhalt würde ihnen mehr Hinweise auf Maryses aktuellen Aufenthaltsort liefern. Er ging die Fahrkarten noch einmal durch, sah die Namen an und glich sie mit der Karte ab. Eines der Bustickets unterschied sich von den anderen. Er musterte es genauer, drehte es in der Hand um und wieder zurück und konsultierte die Karte, um die Einzelheiten noch einmal zu überprüfen.

»Was ist?« Maddy hatte sein Interesse bemerkt.

»Ich bin mir nicht sicher. Diese Fahrkarte ist nicht für Cambridgeshire wie alle anderen, sondern für einen Ort namens Little Paxton.«

»Nie davon gehört.«

»Ich glaube, es liegt auch in Cambridgeshire.« Joe zog sein Handy hervor und schaute nach. »Ja, es ist ein kleines Dorf in Cambridgeshire in der Nähe von St. Neots.« Er tippte weiter auf seinem Handy. »Im Krieg gehörte es zur Grafschaft Huntingdonshire. In das Entbindungsheim von Little Paxton wurden während des Krieges viele schwangere Frauen evakuiert.«

»Glaubst du, Maryse war aus einem bestimmten Grund dort?«

»So muss es gewesen sein, obwohl ich mir nicht vorstellen kann, warum.«

»Du glaubst doch nicht, dass sie schwanger war, oder?«

Joe sah Maddy in die Augen. »Von deinem Großvater?«

»Moment, lass uns mal nachrechnen … Nein, das wäre nicht möglich – außer, sie hatte die Tragzeit eines Elefanten.«

Bei dieser Vorstellung lachten beide leise, doch keiner von ihnen konnte seine Frustration verbergen.

»Vielleicht würde dein Großvater den Grund kennen, aber wir

haben keine Ahnung.« Joe beschäftigte sich wieder mit seinem Handy.

»Und schau dir das an!«, sagte Maddy und unterbrach seinen Gedankengang. »Drei Fahrkarten, alle für denselben Tag und in St. Neots gelöst. Und alle für dieselbe Uhrzeit.«

»Wieso drei?«

»Keine Ahnung, aber ich glaube, es ist wichtig. Vielleicht ist all das …« Mit einer Handbewegung umfasste sie den Umschlag und die Fahrkarten. »… nicht so bedeutend, sondern soll etwas verbergen, das wichtig ist.«

»Und du glaubst, das ist das Wichtige?«

»Warum drei Fahrkarten?«

»Weil drei Personen zur selben Zeit unterwegs waren.«

»Genau. Aber wer?«

»Jemand, der ihr helfen wollte, deinen Großvater zu finden? Vielleicht hat Madame Cohen aus der Pension sie ja begleitet.«

Maddy kramte in den Fahrkarten. »Ich kann keine finden, die darauf hinweist, dass mehr als eine Person nach St. Neots gefahren ist.«

»Vielleicht haben die anderen ja ihr Ticket behalten. Warte, lass mich die noch einmal anschauen …« Joe nahm die Abreißzettel des Busses und musterte sie noch einmal. »Das hier ist eine Fahrkarte für Hin- und Rückfahrt, und diese beiden sind einfache Tickets.«

»Also, diese unbekannten Personen, mit denen Maryse zusammen war, haben sich in St. Neots oder in der Nähe mit ihr getroffen und sind mit ihr zurückgefahren?«

»Scheint mir der logische Schluss zu sein. Es muss eine Verbindung nach St. Neots geben, die wir übersehen.«

»Aber was könnte das sein?« Maddys Schultern sackten nach vorn. »Ich wünschte, Gramps könnte uns mehr erzählen, aber ich glaube nicht, dass er sich an irgendetwas davon erinnert.«

»Vielleicht könnte etwas von dem hier seinem Gedächtnis auf die Sprünge helfen?«

»Kann schon sein.«

»Wir brauchen den Familiennamen von Maryse. Es wäre auf jeden Fall hilfreich, ihn zu wissen.«

Niedergeschlagen schüttelte Maddy den Kopf und begann, die Gegenstände, die über den Tisch verstreut lagen, einzusammeln. »Ein Jammer, dass wir nicht gefragt haben, ob die Pension Aufzeichnungen geführt hat. Sie müssen das Zimmer doch unter einem Namen reserviert haben. Aber wahrscheinlich haben sie so etwas nicht aufbewahrt.«

»Das denke ich auch, und wenn der britische Geheimdienst sich ihrer angenommen hat, sind diese Aufzeichnungen vielleicht vernichtet worden oder nicht zugänglich. Du weißt schon, um alles streng geheim zu halten.«

»Könnten wir das denn irgendwie überprüfen?«

»Ich kann ein paar Erkundigungen einziehen, aber mach dir nicht allzu viele Hoffnungen.«

»Was ist mit Colette Beaufort? Ob sie das wissen könnte?«

Joe warf einen Blick auf seine Armbanduhr. »Wenn wir uns beeilen, erwischen wir sie noch, wenn sie aus der Messe kommt. Vielleicht redet sie ja mit uns, und es fällt ihr wieder ein, aber ich bezweifle das.« Er wollte Maddy keine falschen Hoffnungen machen, aber er war sich gleichzeitig bewusst, dass das jetzt ihre einzige Aussicht auf Erfolg war.

Schnell fuhren sie zurück nach Sérent und hatten gerade noch genug Zeit, um zu parken und aus dem Auto zu steigen, als die Kirchentüren sich schon öffneten und die Gemeinde sich zu zerstreuen begann.

Colette Beaufort kam als eine der Letzten heraus. Joe hatte keine Ahnung, ob es ein sechster Sinn war, doch als sie die Treppe hinunterkam, warf sie einen Blick herüber und erblickte Maddy und ihn. Kurz blieb sie stehen, um ein paar Worte mit dem Geistlichen zu wechseln, bevor sie in ihre Richtung den Platz überquerte. Maddy wollte auf sie zutreten, doch Joe hielt sie am Arm fest.

»Warte noch einen Moment«, sagte er leise.

Sie sahen zu, wie Colette ihre Schritte verlangsamte, um ein Schaufenster zu betrachten.

»Geh jetzt zu ihr und stell ihr diskret die Frage. Ich warte hier.«

Beiläufig, jedenfalls hoffte er das, sah er zu, wie Maddy hinüberschlenderte. Sie musterte ein Schaufenster und trat dann an das, in das Colette sah. Er hätte nicht sagen können, ob die beiden miteinander redeten, doch weniger als eine Minute später ging Colette davon und bog in eine Nebenstraße ein.

Joe gesellte sich an dem Schaufenster zu Maddy. »Du würdest eine gute Spionin abgeben.«

Sie schnaubte. »Kommt mir alles ein wenig albern vor, aber ich verstehe schon, dass Colette nicht will, dass jemand bei ihrem Sohn über sie klatscht.«

»Was hat sie gesagt?«

»Sie hat gesagt, der Familienname sei Dupont. Das hat sie behalten, weil sie eine Tante mit demselben Namen hatte.«

Joe stöhnte auf. »Dupont? Hat sie das gesagt?«

»Jep. Ich nehme an, du weißt schon, dass Dupont in Frankreich so verbreitet ist wie, sagen wir, Johnson in England.«

»Jep.« Joe rieb sich mit der Hand über die Wange. »Immerhin haben wir jetzt wenigstens einen Familiennamen, aber …«

»Ich weiß – ich sollte mir keine großen Hoffnungen machen. Ich habe sie auch gefragt, warum Maryse wohl nach St. Neots oder Little Paxton gefahren ist.«

»Und?«

»Sie hat gesagt, sie wisse, dass viele Frauen und Kinder dorthin evakuiert wurden, aber das war alles.«

»Das wussten wir auch schon.«

»Allerdings hat sie noch etwas erzählt«, fuhr Maddy fort. »Sie sagte, etwas an Maryse sei ihr immer eigenartig vorgekommen, aber sie habe es ganz vergessen, bis sie in der Kirche saß und an Maryse dachte. Sie sagt, da sei es ihr plötzlich wieder eingefallen.«

Joe spürte, wie sein Bauch vor Aufregung kribbelte. »Mach es nicht so spannend!«

»Sie sagte, wahrscheinlich bedeute es nichts, aber als sie eines Tages hinaufgegangen war, um die Betten zu machen – was in der Pension ihre Aufgabe war –, hätte Maryses Koffer auf dem Bett gestanden. Colette wollte ihn wegstellen, aber er war nicht richtig geschlossen, und ein paar Gegenstände fielen heraus. Unter den Kleidungsstücken waren zwei Teddybären. Einer mit einer blauen Schleife und einer mit einer rosafarbenen.«

»Teddybären? Das ist alles?«

Maddy nickte. »Das ist alles. Eigenartig, ich weiß. Warum hat sie zwei Stofftiere mit nach England genommen?«

»Zum Trost?«, schlug Joe vor. Obwohl er sich eingestehen musste, dass er sich nicht vorstellen konnte, dass Maryse nachts zwei Teddys zum Kuscheln gebraucht hatte.

»Keine Ahnung.« Maddy hakte ihn unter. »Lust auf einen Kaffee?«

»Ja, das wäre gut. Ich brauche Zeit, um das alles zu verarbeiten. Die wichtige Information ist wahrscheinlich, dass wir jetzt einen Familiennamen haben, wenn auch einen häufigen. Ich werde beim Kaffeetrinken darüber nachdenken.«

Sie hatten sich kaum in dem Café auf der anderen Seite des Dorfplatzes hingesetzt und ihren Kaffee bestellt, als Maddys Handy klingelte.

Sie zog es aus der Tasche und sah auf den Bildschirm. »Das ist Kay.«

»Aha.«

»Ich habe ihr gesagt, sie soll nur anrufen, wenn es wichtig ist. Ein Notfall oder so.«

»Soll ich rangehen?«

Maddy starrte noch einen Moment lang auf das Display. »Nein. Ich mach das schon.«

Kapitel 53

September 1946

9. September 1946

Holly Tree Farm
Dairy Lane
Hemmingford

Liebe Maryse,

ich habe keine Ahnung, ob Du dies lesen wirst, aber ich hoffe es sehr! Seit ich Dich in jener schrecklichen Nacht in Frankreich zurücklassen musste, bist Du jeden wachen Moment in meinen Gedanken gewesen. Ich ziehe Erkundigungen darüber ein, wo Du bist, aber habe bisher nur sehr wenige Informationen bekommen. Anscheinend ist die britische Armee immer noch sehr vorsichtig damit, ihre Kontakte und deren Aufenthaltsorte zu enthüllen, obwohl der Krieg vorbei ist.
Ich schicke diesen Brief an Deine Heimatadresse in Frankreich und hoffe einmal mehr inständig, dass er Dich erreicht und Dir keine Probleme mit Deiner Familie bereitet. Ich habe mich gefragt, ob es klug ist, jetzt, in friedlicheren Zeiten, Kontakt aufzunehmen, und ob das, was wir miteinander erlebt haben, etwas zu Außerordentliches für gewöhnliche Zeiten ist. Aber meine Liebste, ich habe mich viele Nächte schlaflos gewälzt und zu entscheiden versucht, was der beste Weg ist, und immer … IMMER … läuft

es darauf hinaus: Ich muss Dich finden! Meine Liebe ist nicht weniger geworden oder verblasst – wenn überhaupt, ist sie nur gewachsen. Daher hoffe ich von ganzem Herzen, dass dieser Brief Dich erreicht und Du immer noch dasselbe für mich empfindest, denn ich bin mir sicher, dass unsere Gefühle auf Gegenseitigkeit beruht haben.
Ich werde auch nach Peterborough fahren, da ich von einer Pension gehört habe, die die SOE(F) oft als konspirativen Treffpunkt genutzt hat, und wenn Du nach England gekommen bist, warst Du vielleicht dort.
Wenn ich kein Glück habe, plane ich als Nächstes, nach Frankreich zu fahren und Dich zu suchen. Aber zuerst muss ich Geld für die Reise zusammenbringen und versuchen, die Fahrt zu organisieren, was im Moment nicht einfach ist. Aber ich gebe nicht auf.

Mit all meiner Liebe
Arthur

Arthur faltete den Brief zusammen und steckte ihn in den an Maryse adressierten Umschlag. Er küsste die Klebekante und drückte ihn ans Herz. Er konnte die Suche nach ihr nicht aufgeben, noch nicht. Er musste wissen, was aus ihr geworden war und ob sie wenigstens in Sicherheit war. Er hatte unterschiedliche Berichte aus verschiedenen Quellen gehört. Angefangen damit, dass die örtliche *Résistance*-Gruppe in den Tagen nach seiner Flucht aus der Bretagne ausgehoben worden und dann auf dem Dorfplatz erschossen worden war. Auf der anderen Seite hatte es geheißen, alle *Résistance*-Mitglieder seien entkommen und hätten sich in einem nahe gelegenen Wald versteckt, wo eine groß angelegte Operation als Vorbereitung für die Landungen in der Normandie vorbereitet wurde. So oder so hatte er keine Ahnung, ob Maryse davongekommen war.

Jemand hatte ihm etwas von einer Lehrerin aus der Bretagne

erzählt, die zusammen mit ein paar Schulkindern nach England gelangt war – Kriegswaisen –, und sie hatte sie mit einem Fischerboot in Sicherheit gebracht. Er hatte keine Möglichkeit festzustellen, ob das Maryse gewesen war, aber im Moment setzte er seine Hoffnungen darauf. Denn das war alles, was ihm blieb – Hoffnung. Es klang sehr typisch für Maryse und nach etwas, was sie tun würde, und er musste sich daran klammern, bis er eines Besseren belehrt würde.

Sobald er den Brief abgeschickt hatte, ging Arthur den Hügel hinab zur Bushaltestelle. Der Bus würde ihn in die Stadt bringen, wo er den Zug um 10.30 Uhr nach Peterborough nehmen konnte.

Arthur ließ sich in dem Zug nieder und zog das Foto von Maryse hervor. Die Ränder waren abgegriffen von seinen Händen, denn er hatte das Foto in der Innentasche herumgetragen und oft herausgezogen, um sein liebes Mädchen anzusehen. Jedes Mal sang sein Herz und weinte zugleich. Er drehte das Bild um und las zum gefühlt hundertsten Mal die Adresse auf der Rückseite. Einer seiner Armeekameraden, der jetzt im Innenministerium arbeitete, hatte ihm diesen Tipp gegeben. Es war ein konspiratives Haus in Peterborough, das im Krieg benutzt worden war und von einem Engländer und seiner französischen Frau betrieben wurde. Anscheinend hatten dort häufig französische Verbindungsleute übernachtet, wenn sie nach England kamen, während sie entweder darauf warteten, zum SOE gebracht zu werden, oder auf ihre Rückkehr nach Frankreich harrten oder wenn sie einfach eine sichere Zuflucht für ein paar Tage brauchten. Sein Freund hatte sich nicht über Details ausgelassen, aber er hatte Arthur erklärt, nach den Aufzeichnungen sei dort vor ein paar Monaten eine Französin abgestiegen.

Ungeduldig trommelte Arthur mit den Fingern auf sein Bein, während der Zug langsam den Bahnhof verließ. Er musste zu der Pension gelangen, das war bis jetzt seine einzige Spur, um zu erfahren, was aus ihr geworden war. Seine Brust zog sich schmerzhaft zusammen, als er Gedanken daran, was die Alternative sein könnte, beiseiteschob.

Dank des Stadtplans, den er am Bahnhof gekauft hatte, fand er die Straße leicht. Die Häuser waren relativ neu, erst Anfang der 1930er-Jahre erbaut. Eine baumbestandene Straße, grasbewachsene Seitenstreifen, Doppelhäuser und freistehende Gebäude lagen auf beiden Seiten, und alle besaßen das typische Erkerfenster und den offenen Vorbau mit dem bogenförmigen Eingang. Er überprüfte die Hausnummer auf der Rückseite des Fotos, obwohl das eigentlich nicht nötig war, er wusste, dass die Adresse Borough Way 29 war. Er ging auf die Straßenseite mit den ungeraden Hausnummern und stand bald vor dem Haus Nummer 29 mit seiner schwarz lackierten Haustür und den schwarz-weißen Fensterrahmen. Gardinen hingen hinter den einzelnen Glasscheiben, die das Erkerfenster bildeten, und waren in der Mitte ordentlich mit einem Band gerafft. Das Haus wirkte gepflegt.

Er war leicht beunruhigt darüber, dass nichts darauf hinwies, dass dies eine Pension war, und fragte sich, ob er sich die falsche Adresse notiert hatte. Er warf einen kurzen Blick auf die angrenzenden Grundstücke, aber keines der Häuser sah aus wie eine Pension. Die ganze Gegend wirkte wie eine reine Wohnstraße.

Arthur rückte sich die Krawatte zurecht, klopfte an die Tür von Nummer 29 und nahm den Hut ab, als geöffnet wurde.

»Guten Tag«, sagte die junge Frau, die vor ihm stand. Sie trug eine Halbschürze über einem Rock, eine weiße Bluse und eine hellblaue Wolljacke. »Kann ich Ihnen helfen?«

Arthur hatte keine Ahnung, was er erwartet hatte, aber nicht diese junge Frau mit ihrem klaren englischen Akzent. Sie war eindeutig nicht die Französin, von der man ihm erzählt hatte, sie führe die Pension.

»Ich bin auf der Suche nach Mrs. Cohen«, sagte Arthur. »Soweit ich weiß, betreibt sie hier eine Pension.«

»Oh, Mrs. Cohen. Madame Cohen«, gab die junge Frau zurück.

»Ja, richtig. Ist sie da?«

»Tut mir sehr leid, aber sie wohnt nicht mehr hier. Wir sind vor einem Jahr hier eingezogen, nachdem wir im Krieg ausgebombt worden waren. Unsere Straße ist immer noch nicht wieder aufgebaut.« In diesem Moment tauchte ein kleiner Junge von ungefähr drei Jahren neben der Frau auf, und sie nahm ihn hoch.

»Und Sie wissen nicht, wo Mrs. Cohen jetzt ist?«

»Nein. Tut mir leid. Hören Sie, ich muss gehen. Ich habe die Kartoffeln auf dem Herd.« Sie warf ihm einen mitfühlenden Blick zu und schloss dann die Tür.

Enttäuschung stieg in Arthur auf. Was für ein Narr er gewesen war, dass er gedacht hatte, es wäre so einfach, Maryse zu finden.

Kapitel 54

»Was?! Und wo sind sie jetzt?« Maddy umklammerte ihr Handy, so schockiert war sie über das, was Kay ihr gerade erzählt hatte. Über den Bistrotisch hinweg sah sie Joe an, der seinen Kaffee abgesetzt hatte und sie jetzt aufmerksam musterte.

Sie saßen vor einem kleinen Café mit Blick auf den Platz, der inzwischen sehr belebt war. Die Dorfbewohner kauften ihr frisches Brot in der *boulangerie* – der Bäckerei –, Gemüse an einem kleinen Marktstand und ihr Sonntagessen an der mobilen Hähnchenbraterei.

Joe hatte seine Umgebung kaum wahrgenommen, sondern auf seinem Handy getippt und versucht, Fortschritte bei dem Inhalt des Umschlags zu machen.

»Sie sind hier. Die Pfarrerin hat sie gerade zurückgebracht. Sie war so freundlich, sie selbst zu fahren. Es tut mir so leid, Maddy. Ich hatte ja keine Ahnung, dass sie so etwas anstellen würden.« Kay klang zutiefst beschämt. »Ich wusste nicht, ob ich dich anrufen sollte, aber ich habe mir Sorgen gemacht, die Polizei oder der Sozialdienst würden dich zuerst erreichen. Ich hatte schon dort angerufen, bevor das Taxiunternehmen sich gemeldet hat.«

»Es ist gut, Kay. Ich bin dir überhaupt nicht böse. Ich sollte mich entschuldigen. Gott sei Dank hat der Taxifahrer so umsichtig reagiert!«

Joe hatte jetzt sein Besteck abgelegt und bildete tonlos: »Alles klar bei dir?«

Sie nickte kurz, obwohl sie sich bewusst war, dass sie vor Schreck darüber, was Kay ihr erzählte, schwer atmete. Glühender Zorn über Esthers Leichtsinn ballte sich in ihr zusammen.

»Ja. Anscheinend hatte er das Gefühl, dass etwas nicht stimmt, und als er zurück in der Zentrale war, hat er seinem Chef davon erzählt.«

»Ich sollte wirklich sofort mit Esther reden, aber ich bin mir nicht sicher, ob ich gerade damit umgehen kann. Ich bin stinkwütend, weil sie eine solche Nummer abgezogen hat.« Maddy spürte, wie Joe die Hand auf ihre legte.

Er wusste vielleicht nicht genau, was los war, aber er schloss aus ihrer Seite des Gesprächs, dass etwas Schlimmes passiert war. Merkwürdigerweise beruhigte allein seine Berührung sie, und Maddy holte tief Luft.

»Esther ist zutiefst zerknirscht«, sagte Kay. »Gramps schläft fest. Ich glaube, das kleine Abenteuer hat ihn erschöpft. Esther ist in ihr Zimmer gegangen. Und die arme Sheila! Irgendwann hatte ich Angst, sie würde hyperventilieren. Als ihr klar wurde, was passiert war, ist sie vollkommen in Panik geraten. Sie war absolut entsetzt.«

»Und sie hat überhaupt nichts gehört?«

»Nein. Sie war eingenickt, und Gramps und Esther sind hinausgeschlichen.«

»Arme Sheila. Bitte sag ihr, sie soll sich keine Vorwürfe machen.« Joes Hand wirkte ja vielleicht beruhigend, aber immer wieder stieg heftiger Zorn in ihr auf. »Und sie haben behauptet, sie wären auf der Suche nach einer Freundin von Gramps?«

»Ja. An den Namen kann ich mich gerade nicht erinnern. Die Pfarrerin hat ihn erwähnt, aber ich war vollkommen neben der Spur und habe ihn mir nicht gemerkt.«

»Macht nichts. Ich kann Esther oder die Pfarrerin fragen«, gab Maddy zurück.

»Anscheinend waren sie auf der Suche nach einer Evakuierten«, sagte Kay. »Einem kleinen Mädchen.«

»Was? Warte mal«, sagte Maddy. »Ich frage mich, ob das dasselbe Kind ist, von dem Gramps neulich ständig geredet hat. Der Name fällt mir jetzt selbst nicht ein.« Maddy seufzte. »Darauf kommt es jetzt aber wirklich nicht an. Was auch immer der Grund war – Esther hätte es besser wissen müssen, als so etwas auszuhecken.«

»Ich bin nur froh, dass die beiden sicher wieder zu Hause sind.«

»Ja, ich auch. Hör mal, Kay, mach dir keine Gedanken, wie ich schon sagte. Ich bin dir überhaupt nicht böse. Ich rede mit Esther, wenn ich zu Hause bin.« Sie beendeten das Gespräch, Maddy schlug ein paar Sekunden lang die Hände vors Gesicht und sah dann zu Joe auf. »Ich nehme an, das Wesentliche hast du mitbekommen?« Sie setzte Joe über die Einzelheiten ins Bild. »Ich kann nicht glauben, dass Esther das getan hat. Und wie in aller Welt hat sie herausgefunden, wo sie hinmusste? Ein Taxi bestellt? Die Pfarrerin gefunden? Wenn ich nicht so wütend wäre, würde ich ihr zu ihrem Einfallsreichtum und ihrer Selbstständigkeit gratulieren.«

Joe lächelte ironisch. »Eigenschaften, die ihr ein Leben lang nützlich sein werden.«

»Kann schon sein, aber mir wäre lieber, sie würde sie nicht einsetzen, bis sie mindestens achtzehn ist. Oder älter.« Es war ein lahmer Versuch zu scherzen. Maddy wusste, dass sie noch nicht so weit war, sie musste Esther erst wegen ihrer Aktion zur Rede stellen. Aber sie war froh, dass sie gerade nicht zusammen waren, sonst hätte sie vielleicht im Eifer des Gefechts etwas gesagt, von dem sie sich später wünschen würde, sie wäre besser damit umgegangen.

»Versuch, nicht darüber nachzugrübeln«, sagte Joe.

»Ich grüble nicht.«

»Wenn du es sagst.«

»Ja.«

»Na schön.«

Maddy zog eine finstere Miene und streckte ihm dann impulsiv, ganz zu schweigen von kindisch, die Zunge heraus, worauf er in

Gelächter ausbrach. Maddy seufzte und lachte selbstironisch. »Na gut. Vielleicht ein wenig. Ignorier mich, ich brauche ein paar Minuten, um Abstand zu kriegen.«

»Klar«, sagte Joe freundlich und beschäftigte sich nach einer kurzen Pause wieder mit seinem Handy und seinem Kaffee.

Maddy konzentrierte sich angestrengt darauf, sich zu entspannen und die Gedanken an Esther und Gramps, die wie wild durcheinanderschossen, beiseitezuschieben, doch so einfach war das nicht. Immer wieder dachte sie daran, was den beiden hätte zustoßen können und was in Zukunft auf sie drei zukam. Wie lange würde sie noch in der Lage sein, Gramps allein zu pflegen? Sein Zustand könnte sich stabilisieren oder auch verschlechtern, und sosehr ihr der Gedanke auch das Herz brach, wusste sie, dass eine Zeit kommen würde, in der sie Gramps nicht einmal mehr ein paar Minuten allein lassen konnte. Sie hatte keine Ahnung, wann das sein würde. Die Medizin konnte zwar grob die Progression der Krankheit vorhersagen, doch in Wahrheit schritt sie mit unterschiedlicher Geschwindigkeit voran und entwickelte sich bei jedem Betroffenen anders. Was, wenn Gramps' Zustand sich so rapide verschlechterte, dass sie ihn im September nicht einmal lange genug allein lassen konnte, um Esther zur Schule zu bringen?

Angesichts dieser trostlosen Zukunftsaussichten stieß Maddy einen langen, verzagten Seufzer aus. Der lange Abschied, bei dem sie zusehen musste, wie ihr Großvater allmählich vor ihren Augen verschwand, war so grausam, so schmerzhaft! Zu wissen, dass sie nichts tun konnte, um die Krankheit aufzuhalten, die seinen Verstand zerstörte, ihm die Erinnerungen raubte und seine Kommunikation einschränkte – sie konnte den Gedanken kaum ertragen. Ein explosiver, emotionaler Schmerz durchbohrte ihr Herz, und ihre Trauer um den noch lebenden Menschen überwältigte sie.

Sie war froh, dass sie eine Sonnenbrille trug, die die Tränen in ihren Augen verbarg. Manchmal war es zu schmerzhaft, darüber zu reden, wie sie sich dabei fühlte, schon jetzt um ihren Großvater zu trauern, und das in dem Wissen, dass sie irgendwann richtig Abschied nehmen müsste.

»Hey, Mads. Alles gut bei dir?« Joes sanfte Stimme drang in ihre Gedanken.

Sie nickte, weil sie nicht zu sprechen wagte. Sie war sich bewusst, dass Joe sein Handy weglegte, die Arme auf den runden Bistrotisch legte und sich ein wenig zu ihr herüberbeugte.

»Ich bin hier, falls du darüber reden willst.«

Eine Träne löste sich aus einem Auge, und Maddy wischte sie mit den Fingerspitzen weg. »Manchmal komme ich mir so hilflos vor. Ich wünschte, ich könnte etwas für Gramps tun.«

»Du tust doch, was du kannst.«

»Aber ich habe das Gefühl, dass es nicht genug ist.«

»Hör mal, du bist eine großartige Frau. Du bist so stark, Mads! Keine Ahnung, wie du das machst. Du ziehst nicht nur Esther groß, sondern pflegst auch deinen Großvater. Er kann dir das vielleicht nicht mit Worten sagen, aber ich bin mir sicher, dass er im Herzen weiß, wie sehr du ihn liebst, und zu schätzen weiß, was du für ihn tust.«

Sein Mitgefühl war zu viel für Maddy, und die Tränen liefen ihr übers Gesicht. Sie schnappte sich die Serviette vom Tisch. »Tut mir leid.«

Joe stand auf, steckte das Handy in die Tasche und warf einen Zehneuroschein auf den Tisch. Dann trat er auf Maddys Seite, legte ihr eine Hand auf den Arm und zog sie vom Stuhl hoch. »Lass uns ein Stück gehen.«

Maddy erhob keine Einwände, und als Joe ihr tröstend einen Arm um die Schultern legte, schmiegte sie sich an ihn und war dankbar für das beruhigende Gefühl.

Ein paar Minuten später hatten sie den Teich erreicht, an dem sie sich mit Colette Beaufort getroffen hatten, und als sie stehen blieben, dachte Maddy, wie ironisch es doch war, dass sie unter den herabhängenden Ästen einer Trauerweide standen.

Sie wollte etwas sagen, sich entschuldigen, doch Joe brachte sie zum Schweigen, schlang beide Arme um sie und zog sie an sich, sodass sie das Gesicht in seinen Hemdstoff schmiegte. Sie umarmte ihn und zog den frischen Duft seines Aftershaves ein. Ihr Herz hämmerte immer noch, wenn auch aus ganz anderen Gründen, und als sie spürte, wie Joe einen Kuss auf ihren Scheitel drückte, war sie sich nicht sicher, ob ihre Beine sie noch trugen.

»Lass mich nicht los«, flüsterte sie, als die Tränen wieder aufwallten.

»Hab ich nicht vor.« Joe strich auf ihrem Rücken auf und ab, als beruhigte er ein Kind, und küsste sie noch einmal auf den Kopf. »Hab keine Angst vor der Stärke deiner Emotionen. Es ist gut zu wissen, was du empfindest, damit du das Beste aus dem machen kannst, was du hast. Manche Menschen wissen erst zu schätzen, was sie hatten, wenn es zu spät ist.«

Maddy zog sich ein wenig zurück, sodass sie den Kopf zurücklegen und ihn ansehen konnte. »Wann bist du bloß so weise geworden, Joe Finch?«

»Erfahrung.«

Und dann senkte er den Kopf und bewegte den Mund auf ihren zu. Kurz überlegte Maddy, sich zu wehren, doch ihr war klar, dass sie nichts dergleichen beabsichtigte.

Maddy hätte keine Ahnung, wie lange sie unter der Weide gestanden und sich geküsst hatten, und es hätte sicherlich noch länger gedauert, wenn Joes Handy nicht zum Leben erwacht wäre und den Moment unterbrochen hätte. Zögernd löste sie sich von ihm.

»Das werden wir aber fortsetzen«, sagte Joe, dessen Stimme ungewohnt heiser klang. Er gab ihr noch einen kurzen Kuss, zog dann das Handy aus der Tasche und warf einen Blick drauf. »Auf geht's! Eine Nachricht von dem Kontakt, auf den ich gewartet habe.«

»Und?«

»Ich habe versucht, die Spur von Maryse Dupont aufzunehmen, bevor wir heute Abend fahren müssen.«

»Was sagt dein Kontaktmann denn?«

»Er will, dass ich ihn anrufe.«

»Ist das gut?«

»Es bedeutet wahrscheinlich, dass er mir etwas mitzuteilen hat, was zu lang oder zu kompliziert für eine Textnachricht ist.«

»Oh, eine gute Nachricht also?« Maddy spürte, wie sich ihre Stimmung bei der Aussicht auf eine Spur hob.

»Nicht unbedingt«, gab Joe zurück. »Ich habe den Namen ›Maryse Dupont‹ und ›1940‹ in die Suchmaschine eingegeben und jede Menge Ergebnisse bekommen, aber die bezogen sich entweder auf den Vornamen Maryse *oder* auf Dupont, ich hatte keinen Treffer für Maryse Dupont. Ich habe Websites durchkämmt, um etwas Konkreteres zu finden, das mit dieser Region zu tun hat, dem Krieg, der *Résistance* und dergleichen, aber kein Glück gehabt.«

»Konntest du Maryse denn über ihre Geburtsurkunde aufspüren?«

»Aus irgendeinem Grund kann ich mich über mein Arbeitsportal nicht in die französische Datenbank einloggen.«

»Ist das ein Problem?«

Joe rieb sich das Kinn. »Möglich. Es könnte ein Fehler sein, oder mein Zugang ist gesperrt worden.«

»Warum sollte das jemand tun?«

»Bin mir nicht sicher. Vielleicht sind sie dahintergekommen, dass ich dir helfe, wenn auch aus Freundschaft. Die Agentur war ganz wild drauf, dass du bei ihnen unterschreibst.«

»Ich erinnere mich.«

»Jedenfalls habe ich eine Anfrage über einen Freund eingereicht, der Zugang zu der französischen Datenbank hat, und an diesem Punkt stehen wir jetzt. Wenn er eine Geburtsurkunde gefunden hat, können wir vielleicht auch eine Heiratsurkunde finden oder – und darauf musst du vorbereitet sein – einen Totenschein.«

»Ich weiß. Es ist gut möglich, dass sie inzwischen verstorben ist. Es gibt nicht mehr viele Menschen, die den Krieg als Erwachsene miterlebt haben, und wenn, müsste sie über neunzig sein oder zumindest Ende achtzig.«

»Ich gebe aber nicht auf, bis ich nicht alle Möglichkeiten ausgeschöpft habe.«

»Danke, das weiß ich zu schätzen.« Sie lächelte ihm zu und genoss den Gedanken, dass er das für sie tat. Nicht, weil er für sich selbst dabei etwas herausholen wollte, sondern einfach, weil ihn die Geschichte interessierte und er Gramps unterstützen wollte.

»Na, dann los«, sagte Joe und drückte den Rufbutton auf seinem Handy. »Hey Daniel, ich bin's, Joe Finch.« Joe schlenderte zu der Weide und zurück. Er hörte größtenteils zu und sagte selbst nicht viel.

Sie setzte sich auf das grasbewachsene Ufer und zog die Knie an die Brust, während sie darauf wartete, dass Joe seinen Anruf beendete.

Aus seinem Teil des Gesprächs konnte sie nicht schließen, ob er gute oder schlechte Nachrichten hatte. Doch als Joe seinen Anruf beendete und zu ihr kam, sah sie, dass seine Augen aufgeregt blitzten.

Sie sprang auf. Der Gedanke gab ihr Auftrieb, dass sie wenigstens eine Spur hatten. »Was? Was ist passiert? Sag mir nicht, dass ihr sie gefunden habt!«

Joe verschränkte die Arme. »Okay, dann nicht. Dein Wunsch ist mir Befehl.«

»Nein! Das kannst du nicht machen!« Sie schlug ihm spielerisch auf den Arm. »Sag es mir! Was hast du herausgefunden?«

Joe lachte leise, sah dann auf sein Handy, öffnete eine E-Mail und las vom Bildschirm vor. »Maryse Anne Dupont. Geboren am 4. April 1924. Geburtsort: Entbindungskrankenhaus Vannes. Beruf: Lehrerin. Verheiratet mit Gilbert Pavard. Drei Kinder – deren Namen habe ich noch nicht. Hat in Vannes gelebt. Randbemerkung: Sie soll während des Zweiten Weltkriegs die lokale französische *Résistance* unterstützt haben. Ihr Onkel und ihr Bruder Hugo

Dupont wurden von den Nazis hingerichtet, nachdem sie im Vorfeld der Landungen in der Normandie die alliierten Streitkräfte unterstützt hatten.«

»Wow!« Kurz fehlten Maddy die Worte. »Und all das konnte dein Freund mal eben so herausfinden?«

»Er und ein Freund von ihm. Wie gesagt, sie haben Zugang zu gewissen Aufzeichnungen, an die ich momentan nicht gut herankomme. Jetzt bin ich ihm etwas schuldig.«

»Ist das für dich in Ordnung?«

»Sicher. Wir tun einander ab und zu einen Gefallen.« Seine Miene schlug von hochzufrieden mit sich selbst zu einem Ausdruck um, den Maddy nicht ganz deuten konnte. »Da ist aber noch etwas.«

Maddy spürte, wie ihre Aufregung verflog. »Schlechte Nachrichten. Ich kann es wahrscheinlich erraten.«

»Keine Aufzeichnungen über ihren Tod.«

»Keine? Na, das ist doch wohl eine gute Nachricht! Das muss heißen, dass Maryse noch lebt!«

»Nicht unbedingt.« Joe lächelte mitfühlend. »Es könnte nur daran liegen, dass sie noch keinen Totenschein gefunden haben. So etwas kommt vor.«

»Verdammt.« Maddys Herz zog sich zusammen. »Ich weiß, das klingt jetzt töricht, aber ich habe das Gefühl, Maryse zu kennen, als hätte ich eine Verbindung, eine Art Draht zu ihr. Du wirst mich wahrscheinlich für übermäßig sentimental halten, aber sie ist die letzte lebende Verbindung zu Gramps' Vergangenheit, über die nie jemand geredet hat. Ich habe das Gefühl, das ist meine einzige Chance, diese Kluft zu überbrücken.«

»Ich weiß, das muss schrecklich schwierig für dich sein«, sagte Joe.

»Ich verliere Gramps nach und nach, und es heißt, das Langzeitgedächtnis verschwinde als Letztes. Ich dachte, wenn ich mehr über seine Vergangenheit wüsste, könnte ich ihn länger bei mir behalten.« Sie blinzelte gegen die Tränen an, die ihr erneut in die Augen traten. »Ich weiß, es ist dumm, aber ich will ihn nicht auf diese Art verlieren. Das ist einfach so traurig und unfair.« Sie unterdrückte frische Tränen.

»Sieh mal, nachdem ich jetzt ein paar Informationen über den Rest der Familie habe, könnten wir mit ihnen reden. Wenn Maryse noch lebt, könnten sie vielleicht sogar ein Treffen arrangieren.«

»Das wäre großartig.«

»Natürlich liegt die Entscheidung bei ihnen und letztlich bei Maryse. Du musst dich darauf einstellen, dass sie vielleicht nicht mehr lebt – und wenn, dann will sie möglicherweise nicht mit uns reden.«

Maddy ließ sich die Warnung durch den Kopf gehen und fragte sich, ob sie stark genug war, um mit einer solchen direkten Zurückweisung umzugehen. Sie überlegte, wie furchtbar es wäre, wenn Maryse nach dem Krieg nicht mehr genauso für Gramps empfunden hätte. »Ach, ich weiß nicht, Joe. Ist das eine gute Idee? Was, wenn Maryse ihrer Familie nicht einmal von Gramps erzählt hat?«

»Wir könnten es vorsichtig angehen, nur für alle Fälle. Behaupten, dass wir über die Zeit recherchieren, die dein Großvater hier verbracht hat, und dass er von Maryse und Hugo erzählt hat.«

»So ganz stimmt das aber nicht.«

»Nein, aber es heißt, dass wir nicht einfach hereinplatzen und die Leute vor den Kopf stoßen. Wenn sie die Geschichte über deinen Großvater und Maryse kennen, spielt es keine Rolle. Und wenn sie keine Ahnung haben, kommt es trotzdem nicht darauf an, und wir haben niemandem geschadet und auch niemanden in Aufregung versetzt.«

»Vielleicht sollten wir die Sache einfach auf sich beruhen lassen.«

»Deine Entscheidung.«

»Was willst du denn?«

»Alles, was du willst.«

»Das hilft mir jetzt nicht.« Maddy verschränkte die Arme und schaute über den See hinaus, als könnte dort wie von Zauberhand die Antwort erscheinen.

»Okay, stell dir dieses Szenario einmal vor. Wir unternehmen nichts. Wir lassen es gut sein und stochern nicht mehr in der Vergangenheit deines Großvaters herum. Wir fahren heute Abend zurück nach England, und das war's. Wir reden nicht mehr von Maryse. Fragen uns nicht weiter, welche Rolle sie im Leben deines Großvaters gespielt hat. Wir ziehen einen Schlussstrich unter alles.« Er legte eine Pause ein und sprach erst dann weiter. »Glaubst du, du bist in der Lage dazu, ohne dich je zu fragen, ob mehr an der Geschichte dran war?«

Sie dachte über die Vorstellung nach und ließ sich Zeit mit der Antwort. »Ich glaube schon. Ich finde, ich kann Gramps einfach seinen Erinnerungen überlassen. Seine Geheimnisse im Verborgenen lassen.«

Kapitel 55

Arthur sah die Kleine nicht gern so verdrossen. Eigentlich wirkten alle im Haus schlecht gelaunt. Er wusste, dass er heute mit einem Auto unterwegs gewesen war, doch er war sich nicht ganz sicher, wo er gewesen war oder warum. Er erinnerte sich vage daran, dass das Mädchen ihn begleitet hatte, und als sie wieder zu Hause waren, hatte sie lange mit der Schwester geredet, die ihrerseits oft die Stirn gerunzelt und geseufzt hatte. War auch ein Pfarrer hier? Ab und zu hatte er einen Blick auf eine weibliche Pfarrerin erhascht, die hier im Wohnzimmer saß, aber das konnte nicht stimmen, oder? Danach war die Kleine nach oben gegangen, und, nun ja, was danach passiert war, wusste er nicht. Er wusste nur, dass er in seinem Sessel saß und das Zimmer leer war, doch das war nicht das Problem. Es war das Haus. Es fühlte sich nicht so an wie sonst. Er versuchte, genau zu benennen, was fehlte oder anders war, doch die Antwort entzog sich ihm.

Der Hund kam herein, setzte sich vor Arthur hin und sah ihn aus großen Rehaugen flehend an.

»Ich habe keine Leckerbissen für dich. Sinnlos, mich so anzuschauen. Um Leckerlis zu kriegen, muss man ein braver Hund sein.« Arthur dachte kurz nach und betrachtete das Päckchen Vollkornkekse auf dem Tisch. »Ich glaube, ich habe auch keine Leckerbissen verdient.«

Emotionen stiegen in ihm auf und schnürten ihm den Hals zu, und er schluckte heftig, als eine Klarheit über ihn kam, wie er sie lange nicht erlebt hatte. Jetzt wusste er wieder, was die Kleine und er unternommen hatten, dass sie ein Taxi genommen hatten, um zu der Pfarrerin zu fahren. Yvette! Sie versuchten herauszufinden, was aus den Kindern geworden war, die er vor vielen Jahren in diesem knatternden Flugzeug nach England mitgenommen hatte.

Er wünschte, er wüsste, wie seine Geschichte ausgegangen war und was aus den Menschen geworden war, die er liebte. Was auch immer passiert war, er wünschte nur, er wüsste Bescheid. Er wollte seine Tage nicht beschließen, ohne es zu erfahren. Das wäre das Schlimmste, und im Moment ermunterte ihn nur die Hoffnung auf eine Art Abschluss, sich ans Leben zu klammern.

Am Horizont seines Bewusstseins begann Nebel aufzuziehen, der seine klaren Gedanken und die Erinnerungen, die er bewahrte, trübte. Verdammt sollte sein dummes Hirn sein!

Kapitel 56

Juni 1947

Sobald die Fähre in Saint-Malo anlegte, stieg Arthur aus und hielt inne, um die Umgebung auf sich wirken zu lassen. Das letzte Mal war er unter ganz anderen Umständen und auf einem viel unorthodoxeren Weg nach Frankreich gelangt. Wenigstens brauchte er heute nicht mitten in der Nacht, nur mit dem Mond als Lichtspender, mit dem Fallschirm aus einem Flugzeug abzuspringen. Er dachte an Freddie und daran, wie aufgeregt sie darüber gewesen waren, eine Mission hinter den feindlichen Linien zu unternehmen. Gott, wie jung und naiv sie gewesen waren! Sie hatten geglaubt, Großes zu leisten und als Helden zurückzukehren.

»*Passeport, Monsieur?*« Ihren Pass, Monsieur. Die Stimme des französischen Beamten unterbrach seine Gedanken.

Er durfte nicht allzu viel an Freddie denken, das war nie gut für seine Stimmung. Drei Jahre war der VE-Day – der Tag des Sieges in Europa – jetzt her, und endlich hatte Arthur genug Geld gespart, um nach Frankreich zurückzukehren und sein Versprechen zu erfüllen, das er Maryse gegeben hatte. Er hoffte, dass es nicht zu spät war, doch mehr als alles andere hoffte er, sie zu finden. Er wollte einfach nur die Gewissheit haben, dass sie in Sicherheit war und ihr nichts zugestoßen war, nachdem er sie auf dieser Flugpiste zurückgelassen hatte.

Sobald er die Passkontrolle passiert hatte, zog er den Zettel aus der Tasche, auf dem er sich den Weg nach Sérent notiert hatte. Die Busfahrt würde mehrere Stunden dauern, doch eine andere Möglichkeit existierte nicht. Frankreichs Infrastruktur war heute besser als beim Abzug der Deutschen, doch in den ländlichen Regionen war noch viel zu tun.

Als Arthur seinen kleinen Koffer auf die Gepäckablage über seinem Platz hievte, zuckte er zusammen. Der französische Arzt hatte gute Arbeit geleistet und seinen Arm gerettet, und der Chirurg bei der Armee hatte sich sogar noch besser dabei geschlagen, seine zersplitterten Knochen wieder zusammenzuflicken, aber die Kugel hatte so viel Schaden angerichtet, dass sein Arm nie wieder hundertprozentig der alte sein würde. Als er seinen Sitz im Bus einnahm, erhaschte er einen Blick auf sein Spiegelbild im Fenster. Er sah ein wenig anders aus als bei seinem letzten Aufenthalt hier. Er trug Zivilkleidung, sein Haar war ordentlich geschnitten und sein Gesicht glatt rasiert. Kurz fragte er sich, ob Maryse ihn überhaupt wiedererkennen würde – falls er sie denn fand.

Auf den Brief, den er an ihre Heimatadresse geschickt hatte, hatte er keine Antwort erhalten. Jeden Tag in der Frühe hatte er auf den Postboten gewartet. Zuerst mit der Erwartung, einen Brief mit einer französischen Marke zu bekommen, doch als die Tage sich zu Wochen dehnten, hatte er aufgehört, damit zu rechnen, und nur noch gehofft. Seine Aufregung, wenn er hörte, wie es im Briefkasten klapperte und die Post auf die Fußmatte fiel, wurde mit jeder Zustellung zerschmettert, wurde dünner und verschwand schließlich, als seine Hoffnung sich auflöste. Er konnte nur von zwei Umständen ausgehen: Entweder hatte sie seinen Brief gar nicht bekommen, oder – und es schmerzte ihn, diese Möglichkeit in Betracht zu ziehen – sie wollte ihm nicht antworten. Was immer davon zutraf, er musste Bescheid wissen. Er hatte ihr ein Versprechen gegeben, und er wollte verdammt sein, wenn er es brechen würde.

Mehrere Stunden später holperte der dritte Bus, in den Arthur hatte umsteigen müssen, endlich nach Sérent hinein. Vor der Kirche stieg er aus. Es war zehn nach eins, und das ruhige kleine Dorf schlief, da die Einheimischen ihre gemächliche, ein oder zwei Stunden dauernde Mittagspause einlegten. Die Gebäude schienen ziemlich gut in Schuss zu sein und hatten im Krieg sehr wenig dauerhafte Schäden davongetragen. Wie Arthur inzwischen wusste, war die Bretagne ungefähr vierzig Tage nach den Landungen in der Normandie endlich aus den Klauen der Deutschen befreit worden. Zu seinem Pech war er, nachdem er Maryse in jener Nacht zurückgelassen hatte, nie wieder nach Frankreich zurückgekehrt. Durch seinen verletzten Arm war er nicht mehr für den aktiven Dienst geeignet gewesen. Einen Schreibtischjob hatte er erledigen können, doch ausgefüllt hatte ihn diese Tätigkeit nie. Er war kein Mann, der gern herumsaß und einen Stift über ein Stück Papier schob, aber da hatte er nichts mitzureden gehabt.

Der Fußmarsch vom Dorf zum Bauernhof dauerte über eine halbe Stunde, und die heiße Sommersonne machte es ihm nicht eben leicht. Am liebsten hätte Arthur die Jacke ausgezogen, doch er widerstand dem Drang, denn er wollte schick aussehen, wenn er zum Haus kam und Maryse sah.

Der staubige Pfad, der von der Straße zum Haus führte, schien länger zu sein, als Arthur ihn in Erinnerung hatte, doch als er um die Ecke bog, kam endlich das Gebäude in Sicht.

Nur ein paar Jahre waren vergangen, doch der Hof wirkte vollkommen anders, als er ihn verlassen hatte. Sein Blick wanderte zu dem Lagerraum an der Seitenwand des Hauses. Die Tür baumelte an einem Scharnier, und das Dach war in der Mitte tief durchgesackt.

Das Haus selbst wirkte vernachlässigt. Farbe blätterte von den hölzernen, geschlossenen Läden vor den Fenstern ab. Er brauchte nicht zur Haustür zu gehen, um zu wissen, dass das Haus unbewohnt war. Doch seine Füße bewegten sich wie von allein, und ehe er sichs versah, lag seine Hand auf der Türklinke. Er drehte den

Knauf, doch das Schloss klemmte entweder, oder es war abgesperrt. Hier befand sich kein Briefschlitz, durch den er hätte hindurchschauen können, doch Arthur klopfte trotzdem an die Tür – nur um sicherzugehen. Niemand öffnete. Damit hatte er auch nicht gerechnet.

Arthur ließ seinen Koffer auf der Türschwelle stehen und ging zur Rückseite des Hauses. Alle Fensterläden waren geschlossen, und in den Ecken hingen Spinnweben, die schon länger nicht entfernt worden waren.

Die Büsche, Hecken und Blumenbeete waren alle überwuchert und ungepflegt und ließen den ganzen Hof vernachlässigt und heruntergekommen wirken. Hier hatte eindeutig schon lange niemand mehr gelebt.

Arthur sank das Herz. Höchstwahrscheinlich hatte sein Brief Maryse nie erreicht.

Er erhaschte einen Blick auf den Briefkasten, der am Torpfosten am Anfang der Auffahrt hing, und rannte zu dem verbeulten Metallkasten. Der Vorderteil war noch intakt und abgeschlossen. Arthur zog ein kleines Federmesser aus der Hosentasche, das er immer bei sich trug, seit er ein Junge gewesen war, klappte eine der Klingen aus und stieß sie in das Schloss. Mit ein wenig Überzeugungskraft gelang es ihm schließlich, es zu öffnen. Im Inneren lagen mehrere Briefe, und den obersten erkannte er sofort wieder. Es war der Brief, den er Maryse geschickt hatte.

Er zog die Briefe hervor und blätterte sie durch. Die anderen waren alle an Hugo adressiert. Keiner trug Maryses Namen oder den ihrer Eltern. Arthurs Hoffnungen waren zerschmettert, er wusste nicht mehr weiter. Seine Suche nach ihr war in einer Sackgasse geendet. Er legte Hugos Briefe zurück, schob die Tür zu und ließ den Brief an Maryse in seine Tasche gleiten.

Langsam ging er über den Hof. Vor seinem inneren Auge zogen die vielen Erinnerungen an die Wochen vorüber, in denen er sich während des Kriegs hier versteckt hatte. Nie hätte er damit gerechnet, zurückzukehren und den Bauernhof verlassen vorzufinden. Leer.

Nur der Geist seines Kumpels Freddie wachte jetzt noch über diesen Ort. Er ging hinunter zu der Stelle, an der der Boden nach rechts zum Waldrand hin abfiel. Es mochte ein paar Jahre her sein, doch er erinnerte sich noch genau daran, wo Freddie begraben war. Wie hätte er das auch vergessen können? Es hatte sich für immer in sein Gedächtnis eingebrannt.

Arthur zählte die Bäume, maß seine Schritte ab und kam zwischen zwei Pinien zum Stehen. Von hier aus war keine Spur davon zu erahnen, was sich im Boden verbarg. Kein Kreuz markierte die letzte Ruhestätte seines Kameraden. Arthur ließ sich auf die Knie sinken und fühlte sich an den Tag zurückversetzt, an dem er seinen Zorn und Kummer an dem Boden ausgelassen und auf die harte Erde eingehackt hatte, um ein Grab für Freddie auszuheben.

»Hallo Freddie, Kumpel. Bist du noch da?« Er strich mit der Hand über die harte Erde, so, wie man vielleicht ein Kind beruhigt, das sich regt und aus dem Schlaf erwacht. »Hab dir doch gesagt, ich komme wieder.« Sanft klopfte er auf den Boden. »Ist alles ein bisschen anders als beim letzten Mal, als ich hier war. Verdammt viel ruhiger, so viel ist sicher. Ivy und der kleinen Vera ging es gut, als ich sie zuletzt gesehen habe. Du fehlst ihnen, aber bei ihnen ist alles in Ordnung.« Unerwartet traten Arthur Tränen in die Augen. Er schniefte und blinzelte sie weg. »Verflixt, schau mich an. Keine Ahnung, ich werde noch weinerlich werden und dir etwas vorheulen.« Er neigte den Kopf und nahm sich einen Moment, um sich zu fassen, bevor er aufstand. »Hör mal, Kumpel, ich muss los. Schlaf gut, Freddie.«

Seufzend sah er über das Tal und den Fluss hinaus, der am Rand des Grundstücks entlangfloss. Wieder erfüllten ihn tausend Eindrücke von Maryse und ihm, als sie hier gewesen waren – wie sie zusammen gelacht, sich geliebt, gemeinsam geweint hatten. Wie sie einfach zusammen gewesen waren. Das war ihr besonderer Ort gewesen. Die Stelle, an die sie sich vor dem Grauen des Krieges flüchten und ein paar kostbare Augenblicke lang so tun konnten, als wäre das Leben nicht voller Schrecken.

Er fuhr sich durchs Haar, lockerte seine Krawatte und öffnete seinen Hemdkragen. Wo sollte er anfangen, nachdem er Maryses Spur jetzt endgültig verloren hatte? Er hoffte inständig, dass seine schlimmsten Befürchtungen nicht wahr werden würden. Er verbannte die Vorstellung aus seinem Kopf, so wie immer. Er durfte sich nicht erlauben, darüber nachzudenken, dass ihr etwas Schlimmes zugestoßen war. Diesen Gedanken wies er weit von sich.

Arthur zog die Jacke aus und hängte sie sich über den Arm. Mit frischer Entschlossenheit wandte er sich ab. Vielleicht würde er die Antwort im Dorf finden. Jemand dort würde bestimmt Bescheid wissen. Er beschloss, mit dem Geistlichen anzufangen.

Er drehte sich um und ging zielbewusst zurück zum Bauernhaus. Als er näher kam, wurde ihm klar, dass am Tor jemand stand und auf ihn wartete.

Kapitel 57

Nach Maddys Entscheidung, nicht weiter nach Maryse und ihrer Familie zu suchen, verlief der Rest des Vormittags in gedrückter Stimmung. Maddy konnte die Traurigkeit nicht abschütteln, die sich über sie gelegt hatte wie eine schwere Decke. Sie wusste, dass sie die Zeit mit Joe eigentlich so gut wie möglich genießen sollte, denn wenn sie wieder zu Hause waren, würde sie nichts anderes zu tun haben, als sich um Gramps und Esther zu kümmern.

Joe tat sein Bestes, um sie aufzumuntern, doch sie merkte ihm an, dass ihm langsam die Ideen ausgingen. Es war wirklich unfair von ihr.

»Tut mir leid, ich bin keine gute Gesellschaft«, sagte sie, als sie gepackt hatten und die Abfahrtszeiten der Fähre und ihre Tickets überprüft hatten.

»Hey, wir dürfen uns alle manchmal enttäuscht und traurig fühlen.«

»Ich weiß. Und mein logischer, vernünftiger Verstand sagt dasselbe.«

»Aber dein unlogischer, verrückter Kopf behauptet etwas anderes?«

»Ich muss immer daran denken, was du gesagt hast. Ob ich jetzt nach England zurückkehren und einen Schlussstrich unter alles ziehen könnte. Habe ich das Rätsel gelöst?« Sie schloss den Reißverschluss ihres Rucksacks. »Ich bin mir nicht sicher, ob ich das alles vergessen kann. Ich habe einfach das Gefühl, dass etwas fehlt. Etwas, was wir noch nicht entdeckt oder betrachtet haben. Keine Ahnung, was das ist, aber das hier kann nicht das Ende der Geschichte sein.«

Joe drehte sie so um, dass sie ihn ansah, und nahm ihre Hände. »Manch einer würde das für Wunschdenken halten.«

»Kann schon sein. Aber was, wenn ich recht habe?«

»Was, wenn du dich irrst?«

»Woher soll ich das wissen?«

Sie sahen einander lange an. Joe überließ ihr die Entscheidung. Ihr gefiel die Vorstellung, dass er nicht versuchte, sie in die eine oder andere Richtung zu beeinflussen.

»Wie schon gesagt, es liegt bei dir«, sagte Joe.

Sie schluckte heftig, um ihren trockenen Mund zu befeuchten. »Wie weit liegt Vannes entfernt, zeitmäßig?«

»Höchstens dreißig Minuten.«

»Und unsere Fähre? Wann müssen wir einchecken?«

»Heute Abend um halb elf. Für den Weg brauchen wir drei Stunden. Das heißt, wir müssten spätestens um halb acht in Vannes aufbrechen.«

Maddy warf einen Blick auf ihre Armbanduhr. »Wenn wir jetzt fahren, könnten wir um Viertel nach eins in Vannes sein.«

»Jep.«

»Und du glaubst, du könntest die Adresse eines ihrer Kinder finden?«

»Hab ich schon.« Er zog sein Handy aus der Tasche und wedelte damit durch die Luft.

»Ich bin beeindruckt.«

»Nur für den Fall, dass du es dir anders überlegen würdest.«

»Ich habe meine Meinung nicht geändert – nur mein verrückter Kopf ist dagegen.«

»Ich hatte gehofft, dass das passiert.« Er grinste sie an. »Komm schon, fahren wir!«

Die Fahrt nach Vannes verlief reibungslos, sie hatten den Berufsverkehr vermieden.

»Ich habe eine Adresse auf der gegenüberliegenden Seite von Vannes«, sagte Joe, während er das Auto nach den Anweisungen des Navis steuerte. »Sie befindet sich in einem kleinen Küstendorf südwestlich von Vannes. Ich habe es mir im Internet angesehen. Anscheinend ist es bei Touristen beliebt. Es hat einen kleinen Hafen mit einer künstlichen Lagune und einem Sandstrand. Wenn wir Zeit haben, können wir vielleicht hinuntergehen und uns das anschauen.«

»Klingt nach einer guten Idee. Wir können feiern oder uns gegenseitig leidtun, je nachdem, wie die Begegnung verläuft. Du hast gesagt, es sei Thomas, ihr Sohn?«

»Ja, richtig.« Joe bremste den Wagen ab und bog nach rechts ab. »Und das ist die Straße.«

Langsam fuhren sie die baumbestandene Straße entlang und suchten nach dem Haus Nummer 43. Vor einem freistehenden Haus mit grauem Schieferdach und weiß getünchten Wänden hielten sie an. Vom Dach aus schienen zwei Mansardenfenster auf sie hinunterzusehen. Eine kleine Treppe, unter der sich ein Carport befand, führte zur Haustür hinauf.

»Ich bin plötzlich nervös, als wäre das keine gute Idee«, gestand Maddy.

»Soll ich zuerst hingehen und mit ihm reden?«

»Wahrscheinlich komme ich besser mit. Du scheinst vergessen zu haben, dass deine Sprachfähigkeiten dazu nicht ganz ausreichen könnten.«

»Ach ja, gutes Argument.«

Unruhig warteten sie auf der Türschwelle, während Joe klingelte. Als die Tür geöffnet wurde und ein älterer Mann sie empfing, holte Maddy tief Luft. Ihr war sofort klar, dass sie Maryses Sohn vor sich hatte – sie sah es ihm an den Augen an, die genau die gleichen waren, wie sie sie auf Maryses Fotos gesehen hatte.

»*Monsieur Pavard? Thomas Pavard?*«, erkundigte sich Maddy und lächelte dem Mann zu.

»*Oui*«, gab er zurück und blickte skeptisch zwischen den beiden Besuchern hin und her.

»*Bonjour, Monsieur Pavard*«, begann Maddy. Dann stellte sie sich vor und schilderte kurz ihr Anliegen. »Wir sind gekommen, weil wir glauben, dass mein Großvater, Arthur Pettinger, während des Krieges gut mit Ihrer Mutter befreundet war – Maryse Dupont, wie sie damals hieß.«

»Ja, das ist ihr Name. Maryse Dupont, später Maryse Pavard«, gab der Mann zurück. Er klang zurückhaltend, und Maddy spürte, dass es ihm widerstrebte, über seine Mutter zu reden.

»Das ist ein ziemlich sensibles Thema, aber wir glauben, dass mein Großvater und Ihre Mutter enge Freunde waren. Mein Großvater spricht oft von ihr. Er hat nie erfahren, was nach dem Krieg aus ihr geworden ist, und wir versuchen, das herauszufinden. Er ist alt, und ich glaube, es würde ihm viel Trost schenken, wenn er Bescheid wüsste.«

Die Miene des Mannes verhärtete sich weiter. »Ich weiß nichts darüber. Gar nichts.«

»Arthur Pettinger – hat Ihre Mutter ihn Ihnen gegenüber je erwähnt?« Maddy begann der Mut zu verlassen. »Sagt Ihnen der Name irgendetwas?«

»Was hier im Krieg passiert ist, liegt in der Vergangenheit und sollte auch dort bleiben. Es geht weder Sie noch mich etwas an.«

»Was ist los?«, fragte Joe halblaut.

Doch bevor Maddy Zeit zum Übersetzen hatte, hatte Thomas Pavard die Tür schon geschlossen. Maddy stieß ein frustriertes Stöhnen aus, drehte sich auf dem Absatz um und ging zum Auto zurück.

»Ich nehme mal an, er will nicht mit uns reden«, sagte Joe und glitt auf den Fahrersitz. »Tja, das kommt manchmal vor.«

»Es ist so frustrierend!« Maddy seufzte. »Und ich hasse es, wie ich zwischen Niedergeschlagenheit und Hoffnung hin- und wieder zurückpendeln muss. Wahrscheinlich hatte ich eine romantische Vorstellung davon im Kopf, Maryse wäre noch am Leben und wolle Gramps sehen oder dass ihr Sohn wenigstens erzählen würde, wie sehr sie Gramps geliebt hat. Das wäre etwas, mit dem ich zu Gramps zurückkommen und ihm eine Art Trost und einen Abschluss liefern könnte.« Sie lehnte sich zurück an die Kopfstütze und schloss die Augen. »Ich bin eine blöde Romantikerin, die aufhören muss, an Happy Ends wie im Märchen zu glauben. Sieh dir an, was ich davon habe.«

»Es hat dich hierhergeführt – und zu mir«, sagte Joe.

Maddy schlug die Augen auf und sah ihn an. Sie war sich nicht sicher, ob er sie aufzog, doch ausnahmsweise wirkte sein Blick ernst. »Wie soll das ein glückliches Ende sein?«

»Das kann es werden, wenn du mir wieder vertraust. Sieh mal, ich weiß, dass ich es nicht verdiene. Dass ich dich nicht verdiene. Aber weißt du noch, als ich gelobt habe, nichts zu versprechen, was ich nicht halten kann?«

Maddy nickte, und ihr Herz überschlug sich. »Ja.«

Joe räusperte sich. »Ich verspreche, dich nie wieder zu enttäuschen, weder dich noch Esther.«

»Ach, Joe … ich weiß nicht, was ich sagen soll. Ich möchte Ja sagen, aber ich habe Angst.«

»Ich weiß, und ich habe keine Ahnung, wie ich dafür sorgen soll, dass du dich nicht davor fürchtest, mir zu vertrauen. Ich dachte, wenn ich nur lange genug in deiner Nähe bin, wenn ich immer wieder auftauche und für dich da bin, könnte ich anfangen, dein Vertrauen zurückzugewinnen.«

»Ich glaube, es funktioniert.«

»Mehr brauche ich gerade nicht zu wissen. Wir können alles entspannt und langsam angehen. Keine Eile. Kein Druck. Du gibst das Tempo vor.«

Maddy streckte den Arm aus und fasste Joes Hand. »Danke.«

Schweigend ließen sie Vannes hinter sich. Maddy dachte noch einmal über das nach, was Joe gesagt hatte. Eigentlich hätten bei ihr alle Alarmglocken läuten sollen, und sie dürfte nicht einmal auf die Idee kommen, Joe und sie könnten wieder zusammenfinden. Doch ihr Herz wollte nicht das Geringste von diesen vernünftigen Vorhaltungen hören.

Um sich von diesen Gedanken abzulenken, zog sie ihr Handy aus der Tasche, hielt es von sich weg und schoss ein Selfie von Joe und sich. Er grinste in die Kamera, und Maddy machte mehrere Bilder.

Als sie sie noch einmal durchsah, fiel ihr ein neues Foto im iCloud-Stream auf, das sie noch nie gesehen hatte. Mit zusammengekniffenen Augen musterte sie es.

»Was ist das?«, fragte Joe und warf einen kurzen Blick auf das Bild.

»Mein Handy und Esters iPad teilen dieselbe Cloud für unsere Fotos, damit wir sehen können, was die andere aufgenommen hat. Eigentlich habe ich sie wegen der Onlinesicherheit eingerichtet, du weißt schon, weil Esther diesen Vlog hat.«

»Okay … Dann hat sie das Foto gemacht?«

»Ja. Es sieht nach einer Namensliste aus.« Maddy keuchte auf.

»Was ist los?«, fragte Joe und musste schnell seine Fahrtrichtung korrigieren. »Was ist passiert, Maddy?«

»Es ist ein Register«, sagte sie. »Eine Liste von Kindern, die im Krieg in die Gemeinde Little Paxton evakuiert worden sind. Das müssen Esther und Gramps dort gesucht haben. Esther muss irgendwie Gelegenheit gehabt haben, die Seite abzufotografieren.« Sie überflog die Namen. »Da!«

Inzwischen war Joe dabei, den Wagen in eine Seitenstraße zu lenken. »Was denn?«

»Der Name! Yvette Rochelle. Der Name, den Gramps immer wieder gesagt hat. Das Kind, um das er sich Sorgen gemacht und von dem er gesagt hat, dass er wissen muss, was aus ihm geworden ist!«

»Verflucht und zugenäht!«, murmelte Joe. »Esther ist ja eine richtige Miss Marple. Sie muss unbedingt für mich arbeiten.«

»Oh mein Gott, das wirst du nicht glauben!« Maddy fasste es selbst kaum. »Hier steht, dass Yvette Rochelle von Maryse Dupont abgeholt und zurück nach Frankreich gebracht wurde. Und da steht noch ein weiterer Name in Klammern. Jean-Paul Rochelle.«

»Ihr Bruder«, sagte Joe. »Da bist du aber auf Gold gestoßen. Irgendwie steht Gramps in Verbindung zu diesen Kindern. Er muss sie nach England geholt haben, und sie sind ins Evakuierungsprogramm gekommen. Und dann, nach dem Krieg, kommt Maryse, findet sie und bringt sie zurück nach Frankreich.«

»Die Fahrkarten!«, rief Maddy aus. Sie zog den Umschlag hervor, den Colette ihnen gegeben hatte, und durchwühlte den Inhalt, bis sie die Busfahrkarten fand. Sie hielt sie Joe hin.

»Deswegen wurden drei Tickets in St. Neots gekauft«, sagte Joe aufgeregt. »Sie sind für sie und die Kinder.«

»Wir müssen herausfinden, was aus diesen Kindern geworden ist«, sagte Maddy. »Wenn ich Gramps gute Nachrichten von ihnen bringen kann, wiegen sie vielleicht die schlechten über Maryse auf.«

»Finde ich auch, aber mach bitte langsam«, warnte Joe sie. »Einen Schritt nach dem anderen.«

»Ich weiß, aber denk daran, dass ich hoffnungslos romantisch bin und an ein glückliches Ende glaube.«

Joe lächelte. »Ich tue mein Bestes. Jetzt lass mich mal sehen, ob ich eine Adresse oder irgendwelche Informationen über Yvette Rochelle auftreiben kann.«

Es brauchte einen weiteren Anruf bei seinem Kontakt in Frankreich und dann eine quälende Wartezeit von einer Dreiviertelstunde, in der sie ziellos umherfuhren, um die Zeit totzuschlagen, bis sie die Information erhielten, auf die sie hofften.

Als Joe den Anruf beendet hatte, strahlte er Maddy an. »Yvette Tresor, geborene Rochelle, und ihr Bruder Jean-Paul wurden 1946 von Maryse Dupont nach Frankreich zurückgeholt. Dann, ein Jahr später, hat Maryse einen gewissen Gilbert Pavard geheiratet, und die beiden haben Yvette und Jean-Paul adoptiert.«

»Wow, das ist ja großartig!« Maddy war voller Bewunderung für das, was Maryse getan hatte. »Aber was ist mit Thomas? Wie passt er in das Ganze hinein?«

»Richtig, lass uns das kurz überprüfen«, sagte Joe und scrollte durch das Dokument, das sein Kontaktmann gemailt hatte. »Da haben wir es ja … Oh, das ist interessant!«

»Was?« Maddy sah Joe an, dass er in seinen Historikermodus verfallen war und sich in der Recherche verlor.

»Also«, sagte er. »Dieser Information zufolge, an der zu zweifeln ich keinen Grund habe, haben Maryse Dupont und Gilbert Pavard im September 1947 geheiratet, und im selben Monat haben die Pavards Yvette und Jean-Paul Rochelle adoptiert. Dann, ein halbes Jahr später, wurde Thomas Pavard geboren.«

Maddy rechnete nach. »Dann wäre Maryse im dritten Monat schwanger gewesen, als sie Gilbert Pavard geheiratet hat.«

»Genau.«

Ein paar Minuten wirkte Maddy nachdenklich, dann sprach sie schließlich weiter. »Ich hoffe, dass sie glücklich war und aus den richtigen Gründen geheiratet hat. Ich mag gar nicht daran denken, dass sie auf Gramps gewartet hätte, wenn sie nicht schwanger geworden wäre.«

»Verpasste Gelegenheiten. Umstände, die sich gegen sie verschworen hatten. So etwas kommt vor. Menschen leben mit Dingen, die sie bereuen. Das heißt zwar nicht, dass sie nicht glücklich werden und den Rest ihres Lebens genießen können, aber ein Teil von ihnen wird sich immer fragen, ob es auch anders hätte kommen können.«

Maddy wandte sich Joe zu. »Ich will nicht in so einer Grauzone leben und mich immer fragen, was hätte sein können.«

»Ich auch nicht.« Er beugte sich im Auto zu ihr herüber und küsste sie sanft auf die Lippen. Dann zog er sich zurück und wurde wieder nüchtern wie immer. »Ich bin meinem Kontakt auf jeden Fall einen Drink schuldig, wenn ich ihn das nächste Mal sehe. Dieses Mal hat er einen Volltreffer gelandet.«

»Wie meinst du?«, fragte Maddy und versuchte, sich wieder zu konzentrieren und nicht von ihren immer wieder hochkommenden Gefühlen für Joe und ihren Hoffnungen darauf, was sein könnte, überwältigen zu lassen.

»Ich habe eine Adresse von Yvette, und … meinem Navi zufolge liegt sie nur eine Viertelstunde von hier entfernt, in Vannes selbst. Und … wow! Es sieht sogar aus, als wäre das tatsächlich das Haus, in dem Maryse während ihrer Ehejahre gelebt hat.«

»Dann treffen wir sie vielleicht sogar an! Das wird ja immer erstaunlicher! Denk doch nur, wir werden ein Haus betreten, in dem Maryse selbst gelebt hat. Wandeln buchstäblich auf ihren Spuren.«

»Aha, du hast dir das Virus eingefangen«, sagte Joe grinsend.

»Das Virus?«

»Das Geschichtsvirus. Der Gedanke, so weit wie möglich durch die Zeit zu reisen. Momente aus einer längst vergangenen Zeit zu erleben, auch wenn sie sich teilweise nur im eigenen Kopf abspielen.«

»Kommt mir wie ein nettes Virus vor.«

»Es ist unheilbar, verstehst du.«

»Damit kann ich leben.« Sie grinste und war unendlich froh darüber, dass sie zufällig auf das Foto in der iCloud gestoßen war. Vor Erwartung hatte sie Schmetterlinge im Bauch. »Ich glaube, dass diese Begegnung gut verlaufen wird«, sagte sie, während Joe das Navi neu einstellte.

Das Haus, vor dem sie parkten, war ein wunderschönes freistehendes Gebäude mit Doppelfront und drei Stockwerken. Hellblaue Läden flankierten alle Fenster, und wie es typisch für die Region war, war das Äußere des Hauses verputzt und weiß gestrichen. Eine Auffahrt führte durch ein zweiflügeliges Tor zu einem Wendehammer. In der Mitte des Rasens stand eine hohe Andentanne, und Büsche und Sträucher säumten die Wiese auf beiden Seiten. Rechts und links der blassblauen Haustür wuchsen riesige Hortensien.

Joe stieß einen leisen Pfiff aus. »Imposantes Haus. Nicht übel für eine Lehrerin.«

»Es sieht aus, als könnte es irgendwann wirklich ein Schulhaus gewesen sein«, sagte Maddy.

»Ich würde sagen, dass Monsieur Pavard ein reicher Mann war.«

»Oh, sieh doch, da ist jemand!«, sagte Maddy, als die Tür sich öffnete und eine Frau mit zurückgebundenem grauem Haar herauskam. Sie trug ein Kleid mit Blumenmuster, schaute zu Maddy und Joe herüber und winkte sie dann durch das Tor.

»Sind Sie Maddy Pettinger?«, fragte sie, als sie ausstiegen. Ihr perfektes Englisch, das kaum eine Spur eines französischen Akzents aufwies, verblüffte Maddy.

»Ähm ... ja. Und Sie sind Madame Yvette Tresor?«

»Ja, das stimmt.« Sie sah Joe an.

»Das ist mein Freund Joe Finch. Er unterstützt mich«, sagte Maddy.

Yvette schenkte Maddy ein herzliches Lächeln. »Ich bin so froh, dass Sie gekommen sind! Mein Bruder Thomas hat mich angerufen und erzählt, dass Sie bei ihm waren.«

»Genau.« Maddy war sich unsicher, wie sich das alles entwickeln würde. Thomas war geradezu feindselig gewesen, während Yvette eindeutig zugänglicher war. »Er war nicht besonders froh, uns zu sehen.«

»Nein. Falls er unhöflich zu Ihnen war, muss ich mich entschuldigen. Mein Bruder und ich ... Wenn ich Bruder sage, meine ich natürlich nicht, dass wir blutsverwandt sind ... Thomas' Eltern haben meinen leiblichen Bruder Jean-Paul und mich adoptiert, aber das wissen Sie wahrscheinlich schon.«

Maddy nickte. »Wir haben die Verbindung allerdings gerade

erst hergestellt. Ursprünglich wollten wir mit Thomas über Ihre Adoptivmutter reden, aber dann haben wir Sie gefunden. Es ist ein wenig kompliziert.«

»Ansichtssache«, erwiderte Yvette. »Sobald man alle Fakten kennt, ist es ganz einfach. Thomas und ich sind verschiedener Meinung, wenn es darum geht, über die Kriegs- und Nachkriegszeit zu reden. Wir haben unterschiedliche Erfahrungen gemacht, und Thomas mag ja wissen, was Jean-Paul und ich durchgemacht haben, aber das ist nicht dasselbe, als hätte man es selbst erlebt. Bitte, kommen Sie herein, dann können wir weiterreden.«

Maddy wechselte einen aufgeregten Blick mit Joe. Sie folgten Yvette ins Haus und betraten ein großes Empfangszimmer auf der rechten Seite des Gebäudes. Es war geschmackvoll und schlicht mit antiken Möbeln eingerichtet.

»Was für ein wunderschöner Raum!«, sagte Maddy und bewunderte den Kronleuchter, der von der Decke hing, und den offenen Kamin, der so hoch war, dass man darin hätte stehen können. Überall im Raum hingen gerahmte Bilder.

»Danke«, sagte Yvette. »Meine Mutter hatte einen guten Geschmack.«

Maddy blieb wie angewurzelt stehen, als ihr auffiel, dass Yvette die Vergangenheitsform gebraucht hatte. »Ihre Mutter, Maryse, ist sie ... Ist sie hier?«

Yvette lächelte leise, aber ein wenig zittrig. »Leider nicht.«

Maddy spürte, wie Joe ihr eine Hand auf den Rücken legte. »Oh, das tut mir leid«, sagte sie. »Das wusste ich nicht, ich hatte gehofft ...« Sie verstummte, als ihre Hoffnungen darauf zerstoben, die Frau zu treffen, die Gramps einmal geliebt hatte. Sie spürte eine Schwere in ihrem Inneren, die sich ähnlich wie Trauer anfühlte, als ihr klar wurde, dass sie nie Gelegenheit haben würde, direkt in Kontakt zu Gramps' Vergangenheit zu treten.

»Sie ist vor fünf Jahren verstorben«, sagte Yvette. »Bitte, setzen Sie sich doch! Ich sehe, dass das enttäuschend für Sie ist.« Sie bedeutete ihnen, sich zu setzen, während sie an die Anrichte trat und ein gerahmtes Bild in die Hand nahm. Sie hielt es Maddy hin. Es zeigte eine junge, dunkelhaarige Frau, die auf einem Gatter saß und in die Kamera lachte. »Das war Maryse. Auf diesem Bild muss sie um die zwanzig gewesen sein. Bitte, sehen Sie sich ruhig auch die anderen an. Ich koche Kaffee.«

Maddy wollte sich nicht setzen. Die Neuigkeiten hatten sie niedergeschmettert, und sie schlenderte stattdessen durch den Raum, sah die Fotos an und identifizierte die, von denen sie glaubte, Maryse darin zu sehen. Was für eine schöne Frau! Kein Wunder, dass ihr Großvater sie im Gedächtnis und im Herzen bewahrt hatte. Er konnte sie natürlich nur als junge Frau gekannt haben, doch die Fotos hier zeigten sie im Lauf der Jahre, als sie älter geworden war, geheiratet und Thomas bekommen hatte, und die Familienfeiern und besonderen Anlässe, während ihre Kinder selbst erwachsen geworden waren. Und immer, immer lächelte sie. Sie wirkte, als hätte sie das Leben geliebt.

Kurz wurde Maddy das Herz schwer. Sie wusste nicht, was sie erwartet hatte, doch als sie Maryse so glücklich sah, fragte sie sich, ob sie Gramps je vermisst hatte. Hatte sie nicht so an ihn gedacht wie er an sie? War Gramps nur jemand gewesen, zu dem sie eine kurze Beziehung unterhalten hatte?

»Eine umwerfend schöne Frau«, sagte Joe und trat neben sie. Er nahm Maddy das Foto ab, das Maryse im Alter zeigte, und stellte es zurück auf die Kommode. »Alles klar bei dir?«

»Das wird schon. Momentan bin ich schrecklich enttäuscht«, sagte Maddy. »Und jetzt habe ich Angst vor dem, was wir gleich herausfinden werden.«

»Weil es vielleicht nicht das Ende ist, das du dir erhofft hast?«

»Du bist klüger, als gut für dich ist, weißt du das?« Kurz legte sie den Kopf an seine Schulter. »Ich hoffe, das, was wir jetzt herausfinden werden, lässt mich nicht bereuen, dass ich der Sache nachgegangen bin.«

»Wie auch immer es ausgeht, wenigstens weißt du Bescheid, und dann kannst du entscheiden, was du mit dieser Information anfängst. Manchmal ist die Wahrheit zu schmerzhaft. Zu schlimm. Zu erdrückend. Ich habe das schon bei Familien erlebt, mit denen ich gearbeitet habe. Die Leichen im Keller kommen zutage und krempeln das Leben der Leute um. Manchmal zum Besseren, aber häufig zum Schlechteren.«

»Das sagst du mir jetzt.«

»Tut mir leid. Ich versuche nur, dich darauf vorzubereiten.«

»Ich werde schon damit fertig. Solange Gramps davor geschützt ist, bin ich durchaus bereit, als Letzte ein Geheimnis zu bewahren. Das heißt, abgesehen von dir, aber dir vertraue ich.«

Joe lächelte. »Dein Vertrauen ehrt mich.«

Seine Stimme klang nicht neckend oder unernst, sondern vollkommen aufrichtig, und Maddy war auch aus diesem Grund dankbar dafür, dass er bei ihr war.

Yvette kam mit einem Kaffeetablett zurück. Von Joe wusste Maddy, dass Yvette Ende siebzig war. Sie war elegant gekleidet, ihr graues Haar war gut geschnitten, und ein Hauch Make-up und manikürte Nägel vervollständigten ihr kultiviertes Auftreten.

»*Alors*«, begann Yvette, nachdem sie sich mit ihren Getränken gesetzt hatten. »Wahrscheinlich fragen Sie sich, warum ich mich so gefreut habe, Sie zu sehen, und so aufgeregt war.«

Maddy nickte. »Sie haben nicht überrascht gewirkt. Ihr Bruder auch nicht.«

»Nein. Ich warte schon lange darauf.«

»Aber wie ist das möglich? Das verstehe ich nicht«, sagte Maddy.

»Mein Vater war Lehrer an der Dorfschule«, begann Yvette. »Maryse Dupont, wie sie damals hieß, arbeitete mit ihm zusammen. Als der Krieg ausbrach, war sie selbst in der Lehrerausbildung.«

»Das war in Sérent?«, erkundigte sich Joe.

»Richtig«, antwortete Yvette. »Der Krieg war seit ein paar Jahren im Gange, und die Region stand unter deutscher Besatzung. Zuerst war es nicht so schlimm, doch das änderte sich, als die Deutschen begannen, die Juden zusammenzutreiben, und natürlich wussten alle Bescheid über die barbarischen Dinge, die passierten. Nun war mein Vater katholisch, so wie ich, aber meine Mutter war Jüdin. Den einen Tag war sie noch da, und am nächsten war sie fort.« Yvette ließ den Kopf hängen und holte tief Luft. Offensichtlich war das Ganze für sie immer noch schmerzlich, obwohl es so weit zurücklag. »Sie haben meine Mutter eines Tages verschleppt, als ich in der Schule war. Mein Vater war im Unterricht, und jemand kam zur Schule gerannt, um ihm Bescheid zu geben. Wir sind nach Hause gestürzt, aber es war zu spät. Mein Vater kam gerade an, als sie auf die Ladefläche eines Lasters gestoßen wurde. Es war grauenhaft, so furchtbar! Unvorstellbar. Mein Vater hat versucht, die Soldaten aufzuhalten, aber sie haben ihn mit einem Gewehrkolben geschlagen.«

Maddy setzte sich neben Yvette und legte ihr einen Arm um die Schultern. »Das tut mir so leid. Bitte, Sie müssen nicht darüber reden, wenn Sie nicht wollen.«

Yvette richtete sich auf, und ihr Gesicht nahm einen trotzigen Ausdruck an. »Ich werde nie über das schweigen, was passiert ist! Lieber würde ich sterben, als das Andenken meiner Mutter und aller, die unter den Nazis gelitten haben, zu entehren!«

»Natürlich«, sagte Maddy. »Ich kann mir nur mit Mühe vorstellen, wie das gewesen sein muss.«

Die Schultern der Älteren entspannten sich ein wenig, und als sie weitersprach, klang ihre Stimme weicher. »Verstehen Sie, an diesem Punkt sind Thomas und ich uns uneinig. Er hat das alles nicht mit angesehen, aber ich habe es erlebt.«

»Und wir schulden es jedem, der das durchgemacht hat, darüber zu sprechen, damit wir nie vergessen. Eine große Verpflichtung«, sagte Joe. »Es ist wichtig, dass die Welt die Wahrheit erfährt.«

»*Exactement.*« Genau. Yvette nickte Joe fast militärisch zackig zu. »Wie Sie sich vorstellen können, hatte mein Vater schreckliche Angst, dass sie auch Jean-Paul und mich holen würden, obwohl wir getauft und katholisch erzogen waren. Kurz nachdem meine Mutter entführt worden war, haben die Deutschen unser Haus beschlagnahmt. Er hat um uns gebangt. Er hatte Furchtbares darüber gehört, was mit den Juden geschah, daher hat er Maryse um Hilfe gebeten.«

»Um Sie zu verstecken?«

»Ja. Mein Bruder und ich waren noch klein, aber wir verstanden, was los war. Wir wollten uns nicht von Papa trennen, aber er sagte, wir hätten keine andere Wahl. An diesem Tag kam Maryse uns holen, und sie hatte Hilfe von einem britischen Soldaten, den ihre Familie bei sich aufgenommen hatte. Er hatte sich dort versteckt, nachdem er mit dem Fallschirm abgesprungen war. Aber leider wurden er und der andere Soldat verwundet. Nun, jedenfalls war dieser Soldat Ihr Großvater, Arthur.«

»Wow«, flüsterte Maddy, und ein Kribbeln lief ihr über den ganzen Rücken. »Gramps hat Ihnen bei der Flucht geholfen?«

»Ja. Genau so war es. In der Nacht darauf hat man uns zusammen mit Ihrem Großvater in ein Flugzeug gesetzt und nach England ausgeflogen.«

»Und Maryse?«

»Ist nicht mitgekommen. Sie wollte bleiben und mit der *Résistance* kämpfen. Ich weiß noch, wie sie geweint hat, als die Flugzeugtür geschlossen wurde. Ihr Großvater war völlig außer sich. Er war verletzt – eine Schusswunde in der Schulter. Ihm blieb nichts anderes übrig, als nach England zurückzukehren.«

»Was ist danach aus Ihnen geworden?«, fragte Joe.

Maddy vermutete, dass er rasch die Informationen zusammenfügte und ihr wahrscheinlich schon mehrere Schritte voraus war.

»Man hat uns bei unterschiedlichen englischen Familien untergebracht. Meine Familie war nett, aber ich habe mich mitten in East Anglia sehr traurig und allein gefühlt. Ich wünschte mir nur, nach Hause zu fahren, zu Papa.«

»Und Ihr Bruder?«

»Er hat es nicht so gut angetroffen. Seine Familie war arm und hat ihn nicht besonders gut behandelt. Ich habe ihn die ganze Zeit in England nicht gesehen.«

»Wie schlimm für Sie beide!«

»Man dachte, es sei besser, uns getrennt unterzubringen, damit wir uns nicht noch schlechter fühlten«, erklärte Yvette. Sie schüttelte den Kopf und schnalzte missbilligend mit der Zunge. »Nach Kriegsende sind wir noch ein halbes Jahr bei unseren Familien geblieben. Jeden Tag habe ich gefragt, wann wir nach Hause können, und jeden Tag sagte man mir, es sei noch zu früh. Und dann, eines Tages, war es, als wären meine Gebete erhört worden und dieser wunderschöne Engel sei geschickt worden, um mich zu retten.«

»Maryse?«, fragte Maddy leise.

»Ja. Sie war nach England gekommen, um Ihren Großvater zu suchen. Verstehen Sie, sie hat ihn geliebt. Sehr. So sehr! Aber sie konnte ihn nirgends finden.«

Vor Mitgefühl schnürte sich Maddy der Hals zu, und sie schluckte dagegen an. Das war schwerer anzuhören, als sie gedacht hatte. »Aber sie hat Sie gefunden?«

»Ja. Meinen Bruder und mich. Und sie hat uns zurück nach Frankreich gebracht.«

»Und Ihr Vater?«, wollte Maddy wissen.

Tränen traten Yvette in die Augen. Sie blinzelte heftig. »Er ist nicht davongekommen. Die Deutschen haben ihn umgebracht, kurz nachdem sie das Haus beschlagnahmt hatten. Ich bin überzeugt davon, dass er sein Leben geopfert hat, um unseres zu retten, und sich geweigert hat, unseren Aufenthaltsort preiszugeben.«

»Oh, das tut mir so schrecklich leid«, sagte Maddy. Sie griff nach Yvettes Hand.

»Wir sind mit Maryse in ihr Haus zurückgekehrt. Sie hatte ihren Onkel und auch ihren Bruder verloren. Sie hat uns aufgenommen und sich um uns gekümmert. Dann hat sie einen Brief bekommen, in dem stand, Arthur sei seinen Verletzungen erlegen.«

Maddy keuchte auf. »Wer hat ihr das erzählt?«

»Ich erinnere mich nicht. Ein Armeeoffizier, der es gut meinte, vielleicht. Ich weiß nur noch, dass sie viele Tage untröstlich geweint hat. Nach allem, was sie durchgemacht hatte, war das der schwerste Schlag für sie. Ich mag ja noch jung gewesen sein, aber da wusste ich, wie sehr sie den britischen Soldaten geliebt hat.«

Kapitel 58

Juni 1947

Zuerst glaubte Arthur, das könnte Maryse sein – die Sonne schien ihm in die Augen, und es war schwer, die Gestalt zu erkennen. Doch als er sein Gesicht mit der Hand beschattete, sah er, dass er einen Mann vor sich hatte – einen jüngeren, vielleicht in seinem Alter.

»*Bonjour!*«, rief Arthur und hob die Hand zum Gruß.

Der junge Mann wartete, bis Arthur näher kam, und antwortete erst dann. »*Bonjour.*« Er musterte Arthur misstrauisch und fragte ihn dann, was er hier wolle. »*Qu'est-ce que vous faites?*«

»Ich bin auf der Suche nach einer Freundin«, sagte Arthur. »Ich kenne die Familie Dupont. Ich versuche, Maryse Dupont zu finden. Wissen Sie, wo sie alle sind?«

Der Mann sah Arthur aus zusammengekniffenen Augen an. »Wer sind Sie?«

»Arthur Pettinger.« Er streckte die Hand aus, doch der andere nahm sie nicht. »Ich war während des Krieges hier.«

Der Blick des jungen Mannes entspannte sich ein wenig. »Hier?«

»Ja. Ich war verletzt, und die Familie hat sich um mich gekümmert.« Arthur war sich nicht ganz sicher, wie viel er erzählen durfte, aber er hatte das Gefühl, irgendwie auf die Probe gestellt zu werden.

»Allein?«

»Nein. Zusammen mit meinem Freund, doch er hat sich leider nicht von seinen Verletzungen erholt.«

Der Mann schwieg lange, bevor er wieder das Wort ergriff. »Victor Bisset.« Dieses Mal bot er ihm die Hand.

Arthur nahm sie. »Wissen Sie, was aus der Familie geworden ist?«

»Madame Dupont lebt bei ihrer Schwester in Malestroit.«

»Und ihr Sohn?«

Victor schüttelte den Kopf. »Tot. Der Onkel auch.«

Eine düstere Stimmung senkte sich über die beiden.

»Die Deutschen?«, fragte Arthur.

»*Oui*. Zusammen mit drei anderen Dorfbewohnern. Sie haben sie in der Nacht geschnappt, als Sie geflogen sind.«

»Nein!«, hörte Arthur sich ungläubig sagen. Er wollte, dass das nicht wahr war. »Aber der Onkel hatte nichts getan! Er war nicht mal ein aktives *Résistance*-Mitglied.«

Victor zuckte mit den Schultern. »Die SS hat da keinen Unterschied gemacht. General Weber war vernünftiger, aber in dieser Nacht kam die SS. Man hat Hugo und die Männer sehr schlimm behandelt. Sie gefoltert. Geschlagen. Am nächsten Morgen mussten sie sich auf dem Dorfplatz von Sérent aufstellen und wurden erschossen.«

»Ich hatte ja keine Ahnung! Das tut mir so leid«, sagte Arthur. Ihm drehte sich der Kopf. Er wagte kaum, die nächste Frage zu stellen. »Nur die Männer?«

»Falls Sie meinen, ob Maryse verhaftet wurde: nein. Sie konnte entkommen.«

Erleichtert stieß Arthur einen langen Atemzug aus. »Gott sei Dank!«

»Sie hat den Hof geerbt, aber sie ist nie zurückgekommen. Meine Frau meint, sie könne den Schmerz um die Familienmitglieder, die sie verloren hat, nicht ertragen.«

Arthur hatte das Gefühl, dass ihm um ihretwillen das Herz brach. Er konnte sich nicht vorstellen, wie traumatisch das für Maryse gewesen sein musste.

»Wissen Sie, wo sie jetzt lebt?«

»In Vannes. Sie ist Lehrerin an einer Schule.«

»Wissen Sie den Namen der Schule?«

»Tut mir leid, das weiß ich nicht, aber ich glaube, sie liegt in der Nähe der Kirche Sainte-Suzanne. Meine Frau hat sich den Namen gemerkt, weil nicht weit von hier eine Kapelle mit demselben Namen steht.«

»Danke«, sagte Arthur und versuchte, seine Aufregung zu bezähmen. Jetzt hatte er sichere Informationen darüber, wo sie war. Er war ihr einen Schritt näher gekommen. »Ich weiß Ihre Hilfe zu schätzen.« Während er Victor noch einmal die Hand schüttelte, plante er innerlich schon, wie er nach Vannes gelangen und Maryse finden könnte.

Teil 3

Kapitel 59

Die nächtliche Überfahrt zurück nach England war ereignislos verlaufen, doch Joe hatte noch lange wachgelegen und zugesehen, wie Maddy in der Koje gegenüber schlummerte. Das war wirklich ein emotionales Wochenende für sie gewesen, und er war froh, dass er es mit ihr hatte teilen können. Jetzt, im Schlaf, wirkte sie friedlich, und Joe spürte den tiefen Wunsch, sie zu beschützen, aber er war sich nicht sicher, ob sie das überhaupt wollte.

Nein, Maddy wollte eine feste Beziehung mit ihm. Sie wünschte sich jemanden, bei dem sie darauf vertrauen konnte, dass er jeden Tag für sie da war, aber in einer Beziehung von gleich zu gleich. Sie wünschte sich jemanden, der sie liebte, aber auch für Esther da war. Er vermutete ziemlich stark, dass sie all das von ihm wollte, und er wusste mit absoluter Sicherheit, dass er sich genau dasselbe wünschte. Jetzt musste er ihr nur noch beweisen, dass er sich geändert hatte. Vielleicht war »geändert« das falsche Wort – er hatte das Gefühl, jetzt zu wissen, was er wollte. Er hatte es einmal verloren, aus Angst vor der Verpflichtung. Nur Gott wusste, wovor er sich damals gefürchtet hatte, aber was auch immer das gewesen war, es spielte heute keine Rolle mehr. Er hatte Maddy damals geliebt, hatte sie geliebt, als sie fort gewesen war, und er liebte sie jetzt, da sie zurück in seinem Leben war. Es war an ihm, sie davon zu überzeugen, dass er es wirklich ernst meinte.

Während er sich den Kopf darüber zermarterte, was er tun konnte, um sich ihr zu beweisen, musste er schließlich eingenickt sein, denn als Nächstes war es Morgen, und die Aufwachmelodie des Schiffs plärrte durch die Lautsprecheranlage.

»Hey«, sagte Maddy, als er sich umdrehte. Sie saß auf dem Rand ihrer Koje, war schon angezogen und hatte ihr Telefon in der Hand. »Sollen wir noch schnell einen Kaffee trinken?«

»Ja klar. Gib mir fünf Minuten.«

Während er rasch duschte, quälte sich Joe weiter mit der Frage, wie er Maddy davon überzeugen sollte, dass sie sich auf ihn verlassen konnte. Er war mit exakt denselben Gefühlen für sie aufgewacht, wie er sie sich heute Nacht eingestanden hatte, doch als das Wasser auf seine Schultern prasselte, wurde ihm klar, dass er bedächtig vorgehen und sich in Geduld üben musste. Keine Eigenschaften, für die er bekannt war. Doch je länger er über seine verzwickte Lage nachdachte, desto sicherer war er, dass er die Füße stillhalten und darauf warten musste, dass sie von selbst darauf kam. Sie zu bedrängen würde nichts nutzen. Wenn sie ihn immer noch sehen wollte, nachdem die ganze Geschichte mit ihrem Großvater abgeebbt war, dann würde er da sein. Aber er hatte nicht vor, ihr das Leben schwerzumachen und sie unter Druck zu setzen.

Nachdem sie von Bord gegangen und nach Hause gefahren waren, war Joe überzeugt davon, dass das die richtige Vorgehensweise war. Maddy hatte während der Heimfahrt entweder gedöst oder aus dem Fenster gesehen. Sie wirkte tief in Gedanken versunken, und Joe wollte sie nicht bedrängen. Das gehörte alles zu seiner Taktik, sich zurückzuhalten und ihr Freiraum zu lassen. Er hoffte, dass es sich auszahlen würde.

Als sie noch zehn Minuten von Maddys Haus entfernt waren, stieß Joe sie sanft an. »Hey, Schlafmütze, wir sind fast da.«

Maddy setzte sich auf und rieb sich das Gesicht. »Tut mir leid, was für eine miese Reisegefährtin ich bin.«

»Du bist die beste Begleitung, ob schlafend oder wach«, sagte Joe, und das war ihm ernst. Er hatte das Zusammensein mit Maddy genossen, und er wusste schon jetzt, dass er sie heute Abend vermissen würde.

»Ich bin froh, dass wir diese gemeinsame Zeit hatten«, sagte Maddy.

»Ich auch.« Joe wusste nichts Besseres zu sagen.

»Das soll nicht total tiefsinnig, bedeutungsvoll oder kitschig klingen, aber mit dir zusammen zu sein war so ganz anders als bei den anderen Männern, die ich gedated habe.«

»Positiv, hoffe ich.«

»Ich glaube, lange war ich einfach dankbar, wenn jemand auch nur das geringste Interesse an mir gezeigt hat. Ich meine, wer will schon etwas von einer Frau mit einer elfjährigen Tochter? Nicht gerade ideales Beziehungsmaterial.«

»Du solltest nie das Gefühl haben, nicht gut genug zu sein oder jemand sein zu müssen, der du nicht bist. Wenn jemand etwas für dich übrig hat, akzeptiert er dich, so wie du bist, und wenn dazu eine Elfjährige gehört, dann sollte das kein Problem sein, denn Mutter zu sein ist ein grundlegender Teil von dir.«

»Ja, aber ich bin mir nicht sicher, ob mir schon mal jemand begegnet ist, der das auch so sieht. Sie tun alle so, als wäre das okay für sie, aber das stimmt nicht wirklich. Die Wahrheit ist, dass sie nicht das Kind eines anderen großziehen wollen. Aber das ist für mich in Ordnung. Ich möchte nicht mehr dankbar sein müssen oder das Gefühl vermittelt bekommen, bemitleidenswert zu sein.«

»Es ist nicht das, was wir sagen oder tun, oder die materiellen Dinge, die wir zu bieten haben – das ist nur die Basis. Wichtig ist, wie wir empfinden und welche Gefühle wir bei anderen hervorrufen.«

»Hilft dabei, die Maslow'sche Bedürfnispyramide zu vervollständigen«, sagte Maddy lächelnd.

»Absolut. Dass uns jemand sagt, dass er uns liebt, reicht nicht. Man muss es auch fühlen«, sagte Joe und bog in Maddys Straße ein. »Und das muss in beide Richtungen gehen.« Er zwang sich, den Mund zu halten für den Fall, dass er schon zu viel geredet hatte.

Die Entscheidung lag bei Maddy. Sosehr er sich auch eine zweite Chance wünschte, er hatte nicht vor, sie dazu zu zwingen. Sie musste es selbst fühlen.

Als Joe auf die Einfahrt zu Gramps' Haus einbog, sah er, wie sich die Gardine im Wohnzimmer bewegte. Sie waren entdeckt worden. Jeden Moment würde das Begrüßungskomitee über sie herfallen. Am liebsten hätte er sich hinübergebeugt und Maddy in die Arme gezogen, sie an sich gedrückt und geküsst, doch er wusste, das war jetzt nicht möglich.

»Ich weiß, wir müssen reden, du und ich«, fuhr sie fort. »Aber erst mal ist jetzt Gramps dran.«

»Okay.«

»In den letzten paar Wochen hat sich so viel verändert, und ich brauche Zeit, um mit allem fertigzuwerden.«

»Immer noch okay.«

»Danke, Joe, für alles. Es bedeutet mir viel.«

Joe war sich nicht ganz sicher, was er von diesen Abschiedsworten halten sollte. Sie klangen beinahe endgültig.

Doch bevor er noch etwas sagen konnte, kam Esther aus der Haustür gerannt und quietschte vor Freude. »Mum! Juhu! Du bist zu Hause!«

Maddy war aus dem Auto gesprungen und drückte ihre Tochter kräftig. Kay tauchte in der Tür auf und winkte in Joes Richtung.

Als Joe ausstieg, um Maddys Tasche aus dem Kofferraum zu holen, stürzte sich Esther auf ihn. Er war überrumpelt, aber hocherfreut, von ihr so stürmisch umarmt zu werden. »Wow! Mit einer solchen Begrüßung hatte ich nicht gerechnet«, sagte er lachend und warf Maddy über das Autodach einen Blick zu.

»Ich bin froh, dass du wieder da bist«, sagte Esther und sah zu ihm auf. Ihre Miene wurde ernst. »Kommst du rein?«

»Nur kurz. Ich bringe das Gepäck deiner Mutter nach drinnen.«

Joe trug die Taschen ins Haus und wurde von einer begeisterten französischen Bulldogge empfangen. Er stellte das Gepäck am Fuß der Treppe ab und ging in die Hocke, um die Hündin zu begrüßen.

»Wenigstens freut sie sich, einen von uns zu sehen«, sagte Maddy.

»Fifi, wir müssen uns unterhalten«, sagte Joe und zauste der Hündin die Ohren. »So gern ich dich auch habe, ich bin nicht dein Herrchen. Du hast da drüben ein ganz ausgezeichnetes Frauchen. Behandle sie gut, und sie wird dich auf ewig lieben.« Er zwinkerte Maddy zu. »Profitipp«, flüsterte er ihr hörbar ins Ohr. »Sie hasst kalte Füße. Leg dich abends darauf, um sie zu wärmen.«

Maddy lachte. »Für wen hältst du dich, für Doktor Dolittle?«

An diesem Punkt blickte Fifi zu Maddy auf, als sähe sie sie zum ersten Mal. Zur allgemeinen Verwunderung trabte die Hündin zu ihr hinüber.

»Wow! Womit habe ich das denn verdient?« Maddy hockte sich hin und streichelte die Hündin, die weiter versuchte, sich an sie zu schmiegen.

»Sieht aus, als hätte sie dich vermisst«, sagte Joe. Er lächelte, als Maddys Verblüffung in ein strahlendes Lächeln umschlug. »Du hast eine neue Freundin.«

»Das wurde auch Zeit.« Maddy und Joe standen beide auf. »Komm, Fifi.« Maddy klopfte sich auf den Oberschenkel, ging den Flur entlang, und Fifi folgte ihr. »Euer kleines Gespräch muss das vollbracht haben.« Sie strahlte Joe an und trat dann ins Wohnzimmer, um ihren Großvater zu begrüßen. »Hallo, Gramps! Wie geht's dir?« Sie beugte sich über ihn und küsste und umarmte ihn. »Ich bin's, Maddy. Jetzt bin ich wieder da.«

»Hallo, Schatz. Hast du alles bekommen, was du brauchtest?«

Maddy schaute verwirrt drein und drehte sich zu Kay um, die hinter Joe hereingekommen war.

»Ich habe ihm erzählt, du wärst einkaufen. Er hat heute Morgen nach dir gefragt.«

»Ach ja?«

Ein schuldbewusster Ausdruck huschte über Maddys Miene, und sofort empfand Joe Mitgefühl für sie. Er wünschte, sie würde nicht so mit sich hadern, weil sie Gramps ein paar Tage allein gelassen hatte.

»Ja, aber deinem Großvater geht es prima«, sagte Kay beschwichtigend. »Er hatte ein schönes Wochenende. Wenn du magst, rufe ich dich später an, um dir alles genauer zu erzählen. Jetzt laufe ich schnell nach oben und packe meine Sachen zusammen.«

»Wahrscheinlich heißt das, dass du losmusst«, sagte Maddy und drehte sich zu Joe um, während sie immer noch Gramps' Hand hielt.

»Leider ja.«

»Oh, musst du?«, fragte Esther und schob die Unterlippe vor. »Kannst du nicht hierbleiben?«

»Tut mir leid, Liebes.«

Joe hätte Esther gern versichert, dass sie sich bald wiedersehen würden, doch er biss sich auf die Zunge, um Maddy keinen Druck zu machen oder sein Versprechen an eine Elfjährige zu brechen. Das hatte er alles hinter sich. Er warf Maddy einen Blick zu und hoffte, dass sie ihn beruhigen würde, doch sie lächelte nur matt.

Glücklicherweise kam Kay wieder die Treppe hinunter, und die kurze Verlegenheit war zu Ende.

»Also. Hast du alles?«, fragte Joe, an seine Freundin gerichtet.

»Jep.« Kay verabschiedete sich von Arthur, Esther und Sheila und verließ dann mit Joe das Haus.

Maddy kam an die Tür und rief Joe zurück.

»Nur ganz kurz«, sagte er zu Kay und ging dann wieder die Auffahrt entlang, zu Maddy. »Alles in Ordnung bei dir?«

»Nochmals danke für alles«, sagte sie. »Ich weiß das wirklich zu schätzen.«

»Du brauchst dich nicht ständig zu bedanken. Mir hat es Spaß gemacht. Sehr.«

Sie nestelte am Anhänger ihrer Halskette. »Ich rufe dich an.«

»Klar. Das wäre schön.«

»Vielleicht nächste Woche.« Sie klang unsicher.

»Ich freue mich darauf.«

»Danke, Joe.«

Er zögerte. Sein Verstand befahl ihm zu gehen, doch sein Herz war anderer Meinung. Schließlich kam er zu einem Kompromiss. »Es macht mir nichts aus zu warten. Jedenfalls eine Weile. Ich bin ein geduldiger Mensch, aber vielleicht nicht ganz so sehr wie dein Großvater.« Er versuchte sich an einem Lächeln.

»Ich weiß«, gab Maddy zurück. Sie fuhr mit einem Finger an der Kante seiner Jacke entlang. »Ich will nicht wie Maryse enden. Du weißt schon – die Chance verpassen, glücklich zu werden. Sie mir entgehen zu lassen, nur weil ich noch andere Sorgen habe. Ich möchte das nicht bereuen müssen.«

»Ich auch nicht.«

»Ich rufe dich an. Versprochen.«

»Denk daran, was wir über Versprechungen gesagt haben.«

»Ich habe es nicht vergessen.«

Es kostete Joe seine ganze Willenskraft, sich umzudrehen und davonzugehen. Er hoffte inständig, dass sie nicht morgen früh aufwachte, in die Realität zurückkehrte und bitter bereute, was zwischen ihnen gewesen war – was auch immer das sein mochte. Außerdem hoffte er, dass er es nicht bedauern würde, sie und Esther ein zweites Mal einfach so zu verlassen, obwohl er es dieses Mal aus den richtigen Gründen tat.

Kapitel 60

Nachdem sie Joe verabschiedet hatte, ging Maddy seufzend ins Haus zurück. Sie wusste, dass sie kein Recht hatte, Joe zappeln zu lassen, obwohl er sie nicht bedrängte oder ihr ein Ultimatum stellte. Er brachte sie nicht in Zugzwang, sondern ließ sie auf ihre eigene Art mit ihren Problemen fertigwerden. Außerdem war ihr bewusst, dass sie ihr Herz nicht an ein gemeinsames Wochenende in Frankreich hängen durfte.

»Ihr Großvater möchte nach oben und ins Bett«, sagte Sheila, als Maddy wieder ins Wohnzimmer trat.

Gramps war aufgestanden und stützte sich mit einer Hand auf seinen Gehstock. Mit der anderen hielt er sich an Sheilas Arm fest. Er wirkte nicht besonders glücklich.

»Ich bin müde. Sehr müde«, sagte er und kam auf sie zu. »Ich glaube, ich gehe hinauf und halte ein Schläfchen.«

»Komm, ich helfe dir«, sagte Maddy. »Danke, Sheila. Setzen Sie sich doch, Sie können sicher eine Pause gebrauchen. Ich bringe Gramps nach oben.«

Sie gingen in Gramps' Zimmer, wobei ihn anscheinend jede Treppenstufe große Mühe kostete. Maddy fragte sich, ob jetzt die Zeit gekommen war, Gramps in dem zweiten Zimmer im Erdgeschoss unterzubringen.

»Kinn hoch.« Maddy hantierte an seiner Krawatte herum, schob den Knoten nach unten und zog sie ihm dann aus. »Lass uns die oberen Knöpfe an deinem Hemd öffnen. Da, schon erledigt.«

Bevor sie die Hand wegziehen konnte, legte Gramps seine eigene darauf. »Danke, Schatz. Ich hab dich lieb und bin dir dankbar.«

»Ach, Gramps, du brauchst dich doch nicht zu bedanken!« Maddy seufzte und genoss, dass ihr Großvater einen klaren Moment hatte. »Ich liebe dich auch, und es macht mich glücklich, dir zu helfen.«

»Wo ist der nette junge Mann geblieben?«, fragte Gramps.

Der abrupte Themenwechsel verunsicherte Maddy ein wenig, ganz zu schweigen von ihrer Enttäuschung, weil die kurze reale Verbindung zwischen Gramps und ihr wieder verflogen zu sein schien.

»Junger Mann? Meinst du Joe?«

Gramps runzelte die Stirn. »Der nette. Der dich zum Lächeln bringt.«

Maddy merkte, dass sie wirklich lächelte. Wie durch Zauber. »Ja, Joe.«

»Genau der. Der dir dieses Lächeln entlockt.«

»Joe musste nach Hause fahren.« Maddy spürte, wie ihr Lächeln bei dem Gedanken verblasste, dass Joe nicht hier war.

Gramps hielt immer noch ihre Hand. »Was ist los, Schatz? Du kannst es mir erzählen. Ich weiß, dass ich ein dummer alter Narr bin, aber du kannst es mir sagen.«

»Ach, Gramps, du bist doch kein dummer alter Narr! Ganz im Gegenteil.«

Sie umarmte ihn, und er legte die Arme um sie und tätschelte ihr mit der knochigen Hand den Rücken. Sie blieb in dieser Haltung und genoss den Trost, den sie so lange nicht von ihrem Großvater bekommen hatte.

»Na, na, Liebes«, sagte er. »So schlimm kann es doch nicht sein. Komm, setz dich her!«

Maddy ließ sich neben Gramps auf der Bettkante nieder. »Ich habe Angst«, gestand sie. »Ich fürchte mich vor meinen Gefühlen für Joe.«

»Du darfst keine Angst haben. In Herzensangelegenheiten müssen wir mutig sein.«

Maddy sah zu Gramps auf und studierte seine Miene. Er erwiderte ihren Blick mit einem Selbstvertrauen und Mitgefühl, das sie daran erinnerte, wie er sie als kleines Kind immer getröstet hatte. Heute war sie sich allerdings nicht sicher, ob ihr Problem so leicht zu lösen war wie ein aufgeschlagenes Knie, ein Streit mit einer Freundin oder ein platter Reifen am Fahrrad. Trotzdem stellte sie fest, dass sie sich Gramps öffnete. Vielleicht, weil es sich sicher anfühlte, obwohl Gramps nicht vollständig begriff, was sie sagte. Sie wusste, dass diese klaren Momente, diese Gelegenheiten, bei denen ihm die Kommunikation leichtfiel, selten und in großen Abständen vorkamen, und etwas in ihrem Inneren drängte sie, diesen Moment beim Schopf zu packen, ihn festzuhalten und das Beste daraus zu machen.

»Joe war der Erste, den ich geliebt habe – das heißt, außerhalb der Familie. Und ich glaube, ich bin nie darüber hinweggekommen.«

»Seine erste Liebe vergisst man nie.«

Maddy legte den Kopf an Gramps' Schulter. Da hatte er nicht unrecht. Sie hatte Joe nie ganz vergessen. Sie dachte über Gramps' Leben nach und konnte nicht umhin, es mit ihrer eigenen Lage zu vergleichen. Gramps hatte später ihre Großmutter geliebt, die beiden hatten eine Familie gegründet, und er hatte immer erklärt, wie sehr er sie liebe. Sie fühlte sich an die Worte ihrer Großmutter erinnert – wie sie füreinander da gewesen waren, während sie sich beide von einem gebrochenen Herzen erholten. Sie hatten nicht die Gelegenheit gehabt, ihrer ersten Liebe eine neue Chance zu geben, und sie selbst hatte diese Gelegenheit ebenfalls nicht. Aber was, wenn die erste und die wahre Liebe dieselbe sein konnten?

Als Maddy dieser Gedanke kam, richtete sie sich auf. Was, wenn in einigen Fällen – wie ihrem – die erste Liebe auch die wahre war? Und was, wenn sie aufhörte, Angst zu haben, und die Chance ergriff? Wenn nicht, würde sie den Rest ihres Lebens in Ungewissheit verbringen und vielleicht nie so sehr lieben, wie sie wusste, dass sie es konnte.

»Danke, Gramps!«, sagte sie und wollte ihn umarmen, doch sie sah, dass sein Kopf herabgesunken war, das Kinn auf seiner Brust lag und seine Schultern nach vorn gesackt waren. Gramps nickte ein. Sie beugte sich zu ihm hinüber, küsste ihn auf die Wange und flüsterte dieses Mal ihren Dank. »Leg dich hin, Gramps. So, genau. Lass den Kopf aufs Kissen sinken.« Sie streifte ihm die Schuhe ab, hob seine Füße hoch, schwang seine Beine aufs Bett und deckte ihn zu.

»Nacht, schlaf schön, Schatz«, murmelte Gramps.

Leise zog Maddy Gramps' Zimmertür hinter sich zu und ging wieder nach unten. Sollte es wirklich so einfach sein? Sie liebte Joe, aber sie musste ihm wieder von Herzen vertrauen, und sie war sich nicht sicher, ob sie mutig genug war, um das zu riskieren.

Kapitel 61

In den paar Tagen, seit Maddy wieder zu Hause war, stellte sie fest, dass sie gespannt und manchmal ungeduldig wartete und sich danach sehnte, Joe wiederzusehen, der unerwartet mit Arbeit überhäuft war. Sie hoffte, dass das nicht seine Art war, ihr die kalte Schulter zu zeigen, doch Joe hatte ihr versichert, das sei ganz und gar nicht der Fall, und hatte sie an sein Versprechen erinnert. Also musste sie sich drei Tage in Geduld fassen und abwarten.

Als sie die Beine aus dem Bett schwang und auf den Boden setzte, stieß sie einen leisen, entsetzten Aufschrei aus, als ihre Füße auf etwas Warmes, Pelziges trafen. »Verflucht und zugenäht, Fifi«, keuchte sie. »Was in aller Welt machst du hier?«

Die Hündin öffnete ein Auge und sah zu ihr auf, blieb aber auf dem Boden zusammengerollt liegen.

»Dann kannst du mich jetzt leiden, ja? Meine Güte, ich habe es auf der Welt zu etwas gebracht.« Sie streckte eine Hand aus, um die Hündin zu streicheln, doch da sprang Fifi auf und trabte mit hocherhobener Nase aus der Tür. »Ach, jetzt spielst du das Blümchen Rühr-mich-nicht-an«, rief Maddy.

Aber immerhin machten sie Fortschritte.

Gramps war an diesem Morgen gut in Form, was Maddy freute. Bis jetzt hatte sie es aufgeschoben, mit Gramps über Maryse und Yvette zu reden. Er wirkte zwar froh darüber, dass sie wieder da war, doch sie wollte nicht riskieren, ihn zu verstören, weil sie sich vor der Endgültigkeit fürchtete. Gramps hatte nicht mehr von Maryse oder Yvette gesprochen, und sie fragte sich, ob er sich inzwischen überhaupt noch an die beiden erinnerte.

Gramps und Esther waren jetzt im Garten, und sie sah vom Küchenfenster aus zu, wie sie zusammen die Futterhäuschen für die Vögel auffüllten. Esther machte Fotos und filmte ein paar kleine Szenen, die sie später auf YouTube hochladen wollte, sobald Maddy sie genehmigt hatte.

Es wärmte Maddy das Herz, den beiden zuzuschauen, und sie fühlte sich an ihre Kindheit erinnert, als sie das Gleiche mit Gramps getan hatte. Sie pflegten sich anschließend in den Schuppen zurückzuziehen, der eigentlich nur ein alter Anderson-Unterstand aus dem Krieg war, und bei offener Tür ganz still zu sitzen und darauf zu warten, dass die Vögel zum Futterhäuschen kamen. Damals kannte er jeden Gartenvogel und wies Maddy immer auf sie hin, während sie zwischen Hecke und Futter hin- und herschossen. Nachher schlugen sie sie in einem Buch über Gartenvögel nach, das Gramps hatte, und versuchten, die, die sie gesehen hatten, zu identifizieren.

Maddy ging ins Wohnzimmer und musterte die Bücherregale, bis sie fand, was sie suchte. Erfreut sah sie, dass das Buch über Gartenvögel noch existierte, wenn es auch an den Rändern abgegriffen war. Es sah genauso aus wie in ihrer Erinnerung – postkartengroß, mit einem weichen grünen Taschenbuchcover und mit dem Bild eines Distelfinks geschmückt. Sie blätterte es durch, wobei Staub von den Seiten aufstieg. Es roch modrig, und sie fragte sich, wie lange es niemand mehr aufgeschlagen hatte.

Sie lächelte bei dem Gedanken daran, wie sie mit Gramps genau hier in diesem Raum gesessen und die Seiten durchblättert hatte. Die Vögel, die sie im Garten gesehen hatten, hatten sie mit kleinen Bleistiftkreuzen markiert. Die Zeichen waren immer noch da, und als sie mit dem Finger über die Bleistiftkreuzchen fuhr, stieg eine Welle der Nostalgie in ihr auf, gefolgt von einem Hauch Traurigkeit. Gramps würde nichts mehr davon wissen, und das, was einmal eine gemeinsame Erinnerung gewesen war, auf die sie zusammen zurückgreifen konnten, war zu etwas geworden, über das nur noch sie Bescheid wusste. Sie legte das Buch auf die Sofalehne in der vagen Hoffnung, dass Gramps und Esther es vielleicht ansehen würden und es eine Saite bei Gramps anschlug und vielleicht eine Erinnerung auslösen würde.

Sie dachte an Gramps und Maryse. Jetzt gab es niemanden mehr, der ihre Geschichte aus eigener Erinnerung erzählen konnte. Sicher, Joe und sie hatten viel herausgefunden, doch das war nicht dasselbe wie jemand, der von einer persönlichen Erfahrung erzählte und sie mit eigenen Details ausschmücken konnte, die sie zu seiner Erinnerung machten. Einzelheiten, die nur im Kopf dieser Person zu finden waren.

Die Klingel unterbrach ihren Gedankengang. Sie ging los, um die Tür zu öffnen, und hoffte, dass es Joe war. Er hatte ihr gestern Abend geschrieben und gesagt, er werde am Vormittag vorbeikommen.

»Komm herein.« Als Joe zögerte, hielt sie inne. »Was ist los?«

Joe kniff sich mit Daumen und Zeigefinger in die Unterlippe und rieb sich dann die Stirn. »Ähm …«

»Was ist?« Maddy spürte, wie ihr das Lächeln aus dem Gesicht rutschte. »Was ist passiert?«

Joe hob die Hände. »Eigentlich nichts … Ich … ähm …« Er sah zum Auto zurück, und Maddy folgte seinem Blick.

Sie schaute noch einmal hin, dieses Mal genauer. Dann schlug sie die Hand vor den Mund. »Oh mein Gott. Was? Wer? Sind das etwa …? Joe! Sind das die, die ich zu sehen glaube?«

Kapitel 62

Juni 1947

Eine lange Busfahrt, und dann fand sich Arthur in Vannes wieder. Er sah auf seine Uhr. Wenn er Glück hatte und die Schule fand, in der Maryse arbeitete, könnte er sie vielleicht auf dem Heimweg abfangen.

Er kaufte sich in einem der Tabakläden einen Stadtplan und erkundigte sich nach der Sainte-Suzanne-Schule.

»*Désolé, Monsieur*«, sagte der Mann, der Arthur das Wechselgeld herausgab. Tut mir schrecklich leid, Monsieur. »Bedaure, aber ich kann Ihnen nicht helfen.«

»Was suchen Sie denn?«, fragte eine Frau, die hinter Arthur in der Schlange stand.

»*L'école Sainte-Suzanne.*« Die Sainte-Suzanne-Schule. Arthur entfaltete den Plan und sah die Frau hoffungsvoll an.

»*Oui, elle est …*« Ja, die ist … Sie fuhr mit dem Finger über die Karte. »*Alors … c'est là.*« Also, die ist dort. Sie tippte auf den Stadtplan, wo ein See eingezeichnet war. »*Près du lac.*« In der Nähe des Sees.

Arthur dankte der Frau überschwänglich. Dann stand er vor dem Laden, nahm sich einen Moment Zeit, um die Fassung zurückzugewinnen, und ging in die Richtung, die die Frau ihm gezeigt hatte. Es war ein ungefähr zehnminütiger Fußweg. Die Vorfreude darauf, Maryse zu sehen, und die Aufregung trieben ihn voran, und sehr bald bog er um eine Ecke, und die Schule kam in Sicht. Er hielt kurz inne, um zu Atem zu kommen. Dann strich er sich das Haar glatt, klopfte sich die Jackenärmel ab und nestelte an seinem Hemdkragen, damit der flachlag. So, jetzt war er auf ihr Wiedersehen vorbereitet.

Einige Kinder kamen aus der Schule, aber sie wirkten eher wie Nachzügler. Inzwischen war es halb fünf, und die Schule war definitiv aus. Ein paar Eltern, zwei Frauen und ein Mann, schienen draußen zu warten und unterhielten sich, sie hatten es offenbar nicht besonders eilig. Eine der Frauen hielt ein kleines Mädchen an der Hand, und die andere behielt ihren Sohn im Auge. Er musste ungefähr zwei sein und war von etwas fasziniert, das auf dem Boden lag, denn er hockte sich hin.

Arthur beobachtete den Haupteingang und den Schulhof dahinter. Jetzt würde sie jeden Moment herauskommen. Das wusste er einfach.

Und dann war sie da.

Überquerte den Schulhof.

Arthurs Herz setzte einen Schlag aus.

Ihm stockte der Atem.

Sie war genauso schön wie in seiner Erinnerung, wenn nicht noch schöner.

Ihr Haar war streng aus dem Gesicht frisiert, doch eine widerspenstige Strähne hatte sich in der sanften Brise gelöst. Sie hob eine Hand und schob sie hinters Ohr zurück. Gekleidet war sie in Rock und Bluse, mit einer Wolljacke über den Schultern. Auf einem Arm trug sie ein paar Bücher. Er sah sie beinahe wie in Zeitlupe über den Schulhof gleiten. Sie blickte in Arthurs Richtung, und er hob eine Hand, doch sie wandte bereits den Kopf ab. Als sie durch das Tor trat, kam der Mann, der sich mit den beiden Frauen unterhalten hatte, auf sie zu. Sie lächelte immer noch, auf ihre wunderschöne, herzliche Art. Daran erinnerte er sich aus ihrer gemeinsamen Zeit auf dem Hof so deutlich.

Zwei ältere Kinder verließen das Gelände mit ihr, und sie legte dem Mädchen einen Arm um die Schultern, senkte den Kopf und lachte mit ihr über einen Scherz. Der Junge sagte etwas, lachte und rannte los, um den Mann auf der anderen Seite des Schultors zu begrüßen.

Arthur konnte den Blick kaum von Maryse losreißen, doch er nahm sich kurz Zeit, um die Kinder und den Mann zu mustern. Sie wirkten alle sehr vertraut.

In dieser Sekunde wurde ihm etwas klar, und er wusste nicht, ob er lachen oder weinen sollte.

Wie angewurzelt stand er da und sah zu, wie der Mann Maryse eine Hand entgegenstreckte und sie mit Küssen auf beide Wangen in Empfang nahm. Dann fiel Arthur auf, dass der Mann einen Blumenstrauß in der Hand hielt, den er Maryse reichte. Sie lachte, hob verblüfft die Hand an die Brust, nahm die Blumen und küsste ihn. Doch das war dieses Mal kein Kuss wie unter Freunden. Solche Küsse kannte Arthur. Das war ein Kuss zwischen Liebenden. Der Mann legte einen Arm um ihre Taille, zog sie an sich und genoss die Umarmung sichtlich.

Und dann tauchte der kleine Junge, von dem er gedacht hatte, er gehöre zu der anderen Frau, an Maryses Seite auf und zupfte an ihrem Rock. Sie löste sich von dem Mann und bückte sich, um den Kleinen zu begrüßen. Dann hob sie ihn hoch und übersäte ihn mit Küssen. Der Junge kicherte und zappelte in ihren Armen. Arthur erkannte das Lächeln des Kindes wieder – er hatte das gleiche wunderschöne Lächeln wie seine Mutter.

Arthur merkte, dass seine Hand noch in der Luft hing, nachdem er ihr gewunken hatte, um ihre Aufmerksamkeit auf sich zu lenken, und er ließ sie rasch sinken. Er hatte das Gefühl, als würde ihm übel. Er hätte nicht kommen sollen. Wie töricht von ihm zu glauben, er könne einfach hier auftauchen und sie würde auf ihn warten.

Sein ganzer Körper fühlte sich schwer und müde an. Es kostete ihn alle Kraft, die er aufbringen konnte, sich abzuwenden und davonzugehen.

Er hörte kaum, wie aus der Entfernung eine Frauenstimme seinen Namen rief, sondern ging weiter. Die Rufe verstummten und wichen dem Klappern von Absätzen auf dem Kopfsteinpflaster. Er hielt nicht an und bog um die Ecke. Er konnte einfach nicht zurücksehen. Sie sollte ihn nicht sehen. Maryse war glücklich. Mehr konnte er sich jetzt nicht wünschen.

»*Attendez! Arrêtez! Arrêtez!*« Warten Sie! Bleiben Sie stehen! Erneut erklang die Stimme hinter ihm und verlangte, dass er wartete.

Ihm war, als wäre eine Blase, die ihn umgab, plötzlich geplatzt, sodass er seine Umgebung nicht mehr gedämpft wahrnahm. Alles wirkte überscharf und klar. Er fuhr herum, und da stand sie, nur einen oder zwei Meter vor ihm.

»Maryse«, hörte er sich flüstern.

Sie atmete schwer, da sie ihm nachgerannt war, und jetzt wirkte ihr Blick unsicher, als sie ihn von Kopf bis Fuß musterte. »*C'est toi. C'est toi vraiment!*« Du bist es. Du bist es wirklich! Sie tat drei unsichere Schritte auf ihn zu.

Arthur rührte sich nicht. Er hatte keine Ahnung, was er tun sollte. Am liebsten hätte er sie in die Arme gerissen, doch er blieb reglos stehen. Er war verwirrt. Verletzt. Einmal mehr verwundet, doch dieses Mal war sein Herz getroffen.

Jetzt stand sie direkt vor ihm. Langsam hob sie eine Hand, berührte sein Gesicht und legte die Handfläche an seine Wange. Tränen standen ihr in den Augen. »Man hat mir gesagt, dass du tot bist.« Ihre Stimme klang ungläubig.

»Da hat sich jemand geirrt«, sagte Arthur behutsam.

Tränen rannen ihr aus den Augen, und sie schlang ihm die Arme um den Hals. Mit seinem gesunden Arm hielt Arthur sie genauso fest. Oh Gott, es fühlte sich so gut an, sie wieder nahe zu wissen! Von diesem Moment hatte er so lange geträumt. Das war der eine Gedanke gewesen, der ihn durch die langen Nächte im Lazarett getragen hatte, als er sich von der Operation erholte, die nötig war, um seine Schulter zu richten. Jede Minute des Tages war von quälenden Gedanken an sie erfüllt gewesen. Er hatte sich um sie gesorgt und sich gefragt, ob sie wohl in Sicherheit war. Geplant, wie er zu ihr zurückkehren sollte. Und jetzt, nach all dieser Zeit, hatte er sie gefunden, doch sie hatte nicht auf ihn gewartet. Er konnte ihr das nicht verübeln. Wie denn auch? Sie hatte ihn für tot gehalten. Sie war jung und schön, warum sollte sie noch ungebunden sein?

Der Gedanke ernüchterte ihn, und er löste sich behutsam aus ihrer Umarmung. Maryse weinte. Er zog ein Taschentuch hervor, schüttelte es aus und reichte es ihr.

Sie nahm es, tupfte sich die Augen ab und erstarrte dann, als sie das eingestickte »A« in der Ecke bemerkte. »Du hast es noch.«

»Selbstverständlich.«

Sie gab ihm das Taschentuch zurück, wobei ihre Fingerspitzen einander um eine Haaresbreite verfehlten. »Ich habe versucht, dich zu finden«, erzählte sie. »Ich bin nach England gefahren. Ich wusste nicht, wo ich anfangen sollte, aber jemand hat mich in Kontakt zu jemandem bei der britischen Armee gebracht. Er hat mir eine Adresse in …« Sie unterbrach sich und versuchte, sich an den Namen zu erinnern.

»Peterborough«, warf Arthur ein. »Eine Pension in Peterborough.«

»Du weißt Bescheid? Warst du dort?«

»Ja, aber erst letzte Woche. Sie ist inzwischen geschlossen. Es gibt dort keine Pension mehr.«

Sie zog eine betrübte Miene und wirkte noch enttäuschter. »Ich hatte keine Ahnung, wo ich noch suchen sollte. Ich habe versucht, deine Farm zu finden, aber ich hatte ja keine Adresse. Ich habe überall in Cambridgeshire die Dörfer durchkämmt, aber ich konnte dich nicht finden.« Ein gequältes Schluchzen entrang sich ihrer Brust.

»Ist ja gut«, sagte Arthur. »Es tut mir so leid.«

»Ich musste zurück. Ich hatte kein Geld und keine Spur mehr von dir. Und dann … ungefähr eine Woche nach meiner Rückkehr, bekam ich einen Brief, in dem es hieß, du hättest deine Verletzungen nicht überlebt, und ich dachte, alles sei umsonst gewesen. Sinnlos, weil du schon …« Sie konnte den Satz nicht beenden.

»Ach, meine liebste Maryse«, sagte Arthur und zog sie wieder an sich.

Es war ihm gleichgültig, dass er kein Recht mehr hatte, sie in den Armen zu halten. Egal, dass ihr Mann und ihr Kind gleich um die Ecke warteten. Nur auf sie kam es an. Er wollte ihr den Schmerz nehmen. Es war einfacher, sich mit dem Kummer eines anderen Menschen zu beschäftigen als mit seinem eigenen. Er küsste sie auf den Scheitel, streichelte ihr Haar und gab beruhigende Laute von sich.

Er wusste nicht, wie lange sie so dastanden. Keiner von ihnen mochte sich vom anderen lösen, denn er wusste, dass sie sich dann der schrecklichen Wahrheit stellen mussten. Er wollte jede einzelne Sekunde auskosten, sosehr er konnte, denn ihm war klar, dass er sie danach nie wieder so in den Armen halten würde.

»Maryse! Maryse?« Eine Männerstimme hinter ihnen ließ sie schließlich auseinanderweichen.

Arthur wusste, dass es ihr Mann war, und ließ die Arme sinken.

Maryse trat einen Schritt zurück und sah den Mann an, der da mit dem Kind auf dem Arm stand. »Gilbert … das ist …« Sie verstummte.

Gilbert nickte. »Ich weiß.« Er sah Arthur an. »Sie sind der englische Soldat.«

»Ja.« Arthur wusste nicht, was er sagen sollte.

Gilbert musterte zuerst Arthur und dann Maryse und sprach erst dann weiter. »Meine Frau steht offensichtlich unter Schock.« Er hob die Hand, um abzuwenden, was Maryse sagen wollte. »Ich werde eine Weile am See warten.« Wieder sah er Arthur an. »Ich vertraue Ihnen.«

»Danke«, gab Arthur zurück. Er konnte Gilberts würdevolle Reaktion auf die Lage nur bewundern.

Der Franzose ging davon und nahm sein Kind mit.

»Er ist ein guter Mann«, sagte Maryse und drehte sich wieder zu Arthur um.

»Das sehe ich. Und der Junge?«

Einen Moment lang hellte sich ihre Miene auf. »Gilberts und mein Sohn. Thomas. Er ist achtzehn Monate alt.«

»Er hat deine Augen und dein Lächeln.«

Ein kurzes Schweigen trat ein. Arthur schaute sie nur an und wollte sich alle Konturen ihres Körpers, jede Linie in ihrem Gesicht und jedes Haar auf ihrem Kopf einprägen. So wollte er sich an sie erinnern: mit diesem leisen Lächeln und diesem Ausdruck von Liebe in ihrem Gesicht, als sie an ihren Sohn dachte – oh, sie war so schön! Aber sie gehörte nicht zu ihm und würde nie zu ihm gehören.

»Was ist mit dir?«, fragte sie und beendete diesen Moment. »Hast du …« Sie geriet ins Stocken.

»Nein. Keine Frau. Keine Kinder«, gab er zurück.

Es stimmte. Er war aus dem Krieg zurückgekehrt, aber er hatte nicht zur Ruhe kommen können. Es war ihm unmöglich gewesen, an eine andere Frau denken. Und jetzt war es zu spät. Sein Herz tat ihm so weh, dass er spürte, wie es allmählich zerbrach.

Maryse nahm seine linke Hand und fuhr behutsam mit ihrer anderen an seinem Arm entlang bis zu seiner Schulter. »Sie haben dich geheilt.«

Er legte die Hand auf ihre. Bevor er sie mit seiner bedeckte, fiel ihm der Ehering an ihrem Finger auf. Aus den Augen, aus dem Sinn, wenigstens ein paar Sekunden lang.

»Ja. Der Arm ist zwar nicht mehr zu viel zu gebrauchen, aber sie haben ihr Bestes getan.«

Sie schmiegte den Kopf an seine Schulter, und Arthur hob die Hand und schlang sie um ihren Nacken. Er legte die Wange auf ihren Scheitel und schloss die Augen. Seine liebste Maryse.

»Bist du glücklich?«, fragte sie, ohne sich zu rühren.

»Und du?«, entgegnete er.

»In diesem Moment bin ich so glücklich, wie ich nicht mehr war, seit du fortgegangen bist. Aber ich bin auch so traurig wie noch nie.«

War das nicht die Wahrheit? Arthur hätte es selbst nicht besser ausdrücken können.

»Wenn du glücklich bist, dann bin ich es auch. Denk nur an das Jetzt, an diesen Moment. Nicht daran, was vorher war oder was kommen wird. Nur an diesen Moment.«

Sie seufzte tief und drückte ihn an sich. »Du warst die Liebe meines Lebens und bist es immer noch«, flüsterte sie.

»Und du meine.«

Lieber Gott, er wollte nicht, dass dieser Moment zu Ende ging. Wenn er die Zeit stillstehen lassen und in alle Ewigkeit so verharren könnte, hätte er es getan. Er hätte sie nie wieder gehen lassen. Nie wieder.

Arthur hatte jedes Zeitgefühl verloren, doch schließlich hob Maryse den Kopf. »Ich muss gehen.« Die Tränen rannen ungehindert über ihr Gesicht.

»Ich weiß«, gab Arthur zurück und wischte ihre Tränen mit den Fingerspitzen weg.

Er drückte seinen Mund auf ihren. Nur einen letzten Kuss, den er sein ganzes Leben lang im Herzen bewahren würde.

Und dann rückte sie von ihm ab. Ihre Hand glitt wieder an seinem Arm hinunter, wobei sie ihre Finger mit seinen verflocht. Sie hielten kurz inne, um einander anzusehen, und traten dann auseinander.

Arthur stand wie erstarrt da und schaute zu, wie sie schnellen Schrittes und mit gesenktem Kopf davonging. An der Straßenecke blieb sie stehen und warf einen letzten Blick zurück zu ihm. Ihr Gesicht verzerrte sich vor Qual, doch dann flüchtete sie, sodass er sie nicht mehr sehen konnte.

Lange starrte er ins Leere. Ein kleiner Teil von ihm hoffte, dass sie zurückkommen würde. Doch er wusste, dass das nicht passieren würde und dass er kein Recht hatte, etwas Derartiges von ihr zu erwarten. Er hatte sie verloren, aber er wusste, dass ihre gemeinsame Zeit eine kostbare Erinnerung war, die er für immer in Ehren halten würde.

Kapitel 63

Maddy sah zu, wie Joe zurück zum Wagen ging, Yvette Tresor heraushalf und sie zur Haustür geleitete.

»Ich hatte ja keine Ahnung, Yvette«, sagte Maddy.

Yvette küsste Maddy auf beide Wangen. »Tut mir leid, Sie so zu überfallen. Ich hatte niemandem gesagt, dass wir unterwegs sind. Zu Joe habe ich erst gestern Abend Kontakt aufgenommen, als wir schon hier waren. Ich hatte noch die Visitenkarte, die er mir gegeben hatte.«

»Wir? Sagten Sie, ›wir‹ waren unterwegs?« Maddy sah an ihrer Besucherin vorbei zu Joe, der jetzt einen älteren Mann eskortierte, ungefähr in Yvettes Alter. Staunend starrte Maddy Yvette an, während sie schnell zu verarbeiten versuchte, was da los war. »Ihr Bruder?«

»Ja. Jean-Paul. Er wollte mitkommen. Wir wollen Ihren Großvater beide besuchen. Ich habe etwas für ihn.«

»Sie sollten hereinkommen.« Maddy führte ihre Gäste ins Wohnzimmer und ließ sich Jean-Paul offiziell vorstellen.

»Tut mir leid, Sie so unangekündigt zu besuchen«, sagte Jean-Paul, dessen französischer Akzent deutlicher war als der seiner Schwester.

»Nein, ist schon gut. Ich meine, das ist großartig! Ich muss nur überlegen, wie ich Gramps so gut wie möglich darauf vorbereite«, sagte sie. »Yvette hat Ihnen sicherlich erzählt, dass sein Gedächtnis nachlässt. Ich hoffe, Sie sind nicht enttäuscht, wenn er Sie nicht erkennt, vor allem nach der langen Zeit.« Doch während sie die Worte aussprach, war sie sich der prickelnden Aufregung in ihrem Inneren bei der Vorstellung bewusst, dass Gramps sich vielleicht doch an die beiden erinnern würde. Das wäre fantastisch.

»Das verstehen wir«, warf Yvette ein. »Haben Sie ihm das mit Maryse erzählt?«

Maddy schlug die Augen nieder. »Dazu konnte ich mich noch nicht überwinden.«

»Auch dafür haben wir Verständnis«, sagte Yvette beruhigend.

»Lassen Sie mir nur eine Minute Zeit, um mit ihm zu reden.« Maddy gab sich Mühe, ihre Emotionen unter Kontrolle zu bringen, und ging, um Gramps und Esther aus dem Garten zu holen.

Gramps entspannte sich in seinem Liegestuhl, und Esther saß neben ihm und zeichnete einige der Gartenvögel, die die beiden heute Morgen beobachtet hatten.

»Oh, hallo«, sagte Gramps, als sie näher kam.

»Wir haben Besuch.« Maddy setzte sich neben ihn. »Zwei Besucher für dich.«

»Für mich? Das ist ja nett.«

»Eine französische Dame und ihr Bruder. Du hast sie als Kinder gekannt. Als du in Frankreich warst.« Maddy beobachtete ihn aufmerksam, um festzustellen, ob ihr Großvater Anzeichen dafür zeigte, sich zu erinnern. »Es ist Yvette. Yvette Rochelle. Und ihr Bruder Jean-Paul.« Immer noch kein Hinweis darauf, dass Gramps wusste, von wem sie redete. »Sollen wir zu ihnen hineingehen?«

»Ja. Gehen wir zu ihnen. Gute Idee.«

Maddy führte Gramps ins Wohnzimmer und setzte ihn in seinen gewohnten Sessel am Fenster. Dann ging sie ins Esszimmer, wo ihre Gäste warteten. »Ich habe ihm erklärt, dass Sie hier sind, aber ich glaube, er versteht nicht wirklich, was ich sage.«

Yvette schenkte ihr ein mitfühlendes Lächeln. »Machen Sie sich keine Gedanken. Vielleicht erinnert er sich, wenn er uns sieht.«

Maddy war sich da nicht so sicher und spürte schon, wie die

Enttäuschung in ihr aufstieg. Trotzdem führte sie Yvette und Jean-Paul ins Wohnzimmer. »Gramps. Yvette und Jean-Paul sind da. Sie sind aus Frankreich gekommen, um dich zu besuchen.«

Sie schaute zu, wie Yvette mit Tränen in den Augen vortrat. »Arthur«, sagte sie. »Ich bin's, Yvette.« Sie nahm Gramps' Hand und setzte sich auf den Stuhl neben ihm. »Wie geht es dir?«

Gramps sah Yvette lange an. »Hallo, meine Liebe. Wie geht es Ihnen?«

Maddy war sich sicher, dass das Gramps' Standardantwort war, die er gebrauchte, wenn er nicht die geringste Ahnung hatte, mit wem er es zu tun hatte. Ihr Herz wurde noch ein wenig schwerer. »Yvette, die du in Frankreich gerettet hast«, warf sie ein und versuchte, seinem Gedächtnis auf die Sprünge zu helfen. »Maryse und du, ihr habt Yvette und ihren Bruder gerettet.« Sie bedeutete Jean-Paul, zu Gramps herüberzukommen.

»Arthur«, sagte der Franzose in seiner Muttersprache. »Ich bin's, Jean-Paul Rochelle. Wie geht's dir? Es ist sehr schön, dich wiederzusehen.« Er streckte ihm die Hand entgegen, und Gramps schüttelte sie.

»Freue mich auch, Sie zu sehen.«

Noch eine weitere nichtssagende Reaktion, entsprungen aus guten Manieren und jahrzehntelanger Gewohnheit. Maddy fühlte sich entmutigt und schalt sich innerlich, weil sie sich etwas anderes erhofft hatte. Wie sollte Gramps Yvette und ihren Bruder nach so vielen Jahren wiedererkennen? Für ihn waren sie Kinder, die er nie als Erwachsene gesehen hatte. Diese Erkenntnis brach ihr das Herz. Wie sollte er je den Frieden finden, den sie ihm so sehr wünschte?

»Machen Sie sich keine Sorgen«, sagte Yvette. »Auch unter normalen Umständen würde es schwerfallen, sich meinen Bruder und mich, die wir inzwischen über siebzig sind, als verängstigte kleine Kinder vorzustellen.«

»Wir sind froh, dass wir gekommen sind, um ihn zu sehen«,

sagte Jean-Paul. »Und wir waren auf dieses ... ähm ... dieses Ergebnis vorbereitet.«

Maddy zog sich ins Esszimmer zurück, wo Esther Joe einige ihrer YouTube-Videos zeigte. Als sie die beiden ein paar Minuten lang unbeobachtet ansah, lächelte sie in sich hinein. Sie fand es tröstlich, sie so zu sehen, denn sie wusste, wie sehr Esther es genoss, wieder mit Joe zusammen zu sein, der ihre Vorstellungen davon erfüllte, wie ein Vater sein sollte. Bevor sie Zeit hatte, weiter über diese Idee nachzudenken, blickte Joe auf.

»Hey. Wie läuft es?«

Maddy schüttelte den Kopf und seufzte. »Er erkennt sie nicht wieder.«

Joe stand auf und trat zu ihr. »Lass ihm Zeit.«

Später, als sich alle im Wohnzimmer versammelt hatten, nachdem es Maddy gelungen war, genug Sandwiches und Erfrischungen für alle zusammenzustellen, blickte sie sich um und spürte ein Gefühl von Eintracht und Zusammengehörigkeit. Alle waren durch ihre Liebe zu Gramps und zueinander geeint. Gramps wirkte glücklich, und obwohl er nicht bewusst erkannte, wer ihre Besucher waren, hoffte sie, dass er die Liebe spürte, die den Raum erfüllte.

»Vielen, vielen Dank für Ihr Kommen!«, sagte sie zu Yvette und Jean-Paul. »Ich kann Ihnen gar nicht sagen, wie viel uns das bedeutet.«

»Es war das Richtige. Wir sind mit dem Segen unserer Familien gekommen«, eriwderte Yvette. »Sogar unser Bruder Thomas fand, dass wir fahren sollten. Leider haben wir mit ihm nicht oft über die Geschichte von Maryse und Ihrem Großvater geredet. Es schien nie der richtige Zeitpunkt zu sein, daher hat er die Umstände nicht ganz begriffen.«

»Jemanden zu bestürzen war das Letzte, was wir wollten.«

Yvette zuckte schicksalsergeben mit den Schultern. »Keiner von uns braucht sich vor der Wahrheit zu fürchten. Deswegen sind wir sogar gekommen. Ich muss Ihnen etwas sagen. Etwas, das ich Ihnen bisher nicht verraten habe.«

Maddy wechselte einen Blick mit Joe, doch der zog die Schultern hoch und tappte anscheinend genauso im Dunkeln wie sie.

»Und was ist das?«, fragte Maddy vorsichtig.

Yvette strich sich den Rock über den Knien glatt. Sie warf einen Blick auf Esther, doch Maddy nickte. Esther hatte ebenso viel Anteil an dieser Geschichte wie sie alle, und Maddy wusste, sie konnte sich auf Yvettes Urteilsvermögen dahingehend verlassen, was für sie angemessen war.

Yvette erwiderte ihr Nicken und ergriff dann das Wort. »Nachdem Sie mich aufgesucht hatten, habe ich mit meinen beiden Brüdern gesprochen, und wie Sie wissen, wollte Thomas zunächst nicht über die Vergangenheit reden. Er hatte Angst davor, wie sich das auf das Bild, das die Leute von seiner Mutter und seinem Vater haben, auswirken könnte.«

»In welcher Hinsicht?«, fragte Maddy.

»Er wollte nicht, dass die Leute denken, seine Mutter hätte seinen Vater nicht geliebt. Er wollte vermeiden, dass ihr Name ... ähm ... einen Makel bekommt.«

»Er wollte seine Eltern schützen«, erklärte Jean-Paul.

»Das verstehe ich«, sagte Maddy. »Ich empfinde genauso in Bezug auf Gramps und meine Großmutter, aber ich bin zu dem Schluss gekommen, dass beide Beziehungen meines Großvaters wahrhaftig und echt waren, auch wenn die Umstände verschieden waren. Und dass Gramps beide Frauen geliebt hat.«

Yvette klatschte in die Hände. »*Exactement!* Genau!« Sie wandte sich an Gramps. »Arthur, mein tapferer Held, Maryse hat dich sehr geliebt. Du hast ihr Herz mit Hoffnung, Liebe und Mitgefühl erfüllt, als sie überall von Verzweiflung, Hass und Angst umgeben war. Du warst ihre erste Liebe, und sie hat dich immer im Herzen bewahrt. Die liebe Maryse hatte ein großes Herz – groß genug, um nicht nur ihren leiblichen Sohn, sondern auch meinen

Bruder und mich zu lieben, und natürlich auch den Vater ihres Kindes.«

Maddy beobachtete Gramps sorgfältig auf jedes Anzeichen von Verständnis hin, doch er sah Yvette zwar aufmerksam an, während diese sprach – zuerst auf Englisch, und dann wiederholte sie ihre Worte auf Französisch –, aber seine Miene blieb ausdruckslos.

Maddy setzte sich auf die Fußbank, die vor ihm stand. »Gramps«, sagte sie und lenkte seine Aufmerksamkeit auf sich. »Maryse hat dich sehr geliebt, und wenn sie könnte, wäre sie bestimmt hier, um dir das selbst zu sagen.« Unerwartet schnürte sich ihr der Hals zu, und sie musste zweimal ansetzen, um weiterzusprechen. »Maryse kann nicht hier sein, weil sie nicht mehr unter uns weilt … Sie ist von uns gegangen.« Immer noch kein Zeichen, dass er verstanden hatte. Es war brutal, aber Maddy hatte das Gefühl, dass es nötig war. »Gramps … Maryse ist tot.«

Das Schweigen im Raum war erstickend und erfüllte alles um sie herum.

»Arthur«, brach Yvette die Anspannung. »Ich habe einen Brief von Maryse. Sie hat ihn für dich hinterlassen.«

»Was?« Maddy versuchte, ihren Schock über diese Ankündigung zu verbergen.

»Es tut mir leid, ich hätte ihn Ihnen schon früher geben sollen«, sagte Yvette. »Ich war zwar froh, Sie zu sehen, und ich glaube fest daran, dass wir die Vergangenheit nicht begraben sollten, doch ich hatte ebenfalls Angst. Verstehen Sie, Maryse hat niemandem von diesem Brief erzählt. Er wurde erst nach ihrem Tod entdeckt. Er befand sich in einem Umschlag, zusammen mit Anweisungen, ihn an Arthur oder seine Familie weiterzugeben, falls er oder sie je nach ihr suchen würden.« Sie neigte den Kopf. »Ich musste mir sicher sein, dass Ihre Absichten …« Sie wedelte mit der Hand, als suche sie nach dem richtigen Wort. »Dass Ihre Absichten aufrichtig waren. Ich brauchte Zeit, um zu überlegen, ob ich alles so lassen sollte, wie es war, oder ob ein letzter Teil der Geschichte existiert.«

»Und ich nehme an, Sie haben beschlossen, dass es ihn gibt?«

Der nervöse Blick der Älteren erschütterte Maddy.

»Ja. Nach Ihrer Abreise habe ich den Brief geöffnet und gelesen. Ich habe ihn meinen Brüdern gezeigt, und wir sind zu dem Schluss gelangt, dass Ihr Großvater ein Recht darauf hat, den Inhalt zu erfahren, und dass es unfair von uns war, ihn auch Ihnen vorzuenthalten. Vor allem hätte das gegen Maryses Wunsch verstoßen, und das hielt keiner von uns für richtig, trotz unserer Besorgnis oder unserer persönlichen Ansichten.«

»Also sind wir gekommen, um den Brief zu übergeben, sodass alle damit abschließen können.« Aus der Innentasche seines Jacketts zog Jean-Paul ein zusammengefaltetes Stück Papier und hielt es Maddy hin.

Maddy musterte den Brief und hoffte, dass dies wirklich das letzte Puzzleteil sein würde, das das Bild von Gramps' Liebe zu Maryse vervollständigte. Sie nahm den Brief und zog ihn vorsichtig auseinander. Die handgeschriebenen Worte flossen über die Seite, und als Maddy zu lesen begann, verschwamm ihr Blick vor Tränen, und sie musste sie wegwischen, bevor sie noch auf dem Papier landeten und die Schrift verwischten. Sie spürte, wie Joe den Arm um ihre Schultern legte, doch es war Esther, die ihr behutsam den Brief aus den Händen nahm.

»Lesen Sie ihn vor«, sagte Esther und gab ihn an Yvette weiter. »Bitte.«

Yvette zögerte. »Soll ich?« Sie sah Maddy fragend an.

»Ich weiß nicht«, antwortete Maddy. »Ich bin mir nicht sicher, ob das eine gute Idee ist.«

»Warum nicht?« Esther reckte die Schultern. »Vielleicht versteht Gramps es besser, wenn es von Yvette kommt. Vielleicht regt es seine Erinnerung an.«

»Ich weiß nicht, ob das so einfach ist«, gab Maddy zurück und wischte sich die Nase mit dem Papiertaschentuch, das Joe irgendwie hervorgezaubert hatte.

»Ich finde, das ist eine gute Idee«, sagte Joe. »Was kann es schon schaden? Wenn Gramps es nicht versteht, ist er nicht besser oder schlechter dran als jetzt.«

»Und wenn doch?«

Maddy hasste es, wie sie über Gramps redeten, als wäre er nicht da, doch er hatte bei Yvettes und Jean-Pauls Eintreffen kein Zeichen von Wiedererkennen gezeigt und schaute jetzt aus dem Fenster und redete über die Vögel im Garten.

»Ich lese den Brief gern vor«, sagte Yvette.

Maddy nestelte an den Aufschlägen ihrer Wolljacke herum und ging mit sich zu Rate. Sie sah sich unter den hoffnungsvollen Mienen im Raum um und warf dann einen Blick zu Gramps. Sie hatte kein Recht, ihm diese letzte Chance zu verwehren. Sie nickte. »Danke, Yvette. Das wäre nett von ihnen.«

Aller Augen richteten sich jetzt auf Yvette, die das Papier in der einen Hand hielt und mit der anderen die von Gramps umfasste. Sie las laut vor. Der Brief war auf Französisch verfasst, und Yvette übersetzte die Worte sorgfältig ins Englisch.

Arthur, mon amour. Mein Liebster.

Ich weiß nicht, ob Du dies jemals lesen wirst, aber wenn, dann bedeutet es, dass Du oder jemand, dem Du wichtig bist, gekommen ist, um herauszufinden, wie unsere Geschichte ausgegangen ist. Ich weiß zwar, wie sie zu Ende gegangen ist, aber ich habe mir immer gesorgt, Dir könnte das nicht vergönnt sein. Mir tut nur leid, dass ich keine Chance hatte, Dir das an jenem Tag in Vannes zu erzählen.
Die Geschwister Yvette und Jean-Paul – die zwei verängstigten Kinder, die Du so bereitwillig mit nach England genommen hast –, ich habe sie geholt.

Ich hatte versprochen, mich um sie zu kümmern, und ich hatte nicht vor, dieses Versprechen zu brechen. Ich habe sie nach Frankreich heimgeholt, wo meine Familie sie aufgenommen hat, und ich konnte das Versprechen halten, das ich ihrem Vater gegeben hatte. Doch genauso wichtig war mir, dass ich mich durch sie Dir näher fühlte. Sie waren die Verbindung, die nie unterbrochen wurde – eine ständige Erinnerung an das Opfer, das wir gebracht haben. Jedes Mal, wenn ich sie ansehe, denke ich an Dich.

Ich wünschte, wir hätten uns in einem anderen Leben, zu einer anderen Zeit begegnen können, mon amour. Doch wir haben uns zur falschen Zeit kennengelernt, als die Sterne ungünstig für uns standen, als solcher Aufruhr in der Welt herrschte und wir noch so viel zu tun hatten, bevor wir frei gewesen wären, einander zu lieben.

Das soll nicht heißen, ich hätte kein gutes Leben gehabt. Ich habe viele glückliche Jahre mit meiner Familie verbracht, durch die ich so viel Freuden erlebt habe und die ich nie gefunden hätte, wenn alles anders gekommen wäre. Ich kann also nicht bereuen, welchen Weg mein Leben eingeschlagen hat, doch zugleich kann ich Dich nicht vergessen und nur davon träumen, wie alles hätte ausgehen können. Ich habe geliebt, und ich bin mir sicher, dass auch Du Liebe gefunden hast, aber keine wie die, die ich mit Dir erlebt habe. Du warst die Liebe meines Lebens und wirst es immer bleiben.

Mein liebster Arthur, ich bewahre Dich für immer in meinem Herzen und meiner Seele. xxx

Alle beobachteten Gramps und warteten auf eine Reaktion von ihm. Er hatte Yvette zwar angesehen, doch er zeigte keinen Funken von Begreifen.

»Lesen Sie ihn noch einmal«, sagte Maddy.

Yvette erfüllte ihre Bitte, und dieses Mal klangen die übersetzten Worte flüssiger, doch wieder reagierte Gramps nicht. Er sah Yvette an und neigte den Kopf zur Seite, und Maddy stellte fest, dass sie Joes Hand umklammerte, während sie darauf wartete, dass Gramps die Frau vor sich erkannte. Doch ihre Hoffnung zerstob, als er seinen Blick erneut dem Fenster zuwandte.

»Lesen Sie ihn auf Französisch«, bat Esther. »Bitte, lesen Sie ihm den Brief auf Französisch vor.« Sie klang verzweifelt, und Maddys Herz flog ihrer Tochter zu.

»*D'accord*«, sagte Yvette. Einverstanden.

Als sie in ihrer Muttersprache las, war es, als hätte jemand Feenstaub in der Luft verstreut. Der Wortfluss, der Rhythmus, die Sprachmelodie und die Betonung der Worte übten eine magische Wirkung aus, die dadurch viel tiefer empfunden klangen. Jetzt legte Yvette viel mehr Gefühle in ihren Ton, als kämen die Worte wirklich aus ihrem eigenen Herzen.

Als sie geendet hatte, schwammen sowohl Maddys als auch Yvettes Augen in Tränen. Maddy wünschte sich verzweifelt, Gramps würde etwas sagen, egal was, wenigstens die leiseste Spur von Verstehen zeigen, doch sein Blick zeigte kein Begreifen.

Yvette redete jetzt leise auf Französisch auf ihn ein, und ihre Worte erfüllten das Schweigen im Raum. Sie sprach von ihrer Kindheit, wie Maryse ihre Klasse in Schönschrift unterrichtet hatte. Sie erzählte eine Geschichte darüber, wie Yvette große Probleme damit gehabt hatte, ein bestimmtes Gedicht für eine Schulaufführung zu lernen, und wie Maryse ihr nach der Schule geholfen hatte, sich ihre Zeilen einzuprägen.

»Sie war sehr freundlich«, sagte Yvette. »Sie hatte immer Zeit für alle. Immer ist sie für die Außenseiter eingetreten und hat geholfen, wo sie konnte. Sie hat sich für die Schwachen eingesetzt und hat die Stärkeren herausgefordert. Ich bin so froh, dass sie nach England gekommen ist, uns gefunden und zurück nach Frankreich gebracht hat. Kurz bevor man uns in jener Nacht ins Flugzeug gesetzt hat, hat sie mich umarmt und mir ins Ohr geflüstert, ich solle stark bleiben, denn sie würde eines Tages kommen und mich nach Hause holen. Sie hat mir versprochen, mich nicht zu vergessen. Und sie hat ihre Versprechen immer gehalten.«

Gramps lächelte und sah Yvette an. »Das ist nett, Liebes.«

Maddy seufzte. Sie war enttäuscht, nicht nur wegen Gramps, nicht nur um ihrer selbst willen, sondern für alle in diesem Zimmer. Denn alle hatten ihren Anteil daran gehabt, dass es zu diesem Zusammentreffen gekommen war, und leider würden sie nicht dafür belohnt werden. »Danke«, sagte sie zu Yvette und dann zu Jean-Paul. »Es tut mir leid …« Sie verstummte.

»Machen Sie sich bitte keine Gedanken«, sagte Yvette. »Wenn er sich nicht erinnert, hoffe ich, dass er zumindest unbewusst eine Art inneren Frieden gefunden hat.«

Bald darauf suchten die Gäste ihre Mäntel zusammen und verabschiedeten sich mit dem Versprechen, in Kontakt zu bleiben.

»Mein Sohn erwartet uns in unserem Hotel in London«, sagte Yvette. »Er wollte uns auf unserer Reise begleiten, sich aber nicht aufdrängen und mit hierherkommen.«

»Er wäre mehr als willkommen gewesen. Wann kehren Sie nach Frankreich zurück?«, fragte Maddy.

»Unser Flug geht morgen. Ich bin froh, dass wir gekommen sind, und freue mich sehr, Ihren Großvater wiedergesehen zu haben.« Yvette ging zurück ins Wohnzimmer, wo Gramps einem Medley von Songs aus dem Krieg lauschte. Von der Tür aus schaute Maddy zu, wie Yvette vor Gramps niederkniete. »Wir gehen jetzt, Arthur. Danke für alles, was du für uns getan hast, als wir Kinder waren. Ich werde deine Freundlichkeit und deinen Mut nie vergessen.«

Gramps sah Yvette an. »Ich war nicht mutig. Maryse war die Tapfere von uns«, sagte er.

Angesichts dieses lichten Moments unterdrückte Maddy ein verblüfftes Aufkeuchen.

Yvette warf ihr einen Blick zu und wandte sich dann wieder an Gramps. »Sie war wirklich eine sehr mutige Frau. Sie hat so viel für die Menschen geopfert, die sie liebte.«

Maddy wurde sich bewusst, dass Joe inzwischen neben ihr stand, während sie dem Dialog zwischen ihrem Großvater und der Frau folgte, die er als Kind gerettet hatte.

Gramps umfasste Yvettes Hand mit beiden Händen und hielt sie fest. »*Je suis content que ma chérie Maryse ait été heureuse. Merci de me l'avoir dit. Je suis content que tu sois en sécurité. Je n'ai plus besoin de m'inquiéter, mon cher enfant.*«

»Was hat er gesagt?«, flüsterte Joe.

Maddy brauchte einen Moment, um sich zu fassen, während sie zusah, wie Yvette zusammensackte und die Stirn auf Gramps' Hände legte.

Er befreite eine davon und streichelte Yvette den Kopf. »Nicht weinen, Liebes.«

Maddy wischte sich die Tränen ab. »Er hat gesagt: Ich bin froh, dass meine geliebte Maryse glücklich geworden ist. Danke, dass du mir davon erzählt hast. Ich freue mich, dass du in Sicherheit bist. Jetzt brauche ich mir keine Sorgen mehr zu machen, mein liebes Kind.«

»Erstaunlich«, murmelte Joe. »Einfach unglaublich.«

»Nicht wahr? Liebe ist doch etwas Wunderbares. Ein so machtvolles Gefühl, dass es die Zeit überwindet und überdauert. Nach allem, was passiert ist, triumphiert sie über alles.«

Inzwischen waren die Besucher gegangen, die beiden waren allein.

»So ist das wohl mit der wahren Liebe«, sagte Joe.

»Du klingst, als wärst du dir da ziemlich sicher.«

»Ja. Das kann ich mit Fug und Recht sagen.« Joe drehte Maddy um, sodass sie ihn ansehen musste. »Sieh mal, ich weiß, dass ich vorher alles verkehrt gemacht habe. Das soll keine Ausrede sein, aber ich hatte Angst vor meinen starken Gefühlen. Davor, wie sehr ich dich geliebt habe.«

Maddy nickte. »Seitdem haben wir, glaube ich, beide viel gelernt. Wir hatten wohl beide Angst vor der Liebe.«

»Die Sache ist die: Ich habe gesehen, was sie aus meiner Mum gemacht hat und wie sie sie gelähmt hat. Ich wollte mich nie so verletzlich fühlen.«

»Und ich hatte den Eindruck, einfach zurückgewiesen zu werden. Und um ehrlich zu sein, habe ich das sehr lange gedacht. Aber jetzt wird mir klar, dass es nicht meine Schuld war.«

»Das war es definitiv nicht, und es tut mir leid, dass ich mich bei den Menschen eingereiht habe, die dich zurückgewiesen und dazu beigetragen haben, dass du so empfunden hast.« Joe holte tief Luft. »Ich gestehe dir jetzt, Maddy, dass ich ein Vollidiot war. Und dabei dachte ich, ich wäre keiner mehr. Wenn die Geschichte deines Großvaters mich eines gelehrt hat, dann, mein Leben nicht damit zu vergeuden davonzulaufen.«

Maddy schluckte schwer. Sie wusste, dass das die zweite Chance für sie beide war, und Joe hatte recht, die bekam nicht jeder. Durch die Tür sah sie zu Gramps, der im Wohnzimmer saß. Sie musste mutig sein und diese Chance mit beiden Händen ergreifen. Joe wies sie nicht zurück, er wollte sie. Und nicht nur sie, sondern auch Esther und Gramps. Die ganze Packung.

»Willkommen im Club«, sagte sie schließlich.

»Nur für den Fall, dass du noch zweifelst«, fuhr Joe fort. »Ich liebe dich, Maddy.«

Bei seinen Worten begann ihr Herz zu rasen. Wie oft hatte sie sich danach gesehnt, diese Worte von Joe Finch zu hören? Ihr Herz platzte fast vor Glück.

»Ich liebe dich auch.«

Kapitel 64

Er wusste, dass er Arthur Pettinger hieß und dass er alt war. Wie alt genau, daran konnte er sich nicht erinnern, aber bestimmt über neunzig.

»Hi, Gramps.«

Arthur drehte sich um, als die Kleine ins Zimmer kam. »Ah, da bist du ja, Schatz«, sagte er.

Ihm fiel wieder ein, dass sie ein Spiel spielten. Er schaute auf das Spielbrett, das vor ihm lag. Leiterspiel. Genau, so hieß es. Er gratulierte sich dazu, dass er sich an den Namen erinnerte.

»Bereit für eine neue Runde?«, fragte sie und setzte sich auf die Fußbank, die auf der anderen Seite des Tisches stand.

»Glaube schon«, sagte Arthur. Er nahm den Würfel und warf ihn in einen kleinen roten Plastikbecher. »Soll ich anfangen?«

»Oh, was ist das? Leiterspiel? Kann ich reinkommen?«

Arthur blickte auf, und da stand seine Freundin Sheila. Er lächelte ihr zu. Er mochte es, wenn Sheila zu Besuch kam. Sie erzählte ihm oft Geschichten aus ihren jüngeren Tagen und sang gern Songs mit ihm. Das gefiel ihm ausnehmend gut. »Du kannst nur hereinkommen, wenn du das Codewort weißt«, sagte Arthur kichernd.

»Tee und Vollkornkekse!«, antwortete Sheila, die ein mit besagten Köstlichkeiten beladenes Tablett trug.

»Wenn das so ist, komm rein und mach es dir gemütlich«, sagte Arthur.

Wieder ging die Tür auf, und dieses Mal war es Maddy.

»Hier geht's ja zu wie am Piccadilly Circus«, sagte Arthur gut gelaunt.

Er freute sich immer, seine Enkelin zu sehen. Wo immer sie war, strahlte sie vor Glück und Liebe wie die Sonne. Er konnte es nicht sehen, doch er fühlte es, und darauf kam es an.

»Bei euch alles gut?«, fragte Maddy.

Sie trat an den Kamin und überprüfte ihr Spiegelbild. Als sie in den Spiegel sah, um ihren Lippenstift aufzutragen, fiel Arthur auf, dass sie ein sehr schickes Kleid trug.

»Gehst du tanzen?«, fragte er.

Das Mädchen lachte. »Mummy kann doch nicht tanzen.«

»Bestimmt ist deine Mutter eine wunderbare Tänzerin«, sagte Sheila.

»Ich fürchte, Esther hat recht«, sagte Maddy. »Ich habe zwei linke Füße.«

Arthur schlurfte mit den Füßen über den Boden. »Ich schätze, ich könnte immer noch eine flotte Sohle aufs Parkett legen.« Er begann eine Melodie zu summen. An den Namen konnte er sich nicht erinnern, doch das machte ihm nichts aus. »Hmm … hmm … wiedersehen … weiß nicht, wo … hmm, hmm … Sonnenschein.«

Maddy lächelte, aber dieses Mal nicht an Arthur gerichtet, sondern an jemand anderen. Ein neuer Besucher. Noch jemand, den Arthur gut leiden konnte.

»'n Abend, junger Mann«, sagte Arthur. Verflixt, er erinnerte sich nicht an seinen Namen.

»Guten Abend, Arthur.«

»Sie sehen sehr schick aus«, bemerkte Arthur, dem das frisch gebügelte Hemd und die faltenlosen Hosen des jungen Manns auffielen.

»Joe und ich gehen essen, Gramps«, sagte Maddy. »Wir haben Hochzeitstag.«

»Ach, ist das wahr?«, fragte Arthur. Er runzelte die Stirn. Hätte er das wissen sollen? Wann hatte Maddy geheiratet?

»Du warst doch bei unserer Hochzeit«, sagte Maddy. Sie nahm ein gerahmtes Foto herunter und zeigte es ihm. »Das bin ich. Da ist Joe. Das sind Esther als Brautjungfer und Matt als Trauzeuge. Hier ist Kay, du weißt schon, die Krankenschwester. Sheila steht neben ihr. Und das bist du. Du hast mich zum Altar geführt.«

»Ach ja!«, gab Arthur erleichtert zurück, als eine vage Erinnerung an diesen Tag in ihm aufstieg. »Du hast wunderschön ausgesehen.« Er tätschelte Maddys Hand, und als sie das Foto wieder auf den Kaminsims stellte, spürte er, wie die Erinnerung sich ihm entzog. Er schloss die Augen und versuchte, die letzten Fragmente einzufangen, bevor sie sich in nichts auflösten.

»Geht's dir auch gut, Gramps?«, fragte Maddy.

»Ja. Nur ein wenig müde jetzt.«

»Das wird schon wieder«, beruhigte Sheila sie. »Esther und ich passen auf ihn auf.«

Maddy küsste ihn auf die Wange. »Benimm dich.«

»Oh, das werde ich«, gab Arthur zurück. Er nickte in die Richtung des jungen Mannes. »Tut nichts, was ich nicht auch tun würde.«

Maddy lachte, und sie und der junge Mann, der sie offensichtlich sehr glücklich machte, verließen den Raum.

»Ich bringe die beiden noch zur Tür und spüle dann diese Tassen«, sagte Sheila und stand von ihrem Sessel auf.

Wieder fühlte Arthur eine große Müdigkeit. Eine überwältigende Mattigkeit.

»Soll ich Musik auflegen, Gramps?«, fragte die Kleine. Arthur hörte, wie sie aufstand und an das Dingsda trat, das die Songs spielte, die er gern mochte. »Was willst du hören?«

»Ach, ich weiß nicht. Überrasch mich.«

Sanfte Klänge und die beruhigende Stimme von Doris Day, die *Dream a Little Dream of Me* sang, erfüllten das Zimmer, und Arthur summte leise mit.

»Du hast die Hausschuhe verkehrt herum an, Gramps«, sagte die Kleine. Ihre Stimme war leise und kam wie aus weiter Ferne. »Ich ziehe sie dir richtig an.«

Sie war so ein liebes Kind, dachte Arthur, als sie ihm die Pantoffeln von den Füßen streifte und dann wieder anzog.

Der Song ging zu Ende, und ein neuer begann. Diesen kannte er gut: *Bye Bye Blackbird*.

Mit einem Mal trat ihm deutlich ein Bild von Maryse vor die Augen, und sein Herz setzte einen Schlag aus. Er war zurück in Frankreich und stand an dem Bach, an der abgelegenen Stelle, weit weg von neugierigen Blicken war. Wo er sie geküsst hatte. Sie geliebt hatte. Wo er ihr gesagt hatte, dass er sie ewig lieben würde.

Sie lächelte ihm zu und bedeutete ihm, zu ihr zu kommen. Sie lachte, und ihre Augen sprühten vor Glück. Dann sprang sie ins Wasser. Rief erneut nach ihm, dieses Mal dringlicher. Arthur zog sein Hemd aus, dann die Stiefel und schließlich seine Hosen.

Die leise Stimme der Kleinen drang in seine Gedanken. Auch sie rief nach ihm. »Gramps? Gramps? Geht's dir gut?« Er spürte, wie sie an seinem Arm zupfte. Er wusste nicht, wohin er sich wenden sollte. Er wollte das Mädchen nicht im Stich lassen, aber … Maryse rief immer noch nach ihm. Die Stimme der Kleinen schien noch weiter weg zu sein. Sie schrie nach ihrer Mutter. Sollte er auf sie warten, oder sollte er zu Maryse gehen?

Und dann hörte er die ruhige Stimme von jemand anderem, der ihm aus der Nähe ins Ohr flüsterte. »Gramps, ich bin's, Maddy. Es ist gut. Alles ist gut.« Er spürte, wie sie mit den Fingerspitzen sanft über sein Haar strich. Dann tropfte ihm etwas Feuchtes ins Gesicht. Sie weinte. Arthur war verwirrt. Er wollte nicht, dass Maddy Tränen vergoss. »Ich liebe dich, Gramps. Es ist in Ordnung. Wirklich, alles gut.«

Er versuchte, die Augen zu öffnen, aber sie waren so müde und seine Lider wie Blei, und trotzdem fühlte sein Körper sich wie schwerelos an.

Eine kleine Hand schob sich in seine und hielt ihn fest, als könnte ein Lüftchen ihn davonwehen. Er wusste, das war das Mädchen. Sein Herz quoll über vor Liebe, und er tat noch einen tiefen Atemzug, der in seiner Lunge rasselte.

Maryse rief noch einmal nach ihm, und er wusste, dass es Zeit war, sein Versprechen einzulösen und zu ihr zurückzukehren.

Die Geschichte einer großen Liebe, die nicht sein durfte

Ruth Druart
ÉLISES GEHEIMNIS
Roman
Aus dem Englischen
von Barbara Röhl
448 Seiten
ISBN 978-3-7857-2809-3

Bretagne, 1963. Die achtzehnjährige Joséphine sucht in einem alten Koffer ihrer Mutter Élise nach ihrer Geburtsurkunde. Was sie entdeckt, erschüttert sie zutiefst: Jahrelang hat ihre Mutter ein Geheimnis gehütet und ihr die Identität ihres Vaters verschwiegen. Entschlossen, die Wahrheit herauszufinden, reist Joséphine nach Paris zu ihrer Tante. Nach und nach erfährt sie dort die Geschichte einer jungen Frau, die sich in Gefahr befand. Sie erfährt von einer verbotenen Liebe in den Wirren des Zweiten Weltkriegs. Von den letzten gestohlenen Stunden vor der Befreiung. Und von den geflüsterten Worten eines Verrats, der das Leben zweier Menschen unwiderruflich verändern sollte ...

Lübbe

Ein bewegender Roman über ein prägendes Kapitel der ukrainischen Geschichte

Erin Litteken
DENK ICH AN KIEW
Roman
Aus dem amerikanischen Englisch von Rainer Schumacher, Dietmar Schmidt
400 Seiten
ISBN 978-3-7857-2832-1

1929. Behütet und geliebt wächst Katja in einem Dorf bei Kiew auf. Doch als Stalins Handlanger die Dorfbewohner zwingen, dem Kollektiv beizutreten, ändert sich alles, und Katja fällt es jeden Tag schwerer, angesichts des Schreckens um sie herum weiterzumachen. Wer sich aber weigert, wird mitgenommen und nie wieder gesehen.

Jahrzehnte später entdeckt Cassie im Haus ihrer Großmutter in Illinois ein Tagebuch. Nie hat diese über ihre ukrainische Herkunft gesprochen. Seit einiger Zeit aber verhält sie sich merkwürdig. Sie versteckt Lebensmittel und murmelt immer wieder einen Namen, den keiner aus ihrer Familie je gehört hat: Alina ...

Lübbe